KB097944

나는 매니저다

나는 매니저다

김평화 장편소설

고즈넉 GOZKNOCK ENT 이엔티

나는 매니저다

초판 1쇄 발행 2018년 4월 30일

지은이 김평화
펴낸이 배선아
펴낸곳 (주)고즈넉이엔티

출판등록 2017년 3월 13일 제2017-000022호
주소 서울시 강서구 공항대로 649 제성빌딩 303호
대표전화 02-6269-8166 **팩스** 02-6166-9199
이메일 gozknock@naver.com

© 김평화, 2018
ISBN 979-11-6316-003-8 03810

잘못된 책은 구입하신 서점에서 교환해 드립니다.
이 책은 저작권법에 따라 보호받는 저작물이므로 무단 전재와 복제를 금합니다.
이 책의 전부 또는 일부 내용을 재사용하려면 사전에 저작권자와 본사의
서면 동의를 받아야 합니다.

차례

이 소설에 등장하는 인물, 기업 등은 모두 작가가 창작을 위해
가상으로 지어낸 것이며, 현실과는 무관함을 밝힙니다.

1

하지석이 되다

눈을 떴다.

하얀 이불과 가지런히 쳐 있는 커튼을 보아하니 신기하게도 아직은 목숨이 붙어 있는 것인가.

하지석.

링거 밑 이름표에 수인의 이름이 아닌 다른 이름이 붙어 있었다. 다들 정신이 없었나 보군. 이름표가 바뀌었다니. 수인은 잠시 생각에 잠기더니 몸을 일으켜 커튼을 젖혔다.

간호사가 그런 수인을 보고 이제야 일어났냐 하는 표정으로 달려왔다.

"어떠세요, 하지석 님? 의식은 좀 있으세요?"

이 간호사 제법 재밌다. 나보고 하지석이라니. 평소 드라마도 안 보고 사나 보지. 수인은 먼저 조심스럽게 물었다.

"아, 네…. 근데 이름표가 실수로 바뀐 것 같은데요."

"네? 그게 무슨 소리에요?"

"그러니까 하지석은 제가 담당하는 배우고, 저는 하지석 매니저 하수인입니다."

간호사가 황당하다는 표정으로 바라보더니 이내 피식 웃었다.

"농담 그만하세요, 하지석 님. 제가 평소 얼마나 팬인데 몰라보겠어요."

"그쪽이야말로 농담 그만하시고, 지석이는 어디 있나요? 지석이는 괜찮아요?"

주위를 둘러봐도 지석이의 모습이 보이지 않았다. 설마… 운전자인 나도 이렇게 살아있는데 별일은 없겠지. 간호사는 이런 수인의 행동이 이상했는지 서둘러 의사를 데리고 왔다.

"하지석 님, 정신은 좀 드세요? 잠시 질문 좀 하겠습니다."

의사는 눈동자 위로 손전등을 비추며 손가락을 흔들어 보였다. 수인은 별로 대답하고 싶지 않았지만 어쩔 수 없이 대답했다.

"나이는요?"

"33살."

"이름은요?"

"하수인이요.."

"하지석 님, 장난치시면 안 됩니다."

"네? 장난 아닌데요,"

"애석하게도 하수인 씨는… 현장에서 사망하셨습니다."

"그게 무슨 소리예요? 내가 이렇게 멀쩡하게 살아있는데."

"교통사고 후 두 분이 응급실로 왔지만 하수인 씨는 이미 외상이 심한 상태여서…."

의사가 갑자기 말끝을 흐리면서 웃기지도 않은 소리를 계속 해댔다.

"아, 네네. 알겠습니다. 아무튼 전 멀쩡하니까 그만 가보세요."

아무래도 꿈을 꾸고 있는 것 같다.

이 병원은 도대체 시스템이 어떻게 된 건지, 멀쩡한 사람을 사망했다 하지 않나.

지방에 있는 병원이라 확실히 행정 시스템이 엉망인 듯하다.

"하지석 님, 지금 경미한 뇌진탕 증상이 있으셔서 그럴 겁니다. 일시적으로 뇌의 일부 기능이 소실되었다가 차츰 회복되니 너무 걱정 마십시오."

의사는 정중하게 안정을 취할 것을 권하며 커튼을 치고 돌아 나갔다. 수인은 의사를 보니 갑자기 지석이 생각나면서 잠시 감상에 젖어들었다. 지석이가 연기는 잘 못해도 저 의사 가운 하나는 기가 막히게 잘 어울렸다.

하지석.

데뷔 4년차. 최근 영화와 드라마 가리지 않고 활약하는 가장 핫한 스타다. 제2의 강동원이라는 찬사가 끊이지 않고 있지만 강동원은 개뿔! 지석이를 오래 봐온 수인은 자신 있게 얘기할 수 있었다. 하지석은 인성 핫바지인 데다 여자만 밝히는 한심한 놈이었다.

공교롭게도 수인과 지석은 질긴 인연이었다. 대학교 신입생 시절, 출석부를 부를 때 수인은 깜짝 놀랐다. 하수인. 이 거지같은 이름이 나 말고 또 있다니. 하지석은 수인과 동명이인이었지만 수인과는 모든 게 달랐다.

한눈에 이목을 끄는 화려한 스타일의 외모. 부모님 두 분 모두 직업은 몰랐지만 중산층 이상의 집안 환경. 실제로 하지석은 10대 때부터 모델 활동을 한 덕분인지 남 앞에 서는 것을 좋아하고 특유의 당당함이 있었다. 당연히 사귀자는 여자들이 줄을 섰고, 그의 여성 편력은 대학시절부터 유명했다.

수인은 같은 연극영화과 연기 전공이었지만, 이미 유명세를 떨치는 하지석의 인기를 내심 부러워했다. 그때부터 수인은 같은 남자였지만 그에 대한 일종의 질투심이 있었다. 부러운 만큼 일부러 경계했다.

수인은 자신이 하지석을 이길 방법은 뛰어난 연기 실력밖에 없다고 생각했다. 노력 끝에 모두에게 연기력만큼은 인정을 받았고, 지석은 외모만 뛰어날 뿐 연기력은 형편없다는 평가에 시달렸다. 당연히 수인은 지석보다 나은 인생을 살 거라 생각했다.

하지만 졸업 후 수인의 인생은 순탄치 않았다.

극단에도 들어가고 연기력은 제법 인정을 받았다만, 여전히 수인에게 상업영화, 드라마 진출의 벽은 높았다. 결정적으로 수인은 너무 나이가 들어 보였다. 남들보다 적은 머리 숱, 뚱뚱한 체격, 작은 눈, 아무리 메이크업과 스타일로 가리려 해도 사람들은 수인을 40대로 보았다.

그러니 아무리 연기력이 쓸 만해도 연출자들은 수인에게 주인공 친구나 비중 있는 조연은 절대 맡기지 않았다. 그렇다고 실제 40대 역할을 하기에는 20대였던 수인의 자존심이 허락하지 않았다. 수인은 그렇게 절망했고, 그제야 자신과 같은 배우들을 보았다. 실력은 있지만 백도 없고, 뛰어나지 못한 외모에 가려진 배우들을! 수인은 그들을 돕고 싶었다. 자신과 같은 사람이 없기를 바라며, 매니저 생활을 시작했다.

어느새 6년차 매니저.

수인은 아직까지도 크게 성공한 적 없는 매니저였다. 회사에서 마지못해 겨우 실장을 달아줬지만 여태껏 A급 배우 하나 키우지 못한 매니저에게 실장 대우를 해주는 사람은 없었다.

심지어 매니저 생활은 수인이 생각한 거와는 전혀 달랐다. 자신의 연기 경험이 배우들에게 큰 도움이 되리라 생각했지만 수인은 여전히 자신의 이름대로 연예인 심부름이나 해주는 하수인 생활을 하고 있었다. 그러던 와중에 중소형 기획사인 수인의 회사에서 의외의 빅 사이닝이 발생했고, 그 영입 배우가 바로 하지석이었다.

하지석은 어느 날 갑자기 음료 CF 하나로 단숨에 스타덤에 올랐다. 순식간에 주목을 받으면서 데뷔한 메디컬 드라마에서 여자 주인공과 함께 수련하는 동료 레지던트로 출연했는데, 여성들에게 국민 남친이라 불릴 정도로 인기를 끌며 자신만의 팬덤을 확보했다.

그런 하지석에게 수인의 회사 대표는 끝없는 러브콜을 보냈고 엄청난 구애 끝에 결국 하지석을 영입하게 되었다. 그리고 수인은 단순히 하지석의 대학 동기라는 이유로 그의 매니저를 맡게 되었다.

그렇게 하지석과 생활한 지 2년, 아쉽게도 수인은 지석의 철저한 하수인이었다. 하지석의 스캔들을 막기 위해 기자들을 만나서 머리를 조아려야 했고, 하지석이 룸살롱을 갈 때마다 노출이 안 되도록 감시도 서야 했다. 또한 술 먹은 하지석이 음주운전이라도 할까 봐 24시간 운전기사 생활까지.

역시 스타는 타고 나야 되는 거라 했던가. 그렇게 개망나니 생활을 해도 하지석의 인기는 날로 올라갔다. 때때로 연기력이 도마에 오르기도 했지만, 그런 기사가 올라오면 하지석의 팬들이 가만있지 않았기에 하지석은 이제 누구도 무시 못 하는 톱스타의 자리에 올랐다.

덩달아 수인도 처음으로 A급 스타의 매니저가 되었다. 하지만 여전히 달라진 건 없었다. 수인의 자존감은 갈수록 낮아졌고, 어느새 하지석을 동경하고 있는 자신이 죽을 만큼 괴로웠다. 그리고 그날 수인은 속초 지방 촬영이 끝나고 지석이와 소주 한잔을 나눴다. 더 이상 난 너의 하수인 역할을 할 수 없다고.

수인은 그만두겠다는 뜻을 분명하게 전했지만 지석이는 의외로 수인을 놓지 않았다. 수인이 없는 자신은 아무것도 아니라며.

개자식, 계속 자신을 하수인으로 데리고 다니려고 수 쓰는 게 분명했다. 자신만큼 사생활을 편하게 오픈 할 매니저도 구하기 쉽지 않을 테니. 그리고 갑자기 지석은 놀라운 얘기를 했다.

“죽고 싶어, 수인아. 연예인들이 왜 이렇게 자살률이 높은지 알아? 난 말이야, 단 하루라도 평범한 하루를 살아보고 싶어. 부모님 모시고 인사동 거리도 걷고 싶고, 여자 친구랑 카페 가서 데이트도 하고 싶고….”

평범한 하루? 수인에게는 정말 기가 찰 얘기였다.

마치 10대 여자 아이돌이 저도 교복 입고 떡볶이 먹으면서 추억 만들고 싶어요, 같은 얘기 아닌가. 얼토당토 않는 얘기에 수인은 ‘그럼 나랑 바꾸든가, 임마' 하며 자리를 박차고 일어나 자동차 시동을 걸었다.

이 시간에 속초에서 대리를 부르기도 쉽지 않은 일, 수인은 마지못해 핸들을 잡았고 뒤따라 차에 오른 하지석을 확인하고 출발했다. 늦은 밤 하지석은 금세 골아 떨어졌고, 수인 역시 컴컴한 고속도로를 200킬로 넘게 달리며 이대로 죽어버렸으면 좋겠다는 생각을 했다. 더 이상 이렇게 비참하게 살고 싶지 않았다. 서른이 넘은 나이 다시 배우가 될 수 있을까? 다시 밑바닥에서 시작한다면 40대쯤 빛을 볼 수 있지 않을까?

술기운 탓인지 수인은 이런저런 상념에 잠겼고, 그만 눈앞에 검은 형체를 발견하지 못했다.

고속도로 한복판을 달려오는 자동차를 뚫어지게 바라보는 검은 형체는 고라니였을까?

수인은 그만 핸들을 급하게 꺾었고, 그 육중한 벤 차량은 가드레일을 박은 채로 도로 밖으로 전복되고 말았다. 그리고 수인이 정신을 차리고 눈을 떠보니 병원이었던 것이다.

"하지석 님."

아까 그 간호사다. 수인을 하지석이라고 부르는 정신 나간 간호사.

"잠시 수액 바꿔 드릴게요."

간호사가 주사바늘을 빼고 다시 바늘을 꽂기 위해 수인의 팔을 톡톡 쳐가며 혈관을 한참 동안 찾고 있었다.

"잘 안 되세요?"

수인의 한마디에 뭐가 부끄러운지 간호사 얼굴이 갑자기 발그레해졌다.

"아, 네…. 좀 떨려서."

팔을 쓰다듬으며 느끼는 표정을 보니 정신 나간 간호사가 맞는 듯싶다.

"제가… 사실 정말 팬이거든요. 막상 제가 이렇게 좋아하는 스타 수액을 놓으려니까…."

간호사가 수액을 다 놓고도 무언가 할 말이 있는지 쭈뼛쭈뼛 서 있었다.

"뭐 다른 거 남으셨어요?"

간호사 수인의 귓가에 살며시 다가와서 조용히 속삭였다.

"정말 실례인 거 아는데… 저… 사진 한 장만 같이 찍을 수 있을까요?"

"저랑요?"

아무래도 정신병원으로 후송된 것이 분명했다. 저 여자가 제정신이라면 저런 소리를 할 수가 있을까. 수인은 그냥 모든 걸 체념한 채 고개를 끄덕이고 말았다.

"감사합니다. 잠시만요."

간호사가 서둘러 수인 곁으로 다가와 셀카 모드로 해놓은 카메라를 들어올렸다.

"하나, 둘."

"잠깐…!"

순간 진짜로 헛것을 본 것일까? 수인은 진심으로 정신병에 걸릴 것만 같았다.

서둘러 간호사 손에 들린 핸드폰을 뺏어 액정 속에 비친 자신의 모습을 바라보았다.

"와, 씨발…."

수인은 자신도 모르게 그만 탄성이 나오고 말았다. 화면 속에는 조각 같은 하지석의 얼굴이 들어 있었다. 수인이 원하면 원하는 대로 조각 같은 얼굴 근육들이 움직였다. 찡그리면 찡그리는 대로, 눈을 뜨면 뜬 대로, 눈을 감으면 감은 대로, 입술을 살짝 들어 올리면 라미네이트 시술을 한 가지런한 치아가 반짝반짝 빛나고 있었다.

"이게 저라고요?"

간호사가 말없이 고개를 끄덕였다.

"그럼 지석이는요?"

이번에는 간호사가 뭐 이런 정신병자를 다 봤나 하는 표정으로 수인을 바라보았다.

"지석이는요!"

다시 한 번 소리치자 그제야 간호사가 손가락으로 수인을 가리켰다. 수인은 서둘러 자신의 몸을 만져보았다. 늘어진 뱃살은 온데간데없고, 탄탄한 복근이 자리 잡혀 있었다. 사타구니의 군살은 사라졌고 튼실한 허벅지만이 남아 있었다.

손을 올려 머리를 만져보아도 풍성한 머릿결이 느껴졌고, 한손으로도 가려질 말한 주먹만 한 얼굴이 손끝으로 느껴졌다. 도저히 입이 다물어지지 않았다. 수인은 핸드폰을 간호사에게 넘겨주면서 다시 한 번 물었다.

"그럼 하수인 환자는요?"

"아까 말씀 드린 대로 하수인 환자는 사망하셨습니다."

수인은 갑자기 몸이 덜덜 떨려왔다. 내가 하지석이 되다니….

그 순간 침대 옆 미니협탁에서 미세한 핸드폰 진동소리가 들려왔다. 협탁 위에는 몇 가지 소지품들이 놓여 있었다.

"아, 하지석 님 소지품들입니다."

수인은 곧바로 핸드폰을 찾았다. 핸드폰 액정 위로 '별이♥' 라는 이름이 보였다.

"여, 여보세요?"

"오빠, 괜찮아? 뉴스 봤어. 살아있는 거지?"

"누… 누구?"

"오빠, 나 한별이지 누구야. 정말 괜찮은 거 맞지?"

신인 탤런트 최한별. 25세. 하지석과 같은 드라마에서 커플로 나오면서 열애설이 터졌던 그녀. 섹시한 이미지로 SNS 스타로 주목받은 후 배우까지 데뷔한, 요즘 가장 핫한 여배우다.

평소 촬영장에서 수인이 가장 흠모했던 여자 배우기도 했다.

"어, 별아. 오빠 괜찮아…."

수인은 자신도 모르게 그만 대답이 튀어나오고 말았다.

"수인 오빠 사망 소식 들었어. 오빤 괜찮아?"

"어? 수, 수인이? 응, 방금… 들었어."

"그 오빠가 눈빛이 좀 엉큼해 보여도 사람은 괜찮았는데…."

역시 현장에서 뚫어지게 쳐다본 걸 느끼고 있었던 건가. 어찌됐건 최한별 입에서 내 이름이 나오다니 죽어서도 감개무량한 일이다.

"그 오빠 내일이 발인이래. 우리 드라마 팀 모두 참석한다는데… 오빠는 괜찮겠어?"

"발인이라…."

"오빠 근데 왜 이렇게 태연해? 아무래도 오빠는 좀 무섭지?"

"아냐, 괜찮아. 나도 당연히 가봐야지."

수인은 한별의 말대로 갑자기 무서운 생각이 들었다. 발인이라. 부모님하고 여동생은 어떤 반응을 보일까? 집안의 장남으로 제대로 된 효도 한 번 해보지 못했는데.

수인은 여태껏 보험 하나 들지 않은 자신의 인생이 한심스럽게 느껴졌다.

발인 날.

수인은 환자복을 벗고 자신의 매니저가 가져온 검은 양복을 입었다. 이렇게 버젓이 살아있는데 자신의 장례식장을 가는 기분은 굉장히 오묘했다.

수인이 복잡한 감정을 떨쳐버리고 장례식장에 도착하자 생각보다 많은 사람이 와 있었다. 드라마 스텝들과 연기자들. 그래도 연예계에서 일한 보람은 있네, 라는 생각이 들려던 차 어디서 숨어 있었는지 기자들이 들이 닥쳤다.

"하지석 씨, 한마디해주시죠."

"매니저가 음주운전이었다는 설도 있는데 사실인가요?"

"대학 동기라고 들었습니다. 단순한 교통사고였나요?"

수인은 생전 처음 받아보는 카메라 플래시와 기자들의 속사포 질문에 정신을 차릴 수가 없었다. 그런 수인을 매니저가 애써 보호하며 서둘러 식장 안으로 안내했다. 입구에 들어서자 검은 상복을 입은 중년의 여성이 수인의 등을 세차게 때리기 시작했다.

"이 나쁜 자식아! 이 나쁜 놈아! 어떻게 너만 살아남아. 어떻게 너만…."

'엄마….'

수인은 서럽게 우는 엄마의 모습을 보자 순간적으로 튀어 나올 뻔한 말을 간신히 틀어막았다.

"내 새끼가 네 뒷바라지만 하면 살았는데. 어떻게 너만 살아남니! 수인이가 그랬다. 차라리 너처럼 하루만 살아보고 싶다고. 세상 모든 호사를 누리는 놈은 살아남고, 어쩌면 세상이 이럴 수가 있냐."

엄마의 한탄에 아무 말도 할 수가 없었다. 수인은 그냥 아무 말 없이 울고 있는 엄마의 양손을 꽉 잡았다.

"죄송합니다, 어머니. 제가 앞으로 수인이 대신 부모님처럼 모시겠습니다."

다행히도 진심이 통했는지 서서히 엄마가 울음을 그치기 시작했고, 수인은 안으로 들어가 자신의 영정 사진을 바라보았다.

대학 시절, 연극 포스터에 들어간 자신의 프로필 사진이었다. 무엇이 그렇게 좋았는지, 환하게 웃고 있는 자신의 얼굴. 수인은 그렇게 한참을 바라보다 절을 하고 상주인 아버지와 인사를 나눴다.

"자네라도 살았으니 다행이네. 수인이가 못 다 이룬 꿈을 이뤄주게."

수인은 말없이 고개를 끄덕였고, 옆에서 울고 있는 여동생 다은이를 꼭 껴안아주었다. 특별히 걱정되지는 않았다. 이제부터 부모님과 여동생을 이 지긋지긋한 가난에서 벗어나 꽃길만 걷게 해줄 생각이니까.

수인은 곧장 기자들을 피해 식장을 빠져나가려다 낯익은 여성이 안으로 들어오는 걸 발견했다.

임화영.

학창시절, 한 학번 후배로 남 몰래 좋아했던 수인의 첫사랑이다.

졸업 후, 영화 촬영장에서 우연히 마주쳤던 기억이 있다. 그녀 또한 변변치 않은 환경에서 단역으로 꿈을 키워나갔던 모양이었다. 수인이 매니저를 하고 있다는 사실을 말하자 여전히 변하지 않은 그 청순한 눈망울로 '선배 멋지시네요' 했었다. 그런 그녀가 자신의 장례식장에 와 있다니 수인은 새삼 감회가 남달랐다.

수인은 그녀가 조문을 마치고 나오길 기다렸다. 어떻게 살고 있는지, 결혼은 했는지, 묻고 싶은 마음뿐이었다. 드디어 인사를 마치고 나오는 화영에게 조심스럽게 다가갔다.

"저기…."

"아, 수인 선배? 참 이제 이렇게 부르면 안 되죠? 하지석 선배."

여전히 맑고 깊은 눈동자였지만 처음 그녀를 보았을 때처럼 청순한 얼굴은 아니었다. 배우생활을 하면서 마음고생을 많이 한 듯 보였다.

"오늘 어떻게 알고 온 거야?"

"어떻게 알긴요? 대한민국에 이번 사고 모르는 사람도 있어요?"

"그렇지? 수인이랑 친했던 거야?"

"아뇨, 그냥 따뜻한 선배였어요. 항상 고마운 사람."

"그, 그래? 요즘은 어떻게 지내?"

"어떻게든 잘 지내겠죠?"

어깨를 으쓱하면 살짝 눈웃음을 짓는 그녀는 여전히 사랑스러웠다. 가벼운 목례를 하며 수인을 지나치려는 화영을 수인이 붙잡았다.

"배우는 계속 해? 연락처 좀 알려줄 수 있어?"

화영은 아무 말 없이 고개를 저었다. 그랬다. 어쩌면 수인이 화영을 좋아한 이유는 이렇게 하지석을 좋아하지 않았던 그녀의 태도 때문이었는지도 모른다. 하지석의 겉모습에 유일하게 별 관심 없던 그녀의 모습.

'내가 수인이야, 화영아.'

수인은 목구멍까지 차오르는 말을 간신히 참아냈다. 이제는 화영에게 집착할 이유가 없었다.

앞으로 새 인생, 새 모습을 통해 제2의 인생이 펼쳐질 기회만 남아 있었다.

지익, 소리와 함께 자동 도어락이 열리자 수인은 수없이 드나들었던 낯설지 않은 공간에 도착했다. 방배동 60평대 고급빌라.

현관문을 열고 들어오자 럭셔리한 분위기의 중문이 수인을 바라봤다. 반짝반짝 빛나는 대리석 바닥재와 블랙&화이트에 모던하고 심플한 인테리어는 균형 하나 흐트러지지 않은 채 수인을 맞이했다.

"왔어, 오빠?"

"한, 한별아. 어떻게 여길?"

최한별이었다. 수인은 서둘러 매니저를 바라보았다.

"저기 왼쪽 끝 옷 방에 짐 좀 놔주고 바로 퇴근할래?"

매니저가 수인의 지시대로 움직이는 모습을 보자 웃음이 피식 나왔다. 얼마 전 아니, 며칠 전까지 저게 자신의 모습이었다니 수인은 실감나지 않았다.

"그럼 이만 가보겠습니다."

매니저가 수인에게 90도 인사를 하자 수인은 대답 대신 말없이 오른손을 들어올렸다.

그토록 수치스러웠던 하지석의 행동들이 이제는 묘한 쾌감으로 다가왔다. 매니저가 나가자 수인은 한별에게 다가갔다.

"원래 이렇게 말없이 오고 그랬던가?"

"뭐야? 갑자기 새삼스럽게."

"그, 뭐냐? 예전에는 이렇게 매니저랑 마주친 적은 없었을 텐데."

"그때야 오빠가 대학 동기라 조심하라 그랬잖아. 쟤는 막내 매니저인데 뭐…."

최한별은 갑자기 양손으로 수인의 목을 감싸며 품으로 안겨왔다.

그토록 바라만 보았던 여자였다. 적어도 1미터 이내로 다가가지도 못했던 여자. 그런 여자가 지금 0.1미터 오차도 남기지 않고 자신의 신체와 맞닿아 있었다.

"아직도 어디 아픈 거 아냐?"

최한별이 수인의 머리카락을 한손으로 넘겨 지그시 수인의 눈을 바라보더니 이내 이마에 입맞춤을 했다.

"퇴원 선물."

한별이 수인을 향해 미소를 지었다. 현장에서 그토록 많은 연예인을 봐왔지만 바로 코앞에서 본 여자 연예인의 얼굴은 가히 남다르게 아름다웠다.

"고, 고마워."

한별은 시시하다는 듯 수인의 목에 두른 손을 풀었다.

"치, 재미없어. 왜 그래? 매일 달려드는 사람이."

"오늘 퇴원했잖아. 약간 피곤하기도 하고."

"아무리 그래도 그렇지. 어딘가 약간 이상해."

그 짧은 순간에도 무언가 달라진 점을 느낀 것일까. 한별은 편하게 소파에 앉아 몸을 기대었다. 옆트임이 있는 스커트는 그녀의 각

선미를 여과 없이 드러냈다.

"오빠, 근데 생각은 좀 해봤어?"

"뭘?"

"회사 나오는 거 말이야."

"회사는 왜?"

"왜라니? 오빠 자꾸 이럴 거야?"

수인은 슬며시 한별의 옆에 앉아 그녀의 허벅지에 손을 올려놓았다. 역시 아무 내색을 하지 않았다.

"왜? 뭔데?"

"뭐긴, 장대표가 오빠 스폰 해주는 거 말이야."

"장대표?"

장대표는 수인이 속한 매니지먼트의 대표였다. 여성 매니저로 성공한 후 자신만의 회사를 세웠고 그게 지금의 '아우라엑터스'였다.

수인은 애초부터 영세한 회사에서 하지석을 영입한 자체가 의아했지만 장대표는 회사 돈을 젊은 남자 배우랑 놀아나는 데 쓰고 있었던 것이다.

"오빠 장대표랑 정리 안 하면, 나 이제 안 만날래. 지저분해."

"그게 무슨 소리야? 장대표랑 나랑 그렇고 그런 사이라니?"

한별이 자리에서 일어나 가방을 챙겼다.

"모른 척하지 마. 약속대로 이번 작품 끝날 때까지야."

한별이 떠나자 수인의 머릿속이 복잡해지기 시작했다. 장대표와 하지석이 애초부터 스폰 관계였다는 건 꿈에도 생각 못 한 일이었다.

"어머나! 하배우가 여기까지 몸소 웬일이야?"

다음 날 수인은 한별의 말대로 장대표와의 관계를 정리하기 위해 직접 사무실을 찾았다.

장대표는 수인이 살아생전 본 적 없는 환한 미소로 지석을 반겼다.

"일단 수인이 사고는 어떻게 처리됐는지 궁금합니다."

"어쩌긴. 산재는 산재니까 어쩔 수 없이 법적인 선에서 다 처리했지. 하배우, 나 그렇게 몰상식한 사람 아니다?"

"그 외 다른 위로는 해주시지 않았고요?"

"위로는 무슨. 그 얼굴로 배우 못 하는 걸 매니저로 받아준 게 어딘데. 애가 착하긴 한데, 능력이 있어야지. 5년 동안 한 게 없잖아."

결국 지난 5년 동안 개 같이 시중 들고 하수인 노릇이나 한 보답이 고작 이건가. 수인은 장대표의 가증스러운 미소를 보자 분노가 치밀었다.

"수인이 없으면 저도 이 회사 있을 필요가 없습니다."

"그게 무슨 소리야? 있을 필요가 없다니?"

"나가겠다는 말입니다."

장대표의 얼굴이 순간적으로 일그러지기 시작했다.

"하배우, 우리 계약 벌써 잊은 거야? 내가 여태 하배우한테 들어간 돈이 얼마인지나 알아?"

"저 또한 그 돈에 상응하는 대가를 지불했을 텐데요."

역시나 수인의 예상이 맞은 것일까. 장대표의 눈동자가 흔들리고 있었다.

"그거야 서로의 마음이 통했던 순간이 있었던 거니까…"

"전 한 번도 통한 적이 없었습니다."

확실히 돈으로 누군가의 마음을 사는 일은 수치스럽다. 수인의 말에 장대표의 기세가 주춤해졌다.

"나갈 수 없다는 거 하배우도 잘 알잖아."

무언가 있을 거라는 걸 처음부터 직감했다. 분명 지석이의 발이 묶인 건 위약금 때문일 것이다.

"위약금이 얼마죠?"

"이러지 마. 나 하배우랑 계속 일하고 싶어. 그깟 5억이 우리 사이에 다가 아니잖아?"

장대표가 수인의 옆으로 자리를 옮겨 앉아 손을 잡았다.

"사고 때문이야…. 친구의 죽음도 있고…. 당분간 안정 좀 취하면서 다시 생각하면 안 될까?"

장대표가 서서히 다가와 수인에게 입맞춤을 하려고 했다

저 까다로운 여사장이 자신한테 안기려는 꼴을 보니 수인은 화가 치밀기보다는 오히려 웃음이 났다. 수인은 결국 웃음을 터트렸고, 장대표의 의아한 표정을 보니 더욱 더 통쾌했다.

결국 외모의 우월함이 이런 것일까. 위약금이 얼마든 간에 여기서 망설일 이유가 없어 보였다. 수인은 갑자기 자신의 인생에 큰 그림이 보이기 시작했다. 매니저 생활을 하면서 읽어낸 시장의 판. 그리고 본인의 꿈. 하지석처럼 성공에 취해 그저 고액 출연료만 가지고 살 필요는 없었다. 어차피 인기는 한순간에 사라질 수도 있는 법. 하지석의 파워 정도면 1인 기획사 설립도 가능했다. 배우 수입, 매니지먼트, 앞으로 하지석이 동시에 가져갈 수 있는 몫은 어마어마하다. 움직여야 한다. 빛보다 빨리.

"5억 드릴게요. 일시불로. 조용히 끝내기로 하죠."

수인의 단호한 태도에 놀란 장대표는 갑자기 매달리기 시작했다.

"자기, 왜 그래? 응? 이러지 마. 내가 잘할게."

"다음 주까지 계좌로 보낼게요. 계약 파기해주세요."

수인은 그동안 장대표를 믿고 이 회사에서 보내온 시간들이 수치스러웠다. 수인이 자리에서 일어나자 장대표는 대놓고 궁금한 걸 물었다.

"어디야? 위약금 대신 내주고 영입한다는 회사가?"

"전혀요. 제 돈으로 드릴 거예요."

"그럼 뭐야? 배우 은퇴하려고?"

"아니요. 1인 기획사. JS엔터테인먼트. 새롭게 설립하는 제 회사입니다."

수인은 마지막으로 장대표에게 환한 미소를 보여주며 문을 나섰다.

수인의 생각과 달리 하지석에게는 돈이 많지 않았다. 지석이의 현금 보유는 사실상 제로에 가까웠다. 곁에서 지켜본 그대로 하지석은 좋은 옷, 좋은 차, 여자, 술, 철저하게 자신의 욕망에 충실한 삶을 살았다. 다행히 방배동에 있는 유일한 자산인 집을 담보로 대출 받아 장대표와의 관계는 청산할 수 있었다.

그 후, 수인은 깊은 생각에 잠겼다. 쉽게 유혹에 빠져서는 안 된다. 공짜로 다가온 새로운 인생마저 망치고 싶지 않았다. 연예인들이 1인 기획사를 결심하는 이유는 사실 크게 다를 건 없었다. 바로 수익 배분이다. 사람 생각이 다 똑같듯 혼자 일하고 혼자 다 가져가겠다는 게 가장 큰 목표이자 이유다.

한류 열풍에 힘입어 배우들의 수익 규모는 과거와는 비교도 할 수 없을 정도로 커졌고, 작품 선택의 안목은 하지석이 가지지 못한 수인의 능력으로 커버할 수 있을 것이다. 다만 하지석 혼자만 가지고 사업을 진행하기에는 리스크가 컸다. 초기부터 함께할 배우 라인업이 필요했다. 배우 김수현 같이 20대 후반부터 커리어를 안정적으로 쌓아갈 수 있는 느낌의 남녀 배우를 영입해 회사 아이덴디티를 만들어 가야만 한다.

또한 연예계에서 명성과 경험이 많고 단순히 바지사장으로 앉혀놔야 하는 전문경영인도 필요했다. 수인은 답답한 마음에 하지석 핸드폰에 있는 연락처를 샅샅이 뒤져보았다. 그리고 생각지도 못했던 이름을 발견했다.

강세린.

얼짱 가수 출신으로 데뷔해 그룹 탈퇴 후 안정적으로 배우 입성에 성공한 여배우.

별명 갓세린. SNS 팔로워 백만 명. 여성들의 트렌트 세터이자 남성들의 여신. 수인이 알기에 하지석과 강세린은 작품이나 광고로 연결된 적은 한 번도 없었다. 지석은 어떻게 강세린과 인연이 있었던 걸까. 카톡, 통화 목록, 그 어떤 것도 흔적이 남아 있지 않았다.

현재 강세린은 연기자로서의 도약을 꿈꾼다며 걸그룹 전문회사인 소속사와 계약해지 분쟁 중인 상태였다. 이런 강세린을 영입할 수 있다면!

게다가 열애설이라도 흘린다면 그 효과는 엄청날 것이다. 수인은 혹시나 하는 마음으로 강세린에게 전화를 걸어보았다. 짧은 통화 연결음을 뚫고 강세린의 목소리가 들려왔다.

"여보세요?"

"여, 여보세요?"

"네, 누구세요?"

하지석의 번호를 모르는 것일까. 경계하는 목소리가 분명해 보였다. 수인 또한 떨리는 목소리로 대답했다.

"세린 씨… 저 하지석인데요."

"지석 오빠? 정말 지석 오빠야?"

어떻게 대답을 해야 하는 걸까. 강세린과 하지석과의 관계에 대해서는 아는 정보가 너무 없다.

"어, 세린아. 잘 지냈어?"

"만날 수 있어?"

다짜고짜 만나자는 말에 수인은 어떻게 대답해야 할지 몰랐다.

"신사동 카페 알지? 거기서 일곱 시에 봐."

수인은 강세린과 대화 끝에 겨우 유추해낸 신사동 카페에 도착했다.

뉴스와 지석이의 핸드폰을 샅샅이 뒤져봐도 강세린과 하지석과의 정보는 여전히 전무한 상태였고, 수인은 둘의 관계를 고민하느라 두통이 올 정도였다. 잠시 약국에 다녀오려고 일어서려는데, 갑자기 카페 안이 웅성거리기 시작했다.

사람들의 시선이 머무는 끝에 빨간색 마세라티 차량이 한 대 섰다. 이내 차에서 내린 강세린이 카페 안으로 성큼 들어섰다. 평소 인터넷 이미지로만 보던 선글라스에 검은 가죽자켓을 살짝 거친 모습이 누가 봐도 연예인이라는 것을 뽐내고 있었다.

아름답다!

카페 안으로 들어오는 순간 고요 속에서 술렁이던 사람들의 얼굴을 수인은 잊을 수 없었다. 질투와 부러움, 또는 동경의 눈빛을 노골적으로 드러내는 여자들, 수인처럼 놀라움과 탄성의 시선을 보내는 남자들까지. 그런 강세린이 수인 앞으로 다가와 앉았다.

"세린. 오, 오랜만이네?"

수인은 태연한 척 인사를 건네보려 했지만 마음처럼 되지 않았다.

"별일이네. 오빠가 내 이름도 부르고 말이야?"

강세린은 사람들의 시선은 별 신경 안 쓴다는 듯 선글라스를 벗고 수인을 쳐다보았다. 예전 매니저 시절 같았으면 바로 머리를 조아리고 싶을 정도로 아름다운 얼굴이다.

"우리 다시 만날래?"

대뜸 그녀의 입에서 뜻밖의 질문이 나왔다. 솔직히 심장 박동 소리가 강세린에게 들리지 않았을까 걱정이 들 정도였다.

"어? 이, 이유는?"

"오빠 사고 소식 듣고 안 그래도 연락할까 말까 고민했었어."

"…."

"오빠 소식 듣고 아무것도 하기 싫더라. 일도, 사는 것도. 오빠랑 연애했던 그 짧은 시간밖에 기억나는 게 없었어."

강세린 또한 하지석의 손에 있던 여자였을까. 도대체 하지석의 옴므파탈은 어디까지였던 거야.

"사실 하고 싶은 얘기가 있어."

수인은 강세린에게 차분하게 자신의 계획을 얘기했다. 새로운 회사 설립부터 자신과의 열애설까지. 철저하게 계산된 강세린의 이익에 대해서도. 강세린은 달라진 하지석의 모습에 상당히 놀라는 눈치였다.

"사실 새롭게 옮길까 하는 회사가 있었어. 오빠도 알지? bk엔터

서병기 대표."

bk엔터테인먼트 서병기.

90년대 1세대 매니저 출신으로 국내 굴지의 매니지먼트를 창립한 전설적 인물. 그로 인해 전문적인 연예인 매니지먼트라는 사업이 시작됐다. 서병기는 사업적 수완이 뛰어나 수많은 인수합병을 반복하며 지금의 bk엔터테인먼트를 일궈냈다.

"오빠도 알다시피 bk를 대기업이 인수하면서 자신의 자리를 잃게 됐나 봐. 명색만 대표고 자신의 뜻대로 아무것도 할 수 없는 뭐 그런 처지. 근데 그 사람이 자신의 독립 수단으로 택한 게 나야. 뭐, 그 속뜻은 나도 아직 알 수 없어. 아직까지 집적대고 이런 건 없으니."

수인은 예감이 좋았다. 적벽대전 오나라 주유가 이런 기분이었을까.

강세린의 등장으로 마침 절실했던 동남풍이 불고 있는 것만 같았다. 상품은 준비돼 있다. 강세린, 하지석. 이 둘만으로도 충분한 수익은 보장돼 있는 상황. 서병기 대표만 데리고 온다면 JS엔터테인먼트 설립은 식은 죽 먹기에 불과했다.

"좋아. 내가 한번 만나볼게."

수인은 자신 있게 대답했다.

한 달 후, 기자회견장.

수인의 계획대로 각종 포털 사이트 연예면은 하지석, 강세린의 열애설로 온통 도배되어 있었다. 두 사람의 열애설이 확산되면서 JS엔터테인먼트는 설립 홍보 효과를 톡톡히 얻고 있었다.

"현재 JS엔터에 배우는 두 분밖에 없는데 열애설이 하지석 기획사 설립에 영향이 있는 건가요?"

"우선 두 배우의 열애설은 사실이 아니며 JS 설립은 두 배우의 열애설과는 전혀 상관이 없습니다. 배우 하지석과 강세린은 현재 저희 회사에 소속돼 있는 아티스트일 뿐입니다"

생각보다 쉽게 데리고 온 서병기 대표가 대신 대답을 했다. 재기의 발판으로 하지석과 강세린을 택한 서병기. 이 셋의 만남은 업계에서 큰 관심을 끌었다.

연봉 1억 2천. 이미 이빨 빠진 노인네를 바지사장으로 설득하기에는 충분한 금액이었다. 서대표의 연예계 네트워크라면 본전 이상은 충분히 뽑을 수 있는 액수다.

"하지석 씨, JS엔터의 향후 목표는 무엇인가요?"

기자의 질문에 수인이 단숨에 대답했다.

"단순한 매니지먼트가 아니라 연기자부터 가수까지 발굴 육성, 또한 제작까지 하는 종합 엔터테인먼트로의 성장을 목표로 하고 있습니다."

수인의 오랜 꿈이었다. 이런 자리, 이런 성공, 이런 목표, 내 밑에 연예인들이 줄을 서는 그런 성공.

"JS엔터 출범 후 첫 계획은 어떻게 되죠?"

"이미 투자는 순조롭게 진행된 상황이고, 하지석 주연의 로맨스 영화입니다. 배우부터 제작까지 JS만의 색깔이 담긴 영화가 될 것이라 생각합니다."

"기사에 따르면 여주인공은 강세린 씨이며, 내부에서 북 치고 장구 친다는 얘기가 있는데 어떻게 생각하시나요?"

"아니요, 대대적인 여배우 공개 오디션을 진행할 것입니다. 또한 이번 오디션을 통해 여주인공 캐스팅과 함께 JS 신인배우 전속계약의 기회가 주어질 것입니다."

수인의 얘기가 끝나자 기자들이 술렁이기 시작했다.

완벽했다. 회사의 설립과 방향성까지. 모든 것이 완벽하게 마무리된 기자회견이었다.

다음 날, 호의적인 JS 기사와 함께 하지석의 차기 작품에 대한 관심도는 점점 더 올라가게 됐다. 수인은 사무실 소파에 앉아 한숨을 내쉬었다. 논현동 20평짜리 사무실. 서대표가 예상한 만큼 돈을 끌어오는 데 성공했다. 아직 회사의 수익이 없기에 부채는 나날이 커지고 있었지만 별 문제는 없었다. 어차피 돈 10억 정도는 이제 시시할 정도가 될 테니까.

"하이사님, 손님 오셨습니다."

새로 뽑은 경리이자 전속비서인 임양이 들어왔다.

아직까지도 너무 예쁜 여자는 사람 같지가 않아서 적당히 볼륨감 있고 단정한 외모가 맘에 들어 채용한 여직원이다.

"누구죠?"

"대학 동기라고 하던데요."

"아아, 들어오라고 해요"

임양이 나가고 후줄근한 후리스와 청바지를 입은 동기 김창섭이 들어왔다.

"오랜만이다, 수인아."

창섭이 가까이 다가와 포옹을 하려 했다. 창섭의 몸에서 담배 냄새와 수년간 덧씌워진 남자 자취방 특유의 냄새가 물씬 났다. 예전에도 내 몸에서 이런 냄새가 났을까. 수인은 갑자기 불쾌한 기분마저 들었다.

"와, 정말 영광이다. 수인이 네가 날 불러주다니."

"그러게. 정말 오랜만이다. 그리고 이제 수인이라 하지 말고, 하하."

"아, 그렇지. 하지석이지. 우리 톱스타 하배우."

수인은 창섭에게 명함을 건넸다.

"와, 이사네. 하배우가 아니라 하이사구만."

"그야 회사에서는 또 마땅한 직함이 있어야 하니까."

김창섭.

대학 때부터 눈여겨봤던 놈이었다. 뛰어난 시나리오 실력에도 불구하고 융통성이 없어 아직까지 입봉도 못하고 있는 놈. 수인이 매니저 생활 때도 언제가 회사를 차리면 써 먹으리라 생각하며 틈틈이 관계를 유지해왔다.

"참, 수인이 일은 안됐다. 나 사실 수인이 가끔 만났지만 장례식장도 못 갔거든. 거기서 동기들 만나고 하면 내 자신이 너무 초라할까 봐…."

"그래, 이해한다."

"그래도 수인이가 참 니 욕 많이 했는데. 이제 이런 얘기해도 되는 거지? 하하하."

불쌍한 동기. 애써 편한 척 웃고 있지만 역시 하지석 앞에서는 주눅든 모습이었다.

"그나저나 왜 무슨 일로 보자 한 거야? 뭐, 수인이 얘기야?"

수인은 가볍게 고개를 가로젓고, 준비해놓았던 시나리오 계약서를 창섭에게 건넸다.

"이게 뭐야?"

"읽어봐, 계약서야."

계약서를 읽던 창섭의 표정을 바라보는 것은 꽤나 재미가 있었다. 수인은 담배 한 대를 꺼내 피며 이 우월감을 즐겼다.

"기사를 통해서 봤는지 모르겠지만 내 다음 작품 시나리오가 필요해."

수인은 창섭에게 담배를 권했다. 골초인 창섭이 얼마나 긴장했는지 담배를 거절했다.

"창섭아, 내가 선택한 사람은 너야. 어때? 쓸 수 있겠어?"

"내, 내가?"

"장르는 로맨스. 내 비중이 많지 않아도 돼. 여주인공 비율도 50프로는 돼야 돼. 아니, 어떻게 보면 여자배우가 더 매력 있어 보여야 하고."

창섭은 주먹을 불끈 쥔 채 어린아이처럼 말없이 고개를 끄덕였다.

"여자 주인공은 오디션을 볼 거야. 신인 배우로. 당연히 우리 회사와 계약을 할 거니까, 무조건 띄워야 돼."

"아, 그럼 어차피 너한테도 좋은 거구나."

"그렇지, 이해가 빠르네. 어차피 다 내 주머니로 들어갈 거야. 그러니 걸그룹 미쓰비 수진처럼 광고 쪽에 잘 팔릴 수 있는 이미지로 세팅해줘."

창섭이가 갑자기 수인의 손을 잡고 머리를 조아렸다. 30대에 벌써 벗겨진 정수리를 보아 하니 그간의 고생이 심한 듯 보였다.

"고맙다, 지석아. 정말 고마워."

창섭은 울먹이며 수인에게 연신 머리를 꾸벅였다. 신인작가에게 원고료 3000만 원은 꽤나 후하게 쳐준 게 분명했다. 수인도 뿌듯해하며 마지막으로 한 모금을 깊게 빨아들이고 담뱃불을 껐다.

"창섭아, 최대한 도와줄 수 있는 만큼 도와줄 테니 잘해봐. 그리고 투자자 측에서 괜찮다 하면 너 감독 입봉도 생각해볼게."

역시 자리가 사람을 만든다고 했던가. 수인은 창섭의 등을 어루만지며 다독였다.

감독 입봉이란 말에 눈이 돌아간 창섭이 고개를 들었다.

"사실… 예전부터 생각해놓은 멜로 영화가 있는데…."

"진짜? 뭔데?"

"그게 말이야…."

고개를 든 창섭의 눈은 그 어느 때보다 반짝반짝 빛나고 있었다.

"어때?"

작품 설명을 끝낸 창섭의 표정에는 자신감이 엿보였다.

"음, 좋긴 한데…."

역시 난놈이었다. 작품성과 배우 입장에서는 두 번, 세 번 해도 아쉬울 것 없는 스토리였다.

하지만 지금은 제작자 입장에서 판단해야 한다. 대중성을 겸비하지 못한 영화가 얼마나 호응을 이끌어낼지는 미지수였다.

"개인적으로 감독까지 맡는다면 칸이나 베니스 수상까지 생각하고 구상한 거야."

창섭의 말이 허언은 아니었다. 아마 인생 최대 무기를 꺼낸 것 같았다.

"그러니까 완벽한 법조인이 아들의 여자와 사랑에 빠진다는 얘기 아니야?"

"그렇지. 하지만 여기서 중요한 건 아들의 애인인 거지. 두 남자와 각각의 관계를 지속해가며 아슬아슬한 줄타기를 하는 거. 여자 주인공의 감정, 행동, 하나하나가 이 영화의 핵심이야."

"너무 센 거 아니야? 독립영화 만들 생각은 없는데."

"글쎄, 알다시피 요즘 관객들 수준도 엄청 높아져서…. 첫째, 오락영화보다 작품성 있는 게 더 먹힐 것 같다는 생각. 둘째, 노출 연기가 포함된 사상 최대의 오디션 우승자의 데뷔작. 셋째, 하지석과 여배우의 연기력을 보여줄 수 있다는 점."

"캐스팅은?"

"남주 역할에 국민배우 안성진 선생님. 아들 역할 하지석, 여주 신인 여배우."

나쁘지 않았다. 하지석이란 브랜드에도 연기력 한계라는 딱지를 떼어놓아야 했다.

"좋아, 내 역할은 작아져도 괜찮아. 근데 여배우가 그런 파격적인 연기를 하면 상업적인 가치가 생길까?"

"걱정 마. 영화 '소녀의 비밀' 김태연도 지금 누구보다 CF 많이 찍고 있잖아. 내가 충분히 고려하고 사랑스러운 캐릭터로 만들어줄게."

"안성진 선생님은?"

"너도 알다시피 대학 시절 내 단편영화에 선생님이 출연해주셨잖아."

"아, 그때 대박이었지? 학생 영화에 출연해주셔서."

"어. 선생님하고 계속 연락하거든. 선생님이 내 재능 높게 봐주셔서 내 영화에 한 번은 꼭 출연해주신다 했거든."

"근데 그 말은…."

"어, 지석아. 그 대신 내가 이 영화 꼭 감독해야 돼. 이건 나밖에 못 만들어."

창섭을 너무 어리숙하게 본 것일까. 되레 한 방 먹은 것 같은 기분이다. 창섭의 재능을 높이 사지만 신인감독은 너무 위험도가 높긴

했다.

"솔직히 신인감독으로 관심 받긴 힘든 거 너도 잘 알잖아."

창섭은 마치 이런 질문에 수백 번 연습했다는 듯 유창하게 항변했다.

"신임감독이니까 가능해. 오히려 어중간한 영화 만들어서 딱지 붙은 감독보다 나아. 아직 미지수니까 사람들 호기심도 있고."

틀린 말은 아니다. 감독보다 메이저 배급사가 더 중요해진지는 오래되었다.

"고민되면 시나리오 선금 안 받을게. 시나리오 먼저 보고 감독 계약할 때 그때 같이 얘기하자."

"어? 시나리오 먼저 그냥 쓴다고?"

수인은 뭔가 말리는 기분이었지만 초기 자본금도 없는 상황에서 어찌 보면 다행인 얘기였다.

"한 달만 줘. 아마 보고 나면 고민되지 않을 거야."

창섭은 건네준 시나리오 계약서를 찢고 수인에게 자신 있는 웃음을 보이며 자리에서 일어났다.

한 달 후.

창섭은 약속대로 시나리오를 메일로 보내왔다. 짤막한 메시지와 함께.

-안성진 선생님한테도 시나리오 보내드렸다. 스케줄 비워 놓으신대.

시나리오 내용은 창섭이가 장담한 대로 완성도가 있었다. 칸, 베니스 간다는 말이 더 이상 농담으로 들리지 않았다. 수인 본인의 역할도 욕심이 날 정도로 매력적이었고, 특히 여자 주인공의 역할은 시나리오만 봐도 매혹적일 정도로 끝내주었다.

더 이상 고민할 필요 없었다. 어쩌면 그동안 분출하지 못한 배우의 욕구가 먼저 발생한 걸지도 몰랐다. 수인은 바로 서병기 대표에게 전화를 걸었다.

"서대표님, 시나리오 왔습니다. 각 매니지먼트 기획사들, 대학 연영과, 뮤지컬, 극단들까지 오디션 공고 돌려주세요."

서대표는 수인의 빠른 행동력에 우려를 표했지만 수인은 확신에 차 있었다. 더 이상 망설일 게 하나도 없었다. 이 역할을 해낼 수 있는 보석만 찾는다면…. 수인은 그렇게 하루 빨리 오디션 날이 오기를 고대했다.

"그럼 참가자 1번부터 진행하겠습니다."

무려 3000명 지원자 끝에 최종 오디션 30명의 심사가 있는 날이었다. 서대표가 평소 친분이 있는 CN컬쳐 연습실을 오디션 장으로 빌려놓았다. CN컬쳐는 보이 그룹 두 개 돌려서 연 매출 300억 이상은 꾸준하게 찍는 회사였다. 요즘 떠오르는 성수동에 시가 60억짜리 4층 사옥을 지은 걸 보면 그동안 꽤나 장사를 잘해온 듯했다.

대한민국 엔터테인먼트 산업은 이미 돈 놓고 돈 먹기 게임이 된 지 오래된 것 같았다. 수인은 오늘 60억 짜리 배우가 아닌 천억짜리 배우가 나올 것 같은 알 수 없는 기대감에 휩싸였다. 수인은 하지석의 몸으로 누릴 수 있는 것보다 자신이 꿈꾸던 오늘 이 자리가 더욱 더 흥분되게 느껴졌다.

"안녕하세요. 신수빈입니다."

첫 번째 참가자가 인사와 함께 싱그러운 미소를 보였다. 21살. m 대학 연영과 2학년 재학 중.

167. 52. 너무 글래머러스하지 않은 딱 꾸미기 좋은 체형이었다.

"지정연기 시작하겠습니다."

생각보다 바르지 못한 발음. 이상한 자신만의 톤까지. 몇 가지 부족한 점들만 보였다.

"오! 좋은데요. 연기는 시작한 지 어느 정도 된 건가요?"

할 수 없이 부른 창섭이가 벌써 감독이 된 듯 질문을 쏟아내고 있었다. 쓸데없이 길어지는 인터뷰에 수인은 창섭에게 눈치를 주었다.

"야, 진짜 예쁜 것 같아. 바로 캐스팅 하고 싶어."

아무래도 창섭은 태어나서 처음 겪는 여자들의 퀄리티에 신이 난 듯 보였다. 서대표와 프로듀서가 상황정리를 하자 그제야 첫 번째 참가자가 나갔다.

그 이후로도 세련된 외모를 가진 참가자는 나와도 눈에 번뜩이는 지원자는 나오지 않았다.

"스물여섯 번째 지원자. 스물여섯 살 이지수입니다."

이지수를 처음 본 순간 수인은 제작자들만 느끼는 짜릿한 기분을 느꼈다. 군계일학이라는 말이 왜 있는지 알 것만 같았다. 오늘 이 자리의 주인공은 이지수였다. 영화 '노팅힐' 줄리아 로버츠 같은 시원한 웃음과 감정을 다 담아낼 것 같은 큰 눈망울이 인상적이었다.

"방금 연기한 장면 어떤 감정인지 설명 좀 해주시겠어요?"

이지수는 지정연기를 끝내고 차분하게 수인의 질문에 답했다.

"자신이 진짜 사랑하는 사람에 대해서 본인조차 확신하지 못하는 괴로운 감정이라 생각했고 그렇게 표현했습니다."

"연애 경험은 있나요?"

수인의 질문에 이지수는 머뭇머뭇 눈치만 보다가 조심스레 입을 떼었다.

"네."

"얘기 좀 들려줄 수 있나요?"

"두 학년 대학 선배였어요. 지금은 아주 유명한 배우가 되신 분이죠. 어느 날 그러더라고요. 자긴 이제 곧 유명해질 것 같다고…."

"그래서요?"

"헤어져 달라고 얘기했어요. SNS에 올린 사진들이나 여러 가지 흔적들도 지우길 원했고요."

"흔적들?"

"아, 그 당시… 뱃속에 아이가 있었습니다."

실로 놀라운 얘기였다.

아직 이렇다 할 데뷔도 하지 못한 신인배우가 관계자 앞에서 낙태 얘기를 꺼내는 것은 상식적으로 이해가 되지 않는 얘기였다.

"왜 그런 얘기를 하죠?"

"어차피 이번이 마지막 기회라고 생각해서요."

수인은 이지수의 눈을 빈틈없이 계속 쳐다봤다. 아무래도 거짓말 같지는 않았다. 이지수 또한 무표정한 듯 보이지만 묘하게 간절함과 좌절이 뒤섞인 눈빛으로 수인을 쳐다봤다. 그리고 그 순간 이지수의 얼굴을 가만히 보던 수인에게 갑자기 이상한 환영이 보이기 시작했다.

어딘지 잘 모르겠지만 해외임에 분명했다. 하얀색 드레스를 입은 이지수가 사람들의 환호 속에 빨간 레드카펫을 걷고 있었다. 또한 갑자기 한 남자가 폭력을 휘두르고 있고, 그 남자에게 울면서 매달리는 이지수의 모습이 보였다.

"혹시… 좀 전에 말한 선배가 김민혁인가요?"

시종일관 차분했던 이지수의 표정이 갑자기 얼어붙었다. 수인은 난처한 듯 서 있는 이지수를 향해 더 이상 묻지 않겠다는 듯 고개를 끄덕이고 오디션을 마무리했다.

그 이후로 진행된 나머지 네 명 중에서는 수인의 눈에 들어온 지원자는 더 이상 없었다. 오디션이 끝나자 창섭은 진심으로 행복했는지 먼저 말을 꺼냈다.

"아, 오늘 하루 정말 안구정화로 행복한 하루였다. 1번, 15번, 17번, 26번 어떡하지? 난 다 좋은데?"

"서대표님 생각은 어떠세요? 전 26번 말고는 딱히 없는 것 같은데요."

"어, 나도 하이사랑 같은 생각이야. 목소리도 좋고 발음도 좋아. 더군다나 기본적인 화술에 리듬감도 있어서 매력도 있고."

역시 한 세대를 풍미했던 제작자로서의 안목은 살아있는 건가. 수인은 서대표의 말에 내심 놀랐다.

"다만 사생활이 걸려. 혹시나 저런 사실이 나중에 언론에 알려진다면 뒷감당을 하기 힘들게 돼."

"맞습니다. 제가 며칠 생각해보고 다시 말씀드리도록 하겠습니다."

며칠 후, 수인은 고민 끝에 이지수를 캐스팅 했고, 약속대로 JS와 전속계약을 맺었다.

언론에서는 3000:1의 경쟁률을 뚫은 하지석의 여자로 많은 기사를 내보냈고, 이지수에 대한 자연스러운 홍보가 되었다. 하지만 어느 정도 예상했던 변수가 투자자들 사이에서 생기기 시작했다. 아무리 안성진 선생님과 하지석 캐스팅이었지만, 신생기획사 제작에 신인감독, 신인배우까지… 투자자들이 선불리 참여하기 힘든 작품이었다.

가장 큰 문제는 감독이었지만 수인은 장기적으로 창섭과 함께하는 것도 나쁘지 않다고 판단해 리스크를 안고 가기로 결심했다.

"큰일이야. 공동투자자들이 발을 빼려고 해."

늦은 밤 서대표의 깊은 한숨이 사무실 안을 메웠다.

"결국 감독과 우리 회사가 제작하는 게 가장 부담스럽다는 거죠?"

서대표가 말없이 고개를 끄덕였다. 제작이야 더 역량이 있는 영화제작사에게 맡기고 공동제작으로 해도 문제는 없었다. 창섭이에게도 미안하지만 다른 감독에게 연출을 부탁해도 된다. 하지만 수인에게는 왠지 모를 조급함이 있었다.

"그 세린이 말이야. 세린이가 친하게 지내는 최대표한테 부탁해서 돈을 좀 끌어올 수 있을까?"

서대표의 말에 수인 또한 공감했다.

영화 프로듀서 출신으로 현재 미국 유명 영화사 한국지사 대표까지 역임하고 있는 영화계 대표적인 인물. 강세린과의 관계에 대한 의혹은 많았지만, 어찌됐건 강세린을 별 볼일 없는 가수에서 배우로 데뷔시켜준 특별한 관계다.

만약 최대표가 우리 작품에 적극적으로 지원해줄 수 있다면 더 이상 걸림돌은 없었다. 수인은 바로 강세린에게 전화를 걸었다.

"어디야?"

"오빠, 나 이태원."

"알았어. 내가 그리로 갈게."

수인은 이태원에 있는 m클럽을 찾았다. 통화한 목소리로 미루어 강세린은 많이 취한 듯싶었다.

수인은 입구에서부터 가드로부터 VIP 대우를 받으며 입장했다. 입구에서부터 짙게 깔려오는 환락의 냄새가 오랜만에 수인을 들뜨게 만들었다. 클럽 근처에서 차를 대고 하지석을 기다리던 자신의 옛날 신세가 갑자기 생각나서 수인은 계단을 내려가는 내내 내심 웃음이 났다.

클럽 안에는 이미 하지석이 온다는 얘기가 돌았는지 사람들이 이미 그를 알아보고 손을 흔들었다. 확실히 이태원 최고의 클럽답게 평일에도 북새통을 이루었다. 수인은 잠깐의 눈요기도 하지 않고 그대로 세린이 있는 테이블로 가 앉았다.

"오빠… 왜 이제 왔어?"

세린은 많이 취했는지 그대로 수인의 품에 안겼다. 향수 냄새가 그대로 수인의 코끝을 찔러왔다.

"너 맨날 이렇게 오픈된 데서 놀 거야? 사진이라도 찍히면 어쩌려고…."

"지긋지긋해. 설마 잔소리하려고 온 거야?"

세린이 수인의 손을 깍지 낀 채 꽉 잡았다. 수인 또한 세린을 바라봤다. 테이블 밑으로 보이는 강세린의 허벅지가 참기 어려울 정도로 섹시했다.

"근데 왜 온 거야? 나 보고 싶어서?"

갑자기 음악이 끈적한 힙합으로 바뀌자 세린이 수인의 허벅지를 쓰다듬으며 말했다. 수인 또한 거부하지 않은 채 세린의 손길을 느꼈다 강세린, 하지석 둘 다 문란하기로 둘째가라면 서러운 사람들이었으니 이 둘이 만난 건 어찌 생각해보면 당연한 일이었는지도 몰랐다.

"일 얘기하러 온 거야."

"아무리 봐도 오빠 요즘 이상해…. 좋아하는 술도 안 마시고, 갑자기 바른생활 사나이가 돼서 말이야."

"사실 네 도움이 필요한 일이 생겼어."

세린이 재미있다는 표정으로 일어나 수인에게 말했다.

"그럼 우리 조용한 호텔 가서 얘기할까?"

수인은 크게 숨을 한 번 들이마시고, 세린을 따라 클럽 밖으로 나갔다.

지익, 가벼운 전자음 소리와 함께 1704호 호텔 문이 열렸다.

최고급 호텔답게 깔끔하고 모던한 인테리어가 제법 맘에 들었다. 강세린이 입고 있던 재킷을 벗어 침대 위에 던져놓았다.

검은색 원피스 위로 드러나는 그녀의 육감적인 몸매가 수인의 눈길을 끌었다. 강세린은 냉장고 문을 열어 생수를 마신 뒤 화장대 앞에서 자신의 얼굴을 지그시 바라보았다.

가끔씩 머리를 한 번씩 쓸어 넘기는 모습이 꼭 CF의 한 장면 같았다.

"얘기하자며?"

강세린이 침대에 걸터앉아 말했다.

"왜 방까지 잡고 그래? 이 밑에 로비에서 얘기해도 되는데."

"이 시간에 어디서? 얼굴 알려진 사람끼리?"

생각해보니 강세린 말이 맞았다. 아직 몸에 배지 않은 유명인 생활에 익숙지 않아 생각지 못했던 일이다. 수인도 입고 있던 블레이저를 벗고 강세린 옆에 앉아 얘기를 꺼냈다.

"세린아, 큰일이야. 우리 영화에 문제가 생겼어."

"우리 영화? 아, 그 신인배우인가 뭔가 데리고 찍는다는."

시큰둥한 표정을 보아하니 수월하게 일이 진행될 것 같지는 않았다.

"남 일처럼 생각하지 말고. 아무래도 신인감독 작품이라 투자가 끊겼어."

"근데?"

"네 도움이 필요해. 최대표에게 부탁 좀 하면 안 될까?"

최대표 얘기가 나오자 강세린이 차가운 눈빛으로 수인을 쏘아보았다.

"어떻게 나한테 그런 얘기를 할 수 있어?"

전에 무슨 일이 있었던 걸까. 수인은 갑작스런 질문에 입을 다물었다.

"오빠, 정말 하지석 맞아?"

"그, 그게 무슨 소리야?"

"그냥 뭔가 내가 알던 하지석이 아닌 것 같아."

수인은 여자의 육감이 얼마나 정확한지 알기에 더 조심하기로 했다. 물론 그 어떤 과학적인 방법으로도 수인이 하지석이 아닌 증거를 찾을 수는 없겠지만.

수인이 그런 생각에 잠겨 있을 때, 강세린은 갑자기 수인에게 키스를 시도했다. 당황해야 할지, 자연스러워 해야 할지 선택해야 했다. 수인은 의외로 고민되지 않았다.

수인은 강세린의 입술을 그대로 받아들였다. 더욱이 강세린의 의심을 굳이 더 만들 필요도 없었다. 수인은 달콤한 강세린의 입술과 혀끝에 전해지는 모든 촉감을 느꼈다. 강세린은 한 손으로 천천히 수인의 셔츠를 풀었다. 수인 또한 처음으로 눈앞에 있는 아름다움을 탐했다.

예전에는 꿈꿔보지도 못한 여자. 화면 속에서나 바라만 봐야 했던 여자. 세린은 셔츠가 벗겨진 수인의 가슴에 손을 댄 채 꼭 안겼다. 서로의 얼굴이 교차한 채 세린은 수인의 움직임을 기다렸다. 천천히 세린의 목덜미를 애무하자 가녀린 신음소리가 들려왔다.

수인은 그 순간 온몸이 얼어붙었다. 더 이상은 위험했다. 잠자리를 가졌던 남녀라면 서로에 대해 누구보다 잘 알 수 있는 법. 사소한 행동 하나만 달라져도 차이를 느끼는 게 남녀관계다. 만약 강세린이 이상한 낌새라도 채고 예전에 하지석으로 대하지 않으면 좋을 것이 없다. 그만큼 강세린은 어설픈 연극이라도 계속해야만 하는 중요한 존재였다.

"최대표에게 연락해줄 수 있지?"

강세린이 수인에게 깊은 키스를 한 뒤 다시 말했다.

"계속 이럴 거야?"

"도와줘, 세린아. 부탁이야."

"흥 깨졌어. 재미없어."

강세린이 수인의 품안에서 떨어져 나왔다.

"왜 이렇게 열심히 살아? 내일 당장 뒈질지도 모르니, 막 사는 게 최고라 했던 하지석이."

"그냥. 이제 조금 미래가 생겼다고 할까? 하고 싶은 게 너무 많다, 세린아."

세린은 수인의 눈을 잠시 바라보더니 침대 위 재킷을 집어 들고 나갔다. 수인은 대답 없이 나가는 세린의 뒷모습을 보며 확신했다. 그녀는 하지석을 도울 수밖에 없는 존재라는 걸.

2

JS엔터테인먼트

"자자, 다들 모이세요."

서대표의 제안으로 여태 개업 떡 한 번 먹지 못했으니 조촐한 고사라도 지내기로 했다.

서대표, 김창섭 감독, 소속배우 하지석, 강세린, 이지수. 경리 1명. 매니저 1명.

상 위에 올라간 돼지 머리조차 웃고 있을 만큼 창립 멤버로는 생각보다 나쁘지 않은 조합이다. 서대표가 먼저 절을 하고 5만원짜리 지폐를 꽂아놓았다.

"드디어 JS 식구들이 꾸려진 것 같군. 영화 '위험한 관계'는 곧 크랭크인 들어가니까 다들 앞으로 꽤나 바쁘겠어."

서대표의 웃음에 다들 환한 미소를 지었다. 다행히 강세린의 도움으로 투자 문제는 잘 마무리되었다. 단 최대표의 조건은 강세린은 본인이 데리고 간다는 조건이었다. 아무래도 최대표 또한 강세린을 통해 새로운 사업을 시작할 속셈인 것 같았다.

수인은 강세린을 위약금 없이 쿨하게 보내주기로 했다. 어차피 회사 설립 당시 큰 이슈 몰이는 했으니 강세린은 자신의 몫을 다한 거나 다름없었다. 마지막으로 이지수가 절을 하고 만 원짜리 하나를 꽂으려고 했다.

"지수는 안 해도 돼."

수인의 제지에도 불구하고 지수는 순진하게 웃었다.

"아뇨, 지금 이 만 원짜리를 넣어야 나중에 수 천 배로 돌아올 것 같거든요."

제법 당찬 대답에 모두가 웃었다. 이지수의 스케줄은 꽤나 바쁘게 돌아가고 있었다. 계약과 동시에 수인이 평소 잘 알고 있는 대학 은사님에게 연기 트레이닝을 시켰고, 영화 개봉 전에 신비감 조성에 좋은 뮤직비디오 출연을 시도했는데 운 좋게도 유명 힙합 레이블인 AMC의 뮤비 출연까지 성사됐다. 더군다나 창섭과 가깝게 지내면서 지수의 역할은 더욱 더 안성맞춤인 역할로 계속 수정되고 있었다.

"지수야, 오늘 뮤직비디오 촬영 잘할 수 있지?"

지수는 말없이 고개를 끄덕였다. 고사가 끝나고 수인은 지수와 함께 미용실로 향했다.

"이사님, 굳이 이렇게 동행하지 않으셔도 되는데…."

새로 뽑은 매니저 성일의 만류에도 수인은 지수의 첫 촬영에 함께 동행하기로 했다.

"어머, 지석 씨."

수인이 청담동 미용실에 도착하자 김원장이 환하게 반겨주었다. 메이크업 아티스트 김사라. 수인이 매니저 시절 눈길 한 번 주지 않았던 김원장이었다. 수인은 그녀가 굽실거리는 걸 즐기며 자리에 앉아 지수를 소개했다.

"우리 신인배우 이지수."

"어머어머, 기사에서 봤지. 3000대1의 신인배우."

"오늘 뮤직비디오 촬영 있어. 김원장이 무조건 섹시하게 만들어줘."

수인은 평소 지석이 하던 대로 거들먹거리며 말했다. 기분이 제법 괜찮았다. 김원장은 소속 디자이너들에게 지수를 맡기고 수인 옆에 다가왔다.

"자기, 요새 활동은?"

"곧 영화 들어가요. 지수랑."

"저런 물건은 또 어디서 찾았대?"

김원장이 지수를 보고 감탄하며 물었다.

"오디션. 아주 깨끗한 공개 오디션."

"그래서 저렇게 깨끗한 배우를 찾았구나."

거울 속에 비친 이지수의 모습은 수인이 봐도 아름다웠다. 관리하지 않았던 긴 생머리를 어깨까지 오는 적당한 길이로 커트해내고, 살짝 웨이브를 집어넣으니 좀 더 사랑스런 여배우의 이미지가 부각되었다.

"되겠다."

김원장이 나지막이 말했다.

"뭐가 돼요?"

"지석 씨, 이래 봐도 내가 매일 연예인 보는 게 직업인 사람인데 모르겠어? 자기 기획사 차리고 첫 영입이라며? 저 친구 잘되면 나중에 밥 사."

김원장의 평가에 수인은 절로 미소가 지어졌다. 더군다나 메이크업까지 마친 지수의 모습은 수인의 기분을 한층 더 좋게 만들었다.

"어때, 지수야?"

"아무래도 저도 가명 써야 할 것 같아요. 이지수 안 같아요."

지수의 순진한 대답에 미용실의 모두가 기분 좋게 웃었다. 이지수의 가장 큰 매력 중에 하나는 이렇게 사람을 쉽게 미소 짓게 만드는 것이었다. 수인은 지수를 카니발에 태운 채 상암동 촬영장으로 향했다.

"떨려?"

"네…."

"왜? 꿈꿔왔던 순간 아니야?"

"당연히 꿈꿔왔던 순간이죠."

수인도 같은 꿈을 꾸던 시절이 있었다. 모든 배우 지망생에게는 이 순간이 어찌 보면 가장 꿈꿔왔던 순간일지 모른다. 나 자신을 돋보이게 해주는 메이크업과 의상. 그리고 내가 연기를 하러 갈 수 있다는 현장이 있다는 것. 또한 나랑 동행하는 매니저와 차량들. 수인은 한 번도 이루지 못한 꿈을 지수는 지금 하나씩 이뤄가고 있는 거였다.

"근데 간단히 미팅 한 번 하고 이렇게 출연해도 되나, 싶은 부담감도 있고요."

"걱정 마. 넌 하지석의 첫 배우야. 모든 사람이 관심이 가지고 있는 배우라고. 그쪽에서도 오히려 네가 출연하면 이목을 끄는 데 더 좋은 거라고."

"낙하산은 아니라는 뜻이죠?"

"물론. 넌 JS 배우니까."

그제야 지수의 수줍은 미소가 수인을 설레게 만들었다.

밤샘 촬영이 예정돼 있는 스튜디오에 도착하자, 휘황찬란한 세트와 음악들 그리고 아름다운 수 십 명의 여자 모델들이 수인을 들뜨게 만들었다.

AMC의 수장인 박재혁의 새로운 앨범답게 파티 콘셉트의 뮤직비디오였다. 여배우에게 파티 콘셉트는 그리 내키지는 않았지만 케이블 힙합방송으로, 힙합의 대중성이 나날이 확장되어 가는 만큼 지수에게는 나쁘지 않은 제안이었다. 어차피 대중문화의 파급력이 있는 10, 20대들에게 이지수라는 배우를 확실하게 인지할 수 있는 무대였다.

"이지수 씨, 들어갈게요."

촬영이 시작되고 조연출의 콜이 들어왔다. 감독의 디렉션을 받은 지수가 카메라 앞으로 섰다.

수인은 현장에 방해가 될까 봐 감독 옆에서 조용히 모니터를 보았다. 모니터 안에 담겨진 지수의 모습은 수인에게 알 수 없는 희열감을 안겨주었다. 하지석과는 다르게 처음으로 내 의지대로, 내 손으로 뽑은 연기자였다. 그런 지수가 긴장하는 기색 없이 카메라 안에서 놀고 있는 모습이 수인으로서는 더없이 뿌듯했다. 지수는 파티 최고 퀸카 역할로 도도한 표정을 지어가며 박재혁과 케미를 이루어 가는 연기를 제법 잘해내고 있었다.

"은근히 몸매가 모델들한테도 밀리지 않네요."

수인도 내심 느끼고 있는 바를 감독이 먼저 얘기했다. 평소 청바지를 입고 다니느라 잘 못 느꼈는데 타이트한 원피스를 입은 지수의 몸매는 확실히 부각되는 점이 많았다. 생각보다 잘록한 허리 골반과 동양인치고는 큰 골격들이 원피스 같이 섹시한 의상을 입었을 때 더 빛을 발하는 것 같았다. 게다가 다른 모델들과 달리 얼굴에 신비한 매력까지 있으니 단연 돋보이는 것은 말할 것도 없었다.

"오케이, 컷."

감독의 자신감 있는 컷 소리와 함께 밤샘촬영이 마무리되었다.

성공적인 데뷔였다. 세간의 관심사인 박재혁의 뮤직비디오는 순식간에 천만 뷰를 찍게 되었고. 지수는 어느 정도 이름을 알리게 되었다. 그 후 각종 광고와 뮤비에서 여러 제안이 들어왔지만 수인은 더 이상의 지수 이미지 소비를 하지 않기로 했다. 의도한 대로 이 정도의 신비감만 조성한 후 바로 영화 촬영을 진행할 생각이었다.

"이사님, 상당히 재밌는 제안이 들어왔는데요."

매니저 성일이가 다급한 표정으로 수인에게 말했다.

"왜?"

"이사님한테 웹드라마 제안이 왔네요? 하하."

"웹 드라마?"

"네, CN엔터 제작에 포유걸스 아린 양 주연이라고 하네요."

"포유걸스? 요즘 완전 잘나가지 않아?"

"네, 하하, 맞습니다."

"아린 양 나이가 몇 살인데?"

"94년생이면… 스물다섯이겠죠?"

"아, 그래? 근데 아이돌이랑 어떤 걸 해야 해?"

"여기…."

성일이가 건네준 작품 기획서에는 새로운 형식의 웹 드라마 기획이 담겨 있었다.

아이돌 스스로 각 화마다 자신을 주인공으로 직접 극본을 쓰고 자신이 직접 선정한 남자주인공이랑 한 회씩 촬영하는 형식의 드라마였던 것이다. 그중 아린의 선택이 바로 하지석이었다.

"그러니까 아린이가 나랑 로맨스를 찍고 싶다는 거잖아?"

"그죠. 평소 이사님 팬이었다는데요?"

"하하하하."

평소 아린의 팬이었던 수인은 진심으로 기쁜 나머지 평소 자신답지 않게 크게 웃고 말았다.

"근데 이사님 페이랑은 안 맞아서 일단 거절한 상태거든요."

"왜 거절해?"

"웹드라마라 2회 촬영에 출연료가 오백밖에 안 된다 그래서…."

"이 멍청아, 그냥 무료로 한다 그래. 무료로."

"네? 무료로요?"

수인은 의미심장한 미소로 성일에게 고개를 끄덕였다.

'하지석, CN엔터 아린과 노 개런티 우정출연 성사'

-오늘 부로 하지석 오빠 입덕한다

-역시 잘생긴 사람은 틀리네

-js 홍해라

수인은 자신의 기사에 7천 개가 넘게 달린 댓글을 보며 작전이 성공했음을 직감했다. 인기 걸 그룹인 포유걸스의 팬덤에 기대 10, 20대들에게 JS엔터를 인지하고 알리는 것! 굉장한 홍보 효과였다.

"이사님, 촬영 시작한답니다."

수인은 매니저가 부르는 소리에 핸드폰을 끄고 차에서 하차했다.

수원에 있는 촬영장까지 찾아온 포유걸스 팬들이 제법 있었다. 수인을 발견한 팬들은 하나같이 환호를 보냈다.

수인은 팬들에게 손을 들어 보이며 촬영장인 일본 라면집 안으로 들어갔다.

"역시 아이돌 팬들은 다르다. 그치?"

"아무래도 좀 더 전투적이긴 하죠, 하하."

성일과 잡담을 하는데 뒤에서 수인의 등을 톡톡 쳤다.

"안녕하세요, 지석 오빠."

수인이 돌아보자 포유걸스의 아린과 멤버들이 서 있었다.

"아아, 안녕하세요."

수인 또한 하지석 매니저 생활을 하면서 접해보지 못한 아이돌이었기 때문에 생소한 감정이었다.

"너무 잘생기셨어요. 완전 팬이에요."

아린이 갑자기 수인에게 팔짱을 끼며 친근하게 굴었다.

"사진 한 장 찍어도 되죠?"

몸에 배인 듯 윙크 한방을 날린 아린은 서둘러 핸드폰을 꺼내들었다.

화면 속에 두 사람은 수인이 봐도 잘 어울렸다. 수인은 가끔 이 얼굴을 너무 잊고 살고 있다는 자책을 하면서 아린에게 볼 키스를 하는 시늉을 했다. 그런 제스처에 맞춰 어머, 하는 발랄한 표정을 짓는 아린은 얼마나 깜찍했는지. 아이돌은 아이돌이었다. 밝은 에너지, 상냥한 미소. 같이 있는 것만으로도 한 십 년은 어려지는 기분이 들었다.

"오늘 촬영 잘해봐요. 저랑 같이 나오는 분이 아린 양이랑 혜지 양이죠?"

그제야 아린 뒤에서 수줍게 웃고 있는 혜지라는 친구가 고개를 끄덕였다. 같은 아이돌이라도 무언가 획일화된 이미지가 아닌 우아하고 묘한 매력이 있는 친구였다.

"오빠야, 저희 이따 키스신 있는 거 알죠? 이따 봬요."

아린이 특유의 상큼 발랄한 인사를 하자 멤버 모두가 까르르 웃으며 자리를 떠났다. 그리고 유혜지가 할 말이 있는지 혼자만 남아 수인 앞에서 머뭇거렸다.

"저기…."

"네, 혜지 양."

포유걸스 서브보컬 유혜지. 다섯 명 모두 극강의 미모를 자랑하는 포유걸스에서도 압도적인 비주얼 담당. 무대 위에서 가끔 짓는 멍한 표정조차 화보가 되는 분위기 여신. 그런 유혜지가 수인을 바라보았다.

"저 사실… 지수 언니랑 친해요."

"지수? 이지수?"

"네, 예전에 연기학원 같이 다녔거든요."

"아, 그랬군요. 지수한테 안부 전해줄게요."

수인은 더 이상 쳐다보았다가는 자신이 반할 것만 같아 이 정도에서 지나치려 했다.

"저 사실… 연기하고 싶어요."
"네, 오늘 혜지 씨도 저랑 분량이 있으니까 같이 잘해봐요."
"아뇨, 저도 가수 말고 연기자가 되고 싶다고요."
유혜지가 수인의 바로 눈앞까지 다가들어 또박또박 말했다. 수인은 자신의 눈과 귀를 의심했다. 대한민국 최고 기획사에 이미 정상급 걸그룹 멤버가 자신한테 연기를 하고 싶다는 의도가 무엇일지 궁금했다.
"연기는 가수 하면서 충분히 할 수 있지 않나요?"
"아뇨. 포유걸스 유혜지 말고, 가수 유혜지 말고, 제 이름 유혜지로 연기하고 싶어요."
"근데 그 얘길 왜 저한테?"
"지수 언니한테 선배님 얘기 들었어요. 전 항상 지수 언니가 연기자로서의 재능이 누구보다 많다고 생각했는데…."
솔직히 놓치고 싶지 않은 재목이긴 했다. 하지만 수인은 거대 기획사 상대로 지금 활발하게 활동 중인 멤버를 빼오기는 불가능하다는 사실을 누구보다 잘 알고 있었다.
"너무 갑작스러운 얘기라서… 일단 오늘 촬영부터 해요."
수인은 일단 다독이며 자리로 돌아가도록 했다. 유혜지는 아쉬운 표정으로 일단은, 하면서 고개를 끄덕였다. 돌아가는 유혜지의 뒷모습을 보며 수인은 감탄이 절로 나왔다.
포유걸스는 대형기획사에서 만든 그룹이라고는 해도 철저하게 아린의 원맨팀 같은 그룹이다. 보컬이자 그룹의 메인인 아린이 있기에 두각을 나타내긴 힘들었을 것이다. 하지만 어찌 보면 유혜지는 포유걸스의 숨겨진 보석 같은 존재였다. 늘씬한 체격에, 순수함과 섹시함을 동시에 지니고 있는 마스크, 여타 아이돌과는 다른 또렷한 억양과 발음. 본인 말대로 가수가 아니라 배우를 했으면 더 좋았을 케이스이긴 하다. 하지만 수인은 그런 생각을 잠시 접어두고 촬영에 전념하기로 했다. 수인에게도 지금은 그토록 꿈꿔왔던 순간이었다. 지석이의 몸으로 바뀐 후 처음으로 있는 촬영. 수인도 떨리기는 마찬가지였다.

"지석 형님, 그럼 오늘 첫 신 들어가겠습니다."

조연출의 콜에 수인은 의자에 앉았다. 아르바이트 하는 여고생이 평소 좋아하는 스타배우를 자신이 일하는 라면집에서 우연히 만나는 스토리였다.

"액션"

감독의 콜 소리와 함께 아린이 라면을 들고 서빙을 했다.

"손님, 주문하신 돈코츠 라멘 나왔습니다."

"무슨 라면이 주문한 지 20분 만에 나와요?"

"죄송합니다, 손님. 보시다시피 손님이 많아서."

"손님? 지금 여기 나랑 저쪽 여자 손님밖에 없는데?"

역시 평소 엉뚱한 성격의 아린다운 스토리였다. 지석은 까칠한 남주 역할에 맞게 연기를 했다.

"컷! 아, 하지석씨 연기 좋습니다."

단 한 장면 찍었을 뿐인데 수인을 바라보는 현장 스텝들의 시선이 괜찮아 보였다. 현장에 있는 스텝들에게 가장 먼저 인정을 받는 것. 그것은 연기자의 숙명이었다. 수인은 촬영장에 갈 때마다 지석에게 현장에서 성의 있게 하고 스텝들에게 인정을 받아야 한다고 누누이 얘기했었다. 그때마다 지석은 언제나 관심 없다는 태도를 보여 못 마땅해했던 기억이 새록새록 났다.

"다음 신, 혜지랑 지석 형님 갈게요."

다음 장면은 유혜지가 지석에게 수줍게 다가와 사인을 받는 신이었다. 학생처럼 보이려 안경을 쓴 유혜지의 모습은 진짜 십대 여고생이라 해도 무리가 없을 정도로 귀여웠다.

"아, 안녕하세요? 라, 라면 맛있게 드셨나요?"

"왜, 무슨 일이죠?"

"사, 사인 한 번만 해주실 수 있으세요?"

"지금 라면 먹고 있는 거 안 보여?"

유혜지는 까칠한 남주에게 쫄아서 벌벌 떨고 있는 모습을 제법 능청스럽게 잘해내고 있었다.

수인은 갑자기 유혜지에 대한 테스트를 진행해보고 싶은 마음이 생겼다. 그래서 연기 도중 대본에 없는 대사로 연기자 유혜지의 순발력을 확인해봤다.

"내가 사인해주면 뭐 해줄 수 있지?"

"네?"

"그렇잖아. 팬이라고 내가 꼭 해줘야 하는 거 아니잖나. 그쪽은 나한테 뭐 해줄 수 있냐고?"

감독도 수인의 에드리브라고 생각했는지 대사를 자르지 않았다. 수인은 당황하는 유혜지의 표정을 재미있다는 듯이 바라봤다.

"행복하니까요…."

"뭐?"

"당신의 말 한마디, 당신의 행동 하나하나 좋아하는 팬으로서 사인 한 장이면 너무 행복하니까요."

"컷!"

오히려 대사를 못 치고 어벙하게 있는 수인의 모습을 보자 감독이 컷을 외쳤다. 예상 외로 수인이 은근슬쩍 시도해본 즉흥극을 유혜지는 훌륭하게 되받아쳤다.

"어우, 야아, 혜지 너 너무 좋다."

감독의 칭찬에도 불구하고 혜지는 갑작스런 즉흥극에 당황했는지 수인에게 계속 사과했다.

"죄송합니다, 선배님."

"아냐, 내가 쓸데없이 에드리브 친 건데 뭐. 근데 되게 잘하더라."

"정말요?"

수인의 칭찬에 배시시 웃는 혜지의 얼굴에서 꼭 손예인 같은 이미지가 보였다. 분명 이지수와는 다른 색깔의 연기자다. 지수는 더 선이 굵고 개성이 있는 연기자라면, 혜지는 전형적인 여배우의 얼굴을 가지고 있다. 청순하고, 선한 이미지에 한국 남자라면 누구나 좋아할 만한 그런 여자배우.

게다가 기존 아이돌로서의 인지도는 가지고 있지만, 그룹 내에서 적은 비중으로 인해 아직까지 혜지의 매력은 대중에게 알려지지 않은 상태다.

"촬영 끝나고 잠깐 얘기할 수 있어요?"

수인은 잠시 사람들 눈을 피해 유혜지에게 말을 건넸다.

늦은 밤, 촬영이 끝나고 사무실로 혜지가 찾아왔다. 모자를 깊게 눌러 쓰고 마스크를 쓴 모습을 보아하니 숙소에서 몰래 빠져나온 것 같았다.

"오느라 고생했어요."

"저… 괜찮을까요?"

"그럼요. 오늘 일은 아무에게도 얘기 안 할 거예요."

그제야 혜지는 수줍은 미소를 지으며 마스크를 벗었다.

"연기는 언제부터 하고 싶었던 거예요?"

"고등학생부터요. 원래 연기자가 꿈이었어요."

"근데 왜 가수가?"

"아이돌이 더 수월하니까요. 요즘 여자 신인 연기자가 나오기는 하늘의 별 따기인 건 아시잖아요. 게다가 노래 부르는 건 자신 있었고요."

"왜 회사에는 얘기 안 했죠? 충분히 연기자와 가수 활동 둘 다 지원해줄 수 있었을 텐데."

혜지가 수인의 질문에 잠깐을 고민하더니 조심스럽게 얘기를 꺼냈다.

"제 순번은 항상 다음이니까요. 이번 촬영 때도 보시다시피 저희 그룹 메인 아린이를 슬슬 연기자로 돌리고 있고요. 예능도 아린이. 솔로 음원도 아린이. 댄스도 아린이. 아시다시피 남은 멤버들은 항상 들러리 서고 있는 처지예요."

혜지는 그동안 겪은 걸그룹의 고충을 수인에게 솔직하게 털어놓았다. 그룹 내에서도 확실한 자신의 분야가 없으면 뒤처질 수밖에 없는 경쟁 시스템에 이제는 회의감이 든 것 같았다.

"혜지 씨 연기 실력은 회사나 다른 멤버들이 알고 있나요?"

"아뇨, 연기 수업 때 같이 한 적은 있지만 제가 기죽어서 제대로 보여준 적은 없었던 것 같아요."

어느새 눈가에 눈물이 맺히는 걸 보자 수인은 솔직하게 얘기하기로 마음먹었다.

"혜지씨도 알다시피 지금 우리가 함께하기는 어렵다는 거 말 안 해도 알죠?"

"제 실력이 불안하신 거예요?"

"그런 거였다면 지금 이 자리까지 부르지도 않았겠죠?"

"그럼?"

"일단 계약 문제가 가장 커요. 아시다시피 우리 회사는 저를 기점으로 이제 막 시작하는 작은 회사예요. 게다가 그런 큰 기획사 가수를 데리고 온다는 건 쉽지 않은 일이에요."

"계약은 1년 남았어요. 혹시 1년 뒤에는 가능할까요?"

수인은 말없이 고개를 가로저었다. 그룹이 해체되지 않는 이상 걸그룹에게 각자의 계약기간은 어느 정도 무의미했다. 설사 한 명이 탈퇴했다 해도 걸그룹 자체는 계속 유지하기 쉽지 않았다. 게다가 포유걸스는 제법 긴 무명을 끝내고 이제 재미를 본 2, 3년차 걸그룹이었기 때문이다. 수인의 대답에 혜지는 결국 닭똥 같은 눈물을 흘리고 말았다.

"우리 회사가 아니더라도 혜지 씨는 분명 좋은 배우가 될 거예요."

단순한 위로가 아니라 진심이었다. 단순히 자신의 능력을 발휘하지 못했을 뿐 조만간 기회가 올 거라 확신했다. 그 순간 수인에게 또 한 번 이상한 환영이 보이기 시작했다.

분명히 촬영장은 촬영장인데 기타를 메고 영화 비긴어게인 같은 장소에서 노래를 부르고 있는 혜지의 모습이 보였다. 무대 위에 혜지는 어찌나 아름다운지 말로 형언할 수 없을 정도였다.

수인은 잠시 헛것을 본 것이라 생각하고 다시 한 번 혜지의 눈치를 살폈다. 어느새 눈가에 맺힌 눈물을 닦아낸 혜지의 눈망울은 정말 맑고 예뻤다.

걸그룹 출신 연기자는 한 번도 생각해보지 못한 사업이었다. 게다가 현역 최정상 걸그룹 멤버라니… 갑자기 사무실에는 둘 만의 고요함이 맴돌았다.

"계약이 1년 남았다 그랬죠?"

혜지는 풀이 죽어 숙이고 있던 고개를 끄덕였다.

"내일 계약서 좀 가지고 와볼래요?"

망설이다가 좋은 아티스트를 놓칠 수 없었다. 수인은 유혜지를 품기로 결심했다.

장경식 실장.

혜지가 가져온 계약서에는 수인이 미처 생각하지 못한 인물이 숨어 있었다.

대한민국 최고의 걸그룹 제작자. CN엔터에서 그는 대표 다음 갈 정도로 막강한 권력을 쥐고 있는 인물이다. 하지만 그 이면에는 악덕 프로듀서로 소문이 나 있는 사람이었다. 불공정 계약의 달인이자 한 번 띄운 아이돌은 마지막 끝물까지 빨아먹는 인간.

그런 인간이 처음부터 혜지를 키웠다면 당연히 이유가 있었을 법했다. 아무리 포유걸스가 아린이 원맨팀이라지만 혜지를 놓아줄 리 만무했다.

"왜 계약기간이 적혀 있지 않죠?"

혜지는 걱정할 것 없다는 듯 천진난만하게 대답했다.

"아, 서류에는 없어도 표준계약인 7년이라고 구두로 말씀하셨거든요."

"그러니까 말로만?"

"네, 근데 그때는 우리가 뜰지도 몰랐거든요."

수인은 감탄했다. 어떤 말로 애들을 구슬렸기에 이렇게 순진하게 믿을 수 있었던 걸까.

수인은 혜지와의 만남 이후로 혜지가 나왔던 모든 영상들을 찾아보았다. 확실히 무대 위에서 존재감은 다른 멤버들보다 못하긴 했다. 아니 못하다기보다는 아린의 존재감이 너무 컸다. 마치 축구에서 메시 옆에 있으면 누구나 작아질 수밖에 없는 원리 같은 거였다.

수인은 오히려 작년에 혜지가 출연한 드라마 단역에서 확신을 가졌다. 한 회에 두 컷밖에 안 되는 적은 분량이었다. 하지만 혜지가 등장하는 장면에서는 그녀에게 오롯이 집중하게 만드는 능력이 있었다.

"평소 하고 싶었던 역할 있었어요?"

"꽤 오래된 영화인데요, 손예인 선배 주연의 '클래식' 같은 영화 찍고 싶어요."

놀랍게도 수인이 생각했던 것과 딱 맞아떨어졌다. 자신을 객관적으로 바라보고, 자신의 이미지를 구축해가는 것도 연기자의 중요한 재능이다. 혜지는 청순하고 단정한 손예인 같은 전형적인 여배우의 계보를 이어나갈 수 있을 것이다.

"근데 저 진짜 회사 나올 수 있을까요?"

"정말 미련 없는 거 맞지?"

"네, 걸그룹 생활은 더 이상 하고 싶지가 않아요."

수인은 혜지의 확답을 듣고 나서 더 이상 망설이지 않았다. 장실장과 통화한 후 곧바로 매니저와 함께 사무실을 나섰다.

장실장은 하지석이 온다는 얘기에 두 팔 벌려 반가워했다.

수인은 일부러 혜지 얘기는 꺼내지 않았다. 장실장은 이번 웹드라마 인연으로 하지석과 CN의 콜라보 사업이라도 예상한 듯했다.

"안녕하세요. 하지석 이사님?"

CN 안내센터에서 일하는 여직원이 마중 나와 인사를 했다. 역시 대형기획사답게 연예인 못지않은 출중한 외모의 여성이었다.

"아, 네."

"그럼 8층 장경식 실장님 방으로 안내해드리겠습니다."

수인은 여직원을 따라 엘리베이터로 걸음을 옮겼다. 엘리베이터 안 각 층의 안내판을 살펴보자 생각보다 CN의 규모는 어마어마했다. 8층짜리 사옥에 1층 로비는 카페와 팬들이 즐길 수 있는 쇼핑몰로 구성돼 있고, 지하1, 2층은 구내식당과 직원 및 아티스트를 위한 각종 체육시설, 편의시설이 자리했다. 2, 3, 4층은 녹음실, 댄스 연습실, 스튜디오, 작곡가실 등 음악 작업을 위한 논스톱 시설이 잘 구비되어 있었고, 5층부터는 300명이 넘는 직원들이 생활하는 사무실이었다.

"딩동, 8층입니다."

엘리베이터 음성에 따라 문이 열렸다. 주요 임원실과 간부실은 8층에 자리했다.

수인은 호기심에 여직원에게 물었다.

"이런 건물은 공사비가 얼마나 들었나요?"

"공사비만 200억 이상으로 알고 있습니다."

"그럼 부동산 시가는?"

"500억 정도? 이런 건 온라인 기사에 다 떠 있는데."

"오, 오백 억이요?"

"네, 게다가 현재 사옥은 회장님 개인 소유잖아요."

가장 안쪽에 있는 회장실을 보자 수인은 갑자기 다리에 힘이 풀렸다. 이런 거대기업을 상대로 어떻게 혜지를 빼내와야 할지 아직까지 머릿속에 정해진 게 없었다. 게다가 회장실에서 얼마 떨어지지 않은 장경식 실장의 방을 보자 그의 입지를 다시 한 번 확인할 수 있었다.

똑똑.

노크를 하고 들어서자 장경식 실장은 일부러 기다리고 있었다는 듯 수인을 반겼다.

"하지석 님이 제 방까지 와주시다니 영광입니다."

전형적인 장사꾼의 미소를 띤 채 장실장은 수인에게 악수를 건네었다.

"저야말로."

수인은 악수가 끝난 후 잠시 장실장의 방을 훑어보았다. 통유리로 된 전망은 강남 한복판에서만 볼 수 있는 영동대교와 한강이 시원하게 펼쳐졌고, 책장에는 그동안 받은 많은 상패와 가수들과 함께 찍은 사진들이 깔끔하게 진열돼 있었다. 그리고 사무실 가장 잘 보이는 곳에 포유걸스의 포스터가 걸려 있었다.

"하하하, 독립 소식은 들었습니다. JS엔터테인먼트."

"네, 이제 시작하는 회사입니다."

"멋지십니다. 역시 하배우님 같은 분은 더 크게 버셔야죠."

"과찬이십니다."

무슨 말을 꺼내야 하나 망설이던 차에 여직원이 고급 도자기에 담긴 차를 내왔다. 찻잔 위로 모락모락 피어나는 김이 곧 일어날 전초전을 알리는 것만 같았다.

"그나저나 오늘은 어쩐 일로…."

머릿속이 새하얗다. 저런 닳고 닳은 장사꾼을 상대로 어떤 얘기를 해야 할지 난감했다.

"저도 아이돌 제작을 해보고 싶은데 한 번 조언을 들어볼까 해서 왔습니다."

우선은 장실장이 어떤 생각을 하고 있는지 파악해야만 했다.

"의외인데요? 배우 매니지먼트에만 전념하실 줄 알았는데."

"저도 평소 포유걸스 팬이거든요, 하하."

수인이 포스터를 바라보면서 말했다.

"우리 애들 예쁘죠? 초기에는 유독 애네만 안 돼서 걱정 많이 했거든요."

"아시다시피 제가 이번에 작품을 같이 했지 않습니까?"

"아, 그렇죠. 정말 감사드립니다. 제대로 인사도 못 드리고."

수인은 찻잔을 내려놓으며 조심스럽게 얘기를 꺼내보았다.

"혹시 포유걸스도 연기자 전향 생각은 있으신지요?"

"당연하죠. 요새 걸그룹만 가지고 누가 장사하겠습니까?"

"예를 들면 누구죠?"

"일단 아린이죠. 인기도 가장 많고 끼도 많습니다. 다만…."

"다만?"

"나머지 친구들은 제가 각자 분야를 만들어줄 수 있긴 한데… 한 놈이 문제네요."

"누구…."

"혜지라고, 외모도 예쁘고 다 곧잘 하긴 하는데…. 다르게 얘기하면 다 어중간해서 조금 어렵습니다."

"아, 혜지라는 친구요. 저도 봤는데 말씀하신 대로 특색은 없더군요."

"하하, 그렇지요?"

자신의 안목을 인정을 받았다는 듯 장실장은 크게 맞장구를 쳤다. 여기서 일부러 혜지를 띄워줄 필요는 당연히 없었다. 최대한 유혜지에 대한 가치를 저들이 인지하지 못하게 해야만 했다.

"포유걸스는 아직도 계약기간이 많이 남았나요?"

"네, 이제 재미 본 애들인데요."

역시 장사꾼의 본능인 건가. 하지석에 대한 호기심 깃든 눈빛이 점점 의심의 눈초리로 바뀌는 것만 같았다.

"아이돌 같은 경우 계약기간이 다 끝난 친구들은 어떻게 진행하시나요?"

"보통 계속 상품가치가 있는 친구들은 재계약을 진행하고, 아닌 친구들 같은 경우에는 종료합니다. 뭐, 뻔한 얘기죠."

"그럼 아까 말한 유혜지 양 같은 경우는 내보낼 생각인가요?"

"음, 근데 뭐 때문에 그러신 거죠?"

드디어 장실장이 본격적인 의심을 하기 시작한 것 같았다. 수인은 서둘러 말을 돌렸다.

"사실 신인 수급이 쉽지 않아서요. 좀 괜찮은 신인이 있다면 실장님께 추천 좀 받을까 합니다."

"그건… 좀 곤란합니다."

"…."

"저희 CN는 무엇보다 인재관리에 가장 신경 쓰고 있지요. 그 어떤 외부 노출도 하지 않는 게 회사 방침입니다."

장실장의 말투는 생각보다 단호해 보였다. 수인은 차라리 정면 돌파를 선택했다.

"제가 오늘 온 이유는 CN과 JS의 파트너십을 도모해볼까 해서 찾아온 겁니다."

"어떤?"

"활용도 낮은 신인을 저희 이번 영화 '위험한 관계'에 조연급으로 출연시키도록 하겠습니다."

"그런 직접 저희 회사 애들 중에 선발하신 건가요?"

"아뇨, 이미 점 찍어둔 친구가 있긴 합니다."

"누구죠?"

"유혜지입니다."

장실장이 신기하다는 눈빛으로 벽에 걸린 포스터 속 혜지의 얼굴을 쳐다보았다.

"하배우님이 보시기에 혜지가 괜찮은가 보죠?"

장실장에게 괜한 기대를 줄 필요는 없었다. 수인은 얼른 선수를 쳐야 했다.

"아뇨, 그건 아니고요. 사실 조연급이 필요하거든요. 게다가 인지도 있는 아이돌이면 나쁘지 않을 테고…."

"저희도 뭐 나쁠 것 없습니다만."

"실장님."

수인은 평소와 다른 진지한 표정으로 장실장을 바라봤다. 장실장이 이제야 무슨 얘기를 할지 감을 잡은 것 같았다.

"저도 연기자고, 애들 상대로 이중계약이니, 탈퇴를 유도하거나 이런 장난 치고 싶지 않습니다. 저희와 파트너가 되시죠."

"좀 더 구체적으로 얘기해보시죠."

"혜지의 연기자 수익에 대해서 저희가 50프로 가져가겠습니다. 물론 대기업인 CN에 아무 매력이 없는 제안입니다."

장실장이 역시 침묵으로 일관했다.

"혜지가 끝이 아닙니다. CN은 가수 사업으로는 그 누구도 대적할 순 없지만 아직까지 타 기획사들처럼 연기자로 성공한 경우는 전무합니다."

수인은 장실장의 구미가 당기도록 연기자 매니지먼트에 대해 체계적으로 설명했다.

CN이 연기자로서 성공하지 못한 이유와 아직 신생이지만 JS와 손잡을 경우 일어날 수 있는 모든 시너지까지. 수인에게는 여러모로 불리했지만 어찌됐건 사업을 키우고 좋은 인재 영입이 시급하다고 판단했다.

"음…."

장실장은 고민이 깊은 표정으로 수인을 바라봤다. 사실 이런 경우는 연예계에서는 드문 일이다. 하지만 끼워 넣기가 판치는 판국에 CN에서도 하지석 작품마다 자신의 소속가수들을 활용할 수 있는 좋은 제안이다. 더군다나 JS도 이미 관리된 신인을 수급할 수 있다는 점에서 서로 윈윈 할 수 있었다.

"일단 대표님에게 보고 드려보겠습니다."

더 이상 김이 나지 않는 식어버린 차를 장실장이 한 모금 마셨다.

"실례지만 그럼 유혜지 양 계약서를 볼 수 있겠습니까?"

장실장이 별 거리낌 없이 포유걸스 서랍 속에 담긴 계약서를 꺼내었다.

"계약기간은 아린 양 말고 없네요?"

"네, 사실 아린이 빼고 다 모르는 사실인데, 아린이만 재계약하고 포유걸스를 해체하려고 했습니다."

"그럼 아린 양 솔로로?"

"근데 그만 이놈들이 신곡으로 터지는 바람에 계획이 급하게 수정됐죠, 하하하."

"그럼 나머지 멤버들도 재계약하실 건가요?"

"아직 잘 모릅니다. 이번 앨범까지 지켜봐야 합니다. 사실 걸그룹이라는 게 비용 대비 수익이 아주 많지 않아서…."

수인은 속으로 쾌재를 불렀다. 잘만하면 계약기간만 채우고 무사히 데리고 올 수 있었다. 재계약을 거부하고 탈퇴하는 건 어찌됐건 본인의 의사가 가장 중요하니까. 이제는 상대가 냄새를 맡지 못하게 자연스럽게 마무리만 하면 됐다.

"그럼 연락 기다리겠습니다. 아무쪼록 좋은 인연이 되었으면 좋겠습니다."

"하하, 저희도 마찬가지입니다."

수인은 서둘러 CN엔터를 빠져나왔지만 왠지 모를 찜찜함이 남았다. 정말로 저 늙은 여우가 때가 되면 혜지를 놔줄지도 의문이었고, 진심으로 자신들의 연예인을 JS에 위탁할지도 알 수 없었다. 최악의 경우 혜지만 키워놓은 채 도로 빼앗길 수도 있다는 불안감이 들었다.

수인은 서둘러 혜지에게 전화를 걸었다.

"네, 이사님."

"혜지야, 방금 장실장님 만나서 얘기 나눴어."

"뭐래요? 뭐래요?"

어린아이처럼 기대감에 찬 목소리였다.

"아직 아무것도 정해진 건 없어. 그러니 이 얘기는 아직까지 우리만 알고 있자. 절대 누구한테도 얘기하면 안 돼. 알겠지?"

"…."

"혜지야? 혜지야?"

시무룩하게라도 들려야 할 '네'라는 대답이 들리지 않았다.

"네, 이사님…. 근데 저 이미 멤버들에게 얘기했어요."

한참 동안 계속되던 침묵을 깨고 아주 작게 혜지의 목소리가 들려왔다.

"무슨 얘기?"

"탈퇴할 거라고…."

수인은 자기도 모르게 혜지한테 화를 내고 말았다.

"제정신이야? 너 아직 포유걸스야."

"근데 언니들도 저희 내년쯤에 다 해체할지도 모른대요."

역시 아무리 감추려 해도 내부에 있는 멤버들이 모를 수 없는 일이었던가. 멤버들 또한 아린의 솔로 활동을 예상하고 있는 듯했다.

"아린은 아린이고 너는 너야. 계속 그룹 활동은 이어 나갈지도 모른다고. 그러니까 잠자코 있어."

"네…."

그제야 풀이 죽은 목소리로 대답하는 혜지의 목소리가 들렸다.

"기다려, 혜지야. 너나 나나 조금만 기다리자. 언젠간… 아니 곧 조금만 기다리면 우리 회사 클 수 있을 거야. 기다릴 수 있지?"

"네, 그럼요!"

혜지의 씩씩한 목소리를 듣자 그제야 수인은 마음이 안정되었다.

어느덧 영화 '위험한 관계'의 첫 촬영일이 다가왔다. 수인에게도 배우로서 데뷔하는 첫 번째 작품이다. 첫 촬영에 앞서 수인도 어느 때보다 설레었다.

"안녕하세요?"

지수가 말하지 않아도 신인답게 촬영장에 가장 먼저 도착했다.

"어, 지수야. 살이 좀 빠졌네?"

"네, 아무래도 역할 때문에 3킬로 정도 다이어트 했어요."

첫 작품에 첫 주연이라 긴장도 되련만 치아가 환하게 빛날 정도로 크게 웃는 지수의 웃음은 언제나 보기 좋았다.

"어때? 연습은 많이 했어?"

"감독님이 확실히 신경을 많이 써줘서 대사가 편해요."

창섭이가 지수 평소 말투를 알아야 한다고 그토록 불러내서 데이트를 하더니, 아무래도 신경을 쓴 것 같다. 물론 다른 흑심도 있었겠지만 자기 생각대로 되지 않았겠지.

수인이 이런저런 생각을 할 쯤, 배우들이 하나둘 촬영장에 도착했다. 모두 스텝과 배우들이 모이자 다 같이 인사를 나누는 시간을 가졌다. 서대표가 먼저 인사를 하고 감독 창섭이가 뒤를 이었다.

"제 첫 번째 감독 데뷔입니다. 데뷔라는 말이 얼마나 설레고 들뜨는지는 말 안 해도 아실 거라 생각합니다. 부족한 제 작품에 참여해 주시는 모든 분께 감사하다는 말씀 드립니다."

창섭이는 감격에 겨워 꽤나 장황하게 얘기를 했지만 모두가 공감하고 응원해주는 분위기였다. 아무래도 신인감독이 저렇게 에너지를 가지고 시작하는 점은 참으로 다행스러웠다. 이어서 많은 선배배우들이 끝나고 지수 차례가 돌아왔다.

"우선 이렇게 소중한 기회를 주신 대표님, 감독님에게 감사합니다. 항상 꿈만 꿔왔던 순간이 지금 이렇게 눈앞에 펼쳐지니 아직도 꿈꾸고 있는 것 같습니다. 열심히 하겠습니다. 잘하겠습니다. 위험한 관계 파이팅!"

신인배우답게 활기 넘치는 모습이 촬영장을 웃음바다로 만들었다. 그리고 마지막으로 수인이 인사를 했다.

"아무것도 모르는 제가 회사를 차리고 이렇게 영화까지 만들게 되었습니다. 곰곰이 생각해보았습니다. 왜 회사를 차리고 영화를 만들려 하는지. 대답은 좋은 배우가 되고 싶고, 좋은 작품을 하고 싶다는 열망 단 하나였습니다. 앞으로도 잘 부탁드리겠습니다."

다들 의외라는 눈빛과 함께 수인의 진심이 느껴졌는지 박수를 쳐주었다. 그간 업계에 소문나 있는 하지석의 날라리 이미지를 조금씩 탈피해 나가는 것도 중요한 일이었다.

"자, 그럼 첫 촬영 시작하겠습니다."

씩씩한 조연출 목소리에 맞춰 촬영이 시작됐다. 국민배우 안성진 선생님이 첫 신부터 등장하자 모두를 집중하게 만들었다.

"안 돼요. 거짓말을 하고 싶지 않아요. 전 남자 친구한테 얘기해야만 해요."

지수는 촬영 내내 안성진 선생님과 붙는 신이 많았지만 전혀 긴장하지 않고 잘해냈다. 물론 안 떨리는 게 더 이상한 거겠지만 지수는 전혀 내색하지 않았다. 가끔씩 수인과 눈이 마주치면 배시시 웃는 미소는 여전히 소녀 같았다.

"컷, 그 다음 지수가 친구들 만나는 장면 갈게요."

장실장은 무슨 속셈인지 모르겠지만 혜지의 출연을 허락했다. 하지만 CN 소속 연습생도 세 명이나 딸려서 보내왔다. 수인은 창섭에게 부탁했지만 지금 스토리에서 혜지에게 어느 정도 역할 있는 조연을 주기가 힘들고, CN에서 딸려온 애들까지 활용해야 하는 바람에 혜지는 그저 그런 단역에 머무를 수밖에 없었다.

"그러니까 나 신경 쓰지 말고 니들이나 잘하라고!"

혜지와 지수가 다투는 장면에서 지수의 눈에 눈물이 가득 찼다. 자신을 이해하지 못하는 친구들에게 상처받는 장면이었다. 그런 지수의 눈물을 혜지가 닦아주었다. 그리고는 원망이나 미움이 담기지 않은 따뜻한 눈빛으로 지수를 바라보았다.

"설희야, 우리 누구도 네가 상처받지 않길 바라고 있어."

단 한마디, 혜지의 분량은 딱 말 한마디였다. 하지만 그 순간 촬영장에 있는 모두가 숨을 죽이고 지켜보았다. 그 장면은 온전히 혜지의 장면이었다. 사실 이 장면 하나만으로 영화계 모든 관계자들이 관심을 가지지 않을까 할 정도로 혜지의 마스크는 생각보다 더 매력적이었다.

카메라 속에 들어간 혜지는 아이돌 가수 때와는 전혀 다른 이미지를 내뿜고 있었다. 이후 촬영은 쉬지 않고 밤 촬영까지 계속 진행되었고, 지수 친구로 나오는 CN의 한 연습생이 계속 문제를 일으켜 촬영이 지연되고 있었다.

"재 원래 저래?"

"죽겠다! 사실 저래서 여태 데뷔를 못 하고 있는 거래."

창섭이가 다 식은 커피를 마시더니 텁텁한 마음을 대변하듯 종이컵에 침을 뱉었다.

"저기, 친구야. 그렇게 웃으면 안 되고 예쁜 미소가 아니라 쓴웃음을 지어야 돼."

"그러다 예쁘게 안 나오면 어떡하죠?"

전형적인 아이돌 연습생다운 질문이었다. 창섭이가 어이가 없는지 한숨을 크게 내 쉬었다.

"지금 넌 연기자잖아. 역할에 맞춰서 표정이 나와야지. 여긴 무대 위가 아니야."

그제야 연습생이 못마땅한 표정으로 고개를 끄덕였다.

수인은 혹시나 장실장이 일부러 가망 없는 연습생들을 보내 수인에게 장난을 치고 있는 게 아닐까 의심이 들었다. 수인은 곧바로 혜지에게 물었다.

"장실장님이 별 말 없었어?"

"이번 활동 끝나고 다들 쉴 생각하지 말래요. 바로 미니 앨범 출시할 거라고."

역시 놓아줄 생각이 없는 게 분명했다. 아직까지 아린이 혼자보단 걸그룹으로 더 띄워서 솔로 전향할 것이 분명했다. 그때가 된다면 나머지 멤버들을 토해내겠지.

"엇, 언니 실검 1위에 떴다."

아마 오늘 영화 첫 촬영 기사로 인해 여주인공인 지수에 대한 관심이 순간적으로 올라간 것 같다. 수인은 내심 기뻤지만 혜지 앞에서 내색은 하지 않았다.

"어?"
"왜, 부러워서 그래?"
혜지의 당황한 표정을 보니 생각보다 네티즌들의 반응이 핫한 것 같아 보였다. 아직 베일에 쌓여 있는 신인이니 대중들의 호기심이 가장 많을 때다.
"김민혁!"
혜지가 얼른 핸드폰을 수인에게 내밀었다. SNS에 지수와 김민혁이 팔짱끼고 있는 커플 사진이 돌아다녔고, 벌써 포털사이트 연예면에는 지수와 김민혁의 열애기사가 메인으로 올라가고 있었다. 게다가 만 개가 넘는 댓글까지…. 충분히 1위에 오르고도 남을 만한 일이었다.
수인은 처음 겪어본 열애설에 머리가 하얘졌다. 하지석 매니저 시절에도 수많은 열애설을 막아봤지만 이렇게 정식으로 터진 적은 없었다. 또한 단순히 지수 하나의 문제가 아니었다. 혹시나 이번 영화까지도 이 열애설 하나 때문에 모든 게 무너질 수도 상황이었다.
"어떡해요, 이사님?"
혜지가 마치 자신의 일인마냥 발을 동동 구르고 있었다. 수인은 지수와 계약할 때부터 왠지 모를 불안감이 들었던 이유를 이제야 알 것 같았다.

촬영이 끝난 후, 수인은 성일이를 퇴근시키고 직접 지수를 데려다주기로 했다.
"기사 봤어?"
"죄송합니다."

지수가 시무룩하게 대답했다.

"죄송은 무슨. 다만 어떤 사이였는지 나한테 얘기 좀 해줄래?"

수인은 지수가 대답이 없자 긴장하지 않도록 다시 한 번 조심스럽게 물어봤다.

"어떻게 했으면 좋겠어?"

"좋아했던 사람이었어요. 대학 선후배 사이였고 제가 많이 의지했어요."

"그래서?"

"그냥 전 솔직하게 오픈하고 싶어요. 다 지난 얘기고, 사진도 뿌려진 마당에…."

지수 입장에서는 어쩌면 당연한 얘기일지도 모른다. 다 털어버리고 새롭게 시작하고 싶은 마음. 하지만 회사 입장에서는 들어주기 어려운 부탁이었다. 더군다나 이제 개봉을 앞둔 신인 여배우 앞길에 타격은 분명해 보였다.

"우선 막을 거야. 무슨 아름다운 사랑 얘기도 아니고, 모든 게 너한테 불리해."

"어떻게요?"

지수의 질문에 수인도 선불리 대답은 나오지 않았다.

"대학시절 CC였어? 누구나 다 아는?"

"아뇨, 선배가 연영과 특성상 서로 비밀연애로 하자고 해서 아무도 몰라요."

수인에게는 그나마 다행인 얘기였다. 수인은 어떻게든 대학시절 친한 선후배 사이로 해명할 수 있는 전략을 짜고 있었다.

"근데 저 때문에 그 사람에게 피해 가는 거 아닌가요?"

"뭐?"

"저 때문에 민혁 선배 활동에 피해가 가면…."

"야!"

수인은 자신도 모르게 지수에게 소리를 질렀다.

"너 장난해? 지금 네 앞길도 재수 없으면 막힐 판에 남 걱정할 때야?"

지수가 수인의 말에 갑자기 눈물을 흘렸다.

"그 사람 아이를 지웠잖아요…. 그래도…."

수인의 예상대로 그 일은 지수 인생에 가장 큰 상처로 남아 있는 듯했다.

"울지 마. 그런 경험이 있기에 이번 영화 연기도 훌륭하게 할 수 있는 거잖아."

"네… 이사님만 믿을게요."

지수가 눈물을 닦으며 수인에게 부탁했지만 수인은 아무 대답도 해줄 수가 없었다. 물론 이 열애설로 초반에 이슈몰이는 확실히 될 것이었다. 아주 안 좋은 쪽으로.

이번 기회만 넘기면 지수는 충분히 스타가 될 수 있다. 첫 촬영이었지만 잘될 것이라는 확실한 감이 왔다. 우선 창섭이가 그동안 지수랑 지내면서 나름의 통찰력을 발휘했는지 그 전 시나리오보다 훨씬 지수에게 잘 맞는 역할로 수정해 캐릭터 대사 하나하나가 살아있었다. 게다가 안성진 선생님과 20대 여배우가 이만한 케미를 만들어 가면서 극을 진행한다는 것은 그 어느 누구도 시험해보지 못했다.

결국 이 열애설을 질질 끌고 갈수록 불리한 것은 지수였다. 앞으로 3개월간 촬영을 이끌어 가야 하는 여배우가 이런 일에 신경을 쓰다가는 제대로 된 연기가 나올 리 없었다. 수인은 오늘 당장이라도 해명을 해야겠다고 결심하고 서대표에게 전화를 걸었다.

"대표님, 기사 보셨죠?"

"어… 안 그래도 하이사한테 전화하려던 참이야."

"최기자 연락처 아시죠? 최기자한테 해명기사 먼저 내보낼까요?"

"글쎄… 이거 좀 곤란하게 됐던데."

"뭐죠?"

"이미 '열애터치' 쪽에서 연락이 왔어."

수인은 듣는 순간 바로 직감했다. 누군가 열애패치 쪽에 제보를 한 게 분명했다.

열애터치 쪽은 웬만하면 타 기자들도 건드리지 않았다.

"목적은요?"

"뭐 뻔한 거 아니겠어? 해명기사 내줄 테니 요구하는 거지, 뭐."

"어떻게 하실 거예요?"

"법적으로 고소해야지. 시간이 좀 걸리더라도."

"안 돼요!"

수인이 단호하게 말했다. 법적으로 대응했다가는 지수가 정상적인 촬영을 하기 힘들 게 분명했다. 연기를 잘한다 해도 아직 한낱 신인일 뿐이다. 이런 소송에 한 번 발목 잡히면 이름 날리는 여배우들도 멘탈이 무너지게 마련이다.

"그럼 적당히 합의할까?"

서대표의 제안에 수인도 흔들렸다. 여배우의 이미지를 생각하면 적당히 쥐어주고 빨리 마무리하는 게 백 번, 천 번 나을 일이다. 그들 또한 연예계 생리를 잘 아니까 이런 유치한 장사를 하고 있는 것이고.

"금액 단위는요?"

"보통 3천에서 5천하지."

하지석 수입 하나만으로 근근이 살아가는 회사 재정으로는 어림도 없는 금액이었다. 대출 받은 회사 초기 빚도 아직 몇 억이나 남아 있다.

"길게 봐야지, 하이사. 아직 시작도 못한 회사인데…."

수인 또한 경험 많은 서대표 생각에 동의하려던 찰나 갑자기 모르는 번호로 대기 전화가 왔다.

"대표님 잠시만요, 전화가 와서요."

"여보세요?"

"지석이 형, 나야. 민혁이. 번호 바꿨나 봐?"

"김, 김민혁?"

그러고 보니 수인은 까마득히 잊고 있었다. 하지석과 김민혁이 절친한 연예계 형, 동생 사이였다는 것을.

"지석이 형!"

청담동에 있는 유명 스카이라운지 바에 들어서자 김민혁의 목소리가 들렸다.

클래식한 인테리어와 고급스럽게 치장한 손님들을 보아하니 돈 꽤나 있는 사람들만 오는 바인 것 같았다. 수인은 태연하게 민혁과 인사를 나눴다.

"뭐해? 룸에 들어가 있는 거 아니었어?"

"이 가게 사장이 나랑 친한 형이거든. 형이랑 나 같은 셀럽들이 와줘야 사장이 면이 서지 않겠어?"

민혁은 호탕하게 웃으며 옆에 앉은 여자를 소개시켜줬다.

"형, 인사해. 알지? 신인배우 오승아."

"안녕하세요, 선배님. 잘 부탁드립니다."

오승아가 의자에서 상체를 일으켜 수인에게 인사를 했다. 가슴이 깊게 파인 원피스가 수인의 눈길을 끌었다. 여태껏 김민혁에 대해 신경 쓰지 않았는데 역시 소문이 사실이었던 것 같다. 신인 여배우 킬러 김민혁. 그러니 똑같이 여자를 밝혔던 하지석과 친분이 두터웠겠지.

"어때, 형? 진짜진짜 내가 아끼는 후배야. 잘 좀 부탁해."

"너 근데 기사까지 터진 마당에 이러고 있어도 돼?"

"지금 그게 중요해? 형 회사 세우고 축하주도 못하고 해서 부른 거야."

"그래, 고맙다."

수인은 떨떠름한 기분으로 대답한 채 보드카 한 잔을 마셨다.

"그런데 아직 잉크도 다 안 마른 신생 회사에서 이 정도면 진짜 큰일 아닌가?"

"글쎄…."

"그래서 오늘 내가 JS에 우리 승아 꽂아주려고 데려왔지."

"뭐?"

김민혁이 쑥스러워하는 오승아의 무릎을 가볍게 쓰다듬었다.

"형, 이지수 말고, 우리 승아 데리고 일하는 건 어때? 진짜 예쁘지 않아?"

오승아가 마치 보란 듯이 수인의 얼굴을 마주보았다.

"장난하지 말고. 넌 어떻게 대처할 건데?"

"나? 나야 상관없지. 내가 터트린 일인데?"

"그게 무슨 소리야?"

"내가 열애터치에 건네줬거든."

"왜? 왜 그런 짓을 했어?"

김민혁이 흥분한 수인을 보고 별일 아니라는 듯이 대답했다.

"형, 나 사실 오연희 만나."

"오, 오연희?"

오연희라면 여자 연예인들의 연예인라고 불리울 만큼 연예계에서도 다섯 손가락에 들어갈 만한 스타다. 아무래도 최근에 두 사람이 촬영했던 드라마에서 눈이 맞은 것 같았다.

"그, 그러면?"

"형한테 미안하지만 마땅하게 막을 방안이 없더라. 그런데 마침 걔가 뜨는 거야."

"걔라면 지수 얘기하는 거야?"

"그치, 이지수. 걔 엄청 착하거든. 옛날에 진짜 잘 데리고 놀았는데…."

수인은 민혁의 얘기를 듣자마자 잔을 바닥에 세게 내려놓고 멱살을 잡았다.

민혁은 수인의 태토에 자못 놀란 듯 보였다.

"형, 왜 그래? 그깟 여자애 때문에…. 나도 당연히 형한테 그만한 보상을 할 거야."

"보상? 무슨 보상!"

"이번에 나 양복 CF 들어온 거 있는데 형한테 줄게. 그쪽한테 다 말해놨어."

"양복? 그러니까 양복 CF 하나 먹고 떨어져라 이거야?"

"그리고 승아도 데리고 왔잖아. 승아랑 일하라고."

"그래? 네가 데리고 노는 여자애랑 양복 CF, 얼씨구나 감사합니다, 하고 받으라고?"

"아, 이거 왜이래. 6개월 단발 1억짜리인데. 지석이 형 원래 돈이랑 여자 좋아하잖아."

"뭐 이 새끼야?"

수인은 순간 지석이 형이라는 말에 말문이 막혀 아무것도 생각나지 않았다. 김민혁 멱살을 잡고 있던 손을 서서히 내려놨다. 이런 새끼를 한때 애인이라 생각하고 응원하고 있던 지수에게 너무 분하고 미안했다.

"됐지? 형, 나 그렇게 양심 없는 사람 아니야."

김민혁은 수인이 잡았던 옷깃을 털어내면 말했다.

"형, 형이 이제 시작하려고 하는 애인 건 아는데 나도 걔 잘 아니까 이런 거야."

"네가 잘 알아?"

"걔 데리고 장사하지 마. 걔 걸레야. 학교 다닐 때부터 유명했다고."

"뭐?"

"나뿐만이 아니라 걔랑 안 놀아본 남자가 없다고, 알아? 형 생각해서 빨리 정리하라고 이런 장난치는 거라고!"

"사실이야?"

"어. 이 얘기하려고 부른 거야. 내가 계산할게. 먼저 간다."

민혁은 한심하다는 눈빛으로 수인을 쳐다보며 가게를 빠져나갔다.

수인은 다음 날 사무실에 도착해 생각에 잠겼다. 도저히 김민혁의 말을 믿을 수가 없었다. 오히려 처음 만난 당시, 지수가 민혁이와의 일을 성숙하게 이겨내는 모습이 배우로서 좋은 자양분이 될 것이라 생각했다. 그런데 민혁은 수인의 생각과 달리 다른 말을 하고 있었다.

기자들은 JS에서 아직 공식 입장을 내놓지 않자 계속 추측성 기사들을 쏟아내고 있었다.

'김민혁, 이지수 결혼까지 약속했던 사이'

'김민혁 측근, 두 사람 한때 사랑했던 사이 맞아'

'이지수, 아직도 김민혁 잊지 못한다'

수인은 더 확산되기 전에 이 일을 막아야 했지만 별 다른 방법이 떠오르지 않았다.

똑똑.

노크소리와 함께 지수가 수인의 방으로 들어왔다.

"괜찮아?"

수인은 수척해진 지수 얼굴을 보고 안부를 먼저 물었다.

"네, 이사님은요?"

수인은 아무 말도 할 수가 없었다.

지수에게 미안하지만 얼굴을 보자 어제 민혁이 한 말이 떠오르는 것은 사실이었다.

수인은 말할까 말까 망설였다. 하지만 회사의 주인으로서 이럴 때는 강하게 나가는 게 정상이라 생각했다.

"사실 어제 민혁이 만났어."

"민혁 선배요?"

"그래, 너에 대해서 다르게 얘기하던데 사실이니?"

"다르게 얘기하다니요?"

"그러니까 원래 남자관계가 문란하다던가… 뭐 그런…."

선뜻 대답하기가 쉽지 않았다. 하지만 수인은 지수 얘기가 듣고 싶었다.

"또 그 얘기군요. 항상 그런 식이었어요. 학창시절 때부터 자신의 바람둥이 기질을 숨기기 위해 절 팔아먹었죠."

"팔아먹어?"

"제가 다른 남자를 많이 만나니 나도 만난다. 이런 식의 변명, 핑계였죠."

"민혁이가 널 우습게 생각했니?"

지수는 수인의 말을 듣자 잠시 후 눈에 눈물이 고이더니 천천히 고개를 끄덕였다.

"어쩌면 지금도 무슨 일이 있는 걸지도 몰라요. 그래서 이제 데뷔하려는 절 데리고 장난치는 거겠죠."

지수의 예상은 정확했다. 아무래도 오랜 시간 습관적인 방패막이로 지수를 이용해왔던 것 같다.

"아직도 좋아하니?"

지수는 눈물을 닦아냈다.

"아니요, 그 사람에게 보여주고 싶어요. 제가 더 훌륭한 배우라는 것을."

수인은 지수의 촉촉하게 젖어 있는 눈을 바라보다가 갑자기 기발한 생각이 떠올랐다.

"지수야, 복수하고 싶지 않아?"

"복수요?"

"나한테 제법 드라마틱한 시나리오가 있어."

다음날 수인은 지수의 공식해명 기사를 확인했다.

배우 이지수가 자신의 SNS에 열애설에 관한 입장을 밝혔다. 다음은 이지수가 올린 SNS 글 전문이다
'안녕하세요! 이지수입니다. 먼저 오늘 일어난 일들로 인해 여러분께 심려 끼쳐드려 죄송합니다. 김민혁 선배와는 학창시절 짧은 기간 만나왔지만 졸업 전 헤어진 상태였고, 영화 촬영 중 당황한 나머지 저도 모르게 정확히 답변하지 못하고 현명하게 대처하지 못한 점 깊이 반성하고 있습니다. 이 일을 계기로 좀 더 신중하고 진실한 모습을 보여줄 수 있는 배우로 거듭나도록 노력하겠습니다.'

수인은 지수에게 대담하게 해명 글과 함께 예전 김민혁과 찍은 사진 한 장을 공개하라고 했다. 그 사진에는 그가 애인과 함께할 때 하는 심볼 마크가 있는 사진이어야 한다고 부탁했다.
"심볼 마크요?"
지수는 처음에는 수인의 속셈이 뭔지 잘 모르는 듯했다.
"바람둥이들 특징이야. 사귀었던 여자들에게 자신의 흔적을 남기지."
지수가 수인의 얘기를 듣자 웃음을 터뜨렸다.
"역시 이사님! 바람둥이는 바람둥이가 알아보는 법이라더니. 대단하세요."
"아, 아니야. 난 아니고 우리 지석이가 해준 말이야."
"뭐예요? 갑자기 1인칭 말투는?"

수인은 자신이 말하고도 참을 수 없었던지 웃음을 터뜨렸다.

"그러게… 우리 지석이, 하하."

말 그대로였다. 하지석은 특이한 습관이 있었다. 자신이 사귀던 여자들에게 항상 똑같은 목걸이를 사주는 습관. 마치 자신만의 컬렉션을 모으는 듯한 느낌이라고 했던가.

더군다나 절친인 김민혁도 그런 습관이 없을 리가 없다는 확신이 들었다. 지석이의 그런 나쁜 습관이 지금 자신에게 도움이 될 줄은 상상도 못 했던 일이었다. 수인은 서둘러 지수가 올린 사진을 자세히 살펴보았다. 대충 느낌이 왔다. 김민혁의 아이템은 모자가 분명했다.

K라고 적혀 있는 베이지색 볼캡 모자는 자기는 절대 착용을 하지 않는 대신 여자 친구에게만 선물하는 아이템인 듯했다. 이제 보란 듯이 기다리고 있으면 됐다. 어차피 그 사진 한 장으로 인해 누리꾼들이 김민혁의 과거를 샅샅이 파헤칠 게 뻔했으니까.

일주일 후, 기대 이상의 효과가 나타났다.

지수가 쓰고 있던 모자의 구입 출처를 알아보던 네티즌의 글이 일파만파 퍼지며 김민혁의 여자관계가 만천하에 퍼졌다.

그 모자를 썼던 여자 연예인들과 김민혁의 관계를 추적해본 네티즌들이 다양한 증거나 지라시들을 제공했고, 대부분 웬만한 수사대보다도 더 정확한 사실이었다.

각 언론사들은 김민혁이 그간 만나왔던 여자 연예인들로 이슈몰이를 시작했고 지수는 이제 김민혁의 여자로 인식하기도 힘든 실정이었다.

김민혁이 데뷔 전부터 만났던 여자의 수는 실로 어마어마했다. 가수부터 모델, 탤런트…. 공교롭게도 김민혁은 같은 분야에서 일하는 여성들만 만나왔기에 모든 과거가 샅샅이 털리고 말았다. 그리고 지수는 이 사건 이후로 더욱 더 주목을 받게 됐다.

신인임에도 불구하고 과거 연애를 오픈한 솔직함과 당당하게 사진까지 올리는 걸크러쉬 같은 면모는 오히려 여성 팬들에게 더 많은 지지를 받게 되었다. 비호감으로 전락한 연예인이 한번 극적으로 반전에 성공했을 때는 더 큰 호감을 사게 마련이다.

"하이사님, 좀 있다가 촬영 중에 '연예가 오늘' 인터뷰 있습니다."

매니저 성일의 말에 수인은 이쯤에서 자신이 나서도 될 타이밍이라 판단했다. 자신의 첫 소속배우에게 장난을 친 김민혁을 향해 한 방 날릴 생각이었다.

"장소는?"

"저희 영화 촬영장에서 진행하기로 했습니다."

"누구누구 하지?"

"안성진 선생님, 이사님, 지수 씨, 주연 3인방 영화 홍보 겸 인터뷰입니다."

"리포터는 성소희 씨 맞지?"

"네, 맞습니다."

사실 미스코리아 출신 성소희와 하지석이 친분이 있다는 사실을 수인은 알고 있었다. 성소희가 미스코리아 선에 뽑히고 연예계 활동을 시작했을 당시 하지석과 광고 촬영을 하며 친분을 쌓았고, 그 이후로 수인도 몇 번 자리를 같이 할 만큼 지석이와는 꽤나 가까운 오빠, 동생 사이였다. 물론 미모와 지성을 갖춘 미스코리아답게 하지석 같은 날라리의 꼬임에 안 넘어간 덕분이긴 했지만.

"인터뷰 질문지 좀 줘볼래?"

연예프로그램에서 단순히 영화에 관한 질문만 할 리는 없었다. 당연히 그들도 요즘 가장 이슈가 되고 있는 지수와 김민혁의 관계를 파러 온 게 분명했다.

"이사님, '연예가 오늘' 제작진 도착한 것 같은데요. 작가들 만나러 잠시 가보겠습니다."

성일이가 자리를 비우자 누군가 수인의 어깨를 두드렸다.

"오빠!"

성소희가 지석을 보자 반가워하며 품에 안겼다.

"완전 오랜만이야. 왜 이렇게 연락이 없었어. 맨날 전화하던 사람이."

풋, 그랬었나. 지석이가 내심 승부욕이 발동했는지 꽤나 작업을 걸었던 것 같다.

"알다시피 좀 바빴잖아."

"맞어. 완전 깜짝 놀랐다니까. 오빠가 회사를 차리다니. 대박!"

"그나저나 오늘 내 질문은 별로 없네?"

수인이 섭섭하다는 투로 농담을 건네자 성소희가 장난스럽게 수인의 어깨를 툭 쳤다.

"왜 이래. 오빠네 배우 지수 씨가 잘나가면 됐지."

"그래? 근데 이 정도 가지고는 약하지 않겠어?"

보고 있던 질문지를 건네주자 성소희는 수인에게 팔짱을 끼며 살갑게 물어보기 시작했다.

"왜? 왜? 오빠 또 뭐 있어? 하나만 던져봐."

"오연희 관련된 소식이야."

"톱스타 오, 오연희?"

성소희가 놀란 토끼눈이 되어 수인을 바라봤다.

"오빠, 설마 여태 그 흔한 열애설 한 번 안 흘린 오연희에 대한 정보가 있단 말이야?"

"난 열애설이라고 얘기 안 했는데."

"뭐야? 나랑 장난쳐!"

"뭐 이따 인터뷰 하면 알겠지. 오빠 메이크업 고치러 간다. 이따가 봐."

수인은 미소를 머금은 채 자리를 떠났다.

"2018년 비밀을 간직한 세 남녀를 모셨습니다. 영화 '위험한 관계' 주인공 안성진, 하지석, 이지수입니다. 안녕하세요!"

이제는 이 프로그램의 트레이드마크가 된 성소희의 한 톤 높은 오프닝 멘트가 인터뷰 시작을 알렸다. 잠깐의 시간이지만 이렇게 현장에서 인터뷰 하는 시간은 수인에게는 마치 쉬는 시간 같았다.

생각했던 것과 달리 배우들이 촬영장에서 보내는 하루는 한시도 긴장을 놓을 수 없는 순간의 연속이었다. 조금 촬영하면 카메라 위치 바꾸고, 조명 바꾸고, 메이크업 고치고, 다른 배우들 나오는 신은 마냥 기다려야 되고. 차에서 자는 성일이를 보면 수인은 옛날 생각이 나면서 내심 부럽기도 했다.

"우선 간단하게 영화 소개 부탁드립니다."

리포터의 질문에 안성진 선생님이 먼저 자연스럽게 대답했다.

"우선 여기 있는 하지석 씨의 JS 첫 창립 작품이고, 아주 재능 있는 신인감독과 함께 작업하고 있습니다. 예전부터 저와 인연이 있던 친구인데 제가 꼭 좀 캐스팅 해달라고 부탁할 정도로 너무 좋은 시나리오라 참여하게 되었습니다."

안성진 선생님이 다소 엉뚱한 소리를 해대자 성소희가 서둘러 주제를 바꾸었다.

"팬들 사이에서는 선생님과 이지수 씨와의 파격적인 정사 신이 기대를 모으고 있는데 어떠셨는지… 그럼 지수 씨의 소감을 들어볼까요?"

성소희가 센스 있게 요즘 주목 받고 있는 이지수에게 질문을 돌렸다. 지수가 당황했는지 우물쭈물 망설였다.

"우선 너무 긴장돼서 어떻게 연기했나 싶을 정도로 정신없었고요. 너무 영광이었습니다."

지수의 인터뷰 의상을 따로 준비 안 하고 현재 촬영 중인 평상복 의상을 입힌 것은 오히려 잘한 선택이었다. 부끄럽게 말하는 모습이 극 중 설희와 똑 닮아 있었고 신인배우 같은 수수함이 더 어필되었다.

인터뷰는 점점 화기애애하게 진행되었고 성소희는 질문의 수위를 높였다. 그리고는 프로그램의 인기 코너인 '돌직구를 던져라'로 바로 들어갔다. 열 글자로 가감 없이 질문하고 열 글자로 답해야만 하는 꽤나 잔인한 코너였다.

"세분 다 모두 솔직하게 대답해주셔야 합니다. 누가 먼저 하시겠습니까?"

지수가 후배인 자신이 먼저 하겠다며 자리에 일어섰다.

"이.지.수.에.게. 김.민.혁.이.란?"

성소희가 기다렸다는 듯이 대놓고 돌직구를 날렸다. 마치 오늘 일당은 다했다, 하는 만족스러운 표정과 함께.

"이.미.지.난.일.그.만.얘.기.해."

지수가 열 손가락을 접어가며 제법 도발적인 대답을 했다.

수인은 괜히 웃음이 났다. 역시 김민혁 사건으로 지수의 인기가 괜히 올라간 게 아니었다. 저런 깡이 있으니 같은 여자들이 더 좋아하겠구나 싶었다. 그 외 시시한 질문들은 지수가 나름의 예능감을 발휘하며 잘 마쳤고, 그 다음 수인의 차례가 돌아왔다.

"우.리.하.배.우.장.가.언.제.가?"

"죽.기.전.에.가.겠.지.아.마.도"

"거.울.보.면.서.무.슨.생.각.해?"

"와.이.게.진.짜.나.인.가.싶.어."

수인 자신도 모르게 나온 대답이 모두를 웃기고 말았다.

"작.품.하.고.싶.은.여.배.우.는?"

"음.생.각.중.인.사.람.은.있.어."

"누.군.지.는.말.해.줄.수.있.어?"

"오.케.이.톱.스.타.오.연.희.씨."

예상대로 프로그램 작가들과 연출자의 눈이 빛나기 시작했다.

성소희는 드디어 하나 물었다는 표정으로 한층 더 달려들었다. 수인 역시 기대에 맞춰 조금씩 수위를 높이기로 했다. 어차피 이 바닥은 밟지 않으면 밟히는 곳이니까.

"이.유.가.뭔.지.물.어.봐.도.돼?"

"예.전.에.같.이.작.품.못.했.어."

"이.성.적.으.로.어.떻.게.생.각?"

성소희가 자신의 출연료만큼 차근차근 질문을 잘했다. 리포터 본연의 임무에 충실한 건 좋은 거니까.

"평.소.이.상.형.여.신.이.잖.아."

작가들이 이제야 됐다는 듯 성소희를 향해 손을 흔들었다.

하지석의 공개 프로포즈를 따냈으니 빨리 편집실 가서 편집하고 방송만 내보내고 싶을 심정이었을 것이다.

"오빠, 이거였어? 완전 땡큐네."

촬영이 끝나고 성소희가 수인에게 아메리카노 한 잔을 건네며 고마움을 표시했다.

"무슨… 나도 모르게 너한테 말려들었네."

"진짜? 내가 그 맛에 하는 거지, 호호."

성소희는 자신을 칭찬하는 소리가 듣기 좋았는지 환하게 웃었다.

"근데 괜찮을까? 오연희 씨 진짜 신비주의 배우잖아. 그 흔한 열애설 한 번 없는…."

"글쎄, 회사에서 관리를 잘하나 보지."

"아무튼 이슈는 되겠다. 하지석과 오연희라니…. 내가 다 설레는데?"

성소희의 반응을 보자 수인은 자신의 예상이 적중했음을 직감했다. 그 흔한 SNS조차 안 하는 오연희를 김민혁과 연결시키기는 그 누구도 어려울 것이다. 평소 작품 외에는 활동을 전혀 안 하는 신비주의 오연희를 이렇게 수면 밖으로 끌어올리면 김민혁과 오연희 관계는 팬들에 의해 순식간에 밝혀질 것이다.

그렇게 되면 오연희에게는 미안하지만 김민혁은 더 이상 연예계에 발을 들여놓기도 힘들 것이다. 하지만 수인의 마음도 이상하리만큼 흔들리고 있었다.

오연희. 28세. 이름만 들어도 대한민국 모든 남성이 설레는 이름이다.

21살에 m사 드라마 주연으로 데뷔한 대한민국 청순 대명사의 배우. 아름답다는 말로는 부족한, 그냥 태어날 때부터 아름다웠을 것 같은 느낌의 여자. 영화, 드라마, 광고 외에는 도통 활동이라고는 없기에 남성들의 판타지를 더욱 자극했다.

살아생전 하지석도 오연희에 대한 정보는 전무했다. 당최 존재 자체가 비현실적인 배우였다. 그런 그녀가 김민혁과 사귀다니. 확실히 예상 외였다. 수인은 내심 궁금했다. 오연희가 자신의 프러포즈를 어떻게 받아들일지, 하지석에 대한 어떤 생각을 가지고 있을지.

진짜 그녀와 연기를 한다면 어떤 기분일지, 수인은 하지석이 된 후 처음으로 설레는 마음이 생기고 있었다.

영화 촬영에 집중한 나머지 한 달이라는 시간이 쏜살같이 지나갔다. 어느덧 영화 촬영도 막바지에 다다르고 있었다.

수인과 지수는 오늘 첫 신부터 같은 장면이었기에 성일이가 운전하는 차를 타고 함께 이동하고 있었다. 앞으로 3회 차 정도 촬영이 남았고, 지수의 촬영은 오늘이 마지막이었다.

"기분이 어때?"

"너무너무 행복했죠."

수인은 지수의 대답을 듣고 고개를 끄덕였다. 수인 역시 마찬가지였다. 연기라는 게 이렇게 재밌는지 정말 오랜만에 느끼는 감정이었다. 하지석이 되지 못했으면 이루지 못했을 꿈을 이렇게 하루하루 이루어 나가는 건 수인에게도 큰 행복이었다.

"근데 이사님, 연기가 예전하고 많이 달라지신 것 같아요."

지수가 수인의 눈치를 보며 조심스럽게 얘기했다.

"어? 그, 그게 무슨 뜻이야?"

"뭐랄까. 예전에는 TV 드라마 연기 같이 형식적인 연기를 잘하셨는데… 이번에는 뭔가 더 깊이가 생기신 것 같아요. 영화라서 그런가?"

지수가 고개를 갸웃하며 말을 더 이상 잇지 않았다. 지수가 말한 대로 아마 영화가 개봉하면 많은 얘기가 나올 게 분명했다. 외적인 모양은 같아도 그 인물을 표현하는 것은 그동안의 하지석이 아닌 하수인이 분명하니까. 그것이 호평이 될지, 혹평이 될지 수인도 아직은 알 수 없었다. 하지석의 가볍고 형식적인 연기를 좋아하는 팬들도 많을 테니까.

다만 수인은 스스로 연기가 늘었다는 걸 느낄 정도로 이번 작품을 통해 자신이 성장한 사실을 알고 있었다. 대한민국 최고의 배우 안성진 선생님과 원체 타고난 재능을 가진 지수와의 호흡을 통해 두 사람의 장점을 많이 흡수할 수 있었다.

"근데… 저…."

지수가 수인에게 바짝 붙어 넌지시 말을 건넸다. 오늘 엔딩 신 때문에 깔끔하게 차려입은 지수의 모습은 생각보다 아름다웠다.

"다른 작품 들어온 거 아직 없어요?"

"아직 없어."

사실 지수에게 얘기는 안 했지만 많은 곳에서 지수를 섭외하기 위한 전화가 걸려왔다. 하지만 수인의 입맛에 맞는 역할은 아직까지 보이지 않았다. 대부분 TV 드라마의 철없는 회장 딸, 여자 주인공 친구 등의 조연 역할이었고, 김민혁과의 이슈를 통해 올라간 인지도만을 활용하려는 역할이 대부분이었다.

더군다나 영화 주연으로 데뷔한 마당에 조연으로 내려 보내는 일은 절대 해서는 안 될 일이었다. 수인은 인내심을 갖고 기다렸다. 분명히 이지수에게 맞는 역할이 조만간 올 것이라고.

"예능 같은 것 좀 할까요?"

지수가 시무룩해진 표정으로 푸념을 했다.

"안 돼. 그런 거 안 시켜."

수인의 단호한 말 한마디에 지수는 실망한 듯 보였다. 신인으로서 잠시라도 있을 공백기가 싫은 모양이다. 하긴 잠시가 될지, 오래가 될지는 알 수 없는 일이다. 그렇게 기다리는 것이 또 배우의 일이니까.

"조급해하지 마. 나 너 아무거나 안 시켜."

"요새 배우들도 다 예능하고 그러는데…."

"배우로 자신 없어?"

"아, 아뇨!"

"그럼 앞으로 그런 얘기 꺼내지도 마. 그런 건 자신 없는 애들이나 나가는 거야."

"네…."

지수가 뾰로통한 표정으로 입술을 내밀었다. 잠시 후 촬영장에 도착하자 감독 창섭이가 웬일로 지수를 마중 나왔다.

"지수야, 그동안 고생 많았다."

"힝, 감독님."

지수가 명섭의 품에 안겨서 울먹였다. 두 사람에게는 서로가 첫 감독이자 배우였으니 더 애틋한 모양인가 보다.

"지수야, 어서 메이크업 고치고, 감독님은 잠깐 저랑 얘기 좀 하죠."

수인은 지수를 코디에게 보낸 채 창섭이와 촬영장으로 천천히 걸어갔다.

"지수, 어떨 것 같아?"

"뭘?"

"개봉하면 말이야."

"솔직히…."

창섭이가 예상 외로 뜸을 들이자 수인은 불안한 생각이 들기 시작했다.

"솔직히… 뭐?"

"그야 예상보다 훨씬 잘했지, 하하."

"진짜?"

"솔직히 우리 영화 안성진 선생님 때문에 투자받고 다 했지만, 사실 개봉하면 너도 아니고 선생님도 아냐. 이 영화 주인공은 지수가 될 것 같아."

"진짜?"

"실물보다 카메라도 더 잘 받고, 너도 알다시피 지수는 무언가 진실된 느낌이 있어. 그러니 요새 팬들도 많이 생긴 것 같은데. 연기도 그렇고 배우가 거짓이 없어 보여서 좋아. 우리 영화는 못 떠도 지수는 꼭 뜰 것 같아. 지석아, 내가 그건 장담할게."

물론 영화도 회사에 존폐가 걸릴 만큼 잘 돼야 하겠지만, 지수에 대한 확신이 무엇보다 수인에게 상당한 안도감을 주었다. 적어도 내 배우인 지수가 스타가 된다면 수인으로서는 더할 나위 없이 완벽한 상황이었다.

"나중에 편집 잘 좀 부탁할게."

"당연하지. 근데 너 너무 네 배우만 신경 쓴다. 너 분량 아직 많이 남았어."

"나야 뭐 이미 스타니까…."

수인의 농담에 두 사람이 모처럼 크게 웃었다. 하지만 정신없이 웃어대던 두 사람도 조연출이 감독을 찾는 바람에 창섭은 서둘러 다시 카메라 앞으로 뛰어갔다. 그런 창섭의 뒷모습을 빤히 쳐다보던 수인에게 성일이 다가왔다.

"이사님, 이유정 작가님 전화인데요. 꼭 좀 통화하시겠다고 해서요."

"이유정 작가?"

이유정 작가라면 연예계에서 모르는 사람이 없을 정도로 예능계에서 넘버원 작가였다. 수인이 전화를 건네받자 익숙한 목소리가 들려왔다.

"지석 씨, 오랜만이에요."

"네, 이작가님. 잘 지내시죠?"

사실 이유정 작가와는 하지석보다 수인이 더 안면이 있는 사이였다. 그동안 수차례 짝짓기 예능프로그램에서 지석이를 활용하고 싶어 이유정 작가가 직접 섭외 전화를 했지만 수인은 하지석의 배우 이미지를 생각해 매번 거절했던 기억이 있다.

"지석 씨, 제가 요번에 TVC에서 새로운 프로그램 시작해요. '신혼부부'라고… 연출은 문대영 피디님이시고요."

문대영, 이유정, 현재 만드는 족족 모든 프로그램을 히트시키는 최고의 예능 제작진들이다. 아무래도 심상치 않은 전화임이 분명했다.

"결혼 적령기 톱스타들이 가상 결혼하는 프로그램인데요, 이번에는 꼭 지석 씨랑 해보려고 해요."

"저랑요?"

"네, 당연하죠. 여자 스타는 오연희 씨고요. 이미 오연희 씨는 섭외 확정 상태입니다."

"오, 오연희요?"

믿기지 않는 일이었다. 데뷔 후 예능프로그램에 단 한 번도 출연하지 않았는데. 수인은 자신의 두 귀를 의심했다.

"혹시 그쪽도 제가 출연한다는 걸 알고 있나요?"

"아, 연희 씨요? 물론이죠. 저희가 지석 씨가 1순위라고 하니 좋아하던데요, 호호."

"좋, 좋아한다고요?"

이유정 작가가 혹시나 다른 몰카 프로그램을 만드나 의심이 들 정도로 믿기지 않는 사실이었다. 하지만 사실이라면 망설일 필요는 없었다. 최고의 제작진과 하지석, 오연희 조합이면 충분히 아니 무조건 승산이 있는 게임이다.

게다가 모든 남자의 로망인 오연희와 촬영 중에 무슨 일이 벌어질지는 아무도 모르는 일이 아닌가. 수인은 단숨에 출연제의를 오케이 하고 싶었지만 스타답게 한 번 튕겨보았다.

"근데 아시다시피 제가 아직 영화 촬영이 안 끝나서요. 스케줄이 되려나 모르겠어요."

"저희도 알죠. 지석 씨 스케줄에 맞춰서 진행할 생각이에요."

"아… 그래요?"

"지석 씨, 일단 내일 저녁에 스케줄 비어 있던데, 식사라도 하면서 미팅 한 번 하죠."

어떻게 내 스케줄을 미리 꿰뚫고 있는 걸까. 전부터 느꼈지만 예능작가들이야말로 정말 전지전능한 것 같다.

"네, 작가님. 그럼 그렇게 하시죠."

“내일 7시에 저랑 감독님이랑 여의도 중식당에서 봐요. 괜찮죠?”
“네, 일단 그렇게 하겠습니다.”

저녁 7시, 수인은 약속된 시간에 중식당에 도착했다.
로비에 놓인 전신거울을 보며 옷매무새를 다시 한 번 만졌다. 아무래도 제작진과 미팅을 앞두었을 때는 최대한 옷차림에 신경을 써야 했다. 게다가 이유정 작가가 하지석 팬인 걸 알고 있기에 수인은 다시 한 번 멋을 냈다.
어찌됐건 이유정 작가와 잘 지낸다면 앞으로 프로그램 진행도 수월해질 게 사실이었다. 웨이터의 안내를 받아 룸 안으로 들어서자 문대영 피디와 이유정 작가가 미리 기다리고 있었다.
“안녕하세요, 하지석 씨.”
문대영 피디가 일어나 먼저 정중하게 인사를 건넸다. 이런 유명 피디에게 언제나 대접을 받을 수 있다는 것은 스타만의 특권이었다. 예전 매니저 시절에는 상상조차 할 수 없는 일이다. 제 아무리 톱스타 매니저여도 스타와 동행하지 못하면 찬밥 신세였는데 이런 극진한 대우를 받으니 수인은 감개무량한 기분이 들었다.
“안녕하세요, 문피디님.”
수인은 옆에 이유정 작가와도 인사를 나누고 나서야 자리에 앉았다.
“어머, 오늘 네이비 색 슈트가 너무 잘 어울리세요.”
예상대로 이유정 작가가 하트 가득한 눈으로 수인의 의상을 칭찬했다.
“하하, 작가님한테 잘 보이려고 신경 좀 썼습니다.”
서로가 어색한 분위기를 이겨내고자 이런저런 농담을 나눴다. 곧 여직원이 들어와 미리 주문한 식사를 테이블 위에 세팅했다. 여직원은 나가면서 수인을 흘깃 바라봤다. 수인 또한 이런 시선이 이제는 익숙해져 여직원에게 살짝 고개를 숙이며 인사했다.

"일단… 가장 궁금한 거 없으세요?"

문피디가 먼저 질문을 던졌다. TV에서 보던 것과 달리 꽤나 진중하고 과묵해 보이는 인상이다.

"일단 절 캐스팅 하시려는 이유와 오연희, 하지석 조합은 어떤 의도이신지요?"

수인은 순식간에 두 가지 질문을 던지고 차분히 답변을 기다렸다. 문피디가 들고 있던 젓가락을 내려놓은 채 입을 열었다.

"일단 하지석 씨 그간 바람둥이 이미지 속에 다른 면이 있을 것 같다는 예상이 들었고, 또한…."

진지하게 얘기를 꺼내던 문피디가 갑자기 말을 끊자 이유정 작가 대신 나섰다.

"지석 씨, 오해는 하지 말아요. 사실 오연희 씨가 먼저 캐스팅 요청을 했어요."

"저를요? 왜?"

"하지석씨 평소 팬이었다던데요?"

"하하, 정말요. 기분은 좋네요?"

생각보다 싱거운 캐스팅 이유에 수인은 김이 빠졌다. 자고로 캐스팅이란 서로의 끊임없는 밀당이 묘미인데, 사람이 너무 좋다고 달려들면 한 번쯤 튕기고 싶은 게 사람 심리 아닌가.

"저도 좋긴 한데… 저희 영화 개봉 전에 배우로서 이미지가 너무 노출되면 불리한 면도 있고 해서요."

이 정도 얘기하면 방송 일하는 저 둘도 모르지 않을 것이다. 당연히 누가 들어도 곤란한 상황일 게 분명하니까.

"다르게 생각하면 영화 전에 완벽한 홍보가 되지 않을까요? 사실 지석 씨도 예능 활동을 안 해서 시청자들에게 인간적인 매력을 보여준 적이 없으니까."

문피디가 이유정 작가의 말을 거들었다.

"이미 중국 메이저 플랫폼하고 계약은 끝낸 상황입니다. 시즌 별로 계속 제작할 예정이고요. 지석 씨도 어차피 중국 진출 생각하고 계실 테니 다시 한 번 생각해주시면 감사하겠습니다."

두 사람의 말도 일리는 있었다. 프로그램만 잘 된다면 오히려 예능에서 인기를 발판 삼아 영화 개봉 때 더 큰 효과를 볼 수 있었다. 게다가 이런 제작진이 만든 프로그램으로 중국 진출까지 한다면 더 이상 마다할 이유는 없었다. 하지만 수인은 내색하지 않은 채 말 없이 고개만 끄덕였다.

"출연료도 저희가 최대한 맞춰드리겠습니다."

출연료 몇 백만 원 단위의 계약이 중요하지 않았다. 하지만 아까부터 수인의 마음속에 계속 걸리는 게 있었다. 오연희의 말…. 찜찜한 기분이 드는 건 왜일까.

"평소 결혼에 대한 생각은 어떻게 하고 있어요?"

문피디의 질문에 수인은 다시 정신이 들었다.

"글쎄요, 결혼이라…. 아직 한 번도 생각해본 적이 없어서."

사실이었다. 수인은 고된 매니저 생활로 결혼을 생각해볼 정도의 여유도 없이 살아왔다.

"결혼에 대한 특별한 로망이나 판타지는 있겠죠?"

"당연히 있죠."

"어떤 거?"

"오연희 씨 같은 여자와 사는 거?"

수인이 던진 농담에 두 사람이 웃고 말았다. 그때를 틈타 수인은 두 사람에게 말했다.

"계약하시죠, 감독님. 작가님."

두 사람이 수인의 말에 눈을 반짝이며 듣고 있었다.

"두 분 모시고 제가 고민하는 건 실례인 것 같습니다. 믿고 하겠습니다."

두 사람은 수인의 시원한 태도에 홀딱 반한 모습이었다. 문피디가 앞에 놓인 물 한 잔을 마시더니 이내 수인에게 악수를 건넸다.

"후회하지 않도록 열심히 하겠습니다. 저만 믿으세요."

문피디의 눈빛에 진심이 느껴졌다. 이미 예능을 통해 수많은 배우들을 스타로 만든 사람이니 믿고 자시고 할 것도 없었다.

"앞으로 스케줄, 프로그램 출연료 및 계약사항은 저희가 회사 측으로 보내드리겠습니다."

대략적인 프로그램 콘셉트랑 계약사항을 마저 들은 수인은 마음 편히 회사로 복귀했다. 믿고 보는 제작진들이 크게 걱정되는 점은 하나도 없었다.

회사에 도착하자 촬영이 없는 지수가 사무실에 와 있었다.

"이사님! 어떻게 됐어요?"

"뭐가?"

"성일 오빠한테 들었어요. 문피디님 예능 할지도 모른다면서요?"

"하기로 했어."

"아, 완전 치사해. 나한테는 절대 예능 안 된다고 했으면서."

"네가 나랑 같아? 네 일은 더 신중해야지."

"치, 이사님 혼자서만 웹드라마 찍고 광고 찍고 이번엔 예능까지!"

지수가 어지간히 섭섭했는지 수인에게 장난을 걸어왔다. 수인은 하는 수 없이 지수에게 물어봤다.

"하고 싶은 게 뭔데? 일단 참고는 해줄게."

수인이 무심하게 물어보자 지수가 갑자기 소파에서 일어나 뚱딴지같은 대답을 했다.

"어, 웬일? 오연희 실검 떴다."

"진짜?"

방금 밥 먹고 돌아서자마자 벌써 출연확정 기사를 낸 건가. 참 빠르기도 하다 싶었다.

"오연희, 나영석과 이유정 콤비 '신혼부부' 출연확정? 설마… 이사님!"

"어, 그게 말이야. 지수야…."

"뭐야, 오연희 씨랑 이사님 결혼 예능프로라니. 이래서 출연하신 거예요?"

"아냐, 무슨…."

"오연희 씨 진짜 이상형이에요?"

얼른 대답을 못하는 수인의 얼굴을 지수가 빤히 쳐다보았다. 그런 지수의 얼굴을 보고 있자니 수인은 괜히 얼굴이 빨개졌다.

"어, 뭐야? 진짜네! 웬일이야. 완전 사심예능!"

수인은 지수의 장난을 무시하며 재빨리 기사를 확인했다. 일단 오연희 출연확정 기사와 함께 슬슬 홍보기사를 내보내는 듯 보였다.

오연희는 이제 결혼 적령기에 들어가는 나이이니 만큼 마지막 20대에 특별한 추억을 남기고 싶다는 인터뷰를 했다. 그리고 누군지 모르겠지만 자신의 남편이 될 사람과 매일 설레는 하루를 보내고 싶다면서….

수인은 오연희의 기사를 보고 마른침을 꿀꺽 삼키고 말았다.

"지석 씨, 오늘 협찬 차량입니다."

한 달 후, 신혼부부 첫 촬영일.

집 앞을 나서자 조연출이 차 키를 건네주었다. 리모컨을 누르자 파란색 외제 차량이 기다렸다는 듯이 응답했다. 이 정도면 시청자들도 위화감 없는 딱 적당한 준중형 차량이었다.

"이 차를 타고 오연희 씨가 있는 미용실로 데리러 가면 됩니다. 당연히 신부는 모르는 상태이고, 설레는 마음으로 가는 장면 찍을게요."

요즘 예능 프로그램은 정말로 대본이 없다. 몇 가지 상황만 순차적으로 제시해줄 뿐 그 상황에 맞춰서 출연자가 표현해야 하기에 생각보다 많은 감정표현이 필요했다.

촬영 장소에 도착해서 프러포즈를 해야 하니 차 안에는 꽃과 반지가 미리 준비돼 있었다. 방송이라는 게 어차피 대리만족이기에 아무래도 여자 시청자들이 좋아할 만한 이벤트로 준비한 듯했다. 수인은 서둘러 시동을 걸고 미용실로 향했다.

미용실에 도착하자 촬영 준비로 분주한 스태프들 사이로 이미 문피디가 마중 나와 있었다.

"지석아, 오늘 턱시도 너무 멋진데?"

문피디가 수인을 반갑게 맞이했다. 출연 확정 후 몇 번의 술자리를 같이 하면서 이제는 편한 형, 동생 사이가 됐다.

"감사합니다. 이제 어떻게 할까요, 형?"

"연희 씨 나오기 전에 속마음 인터뷰 좀 하자."

수인은 문피디를 따라 1층 카페로 들어갔다.

TV에서 흔히 보는 속마음 인터뷰를 한다고 하니 수인 또한 재밌었다. 간단한 카메라 세팅이 끝나자 문피디가 질문을 던졌다.

"어떤 분이 나왔으면 좋겠어요?"

수인은 애써 모른 척한 채 대답했다.

"그냥 재미있으신 분? 제가 사실 보기보다 여자 앞에서 말도 잘 못하고 숫기가 없거든요."

"지금 많이 떨리는지?"

"살면서 이렇게 심장이 뛰어본 적이 없는 것 같아요."

스텝들이 평소 하지석 이미지를 생각했는지 계속 킥킥대며 웃었다.

알고 보면 이 예능이라는 것이 참 알게 모르게 신기했다. 분명히 연출된 상황이라는 것을 알면서도 자신의 속 얘기를 말하게 만드는 묘한 매력이 있다. 수인은 지금 하지석이 아닌 자신의 속마음을 그대로 얘기하고 있었다.

"지석아, 이제 오연희 씨 딱 처음 만나고 났을 때 장면 인터뷰야."

"아, 그것도 지금 해요?"

"어, 편집해서 따로 들어가니까."

일단 인터뷰는 한 번에 몰아서 하고 장면에 맞춰서 끼워 넣는 것 같았다. 이래서 예능이 은근히 영화보다 더 편집의 예술이라는 말이 있다. 모든 인터뷰가 끝나고 수인은 다시 미용실 앞으로 갔다.

"이제 연희 씨가 웨딩드레스를 입고 저 계단으로 내려올 거야. 넌 뒤돌아 서 있다가 우리가 큐 사인 주면 그때 돌아보면 돼. 알았지?"

문피디는 모든 스텝들에게 무전을 보내 스탠바이시켰다.

미용실부터 이어지는 하얀 계단으로 내려오는 오연희의 등장 모습을 찍기 위해 영화 못지않은 많은 장비들이 투입되었다. 촬영 전에 만나서 인사라도 나눴으면 좋았으려만. 나름의 리얼리티 때문에 실제로 오연희를 못 만나본 수인은 정말로 심장이 터져나갈 것만 같았다.

예능이라는 게 진짜구나. 진짜였어. 수인은 새빨개진 얼굴로 심호흡하며 큐 사인을 기다렸다. 아무래도 현장이 조용해진 걸 보니 오연희가 등장한 것 같았다.

"지석 오빠, 이제 천천히 돌아보세요."

막내작가의 신호를 받은 수인은 떨리는 가슴을 진정시키며 천천히 돌아보았다. 영화 '어바웃타임'에서 결혼식에 입장하던 레이첼 맥아담스보다 백만 배 이상은 더 예쁜 여자가 계단을 걸어 수인에게 다가오고 있었다.

"안녕하세요?"

오연희가 수인에게 눈웃음을 지으며 인사를 했다.

"안녕하세요?"

수인도 그녀의 눈을 보고 얼떨결에 대답했다.

"하지석 님?"

오연희가 고개를 갸웃하며 마치 네가 나올 줄 몰랐는데 너무 기쁘다는 표정으로 수인을 반겨줬다.

"일단 이거…."

수인 역시 떨리는 마음을 진정시키고 손에 든 부토니아 꽃다발을 오연희에게 건네줬다. 오연희는 수인의 꽃다발을 소중히 받았다.

"나이가…."

"네? 29살이요."

"아, 전 33살입니다. 궁합도 안 본다는 4살 오빠네요, 하하."

"네…."

제기랄, 오연희 표정을 보니 아무리 봐도 낭만적이지 않은 대사인 것 같았다. 수인은 하지석답게 로맨틱하게 행동하려 했지만 긴장했는지 자꾸 자신의 원래 모습이 나오고 말았다.

"어디 사세요?"

쓸데없는 수인의 호구조사에 작가들이 카메라 뒤에서 손사래를 쳤다. 여자 만나서 일단 나이랑 사는 곳부터 물어보는 게 맞는 거 아닌가? 수인은 자신의 아재 감성이 어디서부터 잘못된 건지 전혀 감이 오지 않았다.

"방배동이요."

"엇, 방배동. 나도 방배동인데."

"아, 정말요?"

이제야 말이 좀 통하는 것 같았다. 역시 남녀관계는 공감대가 중요하다.

"역시 TV에서 본 대로 너무 예쁘세요."

"정말요? 오늘 저 시집가는 날이잖아요."

오연희는 예능이 처음인데도 마치 뒤늦게 자신의 적성이라도 찾은 듯 엄청난 예능감을 발휘하고 있었다, 그 반면 수인은 이런 리얼 예능이 처음인 배우 티를 팍팍 냈다. 두 사람은 팔짱을 끼고 제작진이 준비해놓은 꽃길을 걸으면서 대화했다.

"무슨 음식 좋아하세요?"

오연희의 질문에 수인은 하지석다운 허세 가득한 대답을 생각해내느라 바빴다.

"아, 요새는 강남 유명 쉐프들 레스토랑 여기저기 다니고 있습니다."

"아, 양식 좋아하시는구나. 전 한식 좋아해요. 소주도 좋아하고요."

역시 예쁜 만큼 굉장히 영리한 배우였다. 벌써 화면을 통해 나갈 자신의 모습을 다 계산하고 시청자들이 좋아하는 소박한 모습을 의도적으로 연출하는 것 같았다.

"싫어하는 행동 있어요? 혹시나 조심하려고요, 호호."

굉장히 어려운 질문이었다. 세상에 뭘 해도 다 예쁠 것만 같은 여자가 싫어할 만한 행동을 한다는 게 아직 상상도 안 갔다.

"글쎄요. 다 좋을 것 같은데."

"하긴 저희는 신혼부부니까 다 좋겠죠?"

화기애애했던 오프닝 촬영이 모두 끝나자 의상을 갈아입고 다음 장소로 이동준비를 했다.

평상복으로 갈아입은 오연희는 아까와 다른 매력을 뽐내고 있었다. 기초화장만 한 듯 하얀 피부에 가벼운 볼터치, 붉은 립스틱만 바른 얼굴, 버건디 색 셔츠에 짧은 플레어스커트를 매치한 모습은 꼭 대학교 강의실 앞에서 남친을 기다리는 여자 친구처럼 그녀를 더욱 어려 보이게 만들었다.

수인은 자신의 차에 탄 그녀를 보고 있자니 괜히 설렜다. 하지만 차 안 곳곳에 박혀 있는 카메라 때문에 계속 신경이 쓰였다. 예전에 지석이가 예능은 도저히 못하겠더라 하는 말이 수인은 새삼 실감이 났다.

차 안에는 제작진이 넣어놓은 미션카드가 있었다. 강원도 인제로 결혼생활을 하러 가기 전 마지막 서울 데이트를 하라는 미션이다. 당연히 데이트 장소를 정하는 것은 출연자의 몫이었다.

"어디 가고 싶은 데 있어요?"

수인은 리드하는 멋진 모습을 보이기 위해 남자답게 물었다.

"떡볶이 먹으러 갈까요? 신당동."

오연희가 시트에 푹 기대며 말했다. 어쩜 사람이 저렇게 예쁘게 웃을 수 있을까. 아무리 봐도 이 방송의 주 시청자들은 남자들이 될 것 같았다. 오연희의 저 미소만 봐도 세상 모든 근심 걱정들이 눈 녹듯이 사라질 것 같았다.

"서울 떠나기 전 마지막 도시 생활입니다. 마음껏 즐기세요."

문피디의 주문과 함께 떡볶이 집 테이블 앞으로 4대의 카메라가 순식간에 설치됐다. 그간 예능프로그램을 우습게 생각했는데 예능 출연하는 연예인들이 새삼 존경스러웠다. 이런 상황에서 태연하게 대화를 나눠야 하다니.

"여기 왜 나왔어요? 예능 하러? 아니면 진짜 결혼?"

오연희가 떡볶이보다 더 새빨간 입술로 수인에게 물었다.

수인은 갑작스런 질문에 마른기침을 하면서 이런 질문도 가능한지 서둘러 문피디를 바라봤다. 표정을 보니 분명히 정상적인 촬영 중인 것 같았다.

"결혼하러 나왔죠."

"진짜? 우리 완전 통했네요."

오연희가 부끄러운 표정으로 수인의 접시에 음식을 덜어줬다.

"많이 드셔요, 서방님."

오연희의 리액션에 작가들이 엄지를 들어 보였다. 수인은 아무래도 모든 주도권을 오연희에게 뺏긴 것 같은 생각이 들었다.

"전에 인터뷰 봤어요. 제가 이상형이라고."

"잠시만요!"

수인은 대답대신 잠시 촬영을 끊고 오연희의 입을 가리켰다.

"입술에 양념 묻었어요. 잠시만요."

수인은 직접 냅킨으로 오연희의 입술을 닦아줬다. 오연희가 싫지는 않았는지 가늘어졌던 눈이 도로 커졌다.

"이런 모습이 제 이상형이에요. 먹을 때 살짝 뭐 묻히는 여자, 하하."

오연희 또한 수인의 돌발행동에 창피했는지 얼굴이 발그스레해졌다. 수인은 당황한 오연희를 보고 말했다.

"우린 배우니까요. 아무래도 의상이랑 화장을 계속 체크하게 되네요."

어찌 보면 배우가 아니라 매니저였던 수인의 직업병일지도 모른다. 한시도 자기 배우에게 눈을 떼지 않았던 습관 때문인지 자꾸 오연희를 바라볼 때마다 수인은 오연희가 자신의 배우가 됐으면 좋겠다는 생각을 했다.

첫 촬영이 무사히 끝나고, 모든 스태프와 함께 여의도 고기 집에서 회식자리가 이어졌다. 달달한 돼지갈비 냄새와 함께 옆 자리에 앉은 오연희의 향수 냄새가 수인의 코끝을 찔러왔다.

"이작가님, 다음 주부터 강원도 촬영 진짜 기대돼요."

오연희가 수인보다 먼저 선방을 날렸다. 아무리 예능이 드라마만큼 작가 파워가 세지 않다고 해도 이유정 작가라면 말이 달랐다. 예능판에서 저 여자의 입김은 웬만한 감독보다 파워가 셌다. 게다가 매력적인 상황을 만들어주는 작가의 능력은 연기자들에게는 절대적인 거나 마찬가지였기 때문이다.

"그러게요. 그래도 지석 씨가 잘해줘서 두 분 케미가 좋게 나왔어요."

오늘 오연희 들러리나 서준 수인에게 힘이 돼주는 사람은 역시 이유정 작가밖에 없다. 메인 감독과 작가와 이야기를 나누고 수인은 잘 부탁한다며 일일이 모든 스텝들과도 술 한 잔씩을 나눴다. 매니저 시절부터 단련해온 수인만의 비즈니스다.

사실 스텝들에게 스타가 먼저 다가와서 인사하고 이야기를 나누는 것은 그들에게 큰 영광이다. 왜냐하면 수인 또한 그랬으니까. 배우에게는 어떤 일이 언제 어떻게 닥칠지 모르는 일이었다. 그런 순간에 배우들을 도와주고 같이 작품하자는 사람들은 스텝들밖에 없다. 또한 예전 하지석의 평판을 지우는 것은 수인에게는 가장 큰 숙제였다.

스텝들과 열심히 사진도 찍고 같이 뒷담화도 나누는데, 아까부터 낯익은 한 남자가 눈에 띄었다. 오연희와 대화를 나누고 스텝들에게 일일이 인사하는 것을 보니 오연희 매니저 실장 같았다. 아마도 다른 일정이 있어 이제야 온 모양이었다. 다른 스텝과 인사를 나누던 와중에 수인과 눈이 마주치자 그는 서둘러 뛰어왔다.

"선배님 안녕하십니까? DK엑터스 홍원택 실장입니다."

홍실장이 깍듯한 인사와 함께 명함을 건넸다. 수인은 명함을 보자 갑자기 예전 기억이 생각났다.

"아, 기억났다! 원택이?"

"네?"

"아아, 미안해요. 내가 술김에 그만."

수인은 반가운 마음에 깜빡하고 자신이 지금 하지석임을 잊었다. 홍원택. 6년 전 수인이 아무것도 모르는 신입 매니저일 때 현장에서 만난 동갑내기 친구였다.

서로 단역이나 하던 신인배우들을 데리고 다니던 별 볼일 없던 매니저 시절, 서로의 꿈에 대해서 이야기를 참 많이 나눴다. 홍원택도 수인과 마찬가지로 배우 지망생이었지만 갑자기 집안이 주저앉자 꿈을 포기하고 매니저로 전업한 친구였다. 나중에 성공하면 우리 꼭 동업해서 같이 회사를 차리자던 순수하고 열정 많았던 시절의 친구를 보니 수인은 감회가 새로웠다.

"선배님은 무슨. 동갑인데 그냥 편하게 불러요."

"제 나이는 어떻게?"

"어? 아, 그냥 같은 연식 같아 보여서, 하하하."

수인의 대답에 원택은 황송하다는 듯이 손사래를 쳤다.

"아닙니다, 무슨. 평소 팬입니다."

연신 고개를 숙이면 인사를 하는 원택을 보니 수인은 괜히 불안했다. 자신의 존재를 잘 알고 있는 사람이 나타난 게 반가우면서도 꺼림칙했다. 수인은 괜히 한 번 더 행동을 조심하게 됐다.

"얘기 꺼내서 죄송한데, 전에 선배님 매니저 하던 하수인 잘 알았습니다."

"아, 정말요?"

"네, 꽤 가까웠거든요. 제가 아버지가 돌아가시지만 않았다면 지금쯤 뭘 해도 꼭 같이 했을 겁니다."

아버지가 돌아가신 거였나. 몇 년 전 아무 말도 없이 이 바닥에서 돌연 자취를 감춰서 행방을 몰랐었다.

"아, 분명히 좋은데 가셨을 거예요."

"네, 그때 가족까지 다 내팽개치고 이게 뭐하는 짓인가 싶어 다 그만두고 고향에 내려가 있었거든요."

"그럼 복귀는요?"

"2년 전에 다시 했습니다. 그래도 일 배운 데가 이 바닥이라 계속 생각이 나더라고요."

소주 한 잔을 입에 털어 넣은 원택은 지석에게서 수인의 추억을 느꼈는지 말이 많아졌다.

"근데 어떻게 연희 씨 매니저를?"

수인이 가장 궁금했던 질문이었다. 한 번 경력이 끊긴 매니저가 톱스타인 오연희 매니저 실장을 한다는 사실이 의아했다.

"제가 마지막 매니저 했을 때가 정문식 씨 로드 했었는데요."

"아, 문식 선배? 잘 알지."

정문식은 연예계에서도 성격 더럽기로 소문난 놈이다. 매니저들 사이에서도 그 인간 밑에서 6개월만 버티면 회사 차려도 된다고 할 정도로 전설적인 인물이었다.

"그때 연희 씨가 같은 영화 여주인공이었는데, 절 좋게 봤는지 나중에 자기 로드매니저 자리 났을 때 감사하게도 절 찾아줬어요."

"그래서 지금은 실장 달았고요?"

"네, 연희 씨 덕분에 2년 만에 고속 승진했습니다."

2년 만에 실장을 달아줄 정도였다면 모르긴 몰라도 둘 사이에 끈끈한 무엇이 있는 건 분명했다. 어찌됐건 수인은 자신을 기억해주는 원택이가 감동스럽고 대견스러웠지만 앞으로 계속 마주쳐야 한다는 부담감은 어쩔 수 없었다. 수인은 얘기가 길어지기 전에 자리를 피하려 했다. 그때 오연희의 목소리가 들려왔다.

"홍실장님."

문피디와 이작가가 일어나는 모습을 보니 아무래도 해산하는 분위기인 것 같았다.

"잠시만요."

원택은 서둘러 일어나 매니저답게 문피디와 이작가를 배웅했다. 그리고 오연희도 수인과 인사를 나눈 후 자신의 벤에 탑승했다.

원택은 벤이 출발하기 전 은밀히 수인에게 다가와 오연희를 로드매니저에게 맡기고 올 테니 잠시 커피숍에서 이야기를 나눌 수 있냐고 물어봤다.

수인은 내키지는 않았지만 어쩔 수 없이 근처 커피숍으로 향했다.

"다름 아니라 제가 몇 가지 여쭤볼 게 있어서요."

"뭐죠?"

"선배님은 연희 씨가 신비주의 이미지도 버리고 왜 이 프로그램 선택한지 아십니까?"

"선배라고 하지 말라니까. 내가 어떻게 알겠어요. 실장님이 알겠지."

수인은 원택에게 선배 소리를 듣는 것이 꽤나 거북했다.

원택은 커피 한 모금을 마시더니 이내 결심한 듯 무겁게 입을 열었다.

"사실 연희 씨는 김민혁 씨를 진심으로 사랑했습니다."

"그게 뭔 소리죠?"

원택은 망설이더니 무겁게 입을 열었다.

"연희 씨가 싸가지 없다는 소문도 있는데, 생각보다 순수한 사람이에요. 김민혁이 바람둥이인지도 모른 채 그가 접근하자 마음을 줘 버렸던 거죠. 근데 김민혁이 이지수 씨 사건으로 연예계 활동이 어렵게 되자 연희 씨한테 헤어지자 하고 잠적한 것 같아요."

원택은 수인이 전혀 예상하지 못했던 이야기를 들려줬다.

"저한테 왜 이런 얘기를 하는 거죠?"

"사실 연희 씨 목표는 지석 선배입니다."

"내가 왜? 난 아무 잘못도 한 게 없는데…."

수인은 갑자기 기가 차서 웃음이 났다.

원택은 그런 지석의 기막혀 하는 얼굴을 보고 나름의 변론을 했다.

"김민혁이 그렇게 잠적을 해버리자 연희 씨도 연예계 은퇴를 한다고 난리를 피웠습니다. 다 필요 없고 자기는 김민혁과 어디 숨어서 애나 키우며 조용히 살겠다고. 당연히 저희 대표님은 거절했고요. 누가 최소 20억 이상 하는 배우를 보내주겠습니까?"

"그래서요?"

"연희 씨는 이 모든 게 하지석, 즉 JS 때문에 벌어진 일이라 생각합니다. 이지수가 쓸데없는 얘기만 안 했더라면 하는 원망이죠."

"그래서 모든 게 다 내 탓이다?"

수인이 따지듯이 물었다.

"따로 김민혁 씨에게 얘기를 들은 것 같습니다. 지석이 형이 아무래도 장난을 친 것 같다고. 그래서 모든 화살이 선배에게 간 것 같습니다."

수인은 생각지도 못한 상황에 답답했는지 머리칼을 흐트러트렸다. 이럴 줄 알았으면 예능을 하는 게 아니었는데, 오연희의 속내도 모르고 프로그램 제의를 덥석 문 것이다.

"그래서 제작진에게 일부러 나를 초이스 하게 하고 날 괴롭히겠다."

"아마 김민혁이랑 똑같이 만들어주고 싶은 거죠."

"똑같이?"

"알콩달콩한 부부 컨셉으로 좋은 남편 이미지를 만든 후, 선배가 진짜 교제 중인 여자가 있다면 그 현장을 잡아서 보도하거나 아니면 다른 연예인이랑 묶어서 가짜 열애설을 만든 후 자신은 상처받은 비련의 여주인공처럼 만들고, 선배는 프로그램에서 가식이나 떨었던 재수 없는 남자 연예인을 만드는 거죠."

만약 원택의 말이 사실이라면 이건 배우로서 치명적인 타격이 될 게 분명했다. 하지석의 많은 여성 팬들은 떠나게 될 것이고, 김민혁처럼 진짜 복귀하기가 어려워질지도 모른다.

"그래서 나한테 이런 얘기를 하는 목적은 뭐죠?"

수인은 자신도 모르게 깊은 한숨이 새어나왔다. 하필이면 오연희의 매니저가 이런 얘기를 자신에게 한 저의가 궁금했다.

"사실 제가 드리고 말씀은 따로 있습니다. 연희 씨는 이번 '신혼부부' 끝내고 소속사 계약만료로 계약이 종료됩니다."

"그게 나랑 무슨 상관이냐고!"

오랜만에 만나 반가웠던 감정도 잠시, 수인의 대답은 신경질적으로 나갔다.

"김민혁 씨 일로 대표님하고 싸운 후 재계약도 거절하고 갑작스럽게 진행된 일입니다. 근데 연희 씨는 선배님처럼 독립을 하고 싶어 합니다."

"독립을 하든지, 다른 기획사를 가든지 알아서 하십쇼."

수인은 오연희의 발칙함에 이미 기분이 상해 있었다. 그런 청순한 얼굴을 하고 자신에게 그런 일을 벌이려고 하다니 믿을 수가 없었다. 수인은 식은 커피를 마저 마시고 그만 자리를 일어나려고 했다.

"그만하죠."

"지금부터는 비즈니스 얘기입니다."

일어나려는 수인에게 원택이 단호하게 얘기했다. 이제부터 중요한 얘기라는 듯 두 눈에 힘을 줬다. 수인은 예사롭지 않아 못 이기는 척 자리에 앉았다.

"연희 씨가 저와 함께 독립을 하자고 했지만, 말씀드렸다시피 전 낙하산이라 아직 부족합니다. 현재 제 능력으로는 연희 씨를 더 큰 배우로 만들어줄 수도 없고, 그렇다고 다른 기획사는 염두에 두고 있지 않습니다."

"연희 씨 정도면 러브콜 들어올 데가 많을 텐데?"

"물론입니다. 하지만 큰 회사는 연희 씨가 원하지 않을 테니까요."

"그럼?"

"오히려 연희 씨는 데뷔 때부터 유지해온 현재 소속사의 신비주의 전략에 신물이 나버렸습니다. 물론 그게 연희 씨를 스타로 만들어준 것은 부인할 수 없습니다만…."

물론이었다. 대한민국에서 오연희만큼 노출되지 않은 여배우는 없으니까. 적어도 광고 시장에서는 아직도 대한민국 톱 배우다.

"연희 씨는 이제 팬들과 소통도 하고 연기 활동도 자유롭게 하고 싶어 합니다. 유부녀도 좋고 망가지는 역할도 하고 싶다고 하더라고요. 그래서 독립을 원하지만 제 생각은…."

아무 생각 없이 원택의 말을 듣던 수인은 그제야 감을 잡았다.

"그래서?"

"작은 회사면서 연희 씨를 도와 시너지를 낼 수 있는 회사가 어디일지 생각해보았습니다."

미심쩍은 눈빛으로 원택을 바라보던 수인의 눈 밑이 가늘게 떨렸다. 만약 자신의 생각대로라면 이건 엄청난 일이었다.

"수인이 사고 소식을 듣고 알았습니다. 선배가 독립하고 새로이 시작한다는 것을. 수인이가 있었다면 더 좋았겠지만, 실제로 선배를 만나보니 이상하게도 수인이 생각이 나면서 결심이 선 것 같습니다."

수인은 원택에게 속내를 들키지 않기 위해 팔짱부터 꼈다. 원택의 얘기는 실로 넝쿨째 굴러온 당신이었다. 오연희라니. 그런 톱스타의 영입은 아직까지 생각해본 적이 없었다.

아무리 시장에서 여배우 파이가 작다고 해도 오연희는 연간 20억은 하는 스타다. 10억 이상은 CF로 거뜬히 하고 게다가 1년에 한두 개 작품까지 감안하면 20억 이상은 확실히 벌어다주는 배우. 오히려 이름값으로만 따지면 하지석보다도 한 단계 위의 배우였다. 그런 배우를 영입할 수 있다면 회사는 빨리 안정적인 구조를 갖출 수 있다.

"뜻은 고마운데 이게 된다고 생각해요? 지금 날 망하게 하려고 하는 사람이 나랑 손을 잡을 것 같아요?"

원택이 정곡을 찔린 듯한 표정으로 수인을 바라봤다.

"그래서 도움을 요청하는 겁니다. 전 선배님하고 일하고 싶습니다. 그게 연희 씨에게도 좋을 거라는 확신도 있고요."

사실 원택의 안목은 정확했다. 가수 매니지먼트와 달리 배우 매니지먼트는 큰 회사라고 무조건 좋은 것만은 아니다. 소위 이미 뜬 스타들은 연기에만 집중할 수 있게 편하게 스케줄을 잡아주고 자신의 얘기를 더 들어주는 회사를 선호하는 편이다.

어차피 스타들은 이미 자신의 브랜드로 움직이는 것이기에 출연료를 더 받아준다거나 영업을 더 해야 할 필요도 없다. 오히려 작은 회사와 계약하면 자신의 배분율도 더 높게 가져가고 회사를 키워주는 재미도 있는 편이다. 그래서 신뢰가 쌓이면 배우가 흔쾌히 매니저와 회사를 나오는 상황이 생기는 것이다.

단순히 스타의 의리라고 말하지만, 연예인들도 이런 나름의 이득을 취할 수 있기에 매니저들과 이해관계가 맞아떨어진다. 원택 또한 자신의 예상대로 오연희의 시너지 효과로 JS가 급속도로 성장하게 된다면 당연히 회사에서 주요 자리를 맡게 될 것이다. 고로 아직까지 연예계 저변이 부족한 원택은 리스크 없이 사업에 발판을 마련할 수 있다.

"우리 회사 아직 연희 씨 계약금 줄 돈도 없는데?"

수인은 살짝 떠보려고 돌발 질문을 했지만 원택은 차분하게 웃으며 대답했다.

"연희 씨가 그깟 돈 일, 이억에 움직일 레벨은 아니라고 생각합니다만."

"그럼 계약조건은?"

"배분율은 나중에 연희 씨와 상의해봐야 합니다."

오연희 정도의 스타와 5:5까지는 힘들더라도 7:3 정도라면 수인도 절대 놓치지 말아야 할 계약이었다. 수인은 점점 오연희에 대한 욕심이 생겼다.

"그보다…."

원택이 결심을 굳힌 듯 수인 쪽으로 상체를 기울였다.

"일단 연희 씨의 마음을 돌려야 합니다."

"어떻게?"

"배우 오연희가 하지석을 남자로 좋아하게끔 만들어야죠."

"뭐?"

"이 방법밖에 없습니다. 남자는 남자로 잊게끔 만드는."

하지석에 대한 원망이 큰 오연희를 내 여자로 만들라는 소리였다. 하지석 당신을 좋아하지 않는 이상 오연희가 네 회사로 들어갈 일은 없으니까. 일종의 협박 아닌 협박이다. 어차피 네 밥그릇은 네가 챙겨야 한다는 논리. 수인은 뭔가 원택에게 말려드는 느낌이 들었다.

"그러니까 프로그램을 하면서 오연희를 꼬셔라?"

"오연희에 대해서는 제가 누구보다 잘 알고 있습니다. 충분히 가능한 일입니다. 그녀가 좋아하는 행동, 말투, 취미 모든 정보를 알려드리겠습니다."

원택과 헤어진 후 돌아오는 길에 수인은 생각에 잠겼다.

수인으로서는 당연히 고민이 될 수밖에 없었다. 오연희가 영입된다면 회사에 큰 수익을 가져다 줄 것은 믿어 의심치 않았다. 사실 고민할 것도 없는 일이다. 하지만 수인은 이상하게 지수가 신경 쓰였다.

톱스타의 영입은 명과 암이 분명했다. 톱스타들은 자기 중심으로 회사가 돌아가기를 원할 것이다. 당연히 지수는 뒷전이 될 수밖에 없다. 하지만 반면에 장점도 있다. 오연희가 캐스팅 된 작품에 지수를 얼마든지 꽂아 넣을 수 있게 된다. 일명 끼워 팔기. 지수뿐만 아니라 앞으로 다른 신인들도. 그게 아마 톱스타를 데리고 있는 회사의 가장 큰 장점일 것이다.

일단 그 전에 자신에게 복수의 칼을 겨누고 있는 오연희의 마음을 사로잡아야만 한다. 수인은 다음 촬영 때까지 계속 고민을 해야 했다. 물론 고민 끝에도 답은 나오지 않았다.

일주일 후, 수인은 촬영이 있는 강원도 인제로 향했다.

산골짜기 위에 있는 아담한 오두막집이었다. 실내는 아기자기한 인테리어가 잘 정리되어 있었다. 촬영장에 도착하자 오연희가 수인의 속내도 모르고 인사를 했다.

"저희 첫 회 시청률 보셨어요? 다 오빠 덕분인 것 같아요."

'신혼부부'의 시청률은 첫 방송부터 5퍼센트를 넘을 정도로 벌써 큰 인기를 끌었다. 케이블 방송치고는 엄청나게 높은 수치였다. 아마도 예능에서 보기 힘든 두 스타 남녀 때문에 큰 이목을 끈 것 같았다.

오연희는 정말 감격에 겨워서 어쩔 줄 몰라 했다. 원택의 말이 아니었다면 정말 하지석을 좋아한다고 믿을 정도로 완벽한 연기였다.

"에이, 무슨 내 덕분이에요. 다들 연희 씨 얘기밖에 안 하던데."

"호호, 정말요?"

"저희 집 강아지 데리고 왔어요. 달자랑 몽실이. 귀엽죠?"

오연희가 작은 말티즈 두 마리를 끌어안았다. 심지어 주인을 닮아 개도 예뻤다. 제작진들은 카메라 설치가 끝났는지 집 안에서 하나둘씩 나오고 있었다. 마지막으로 문피디가 나오더니 두 사람에게 설명했다.

"카메라 설치 다 끝났으니 저희는 오늘 그만 내려가 보겠습니다. 내일 아침에 카메라 배터리랑 메모리 갈러 다시 올라 오겠습니다."

"네? 다 간다고요?"

"네, 당연히 이제 두 분만의 시간입니다."

"감독님도? 매니저들도?"

"그럼요, 요즘 예능 진짜 리얼이에요. 두 분은 이제 진짜 부부고요."

문피디는 당황한 수인의 얼굴을 재미있다는 듯 쳐다보더니 어깨를 툭툭 쳤다.

"일단 처음 하실 일은 아무래도 장보기가 되겠죠? 그럼 파이팅입니다."

문피디와 모든 스텝들이 봉고차를 타고 산으로 내려가자 정말로 오연희와 단 둘만의 시간을 갖게 됐다.

"일단 들어가 볼까요?"

오연희가 이제 쇼는 시작됐다는 듯 수인의 손을 잡고 집 안으로 들어갔다.

수인은 고개를 사방으로 돌려 카메라가 있는 곳을 살펴보았다. 방, 마루, 부엌, 심지어 화장실까지 대충 확인한 것만 20개가 넘어 보였다. 숨을 곳이라고는 찾으려야 찾아볼 수가 없었다. 지금은 영입이고 뭐고 간에 실제로 이 안에서 오연희와 지구 최고의 러브 쇼를 펼쳐야 한다니. 사랑에 빠지기 싫어도 빠질 수밖에 없는 환경이었다. 수인은 이제야 프로그램의 콘셉트가 막 실감됐다.

오연희가 앞치마를 두른 채 수인에게 백허그를 했다. 봉긋한 두 가슴이 수인의 등 뒤로 생생하게 느껴졌다.

"카메라 의식하지 말아요. 우리 자연스럽게 말하고 자연스럽게 행동해요."

오연희는 수인이 걱정됐는지 먼저 안심시켜주었다.

목소리에서 왠지 모를 다정함이 묻어났다. 수인은 등을 돌려 오연희를 바라봤다. 수인의 눈빛이 꽤나 진지했는지, 아니면 집 안으로 들어오는 햇살 때문인지 오연희의 뺨이 붉게 물든 것만 같았다. 피식 웃음이 나온 수인은 오연희의 어깨를 감싸 쥐고 가볍게 포옹을 했다. 영입이고 복수고 수인은 이제 그런 것을 생각하지 않기로 했다. 수인은 결심했다. 그냥 있는 그대로 어디 한 번 이 여자를 사랑해보기로.

"오빠 이것 좀 도와줘."

늦은 저녁, 오연희가 살갑게 도움을 청했다.

다듬어야 할 콩나물을 내려놨다. 생각했던 것보다 살림에 더 능숙한 모습이 의외였다. 직접 차린 저녁은 또 어찌나 맛있던지. 수인은 다들 이래서 결혼을 하는구나 싶었다. 아름다운 여자가 자신을 위해 요리하는 모습은 상상했던 것보다 더 사랑스러웠다.

수인은 식탁에 앉아 설거지를 하는 오연희를 바라봤다. 그녀는 여느 연예인들과 달리 외모나 유행하는 패션에는 큰 관심이 없었다. 본인의 인기에 연연하지도 않았다. 배우 생활 그 자체를 즐기고 관심이 많았기 때문에 수인은 그녀와 얘기하는 게 즐거웠다. 또한 스텝들에게도 친절했고, 자신만의 프로의식을 가지고 일한다는 인상도 충분히 주었다.

"오빠, 다 끝났어요? 무슨 생각을 그렇게 해요."

어느덧 설거지를 끝낸 오연희가 맞은편에 앉아 수인을 바라봤다.

"어? 아무것도 아냐."

"우리 좀 있다 야식 먹을까요? 뭐 먹고 싶은 거 있어요?"

"아니야, 방금 밥 먹었는데 무슨."

그래도 오후에 이것저것 집 안 청소도 하고 정리하면서 말도 놓고 꽤나 친해졌다.

"에이, 그러지 말고 먹어요. 이 긴긴 밤 뭐하려고요?"

"긴긴 밤?"

"네, 긴긴 밤이죠. 이제 여덟 시밖에 안 됐는데. 그럼 먼저 씻을래요?"

수인이 당황한 표정을 짓자 오연희가 먼저 웃음을 터트리고 말았다.

"간단하게 두부요리 해야겠다. 그래도 우리 오늘 첫날밤인데 로맨틱 하게 와인이나 마셔요."

오연희의 사랑스런 애교에 수인도 그만 웃음이 났다. 아무리 방송이라지만 당장 살림을 차리고 싶을 정도로 신혼의 알콩달콩함이 뼛속까지 전해졌다.

수인은 자신이 이렇게 프로그램에 빠질 수 있게 된 것에 감탄했다. 대한민국에서 가장 아름다운 여자와 강원도 산골짜기에 단 둘이 있다. 게다가 수인은 아직까지 하지석 몸에 머물러 있다. 이대로 잠들기가 아쉬울 정도로 행복한 시간이었다. 참기름에 김치를 달달 볶고 있는 오연희가 말했다.

"진실게임 할 거예요. 우리 부부의 모든 역사를 공유해야겠어."

"진실게임?"

첫날부터 너무 세다. 분명히 자신에 대해 캐내려고 하는 게 분명했다. 오연희가 짧은 시간 안에 예쁘게 보이는 두부 요리를 식탁 위에 올려놓고 마주 앉았다.

"짜잔, 두부 카나페입니다."

예쁜 접시에 작게 잘라놓은 두부와 그 위에 김치와 버섯을 올려 멋을 낸 요리가 꽤나 군침 돌게 했다. 게다가 오연희는 집에서 챙겨왔는지 서둘러 캐리어를 가져와 레드와인 한 병을 꺼냈다.

"오빠는 결혼하니까 어때?"

오연희는 와인 코르크를 능숙하게 따더니 수인에게 따라주었다.

"솔직히 이렇게 좋을 줄 몰랐는데 되게 행복해."

"원래 꿈꿨던 결혼생활은 뭐였어?"

"그냥 지금인 것 같아. 이렇게 한적한 곳에서 사랑하는 사람과 단둘이 맛있는 거 먹고 이렇게 얘기하고 서로 마주 볼 수 있는 것."

정말이었다. 역시 문피디와 이작가는 괜히 스타 제작진이 아니었다. 일반 대중들이 꿈꾸는 이런 판타지를 연예인들을 통해 대리 만족하게 해주니 인기를 끌 수밖에 없었다.

"나도…."

오연희가 부끄러운 듯 말했다.

"사실 이번에 오빠랑 같이 작품 할 뻔했는데… 알아?"

"정말? 언제?"

"작년에 나 주연 했던 메디컬 드라마에서."

"정말? 난 몰랐어."

"오빠가 그동안 메디컬 드라마에서 의사 역 많이 해서 거절했다 들었어."

물론 수인은 작품을 거절한 사실을 잘 알고 있었다. 수인 본인이 거절한 일이었다. 지석이를 스타로 만들어준 것도, 그동안 배우 생활을 계속 안정적으로 이어갔던 것도 사실 차갑고 섹시한 이미지의 의사 역할이 지석이와 잘 어울렸기 때문이다. 하지만 수인의 판단으로 더 이상 같은 연기를 하면 배우 생명만 깎아먹겠다는 판단 하에 거절했던 것이다.

지금 생각해보니 지석이 빈 자리에 김민혁이 대타로 캐스팅 됐었다. 지석이도 나중에 오연희가 캐스팅 사실을 보고 얼마나 아쉬워했는지 땅을 치고 후회했던 기억이 있다. 무슨 운명의 장난인지는 모르겠지만 아마 그 작품 때문에 김민혁과 눈이 맞은 것 같다.

"맞어. 네가 캐스팅 된 사실 먼저 알았다면 내가 했을 텐데."

"치, 거짓말. 그래도 난 더 이게 인연인 것 같은데? 뭔가 한 번의 엇갈림이 있다가 만났잖아."

"그러네."

"만약 우리가 그때는 몰랐지만 오빠가 얼마 전 교통사고로 잘못됐다고 생각하면 너무 슬프다."

수인은 오연희의 말에 갑자기 이상한 죄책감이 밀려왔다. 마치 자신이 지석의 삶을 대신 뺏어서 살고 있는 느낌이었다.

"그 매니저 오빠. 전에 한 번 본 적 있는데."

오연희가 조심스럽게 얘기를 꺼냈다. 수인은 저도 모르게 표정이 굳었다. 6년 전 미용실에서 마주쳤던 일을 기억하고 있을 줄이야.

"예전에 신인배우 매니저 하실 때 미용실에서 봤거든. 그래서 뉴스 보고 얼마나 놀랐는데."

"그래?"

"응, 아마 사진도 한 장 같이 찍었을 거야. 너무 순수하셨던 분이라 기억나."

수인에게도 그날은 생생한 기억으로 남아 있다. 그날 미용실로 들어오던 오연희의 모습을 잊을 수가 없다. 세상에 태어나서 그렇게 예쁜 여자는 처음 봤으니까. 물론 그때 그 사진은 수인의 방 책상 서랍에 고이 간직하고 있다. 매니저 일을 하면서 처음으로 같이 사진을 찍었던 스타였고, 그렇게 예쁜 여자는 처음 봤다며 주위에 자랑을 하고 다녔을 때니까.

수인은 오연희에게 예상치 못한 감동을 받았다. 오연희가 그 당시 찌질한 매니저였던 자신을 잊지 않다니.

"잘했어. 그 친구도 아마 많이 좋아했을 거야."

수인은 와인 잔을 내려놓고 슬픈 표정을 지으며 오연희의 손을 잡았다. 와인과 함께 여러 얘기를 나누다보니 서서히 몸속을 데우는 술기운이 느껴졌다.

"미안해. 그러려고 한 게 아니었는데…."

"아니야. 뭐 하고 싶은 거 없어? 우리 오늘 첫날밤인데 내가 노래 불러줄까?"

오연희가 맞잡은 손을 흔들며 좋아했다.

"진짜? 오빠 노래 부르는 거 방송이나 영화에서 한 번도 못 봤는데"

"아까 보니까 집에 기타 있던데. 뭐 불러줄까?"

"나 다 좋아. 오빠가 불러주고 싶은 거 불러줘."

수인은 거실로 가 기타를 가져왔다.

"음, 뮤지컬 노래 불러줄까? 지금 이 순간."

오연희가 제목을 듣고 십대 소녀처럼 환호성을 질렀다.

수인은 하지석이 가지지 못한 자신만의 필살기가 있었다. 학창시절부터 수천 번, 수만 번, 연습해왔던 곡이다. 자신이 배우가 되면 꼭 부르고 싶었던 노래. 하지석은 타고난 음치였기 때문에 노래 부르는 장면을 한 번도 하지 못했다. 이번 기회를 통해 대중들에게 이런 색다른 면을 보여준다면 분명히 큰 호응이 있을 것이다.

"진짜 불러주는 거지?"

수인은 오연희를 보며 수줍게 고개를 끄덕였다. 천천히 기타 줄을 튕기며 들려오는 선율이 수인의 귀에도 달콤하게 느껴졌다.

"지금 이 순간 지금 여기, 간절히…."

지석이의 저음 목소리가 노래와 굉장히 잘 어울렸다.

예전부터 수인은 여자들이 지석이의 저음 목소리에 많이 반한다는 사실을 알고 있었다. 자신을 바라보는 오연희의 눈빛은 이미 하지석이란 남자에게 빠진 듯 보였다.

"나 말고 또 불러준 사람 있어요?"

"아니, 처음이야. 나랑 결혼해주는 여자에게 꼭 불러주고 싶었거든."

오연희가 못 말린다는 듯 웃으며 수인을 바라봤다.

"들어갈까?"

수인이 묻자 오연희가 고개를 끄덕였다. 두 사람은 불을 끄고 안방으로 들어갔다.

제작진들은 안방에서 자는 장면까지 촬영 끝나면 각자의 방으로 들어가서 자라고 했으나 이건 사실 굉장한 고문이었다. 젊은 청춘 남녀가 곳곳에 설치된 카메라 탓에 서로 눈이 맞아도 절대로 아무 짓도 할 수가 없다. 실로 굉장한 시스템이다.

두 사람이 카메라에 안 잡히는 장면이 십 분만 넘어도 제작진들은 의심할 게 분명했고 연예계에서는 그런 소문은 쥐도 새도 모르게 빠져나간다. 조심, 또 조심. 수인은 쓸데없는 생각을 지운 채 최대한 촬영에 전념했다.

두 사람은 침대에 누워서 서로를 바라보았다. 오연희는 수인을 바라보며 느리게 눈을 깜박였다. 수인은 이제 촬영이고 뭐고 상관없을 것 같았다. 오연희와 서로를 마주보고 있는 지금 이 순간이 세상에 태어나서 가장 행복한 시간이었다.

수인은 오연희의 눈빛을 보며 마른침을 삼켰다. 더 이상 제어하기 힘들 것 같았다. 아마 6년 전 처음 봤을 때부터였는지도 모른다. 이 여자를 한 번 안고 싶다는 생각이 들었던 게. 그런 생각이 수인이 머릿속을 가득 채우고 있을 때, 오연희가 먼저 입을 열었다.

"고마워요, 나랑 결혼해줘서."

수인의 머릿속이 갑자기 온통 희미해졌다. 원택의 말도, 하지석도, 하수인도, 오연희도, 모든 게 다 불분명해 보였다. 수인은 단지 한 남자로서 한 여자를 바라봤다. 오연희의 입술이 수인의 눈앞에 있었다. 수인은 천천히 눈을 감았다. 오연희의 호흡소리가 점점 더 가까워지고 있었다. 오연희도 눈을 감았을까. 수인은 오연희의 이마 위로 입술을 살포시 포갰다.

쪽.

수인은 대답 대신 오연희 이마 위에 키스를 했다. 오연희의 가늘어졌던 눈이 도로 커졌다. 수인은 뺨이 날아와도 맞을 각오를 했다. 이 키스는 제작진의 주문에 없는 장면이었다. 두 사람은 침대 위에서 로맨틱한 수다를 떤 뒤 촬영을 끝내고 각자의 방으로 들어가야 했다. 오연희는 그 순간 조용히 속삭였다.

"조용히 이대로 정리해요. 우리 모든 대화가 카메라에 녹음되니까."

오연희는 수인보다 더 현명하게 대처했다. 생각대로라면 제작진들은 두 사람이 그냥 분위기만 내려고 가짜 입맞춤으로 소리만 낸 줄 알고 있을 수도 있다. 최소한 여기서 자연스럽게 끝난다면 핑계삼을 변명거리가 있는 것이다.

"잘 자요."

수인은 다시 자연스럽게 오연희 이마에 가벼운 키스를 하고 불을 껐다.

그 이후 정적이 두 사람을 감싸자 수인은 조용히 자리에서 일어나 다른 방으로 들어갔다. 오연희는 아무 말도 꺼내지 않았다.

수인의 예상대로 방송이 회를 거듭할수록 두 사람의 러브스토리에 폭발적인 반응을 보였다.

그동안 베일에 쌓여 있던 오연희의 일상 이미지와 하지석의 츤데레 이미지가 조화를 이루면서 프로그램은 드디어 시청률 10퍼센트를 넘는 기염을 토했다.

실제 편집이 되어서 나간 예능은 수인이 상상한 그 이상으로 재밌었다. 두 사람의 어색한 만남부터 인터뷰를 통한 속마음들이 장면 중간중간마다 잘 배치되면서 90분의 시간이 전혀 지루하지 않았다.

"이사님, 장난 아닌데요? 완전 하블리 됐어요. 하블리."

"그래? 예능도 나름 재미있는 것 같아."

매니저 성일의 말대로 하지석의 이미지는 이제 국민남편, 아내바보, 하블리 등 예능 특유의 화제성을 불러일으키며 실시간 검색 상위권에 며칠간 계속 올라와 있었다.

모든 국민들의 관심을 받는 게 이렇게 기분 좋은 일인 줄 꿈에도 몰랐다. 수인은 나중에 문피디에게 감사한 마음으로 밥을 사야겠다고 결심했다.

"이사님, 근데 노도 물 들어올 때 저으라고 또 좋은 소식 있습니다."

"뭔데?"

"이건 이사님도 고민 안 하실 것 같은데, 지수 씨 음료 CF 건입니다."

신인배우에게 광고 시장은 최고의 환경이다. 특히 광고는 배우 특유의 이미지와 잘 매칭 된다면 웬만한 영화, 드라마보다 인기 끌기에 유리했다.

“아시죠? 청순함의 대명사 알카리스웨트 메인 모델 제의입니다.”

“진짜야?”

“네, 벌써 미팅 잡아놨습니다.”

수인은 성일의 얼굴을 바라보며 생각에 잠겼다. 그리고는 딱딱하게 굳은 목소리로 말했다.

“아니야, 취소해.”

“네?”

성일은 어이가 없다는 얼굴로 수인을 쳐다보았다.

수인은 성일 얘기를 듣는 순간 불현듯 다른 사람이 생각났다.

유혜지. 이 일은 혜지가 해야만 했다. 청순함의 대명사인 알카리스웨트 광고라면 지수보다 혜지가 적합했다. 수인은 지수를 여성스러운 이미지보다 앞으로 점점 더 커질 장르물 시장에 적합한 배우로 키워내고 싶었다.

지수는 큰 이목구비와 우월한 신체조건, 미드에 나오는 여배우들처럼 카리스마 있는 여배우가 될 수 있었다. 수인은 안 그래도 요즘 사방팔방으로 진행 중인 장르물이 뭐가 있는지 찾으러 다니고 있었다. 여자형사, 변호사, 의사 등 지수가 이쪽 방면에서 분명 크게 두각을 나타낼 것이라 확신했다.

“진짜 취소해요? 지수 씨 실망할 텐데….”

“지수한테 말했어?”

“아뇨, 아직. 이사님하고 얘기 나누고 하려 했죠.”

“다행이야. 잘했어.”

신인배우에게는 분명 이해가 안 되는 처사일 게 분명하다. 어린 마음에 상처를 주고 싶지는 않았다. 그때 성일의 전화가 울렸다. 성일은 갑자기 환한 표정으로 수인에게 액정화면을 보여줬다. 마성진 피디. MBS 조연출이다. 감독 입봉은 못 하지만 MBS에서 무기 계약직으로 평생 일할 수 있는 계약직 피디. 조연출이지만 꽤나 짬밥은 높다.

"네, 조감독님. 정말요? 대본 보내주시면 저희도 검토해보고 바로 답변 드리도록 하겠습니다. 아휴, 네네. 걱정 마세요. 감사합니다."

깍듯하게 전화 받는 성일의 모습을 보자 수인은 예전 자기 생각이 나면서 순간 흐뭇해졌다. 어찌됐건 지수와 함께 하는 매니저다. 지수의 섭외 전화라면 분명히 본인도 기쁠 것이다.

"이사님, 어떡하죠. 이거 대박인데요."

"또 뭐? 이번엔 드라마 주연이라도 하재?"

"헐, 어떻게 알았어요? 주연은 아닌데 그래도 정은희 작가 신작이라는데요?"

"정은희 작가? 정말이야?"

"네, 내년 봄 편성 받았대요."

하늘이 도와주는 걸까. 드디어 기다리고 기다렸던 작품이었다. 한국 장르물의 대가 정은희 작가라면 무조건 지수를 꽂아 넣어야 했다. 특히 작년에 히트를 친 과거와 현재를 오가는 형사물 드라마는 미드에 익숙한 젊은 층들을 공략하면서 장르물로서는 전례가 없는 대중적 성공을 거두었다. 게다가 그녀의 신작이라면 엄청난 홍보와 관심 속에서 드라마가 진행될 수 있을 것이다.

"대본은?"

"조감독이 바로 보내준다 했는데… 잠시만요."

성일은 핸드폰으로 메일을 확인한 뒤 바로 수인에게 보내줬다. 수인은 대본을 받은 뒤 성일을 내보내고 그 자리에서 바로 대본을 읽었다.

1, 2화 대본이었다. 어찌나 몰입했는지 다 읽고 나니 두 시간이 넘게 흘렀다.

지수의 역할은 강력반에 유일하게 근무하는 새내기 여형사였다. 남자들 틈바구니에서 기죽지 않고 씩씩하게 활력을 불어넣는 막내 여형사. 여자가 강력반에서 오래 버티지 못한다는 선입견과 싸우면서도 선배들이 풀지 못하는 사건들을 여성 특유의 감성이나 추리로 사건을 해결하는 데 이바지한다.

게다가 좀비물 드라마로, 좀비가 된 남자 친구와 멜로 라인도 있는 역할이다. 수인은 내심 더 큰 역할을 원했지만 신인으로 이 정도면 사실 분에 넘치는 역할이었다. 더 이상 고민할 것도 없다. 수인은 당장 성일을 불렀다.

"네, 이사님. 다 보셨어요?"

"응, 넌 어땠어?"

"일단 지수 씨 역할은 좋은 것 같은데, 한국에서 좀비물이 드라마로 가능할까요?"

"부산행도 히트 쳤고, 미드 워킹데드도 우리나라에서 인기 좋잖아? 난 가능할 것 같은데."

성일은 잘 모르겠다는 듯 뒷머리를 긁적였다. 하지만 수인은 확신이 들었다. 어차피 드라마는 작가 놀음이다. 1, 2화 대본만 봐도 이 작품은 정은희 작가가 독을 품고 쓴 대본이다. 애당초 성공한 사람은 그 높은 곳에서 내려오지 않기 위해 더 필사적이니까.

게다가 사랑했던 남자가 좀비가 된 후 그 남자를 찾기 위해 추적하는 지수의 역할은 분명히 16화 중에 1화 정도는 온전히 지수 에피소드로 펼쳐질 것이다. 그 1화에 지수의 포텐이 터진다면 지수는 순식간에 스타로 발돋움할 수 있을 것이다.

"조연출한테 바로 전화해. 최대한 빨리 감독, 작가님 미팅 잡자고."

"네, 그리고 아까 알카리스웨트 진짜 거절합니까?"

"아직. 나한테 이틀만 줘. 데리고 올 사람이 있어."

"네? 누굴요? 설마 길거리 캐스팅이라도 하시려고?"

"걱정 마. 너도 본 적 있는 사람이니까."

수인은 늦은 밤 CN엔터에 도착했다. 연습실이 있는 4층으로 올라가기 위해 엘리베이터를 탔다.

수인은 혜지를 처음 봤을 때 그 청초한 눈망울을 잊을 수 없었다. 분명 혜지는 연기자로 전향한다면 제2의 손예인이 될 자질이 차고 넘쳤다. 게다가 아이돌에서 연기자로 전향한 사례는 이제는 드문 일이 아니어서 오히려 장점이지 선입견 때문에 불리한 점은 많지 않았다.

4층 가장 안쪽의 연습실 불이 켜져 있었다. 혜지가 통화로 말한 그 방인 것 같다. 음악소리에 취해 혜지는 수인이 온 줄도 모른 채 연습에 집중해 있었다. 거울에 비친 자신의 모습을 보며 춤을 추는 혜지의 모습이 색달랐다. 처음부터 생각했던 거지만 정말 남들과 다른 매력적인 무언가가 있는 아이다.

"헉, 언제 오셨어요? 아, 창피해."

뒤늦게 수인을 알아차리고 음악을 껐다. 혜지는 긴 머리를 목 위로 들어 올린 채 땀을 닦으며 수인 옆에 앉았다.

"방금 왔어. 원래 혼자 이렇게 늦게까지 연습해?"
"네, 팀원들에게 피해 안 주려면 연습해야 돼요. 언제까지 들러리만 설 수 없으니까."
생각보다 걱정이 많은 목소리였다. 저렇게 열심히 연습하고 외모도 뛰어난데 왜 CN에서 혜지를 띄워주지 않는 건가. 원래 아이돌은 그런가 보다 했는데 수인은 점점 의구심이 들었다.
"새 앨범 활동은 언제부터야?"
"2주 남았어요. 낼 모레는 뮤직비디오 촬영 있고요."
"주인공 땄어?"
"무슨… 아린이인 거 뻔히 알면서."
"내가 볼 땐 전 뮤직비디오에서 네 연기가 젤 좋았는데."
"헐, 어디 가서 그런 소리 하시면 안 돼요."
혜지가 큰일 날 소리라며 수인의 어깨를 쳤다.
수인은 혜지의 이런 점이 가장 큰 불만이었다. 왜 이렇게 자신감이 없는 걸까. 누구보다 가사 전달도 좋고 좋은 표정과 목소리도 가지고 있는데. 연기자에게는 그런 타고난 정서가 사실 가장 대단한 것이다. 수인이 이런 생각을 하는 사이 혜지가 불쑥 얘기를 꺼냈다.
"생각 좀 해봤는데요. 저 안 될 것 같아요."
"뭘?"
"연기요."
수인은 예상치 못한 답변에 잠시 모든 생각이 멈췄다. 그런 수인을 개의치 않은 채 혜지가 계속 말했다.
"제가 지수 언니 부러워서 잠깐 오버했나 봐요. 죄송해요, 선배님."
"장실장 때문이야?"

분명히 본인의 의사가 아닐 것이라 생각됐다. 처음 혜지가 연기하고 싶다고 말할 때 그게 진심이라고 수인은 충분히 느낄 수 있었다. 왜냐면 꼭 예전의 자기를 보는 것 같았으니까.

"아뇨, 그냥… 그냥 못해요. 하기 싫어졌어요."

"계약 문제라면 내가 기다릴 수 있어."

"재계약해야 돼요."

"해야 된다?"

"아니… 할 거예요."

"누가 너보고 연기 못 한다 그래? 그거라면 내가."

"그런 거 아니라니까요!"

얘기를 계속할수록 혜지의 표정이 점점 굳어져갔다. 예전보다 말투가 확고했다. 수인은 지금 혜지 널 위한 알카리스웨트 광고가 기다리고 있다는 말이 맴돌았지만 차마 꺼내지 못했다. 어색한 기류를 느낀 혜지는 슬금슬금 수인의 눈치를 봤다.

"할 얘기 다하셨으면 전 이만…. 안녕히 계세, 아니, 안녕히 가세요."

"어? 어, 그래…."

혜지가 평소와 다르게 서둘러 떠났다. 수인은 집으로 가는 길 내내 고민에 빠졌다. 분명 연기를 하고 싶어 하던 아이였다. 게다가 대형기획사 아이돌이 이렇게 하루아침에 생각이 바뀔 리는 없다. 생각할수록 자꾸 찝찝한 곳은 한 곳밖에 없었다. 장실장. 분명히 냄새를 맡고 무슨 수를 쓴 게 분명했다.

아무리 그래도 알카리스웨트 광고 건은 너무 아까웠다. 혜지가 그 광고를 찍는다면 포유걸스의 멤버가 아닌 유혜지 자신의 이름 석 자를 모든 사람들에게 알릴 수 있을 텐데.

일주일 후, 수인은 지수와 서둘러 미용실을 다녀온 후 미팅 장소로 향했다.

"인사 잘하고, 무조건 네, 네, 하지 말고 역할에 대해선 네 생각도 자신감 있게 말하고."

수인은 정은희 작가와 첫 미팅을 하러 가는 지수에게 계속 잔소리를 했다. 예전에 지석이에게 했던 똑같은 멘트들. 지금 하지석이 돼서도 하고 있었다.

"그럼 어떻게 해요? 상큼하게 해야 하나? 안녕하세요, JS 첫 번째 배우 이지수입니다. 잘 부탁드립니다. 이렇게?"

"네가 무슨 아이돌이냐? 그렇게 멘트 던지지 말라고."

"안녕하세요, 하지석입니다. 이렇게 담백하게."

"이사님은 그래도 유명한 배우니까 분위기가 좀 나네요?

"그래?"

의도치 않았지만 배우 분위기가 난다는 말을 들으니 기분은 좋았다. 수인이 어린 시절부터 그토록 듣고 싶었던 얘기였다. 예감이 좋았다. 역시 내가 미팅 하러 가는 것보다 내 배우가 미팅 하러 가는 길은 그 어느 때보다 설레는 기분이다.

어느덧 작가 작업실이 있는 일산의 한 오피스텔에 도착했다. 식사라도 하면서 얘기 나누면 좋을 테지만 작가의 시간이 안 되는 관계로 작업실에서 직접 만나기로 했다. 이것만 봐도 작가가 얼마나 치열하게 시간과 싸우고 있는지 예상되는 한편 냉혹한 현실도 마주하게 되는 법이다. 스타작가가 신인배우 만나는 데 무슨 시간을 빼겠는가. 작업실에서 한번 얼굴이나 보자는 심산이 될 확률도 컸다.

"어머, 세상에. 하지석 씨, 직접 오셨네요?"

정작가가 문을 열어주고 지석이를 보더니 서둘러 제 방으로 뛰어 들어갔다. 아마 하지석 앞에서 내추럴한 모습으로 있던 게 창피했나 보다. 남자도 예상치 못한 자리에 미인이 앉아 있으면 오늘 좀 더 꾸미고 올 걸 하는 마당에 여자는 오죽하겠는가.

안경도 벗고 머리도 단정히 묶고 나서야 정작가가 나왔다.

그런 정작가를 재미있다는 듯 지켜보던 남자가 일어나 지석에게 인사했다.

"반갑습니다. 최혁입니다."

"아, 네. 하지석입니다."

수인은 최감독에게 명함을 받자 자기도 모르게 진심으로 고개가 숙여졌다. 이상하게도 연출자가 누군지 아직까지 조연출이 대답을 안 해준 이유가 있었다.

최혁 감독.

방송계에서는 전설적인 인물이다. 10년 전 무협사극으로 시청률 50퍼센트를 찍고 돌연 자취를 감춘 인물. 역대급 연출과 배우들의 열연으로 아직까지도 많은 사람들에게 회자되는 작품이다.

특히 여자 배우들을 중성적인 매력으로 잘 담아내는 감독이었다. 그런 감독이 정은희 작가에 참여하다니, 이건 수인도 예상치 못한 대박 중에 초대박인 일이었다. 수인은 서둘러 명함을 쳐다봤다.

'스튜디오 K'

대기업 계열사의 드라마 제작사다. 스타 피디들이 많이 모인 곳으로도 유명한. 최혁 감독도 그렇게 모시고 온 듯했다.

"아, 지석 씨. 이제야 인사드려요. 작가 정은희예요."

약간 얼떨떨한 표정으로 서 있던 수인에게 정작가가 손을 내밀었다.

"네, 작가님. 오랜만에 뵙습니다."

"얘기 좀 하고 오지 그랬어요? 그러면 머리라도 감았을 텐데, 호호."

"아니요, 작가님. 저는 지수 말고 웬 다른 여배우가 있어서 깜짝 놀랐습니다."

"이래서 모든 여자들이 지석 씨를 좋아하는구나, 호호."

수인의 농담에 세 사람이 즐겁게 웃었다. 그 타이밍에 지수가 큰 소리로 인사를 했다.

"안녕하세요. 신인배우 이지수입니다."

지수가 환하게 웃으며 허리를 숙이고 인사하자 그제야 정작가가 손을 내밀었다.

"아, 지수 씨. 반가워요. 꼭 한 번 보고 싶었어요."

최혁 감독도 그제야 지수와 인사를 나눴다. 인사를 다 나누자 네 사람은 서로 마주 보고 앉았다.

"대본은 어땠어요?"

정작가가 수줍게 지수에게 물었다.

"네, 정말 감사한 마음으로 잘 읽어봤습니다. 한 번도 쉬지 않고 쭉 읽었고… 감히 꼭 하고 싶다는 생각을 읽는 내내 했습니다."

지수가 긴장했는지 약간은 경직되게 말했다. 하지만 정작가는 그런 면이 좋았는지 흐뭇하게 지수를 바라봤다. 꼼꼼하게 지수를 관찰하고 있던 최감독에게 정작가가 물었다.

"감독님도 궁금한 거 많으시잖아요? 사실 유지혜 형사 역할에 지수 씨를 적극적으로 추천한 게 최감독님이거든요."

"아, 정말요?"

지수의 큰 눈이 더 커진 채 최감독을 바라봤다.

"사실…."

최감독이 지수를 보더니 무겁게 입을 뗐다.

"사실… 아직까지 기밀사항인데, 글로벌 콘텐츠를 염두에 두고 제작 중입니다. 국내방송 후 바로 넷플러스 서비스를 시작하고, 넷플러스는 현재 거의 계약 마지막 단계입니다."

"우와…."

지수가 본인도 모르게 탄성을 질렀다. 수인 또한 마찬가지였다. 수인은 테이블 밑에서 자신의 다리가 떨리고 있는 걸 느꼈다. 콘텐츠 산업은 국내 시장으로는 갈수록 한계가 커졌다. 수인이 지수를 키우려고 하는 방향과 완전히 일치했다.

"또한 거액의 중국 자본도 투자받아 이렇게 블록버스터 좀비물을 제작할 수 있었습니다."

무난하게 진행된다면 영화 '위험한 관계' 개봉 후 바로 다음 작품으로 이어서 할 수 있다. 만약 영화가 히트한다면 지수가 다음 작품에서 받게 될 주목은 더욱 어마어마하게 될 것 같았다.

"자자, 배우들 불러놓고 비즈니스 얘기는 그만. 감독님이 왜 지수 씨를 찾았는지 얘기해주셔야죠."

정작가의 말에 최감독이 미안한 표정을 짓더니 이내 말을 다시 이었다.

"아직 제가 지수 씨 이번에 찍은 영화는 못 봐서 단정 짓기 어렵습니다만. 이 작품의 홍일점은 유지혜 여형사 한 명뿐입니다. 남자 배우들에게 뒤지지 않는 카리스마, 큰 키, 건강해 보이는 이미지가 가장 중요합니다."

최감독의 말 한마디 한마디는 수인의 생각과 일치했다. 확실히 최감독은 예전보다 통찰력이 깊어진 듯했다.

"데뷔작으로 찍었던 뮤직비디오를 봤는데 한눈에 한국에 저런 배우가 있었어, 하는 생각이 들더군요. 한국에서 흔히 볼 수 없는 매력적인 마스크와 늘씬한 몸매 라인. 처음 보는 순간부터 유지혜 형사 역할에 다른 사람을 생각할 수가 없더군요."

최감독 말에 정작가가 한마디 더 거들었다.

"저도 감독님 말 듣고 생각해봤어요. 아마 전처럼 한국에서 방영만 되는 거였다면 저는 반대 했을지도 몰랐어요. 우리나라는 어찌됐건 인지도 있는 배우를 더 선호하는 건 사실이니까요. 하지만 이 작품은 아니에요. 외국에서는 지수 씨 같이 신선한 마스크가 훨씬 사랑 받을 것 같아요."

지수는 정작가의 말이 감격스러웠는지 눈에 눈물이 그렁그렁 매달렸다. 자신을 필요로 한다는 말은 신인배우에게는 그 어떤 것과도 비교할 수 없는 감동이었다.

"역할이 좀 작다는 생각이 들지도 모르겠지만 사실 화면으로 볼 때는 그렇지 않을 겁니다. 유일한 여배우니까. 어찌 보면 가장 큰 존재감을 드러낼 수도 있어요. 더군다나 제가 여배우를 작품에서 얼마나 애정하는지는 말 안 해도 아실 거고요."

최감독의 말대로 지금은 유명한 톱배우가 된 하지윤도 최감독이 만든 여형사 캐릭터로 정상으로 올라섰으니 한 치의 의심도 할 필요 없었다.

"현재 캐스팅은 어떻게 진행된 지 알 수 있을까요? 다들 너무 철통 보안이라 제가 아무것도 몰라서…."

수인의 질문에 친절하게 정작가가 대답해주었다.

"주인공은 헐리웃 진출한 이강헌 씨. 두 번째 주인공은 형사과장으로 나오는 유승용 씨. 이렇게 두 분이 일단 주연이에요."

"영화보다 더 스케일이 크네요."

"아마 한국 드라마 역사상 가장 큰 드라마 제작이 될 것 같습니다. 저희 목표는 미드 워킹데드를 뛰어 넘는 거니까요."

"한국판 워킹데드 같은 거죠?"

"네, 한국판 워킹데드."

"지수 역할은 프로모션이나 마케팅은 어떻게 되나요? 주연들과 같이 들어가나요?"

최감독이 수인의 질문에 걱정 말라는 듯이 말했다.

"예고편 및 포스터에 완전하게 얼굴이 나오고 모든 공식행사에 주연들과 함께 지수 씨도 참여할 겁니다."

수인은 말도 안 되는 완벽한 상황에 얼굴이 다 얼얼해졌다. 사실 수인이 가장 간절히 바랐던 건 지수의 마케팅이었다. 오히려 대작에 들어가게 되면 기라성 같은 배우들에 가려 주목받지 못한 채 나오는 일이 허다했다. 정작가가 그런 수인에게 농담을 했다.

"지석 씨 어떡해. 이러다 지수 씨가 더 스타 되겠어. 그러고 보니 이름도 비슷하네. 지석, 지수 꼭 남매 같아."

"하하, 이러면 어떻고 저러면 어떻습니까. 청출어람이라고 지수가 잘 되면 저야 좋죠."

말 그대로 지수가 성공하는 게 내가 더 행복한 길이다. 나야 언젠가는 지석이에게 돌려줘야 할지도 모르는 인생. 때가 돼서 지석이에게 떳떳하려면 하지석이란 이름으로 세운 이 회사를 꼭 보여주고 싶다. 아니 보여줘야만 한다. 지수뿐만 아니라 지석이보다 더 훌륭한 배우들이 넘쳐나는 JS엔터테인먼트를.

"그럼 오늘 오디션은?"

"사실 제작사 쪽에서는 오디션을 봐야 한다고 했지만 오늘 느낌만으로도 저는 충분한 것 같습니다."

확신에 찬 최감독 말에 지수가 벌어지는 입을 손으로 감쌌다.

"우리랑 같이 해요, 지수 씨."

정은희 작가가 그런 지수에게 따뜻한 말 한마디를 건넸다. 결국 지수가 눈물을 터트리고 말았다.

"감사합니다. 정말 감사합니다."

"근데 지수 남자 친구로 나오는 한정민 역할은 누구죠?"

"아직까지 정해지진 않았지만 아마 박성준 씨가 될 것 같습니다. 아마도…."

"정말 호화 캐스팅이네요. 박성준 씨면."

왠지 말끝을 흐리는 게 불안하긴 했지만 어찌됐건 박성준이 상대역으로 나온다면 금상첨화였다. 20대 남자 배우들 중에 사생활도 깨끗하고 이미 안정권에 든 배우랑 호흡한다면 지수 연기에도 많은 도움이 될 것이다.

결국 대략적인 계약사항까지 구두로 마친 지수는 오피스텔 건물 밖을 빠져나오자마자 탄성을 질렀다.

"꺄악! 아, 이지수! 어떡해. 대박. 대박. 완전 대박."

항상 성숙해보이던 지수가 저렇게 호들갑을 떠는 걸 보니 수인도 덩달아 기분이 좋았다. 지수는 수인에게 달려와 수인 품에 와락 안겼다.

"이사님, 나 오늘 술 한잔 사주면 안 돼요?"

"뭐? 낮술 먹자고?"
"그럼 이 기분 이대로 집에 어떻게 가요? 꼭 날아갈 것만 같은데."
수인은 대꾸 없이 가만히 지수를 바라보았다. 지수의 눈에서 정말 기뻐하는 솔직한 마음이 느껴졌다. 술이 아니라 당장 업고 동네 한 바퀴라도 돌면서 자랑하고 싶은 심정이었다.
"들뜨지 마. 고작 이 정도 가지고. 그리고 나 촬영 가야 돼."
"무슨 촬영이요? '신혼부부' 오늘 촬영이에요? 치, 김 다 샜네."
지수가 실망했는지 수인의 허리춤에 있던 손을 금방 내렸다.
"근데 오연희 씨 진짜 그렇게 예뻐요?"
지수의 질문에 갑자기 민망해진 수인이 뒤늦게 대답했다.
"어? 어, 예쁘더라."
목까지 새빨개진 수인을 보자 지수가 수인의 가슴을 툭 쳤다.
"뭐, 뭐예요? 진짜 좋아하는 거 아니에요?"
"무슨…."
"아무튼 이사님 나중에 저 꼭 맛있는 거 사줘야 돼요. 진짜 열심히 할게요."
지수가 양손을 들어 파이팅 자세를 취하며 장난스럽게 말했다. 수인은 지수의 머리를 쓰다듬어주었다.
"그래, 축하해. 이지수 파이팅이다."
수인은 지수를 택시 태워서 보낸 다음 바로 성일과 함께 신혼부부 촬영장인 강원도로 향했다. 촬영장에 도착하자 수인은 '하블리가 시원한 커피 쏩니다'라고 써진 현수막이 걸린 푸드 트럭을 발견했다.
"성일아, 저 트럭 뭐냐?"
"저거 이사님 팬클럽 '하바라기'에서 오늘 커피 조공한다고 준비한 것 같은데요?"

"야, 그나저나 하블리는 좀 오그라들지 않냐? 여배우도 아니고."

"요새 장난 아니에요. 조만간 CF 많이 들어올 것 같아요."

수인이 카니발에서 내리자 하지석의 팬들이 환호했다. 수인은 기다리고 있던 팬들과 한 명씩 인사를 나누며 감사하다는 뜻을 전했다. 그러자 평소와 다른 하지석의 행동에 팬들이 의아해했다.

"어머, 오빠, 이러지 마세요. 난 우리 오빠 차도남 이미지가 좋은데."

"맞어, 오빠 츤데레 이미지 다 어디 갔어요?"

그랬던가. 지석이는 항상 팬들이 뭘 준비해오면 고개만 까닥하고 무심하게 자기 볼일을 봤다. 수인이 그런 행동을 타박하면 지석은 스타는 스타다워야 돼, 하면서 웃고 말았는데, 생각해보니 그것도 하지석만의 매력이었다. 수인은 곧바로 촬영장에서 메이크업을 받았다. 잠시 후 오연희와 홍원택 실장이 다가와 인사했다.

"오빠, 안녕하세요? 갈수록 방송에서 오빠 매력 폭발이던데요."

"어, 연희야. 다 네 덕분이지, 뭐. 하하."

수인은 촬영장에서 이렇게 오연희와 편하게 얘기하는 게 아직도 꿈만 같았다. 하지만 오연희의 선량한 미소에 속지 말라는 듯 원택이 노려보았다. 수인도 그의 눈빛을 의식하며 스스로 마인드 컨트롤을 했다. 정말 이 여자의 검은 속내가 따로 있다면 아직까지 긴장을 풀면 안 된다. 연예계라는 데서는 언제 어디서든 한 방에 훅 갈 수 있으니까.

"지석아, 커피 맛있게 먹었어. 강원도까지 팬들이 커피 조공도 하고, 암튼 대단해."

"아, 감독님. 맛있게 드셨어요?"

문피디가 하바라기 팬들이 준 커피를 들고 기분 좋은 얼굴로 수인을 찾아왔다.

"오늘 촬영은 집들이 에피소드야. 각자 가장 가까운 지인 한 사람씩 초대하면 돼."

"네? 지인이요?"

"응, 두 사람이 결혼한 사실을 알리고 자랑하고 싶은 사람들."

"꼭 연예인이어야 하나요?"

"당연하지, 방송인데. 친한 연예인들 많잖아."

수인은 발등에 불이 떨어졌다. 가뜩이나 자신의 정체가 들통날까 봐 평소 하지석 지인들하고 연락을 다 끊고 살고 있는 상태였다. 게다가 혹시 방송 중에 자신이 모르는 추억담 같은 얘기를 하면 상당히 곤란해진다.

"아, 잘됐다. 혜진이 언니 불러야겠다."

"차혜진?"

"네, 오빠도 잘 알죠?"

수인은 흠칫했다. 차혜진은 모델 출신 연기자로 예전에 지석과 스포츠 웨어 전속모델을 꽤나 오랜 시간 같이했다. 아주 가깝지는 않지만 지석이에게 호감 없는 여자는 드물기에 어느 정도 친분은 분명 있을 것이다.

점점 상황이 복잡해져 갔다. 수인은 계속 머리를 굴려 생각해봤다. 누굴 불러야 할지 도저히 생각이 나지 않았다. 수인은 일단 알겠다고 하고 자리를 피했다. 수인은 답답한 마음에 옆에 있던 성일에게 물어봤다.

"성일아, 누구 부르는 게 가장 좋을까?"

"글쎄요, 이사님. 친구 없잖아요?"

"임마, 내가 왜 친구가 없어! 내가 예전에 친구가 얼마나 많았는데."

"전 이사님 지인 만나는 거 한 번도 못 봤는데요."

하긴 하지석이 된 후 사람을 만나고 싶어도 만날 수가 없으니 당연한 말이었다. 하지만 선불리 하지석의 지인을 부를 수도 없는 노릇. 그때 성일이 문득 얘기를 꺼냈다.

"차라리 포유걸스 부르면 어떨까요?"

"걸그룹을? 괜찮을까?"

"최근에 이사님하고 웹드라마도 찍고, 그쪽도 이번에 새 앨범 활동 시작했으니까 홍보 차 좋아하지 않을까요?"

"제작진 쪽에서도 좋아하겠지?"

"그럼요. 포유걸스면 시청률 최소 2프로는 올라가죠."

"그쪽 매니저하고 통화해봐."

성일이 서둘러 핸드폰을 걸어 통화를 시도했다. 생각해보니 좋은 선택인 것 같다. 예전 하지석하고 연관성도 없고, 더군다나 그날 그렇게 헤어진 혜지를 다시 한 번 보고 싶은 마음도 컸다.

"괜찮다는데요, 이사님."

"그래? 5명 다?"

"네, 아무래도 인기 프로니까 어떻게든 시간 만들어서 오는 것 같아요. 두 시간 정도 촬영 가능하대요."

"그럼 문피디님한테 전달 좀 해줄래?"

"네."

성일이 자리를 떠나자 수인은 그제야 한시름 놓았다. 이제 차혜진만 조심하면 아무 문제없이 끝날 수 있었다. 그때 성큼 다가온 원택이 대놓고 수인 옆에 앉았다.
"그날 촬영 때 제가 모르는 무슨 일이 있었나요?"
"어? 연희랑? 아냐, 아무 일도 없었는데."
"그래요? 다행히 연희 씨가 생각보다 선배님 첫 인상을 좋게 본 것 같아요."
"진짜? 다행이네…."
수인은 무심하게 대답했지만 사실 원택에게 그날 있었던 키스 얘기를 해야 될까 망설였다.
하지만 아직까지는 신중하기로 했다.
"오늘 촬영 팁을 알려드릴게요."
"팁?"
"오늘 오는 차혜진 씨는 연희 씨가 평소 정말 친언니처럼 생각하고 잘 따르는 편이에요."
"나도 혜진 씨는 제법 알아."
"아마 김민혁과 연희 씨가 사귄 것도 아는 유일한 지인일 겁니다. 두 사람은 비밀이 없으니까요. 아마 선배에 대한 오해를 풀어줄 수 있는 유일한 사람일 수도 있어요."
"그래? 이따 슬쩍 단둘이 얘기해볼게."
원택이 자리를 뜨자 포유걸스 섭외 얘기를 들은 문피디가 얼굴에 웃음꽃을 피운 채 다가왔다.
"역시 하지석의 미친 인맥! 포유걸스라니, 녹화 잘 나오겠어."
"하하, 뭘요. 제가 좋아서 부른 건데요, 뭐."
카메라 설치와 모든 전달사항을 끝마친 문피디 외 모든 스텝들이 저번처럼 산을 내려갔다. 드디어 산 속에 수인과 오연희 둘만 남았다. 모두가 떠나자 둘의 숨소리가 들릴 정도로 고요해졌다. 적막 속에서 오연희가 조용히 속삭였다.

"실수였어요."

"실수?"

"저번 키스요."

무심한 목소리로 말을 마친 오연희가 돌아서서 집으로 혼자 들어갔다.

수인은 오연희를 뒤따라왔지만 그녀가 한 말에 대해 제대로 묻지도 못한 채 어색한 시간만 흘려보냈다. 어느덧 시간이 흘러 집들이 손님인 차혜진이 도착했다.

"연희야, 지석 오빠."

"어머! 언니, 와줘서 고마워."

오연희가 하던 음식을 멈추고 차혜진과 인사를 나눴다. 차혜진이 선물로 큰 대형액자를 가지고 왔다. 그 액자 속에는 수인과 오연희의 사진이 담겨 있었다.

수인이 액자를 들어 보이며 감탄하자 차혜진이 조용히 귓속말을 했다.

"사실 올라오기 전에 제작진이 준 거예요."

"하하, 그래? 어쩐지."

"오빠, 요새 민혁 오빠랑 연락 안 해요?"

"어, 나도 안 한 지 오래됐는데…."

"그래요? 안 그래도 오빠한테 물어볼 거 있었는데. 이따 얘기 좀 해요."

원택이 말한 그대로였다. 아무래도 차혜진은 오연희의 모든 상황을 알고 있는 듯 보였다. 수인은 차혜진을 통해 오연희의 진짜 속내를 캐내야겠다고 생각했다.

"두 사람 무슨 얘기를 그렇게 오래 해?"

"아무것도 아냐. 오랜만에 만나서."

수인이 모른 척하며 오연희의 요리를 도와주려 하자 집 밖에서 소란스러운 소리가 들리기 시작했다. 밖으로 나가자 검은색 벤에서 상큼한 다섯 명의 소녀들이 우르르 내렸다.

"안녕하세요. 포유걸스입니다."

마치 행사라도 온 듯한 걸그룹의 밝은 인사가 강원도 산속을 울렸다. 포유걸스 멤버들은 수인에게 달려와 친한 척했다.

"와, 선배님. 결혼 완전 축하드려요."

순식간에 소녀들에게 둘러싸인 수인을 보자 오연희의 입술이 삐쭉 나왔다. 그런 오연희의 표정을 봤는지 아린이 특유의 상큼 발랄한 미소로 인사를 건넸다.

"저는 막 제가 젤 예쁘다고 스스로 최면 걸고 살았거든요. 근데 언니 보는 순간 최면이 다 깨졌어요."

"정말요?"

"완전 인형 같으세요."

오연희가 기분이 좋았는지 평소보다 크게 웃었다. 수인은 그런 모습을 흐뭇하게 바라보면서 슬쩍 혜지의 안색을 살폈다. 낯빛이 어두웠다. 수인은 혜지에게 슬쩍 다가갔다.

"왜 이렇게 기죽어 있어?"

"아니에요, 아무것도."

"정말 아무 일도 아냐?"

"네, 그리고 오늘 불러주셔서 감사해요."

두 사람이 몇 마디 나누는 사이 모두 식사를 하기 위해 단아하게 꾸며진 정자로 자리를 옮겼다. 수인과 혜지도 따라가자 오연희와 차혜진이 맛있게 차려진 음식들을 내왔다.

"훈제오리찜. 그리고 바비큐 준비했어요."

오연희가 음식을 내놓자 포유걸스가 박수를 치고 춤을 췄다. 확실히 아이돌이 등장하니 이제야 예능프로그램 같았다. 모두가 식사를 하며 두 사람의 결혼생활에 대한 궁금증을 쏟아냈다.

"방송에 나오는 요리는 진짜 언니가 한 거예요? 그리고 진짜 이 산속에 두 분만 계세요?"

오연희가 수줍게 고개를 끄덕이며 수인 대신 대답했다. 식사가 마무리될수록 수인은 애가 탔다. 포유걸스가 곧 떠나면 혜지와 얘기를 나눌 시간이 촉박했다. 슬슬 혜지에 대한 걱정이 차오르던 찰나, 오연희가 수인을 불렀다.

"오빠 부엌에 내가 담근 레몬청 있는데 그거 한 잔씩 드리면 어떨까?"

수인은 잠깐 계획도 세울 겸 부엌으로 향했다. 머리를 식히고 정리할 시간이 필요했다.

그때였다. 레몬청을 한창 찾고 있을 때 갑자기 부엌문이 열렸다.

"좀 도와드릴까요?"

혜지였다. 안 그래도 혜지를 봐야 하는데, 제 발로 걸어 들어왔다.

"아냐, 나 혼자 할 수 있는데."

"저희 멤버가 저렇게 많은데 혼자 어떻게 다 들고 오세요."

"그런가?"

수인이 어색하게 웃고는 냉장고를 열어 레몬청을 꺼냈다. 그리고 하나하나씩 컵에 덜었다. 혜지는 적당한 거리에서 수인을 지켜봤다. 수인은 컵마다 레몬을 담아 건넬 때마다 혜지를 슬쩍슬쩍 쳐다봤다. 여기 오기 전 행사를 뛰고 왔는지 평소보다 짙은 화장이 더욱 섹시해 보였다.

이런 오두막집에 세련된 여자가 서 있으니 왠지 모를 이질감이 느껴졌다. 혜지는 다소 지루한 표정으로 수인이 아닌 다른 곳을 보고 있었다. 그녀의 시선이 멈춘 곳은 프라이팬에 남은 오리고기였다. 어쩐지 아까 잘 먹지 않더니 이제 와서 군침을 흘리고 있었다.

"배고파? 아까 안 먹고 왜?"

"장실장님이 활동 중에 다이어트 하라 그래서…."

"너만?"

혜지가 말없이 고개를 끄덕였다. 수인은 만들어놓은 주먹밥과 프라이팬에 남겨진 오리고기를 접시에 내어주었다. 혜지는 선 자리에서 누가 볼까 봐 허겁지게 먹었다. 복스럽게 먹는 모습이 꼭 먹방에 출연한 연예인 같았다.

"아이돌이라는 게 참 힘들구나. 밥도 못 먹고."

혜지는 입속에 담긴 음식물을 씹으며 고개를 세차게 끄덕였다. 수인은 잊고 있던 사실이 떠올랐다.

"참, 혜지야. 여기 카메라 있는데…."

"푸읍!"

혜지가 수인의 말에 갑자기 사래가 걸렸는지 켁켁거렸다. 수인은 다정하게 등을 두들겨주고 물을 건넸다. 물을 마신 혜지가 갑자기 웃자 두 사람은 동시에 박장대소했다.

"하아, 유혜지. 이 바보."

혜지가 스스로 자책하는 모습을 보자 두 사람은 계속 웃음이 터졌다. 서먹서먹해진 기분이 한순간 모두 사라진 기분이었다. 수인은 혜지를 위해 부엌 위에 놓인 카메라를 수건으로 가렸다.

"마저 먹어. 내가 제작진한테 말할게. 너희 어차피 또 스케줄 있잖아."

혜지는 수인의 말에 이제 됐다는 듯 접시를 내려놓고 얘기를 꺼냈다.

"저번엔 죄송했어요."

혜지가 느닷없이 사과를 했다.

"뭐가?"

"연기 안 한다고 한 거."

"아냐, 그럴 수도 있지."

혜지 또한 수인처럼 그날 일을 계속 마음에 두고 있었던 모양이었다.

"저 사실 아무에게도 말 못할 비밀이 있어요."

뭔가 심상치 않은 분위기에 수인의 눈썹이 올라갔다. 수인은 침착하게 혜지의 말을 기다렸지만 말문이 막혔는지 더 이상 입을 열지 않았다.

"말하기 힘들면 얘기 안 해도 돼."

혜지가 갑자기 닭똥 같은 눈물을 흘렸다. 혜지는 한참 동안이나 눈물을 흘린 다음에야 천천히 입을 열었다.

"저 정말 어떻게 해야 될까요? 제가 연예인 생활하는 게 그렇게 큰 잘못이에요?"

"무슨 일인데?"

"저 사실 스폰 있어요."

"스폰?"

"네, 장실장님이 도와준 덕분에 지금 이렇게 가수 하고 있는 거예요."

"도와줘?"

"네, 가수 데뷔 때부터 지금까지 도와준 건 사실이지만…."

"너 바보야? 그게 도와주는 거야?"

"처음에는 그렇게 생각했던 게 사실이에요."

"너 여태껏 번 수입은 다 어쨌어?"

"가수 활동으로 번 건 최근 1년 이내고… 다른 돈은…."

순진하게 바라보는 혜지의 눈빛을 못 견디고 수인이 소리쳤다.

"다른 돈은 뭐!"

"아빠가 사업 한다고 가져갔어요."

"당장 돌려줘. 그리고 계약 해지해."

"아빠가 다 날려 먹었어요.

"멤버들은 이 사실 알아?"

"아니요, 누구도 몰라요. 선배님한테 오늘 처음 얘기한 거라고요."

힘든 고백을 하고 난 혜지가 고개를 푹 숙였다. 장실장, 이개새끼. 아직도 연예계에서 이런 일이 벌어지고 있다는 사실에 수인은 분노했다. 게다가 대한민국 최고의 기획사에서 버젓이 멤버 하나를 가지고 장난을 치고 있다니 수인은 말문이 막혔다. 당장이라도 장실장을 찾아가 방문을 깨부수고 싶었다.

아무런 말도 잇지 못하는 수인을 보며 혜지는 어쩔 수 없었다는 듯 말했다.

"저 밉죠? 그냥 저 이대로 살게 놔두세요. 저 같은 년이 무슨 배우를 한다고."

혜지가 눈물을 닦고 부엌을 나가려 했다. 수인은 그런 혜지의 손목을 붙잡고 다시 한 번 화를 냈다.

"그래서 지금 그런 짓거리 그만하고 싶다는 거 아니야?"

혜지의 눈시울이 떨렸다. 눈에 다시 눈물이 맺히려는 순간 부엌문이 열렸다.

"오빠 뭐해요? 다들 기다리는데."

차혜진이 부엌에 들어와서 두 사람을 번갈아 쳐다보았다.

"혜지 씨, 왜 그래? 울었어요?"

혜지가 서둘러 눈물을 닦으며 말했다.

"아니에요, 아무것도. 제가 레몬 알레르기가 있어서. 먼저 나가볼게요."

혜지가 자리를 피하자 수인도 내색하지 않은 채 혜지를 따라 나가려 했다. 그런 수인을 차혜진이 불러 세웠다.

"오빠, 잠깐 나랑 얘기 좀 해."

수인은 어쩔 수없이 멈춰 섰다. 아예 모르는 여자랑 친한 척하면서 이야기하는 것도 여간 힘든 일이 아니었다.

"오빠 연희가 왜 이 프로그램 나온 줄 알아?"

"팬들에게 새로운 모습을 보여주기 위해서 아닐까?"

수인은 아무것도 모른다는 순진한 표정으로 대답했다.

"오빠 진짜 김민혁과 오연희 사이 몰라서 그래?"

수인은 어색하게 웃으며 고개를 갸웃했다. 차혜진은 원택이 했던 그대로의 얘기를 수인에게 했다. 그리고는 몇 가지 충고를 덧붙였다.

"오빠, 그냥 솔직하게 얘기해. 오빠는 아무 상관없다고. 김민혁 말 믿지 말라고. 연희 재 지금 제정신 아니야."

"어느 정돈데?"

"이제 배우 생활도 안 하고 아무것도 안 할 거래. 김민혁 찾으러 다닌대나, 뭐래나. 매일 수면제나 먹고. 지금 오빠한테 복수할 마음에 방송 하는 거지, 지금 정상 아니야."

수인은 수긍하듯 고개를 끄덕였다. 차혜진은 여전히 수인을 바라본 채 말을 이었다.

"진짜 이러다가 사람 하나 잡을 것 같아서 그래. 재 아무한테도 말 못하고 혼자 끙끙 앓나 봐. 오빠가 도와줘, 응? 김민혁이가 원래 나쁜 새끼였다고. 재 내 말은 하나도 안 믿는단 말이야."

"저렇게 실연의 아픔이 있는 사람이 내 말을 믿겠어?"

"오빠 김민혁이랑 친했잖아. 원래 바람둥이 개새끼니까 좀 잊으라고. 지금도 딴 여자랑 있다고, 이렇게 얘기해. 응? 재 저러다 진짜 잘못되면 어떡해."

차혜진은 친한 동생이 걱정됐는지 수인의 팔을 잡고 진심으로 부탁했다.

수인은 차혜진의 얘기를 듣고 더 이상 원택의 말을 의심하지 않기로 했다. 이제는 정말 진심으로 오연희를 도와주고 싶었다.

"수고하셨습니다."

다시 한 번 산속에 포유걸스의 목소리가 크게 울려 퍼졌다.

촬영이 끝나자마자 포유걸스는 서둘러 복귀를 준비했다. 이 밤에 또 라디오 스케줄이 있는 걸 보면 아이돌의 스케줄은 정말 극악무도할 지경이다.

혜지의 커다란 눈동자가 수인을 바라봤다. 수인은 헤어지기 전 걱정하지 말라는 눈빛을 보냈다. 혜지가 그런 수인의 마음을 아는지 모르는지 못 본 척 그냥 벤에 올라탔다.

"두 분 절대, 절대 싸우지 마시고 오손도손 검은머리 파뿌리 될 때까지. 화이팅!"

마지막까지 상큼한 아린의 인사를 끝으로 포유걸스의 벤이 떠났다. 곧 이어 차혜진도 수인에게 한마디 말을 남긴 채 자동차에 시동을 걸었다.

"나 그럼 오빠만 믿는다. 갈게."

"그래, 운전 조심하고."

차혜진의 차가 떠나자 다시 둘만의 시간이 찾아왔다.

사람들에게 둘러싸여 있다 이렇게 다시 둘이 되니 뭔가 더 로맨틱한 느낌이 들었다. 수인은 슬며시 오연희의 낯빛을 살폈다.

아까보다 낯빛이 어두운 게 피곤한 모양이었다. 수인은 오연희의 손을 잡았다.

"피곤하지? 오늘 고생했어."

오연희가 대답도 없이 평소 모습과 다르게 시무룩한 표정으로 있었다.

"왜 그래? 어디 아파?"

"긴장이 풀려서 그런지 좀 어지러워요."

수인은 마당에 서서 오연희 머리에 묶인 반다나를 풀어주었다. 반다나를 푸니 이마에 생각보다 식은땀이 많이 묻어나왔다.

"진짜 괜찮은 거 맞아? 병원에 가봐야 되는 거 아니야?"

오연희가 애써 고개를 저어봤지만 순간 의식을 잃었는지 수인의 품안으로 쓰러지고 말았다.

"연희야, 오연희!"

수인이 계속 이름을 불러도 오연희는 눈을 뜨지 않았다. 수인은 갑자기 모든 것이 두려워지기 시작했다.

"감독님, 빨리, 빨리 와봐요. 연희 씨가 쓰러졌어요!"

수인은 다급한 마음에 문피디에게 바로 연락을 취했다.

"그게 무슨 말이야? 쓰러지다니? 다쳤어?"

"아니 기절했다고! 빨리 119 불러줘요."

문피디는 침착하게 상황을 듣고 구급차를 부른 다음 촬영장으로 올라왔다.

"일단 앰뷸런스 오면 바로 후송하고, 촬영은 일단 접자."

문피디는 베테랑 피디답게 침착하게 상황을 정리했다. 정확한 업무 지시에 따라 스텝들도 서둘러 움직였다.

"많이 놀라셨죠? 일단 호흡이나 맥박은 정상이니 괜찮을 것 같습니다."

넋 나간 표정으로 있던 수인을 원택이 다가와 진정시켜줬다.

"혹시 연희 씨 무슨 약 같은 거 먹어?"

"글쎄요, 거기까지는 저도 잘…."

수인은 원택에게 화풀이를 했다.

"매니저가 그런 것도 몰라. 연기자가 저 상황인데 나한테 그딴 소리나 하냐고!"

수인은 자기도 모르게 흥분해 원택의 멱살을 잡았다. 문피디가 달려와 수인을 떼어냈다. 문피디는 씩씩거리는 수인을 달래 자리를 옮겼다.

차에 홀로 남겨진 수인은 정말 오연희가 자신 때문에 저렇게 된 것 같아 죄책감에 휩싸였다. 정말 차혜진 말대로 김민혁한테 친 장난 때문에 저렇게 괴로워하고 있다면 자신이 도와줘야만 했다. 그때 바깥에서 사이렌 소리가 들렸다.

구급대원들이 앰뷸런스에서 내려 서둘러 오연희의 상태를 체크하고 후송준비를 했다. 수인은 그 모습을 보고 차에서 내려 달려갔다.

"제가 같이 가볼게요."

"어디를?"

문피디가 놀란 눈으로 다시 되물었다.

"제가 연희 병원에 같이 가보겠다고요."

"매니저도 있는데 지석이 네가 왜?"

"남편이라면서요. 남편이 가지 누가 갑니까!"

수인의 목소리를 듣고 스텝들이 수군거리기 시작했다.

"그럼 출발하겠습니다. 보호자 계신가요?"

"예, 접니다."

수인은 대답하면서 바로 엠뷸런스에 탑승했다. 스텝들의 시선 따위는 지금 신경 쓸 겨를이 없었다. 여전히 오연희의 의식은 돌아오지 않았다.

"음…."

젊은 여의사가 계속 뜸을 들이고 있었다. 수인은 애가 탔다.

"하지석 씨, 제가 평소 팬이에요."

"아, 네. 일단 환자 상태 좀."

여의사가 수인의 속도 모른 채 쓸데없는 소리나 해댔다.

"환자분이 평소 스트레스 받거나 식사를 제대로 안 하시나요?"

수인은 그러고 보니 오연희가 제대로 식사하는 걸 본 적이 없었다.

"아마 식사는 많이 안 하는 걸로 알고 있습니다."

"과로가 겹쳐 잠시 기절한 것 같네요. 스트레스성 위염도 있고, 의식 돌아올 때까지 수액 맞으며 안정을 좀 취하시죠."

"네? 그게 다예요? 무슨 부정맥이나, 약물 부작용, 이런 거는 아니죠?"

여의사가 수인의 말에 어이가 없다는 듯 고개를 저으며 자리를 떠났다.

수인은 모든 게 자신의 탓인 것만 같았다. 단순히 실연의 아픔이라 여겼는데, 생각보다 큰 상처를 받은 것 같았다. 그녀는 정말 순수하게 누군가를 사랑하고 좋아했던 게 분명했다.

수인은 오연희의 손을 꼭 쥐고 불그스레한 뺨을 바라보았다. 작은 숨소리가 들렸다. 그녀를 이렇게 맘 놓고 바라볼 수 있는 남자가 대한민국에 몇이나 있을까. 잠든 오연희도 수인의 눈빛이 부끄러워 고개를 숙이는 것만 같았다.

수인은 그녀의 머리맡에 있는 핸드폰을 눈앞으로 가져왔다. 명백한 사생활 침해라는 사실을 알고 있었지만 그녀에 대한 궁금증을 이기지 못하고 결국 화면을 열어봤다.

다행인지 불행인지 모르겠지만 패턴 잠금이 되어 있어 더 이상은 볼 수 없었다. 하지만 배경화면에 김민혁과 찍은 커플 사진이 있는 걸 보니 아직도 김민혁을 잊지 못하는 게 확실했다.

수인은 다시 한 번 오연희를 바라봤다. 이제는 오연희가 김민혁을 잊도록 도와줘야겠다고 생각했다. 그때 그녀에 손에서 미세한 움직임이 느껴졌다. 오연희가 서서히 눈을 뜨더니 수인을 바라봤다.

"지석 오빠?"

수인은 그녀의 정신이 다 돌아오기 전에 슬쩍 손을 뺐다.

"물 좀…."

오연희가 몸을 일으켰다. 갈증 때문에 잠이 깬 듯했다. 수인은 컵에 물을 따라 건넸다.

"천천히 마셔."

오연희가 어린아이처럼 두 손으로 컵을 잡고 천천히 물을 마셨다. 그 모습이 왠지 모를 보호 본능을 불러일으켰다.

"근데 오빠가 왜? 홍실장님은요?"

수인은 웃음기 없이 진지하게 대답했다.

"내가 보냈어. 나 남편이잖아. 내가 있고 싶어서."

"설마 지금 촬영 중 아니죠?"

오연희가 피식 웃으며 다시 침대에 누웠다.

"응급실이에요?"

"응, 커튼 쳐서 아직까지 알아보는 사람은 없어. 좀 이따 특실로 올라가자."

"아니에요, 이거만 맞고 집에 갈래요."

"스트레스성 위염이래. 무슨 일 있었던 거야?"

수인은 조심스럽게 물었다. 오연희는 수인의 질문에 살며시 고개를 돌리더니 이내 눈물을 흘렸다. 누가 여배우 아니랄까 봐 고개를 돌리는 모습이 꼭 한 편의 영화 같았다.

수인은 김민혁에 대해 먼저 말을 꺼내야 할지 기다릴지 망설이다 먼저 얘기를 꺼냈다.

"사실 민혁이 얘기 들었어. 정말 그 녀석 때문이야?"

오연희가 놀란 표정으로 수인을 바라봤다. 그녀와 막상 눈을 마주치니 엄청 떨리기 시작했다.

"아뇨, 당신 때문이죠."

생각지 못한 대답에 수인은 입술을 깨물었다. 오연희는 그동안 참아왔던 말을 쉴 새 없이 토해냈다.

"김민혁 어디 있어요? 오빤 알죠? 빨리 데려와요. 오빠가 그렇게 만들었잖아. 그 사람 바람둥이 아니야. 나만 바라보고 있었다고. 우리가 서로 얼마나 사랑했는데."

오연희가 실성한 여자처럼 수인을 원망했다. 왜 홍실장이나 차혜진이 오연희를 그토록 걱정했는지 알 것 같았다. 수인은 굳은 얼굴로 조심스럽게 말을 이어갔다.

"잊어. 그 자식 어디 있는지 아무도 몰라. 잊으면 되잖아. 당신 그렇게 나약한 사람이야!"

답답한 마음에 수인도 소리를 질렀다. 오연희가 울음 섞인 숨을 거칠게 뱉으며 말했다.

"어떻게 잊어요? 그 사람 없으면 숨 쉬는 것 같지도 않고 꼭 죽을 것만 같은데!"

"내가 있잖아!"

결국 말하고 말았다. 오연희가 믿기지 않는다는 얼굴로 수인을 멍하니 바라봤다.

"내가 좋은 사람 돼줄게. 김민혁보다 더. 됐어?"

오연희가 더 이상 듣지 않겠다는 듯 등을 돌리고 누웠다. 수인은 그녀의 어깨에 손을 얹고 말했다.

"내가 당신 상처 아물게 해줄게. 대한민국에서 최고로 예쁜 오연희로 다시 만들어줄 거야."

수인의 손 아래로 오연희의 어깨가 흔들렸다. 등 뒤로 흐느끼고 있는 그녀의 아픔이 손끝으로 모두 전해지는 것 같았다. 이제 오연희의 대답이 어떻든 상관없을 것만 같았다. 수인은 하고 싶은 말을 다 해서 한편으론 후련했다. 자리에서 일어나며 말했다.

"홍실장한테 연락해놓을게. 곧 올 거야."

오연희는 여전히 등을 돌린 채 아무 말이 없었다.

"기다릴게. 나중에 얘기해줘. 당신 마음 정리되면."

수인은 떨리는 마음을 뒤로 한 채, 서둘러 병원을 떠났다.

며칠 후, 수인이 사무실로 출근하자 소파에 누워 핸드폰에 정신이 팔려 있던 성일이 황급히 일어났다.

"오셨어요?"

"지수는?"

"오늘 정은희 작가 드라마 준비 때문에 액션스쿨 갔어요."

"근데 넌 여기 왜 있어?"

"본인이 혼자 택시 타고 가겠다고 해서."

"네가 그러고도 매니저냐. 나 때는 단 한 번도 연기자 혼자 보낸 적 없어."

"엇? 이사님도 매니저 출신이었어요? 금시초문인데."

"어? 아니, 임마, 내가 아니라 내 매니저 해줬던 분들."

수인이 서둘러 변명을 하자 그제야 성일이 아, 하며 머리를 긁적였다.

"근데 오는 길에 기사 보셨어요?"

"뭔데? 지수 기사 났니? 캐스팅 기사?"

"아뇨, 그 포유걸스 혜지 양 있죠? 건강악화로 이번 앨범 활동 못한다고 뜨던데요?"

"그게 무슨 소리야. 탈퇴야?"

"탈퇴는 아니고, 이번 앨범만 그 친구 빠지고 4인조로 활동한다고…."

정말로 어디 다친 게 아니라면 분명히 장실장의 술수가 분명했다. 수인은 당장 혜지에게 전화를 걸어봤지만 전화를 받지 않았다.

"너 걔네 매니저랑 친해?"

"포유걸스 매니저요? 걔보단 전 하린이랑 친한데. 걔가 포유걸스 중에 젤 섹시하잖아요. 제가 최근에 번호 몰래 따가지고 엄청 공 들이고 있거든요."

분위기 파악 못한 성일은 여전히 신이 나서 떠들어댔다.

수인은 당장 하린의 연락처로 통화한 다음 혜지의 집 주소를 알아냈다.

수인은 은평구에 있는 혜지의 집에 도착했다.

낡은 단독주택 철문을 두드리자 익숙한 혜지의 목소리가 들렸다.

"누구세요?"

"나야."

문을 열고 혜지가 한동안 수인을 바라봤다. 혜지는 무언가 망설이더니 다시 서둘러 문을 닫았다.

"왜 그래, 혜지야. 무슨 일인지 얘기해봐. 장실장이 협박했어?"

"아니에요, 아무것도. 그냥 돌아가 주세요."

"무슨 얘기를 해야 도와줄 거 아니야?"

"도움 필요 없다고요. 아무 것도 안 할 거예요. 아무것도."

문 뒤로 혜지가 흐느끼는 소리가 들렸다.

수인은 아무 말도 없이 혜지가 울음을 그치길 기다렸다. 한참 동안이나 아무 소리가 없자 혜지가 그제야 문을 살며시 열었다. 수인은 그때를 놓치지 않았다.

"잠깐 얘기 좀 해."

혜지는 이제 어쩔 수 없다는 듯 수인을 안으로 들였다. 들어서서 보니 집 안 모든 살림살이들에 차압 스티커가 붙어 있었다.

"장실장님한테 얘기했었어요. 더 이상 그런 자리에 나가지 않겠다고."

"그런 자리라면?"

"접대요. 장실장님이 잘 보여야 되는 사람들."

역시 예상대로였다. 장실장은 자신의 자리 보존과 더 높은 위치로 올라가기 위해 혜지를 이용하고 있었다.

"그때부터 저를 눈에 안 보이게 괴롭혔어요."

"어떤 식으로?"

"모든 트레이닝 선생님들이 저에게 이유 모를 질책과 구박을 하셨고, 마치 제가 이 팀에 도움 안 된다는 식으로 말하게 했어요. 또 자신의 말을 안 들으면 가수 활동도 할 수 없다는 식의 협박도 하고요."

"아프다는 건?"

"제 생각이 바뀔 때까지 이번 앨범은 쉬래요."

장실장은 힘없는 아이에게 무언의 압박을 계속 가한 것이다.

"멤버들은 이 사실 알아?"

혜지는 고개를 가로저었다.

"아뇨, 멤버들은 아무것도 몰라요. 그냥 장실장님이 꼬장 부리는 줄로만 알죠."

"너 이제 아무것도 하지 마. 누구랑 연락하지도 말고 내 말만 기다려. 알겠어!"

수인은 혜지에게 목에 핏대가 서도록 소리쳤다.

수인이 이렇게 흥분하는 걸 처음 본 혜지가 겁먹은 표정으로 고개를 끄덕였다.

혜지의 집을 나온 수인은 골목에 쪼그려앉아 머리를 두 손으로 감싸쥐었다. 혜지를 데리고 갈 확실한 돌파구가 필요했다. 수인은 곧바로 장싱잘에게 전화를 걸었다.

"아, 국민남편 하지석 이사님. 반갑습니다, 장실장입니다."

장실장이 변죽 좋은 웃음소리를 내며 전화를 받았다.

"네, 실장님. 별일 없으시죠?"

"그럼요. 안 그래도 우리 애들 프로그램에 불러주고 해서 제가 언제 술 한잔 사야겠다고 생각하고 있습니다."

수인은 기회를 놓치지 않고 마침 장실장이 듣고 싶어 하는 얘기를 해주었다.

"정말요? 잘됐네요, 저도 실장님에게 드릴 말씀 있는데."

"하하, 좋죠. 무슨 일입니까?"

"뭐, 아무래도 비즈니스 얘기겠죠?"

"그럼 쇠뿔도 단김에 빼라고 오늘 밤에 한 번 뵐까요? 제가 좋은 곳으로 대접하겠습니다, 하하하."

"좋습니다. 9시까지 제가 가겠습니다."

장실장의 가식적인 웃음소리가 수화기 너머 선명하게 들렸다.

3
정면승부

밤 아홉 시.

수인은 역삼동의 한 유명 룸살롱 입구에 도착했다. 누가 알려주지 않으면 이곳이 룸살롱이라는 사실조차 모르는 곳이다. VIP 관리 시스템을 갖춰 연예인들도 마음 놓고 다닐 정도로 보안이 철저한 곳이라 수인은 안심하고 들어갔다.

로비로 들어서자 은은한 조명 아래 빛나고 있는 고급스런 대리석 바닥이 보였다. CCTV로 이미 입장하는 모습을 봤는지 40대로 보이는 상무가 지석을 반기며 명함을 건넸다.

"모시게 되어 영광입니다. 조정식입니다. 장실장님 기다리고 계신 방으로 안내해드리겠습니다."

수인은 대꾸도 없이 조상무의 뒤를 따라갔다. 이미 빈 룸이 없을 정도로 룸마다 음악 소리가 흘러나왔다. 수인은 난생 처음 출입해보는 룸살롱 내부를 두리번거렸다.

복도에는 벌써부터 많은 아가씨들이 대기하며 줄을 서고 있었다. 몸매가 드러나는 타이트한 원피스. 화려한 액세서리. 코를 찌르는 향수 냄새. 수인을 보고 놀라는 아가씨들의 눈빛도 있었지만 모른 척 걸어갔다.

4번 룸 문이 열리자 그 넓은 공간 안에 장실장 혼자 있었다. 장실장은 수인을 보더니 그제야 빙그레 미소를 머금었다.

"아이구, 하이사님."

장실장은 극진히 수인을 맞이했다. 수인이 자리에 앉자 장실장은 바로 술을 따랐다. 수인이 잔을 비우자 장실장은 거만하게 조상무에게 말했다.

"애들 데리고 와. 아까 말한 애들로."

"예, 안 그래도 미리 대기시켰습니다."

조실장이 나가고 금세 홀복을 입은 아가씨들이 다섯 명 입장했다. 입장과 동시에 룸이 환하게 밝아진 기분이다.

"하배우, 더 이상 볼 것도 없어. 내가 에이스로만 다섯 명 추린 거니 이중에서 파트너 골라요."

여자를 끼고 술을 마시러 온 건 아니었지만, 대한민국 그중 서울 강남에서도 1%에 꼽히는 그들을 보고 있자니 기분이 묘했다. 그간 연예계에서도 저 정도의 미모는 손에 꼽을 정도였다.

"전 괜찮습니다. 실장님만 파트너 앉히시죠."

"어허, 하배우. 왜 그래요. 여기 신분 노출 걱정 안 해도 되는 거 잘 알잖아."

"아니요, 전 이런 곳 원래 안 좋아합니다."

장실장이 수인의 말을 듣고 기가 찬다는 듯 웃었다.

"하배우, 내가 아무리 이제 현장을 안 뛰어도 듣는 귀가 있어요. 밤문화 하면 하지석. 하지석 하면 룸살롱. 내가 얼마나 많이 들었는데."

장실장이 틀린 말을 하는 건 아니었다. 지석이가 밤문화를 좋아한 건 사실이었으니. 여기서 더 빼다가는 오히려 장실장이 경계할지도 모른다. 수인은 오늘 밤 장실장보다 더 개가 돼야만 했다. 그래야만 이 인간의 검은 속내를 알 수 있었다.

"알겠습니다. 그럼 실장님부터 초이스 하시죠."

"아냐, 나는 고정 있으니 하배우 먼저."

다섯 명 전부 비현실적인 외모였지만 사람이라는 게 또 취향이 있는 법. 수인은 그중에 가장 눈에 들어오는 여자를 손가락으로 지목했다. 그러자 그녀가 가벼운 목례를 한 뒤 수인의 옆으로 다가와 앉았다.

"정아라고 해요, 오빠."

"저, 정아 씨요? 성은요?"

"호호, 오빠 왜 이렇게 얼었어요. 편하게 대해요. 이정아예요. 이정아."

"아…."

"오빠, 연예인라고 걱정 안 해도 돼요. 본능대로 노세요."

정아는 능숙한 멘트로 수인을 안심시켰다. 하지만 수인은 막상 정아가 옆에 앉으니 괜히 위축 됐다. 처음 보는 여자와 알 수 없는 이 공간, 모든 것이 낯설고 불편했다. 잠시 후 장실장의 파트너가 들어왔다.

빨간 홀 복을 입은 그녀는 곧장 장실장에게로 가서 안겼다. 장실장은 아주 자연스럽게 그녀의 스킨십을 받아들였다.

"어이구, 내 새끼. 잘 있었어."

"오빠, 왜 이제 불렀어?"

"미안, 우리 하배우님 올 때까지 기다렸잖아."

"대박. 연예인 오빠네. 요새 '신혼부부' 잘 보고 있어요. 전 양수진이라고 해요."

구김살 하나 없어 보이는 수진은 미성년자로 보일 정도로 앳된 외모를 가지고 있었다. 사십 중반이 넘어가는 남자가 저렇게 딸 같은 애랑 물고 빨고 하는 것을 보아하니, 그의 취향을 대충 알 만했다.

수인은 어색하지 않게 한참 동안이나 장실장에게 분위기를 맞췄다. 한 시간 가까이 이런저런 잡담을 나누자 술이 한 병 더 들어왔다. 이쯤 되니 장실장이 술에 한껏 취해 얘기를 꺼냈다.

"알다시피 요즘 연예계도 예전 같지가 않아서. 나는 항상 JS와 뭘 하고 싶은 마음이 있죠."

장실장의 파트너 수진이 천진난만하게 끼어들었다.

"아, 그 JS. 지석이 오빠가 사장인 거야?"

"그럼. 이제 사업가야. 배우 겸 사업가."

"멋있다, 오빠. 이렇게 잘생긴 사람이 능력도 있는 거 반칙 아니야?"

술이 한잔 두잔 들어가자 수인도 그냥 아가씨들 끼고 놀고 싶은 마음이 가득했지만 정신 차려야만 했다.

"저도 빨리 회사 키워서 실장님 저희 회사 사장님으로 모시려고 생각 중이지 않습니까? 하하."

"그런가? JS 정도면 나쁘지 않지. 하지석도 있는데, 하하하."

다행히 장실장은 술이 그렇게 센 인간은 아닌 듯 보였다. 수인도 최대한 취한 척 연기를 하며 비위를 맞췄다.

"안 그래도 요즘 신인배우 키우는 게 녹록치 않네요. 조언 좀 들을까 해서요."

"남자? 여자?"

장실장이 별 관심 없다는 듯 툭 던졌다. 수인은 그 틈을 놓치지 않았다.

"여자 배우들이요. 이상하게 저 때문인지 저희 회사는 여배우들이 많네요, 하하."

"여자애들이면 더 쉽지, 뭐."

"아, 그래요? 역시… 남다르십니다."

수인은 궁색한 표정을 지으며 슬슬 장실장을 떠보았다. 장실장은 옆에 있는 수진의 몸을 탐닉하느라 정신이 없었다. 양수진은 수인의 시선을 느끼고 민망했는지 자세를 고쳐 앉았다. 그제야 장실장도 틀어진 몸을 바로 잡고 수인에게 말했다.

"하배우, 신인배우 띄우는 데 제일 힘든 게 뭐지?"

"아무래도 마케팅이죠."

"그치, 마케팅. 그럼 마케팅은 뭔가?"

"돈이죠."

"돈이라…. 뭐 틀린 말은 아니지."

"무슨 뜻이죠?"

"돈 많은 사람을 옆에 앉혀놔. 돈이 있어야 마케팅을 할 거 아니야."

"아…."

수인은 모른 척 장실장의 말을 계속 듣고 있었다.

"신생 회사에서 아직 재투자할 만큼의 매출은 당연히 안 나올 거고, 그럼 투자를 받아야 될 텐데 투자라는 게 뭐 말처럼 쉽나?"

"그렇죠."
"그럼 걔한테 투자할 투자자를 찾아야지. 그게 사업이라는 거야."
"그걸 스폰이라고 하는 건가요? 제가 사업은 처음이라…."
수인이 아무것도 모른다는 표정으로 주눅이 들자 장실장은 신이 난 듯 보였다. 장실장은 술 한 병을 마저 비우고 또 한 병을 시켰다. 벌써 양주 네 병째. 슬슬 맛이 가기 시작한 것 같다.
"에이, 이 사람아. 그게 내 밥줄인데 맨입으로 되나?"
장실장은 호탕하게 웃으며 어림도 없다는 말투로 얘기했다.
"10퍼센트는 실장님이 그냥 가져가시죠."
상습적인 리베이트 금액인 뒷돈을 챙겨준다니 이제야 장실장의 눈이 빛났다.
"이지수라고 했지?"
이제야 흥미가 동한 듯 장실장은 핸드폰으로 지수의 정보를 찾아보고 있었다. 장실장의 시선이 핸드폰에 가 있는 동안 수인은 슬며시 핸드폰 녹음 버튼을 누르고 녹취를 했다.
"음, 괜찮구만. 안 그래도…."
장실장이 갑자기 말끝을 흐렸다.
"이 친구 마인드는 어때?"
"좋습니다. 본인도 원하고요. 출셋길에 지름길이 있다면 지름길로 가야죠."
"암, 그렇지. 그런 애들이 성공하는 법이야! 안 그래도 태성그룹 막내아들이 불발 나는 바람에 골치 아팠는데."
"불발이라뇨?"
"혜지 말이야. 유혜지 이 빌어먹을 년이 여태껏 잘 해오다 이제는 안 만나겠다고."

"혜지라면… 포유걸스?"

"그래, 어릴 때부터 딸같이 입혀주고 먹여주고 가수 만들어주니까, 이제 와서 머리 좀 컸다고 말을 안 듣네."

수인이 모른 척 다시 물었다.

"그 몸이 아프다고 기사 떴던 거는?"

"아프긴 그 나이에 뭘 아파. 지가 다시 가수 하고 싶으면 말하겠지. 별수 있겠어?"

장실장이 긴 한숨을 내쉬었다.

"그 집 막내아들이 안 그래도 혜지를 점 찍어놔서…. 나도 큰돈 좀 벌고 은퇴하려 했더만. 매년 3억이라고, 3억."

장실장은 진심으로 슬픈 듯 혼자 넋두리를 했다.

"스폰이 꼭 나쁜 거야? 누가 몸 팔라 그랬냐고. 지한테 도움 되는 사람이면 꽉 잡아야지. 아무리 아직 세상 물정을 모른다 해도 그까짓 허벅지랑 가슴 좀 만지는 게 뭐 대단하다고. 내가 다 알아. 지금이야 지들이 언제든지 잘 나갈 것 같으니 저러지, 나중에 후회한다. 죽어서 가져갈 몸뚱이도 아니고…."

수인은 당장이라도 장실장 입을 꿰매고 싶었지만 입술을 질끈 깨물며 참아냈다.

"그 친구는 내가 얘기해놓을 테니 다음 주 쯤 한번 보자고."

"지수요?"

"어, 호텔방은 내가 잡아놓을게."

"호텔이요?"

"걱정 마. 얼굴 알려진 사람들이 그럼 어디서 얘기하나."

장실장은 이제 술이 가득 찼는지 양수진을 데리고 2차 갈 준비를 하고 있었다. 수인은 휘청거리는 장실장을 부축했다.

"제가 모셔다 드리겠습니다."

"아냐. 난 우리 애기랑 비즈니스 좀 더 하고. 하배우는 어떡할래?"

"전 그만 들어가 보겠습니다. 요즘 약을 먹어서…."

장실장이 수인의 엉덩이를 꽉 잡고 웃으며 말했다.

"젊은 사람이 벌써부터 약을 먹으면 쓰나."

수인은 수진과 함께 만취해서 나가는 장실장의 뒷모습을 지켜보며 안도했다. 오늘 대화 내용이면 충분히 목적을 이룬 셈이었다.

"오빠, 이거."

등 뒤에서 정아가 핸드폰을 수인에게 건넸다.

"어? 고마워…."

잠시 그대로 있다 수인이 은근히 말을 꺼냈다.

"봤어?"

"당연한 거 아니야. 바로 옆에 앉았는데."

"모른 척해줘."

"걱정하지 마, 오빠. 이 일하면 딴 건 몰라도 사람 보는 눈은 생기더라. 오빠가 저 사람보다는 더 좋은 사람 같으니까 모른 척해줄게. 그 대신 담에 또 봐."

정아는 수인의 볼에 살며시 뽀뽀를 하고 룸을 나갔다. 수인은 손에 들린 핸드폰을 바라봤다. 혜지가 말한 그대로였다. 이 안에는 그동안 장실장이 브로커 짓을 하며 저질러온 비리들의 증거가 고스란히 담겨 있었다.

다음 날 이른 아침부터 수인은 협상을 위해 CN엔터를 찾았다.

수인은 8층 복도 끝 회장실 방에 불이 켜져 있는 걸 보고 미소를 지었다.

복도를 지나가며 수인은 장실장의 방을 힐끗 봤다. 아직까지 자고 있겠지. 이따가 출근하면 얼마나 놀랄까.

똑똑, 수인이 노크를 하자 안쪽에서 소리가 들렸다.

"들어와요."

수인은 커다란 문을 열고 들어갔다. 회장실은 이른 아침부터 무거운 공기가 가득 흐르고 있었다. 수인을 보자 한 남자가 앉아 있던 소파에서 일어났다.

"처음 뵙겠습니다. 이한웅입니다."

연예계 업계 파워 1위, 이한웅. 가수 출신 제작자로 지금의 CN을 만든 장본인이다. 아마 대한민국 연예계의 전설로 남을 인물일 것이다.

"하지석입니다."

"TV에서 본 것보다 훨씬 더 멋지시군요, 허허."

겉치레 인사와 함께 이회장이 자리에 앉자 수인도 고개를 숙여 인사 하고는 자리에 앉았다.

"보내준 파일을 다 들었습니다만. 그래서 용건은 어떤 거죠?"

수인은 오기 전 이회장에게 미리 녹음 파일을 보냈다. 자세한 용건은 만나서 얘기하자라는 짤 막한 메시지와 함께.

이회장 또한 수인의 용건을 알기에 빠르게 본론으로 들어갔다.

"장실장 해고 및 유혜지 양의 계약해지입니다."

"음…."

이 회장이 입을 떼자 가뜩이나 무거운 분위기가 더 가라앉았다.

"거절한다면?"

"언론에 알리겠습니다. CN의 부도덕한 행위를."

"그야 뭐 장실장의 단독 행동이긴 하지만. 알겠소, 어찌됐건 우리에게도 좋을 건 없으니. 그럼 된 건가요?"

이회장의 얼굴 위로 맴돌았던 가식적인 미소는 순식간에 사라졌다. 이회장은 이제 볼일은 다 봤다는 듯이 다리를 꼬았다. 수인은 그런 이 회장에게 진짜 본론을 꺼냈다.

"한 가지 더 있습니다. 혜지를 제가 데리고 가겠습니다. 그리고 혜지의 솔로가수 음반제작을 해주셔야 합니다."

"혜지를 데리고 가는 거야 이미 예상했던 바고…. 연기자 시켜보려고 데려가는 거 아니었나요?"

이회장이 고개를 갸웃하며 의혹의 눈초리로 수인을 보았다. 어차피 CN 측에서도 혜지는 계약만료도 다가오고 건강상 활동 중단 상태이니 자연스레 탈퇴를 해도 큰 문제는 없을 것이다. 하지만 수인의 뜬금없는 가수 제안에 이회장은 많이 놀란 듯 보였다. 수인은 다시 한 번 이회장에게 또박또박 말했다.

"아니요, 혜지는 솔로가수로 다시 데뷔시킬 겁니다."

이회장이 다시 눈을 부릅떴다.

"허허, 그 조건은 좀 뜬금없는 것 같네. 내가 왜 혜지 음반까지 제작을 해줘야 하지?"

"이번에 그룹 슈퍼보이 래퍼 태성이 솔로앨범을 내는 걸로 알고 있습니다."

"근데?"

"총 여섯 곡. 각각의 곡마다 최정상 여자 보컬의 피쳐링이 들어가는 걸로 알고 있는데, 그것보다 혜지와 태성의 유닛 그룹으로 진행하시죠."

이회장이 거북한 표정으로 말했다.

"이유는?"

"어찌됐건 CN에서 혜지가 나가게 되면 팬들의 원성도 있을 것입니다. 또한 장실장 일이 알려진다면 그동안 CN이 쌓아 올린 신뢰도나 이미지에 먹칠을 할 수도 있습니다. 전 다만 혜지가 CN을 떠나지만 계속 우호적인 관계로 지내는 모습으로 포장해드리려는 겁니다."

이회장이 난감한 듯 고개를 다시 갸웃거렸다. 약간은 흔들리고 있는 듯 보였다. 하지만 곧 수인을 빤히 보며 제법이라는 듯 크게 웃었다.

"하하하, 내가 자네를 위해 땀을 흘리라는 소리인가?"

"어차피 다 가져가시게 될 겁니다."

이제야 이회장의 시선이 수인에게 정확히 멈추었다.

"어차피 회장님이랑 저는 같은 도박판에 앉아 있습니다. 제 판돈은 유혜지 하나. 그거 빼고 다 가져가십시오. 혜지가 그러더라고요, 자기는 포유걸스에서 들러리 서는 것 같다고. 이 회사에서 연습하고 또 연습만 하다 꿈만 꾸다 가는 수천 명의 연습생들이 있습니다. 그 중 한 명의 꿈을 이뤄주세요. 그 친구의 꿈을요."

"돈은?"

수인은 침묵한 채 한동안 이회장을 바라봤다. 이 침묵이야말로 수인의 가장 확실한 대답이었다. 물에 빠진 사람이 살려달라고 절박하게 외칠 때, 살려주면 이런저런 이득이 있다 설명하면서 손을 내밀지는 않는다. 수인도 마찬가지였다. 절박했다. 그래서 침묵했다. 절박한 만큼 이회장한테는 순수하게 받아들여질 것이다.

"20프로면 될까? 그 정도면 유혜지의 판돈으로 충분할 것 같은데?"

수인의 예상대로였다. 이회장도 짧은 시간 동안 자신의 이득을 계산해봤을 것이다. 어차피 이쪽 바닥의 생리를 가장 잘 아는 사람이니까.

수인은 이 회장의 제안에 고개를 끄덕였다. 수인에게도 나쁘지 않은 조건이었다. 어차피 아무 기반도 없는 회사에서 가수를 만들기는 꿈도 못 꾸는 일. CN의 기반을 살려 혜지의 새로운 모습을 먼저 알리는 게 더 중요했다.

"그리고 마지막으로 장실장이 이 일을 알고 혹시라도 혜지에게 또 다른 음모를 꾸미지 못하게 막아주십시오."

회장의 입에서 순간 비웃음이 새어나왔다.

"그건 자네가 할 일 아닌가? 난 자네 뜻대로 책임을 묻고 해고시키겠네."

"알겠습니다, 한 번 믿어보죠. 그럼."

수인은 자리에서 일어나 건성으로 인사를 남긴 채 회장실을 나왔다.

그날 밤, 수인은 회사로 혜지를 불렀다. 아홉 시를 넘어 도착한 혜지는 후드티를 푹 뒤집어쓴 채 여전히 풀이 죽은 얼굴이었다. 수인은 그런 혜지를 반갑게 맞이했다.

"저녁은?"

"생각 없어요…."

"그동안 뭐 먹고 싶은 거 없었어? 이제 걸그룹도 아닌데 맘껏 먹어야지?"

걸그룹이 아니라는 말에 혜지가 또 눈물이 왈칵 쏟아졌다.

"어어? 언제 걸그룹 하기 싫다고 노래 부르더니 또 왜 울어?"

수인의 비아냥대는 목소리에 혜지가 수인을 째려보았다.

"내가 언제 그랬어요!"

"아님 말구. 배고프다. 중국집 메뉴판이 어디 있더라…."

수인은 소파 위에 널브러져 있던 배달 메뉴판을 집어 들었다.

"어디 보자. 간짜장, 탕수육, 깐쇼새우…. 이렇게 시킨다?"

"양장피…."

혜지가 흐느끼면서 혼자 중얼거렸다.

"뭐?"

"양장피도 시켜줘요. 고량주도 한 병 시키고요."

"어허, 얘 봐라. 술이 고팠구만. 고량주 콜?"

그제야 혜지가 울먹이며 연거푸 고개를 끄덕였다.

30분 뒤 식사가 도착했고 두 사람은 한동안 음식에만 집중했다. 수인은 혜지에게 먼저 물었다.

"어제 장실장 만났어."

탕수육을 물고 오물거리던 혜지의 미간이 찌푸려졌다.

"그래서요?"

"너 계속 가수 할래?"

"하고 싶다고 하면 시켜주게요?"

"글쎄, 그건 모르지?"

"됐어요. 이 기회에 바리스타 기술 배워서 차곡차곡 돈 모아 카페 낼 거예요."

"아빠 빚은 어느 세월에 갚으려고?"

"그건… 아무튼 내가 알아서 할게요! 그나저나 짜장면은 왜 세 개나 시킨 거예요?"

혜지가 무안한 듯 뜯지 않은 짜장면 그릇을 보며 말했다.

"다 임자가 있어."

그때였다. 사무실 문이 열리더니 지수가 들어왔다. 혜지는 놀란 표정으로 지수를 보았다.

"언니…."

"혜지야!"

지수가 반갑게 혜지를 안았다. 혜지는 지수의 품에 안겨 또 한 번 눈물을 흘렸다.

"너 왜 울어? 이렇게 좋은 날에."

"좋다니. 나 망했단 말이야. 이제 걸그룹도 못 한다고."

서럽게 우는 혜지 모습에 놀라 지수가 수인을 쳐다보았다.

"뭐예요? 이사님, 혜지 아직 몰라요?"

"이제 말하려고…."

지수는 다 불은 짜장면 랩을 벗기며 말했다.

"혜지야, 우리 이제 같은 식구야. 너 이제 JS 소속이라고."

"뭐? 그게 무슨 소리야?"

두 여자가 이제 쌍으로 수인을 쳐다봤다. 예쁜 여자 둘이서 쳐다보니 수인의 얼굴이 붉어졌다. 수인이 침착하게 사실을 얘기해줬다.

"유혜지, 너 이제 JS 식구 맞아. 너네 이회장하고도 얘기 다 끝냈으니 조만간 계약 정리될 거야. 그렇게 알아."

"그럼 포유걸스는요?"

"좋은 이미지로 탈퇴할 수 있게 해줄 거야. 걱정하지 마."

"으아아앙!"

이제 갓 스물두 살 먹은 여자애 울음소리가 이렇게 큰지 수인은 처음 알았다. 정이 많이 든 그룹을 하루아침에 떠나려니 섭섭했을 것이다.

지수가 혜지를 달래주자 차츰 울음을 그쳤다.

"그럼 저 이제 뭐해요? 진짜 연기자 시켜줄 거예요?"

"아니, 아직 지수 하나만 관리하기에도 우리 회사는 벅차."

"그럼요? 연습생이라도 시켜주는 건가요?"

"연습? 여기 연습실도 없는데?"

"그럼 저 놀아요?"

"아니. 가수 할 거야."

"가수요? 여기서요?"

"왜, 우리 회사는 맘에 안 들어? 자, 일단 오늘 입사 신고식. 노래 한 곡 들어보자."

수인의 뜬금없는 부탁에 두 사람의 표정이 찡그러졌다. 지수가 그런 수인을 꾸짖었다.

"이사님, 왜 그러세요. 아재 같아요."

"됐고. 혜지야, 걸그룹까지 한 사람이 뭘 그렇게 쑥스러워해."

"무반주로요?"

수인은 주위를 두리번거리는 시늉을 했다.

"젓가락이라도 두들겨줄까?"

"됐거든요."

혜지가 체념한 듯 자리에서 일어났다.

막상 혜지가 노래를 시작하려고 하자 수인과 지수는 숨을 멈추고 집중했다.

"나에게만 준비된 선물……!"

혜지는 남자 보컬의 곡을 자신의 감성으로 노래했다. 오히려 남자가 부를 때보다도 훨씬 애틋하게 자신의 목소리로 불렀다. 수인은 음악에 대해서는 아무것도 몰랐지만 확실히 혜지가 그동안 보내온 시간들이 헛되지 않았다는 것을 느꼈다. 비록 메인 보컬은 아니었지만 정상급 걸그룹 멤버답게 기대 이상의 실력이었다. 오히려 아린에 가려 대중들이 느끼지 못한 매력적인 목소리였다.

노래가 끝나자 혜지가 숨을 고르더니 조용히 수인의 눈치를 살폈다.

수인은 자신의 생각이 틀리지 않아 다행이라 생각했다. 혜지에게 분명히 가수의 재능이 있을 것이라 생각했다. 애초부터 저들이 혜지가 재능이 없었다면 데리고 있을 리가 없었다. 비록 장실장의 검은 술수 때문에 빛 한 번 보지 못한 애지만 당장 연기자로서 전향하는 것보다 그동안 이루어왔던 가수의 꿈을 더 발전시킨 다음 자연스레 연기자 활동을 모색해도 충분했다.

또한 가창력이 있는 연기자는 음악 영화, 뮤지컬 영화에서 더욱 더 우세한 점이 많다. 수인은 내색하지 않은 채 조용히 말했다.

"너희 회사 슈퍼보이 태성이랑 친해?"

"태성 오빠요? 아니요. 그냥 그런데… 왜요?"

"너, 그 친구랑 앨범 같이 활동할 거야."

"네? 태성 오빠 이번 솔로앨범 피처링인가요?"

"아니, 솔로가 아니야. 너랑 듀엣으로 활동할 거야."

"네에?"

혜지가 말도 안 된다는 듯 인상을 썼다.

"술 취하신 거 아니죠? 저 CN 나온다면서요?"

"탈퇴한 유혜지가 슈퍼보이 태성과 콜라보 그룹으로 나온다. 팬들의 기분이 어떨 것 같아?"

"글쎄요… 좋아할 것 같기도 하고, 배신자 소리도 들을 것 같고."

"아무튼 넌 이제 포유걸스가 아니라 JS 유혜지야. 그것만 기억해둬."

혜지가 영문도 모른 채 고개를 끄덕였다.

아이돌 그룹은 아무래도 그룹 색이 강하기 때문에 개개인의 개성을 드러내기에는 한계가 있다. 혜지 같은 경우가 아주 대표적인 경우였다. 그렇다고 솔로로 나서기에도 부담스럽다. 이럴 땐 프로젝트 그룹 활동으로 시너지 효과를 얻을 수 있다는 것이 수인의 노림수였다.

게다가 혼성 프로젝트 그룹은 그동안 하지 못한 아이돌 색깔에서 많이 벗어날 수 있다. 잠시 두 사람의 대화가 멈추자 지수가 파이팅 넘치게 말했다.

"어쨌든 잘됐다, 혜지야. 이제 JS에서 새 출발하는 거야!"

혜지가 여전히 고개를 갸웃하자 지수가 수인을 다그쳤다.

"이사님, 확실한 거죠? 우리 혜지 가수 다시 할 수 있는 거!"

"응."

수인이 과장 없이 대답하자 지수가 그의 손을 끌어당겼다.

"자, 뭐해요? 빨리 우리 직원들 한 잔씩 따라줘요. 축하주 한 잔씩 해야죠."

"직원?"

"직원 맞죠. 하지석의 아티스트들인데. 그러고 보니 우리 회사 벌써 종합엔터테인먼트 됐네요. 연기자 둘에 이제 가수까지."

지수의 농담에 세 사람이 동시에 웃고 말았다.

세 사람은 각자의 잔을 채운 채 서로를 바라봤다. 지수의 말대로 수인에게는 처음으로 가진 자신의 아티스트들이었다. 수인은 두 사람의 사랑스러운 표정에 용기를 얻어 말했다.

"이지수, 유혜지. 연예계에는 이런 말이 있어. 진실보다 무서운 건 소문이라고. 오늘 이 자리에서 진실을 얘기할게. 이제 우리는 JS 가족이야. 가족은 뭔 줄 알아? 세상에서 가장 중요한 걸 함께 하는 사람이야. 난 너희와 함께 할 준비가 됐어. 그러니 앞으로 그 어떤 소문이나 루머에 흔들리지 마. 혹시나 내가 하지석이 아니라고 해도 말야."

수인이 사뭇 심각한 표정으로 말하자 지수가 수인을 돌아봤다. 조금 전까지 웃고 있던 사람이라고 믿기지 않을 정도였다.

지수는 수인의 복잡한 얼굴을 보다가 더 캐물으려던 입을 다물고 외쳤다.

"짠! JS 파이팅! 하지석 파이팅!"

그날 밤 마신 술맛은 세 사람 모두 달콤했다.

시간이 흘러 어느덧 영화 '위험한 관계'의 개봉이 코앞으로 다가왔다.

오늘은 영화 개봉에 앞서 열리는 VIP 시사회 날이었다. 수인이 영화관에 도착하니 벌써부터 많은 기자와 연예계 유명 인사들이 도착해 있었다.

"지석이 형, 축하해요."

전에 지석이랑 작품을 같이 했던 한류스타 김우진이었다.

"어, 고마워요, 우진 씨."

"에이, 형. 뭐야, 갑자기 웬 존댓말. 긴장했어요?"

"어? 그래, 아무래도 카메라가 너무 많아서."

"형답지 않게 뭘 그렇게 신경 써. 아무튼 영화 잘 볼게요."

수인은 자신의 영화 홍보를 위해 하지석 핸드폰에 있는 많은 사람들에게 연락을 취했다. 원체 사교적이었던 지석이의 인맥으로 많은 셀럽들이 자리했고, 시사회 분위기는 뜨거웠다. 하지만 수인은 수 없이 찾아오는 지석이의 지인들과 친한 척 연기 하느라 정신없었다.

"김우진 씨, 잠깐 포즈 좀 취해주세요."

포토월에서 이미 많은 사진을 찍고 들어왔음에도 기자들은 한 방이라도 더 찍기 위해 안달이었다.

수인은 자신을 찾아온 사람들과 대부분 인사를 나눈 후 잠시 화장실에 들렀다. 그때 입구에서 낯익은 남자가 자신을 휙 지나치기에 고개가 저절로 돌아갔다. 뒷모습만 봐도 익숙한 체형이었다. 수인은 분명 자신이 알고 있는 사람이라 생각했다. 서둘러 뛰어가 남자를 돌려 세웠다.

"장실장! 당신이 여긴 어쩐 일이야."

"아, 하배우. 오랜만이야."

굳은 표정의 수인과 달리 장실장은 여유가 넘쳤다.

수인은 장실장을 비상계단으로 데리고 갔다. 문을 닫자마자 수인은 바로 그의 멱살을 잡았다.

"뭐야, 당신! 아직도 할 말이 남아 있나?"

"어허, 하배우. 이거 왜 이러나?"

장실장은 흥분한 수인의 손을 다시 내려놨다. 수인과 달리 매우 침착한 모습이었다.

"나 초대 받고 당신 영화 응원하러 온 거야. 오해하지 마."

"미쳤어? 당신을 누가 초대해? 이제 혜지가 없으니 할 일이 없나 보지?"

포커페이스를 유지하는 장실장의 모습에 수인은 조급했다. 장실장의 속내를 전혀 예상할 수 없었다.

"어허, 한 회사의 이사이자 유명배우가 그렇게 말씀하시면 곤란하지."

장실장은 옷매무새를 고치고 태연하게 자리를 벗어나려 했다. 그때 장실장 주머니에서 핸드폰 벨소리가 울렸다.

"다 왔어. 앞에서 누구 좀 만나느라. 금방 들어갈게."

장실장은 통화가 끝나고 자신의 핸드폰 액정화면을 수인의 눈에 들이댔다.

"참 아까 누가 초대했냐 그랬지? 당신 영화에 출연한 신소희 배우. 내가 그 친구 회사 대표거든."

"뭐어?"

일그러지는 수인의 표정을 보고 장실장이 씩 웃어 보였다.

"어디 나 혼자 지옥으로 떨어질 수 있나!"

장실장은 비웃음 섞인 혼잣말을 내뱉으며 비상계단을 빠져나갔다. 수인은 찝찝한 기분을 떨치지 못한 채 다시 대기실로 향했다. 대기실로 들어가자 하얀색 원피스를 입은 지수가 인사를 했다.

"이사님, 저 왔어요. 좀 늦었죠. 미용실에서 좀 늦게 끝나서…."

화이트 톤의 원피스는 신인배우 같은 단정한 모습이 잘 드러나면서 섹시한 느낌까지 줬다.

"원피스 잘 어울린다, 지수야."

"정말요? 원장님이 직접 골라주셨어요."

"이따가 무대인사 끝나고 얼굴 몰라도 영화계 선배 같다 하는 사람들은 무조건 인사해. 알았지? 스텝, 감독님들, 전부 다. 그들이 네 얼굴 기억하는 게 앞으로 제일 중요한 거니까."

"네, 당연하죠."

지수가 두 주먹을 불끈 쥐며 파이팅 넘치는 모습으로 대답했다.

"떨려?"

"당연하죠. 제 데뷔작인데요. 아까 상영관 앞에 사람들 엄청 많은 거 보셨죠? 게다가 박보겸 님, 김우진 님, 공효민 선배님. 와, 다들 장난 아닌 스타들이 제 영화를 보다니… 아니다, 다들 이사님하고 안성진 선생님 보러 오신 거겠죠?"

지수가 한껏 들뜬 표정으로 수인에게 물었다.

"또 잊었어? 이 영화 주인공은 너야. 다 너 보러 온 사람들이라고."

"히힛, 저도 알아요. 신인배우는 겸손해야 하잖아요."

지수가 예상보다 자신감 있는 모습으로 미소를 지었다. 그 미소를 보자 수인은 이제야 좀 안심이 되었다.

"무슨 겸손? 지수는 이제 곧 스타가 될 몸인데."

"아! 감독님."

창섭이가 등장하자 지수가 반가운 표정으로 달려가 가볍게 포옹을 했다.

"얼레? 둘이 무슨 사이래?"

"우리? 하나뿐인 감독과 배우 사이지."

창섭이 호탕하게 웃자 지수가 따라 웃었다. 창섭이에게 살갑게 대하는 지수를 보자 수인은 내심 질투가 났다.

"그나저나 창섭아, 우리 작품에 신소희라는 배우 있어?"

"어, 소희 씨? 마지막에 단역으로 나온 그분인가?"

"누구야? 어떻게 출연하게 된 거지?"

"캐스팅 디렉터가 추천해줬는데… 그 사람이 이상하게 무리하게 추천하더라고. 꼭 좀 부탁한다고. 우리도 마침 급했고. 근데 와, 몸매가, 하하. 그래서 내가 캐스팅 했잖아. 근데 네가 나보다 더 잘 알지 않아?"

"내가?"

"어, 너랑 제법 친분 있다고 하던데. 뭐 너랑 촬영은 한 번도 안 겹치긴 했지만."

"소희 언니요? 소희 언니 진짜 예쁜데. 맞아요, 저한테도 이사님 좀 안다고 하던데."

"그러니까. 내가 그래서 속으로 하지석 얘는 모르는 여자가 없네, 이랬거든."

"누구야? 사진 있어?"

"여기. 아마 오늘 온다고 했으니 지금 객석에 있을걸?"

신소희. 전혀 들어본 적 없는 이름이다. 수인은 창섭이가 보여준 사진을 봐도 전혀 기억에 없었다.

"안녕들 하신가."

대기실에 중후한 목소리가 울리자 다들 자리에 일어나서 인사를 했다. 안성진은 수인에게 다가와 악수를 청했다.

"축하하네, 지석이. 드디어 JS 첫 작품이네."

수인은 갑자기 가슴이 뛰었다. 영화계에서 모두의 존경을 받는 한 남자가 진심으로 자신의 업적을 언급해주었다. 창섭이와 지수를 비롯해 지켜보던 많은 관계자들이 수인에게 박수를 쳐줬다. 수인은 사실 개봉 전까지 걱정이 말이 아니었다. 하지만 많은 사람들의 격려와 박수를 받으니 뿌듯한 감정이 마음을 가득 채웠다. 그때였다. 성일이 문을 열고 대기실로 들어왔다.

"이사님, 이제 곧 진행자 멘트 끝나면 곧 무대인사 하러 올라가셔야 합니다."

안성진 선생님을 필두로 창섭, 지수, 수인이 그 뒤를 따랐다.

"이제 영화 '위험한 관계' 김창섭 감독님과 주연배우 삼인방이 인사드리겠습니다."

진행자의 멘트가 끝나자 수인은 호흡을 한번 가다듬고 무대로 올라갔다.

극장 안에는 자리가 없을 정도로 많은 관객이 와 있었다. 각자 인사를 하고 너무나도 좋은 분위기 속에 감독과 배우의 소감이 이어졌다. 창섭과 안성진의 인터뷰가 끝나고 지수가 드디어 마이크를 잡았다.

"이지수 씨, 지금 영화계에서 최고로 관심을 받고 있는 배우인데 첫 영화 개봉소감 짧게 소감 말씀해주시죠."

"우선 이렇게 큰 기회를 주신 감독님 이하 모든 스텝들. 또 같이 연기를 하게 돼서 큰 영광이었던 안성진 선생님께 감사하는 말씀드립니다. 부족하지만 최선을 다해서 작품에 임했으니 재밌게 봐주시면 감사하겠습니다."

"아, 이지수 씨. 동료 배우였던 하지석 씨 얘기는 빼놓으셨는데 아무래도 사장님이라 어려우신 건가요?"

개그맨 출신 진행자가 농담 섞인 질문을 하자 관객석에서 웃음이 터져 나왔다. 지수가 당황했는지 놀란 표정으로 서둘러 다시 마이크를 들었다.

"그, 그게 아니라 하지석 선배님이 최근엔 우린 가족이라 했거든요. 가족한테는 우리가 특별히 고맙다, 감사하다, 미안하다, 이런 말 잘 안 하잖아요. 저도 모르게 그만 그렇게 생각하고 있었던 거 같아요. 항상 함께하고 있으니까요."

지수는 그제야 마이크를 내려놓고 관객들을 향해 환하게 미소를 지어 보였다. 거짓말처럼 예쁜 미소였다. 수인은 눈부신 카메라 플래시 속에서도 자연스레 미소 짓는 지수의 모습이 정말 배우 같다고 느꼈다. 여태까지 본 적 없던 진정한 여배우의 미소였다. 그 모습에 관객들 역시 반응이 있었는지 극장 안이 술렁이기 시작했다.

"정말 감동적인 멘트입니다. 그럼 이제 마지막 주인공이죠. 요즘 예능 프로그램을 통해 국민남편이자 이번 영화 제작과 주연배우를 겸하신 하지석 씨입니다."

진행자의 멘트가 끝나자 그 어느 때보다 뜨거운 팬들의 함성소리가 극장에 울려 퍼졌다.

환호하는 여성 팬들에게 손을 들어 인사를 한 다음 수인은 마이크를 천천히 들었다.

"일단 귀한 시간 내주셔서 감사합니다. 영화 '위험한 관계'에서 동진 역을 맡은 하지석입니다. 영화 재미있습니다. 게다가 하지석의 멋진 슈트 핏도 보실 수 있습니다. 처음이자 마지막이라 생각하고 최선을 다해 연기했습니다. 감사합니다."

수인이 농담이 가득 담긴 마무리 인사를 하자 여성 관객들의 비명소리가 곳곳에서 터져 나왔다. 수인은 그런 팬들에게 다시 손을 흔들어 보이며 빠져나가려 했다. 그때 갑자기 진행자가 배우들을 붙잡았다.

"아, 잠시만요. 저기 손 드신 관객분이 한 분 계시네요. 혹시 질문이신가요?"

진행요원이 서둘러 중년 남자에게 마이크를 건네줬다. 한 아리따운 여성 옆에서 마이크를 건네받은 중년 남자는 바로 장실장이었다. 장실장은 지석과 눈이 마주치자 음흉한 미소를 날렸다.

"저는 평소 하지석 님 팬인데요. 불륜 자체가 소재인 영화인데 하 배우님은 만약 현실에서 피치 못할 사정이 있으면 진심으로 사랑하는 여자와 헤어질 용기가 있습니까?"

"좋은 질문이네요. 그럼 다들 궁금하실 텐데 우리 국민남편 하지석 씨 대답 듣고 무대인사 마무리하도록 하겠습니다."

진행자는 수인의 속도 모르고 사람 좋은 눈웃음을 지으며 마이크를 건넸다. 마이크를 받은 수인은 미간을 좁히고 고민 끝에 입을 열었다.

"누군가를 사랑했다면 그 사랑에 대해서도 책임지는 사랑을 해야 합니다. 저희 영화의 주제도 그와 같고요. 감사합니다."

장실장의 질문에 차갑게 대답한 수인의 모습이 섹시했는지 여성 관객들의 비명소리가 또 터져나왔다.

"그렇군요. 책임질 수 있는 사랑이라. 재밌게 보겠습니다."

수인은 장실장의 대답을 듣는 시늉만 한 채 서둘러 극장 밖으로 나왔다. 수인은 바로 창섭이를 불렀다.

"창섭아, 아까 그 질문 한 남자 옆에 있던 여자가 신소희 씨야?"
창섭이가 들뜬 표정으로 대답했다.
"어, 맞어. 소희 씨. 자식, 너도 느꼈구나? 왜, 멀리서 봐도 빛이 나디?"
"아니."
창섭이 심각한 표정의 수인을 보고 말끝을 흐렸다.
"야, 그러지 말고 니가 한 번 자리 좀 마련…."
수인은 창섭의 말을 듣지도 않은 채 그냥 지나쳤다.
수인은 대기실 한구석에 앉아 생각에 잠겼다. 더 이상 장실장이 손쓸 여력이 없는 것은 분명했다. 하지만 자신감 있는 표정이 수인을 불안하게 만들었다. 그렇게 한없이 생각에 잠겨 대기하는 사이 두 시간 분량의 영화 상영이 끝났다.
수인은 그제야 정신을 차리고 지수와 함께 로비에 있는 커피숍 구석에 앉아 극장을 빠져나가는 관객들 표정을 살폈다.
"어때?"
지수가 크게 숨을 한번 들이켰다 뱉었다.
"이사님, 저 막 가슴이 터질 것 같다는 표현을 왜 쓰는 건지 이제야 알 것 같아요."
"어떤데?"
"무언가 알 수 없는 게 막 가슴에서 벅차올라요."
수인은 지수 말에 고개를 끄덕였다. 사실 수인도 마찬가지였다. 스크린 속에 내 연기를 누군가가 보고 함께 울고 웃는 그 모습은 말로 형언할 수 없을 정도로 감동 깊었다.
"저기… 사인 하나만 부탁드려도 될까요?"
지수가 당황한 표정으로 정면을 바라봤다. 지수 또래쯤 돼 보이는 여자 관객이 펜과 종이를 들고 지수 앞에 서 있었다.

"저, 저요?"

팬이 고개를 끄덕이자 지수는 수줍게 사인을 해주었다.

"제가 아직 사인이 없어서. 처음 해본 거예요."

"정말요? 제가 첫 번째 팬인 거예요?"

지수가 수줍게 고개를 끄덕이자 여자 관객은 신나 하며 종이를 받아들고 자리를 떠났다. 팬이 저만치 멀어지자 지수는 수인의 어깨를 마구 치며 호들갑을 떨었다. 두 사람은 혹시나 다른 사람이 들을까 봐 아주 작게 속삭였다.

"어떡해. 어떡해요. 방금 봤어요? 저 사인해줬단 말이에요. 으, 대박."

"잘했어."

"진짜요?"

"응, 너 오늘 아까부터 되게 스타 같았어."

지수가 눈을 동그랗게 뜨더니 금세 얼굴이 빨개졌다.

"난 그래도 이사님 칭찬이 제일 듣기 좋더라."

"오늘만이야. 낼부터는 다시 신인배우 이지수로 돌아가야 해."

"넵, 이사님."

수인의 농담에 지수가 특유의 환한 미소를 보였다. 그때 성일이 저 멀리서 수인을 발견하고 한 남자와 함께 다가왔다.

"이사님, 여기 계셨어요? 저희 이번 영화 협찬해주신 뉴웨이브 마케팅 팀장님이세요."

스포츠웨어 본사에서 나온 남자는 웃으면서 수인에게 명함을 건넸다.

"반갑습니다. 뉴웨이브 마케팅 팀장 이주현입니다. 초대해주셔서 감사합니다."

"별 말씀을요."

"자세한 내용은 나중에 말씀드리겠지만 오늘 얼굴 뵀을 때 미리 제안드리려고요. 일단 저희는 오늘 영화를 보고 결심을 했고요, 하지석 님, 저희 브랜드 전속모델 제안을 드리고 싶습니다."

"아, 정말입니까?"

"네, 활동적인 지석 씨 이미지와도 잘 맞고 무엇보다 요즘 가장 대세배우 아니십니까, 하하! 국민남편의 저력으로 저희도 매출 한번 기대해보려고요."

수인은 기분 좋은 미소와 함께 깍듯하게 감사의 인사를 전했다. 상대방도 크게 만족한 얼굴로 자리를 떠났다.

"휴, 성일아. 형이 한 건 했다, 그치?"

"휴, 저야말로 한 건 했죠."

"넌 뭐가?"

"이 광고 건 따려고 제가 얼마나 공들인 줄 아세요? 이 매니저들의 고충을 누가 알아주려나."

"내가 모른 긴 뭘 몰라. 내가 너 고생하는 거 다 알지, 하하!"

수인은 이렇게 웃어본 게 얼마만이지 기억도 안 날 정도로 기분이 좋아졌다. 그때 지석에게 서대표의 전화가 걸려왔다.

"어? 대표님이다. 우리 왜 안 오나 하나 보다"

"네, 대표님. 하지석입니다."

"하이사, 이게 어떻게 된 일이야."

서대표의 무거운 목소리에 수인의 웃음기가 가셨다.

"네? 무슨 일이라뇨?"

"아직 사진 못 본 거야?"

무거운 정적이 수화기 너머 전해졌다.

"됐고. 일단 보고 얘기해."

평소 서대표 같지 않은 태도에 수인은 어리둥절했다.

"뭐지? 무슨 몰카라도 찍혔나?"

지석의 혼잣말도 끝나기 전에 서대표가 보낸 메시지가 도착했다. 수인은 서대표가 보낸 메시지를 확인하자 그만 전화기를 놓치고 말았다. 사진에는 한 여자와 상반신 노출을 한 채 침대에 누워 있는 하지석의 모습이 있었다. 그리고 놀랍게도 사진 속 그 여자는 바로 신소희였다.

수인은 정신없이 뒤풀이를 마무리한 채 서대표와 사무실에 도착했다. 두 사람은 침울한 표정으로 서로를 바라봤다.

"무슨 일인지 얘기해줘야 해결할 거 아니야."

"정말 모르는 여자예요."

"그걸 말이라고 해? 그럼 내가 기자들한테 하지석 씨는 모르는 여자라고 얘기해? 그럼 사람들이 아 네, 그렇군요. 이럴까?"

"아뇨, 그게 아니라…. 진짜, 진짜 모르는 여잔데, 하…."

"자세히 봐봐. 정말 기억 안 나?"

"네, 정말 오늘 시사회 때 처음 본 여자에요."

사진 속 지석이의 헤어스타일이 다른 걸로 보아 최소 2년 전에 찍었던 사진으로 보였다. 정말로 하지석이 살아있을 때 관계를 맺은 여자였다면 이 상황은 수인에게는 골치 아픈 일이었다.

"그럼 이번 일 짐작 가는 사람은 있어?"

수인은 이제야 극장에서 보았던 장실장의 미소를 알 것 같았다.

"아무래도 예전 CN 장실장 같아요."

"혜지에 대한 보복인가? 근데 이 사진은 이미 한참 전 사진이잖아."

수인은 답답해 미칠 지경이었다. 이럴 때 지석이가 있었었더라면…. 지금 현재로서는 당사자인 하지석이 아니면 절대 풀지 못할 문제였다.

"지금 현재 언론은 어떤 상태죠?"

"이미 핸드폰 꺼놨어. 벌써 포털사이트 메인에 올라온 모양이야."

수인은 깊은 한숨이 나왔다. 연예인 인기는 정말 한방에 훅 간다는 말이 틀린 게 아니었다. 이 사태를 해결하지 못한다면 힘들게 개봉한 JS의 첫 영화는 바로 망하게 된다. 그렇게 된다면 그 어떤 것도 하나 이루지 못한 채 회사는 바로 문을 닫을 수밖에 없다.

"일단 제가 생각 좀 해보고 내일 아침에 바로 연락드릴게요."

"아무 연락도 받지 마. 생각 정리되면 조치를 취해보자고."

"네."

수인은 서대표를 바라보며 힘없이 대답했다.

수인은 집에 도착하자마자 소파에 기대어 앉아 지석의 핸드폰을 살폈다.

"신소희… 신소희… 신소희…."

수인은 신소희라는 이름을 읊으며 핸드폰을 뒤졌다. 그리고 이내 신소희라는 이름을 찾았다. 예상대로 신소희와 무슨 사이였던 것은 확실한 것 같다. 하이에나 같은 장실장이 그걸 알고 그녀에게 접근한 게 분명했다. 상황은 심각했다. 하지석이란 이름은 실검 1위에서 내려올 생각조차 없어 보였다.

수인은 포털사이트에 올라온 자신의 기사들을 확인했다. 각종 루머들을 양산해내고 있었고 그런 쓰레기 같은 기사들 밑으로 유저들의 댓글은 만 개가 넘어갔다. '신혼부부'에서 하차해야 된다는 의견과 수인이 걱정한 대로 영화 '위험한관계' 비관람에 동참하자는 의견이 주를 이루었다.

수인은 기사들을 보며 생각에 몰두했다. 하지만 더 이상 긍정적인 생각은 도무지 떠오르지 않았다. 이미 모든 게 끝난 걸지도 모른다. 하지석이란 배우는 자신의 작품에 출연한 신인배우에게 출연을 미끼로 성 매수한 파렴치한 배우였고, 내일 아침이면 바로 연예계에서 추방당할 운명이었다. 수인은 어찌됐건 자초지종을 알기위해 그녀에게 전화를 걸었다. 이미 장실장한테 진 게임일지도 모른다. 돈이 됐건 뭐가 됐건 간에 피해를 최소화해야만 했다. 어떻게든 살아남아야 재기를 하든가 할 수 있는 상황이었다.

"여보세요?"

신소희의 전화는 익숙한 목소리의 남자가 받았다. 장실장이다. 수인은 그 목소리를 듣자 모든 걸 체념한 듯이 대답했다.

"어떻게 하면 되지?"

"어떻게라니, 하배우. 이러면 내가 섭하지. 내가 꼭 우리 하배우에게 무슨 억하심정 있는 사람 같잖아. 안 그래?"

"쓸데없는 소리 듣고 싶지 않아."

"어허, 난 단지 내 배우가 예전에 억울한 사연이 있다길래, 대표로서 억울한 사연을 해결해주는 것뿐이야."

"그 억울한 사연이 뭐지?"

"그거야 하배우가 더 잘 알지."

"그 친구랑 통화 좀 할 수 있어?"

"어허, 지금 이 친구도 심란한 상태야. 나한테 얘기해."

"도대체 나한테 왜 이러는 거야?"

"글쎄, 난 하배우 최대한 보호하려고 하는데."

수화기 너머 음흉하게 웃고 있을 장실장의 얼굴을 생각하니 끔찍했다.

"그냥 여기까지 해. 내 눈앞에서 사라져."

"뭐?"

"너 때문에 내가 그동안 일궈놓은 게 한순간에 사라졌어. 내 인생 자체가 통째로 날아갔다고, 내가 그 자리까지 어떻게 올라간 줄 알아? 말단 매니저부터 시작해서 개 같이 일했어. 너 같이 거저 스타가 된 놈이 그게 뭔지나 알아?"

장실장의 목소리에는 억울함이 가득했다.

"내일 아침 기자회견을 해. 모든 책임을 지고 물러나겠다고. 신혼부부도 하차하고 개봉한 영화도 관객들에게 면목이 없다고. 한동안 너도 나처럼 자숙하면서 지내."

"혜지는?"

"이제 필요 없어, 그런 애송이는. 참, 그리고 신소희에 대한 언급을 해. 나 때문에 이렇게 됐지만 성실하게 자신의 길을 가는 배우라고. 동정 여론을 만들어."

수인은 쉽게 대답하지 못했다. 당분간 자숙으로 끝날 일은 아니었다. 만약 그렇게 모든 사실을 인정한다면 다시는 연예계에 돌아오지 못할 게 분명했다.

"내일 시키는 대로 하면 더 이상 일은 크게 벌이지 않을 거야. 이 정도에서 마무리하지. 그냥 두 사람이 과거의 연인 사이였다는 정도로."

"알겠어."

수인은 장실장의 말을 끊었다.

"원하는 대로 하지."

수인은 통화를 끊자마자 소파에서 일어나 핸드폰을 집어 던졌다. 핸드폰의 액정이 우지끈 깨지는 소리가 들렸다.

이제 모든 것이 끝났다. 수인은 초점을 잃은 눈으로 허공을 바라봤다. 생각보다 허무한 일이었다. 그동안 해왔던 모든 일들이 하루 아침에 물거품이 됐다.

다음 날 아침, 수인은 전화벨 소리에 눈을 떴다. 새벽까지 뜬 눈으로 보내다 잠시 잠이 들었던 것 같다. 전화를 받자 다급한 서대표의 목소리가 들렸다.

"지석아, 새벽에 보낸 문자 뭐야? 정말 기자회견이라도 하겠다는 거야?"

"네, 기자회견 준비해주세요."

"이대로 가면 끝이야. 그건 알고 있지?"

서대표가 깊은 한숨을 내뱉었다. 지석은 그의 한숨을 이해할 수 있었다.

"네, 다시 기회가 올 거예요. 걱정하지 마세요. 이따 열 시에 뵐게요."

수인은 전화를 끊고 화장실로 들어갔다. 샤워를 하면서도 많은 생각을 해봤지만 뾰족한 수는 없었다. 모든 걸 체념하고 받아들이는 수밖에. 수인의 머릿속은 온통 불안감으로 가득했다.

서울의 한 호텔에 마련한 기자회견장은 이미 기자들로 북새통이었다. 수인은 취재진을 피해 호텔 뒷문을 통해 대기실로 들어갔다. 대기실 안에는 서대표와 JS 식구들이 와 있었다. 지수와 혜지, 성일의 얼굴을 보니 괜스레 감정이 들끓었다.

"너희들은 뭐 하러 왔어?"

"왜 오다뇨? 이사님 걱정돼서 왔죠."

혜지가 벌써 눈물을 글썽이며 말했다.

"니들한테는 아무 피해 없을 거야. 회사도 계속 유지할 거고."

"지금 우리 걱정할 때예요!"

지수가 날카로운 목소리로 말하자 짧은 침묵이 이어졌다. 자신 때문에 어색한 분위기를 이기지 못한 수인이 입을 열었다.

"한 몇 달 쉬면 되지 뭐. 다들 왜 이렇게 쫄았어? 지수는 이제 정은희 작가 드라마 잘 찍고 혜지는 이제 곧 앨범 나올 테고, 성일이는 애들 케어 잘해주면 되고, 서대표님 든든히 뒤에 계시고. 아무 문제 없어, 우리. 안 그래?"

침울한 표정으로 다들 수인에게 억지 미소를 지었다.

"맞습니다. 제가 더 열심히 뛰겠습니다."

성일이 파이팅을 외치자 서대표가 짧은 한숨 뒤에 재차 말했다.

"그래, 잘 해결될 거야. 너무 걱정하지 말자고. 지석이가 무슨 성폭행 한 것도 아니고."

서대표는 애써 태연한 척 말했지만 이미 그동안의 경험을 통해 어떻게 될지 뻔히 알고 있었다. 성추문에 연루되었다는 사실만으로도 배우로서 엄청난 이미지 타격 받을 것을. 자칫 빨라도 4, 5년은 걸려야 복귀가 가능하고, 최악의 경우 재기조차 어려울지 모른다.

수인은 착잡한 마음에 잠시 대기실을 빠져나와 테라스가 있는 외부로 향했다. 재킷 주머니에 있는 담배를 찾다가 평소와 촉감이 다른 핸드폰을 꺼내 들었다. 액정이 깨진 하지석의 핸드폰이었다.

수인은 갑자기 지석의 부모님이 생각났다. 대한민국이 떠들썩한 아들의 소식을 분명히 들었을 터인데 연락 한 번도 없다는 게 의아했다. 게다가 지석의 몸으로 바뀌고 몇 달이 지나는 동안 단 한 번도 연락이 온 적은 없었다. 수인은 걱정하실 지석의 부모님 생각이 나서 연락처 목록을 뒤져 전화를 걸었다.

"여보세요?"

한 중년 여성의 목소리가 들렸다.

"어, 엄마?"

"시방 잡것이 누구신데 날 엄마라 불러 싼다?"

"엄마, 저 지석이에요. 아들 하수인."

"…이게 뭔 소리여? 우리 수인이 지금 주방에서 밥 자시고 있는데."

"네? 그게 뭔 소리에요. 엄마 저라고요, 배우 하지석."

"오메, 야야, 아가. 와서 전화 좀 받아봐라. 완전 사기꾼이구만."

수화기 너머 여자의 목소리가 누군가를 찾는지 점점 목소리가 커졌다. 그리고 다시 한 남자의 목소리가 들렸다.

"여보세요?"

"여보세요?"

수인은 남자의 목소리를 듣자 소름이 끼쳤다. 자신의 목소리와 똑같은 목소리였다. 꼭 예전에 듣던 진짜 지석이의 목소리 같았다.

"누구시죠?"

"저 배우 하지석입니다만… 저희 어머니와 통화 좀 하려고 합니다."

"이게 지금 어디서 사기를 쳐. 야, 임마. 너 젊은 놈이 왜 그렇게 살어! 시골 노인네들 등쳐먹는 보이스피싱이나 하고. 이런 개새끼."

남자가 욕을 실컷 퍼붓고는 전화를 끊으려 했다. 수인은 간신히 입을 열고 붙잡았다.

"잠깐만, 잠깐만! 실례지만 그럼 그쪽은 누구시죠?"

"나?"

남자가 기가 찬 듯 웃었다.

"내가 하지석이다, 임마. 왕년에 영화배우 하지석."

수인은 머릿속이 터져 나갈 것만 같았다. 남자의 말을 그냥 웃어 넘길 수 없었던 것은 정말 지석이의 목소리와 말투, 억양이 그냥 닮았다고 하기에는 모든 것이 똑같았다. 수인은 호흡을 가다듬고 맨 정신을 유지하기 위해 노력했다.

"그러니까 당신이 하지석이란 소리죠?"

"수많은 드라마, 영화, CF로 이름 날렸던 하지석 몰라?"

"근데 지금 어디 있죠?"

"여기 전라도 장흥인데. 내 고향 와서 술장사 하고 있지."

"왜죠?"

"뭘 왜긴 왜야! 망했으니 내려와서 살지. 얼굴 알려진 마당에 서울에서 할 것도 없고."

"저기, 예전 매니저 했던 하수인이라고 아시죠?"

"아, 수인이…."

남자가 갑자기 말을 멈췄다가 혀를 차면서 다시 이었다.

"수인이 그놈은 예전 교통사고로 뒈졌어. 안됐지. 꿈 한 번 펼쳐 보지도 못하고 젊은 나이에, 쯧쯧."

"그다음은요?"

"수인이 떠나고 나도 혼자만 살아남은 죄가 있었는지 하는 일마다 잘 안 풀리더라고. 게다가 이상한 성추행 파문으로 쫄딱 망하고 그때 이후로 연예계는 발 끊었지."

남자의 대답을 들은 수인은 어쩔 수 없이 인정해야 한다는 걸 알았다. 말도 안 되는 일이지만 남자가 지석이라는 이상한 확신이 들었다.

"지석아, 나 수인이야. 너랑 동명이인이자 대학동기였고 네 매니저였던 수인이."

남자가 큭큭, 웃음을 토해냈다.

"이제 우리 어머니가 안 속으니까 나한테도 사기를 치네. 너 지금 시대가 2020년이 넘어가는 판국에 아직도 보이스피싱 하냐. 10년 전에 유행하던 걸 하고 앉아 있네."

"지금 뭐라고 했죠? 2020년?"

"2023년이다. 됐냐?"

현재는 2018년. 2023년이면 정확히 5년 뒤다. 5년 뒤 미래에 지석이가 살아있다니, 말도 안 되는 일이었다.

"그날 사고현장에서 어떻게 된지 기억나?"

"이 사기꾼 새끼, 입 안 다물어? 신고하기 전에 어서 끊어."

지석이 전화를 끊으려 하자 수인이 다급하게 외쳤다.

"강원도 설악산 한계령 구간. 새벽 2시 15분. 정체불명의 무언가로 인해 차량 전복사고. 맞지?"

"너 내 뒷조사까지 했냐?"

"웃기지 마. 넌 그날 네 매니저랑 소주 두 병을 마셨고, 그날 유독 죽고 싶다고 엄살을 부렸지. 그날 대리를 부르기도 힘든 상황이었고 네 매니저는 음주운전을 했잖아. 안 그래?"

"뭐? 그걸 네가 어떻게…."

"이제야 믿겠어? 나 그날 있었던 수인이야. 하수인. 네 매니저라고!"

"수인이는 죽었어. 헛소리하지 마!"

"하지석도 죽었어. 그거 알아? 사고 당일 하지석은 그날 현장에서 바로 즉사했다고!"

이제야 하지석도 심상치 않음을 직감했는지 천천히 말을 이었다.

"내가 죽어? 너 지금 그걸 말이라고 해?"

"그날 사고로 넌 죽고 난 살아남았어. 아니 정확히 말하자면 그날 네 매니저 하수인은 죽었고, 하지석은 살았지?"

"그게 뭔 소리야? 야, 이 개새끼야. 너 진짜 죽고 싶어!"

"그니까 그게 설명하기 어려운데, 내가 네 몸속에 들어와 있어. 하지석은 살았지만 네 몸속에 있는 건 나 하수인이라고!"

지석은 수인의 말이 우스운지 크게 웃었다.

"그러니까 지금 내 몸을 네가 빌려 쓰고 있다는 거야? 거긴 지금 2018년이고? 야, 너 거짓말도 그럴싸해야 사람이 믿을 거 같지 않냐?"

"그래, 믿기 어렵겠지만 사실이야. 나 역시도 지금 너랑 통화하고 있다는 게 안 믿겨지니까."

"와, 사이코도 이런 사이코는 내가 첨 봤다. 진짜 잠시나마 혹한 내가 한심하네."

"넌 아우라엑터스 장대표의 내연남이었고 스폰을 받고 있었어, 그치? 그래서 그 회사로 옮겼던 거였고."

"그걸 네가 어떻게…. 너 진짜 정체가 뭐야?"

이제야 지석의 목소리 끝이 떨렸다. 부정하지 않는 것을 보니 수인은 서둘러 다음 이야기를 꺼냈다.

"지석아, 아무튼 자초지종은 나중에 얘기하고 당장 날 좀 도와줘야겠어. 혹시 아까 말한 성추행 사건이 신소희라는 여자 때문이야?"

"신소희? 그래 맞아. 그때 난리도 아니었지. 걔 때문에."

"둘 사이가 어떤 관계였어?"

"사이는 뭔 사이? 아무 사이도 아니었어. 사실은 신소희 오빠가 알아주던 사채업자야. 내가 예전에 급전이 필요해서 돈을 빌렸는데, 사채이자가 말도 못할 정도로 붙더라고. 그래서 돈 없다고 배째라 하니 그냥 무지막지하게 괴롭히더라고."

"그래서? 그래서 어떻게 됐는데?"

"그래서 그 오빠라는 인간이랑 술 한잔 마셨는데, 무슨 약이라도 탔는지 그냥 골아 떨어졌어. 그렇게 깨어나 보니 호텔에 벗겨진 채 누워 있었고 그 사진으로 날 협박한 거지. 자기 동생이 연예인 지망생이라고."

"근데 너 왜 그동안 나한테 얘기 안 했어?"

"염병, 매니저한테 내 사생활을 어떻게 다 얘기하냐. 쪽팔리게…. 매니저? 참 너 진짜 누구야? 빨리 말 안 해?"

"그건 나중에 설명할게. 조금만 기다려줘. 근데 왜 결국 사건이 터졌지?"

"너 까마귀 이자라고 아냐. 하루에 3할씩 붙는 이자야. 그거 감당 못해."

"다 못 갚은 거야?"

"어, 그 대신 신소희를 여기저기 출연시켜주면서 그놈들한테 계속 이용당했지."

"그럼 어떻게 해야 돼? 다시 돌아온다면 어떻게 하고 싶어?"

"어차피 다 지난 일이야. 옛날 얘기하고 싶지 않다."

수인은 다시 한 번 다급한 목소리로 말했다.

"이 등신아, 지금 내가 하지석이라고. 그놈들 때문에 네가 당하고 있다고. 하지석이!"

"난 그런 건 모르겠고. 일단 그냥 속는 셈치고 알려주자면 그냥 다 말해. 나처럼 연예인이라고 감추려고 하다가는 계속 언론에 끌려 다니니까. 그냥 다 말하고 네 억울함을 호소해."

"정말이야? 그거면 돼?"

"잠깐··· 그게 뭐더라, 예전에 핫 했던 매체였는데."

"열애터치?"

"그래, 열애터치. 개네들을 네가 먼저 매수해. 어차피 네가 손 안 쓰면 신소희 쪽에서 먼저 언플과 거짓말로 하지석을 매장시키려 하니까."

"고, 고마워. 그리고 그 사진 말고는 또 다른 증거는 없는 거지?"

"없어. 그건 내가 장담하지."

"고마워, 지석아."

"내가 정신병자한테 속아서 뭔 짓거리 하는지 모르겠다만···. 한 가지 기억해둬. 만약···."

그때였다. 테라스에 있는 문이 열리더니 성일이가 황급히 뛰어 들어왔다.

"이사님, 한참 찾았어요. 빨리 가셔야 됩니다. 시간 지났는데 기자들이 왜 안 나오냐고 아우성입니다!"

수인은 내려놨던 핸드폰을 다시 들었다.

"지석아, 암튼 고마워. 일단 네 말대로 기자회견하고 다시 전화할게."

"기, 기자회견? 정말 네가 나라는 거야?"

"그래, 임마. 이따 다시 얘기하자."

수인은 늦어질수록 기자들이 하지석 쪽에서 꼼수를 쓰는 줄 오해할 수 있기에 서둘러 전화를 끊고 기자회견장으로 내려갔다. 지석이 말대로 하지석은 단순 협박에 시달리고 있는 유명 연예인 일뿐이다. 괜히 이미지 타격을 걱정해 숨길 필요는 없었다. 수인은 이제야 어깨를 펴고 당당히 걸었다. 수인은 성일에게 물었다.

"손수건 있니?"

"네, 여기요. 괜찮으시죠?"

"물론이지."

어느새 이마에 맺힌 땀방울을 닦고 수인은 무거운 표정을 지은 채 단상 위로 올라갔다. 수인이 등장하자 일제히 카메라 셔터 터지는 소리가 요란하게 들렸고 기자들의 손이 바빠지기 시작했다. 수인은 연예인답게 여유 있는 표정으로 무대 정 중앙에 준비 된 자리에 앉았다. 수인은 기자들의 카메라 소리가 수그러들자 조심스럽게 입을 떼었다.

"우선 경찰조사는커녕 아무런 진위도 밝혀지지 않은 사진 한 장으로 언론의 뭇매를 맞고 있는 저 하지석의 입장을 발표하기에 이 자리를 마련하게 됐습니다."

"신소희 씨와는 어떤 관계인가요? 해명해주시죠."

수인의 말을 들을 필요도 없다는 듯이 한 여기자가 성급하게 질문을 했다. 수인은 침착하게 대답했다.

"다시 한 번 말씀 드리지만 오늘 이 자리는 해명이 아니라 제 입장을 말씀 드리는 자리입니다. 우선 2년 전 개인적으로 필요한 돈이 있어서 2억 원 가량의 불법사채를 이용한 사실이 있습니다. 그 후, 나날이 커지는 이자의 압박을 이기지 못하였고 사채 이력이 알려지면 활동에 지장이 있을까 봐 개인파산 신청도 못하고, 사채업자에게 끌려다는 상황이 되었습니다. 신소희 씨는 그 사채업자의 여동생이었습니다."

수인의 충격 발표가 계속되자 기자들이 더욱 더 집중하기 시작했다. 수인은 앞에 놓인 물 한 잔을 마시고 이야기를 계속해 나갔다.

"그들은 어느 날 저를 불러내 수면제를 탄 술을 마시게 했으며 자고 일어나 보니 사진 속 호텔에 알몸인 상태로 정신이 들었습니다. 그들은 사진으로 저를 압박했고, 채무 능력이 없는 저를 이용해 신소희 씨의 출연을 요구했습니다. 그 후 저는 신소희 씨에 대한 출연 로비를 관계자들에게 해야 했고 사채업자에게는 일정 부분의 금액을 매달 건넸습니다. 하지만 최근 교통사고 이후로 회사 설립과 자본 부족으로 더 이상의 자금이 조달되지 않자 그들은 정체를 숨긴 채 이렇게 다시 저를 곤경에 빠트리게 만들었습니다. 저는 신소희 씨와 알지도 못하는 사이이며, 그들이 저를 고소하지 못하는 데는 충분한 이유가 있다고 생각합니다."

수인의 단호한 말투로 마지막 이야기를 이어나갔다.

"다만 여러모로 사회의 물의를 일으킨 점, 또한 항상 저를 응원하고 사랑해주시는 팬들에게 죄송스런 마음을 숨길 수 없는 것은 사실입니다. 저 또한 그 책임을 묻고 당분간 모든 활동을 하차하고 자숙하는 시간을 갖도록 하겠습니다."

수인이 취재진을 향해 정중히 인사를 하고 단상을 내려가려 하자 기자들의 질문이 빗발처럼 쏟아졌다.

"앞으로 활동계획이 없다면 잠정 은퇴인가요?"

"그 배후 세력을 찾아내서 형사 처벌하실 계획은 없나요?"

"최근 개봉한 영화 흥행에는 큰 타격일 것 같은데 괜찮은가요?"

기자들의 질문에 수인은 마지막으로 정면을 바라봤다. 홀 안의 조명과 카메라에 모든 플래시가 수인을 향하고 있었다. 수인은 정면을 응시한 채 진심을 담아 얘기했다.

"모든 진실이 밝혀질 것이라 믿으며 이 방법만이 제 팬들에게 사죄할 수 있는 길이라 생각합니다."

수인은 마지막 말을 마친 채 무대 위를 내려왔다.

늦은 오후, 성일은 극장으로 향하는 자동차 액셀을 힘껏 밟으며 말했다.

"이사님, 오늘 무대인사 강남, 수원, 용인, 아직도 세 군데나 남았습니다. 괜찮으시겠어요?"

"당연하지. 더 다녀야 하는데…."

"아니에요, 이러다 지수랑 이사님 둘 다 쓰러질까 봐 걱정이라고요."

수인은 지수를 힐끔 쳐다보았다. 지수는 벌써 피곤했는지 차에서 깊이 곯아떨어졌다. 수인은 관객들의 싸늘한 반응을 되돌리기 위해 최선을 다했다. 광고나 방송 모든 활동은 포기할 순 있어도 영화만은 포기할 수 없었다.

지금 현재 수인이 할 수 있는 일은 극장마다 관객들을 직접 찾아다니면서 인사를 하는 일이라 생각했다. 하지만 이러한 행동들도 호

불호가 갈렸는지 일각에서는 이미 사생활이 더러운 배우의 영화를 봐야겠냐는 의견과 오히려 하지석이 기자회견 때 말한 얘기들이 사실이라 믿고 응원해준 팬도 있었다. 어찌됐건 수인은 현재 자신의 위치에서 할 수 있는 최선을 다했다.

"오늘 영진위 홈피 가봤어?"

"네, 어제까지 관객 수 37만 명입니다."

손익분기점인 200만 명에 미치기에는 아직도 한참은 모자란 수치다.

"이제 그만해도 되지 않을까요?"

"뭘?"

"무대인사요. 다들 구질구질하다고 난리던데. 생각보다 반응도 안 좋더라고요."

"필요 없어. 그까짓 인터넷에서 떠드는 소리. 우리는 정말 극장에 관람하러 오신 분들에게 감사인사를 드리는 거야."

성일이 침울한 표정을 지으며 마지못해 대답했다.

"네, 근데… 오늘 주말인데 관객 좀 있어야 할 텐데…."

성일의 한숨에 수인의 기분도 착잡했다. 아직까지 아무것도 밝혀진 것은 없다. 정말 지석의 말이 사실이라 해도 마땅한 증거가 있어야 했다. 하지만 그 증거라는 것도 있을지 미지수였다.

"도착했습니다."

성일은 지수를 깨우고 서둘러 극장 안으로 안내했다. 극장 안에는 절반이 넘은 빈 좌석이 보였다. 대략 60명 정도의 관객이 찾은 것 같다.

극장 관계자의 설명이 끝나고 수인과 지수는 무대 안으로 들어갔다. 예전과 달리 하지석을 향한 환호성 같은 것은 없었다. 조용한 박수와 무관심한 시선이 수인에게 향했다. 그저 형식적인 무대인사가 진행됐고 수인은 인사를 하기 위해 마이크를 건네받았다.

"안녕하세요, 하지석입니다."

수인이 인사를 했지만 역시 별다른 반응은 없다. 수인은 주눅 들지 않고 정중하게 머리를 숙여 인사한 다음 말을 이었다.

"우선 영화 관람 전에 저에 대한 논란이 있어 먼저 죄송하다는 말씀 드립니다. 저에게 일어난 일련의 사건들은 생각하지 않은 채 재미있는 영화 관람이 되었으면 합니다. 저 외에 많은 스텝들과 배우들의 노력이 들어가 있는 작품입니다. 그럼 부디 행복한 시간이 되길 바랍니다."

수인의 진심 어린 말에 몇 명의 관객들이 어색한 박수를 쳐주었다. 수인은 그제야 미소를 보이며 지수에게 마이크를 넘겼다. 지수는 관객들을 향해 여배우다운 미소를 지었다. 수인과 달리 지수의 환한 미소가 썰렁한 극장 안을 메웠다.

"안녕하세요. 신인배우 이지수입니다."

지수 차례가 오자 관객들이 조금씩 웅성웅성 대기 시작했다. 확실히 수인과 대조적이었다.

지금 상황에서 일주일도 못 버틸 영화가 그래도 연명하고 있는 것은 지수의 공이 컸다. 지수의 연기는 꽤나 많은 주목을 받았다. 평론가들은 다 하나같이 천재적인 재능의 연기자라고 극찬했고, 영화 관련 사이트에서도 관람객들의 입소문이 끊이지 않았다.

"오늘 이렇게 많은 분들이 와주셔서 정말 너무 감사합니다. 저희 영화 조금만 더 보시면 50만 관객 돌파래요. 신인배우로서 아직도 실감이 안 납니다. 그 많은 분들이 극장 와서 제 영화를 보셨다니…. 하루에 극장 열 개 넘게 돌아다니면서 인사드리지만 하나도 힘들지 않고 행복합니다. 꼭 50만 돌파했으면 좋겠습니다. 재밌게 보시고 많이 입소문 내주세요."

참으로 천진난만한 인사였다. 지수의 순수함이 귀여웠는지 관객석 여기저기서 드디어 웃음이 터져 나왔다. 지수의 팬으로 보이는 험상궂게 생긴 한 남자가 지수에게 소리쳤다.

"혹시 50만 넘으면 공약 있나요?"

"공, 공약이요?"

지수가 당황한 표정으로 남자를 쳐다봤다.

지수는 어디서 그런 재치가 생겼는지 능글맞게 남자 관객을 바라보며 대답했다.

"50만 넘으면 지금 말씀하신 분과 영화제 드레스를 입고 짜장면을 먹겠습니다."

관객들의 웃음이 곳곳에서 터져 나왔다. 지수는 거기에 한마디 덧붙였다.

"그 대신 오빠도 턱시도 입고 나오셔야 합니다."

한 번 더 큰 웃음이 터졌고 관객이 얼마 안 되는데도 분위기가 화기애애해졌다. 수인도 지수의 멘트에 놀라 힐끔 돌아보다 눈이 마주쳤다. 지수는 수인에게 윙크를 해보였다. 그리고는 수인에게 조용히 속삭였다.

"이사님 인기가 예전 같지 않으니 저라도 열일해야죠?"

수인은 그런 지수를 보고 웃으며 대답했다.

"그래, 고맙다."

밤 11시, 심야영화 무대인사까지 마친 세 사람은 그제야 늦은 저녁식사를 하러 김치찌개 집으로 들어갔다.

"김치찌개 3인분이요."

수인이 주문하자 성일이 곧바로 덧붙였다.

"이모, 돼지고기도 추가하고 계란말이도 주세요. 콜라 두 병 하고요."

수인은 못마땅한 표정으로 한소리 했다.

"야, 지금 회사가 망할지 모르는 판국에 그게 다 입으로 들어가?"

"설마 천하의 하지석이 지금 계란말이 때문에 저한테 화내시는 거 맞죠?"

"나 때는 임마, 매니저는 맨날 컵라면에 김밥 먹고 일했어."

"맨날 옛날, 옛날. 누가 보면 매니저라도 하신 줄 아시겠어요?"

고된 일정 때문인지 성일의 입이 삐죽 나왔다. 성일은 수인에게 섭섭한 마음이 들었는지 시선을 TV로 돌렸다.

"어? 대박! 이사님, 저거 지수 얘기 아니에요?"

마침 종편 채널의 연예프로그램에서 오늘 지수가 내세운 공약이 뉴스거리로 올라가고 있었다. 연예부 기자들과 패널들이 지수에 대한 이야기를 늘어놓았다. 열심히 젓가락을 세팅하던 지수도 눈이 휘둥그레졌다.

"오늘 영화 '위험한 관계' 배우들이 재밌는 공약을 내세웠다고요?"

"네, 오늘 신인배우 이지수 씨가 극장을 찾은 한 남자와 50만이 넘으면 드레스를 입고 함께 짜장면을 먹는다고 해서 화제입니다."

"드레스 입은 여배우와 식사라뇨? 그 남자분은 횡재하셨네요."

"네, 안 그래도 이 일 때문에 각종 SNS에서 난리도 아닌데요. 전생에 나라를 구했다, 역시 인생은 요행이다, 등 재미있는 댓글들이 많이 생산되고 있습니다."

"영화 성적은 저조한 반면 이지수 씨의 연기는 갈수록 주목을 받고 있죠?"

"네, 엄청난 경쟁률을 뚫고 캐스팅 된 배우답게 연기력으로 상당한 주목을 받고 있습니다. 영화를 본 평론가, 관객들 역시 호평 일색이고요. 벌써부터 올해 신인여우상이 유력하다는 의견도 돌고 있습니다."

수인은 서둘러 지수에게 말했다.

"지수야, 너 빨리 SNS 확인해봐."

지수의 큰 눈망울이 황급히 핸드폰으로 향했다. 이내 지수의 표정이 점점 밝아졌다.

"세상에, 이사님. 아까 저희 무대인사 누가 동영상으로 찍어서 올렸나 봐요. 그게 엄청 돌아 다녀요."

지수 말대로 동영상은 메인 화면에서 실시간으로 뜨거운 인기를 뽐내고 있었다. 적은 관객에도 불구하고 화기애애한 극장 안 분위기가 동영상 안에 잘 담겨 있었다. 동영상 밑 댓글은 영화를 응원하는 멘트들로 가득했다.

'이지수. 누가 무대인사 스케줄 공유 좀.'

'바로 예매. 이지수 입덕했다.'

'뭐랄까. 하지석 뭔가 진짜 같지 않음? 켕기는 게 있으면 진짜 저렇게 다닐까?'

'난 200만 공약 노린다. 다들 예매해라.'

'100만 때는 지석 오빠도 여성관객이랑 식사하나요?'

지석은 다행인 듯 그제야 안도의 한숨을 쉬었다. 그런 지석의 한숨 뒤로 찰칵 소리가 들렸다.

지수는 갑자기 맛있게 끓고 있던 김치찌개 사진을 찍었다.

"넌 이런 순간에도 사진 찍냐?"

"잠자코 있어 봐요. 우리 100만도 넘을 수 있으니까요."

"뭐?"

지수가 수인의 말을 무시한 채 핸드폰을 열심히 만지더니 액정화면을 수인에게 보였다.

"봐요!"

"뭐야, 이게?"

수인은 미간을 좁히며 핸드폰을 들여다보았다. 화면에는 방금 찍은 아름다운 김치찌개 사진과 지수가 쓴 글이 있었다.

"100만 공약. 100만 달성 시 하지석 배우가 10명의 여성 관객들과 김치찌개 식사."

"뭐야, 이거? 진짜 실화야?"

"네, 근데 우리 영화 제목 바꿔야 되는 거 아니에요? 위험한 공약으로? 호호호."

평소와 다른 지수의 웃음소리에 덩달아 지석과 성일도 크게 웃었다. 그런 지수의 미소가 수인의 눈에는 어느 때보다도 예뻐 보였다.

3주 후, TVC 방송국이 오랜만에 떠들썩했다. 아직 정식 복귀를 하지 않은 하지석을 보자 직원들이 술렁였다. 수인은 이제 그런 시선을 즐기면서 문피디의 방으로 들어갔다.

수인을 보자 문피디는 통화하던 전화를 끊고 수인을 반겼다.

"야, 지석아. 스페셜 방송 벌써 3주째야. 더 이상 틀 것도 없다. 그만 복귀하자, 응?"

"조만간 정리되면 바로 말씀 드릴게요. 믿고 기다려주셔서 제가 면목이 없습니다."

수인은 이제 문피디를 만나고 다시 방송 복귀를 할 생각을 하니 자신도 모르게 설렜다. 이제야 길고 긴 술래가 끝나는 기분이었다.

수인은 지수의 동영상 이후로도 꾸준히 무대인사를 다녔다. 관객이 없는데도 직접 찾아가며 인사를 했던 수인의 모습에 감동을 받았는지 한 커뮤니티에서 예전 조폭을 했던 한 남자가 결정적인 글을 남기면서 수인은 반전의 기회를 맞았다.

남자는 지금은 은퇴를 했지만 예전 그 사채업자 조직원의 한 명으로서, 수인이 말한 모든 일들이 사실이라고 글을 올렸다. 기자 인터뷰까지 나오자 수인이 기자회견 때 했던 말들은 대중들에게 신빙성을 주었다. 모든 것이 정말 지석의 말 대로였다.

여론은 순식간에 솔직하게 고백한 수인 쪽으로 돌아섰다. 게다가 장실장이 매수했던 열애패치는 편파적인 왜곡과 분란조장을 했다는 사실이 밝혀지면서 모든 기사에 진실성은 사라졌다. 서대표는 그 틈을 타 신뢰도가 바닥을 친 열애터치에 명예회복의 기회를 준다는 명목 하에 손을 썼고 그날 진실에 관한 기사들이 속속들이 터져 나왔다.

문피디는 반가운 표정으로 수인에게 말했다.

"그나저나 너 술 한잔 사야 되는 거 아냐? 벌써 500만 넘었지?"

"아뇨, 아직. 이번 주에 넘길 것 같아요."

"이야! 500만이라니. 이번 500만 공약은 뭐야?"

"하하, 갑자기 안성진 선생님도 동참하신다 해서 관객 중 두 분이 안 선생님 집에서 식사해요."

"참나. 그 영화가 500만이 넘을 줄 누가 알았겠어. 지수 씨가 복덩이네. 복덩이."

영화 '위험한 관계'는 처음에 개봉관이 급속도로 줄어드는 등 위기를 맛보았지만 지수의 동영상과 공약 이벤트로 주목을 받으며 서서히 점유율이 올라갔다. 게다가 작품성까지 입소문이 퍼지면서 500만 관객 달성을 목전에 두고 있었다. 이미 손익분기점을 한참 넘은 놀라운 성과였다. 제작까지 한 수인으로서는 크나큰 수익을 가져갈 수 있었다.

또한 좋은 연기를 펼친 지수의 팬덤이 조금씩 커지면서 이 영화의 가장 큰 수혜자는 지수가 되었다.

"참, 근데 그거 말이야…."

서글서글하게 웃으며 말하는 문피디의 표정이 갑자기 조금 이상해졌다.

"신소희 그 사건 배후가 예전 CN 장실장이라면서?"

수인의 표정이 굳어졌다.

"감독님이 그걸 어떻게 알아요?"

"이 연예계가 얼마나 좁냐. 내가 섭외 때문에 아이돌 매니저 많이 만나잖아. 근데 그 여자애들한테 몹쓸 짓 많이 했더만. 아직도 그런 새끼가 있다니."

"소문 많이 퍼졌어요?"

"아냐, 아직 기자들한테까지 안 퍼졌고 그냥 소식통 좋은 사람들만 아는 정도야."

"아직까지는 조심해주세요."

"그래, 걱정 말고. 그나저나 연희 씨가 네 걱정 많이 하더라."

"연희 씨가요?"

"방송 걱정인지 네 걱정인지 잘 모르겠다만 계속 안부 묻더라고."

수인은 자신 때문에 피해를 입은 오연희를 생각하니 괜스레 미안해졌다.

"복귀하면 식사라도 대접해야겠어요."

"그건 그렇게 하고. 아무튼 오늘 촬영 날짜 잡으려고 부른 거야. 이제 더 이상 미룰 수 없어."

문피디가 손에 들린 종이컵을 구기며 무심히 쓰레기통에 던졌다. 이제 더 이상 도망 갈 수 없다는 뜻의 행동이었다.

"우린 일단 다음 주 화요일 생각하고 있어. 어때?"

수인이 선불리 대답을 못 하자 문피디는 인상을 쓰며 눈썹을 꿈틀거렸다.

"감독님, 조금만 더 기다려줄 순 없어요?"

문피디는 어깨를 한 번 들썩인 다음 고개를 설레설레 흔들었다.

"안 돼. 더 이상은 힘들어. 이제 이 정도면 끝난 거 아냐? 너 복귀해도 손가락질할 사람 없다고."

수인은 장실장 문제를 깔끔하게 해결하지 못한 채 복귀하는 것이 아직까지 꺼림칙했다. 하지만 문피디 말대로 이대로 시간을 더 보냈다가는 모든 사람들에게 피해를 주게 된다. 그런 수인의 생각을 읽었는지 문피디가 다시 입을 열었다.

"정 네가 안 되겠다고 하면 우리 쪽에서 생각한 방법은 있어"

"무슨 방법요?"

문피디는 못마땅한 표정으로 말했다.

"솔직하게 절대 원하는 방법은 아냐. 근데 어쩔 수 없다면 너와 연희 씨 커플 말고 다른 커플을 투입시키는 거지."

"다른 커플이요?"

"스페셜 커플. 요즘 핫한 연예인 특집으로 한 3, 4주 때리는 거지. 네가 선택해."

문피디는 절대 원하지 않는다는 표정으로 수인을 쳐다봤다. 수인은 난감한 표정으로 물었다.

"땜빵 출연할 출연자는 있을까요?"

"당연히 없지. 소위 말해 B급 연예인 말고 누가 너 땜빵 뛰겠냐? 신인이면 모를까."

문피디의 단호한 말에 수인은 절로 한숨이 나왔다.

"그래서 안 된다는 거야! 그러니까 잔말 말고 복귀해. 우리도 최대한 조심스럽게 편집해서 내보낼 거니까."

수인도 더 이상 고집을 피울 수 없었는지 고개를 끄덕였다.

"알겠어요. 다들 피해를 줄 수 없으니까…."

문피디가 그제야 작게 한숨을 내쉬며 다시 입을 열었다.

"그래, 고맙다. 걱정하지 마. 연예계는 다 시간이 약이다. 알잖아?"

문피디는 수인의 마음이 변하기 전에 서둘러 자리를 정리했다. 테이블을 치우다 스포츠 신문에 난 신소희, 하지석 기사를 발견하고 민망한 표정으로 한마디 덧붙였다.

"에이, 그러니까 왜 이런 족속들한테 걸려 가지고…."

수인은 갑자기 신문에 실린 신소희의 얼굴을 보자 불현듯 한 가지 생각이 스쳐 지나갔다.

"감독님, 만약 스페셜 커플 한다면 정해진 출연자 없다고 했죠?"

"없다고 했잖아."

수인은 테이블을 정리하던 문피디의 손을 서둘러 잡았다.

"형, 저 한 번만 도와줘요!"

문피디가 놀란 표정으로 수인을 봤다. 수인은 문피디의 손을 놓지 않은 채 얘기했다.

"그 출연자 신소희 씨로 해줘요."

"뭐? 그게 무슨 말이야?"

"아까 말한 장실장… 형이 도와줬으면 해요."

"그 양아치 새끼를 내가 도와주라고?"

"아니, 그게 아니라…."

수인은 침착하게 그동안 있었던 일들을 얘기했다. 문피디는 수인의 긴 얘기를 정말 친 형처럼 끝까지 들어주었다. 그리고는 한동안 생각에 잠긴 채 쉽게 말을 꺼내지 않았다. 수인은 차분히 문피디의 의견을 기다렸다.

"그러니까 증거를 잡아서 그 새끼 처넣자는 거지?"

"네, 확실한 물증이 필요해요. 그 사람이 그동안 한 짓이랑 이번 신소희 사건까지. 구속까지 생각하고 있습니다."

"근데 선불리 미끼를 물까?"

"충분해요. 내 공백이 있는 프로그램으로 신소희가 들어간다면 자신들의 떳떳함을 입증하는 길이니까요. 순식간에 논란은 종결되겠죠."

"자신들은 떳떳하다? 하지석과 달리?"

"네, 분명해요. 장실장은 그 기회를 삼아 신소희를 띄우려 하겠죠."

"네 뜻은 알겠어. 작가들하고 상의 좀 해보고 다시 말해줄게."

문피디가 생각보다 탐탁지 않은 표정으로 대답했다. 연출자한테 자신의 작품을 담보로 이런 짓을 하는 것은 당연히 실례였다. 하지만 수인은 확신했다. 문피디의 인품을 가진 사람이라면 충분히 도움을 주리라 신뢰했고, 그 정도 레벨의 피디라면 장실장도 한 치의 의심도 하지 않을 게 분명했다.

다음 날 오후, 기다렸던 문피디에게 연락이 왔다. 문피디는 예상대로 장실장이 출연제의를 반가워하며 미팅을 잡았다고 전했다.

"이따 여섯시. 여의도 한정식 집 '해담'이야."

"네, 감사합니다."

"넌 아무것도 준비하지 마"

문피디가 사뭇 의미심장한 목소리로 전화를 끊었다.

수인은 대답도 하지 못한 채 내려놓은 핸드폰을 물끄러미 바라봤다. 수인은 어서 빨리 이 일을 정리하고 진짜 해결해야 할 일을 알고 있었다. 기자회견 날, 통화를 했던 지석이를 찾는 것. 그날 이후로 매일같이 전화 연결을 해봤지만 더 이상의 통화는 되지 않았다.

정말로 5년 뒤의 하지석이 있다면 그리고 미래에 하수인도 죽은 거라면 수인에게는 이제 앞으로 5년밖에 시간이 남지 않은 게 아닐까 하는 불안한 생각도 들었다.

수인은 애써 불안한 생각을 떨쳐버리고 자리에서 일어나 미리 여의도로 향했다.

"왔어?"

수인이 식당에 도착하자 문피디가 역시나 사람 좋은 얼굴로 맞이했다. 식당에는 이작가도 도착해 있었고, 문피디는 룸 천장 구석에

다 카메라를 달고 있었다.

"뭐하시는 거예요?"

"뭐하긴, 우리 지금 지석 씨 도와주려고 최선을 다하고 있는 건데."

이작가가 웃으며 대답했다. 문피디가 이 작가를 거들었다.

"이작가님한테 고맙다고 해. 나 사실 이작가가 허락 안 했으면 도와줄 생각 없었어."

"네…. 아예 녹화를 해버리시는 거예요?"

이작가가 미소를 지으며 고개를 끄덕였다.

"지석 씨, 나 그 인간 잘 알아. 내가 아이돌 프로 얼마나 많이 했는데 그 인간 모르겠어. 설마설마 했는데, 감독님한테 얘기 듣고 깜짝 놀랐어."

수인은 이작가의 팔을 붙잡고 인사했다.

"감사합니다, 작가님. 이렇게까지 도와주시다니…."

"맨입으로?"

이작가가 눈을 새치름하게 뜨고 고개를 살짝 돌렸다. 수인은 머쓱한 웃음을 지었다.

"제가 꼭 신세는 갚겠습니다."

"지석씨 때문에 이러는 거 아니야. 그런 인간 이 바닥에서 매장시켜야 되니까."

수인이 고개를 꾸벅 숙여 감사합니다, 하자 이작가가 난색을 표했다.

"무슨 스타가 이렇게 공손히 인사해요? 매니저들도 아니고. 아무튼 보기와 다르다니까."

카메라 설치가 끝나자 문피디는 옆방으로 수인을 안내했다. 그곳에는 방 안의 상황을 볼 수 있는 작은 모니터가 설치돼 있었다.

"어때?"

"와, 진짜 촬영장 같네요."

"마무리는 네가 해."

"네?"

수인은 어리둥절한 표정이었다.

"지켜보다 적당한 때 네가 나와서 정리해. 설마 이 녹화영상 그대로 경찰서 가져다줄 건 아니잖아?"

문피디는 수인에게 적당한 합의점을 권했다. 연예인이 일을 더 키워봤자 좋을 게 없으니 확실한 증거자료를 만들어두려고 하는 것이다. 수인은 대답 대신 천천히 고개를 끄덕였다.

"감독님, 빨리 오세요. 그 사람 다 왔나 봐요."

이작가가 문피디를 다급하게 불렀다. 문피디는 고개를 살짝 끄덕이며 방문을 닫고 나갔다.

곧 장실장이 왔는지 식당 안에 그의 목소리가 쩌렁쩌렁 울렸다. 곧 자신에게 벌어질 일도 모른 채 한껏 들떠 보였다.

"아, 문피디님. 만나 뵙게 돼서 영광입니다. 장경식입니다."

장실장은 문피디와는 정중하게 인사를 나누었지만, 이작가에게는 호들갑을 떨었다.

"와, 우리 유정이. 오랜만이야. 아, 이제 이작가님이라 해야 되지? 이제 여의도를 주름잡는 작가님인데. 내가 워낙 어렸을 때부터 봐가지고 말이야, 하하하."

이작가는 얼굴이 화끈 달아오르는 것을 느꼈지만 당황하지 않고 꿋꿋하게 말을 이었다.

"어머, 실장님도 이제 대표님 되셨다면서요. 축하드려요."

"대표는 무슨. 그냥 이제 연예계에 봉사한다는 마음으로 좋은 신인들 발굴하려고 하는 거지, 뭐."

장실장은 이 바닥에서 쌓아온 특유의 넉살을 뽐내며 유쾌하게 대화를 이어나갔다.

"아니, 그나저나 우리 문피디님 요즘 방송 차질이 많으시겠어요."

문피디는 꽤나 걱정스러운 표정으로 말했다.

"그러게 말입니다. 하지석 씨 반응도 그렇고, 당분간 복귀는 힘들 것 같아요."

"아무래도 그렇죠. 우리 소희도 배려심이 깊은 아이라 조용히 해결되길 바라거든요. 근데 기자회견 때 나와서 그런 거짓 루머나 떠들어대니, 거참."

장실장이 말을 마치고 문피디를 쳐다보았다. 문피디는 간간히 고개만 끄덕였다.

"그래서 우리 입장에서도 조심스럽긴 한데, 제가 문피디님 도와드리고 싶습니다. 소희가 출연하면 아무래도 이슈가 될 것 같은데…. 저희도 뭐 하루 이틀 장사 하는 거 아니지 않습니까? 이렇게 인연을 만들면 다음에 또 좋은 기회로 같이 일할 수도 있는 거고, 하하하."

장실장의 과장된 웃음소리에 이작가가 고개를 들었다.

"장대표님도 소희 씨 인지도 쌓고 상부상조겠네요?"

"그게 그렇게 되나? 우리 유정이가 이제 메인작가 되더니 역시 머리회전이 빠르네? 하하."

식사가 들어오자 장실장은 조심스레 본론을 얘기했다.

"혹시 문피디님, 다음 프로 벌써 구상중인 게 있습니까?"

문피디는 난감한 표정으로 이작가를 바라봤다. 이작가는 주위를 한 번 빠르게 둘러본 뒤 말했다.

"그건 왜요? 이런 질문은 좀 실례인 거 아시잖아요."

"어허, 유정아. 이거 왜 그래. 이래봬도 내가 연예계에서만 짬밥이 30년인데. 좋은 아이템인지 한 번 들어볼 수는 있잖아."

이작가가 그제야 얼굴을 조금 펴며 말했다.

"아직 미정이기 한데, 여행프로그램이 될 것 같아요."

"여행 좋지. 젊은 애들 요즘 해외여행 못 가서 환장하잖아. 그럼 출연진은 아이돌인가?"

"잘 아시네요. 걸그룹 멤버들 한 명씩 뽑아서 청춘물 형식의 여행 이야기예요."

"그거 좋네. 걸그룹. 내가 오늘 잘 나왔구만. 대한민국 최고 걸그룹 제작자 이 장경식이가 느낌이 팍 오는데?"

문피디는 장실장 장단에 맞춰주기 위해 흥미 있다는 표정으로 말했다.

"네, 드라마 '청춘여행'처럼 20대 여성들의 꿈과 현실을 담은 리얼리티 여행 콘셉트고요. 개성 있는 출연진들로 꾸릴 예정입니다."

장실장은 들고 있던 젓가락을 탁 내려놓으면 맞장구를 쳤다.

"되겠네. 되겠어! 느낌이 와. 아이돌 중 조금 캐릭터 있는 애들 데려다가 하면 그냥 대박 나겠어."

"그런가요?"

문피디가 머쓱한 표정으로 호응했다.

"나중에 도움 필요하면 말해요. 아시다시피 내가 아이돌 꽉 잡고 있잖아. 필요하면 내가 아린이라도 데려올 테니까."

"아린 씨 나오면 저희야 완전 땡큐죠."

장실장은 우쭐대며 말했다.

"내가 지금은 CN 나왔어도 아린이는 내 전화 한 통이면 바로 달려옵니다. 지들을 누가 다 데려다 키웠는데."

"하하, 나중에 좋은 친구들 추천 좀 해주시죠."

"걱정 마세요. 문피디님하고 나는 앞으로 쭉 가는 거니까, 하하하."

장실장이 능글맞은 웃음을 보이자 이작가는 깜빡했다는 듯 문피디에게 말했다.

"어머, 감독님. 저 어떡하죠? 출연자 미팅이 있는데 다시 방송국 가봐야 될 것 같아요."

"아, 소희 씨 파트너?"

장실장이 이제 출연이 거의 확정된 듯 보이자 눈을 휘둥그레 떴다.

"그럼 빨리 가봐야지. 괜찮아, 유정아. 내가 문피디님이랑 마저 얘기 나눌게."

이작가가 자리를 뜨자 장실장은 맥주 한 병을 따서 한 모금 길게 들이켜더니 말을 이었다.

"이제야 남자끼리 좀 편하게 얘기하겠군요. 하하, 여자가 한 명 껴 있으면 이거야 영 불편해서…."

장실장이 자세를 고쳐 앉으며 부담스러울 만큼 진지한 표정으로 말했다.

"어쨌든 이번 일은 제가 도와드리겠습니다."

"네?"

뜬금없는 장실장 말에 문피디가 다시 되물었다.

"소희로 바이럴 되면 충분히 그 몫을 했다고 생각합니다. 다만… 제 목적은 다음 프로그램입니다."

"어떤 걸 말씀하시는 거죠?"

"사실 저는 혼자 사업하고 있지 않습니다. 제 뒤로 연예계뿐만 아니라 재계, 정계 많은 분들이 도움을 주고 계시죠. 각 분야의 전문가들과 손잡고 나름 큰 목표로 멤버십 사업을 하고 있는데… 제 생각엔 문피디님도 함께 동참하셨으면 하는 바람이 있습니다."

문피디는 장실장이 흑심을 드러내는 모습을 보이자 천장 구석에 달린 카메라를 힐끔 쳐다봤다. 카메라는 문제없이 잘 작동되고 있는 듯 보였다. 문피디는 슬슬 흥미로운 표정을 보이며 장실장에게 물었다.

"자세히 얘기해보시죠."

"아시다시피 그분들도 평소 연예계에 관심이 많으시고, 뭐 남자다 보니 당연히 흠모하는 연예인이 있을 수도 있고. 그러다 보니 현업 종사자인 우리가 자연스러운 만남을 주선하는… 뭐 그런 사업입니다."

"스폰 제의, 그런 건가요?"

"어허, 선수끼리 왜 그러시나. 스폰이라뇨. 자연스러운 만남을 가지되 의사 선택은 두 사람이 알아서 하는 거죠. 우리는 거기에 대해서는 전혀 간섭하지 않아도 됩니다."

"여자 아이돌 말하는 거죠?"

"아무래도 여자 아이돌을 가장 원하시긴 하죠. 생각보다 수입이 꽤 짭짤한 편이에요. 언제까지 방송사 피디 월급만 가지고 생활하실 순 없지 않습니까? 그래도 자리에 앉아 계실 때 한몫 챙기셔야죠.

요즘 같이 저성장 시대에, 하하하."

문피디는 굉장히 관심 있는 표정으로 말했다.

"금액은 대략 어떻게 되죠?"

"보통 저희끼리는 한 타임이라고 하는데 뭐 두세 시간 됩니다. 밥 먹고 차 마시고 보통 두 시간 정도 걸리죠. 한 타임에 사오백만 원 하는데, 문피디님이 만약 저희 멤버십에 들어오시게 된다면 문피디님도 한 타임 당 백만 원 정도 남겨드리죠."

"백만 원이요?"

"네, 게다가 남녀 만나는게 보통 한 번 만난다고 됩니까? 주기적으로 계속 만나게 되니 애들 좀 쌓이면 피디님 좋은 옷 입고 좋은 거 드시는 데 전혀 부족함 없으실 겁니다."

장실장은 문피디에게 맥주 한 잔을 따라줬다. 문피디는 애써 심각한 표정으로 맥주를 들이켰다. 장실장은 아예 쐐기를 박으려는 눈동자를 빛내며 말했다.

"신소희도 사실 저희 멤버십 아이입니다. 감독님이 이번 출연을 계기로 원하신다면 제가 특정한 사례를 바라지 않고 한 번 자리를 마련하겠습니다."

"뭐, 뭐요?"

"괜찮습니다. 저한테는 솔직해지셔도…."

문피디는 너무도 태연하게 말하는 장실장을 보며 자신도 모르게 마른침을 삼켰다.

그때였다. 순간 노크 소리가 나더니 방문이 드르륵 열렸다.

장실장은 놀란 눈으로 문 쪽을 쳐다보았다.

"하지석! 네가 여긴 어떻게…."

수인은 그대로 달려들어 장실장을 발로 짓밟기 시작했다.

흥분한 나머지 발길질을 멈추지 못했다.

"너 같은 새끼 때문에 그 순진한 애들이 얼마나 상처 받은 줄 알아!"

수인은 혜지 말고도 장실장에게 당했을 친구들을 생각하니 쉽사리 분이 가시지 않았다. 메스꺼운 뭔가가 목구멍으로 넘어오는 걸 느낄 쯤 문피디가 말렸다.

"그만해! 이 인간이 또 공격할 여지를 주지 마."

문피디가 억지로 떼어놓자 수인은 거칠게 숨을 몰아쉬며 조금씩 정신이 돌아왔다. 한참을 얻어맞은 장실장이 그제야 입을 떼었다.

"이 미친놈! 내가 너 진짜 콩밥 먹인다. 남의 배우 데려다 성폭행에, 이제 회사 대표까지 폭행했어!"

장실장은 마치 오래전부터 이 순간을 기다려온 것처럼 재킷에서 침착하게 핸드폰을 꺼내 들었다.

"끝났어, 넌. 이제 구속이야. 여배우 성폭행이나 한 개새끼가!"

문피디가 112를 누르려던 장실장의 손을 잡았다.

"그만하시죠, 이제. 어차피 잡혀 들어가는 것은 당신일 테니."

"뭐?"

장실장은 뭘 잘못 들었나, 당혹스러운 표정이었다.

"잡혀 들어가? 내가? 문피디님. 지금 방금 상황 보고도 그런 얘기가 나와?"

수인이 장실장의 말을 자르며 소리 질렀다.

"당신 오늘 한 얘기 내가 다 똑똑히 들었어. 멤버십? 그동안 도대체 얼마나 해쳐먹은 거야!"

장실장도 맞받아쳤다.

"뭘 들었는데? 증거 있어? 녹음이라도 했나 보지? 신고해, 이 개새끼야!"

두 사람이 또 몸싸움이 벌이려 하자 문피디가 천장 구석에 달린 카메라를 가리켰다. 장실장이 어안이 벙벙한 얼굴로 물었다.

"뭐야, 저거? 몰카야?"

문피디가 나직한 목소리로 말을 이었다.

"당신 저거 제출하면 성매매처벌법상 성매매알선 등 혐의로 바로 실형이야. 그 정도는 말 안 해도 알겠지."

"니들 내 동의 없이 몰카 찍었어. 그것도 고소하면 어떻게 되는지 몰라서 그래?"

"마음대로 해. 우린 상관없어. 누가 더 손해인지 당신이 더 잘 알 텐데."

장실장이 넋 나간 표정으로 수인을 바라보았다. 이제야 이 모든 상황이 이해가 된 듯 보였다.

"왜 하필 나야! 내가 너한테 무슨 큰 잘못을 했기에!"

장실장이 수인을 향해 고함을 질렀다.

"양심이 있으면 본인에게 직접 물어보시지."

장실장은 태도를 돌변해 갑자기 무릎을 꿇었다. 그리고는 조금의 머뭇거림도 없이 내뱉었다.

"하배우, 내가 잘못했어. 내, 내가 소희한테 사과하라고 할게. 응? 그러니까 이쯤에서 끝내자. 더 이상 네 주변에서 얼씬거리지 않을게. 약속한다."

"신소희가 사과를 해? 당신은 아무 잘못이 없다는 거야?"

장실장은 다시 한 번 머리를 조아리며 말했다.

"알겠어. 무슨 소리 하려는지 알아. 나도 단지 신소희한테 속은 것뿐이야. 억울한 사연이 있다고. 그래 다 알겠어. 내가 죽일 놈이야, 됐지? 이제 그만하자."

"웃기지 마. 우연치 않게 안 사실을 통해 신소희를 협박했겠지. 신소희를 이용해 나한테 합의금을 뜯어내려고 한 거잖아. 안 그래?"

"그만해. 내가 이렇게 사과하잖아."

"더 이상은 안 돼. 당신 구속시킬 거야. 이대로 놔두면 또 하이에나처럼 먹잇감을 찾으러 다니겠지."

"아냐! 약속해! 네가 하라는 대로 할게. 이 바닥 뜰까? 그거면 될까? 아님 돈이라도 줄까? 그러니깐 한번만 용서해줘, 응?"

장실장은 처절하게 울며 매달리고 있었다. 이런 인간도 공포를 느낀다는 사실에 수인은 결국 헛웃음을 터뜨리고 말았다.

"그만하자. 이 영상이 있는 한 이 인간 더 이상 함부로 나대지 못할 거야."

나피디가 수인에게 나지막한 목소리로 현실적인 조언을 했다.

"설마 진심으로 하는 얘기 아니죠?"

"사실이야. 이 일 크게 벌려봤자 네 이미지에도 좋을 것 없고."

수인은 발밑에서 머리를 조아린 장실장을 뒤로 한 채 지그시 눈을 감고 생각했다. 무엇이 자신에게 가장 유리한 선택일지. 더 이상 장실장을 공격하는 건 무의미한 일이었다. 장실장은 이제 모든 걸 잃었다. 그런 그에게서 가져올 수 있는 단 한 가지가 있다는 걸 수인은 깨달았다. 수인은 천천히 입을 떼었다.

"음반제작자. 아니면, 작곡가 소개시켜줄 사람 있어? 알려지지 않은 사람으로."

"그게 무슨 소리야?"

"말한 대로야. 재야에 숨어 있지만 실력 있는 작곡가나 제작자가 필요해. 그 사람이 날 위해서 일을 할 수 있게 해줘. 그게 가능하다면 이 일은 넘어가지."

장실장은 썩은 동아줄이라도 잡아야겠다는 심정이었는지 연신 고개를 끄덕였다.

"있어, 김성수라고, 천재 작곡가. 예전에 CN하고 작업하다가 자기는 메이저 음악과 맞지 않는다면서 떠난 사람이야. 가요계에서 숨겨진 인물이고. 하지만 몇 몇 사람들은 다 알아. 그 사람이 얼마나 재능 있는지."

수인은 멱살을 잡아 장실장을 일으켜 세웠다.

"그 사람을 나에게 데리고 와."

"무, 물어볼게. 자신이 하고 싶은 음악을 할 수 있다고 하면 아마 가능할 거야."

"그리고?"

"그리고라니?"

"하지석 잠자리 파문은 어떻게 해결할 거야?"

"소희보고 기자회견 하라고 할게. 다 네 말이 사실이라고."

"신소희는 아무 잘못이 없는데 왜 그래야 하지?"

"그럼 내가 할까… 아니면…."

수인은 장실장의 말을 자르며 덧붙였다.

"회사 이름으로 공식 사과 올려. 이 모든 사태에 대해 하지석의 말은 사실이었고, 신소희도 억울한 피해자였다고. 그 친오빠에게 모든 책임을 돌려. 그 오빠는 어차피 한국에 있는 것 같지도 않으니까. 어찌됐건 신소희도 피해가 가지 않게 만들어."

장실장은 순순히 고개를 끄덕였다. 수인은 다시 장실장의 멱살을 세게 잡아당겼다.

"그리고 더 이상 이 바닥 얼씬도 하지 마. 알겠어!"

장실장은 차마 수인의 눈을 똑바로 못 보고 고개를 숙인 채 대답했다.

"알겠어…."

수인이 멱살을 놓자 장실장은 도망가듯 식당에서 뛰쳐나갔다. 수인은 장실장이 빠져나간 갈색 미닫이문을 한참 동안 바라봤다.

"작곡가라…."

4
오연희를 품에 안다

수인은 오랜만에 평화로운 시간을 보냈다.

규칙적인 수면과 철저하게 관리된 식단을 유지하면서 복귀에 대한 의욕을 불태웠다.

장실장은 수인이 시킨 모든 걸 했고, 논란은 이제 잠잠해졌다. 오히려 하지석의 이미지는 예전보다 더 좋아졌다. 솔직한 해명과 진실했던 행동 덕분이었다. 그런 인기에 힘입어 영화 '위험한 관계'는 마지막 관객 끌어 모으는 데 성공했고, 역대 멜로영화 2위 성적인 620만 명으로 막을 내렸다.

손익분기점을 넘긴 건 물론이고 60억 제작비에 순 매출 200억을 기록하는 초대박을 터트렸다. 제작비에 무려 3배 이상 벌어들이는 큰 성공이었다. 상영 후에도 언론은 새로운 연기를 선보인 하지석과 영화계의 새로운 스타인 이지수를 향해 호평일색의 기사들을 쏟아냈다.

다만 복귀를 하려는 수인에게 예상치 못한 문제가 한 가지 있었다. 바로 신혼부부 녹화 재개였다. 더 정확히 말하자면 오연희 문제였다.

오연희는 별 문제없이 해결된 하지석 이슈에 대해 민감하게 반응했고, 제작진에게 프로그램 하차를 통보해왔다. 정말 속내를 알 수 없는 여자였다. 이제 다시 녹화재개로 시청자들이 잔뜩 기대를 하고 있는 상황에서 느닷없이 하차라니. 문피디는 그런 오연희를 불러 수인과 함께 미팅을 잡았다.

"연희 씨 보고 놀라지 마."

"네? 왜요?"

"넌 항상 촬영할 때만 봤으니까 그렇지. 카메라 없을 때는 돌변하는 게 오연희야. 원래 싸가지 없기로 유명하거든."

"정말요? 여태 그런 느낌 못 받았는데."

"안녕하세요?"

무려 약속시간에 20분이나 늦었지만 당당한 목소리였다. 오연희는 늘씬한 각선미를 자랑하듯 짧은 미니스커트를 입은 채 나타났다. 자리에 앉자마자 선글라스를 벗더니 다리를 꼰 채 수인을 바라봤다. 짧은 스커트 위로 보이는 그녀의 하얀 속살에 수인은 시선을 어디다 둬야 할지 몰랐다.

"축하드려요, 영화 대박 난 거. 돈 좀 제법 만지시겠어요. 제작까지 직접 하셨으니."

수인은 갑작스럽게 변한 그녀의 태도에 적응되지 않아 괜한 너스레를 떨었다.

"감사합니다. 운이 좋았습니다."

"그 이지수 양도 소속배우잖아요. 제법이시네요."

문피디가 둘의 기 싸움이 재밌다는 듯 헛웃음을 지었다.

"자자, 연희 씨 말대로 지석이 때문에 우리 프로도 이제 탄력 받을 일만 남았어, 하하."

오연희는 고민하는 듯하더니 나지막한 목소리로 대답했다.

"감독님, 말씀 못 들으셨어요? 전 오늘 이 자리 확실히 하려고 나온 건데?"

문피디는 특유의 넉살 좋은 웃음으로 응수했다.

"왜 그래, 연희 씨. 방송 혼자 하는 거 아니잖아. 내 처지도 생각해줘야지."

"전 충분히 기다려준 걸로 아는데요. 멀쩡한 배우가 한 달 동안 기다려줬으면 충분한 거 아닌가요? 이것 때문에 제 스케줄도 다 꼬였다고요."

문피디는 고개를 끄덕여가며 말을 이었다.

"알지, 연희 씨. 여기서 연희 씨 입장 이해 못하는 사람 있나. 다만 사람이 살다보면 변수라는 게 있잖아. 우리가 지석이 상황 이해해줘야지, 안 그래?"

수인은 잠시 숨을 고르고 오연희를 똑바로 바라보고 말했다.

"연희 씨, 죄송합니다. 제가 어떻게 사과를 드려야 할지 모르겠습니다. 다만 저는 연희 씨랑 방송을 계속하고 싶은 마음입니다."

오연희는 대답 대신 수인을 바라봤다.

"꼬일 대로 꼬인 스케줄. 잠자리 파문이 있던 남자배우랑 신혼생활. 나 오연희예요. 이미지가 생명인 여배우한테 이게 상식적으로 용납이 가나요? 이러다 광고라도 끊기면 누가 책임지나요?"

"음…."

문피디는 신음을 내뱉었다. 틀린 말이 없었다.

"어떻게 하면 될까? 연희 씨."

문피디가 결국 백기를 들었다. 이제는 사정하는 수밖에 없다.

"그러길래 사건 터지고 방송 바로 접었어야죠. 질질 끌다가 결국 이렇게 된 거잖아요."

오연희는 의미심장한 표정으로 문피디가 아닌 수인을 쳐다봤다.

"더 하실 말씀 없으세요?"

오연희는 수인을 다그쳤다.

"더 하실 말씀 없냐고요?"

당연히 수인은 대답을 할 수가 없었다. 그저 미안한 표정을 짓는 것 말고는.

잠깐 생각에 잠겨 있던 오연희가 문피디에게 물었다.

"뭐 다른 컨셉이라도 생각하신 거 있으세요?"

뜻 밖에 질문에 문피디가 화색을 띄었다.

"다른 컨셉이라니? 그게 무슨 소리야?"

"뭔가 제가 끌릴 만한 조건이라도 들고 오셨어야 하는 거 아닌가요?"

문피디는 멋쩍은 웃음을 지으며 대답했다.

"그래, 연희 씨, 하고 싶은 게 뭔데? 말해봐. 내가 다 맞춰줄게."

오연희는 좌우를 살피더니 조용히 대답했다.

"잠시 자리 좀 비워주실 수 있으세요?"

"뭐?"

문피디가 화들짝 놀랐다.

"나더러 잠깐 나가 있으라고?"

"네, 저희 출연진들끼리 할 얘기가 있어서요. 잠시 정리 좀 할게요."

오연희는 이제야 CF에서만 보던 상냥한 미소를 문피디에게 발사했다.

문피디는 어쩔 수 없다는 듯 고개를 끄덕이고는 자리를 비워줬다.

둘만 남게 되자, 오연희는 그제야 의미를 알 수 없는 눈빛을 한 채 수인에게 얘기했다.

"저 사실 드디어 김민혁 만났어요."

수인은 애써 덤덤한 말투로 물었다.

"직접 찾아낸 거야?"

수인은 둘만 남자 편하게 말을 놓았다. 오연희는 별로 탐탁지 않아 하는 표정이었지만.

"돈을 빌려달라고 하더라고요."

"민혁이 지금 어디 있는데?"

"강원도에 있어요. 게다가 정선."

"그럼 설마 강원랜드?"

수인이 눈썹을 치켜뜨며 묻자 오연희가 말없이 고개를 끄덕였다.

"그 인간 그렇게 찾아다닐 때는 연락도 없더니 결국 돈 필요하니까 연락하더라고요."

"액수는?"

"2억이요. 재밌죠? 어떻게 생각해요? 그쪽에게도 친한 동생이잖아요."

이렇게 매정하게 굴 줄 아는 여자가 김민혁에게는 어떻게 마음을 줬을까, 수인은 내심 놀라웠다.

"무시해야지. 당연한 거 아니야?"

"벌써 빌려줬어요. 나 진짜 제정신 아니죠?"

수인은 순간 자신이 잘못 들은 줄 알았다.

"다시 정상회복하면 돌아온다는 말에 도와줬어요. 원래 금액만 찾으면 다시 작품 복귀하기로 약속했거든요."

목소리 끝에는 아직도 김민혁을 떨쳐내지 못한 아쉬움이 담겨 있었다.

"그래서 지금 연락은 돼?"

오연희는 다시 선글라스를 끼었다.

"지금 연락이 됐으면 내가 이런 얘기를 하겠어요?"

수인은 달리 대답할 말이 떠오르지 않아 말꼬리를 흐렸다.

"그럼 어떻게…."

"도와줘요…."

오연희는 수인의 목을 바라보며 조용히 중얼거렸다. 자존심까지 다 버린 상황이었다. 수인은 자세를 고쳐 앉고 몸을 앞으로 기울였다.

"어떻게?"

"2억. 나, 그 돈 찾아야 돼요. 새로운 회사 계약금이에요."

"벌써 회사 옮긴 거야?"

오연희는 앞에 놓인 케이크를 신경질적으로 잘라내며 대답했다.

"선계약금. 구두로 일단 계약하고 먼저 돈부터 급하게 받은 거란 말이에요."

"어딘데?"

"송일성 대표 있는 플레너스."

수인은 순간 두 귀를 의심했다. 플레너스라면 오연희 입장에서 하나도 득이 될 게 없는 에이전시 회사였다. 송일성 대표는 예전의 위상과 달리 지금은 탈세 혐의 등 불법자금유통으로 회사를 말아먹고 인맥에 기대 조그마한 에이전시 하나 겨우 꾸려나가는 사람이었다.

"플레너스에… 지금 너 말고 다른 연기자가 있어?"

"당연히 전속은 없죠."

"그런데 거길 왜?"

"그래서 간 거예요. 나로 인해 매니지먼트 회사로 거듭나고, 또 나한테만 집중할 수 있을 것 같아서. 가장 중요한 건, 송대표가 쿨 하게 2억 쏴준다고 해서."

수인은 황당한 대답에 어색한 웃음만 짓고 말았다.

"근데 이번에 배우 김세은, 추성민 씨가 출연료 미지급으로 송대표 민형사 소송 다 제기했어요. 광고주는 모델료 다 지급했는데, 이놈의 송대표가 여태 안 주고 있는 것 같아요. 액수가 무려 김세은 씨는 1억5천, 추성민 씨는 7000만 원 정도 되나 봐요."

"송대표는 근데 왜 안 줘?"

"돈 없다고 우기는 거죠. 그깟 조그만 회사야 폐업 처리하고 법인회사는 또 차리면 되니까. 그 큰 그림 속에 제가 있는 거겠죠. 웃겨, 정말."

"연매협 쪽에서 가만있지 않을 텐데?"

"아, 몰라요. 아무튼 이제 불량회사로 규정하고 모든 협업 금지한데요. 그러니까 나 빨리 나와야 돼요."

"송대표가 놔줄까?"

"어차피 구두라 계약효력 없어요. 돈만 돌려주면 돼요. 그러니까 그 돈 찾아야 돼요."

하아, 수인은 저절로 한숨이 나왔다.

"그 새끼 원래 어떤 놈인지 잘 알죠? 어떤 새끼예요?"

"누구?"

"누구긴 누구예요, 김민혁이지."

수인이 잠시 뜸을 들이자 오연희는 눈을 떼지 않은 채 그의 입이 열리기를 기다렸다. 지금 그녀의 유일한 희망은 하지석이었다.

"빨리 좀 얘기해요! 누구나 다 아는 연예계 절친이잖아요."

짜증이 나는지 오연희가 목소리를 높였다.

"글세, 원래 알고 있는 거 아니었어? 연예계에서 여자 등골 빼먹기로 유명하잖아, 걔."

"진짜 그 소문이 사실이었던 거야? 나만 모르고? 아, 진짜!"

오연희는 갑자기 화가 치밀어 올랐는지 제정신이 아닌 듯 보였다.

"이 새끼 어떡해야 돼? 오빠, 오빠가 좀 도와줄 수 있지? 맞지?"

오연희는 포크를 쥔 손을 덜덜 떨면서 물었다. 억울해서 몸서리치고 있는 게 분명했다.

"모든 연락 끊고 잠수 탄 애를 어떻게 찾아?"

"내가 알아요. 아직도 분명히 정선에 있을 거예요. 도와줘요, 응? 오빠밖에 도와줄 사람 없잖아요."

이제 와서 오빠란다. 수인은 오연희의 두 얼굴에 소름이 끼쳤다.

"잘 모르겠어…."

수인은 어깨를 으쓱하며 시큰둥하게 대답했다.

"나 그 인간에게 복수하고 싶어요. 이젠 돈이 문제가 아니란 말이에요. 그 사람 내 눈앞에 데리고 와요. 그러면 내가 신혼부부고 뭐고

간에 오빠 부탁 다 들어줄게요."

수인은 가만히 오연희의 눈을 바라봤다. 거짓말로 둘러댈 심산은 절대 아닌 듯했다. 김민혁만 데리고 온다면 뭐든지 다 할 수 있을 거라고, 그녀의 눈이 말하고 있었다.

"내 부탁은 신혼부부 따위가 아니야."

수인의 말에 오연희가 눈을 가늘게 뜬 채 다시 되물었다.

"그럼?"

"나랑 일하자. JS에서."

바로 그때였다. 테이블 위 오연희 핸드폰 벨소리가 요란하게 울렸다.

오연희는 불쾌한 표정으로 전화를 받았다. 수화기 너머 남자는 꽤나 다급했는지 수인에게도 잘 들렸다.

"연희야, 나 새 출발할 수 있을 것 같아. 고마워. 다 네 덕분이야."

"그게 무슨 말이야?"

아무래도 김민혁의 목소리 같았다.

"여기에 대부라고 불리는 진짜 고수가 있거든. 쉽게 말해서 그 양반이 내가 아무래도 연예인이다 보니까 조금 손을 써주기로 했거든."

"그래서?"

"10억이야, 연희야. 무려 10억. 이 돈이면 나 복귀할 수 있어. 너 회사 나가고 싶다 했지? 이 돈이면 너랑 나 독립해서 회사도 낼 수 있어. 끝내주지?"

"그, 그래?"

오연희는 수인을 앞에 두고 정신이 멍해졌는지 떠듬떠듬 대답했다. 수인은 서둘러 오연희에게 스피커폰으로 통화하라고 손짓했다. 오연희는 뭘 어찌해야 할지 몰라 수인이 하라는 대로 핸드폰을 내려놨다.

"듣고 있지, 연희야? 근데 그 대부가 애기한 개인당 자금이 2억이거든. 아무튼 그래서 그때 네가 보내준 2억은 내가 여차여차해서 1억만 남았고, 1억만 더 보내줄 수 있을까? 진짜야, 약속할게. 나도 이제 이 지긋지긋한 강원도에서 탈출할 수 있어."

"…."

"여보세요? 나 믿지? 연희야…."

수인은 서둘러 자신의 핸드폰에 메시지를 적어 오연희가 읽을 수 있도록 보여줬다. 오연희는 그대로 읽었다.

"어, 언제까지 준비하면 돼?"

"내일. 작전일이 모레거든. 그러니깐 안전하게 내일까지 보내주면 좋을 것 같아."

"그때 그 계좌로?"

"어, 고마워, 연희야. 사랑해. 나 진짜 이 힘든 순간에도 매일 너만 생각했어. 어떻게 하면 너한테 다시 돌아갈 수 있을까 하고…."

"어디 있을 거야? 내가 갈게. 잠깐만 얼굴이라도 볼 수 없을까? 보고 싶어서 그래."

"…."

"나도 너무 힘들어서 그래. 보고 싶어."

"…하지석은 어떻게 됐어?"

예상과 달리 김민혁은 뜻밖의 질문을 했다. 오연희는 민망했는지 수인의 눈빛을 피했다. 수인은 다시 뭐라고 말해줘야 되나 고민하는데, 오연희가 먼저 입을 열었다.

"나 신혼부부 하차하기로 했어. 이제 네가 말한 대로 할게."

"그 새끼, 예전 아우라엑터스 장대표랑 스폰 받고 놀아난 새끼니까 문제없을 거야. 내가 김기자한테도 얘기해놨으니 별 걱정하지 마."

"어? 어…."

오연희가 불안한 낯으로 수인의 눈치를 살폈다. 수인은 두 사람의 무서운 계획을 듣자 숨이 멎는 것만 같았다.

지석이는 아마 같은 부류였던 김민혁에게는 자기 얘기를 많이 털어놓았던 것 같다. 만약 오늘 이런 자리가 없었다면 손 쓸 새도 없이 당할 뻔한 일이다. 수인이 생각에 잠기자 오연희가 다시 본론을 물어봤다.

"어디인지는 진짜 알려주지 않을 거야? 나도 계좌기록 때문에 현찰이 편하긴 해…."

"…강원도 정선 동양여관. 이쪽으로 와서 연락해."

딸깍.

수인이 미처 김민혁의 말을 받지도 못한 채 전화가 끊겼다. 오연희가 떨리는 목소리로 물었다.

"사실일까요? 진짜면 어떡하죠?"

이미 그녀가 머릿속으로 무슨 생각을 하고 있을지 빤히 들여다보였다.

"헛된 생각하지 마. 그동안 그렇게 당하고도 몰라? 얘는 지금 당장 돈이 필요한 것뿐이라고."

"그럼 어떡해요?"

"아마 사기도박일 거야. 카지노 핏보스를 섭외했으니 판돈을 들고 오면 같이 끼워주겠다 이런 거겠지. 매일같이 카지노를 어슬렁거리는 루저들에게 붙는 사기꾼들. 지금 김민혁 상태는 안 봐도 뻔해."

예전부터 지석이가 활동 없을 때 강원도로 놀러가는 줄만 알았는데 지금 생각해보니 카지노였던 모양이다. 같이 갔던 멤버는 김민혁이었을 테고. 김민혁은 당분간 복귀가 어려워지자 현실을 잊기 위해 카지노에 손을 댔다가 나락으로 빠지게 된 것 같았다.

"그럼 사기도박 걸리게 되면 구속인가요?"

"그럴 거야."

"그, 그럼 총 3억?"

오연희가 멍한 눈을 몇 번 껌뻑이더니 이제야 제정신이 돌아왔는지 자신의 뺨을 때리며 중얼거렸다.

"안 되지. 안 돼. 정신 차려, 오연희. 남자한테 팔려서 내 피 같은 돈 날릴 수 없어."

수인은 피식 웃음이 났다. 천하의 톱스타 오연희도 돈 앞에 별수 없었다.

오연희는 선글라스를 벗고 갑자기 화장을 고치더니 완전히 다른 사람처럼 허리를 세우고 매혹적인 목소리로 말했다.

"뭐, 이제 내 모든 사정 알았으니 도와주는 걸로 하시고, 아까 말한 부탁이 뭐였죠?"

다소 거만한 말투의 그녀를 똑바로 쳐다보며 수인이 대답했다.

"JS로 와. 같이 일하고 싶어."

수인의 진지한 반응과 달리 오연희는 큰소리로 웃었다.

"나 오연희예요. 오연희. 오연희가 솔직히 하지석보다는 더 이름값이 있다고 생각하는데, 그 밑으로 들어간다고 하면 좀 웃기지 않나요?"

'그래서 오라는 거야. 너의 이름값이 필요하거든.'

수인은 하마터면 이 말이 튀어나올 뻔했다.

"난 너에게 기대하는 건 없어. 아무것도."

수인은 일부러 건조하게 대답했다.

오연희는 태연한 척하려 했지만 이미 머리끝까지 열이 올랐다.

"그럼?"

"선배가 필요하거든. 우리 여배우들에게. 네가 그 역할을 해줬으면 해. 너 대한민국 최고의 여배우잖아."

"서, 선배?"

오연희가 생각지도 못한 답변에 꽤나 당황한 표정으로 물었다.

"지수, 혜지, 아직도 많이 배우고 성장해야 되는 애들이야. 네가 롤모델이 돼줘. 너의 작품 선택, 작품 활동, 사생활 그 모든 걸 존중하고 어떤 간섭도 하지 않을게."

"고작 그런 애송이들 때문에 나 오연희를 데리고 가겠다? 내가 자존심도 없는 줄 알아요?"

수인은 오연희의 눈을 뚫어지게 응시하면 물었다.

"반대로 생각해봐. 이제 오연희의 회사가 될 거라는 생각 안 해?"

"그게 무슨 소리예요?"

오연희가 순간 눈을 휘둥그레 떴다.

"JS의 간판 배우는 이제 하지석이 아니라 오연희라고. 그리고 우리 회사 여배우들 전성기를 이끌어갈 그 선봉장에 오연희가 있는 거라고."

"그런 풋내기들이랑? 재밌네요. 일단 얘기나 들어보죠. 계약금은요?"

"2억이면 충분하지 않나? 내가 민혁이 돈은 대신 받아줄게."

"하, 완전 날로 드시겠다! 당장 올해 나한테 걸린 CF가 몇 개인지

나 알아요? 의류, 커피, 카드, 그것만 해도 10억 가까이 된다고요!"

"그럼 말던가. 나도 상관없어."

수인의 차가운 대답에 오연희는 순간 당황했다.

"일단… 김민혁 일은 도와주기로 한 거니 도와줘요. 나도 내 돈 찾은 다음이라야 생각이라도 해볼 거 아니에요?"

수인은 망설이다 고개를 끄덕였다. 그리고는 바지 주머니에서 지갑을 꺼냈다.

지갑 안쪽에서 사진 한 장을 꺼내어 테이블 위로 천천히 올려놓았다. 사진은 신혼부부 촬영 중 하지석과 오연희가 서로를 마주보며 찍은 스틸 컷 사진이었다.

"이 사진을 왜?"

"단 한 가지만 알아둬. 난 언제나 오연희라는 배우와 같이 일해보는 게 소원이었어."

수인은 진심을 담은 말을 남긴 채 자리에서 일어나 그 자리를 나왔다.

"김민혁… 김민혁…."

수인은 아무리 머리를 굴려보아도 김민혁과 카지노 사건을 해결할 방안이 생각나지 않았다. 지석의 핸드폰을 뒤져보아도 카지노에 대한 흔적은 발견되지 않았다. 불법 카지노라면 더더욱 흔적을 남기지 않았을 것이다.

수인은 넋이 나간 듯 지석의 핸드폰을 쳐다보았다. 지석과 단 한 번 연결된 이후 그 번호로는 더 이상 통화할 수가 없었다. 수인은 기다렸다. 언젠간 다시 지석의 전화가 올 것이라는 이상한 기대감에 사로 잡혔다.

그때, 놀랍게도 엄마로 저장되었던 번호로 핸드폰이 울렸다. 수인은 떨리는 목소리로 전화를 받았다.

"여보세요?"

"야, 이 사기꾼아! 너 내 전화 피하냐?"

"지, 지석이?"

"그래, 하지석이다."

그때 분명 들었던 지석의 목소리가 분명했다. 또다시 벌어지는 이 괴기한 상황에 수인은 다시 머리가 복잡해지기 시작했다.

"어떻게 된 거야? 왜 그쪽에서만 통화가 가능하지?"

"무슨 소리야. 사기꾼 너한테서 전화 온 적이 한 번도 없는데?"

"없는 번호라고 뜨던데…."

"뭐? 없는 번호인데 지금 너랑 어떻게 통화가 가능하냐? 이 사기꾼 새끼, 너 진짜 수인이 맞어?"

"맞아, 지석아. 진짜야."

수인이 초조한 목소리로 대답했다.

"야, 아무튼 어떻게 됐어? 그때 말한 신소희 문제는 해결됐어? 너 또 연예계 추방당한 거 아냐?"

"아니야, 덕분에 잘 해결했어."

"그래? 그럼 나 이제 돌아갈 수 있는 거야?"

"그게 무슨 소리야?"

"원래 내 몸으로 돌아가야 될 거 아냐? 너 설마 평생 내 몸에서 살려고 하는 거냐?"

수인은 순간 정신이 번쩍 들었다. 만약 지석이가 돌아올 수 있다면 자신은 어디로 가야 하는 걸까. 이미 수인의 육체는 화장해 재가 된 지 오래다.

"혹시… 방법이라도 찾은 거야?"

"그럼, 굉장히 쉬운 방법이지."

"뭐, 뭔데?"

수인이 불안한 목소리로 물었다.

"그야… 너 같은 사기꾼을 빨리 신고해서 잡아야지."

지석은 뭐가 재미있는지 혼자 낄낄대며 웃었다.

"근데 말이야, 네 번호로 경찰서에 신고했더니 이런 번호는 어디에도 없다고 하더라고. 그리고 신기하게도 다른 전화로도 없는 번호라고 뜨는데 우리 어머니 전화로만 통화가 되고 있어."

"그러니까 어머니 핸드폰으로만 연결이 됐다는 말이지? 심지어 나는 너에게 전화를 걸 수도 없어. 오로지 너만 나에게 전화를 걸 수 있는 거라고."

"그럼 네가 진짜 수인이라는 거지?"

"그래, 지석아. 나 하수인 맞아. 믿어도 돼!"

"그럼 진짜 나 다시 돌아갈 수 있는 거야?"

"아니, 그건 나도 잘 모르겠어…."

지석의 말이 지금은 중요하지 않았다. 지금 당장 해결해야 할 일은 당장 김민석의 일이었다.

"근데 너 지금도 김민혁 하고 연락하고 지내?"

"민혁이? 지금 김민혁 얘기하는 거야?"

지석은 뜻밖의 이름이 나왔다는 듯 당황했다. 그리고 그 다음 지석의 입에서 나온 말은 충격적이었다.

"민혁이 죽었잖아. 자살했어."
하지석은 담담하게 얘기했다. 잠시 동안 두 사람 사이에 정적이 흘렀다.
"아, 네가 정말 2018년이면 아직인 건가?"
"그게 무슨 소리야?"
"그 녀석 도박중독이었거든. 결국 빌린 돈 때문에 불법 위조칩 작전 가담하다가 실형 받았거든."
"불법 위조칩?"
"어, 그래서 여관에서 혼자 목 매달았어. 비관자살이지."
"그게 언제야?"
"그게… 2018년 봄이야."
수인은 긴 한숨을 내뱉었다. 상상도 하지 못한 일이었다. 이제는 단순히 오연희 일이 아니라 김민혁을 구해야 했다. 수인은 잠시 숨을 고르고 천천히 말을 이었다.
"불법 위조칩 이라면 어떤 거지?"
"그야 카지노에서 쓰는 칩이지. 최형이라고 있어. 위조의 달인이자 천재인 사람. 원래 위조수표 만들던 사람인데, 그걸로 여러 카지노에서 한몫 챙겼지. 그 양반이 그러다 수법을 바꾼 게, 바로 짝퉁 천국 중국에서 감쪽같은 위조칩을 복제해온 거야."
"카지노에서는 칩이 현금과 같으니까?"
"그렇지. 한 개 백만 원짜리 골드칩을 대량으로 복제해온 거야. 강원랜드에서 한몫 단단히 잡을 수 있다고 믿은 거지. 근데 자신이 출입 금지된 사람이니까 대신 환전해줄 사람을 찾았지."
"그래서?"

"민혁이가 이미 그쪽 사채꾼에게 빌려 쓴 돈이 있었거든. 그게 아마 1억 정도 될 거야. 최형은 그 돈을 갚아주고 환전해줄 심부름꾼으로 민혁이를 선택한 거지. 나름 얼굴도 알려진 연예인이니깐 환전소에서 의심도 덜 할 거고. 게다가 심부름 수고비로 환전하는 돈에 40프로나 떼어줬으니, 빚도 갚고 한몫 챙기고 싶었겠지."

"40프로?"

"쉽게 말하면, 한 번 환전할 때 골드칩 50개를 바꾸면 5천만 원이야. 그중 민혁이에게 2천만 원을 떼줬어. 정말 위험한 일인데, 이 바보 같은 놈이 돈에 눈이 멀어 최형의 심부름을 하고 만 거지."

"그러다 잡힌 거고?"

"이틀 만에 잡혔지. 최형한테 원한을 품은 내부자의 신고로. 강원도에서 최형은 이미 공개수배까지 내려진 사람이었거든."

"그 최형이란 사람… 너도 아는 사람이야?"

"안면이 좀 있는 사이였지. 우리가 연예인이라고 잘해줬거든. 세상에 그 사람처럼 방탕하게 사는 사람이 있을까 싶을 정도였어. 매일같이 고급 술집에, 도박에. 물론 그게 다 위조수표였으니까."

"연락처가 니 핸드폰에 있을까?"

"아마 최형이라고 저장돼 있을걸."

수인은 무심코 지나쳤던 연락처 목록 중에 최형이라는 이름을 본 기억이 났다.

"그래, 이제 내가 알아서 해결할게."

"민혁이가 너한테 돈이라도 빌려 달래? 그 자식 나한테도 한참 돈 빌려 달라고 했는데. 야! 너 절대 빌려주면 안 된다. 곧 내가 다시 돌아간다면 내 돈이야, 알았지? 남의 돈 쓰지 말고 하지석이 벌 수 있을 때 왕창 벌어놓으란 말이야."

"알았어. 그리고 오연희 알지? "

"대한민국에서 오연희 모르는 사람도 있냐?"

"연희 씨에 대해서 물어보고 싶은 게 있는데…."

"뭔데? 지금 내가…."

딸깍. 갑자기 전화가 끊어졌다.

"지석아! 하지석!"

뚜뚜, 통화 종료음만 들렸다. 수인은 서둘러 방금 걸려온 번호로 통화를 시도했다.

"지금거신 번호는 없는 번호이오니, 확인하시고 다시 걸어주시기 바랍니다."

그때처럼 없는 번호라는 안내 음성만 흘러나왔다.

수인은 마음이 급해졌다. 당장은 하지석이 문제가 아니라 최형이라는 사람을 찾아 김민혁을 구해야 했다. 연락처에 최형이라는 이름이 있었다. 수인은 떨리는 마음을 억누르며 통화버튼을 눌렀다.

굵직한 남자 목소리가 들려왔다.

"네."

인사 따위는 필요 없고 빠른 용건만 원하다는 목소리였다. 수인은 최대한 목소리를 낮추고 말했다.

"최형, 오랜만입니다. 저 하지석입니다."

"하지석? 허허, 그러게 무슨 일이신가?"

반갑지도, 그렇다고 경계하는 목소리도 아니었다.

"민혁이한테 얘기 들었습니다. 다시 복귀하셨다고?"

"허허, 뭐 그렇게 됐네. 한 밑천 단단히 잡고 이제 정리해야지."

"형님 실력이라면 문제없습니다. 그나저나 내일 민혁이 볼 때 한 번 뵙고 싶은데 괜찮으실까요?"

"좋지. 자네 근데 말투가 왜 그렇게 딱딱해졌나. 그토록 개차반이었던 사람이. 이제 사업도 한다더니 비즈니스 맨 다 됐구만?"

"네, 형님. 저도 다름 아니라 자금문제로 좋은 사업 얘기 나누려고 합니다."

그제야 남자는 너털웃음을 지었다.

"허허, 자네 돈 떨어졌나? 나야 좋지. 돈 되는 일이라면 내가 마다하는 거 봤나?"

"네, 형님. 감사합니다."

"그래, 내일 새벽 1시에 민혁이랑 와."

"새벽 1시요? 어디로 가면 될까요?"

"흐음…. 민혁이에게 얘기 못 들었나?"

수인은 상대가 의심하지 않게 머쓱한 웃음을 흘렸다.

"네, 하하. 민혁이가 자고 있는지 전화를 안 받네요."

"이 시간에 잘 리가 없을 텐데… 흐음."

남자는 무슨 생각을 하는지 잠시 뜸을 들였다. 그리고 이내 차분한 목소리로 말했다.

"그럼 사북에 있는 정선회관 식당 앞 주차장으로 와."

"네, 알겠습니다."

수인은 대답과 함께 전화를 끊고 깊은 한숨을 내쉬었다.

다음날 새벽 12시 50분.

수인은 최형이라는 남자가 말한 주차장에 미리 와 있었다. 시동을 끄고 의자를 살짝 눕힌 채 눈에 띄지 않는 자세로 그와 김민혁을 기다렸다.

"근데 우리 제법 웃기지 않나요?"

한참을 기다리던 오연희가 갑자기 혼자 실실 웃더니 말했다. 두 명의 스타 배우가 자정이 넘은 시각에 정선에 내려와 이러고 있는 것도 제법 웃기긴 했다.

"이게 웃겨? 누구 때문에 지금 이 고생을 하는데."

"혹시 알아요? 이 일로 나 오연희를 품에 안을지?"

수인은 벌게진 얼굴이 혹시나 들킬까 봐 창으로 고개를 돌렸다.

"어머, 지금 무슨 생각해요? 귀까지 빨개지고. 난 지금 계약 얘기하는 거예요."

"나, 나도 알아. 지금 그러려고 이러는 거 아니야."

"뭐, 아무튼 고마워요. 나 때문에… 이런 곳까지."

새초롬한 눈을 한 오연희를 보자 수인은 다시 가슴이 두근거렸다. 그때 흰색 고급 세단이 주차장으로 들어왔다.

"저거 아니에요?"

오연희가 조심스레 속삭이자 두 사람은 시트에 몸을 깊숙이 묻었다.

흰색 차량은 가장 안쪽에 주차를 하더니 이내 시동을 끄고 움직이지 않았다.

잠시 후 문이 열리고 한 남자가 차에서 내렸다. 50대 중반쯤 된, 깡마르고 굉장히 야비하게 생긴 사내였다. 남자는 담배를 하나 물고 어슬렁거렸다. 누군가를 기다리는 듯 보였다.

"저 사람이 최형이라는 사람이에요? 그 위조칩?"

"맞는 것 같아. 나도 얼굴은 잘 모르겠지만."

이제 김민혁만 나타나면 되었다. 남자가 담배 한 대를 다 필 즈음 조그만 경차 한 대가 라이트도 켜지 않은 채 주차장으로 들어왔다. 차에서 내린 남자는 김민혁이었다.

그는 예전의 모습을 상상하기 어려울 정도로 망가져 있었다. 부쩍 살이 찐데다 툭 튀어나온 광대뼈, 퀭한 눈동자, 이미 정상이 아닌 듯 보였다.

"저 사람이 민혁 씨라고?"

오연희가 믿을 수 없다는 듯 중얼거렸다.

"그런 것 같아."

오연희는 벌써부터 눈시울이 붉어졌다.

"말도 안 돼…."

그때 남자가 핸드폰을 꺼내 어디론가 전화를 걸었다. 동시에 수인의 주머니에 있던 핸드폰이 울렸다. 수인은 서둘러 신호를 끄고 몸을 더 낮췄다. 차 안에는 오연희와 수인의 숨소리만 가득했다.

두 사람은 주차장을 한 바퀴 두리번거리더니 다시 최형의 차로 돌아와 트렁크를 열었다. 남자는 거기서 조그마한 쇼핑백을 꺼내 민혁에게 넘겼다. 불법 위조칩이 확실해 보였다.

물건을 받은 김민혁은 남자에게 90도 인사를 하고는 제 차로 이동했다.

김민혁의 차가 출발하자 수인은 서둘러 쫓아가고 싶었지만 아직 주차장에 남은 남자를 의식해 기다렸다. 수인은 오연희에게 다급하게 말했다.

"민혁이에게 전화해. 돈 들고 왔다고 약속 장소 잡아봐."

오연희는 수인의 말대로 서둘러 전화를 했다. 김민혁은 반가운 목소리로 전화를 받았다.

"어, 연희야. 도착한 거야?"

"어디로 가면 돼? 지금 당장 볼 수 있지?"

"그럼. 사북시장 뒷골목으로 와서 전화 좀 할래? 도착하면 내가 알려줄게."

"알았어…."

오연희의 목소리는 조금 떨렸다. 아직 충격이 가시지 않은 듯 보였다.

"사북시장 뒷골목에서 보재요."

오연희가 침울하게 말했다. 최형의 차가 빠져나가자 수인도 조용히 주차장에서 벗어났다.

"다 왔어. 5분 안에 도착해."

오연희가 통화를 마치고 차에서 내렸다. 새벽 시간 가로등 불빛에 겨우 의지한 사북시장 뒷골목은 으슥했다.

"괜찮겠어?"

"괜찮아요. 제가 보이는 곳에 있을 거죠?"

수인은 말없이 고개를 끄덕였다. 오연희는 피식 웃었다.

"왜 이렇게 진지해요? 누가 보면 벌써부터 내 사장인 줄 알겠네."

수인은 경직된 표정을 풀고 웃어 보였다. 오연희도 그제야 안심이 된다는 듯 눈웃음을 지었다.

"자수하라고 할게요…."

"응, 지금 민혁이 설득 할 수 있는 사람은 연희 씨밖에 없어. 내가 도와줄 수 있는 건 여기까지야."

오연희가 머리를 한 번 쓸어 넘겼다. 그리고는 직접 뒷좌석에서 준비해온 캐리어 가방을 꺼냈다. 수인이 물었다.

"근데 그거 진짜 1억이야?"

"당연하죠. 혹시 어떻게 될지 모르니까요."

오연희는 호흡을 가다듬고 골목 안쪽으로 걸어 들어갔다.

고요한 골목길에 캐리어 바퀴 소리가 유난히 크게 들렸다. 오연희가 골목 안쪽으로 들어서자 한 남자가 오연희의 손목을 세게 잡아챘다.

"미, 민혁아."

오연희가 놀란 표정으로 쳐다보자 김민혁이 그녀를 세게 끌어안았다.

"그, 그만해. 숨막혀…."

"연희야, 사랑해. 이 지옥 같은 곳에서 너만 생각했어. 이제 다 끝났어."

"그래, 잠깐만 이것 좀 놔줘."

김민혁이 손을 풀자 오연희는 그제야 그를 마주 보았다. 그는 이미 눈 밑이 거뭇거뭇했고, 눈도 초점을 잃었다. 김민혁은 그 흉해진 눈으로 오연희 손에 있던 캐리어를 바라봤다.

"그거야?"

오연희는 재빠르게 캐리어를 뒤로 숨겼다.

"잠깐, 그 전에 나랑 얘기 좀 해."

"얘기는 나중에 해도 돼."

김민혁은 오연희를 밀치고 서둘러 캐리어 가방을 뺐었다. 김민혁은 마치 굶주린 하이에나처럼 가방을 열어젖혔다. 가방을 열자 그

안에는 돈 다발이 아닌 도시락 가방과 남자 옷가지와 속옷이 들어 있었다.

"밥은 먹고 다니는 거야? 옷은? 꼴이 이게 뭐야. 어디 들어가서 일단 얘기라도 좀 하자, 응?"

김민혁은 오연희의 손을 확 뿌리쳤다.

"너 지금 나랑 장난해? 내가 지금 이까짓 거 가지고 오라 그랬어?"

오연희는 그의 눈을 보는 순간 몸이 싸늘하게 얼어붙는 듯했다. 이미 예전 김민혁의 모습은 온데간데없었다.

"민혁아, 돈은 내가 어떻게든 해결해줄게. 일단…."

김민혁은 미친 듯이 소리를 질렀다.

"너 진짜 죽고 싶어서 그래? 내가 고작 이런 게 필요해서 너 같은 년 만난 줄 알아!"

"뭐? 너 같은…."

"그래, 이 개 같은 년아. 너 1년에 10억도 넘게 버는 년이 지금 고작 1억이 아까워서 그래?"

"…."

"야, 씨발! 내가 이 지경까지 됐으면 너 논현동에 있는 건물이라도 팔아야 되는 거 아니야? 씨발, 10억은 가지고 오지 못할망정 1억도 아까워?"

이성을 잃은 김민혁의 눈을 보자 오연희는 손과 다리가 후들후들 떨리기 시작했다. 그와 동시에 호흡도 점점 가빠졌다.

"너 진짜 이럴 거야?"

"내가 너 진짜 왜 만난 줄 몰라서 그래? 너처럼 싸가지 없고 지 꼴리는 대로 하는 년 비위 맞춰주면서 내가 미쳤냐? 돈 때문이잖아!"

오연희는 참지 못하고 김민혁의 뺨을 올려붙였다.

"이 나쁜 새끼야, 네가 나한테 어떻게 그렇게 얘기할 수 있어!"

오연희는 터지는 눈물을 가까스로 참으며 말을 이었다.

"난 정말 오늘 네가 복귀할 의사가 있고 이제 도박을 끊을 수 있다면 도와주려 했어. 그까짓 돈 내 전 재산이라도 주려 했다고! 근데 뭐 돈 때문에 날 만나?"

"그럼 내놓던가!"

김민혁이 버럭 소리를 지르며 위협적으로 다가왔다.

"돈을 가져와. 그거면 돼. 그럼 얼마든지 사랑해줄게. 그까짓 1억 어차피 너한테는 아무것도 아니잖아. 안 그래?"

희번득거리며 웃는 김민혁을 보자 오연희는 고개를 절레절레 흔들며 대답했다.

"꺼져. 한 푼도 못 줘."

그 순간이었다. 김민혁은 드디어 실성했는지 오연희의 머리채를 잡고 복부에 주먹을 날렸다.

"그래? 그럼 여기서 같이 죽을래? 나 어차피 뒈지기 직전이거든!"

김민혁은 다시 한 번 오연희의 복부에 주먹을 날렸다. 오연희는 배를 부여잡고 고통스러워했다.

"나쁜 새끼, 너 지금 차에 불법 위조칩 있는 거 다 알아. 멈추지 않으면 신고할 거야."

"뭐?"

김민혁의 표정이 순식간에 일그러졌다.

"네, 네가 그걸 어떻게 알아?"

오연희는 흐느끼며 김민혁 무릎을 잡고 사정했다.
"민혁아, 그만하자. 응? 지금이라도 늦지 않았어. 지금이라도 자수하면…."
김민혁은 오연희의 멱살을 잡고 흔들었다.
"말해! 네가 그걸 어떻게 알았어?"
오연희가 눈물을 흘리며 고개를 좌우로 저었다. 김민혁은 그런 오연희의 목을 잡고 조르기 시작했다.
"말해, 이 개 같은 년. 진짜 죽여버리기 전에."
오연희는 풀어달라고 발버둥을 쳤지만 김민혁은 정말 죽일 것처럼 목을 졸라댔다.
그때였다. 뒤에서 각목이 김민혁의 머리를 때렸다.
"악!"
외마디 신음소리와 함께 김민혁의 허리가 90도로 꺾어졌다.
김민혁은 턱을 치켜든 채 돌아봤다. 수인은 그런 김민혁의 얼굴을 다시 발끝으로 차올렸다.
"하지석! 이 개새끼!"
김민혁은 쓰러진 채 부축하는 수인과 오연희를 번갈아 바라봤다.
"그럼 그렇지. 네 년이 남자가 생겼으니 이러는 거구나. 더러운 연놈들."
김민혁은 다시 악을 쓰며 수인에게 덤벼들었다. 수인은 무식하게 달려드는 김민혁의 옷깃을 잡아채면서 다시 주먹을 날렸다. 김민혁의 입술이 터지면서 입은 금방 피투성이가 되었다.
오연희가 수인을 말리려 뒤에서 허리를 안았다.
"그만해요. 제발 그만해요…."

오연희가 펑펑 눈물을 흘리며 수인을 말렸다. 그제야 수인도 주먹을 거두었다. 수인은 멍한 표정으로 자신을 바라보는 김민혁에게 단호하게 말했다.

"자수해, 김민혁. 어차피 그 환전한 칩, 위조라는 게 들통이 날 거고, 그 환전한 사람 찾으면 너라는 게 금방 밝혀질 거야. 그때쯤이면 최형은 어딘가로 이미 도주해 있을 테고, 그 모든 책임을 네가 지게 돼. 지금이라도 자수하고 경찰이 최형을 잡을 수 있게 해줘."

"돈, 돈은?"

"안타깝지만 그 돈은 잊어. 어차피 다시 벌면 되는 게 돈이야."

김민혁은 아무 말도 못한 채 우두커니 섰다. 그의 두 볼에는 이미 눈물이 흐르고 있었다. 수인은 그 눈물이 무엇일지 알고 있었다. 그것은 공포의 눈물이었다. 어느새 오연희가 다가와 그의 눈물을 닦아주고 있었다.

"자수하자, 민혁아. 괜찮을 거야. 다 잊고 새 출발하자."

김민혁은 매달리는 오연희의 손길을 뿌리치고 자리를 떠나려 했다. 수인이 그의 팔을 붙잡았다.

"잘 생각해. 여기서 멈추지 않으면 정말 이제 돌아올 수 없는 강을 건너는 거야. 내일이면 넌…."

수인은 끝내 말을 잇지 못했다. 김민혁은 수인의 손까지 뿌리치고 끝내 뒤돌아섰다. 점점 멀어져가는 그를 바라보며 오연희가 소리쳤다.

"야, 이 바보야. 너 항상 나한테 한 말 기억 안 나? 웃어라. 모든 사람이 너와 함께 웃을 것이다. 울어라. 너 혼자 울 것이다. 네가 가장 좋아하는 대사라며. 너 배우 아니야? 웃어. 사람들 앞에 나와서 웃으란 말이야. 언제까지 그렇게 혼자만 울고 있을 건데!"

골목길을 가득 메운 소리에 그제야 김민혁의 발걸음도 멈추었다.

김민혁은 머리를 움켜쥐고 소리를 질러댔다.

“자수하라고? 자수하면? 위조칩이나 바꾸러 다닌 연예인을 누가 써주기나 한데?”

김민혁은 억울한 눈빛으로 수인을 노려봤다. 수인은 침착한 목소리로 대답했다.

“지금 자수하면 아주 오래 있진 않을 거야.”

“나오면?”

“천천히 복귀해도 되잖아. 넌 아직 젊어. 결국엔 다 지나갈 일이야.”

김민혁이 어이없다는 표정을 짓자 오연희가 수인의 말을 보탰다.

“내가 도와줄게, 민혁아. 그러니까 이제 그만하자.”

“내가 여기서 매일 무슨 생각하는 줄 알아? 여기 여관들 매일 아침 주인이 문을 한 번씩 두드리거든. 대답이 없으면 바로 문을 따. 왠지 알아? 그만큼 여관방에서 자살하는 사람이 많기 때문이야. 그런데 오늘 내일 버티는 내가 뭐? 자수를 하고 천천히 복귀를 해?”

“걱정하지 마. 네가 원한다면 형 회사에서 다시 시작할 수 있어.”

오연희가 순간 놀란 표정으로 수인을 쳐다봤다.

수인은 김민혁에게 조금씩 가까이 다가갔다.

”너의 빚, 복귀. 다 내가 받아줄게. 그러니까 날 믿어. 너 어차피 오늘 밤이 지나면 잡히는 건 시간문제야. 그렇게 되면 그때는 도와줄 수 없어.”

자신을 이 지경으로 만든 하지석이 도와준다고 하자 김민혁은 믿을 수 없다는 표정을 지었다.

그가 천천히 입을 뗐다. 이미 목소리는 많이 갈라진 상태였다.

"형, 형이?"

"그리고 그때 되면 누구보다 널 도와줄 사람이 있을 테니까."

수인은 오연희를 돌아보며 대답했다. 오연희가 수인의 말을 덧붙였다.

"그래, 민혁아. 걱정하지 마. 그때 되면 사람들도 이해하게 될 거야. 내가 도와줄게."

김민혁은 빨갛게 부어오른 입술을 매만지며 생각에 잠겼다.

"형, 기억나? 예전에 우리 엄마 돌아가시기 전에 형하고 나한테 했던 말?"

"그, 그래… 기억나."

수인은 최대한 당황한 기색 없이 민혁의 눈을 바라봤다.

"엄마가 그랬어. 형 손 꼭 잡으면서 민혁이 친동생처럼 보살펴줬으면 좋겠다고…."

"기억… 하고 있어."

하지석과 김민혁은 생각한 것보다 굉장히 가까운 사이였다. 수인은 그것도 모른 채 김민혁을 이렇게 나락에 빠트린 데 죄책감이 들었다. 김민혁이 비틀거리며 다가와 수인의 어깨에 손을 올린 채 흐느끼더니 부둥켜안았다. 그제서야 수인도 김민혁을 같이 끌어안았다. 자신도 모르게 먼저 말이 튀어나왔다.

"미안하다, 민혁아."

그의 따스한 한마디에 김민혁이 결국 참았던 울음을 터트렸다.

"그동안 진짜 형 많이 원망했어. 형만 아니었으면 이렇게 되지는 않았을 텐데…. 근데 나도 알아. 이 모든 게 다 내가 저지른 일이라는 거…."

김민혁은 한참을 울더니 손에 든 위조칩 꾸러미를 천천히 내려놓았다. 그리고 눈물로 부옇게 흐려진 눈으로 오연희를 쳐다봤다.

"연희야, 나 경찰서 좀 데려다 줄래? 아무래도 나 혼자서는 갈 용기가 없어."

수인은 오연희에게 다가가 차 키를 건넸다. 그녀의 커다란 눈이 흔들리더니 물었다.

"같이 안 가요?"

"두 사람만의 시간이 필요할 것 같아서."

수인은 무심하게 돌아섰다. 오연희와 김민혁은 멀어지는 그를 잡지 않은 채 바라만 봤다. 골목 안으로 그의 모습이 완전히 사라지자 오연희는 짧은 한숨을 내뱉었다.

무거운 침묵을 뚫고 김민혁이 먼저 입을 열었다.

"혹시… 나 기다리지 마."

생각지 못한 발언이었다. 오연희는 고개를 들고 제대로 그를 바라봤다.

"누가 기다린대?"

오연희가 태연하게 되물었지만, 그는 마음을 단단히 먹은 듯 차갑게 얘기했다.

"아까 했던 말은 잊어. 진심은 아니었어. 그리고 나 다시 시작할 거야. 이제 네 도움 필요 없을 만큼 괜찮은 사람 되고 싶으니까."

"진심이야?"

오연희는 아직도 갈팡질팡하는 제 마음이 답답한 듯 다시 물었다.

"그러니까 내 눈앞에 나타나지 마. 다시는 널 보고 싶지 않아. 널 보면 언제 흔들리지 모르니까. 죄 값 다 받고 나와서도 네 도움 절대 안 받을 거야."

"민혁아…."

"만약 네 앞에 다시 나타날 수 있을 만큼 괜찮은 사람이 되면 내가 먼저 찾아갈게. 알겠지?"

오연희는 애써 흐르는 눈물을 참고 차에 올라탔다.

"몸은 좀 괜찮아?"

달빛이 자동차 안까지 내려앉은 강원도 산길을 달리며 수인이 물었다.

김민혁을 보낸 후 새벽녘 서울로 올라가는 길은 한산하다 못해 고요한 터널 같았다. 한참이나 말이 없던 오연희가 입을 열었다.

"고마워요."

"응? 뭐가?"

"민혁이 일… 그리고 구해준 것까지."

달빛에 비친 상처투성이 오연희의 얼굴은 그 어느 때보다 예뻐 보였다. 수인은 곁눈질로 보며 태연하게 물었다.

"우리 신혼부부 촬영 또 미뤄야겠다. 얼굴이 그래서 어디 녹화라도 하겠어?"

"아뇨, 예정대로 신혼부부는 하차할 거예요."

"뭐?"

"애초부터 그쪽 때문에 한 프로그램이었어요. 어차피 이제 목적도 없는 프로그램 더 이상 하고 싶지 않아요.

"그럼 이제 우리는? 끝난 건가?"

오연희는 창밖으로 고개를 돌렸다. 한동안 대답이 없던 오연희는 천천히 입을 열었다.

"일단 내가 간판 배우예요. 날 홀대하거나 조금이라도 지원이 미흡하면 이 계약의 파기는 내가 할 수 있도록 할 거예요."

"…."

"그리고 내 다음 드라마는 내가 선택해요. 이것도 간섭 금지. 또 모든 수익은 8대2. 물론 내가 8이에요. 그리고 홍실장은 계속 내 매니저 실장으로 일할 수 있게 해줘요."

수인은 갑작스레 가슴이 뛰었다. 벅찼다. 뜻하지 않게 이루어진 일들이 지금 현실이 되어가고 있었다. 매니저 시절부터 바라만 봐왔던 배우, 오연희. 그 오연희가 지금 자신의 회사로 들어오길 원하고 있다. 하지석이 아니었다면 그냥 꿈을 꾸는 것만으로도 만족했을 오연희가 지금 자신의 곁에 있었다.

"물론이야. 이제 JS 간판 배우는 오연희야. 수익도 그렇게 하지. 다만 내가 말한 대로 아직 우리 회사는 신인배우들에게 좀 더 집중하고 싶어. 아직 당신을 감당할 여력은 없는 회사니까 그 점은 이해해줬으면 해."

오연희가 잠시 고민하는 듯하더니 고개를 끄덕였다. 그리고 다시 말을 이었다.

"그리고…."

"또? 뭐가 있어?"

"민혁이랑 했던 약속은 지켜줘요. 내가 도와주지 못해도 그쪽이 꼭 민혁이 도와줘야 돼요."

"민혁이 재기는 당신이 부탁 안 해도 지킬 거야."

수인의 진지한 얼굴을 보더니 이제야 안도했다는 듯 깊게 심호흡을 했다.

"하지석이란 배우를 그동안 오해했던 건 사실이에요. 아까 당신을 보지 못했다면 난 아직도 그쪽을 믿지 못했을 거예요."

오연희가 차분한 목소리로 말했다. 항상 자신감 넘치고 솔직한 성격답게 거짓말에는 능숙하지 못한 여자다. 그런 오연희가 솔직하게 수인을 믿겠다고 말했다. 수인은 환한 웃음을 보였다.

"그거 알아? 이 시간부로 JS 첫 스타 영입은 오연희가 장식했어. 이제부터 나도 진짜 시험대에 오른 기분이야."

수인은 CF 모델과 외모로 더 주목받는 오연희에게 이제 진짜 배우라는 명예를 꼭 선물해주고 싶었다. 단순한 연기자가 아닌 진짜 배우라는 목표를.

수인은 입 밖까지 그 말이 차올라왔지만 끝내 말을 삼켰다.

5
반전의 기회

며칠 후, 수인은 새로 나온 회사 벤 차량에 혜지를 태우고 성수동으로 향했다. 장실장의 전화를 받고 작곡가를 만나러 가는 길이었다.

"혜지야, 드디어 우리 회사도 카니발 탈출하고 벤 나왔다. 어때, 죽이지? 풀 옵션이야."

수인은 들뜬 목소리로 말했다. 영화 흥행 성공으로 여유가 생기자 수인은 가장 먼저 차량부터 바꾸었다. 소속 연기자들이 얼마나 좋아할까, 수인은 내심 기대했다.

"네? 원래 저 이 차 타고 다녔는데?"

"아? 그런가, 하하."

수인은 머쓱하게 웃으며 대답했다.

"요즘 앨범 준비는 어때?"

"연습은 잘 되고 있어요. 태성 오빠도 잘해주고. 근데 팬들이 문제죠. 전 결국 배신자니까."

혜지가 탈퇴하고 JS로 소속사를 옮기자 생각보다 팬들의 비난 여파는 거셌다.

혜지가 아무리 주축 멤버는 아니라도 그간의 일을 모르는 팬들로서는 당연히 이해가 안 될 처사였다. 그런데다 CN 대표 그룹 슈퍼보이 태성과의 콜라보 앨범은 오히려 기대보다 비난 여론이 심했다.

"요즘 아이돌 콜라보 앨범 하나도 이상한 일 아니야. 오히려 그동안 보여주지 못했던 너의 매력을 보여주면 다시 응원해줄 거야."

"진짜 그럴까요?"

"그럼. 넌 네가 얼마나 특별한지 알아야 해. 그래서 인기 걸그룹도 나온 거잖아. 다시 예전 같은 실수하고 싶어?"

"맞아요, 이사님. 자신감 빼면 유혜지가 아니죠!"

수인이 도착한 곳은 성수동에서도 사람이 잘 다니지 않는 뒷골목에 위치한 카페였다.

허름하게 보였던 카페는 안으로 들어서자 겉보기와 달리 굉장히 세련되었다. 커피와 케이크 가격도 놀라웠다. 수인은 잠시 주문을 미룬 채 창가 자리 제일 앞쪽에 앉아 장실장이 말한 작곡가를 기다렸다.

초조한 표정으로 기다리던 혜지가 물었다.

"어떤 작곡가님이세요? 아직 말씀 없으셨는데."

"글쎄, 앞으로 네 솔로 앨범 만들어주실 분?"

"솔로요? 혹시 저도 아는 유명 작곡가님이에요?"

수인은 장실장과 관련된 인물인 만큼 혜지에게 아무런 얘기도 하지 않았다. 수인 자신 또한 아무 정보도 없기에 두 사람의 궁금증은 커져만 갔다. 그때 카페와는 어울리지 않게 초라한 복장의 한 남자가 안으로 들어왔다. 수인은 직감적으로 그를 알아보았다.

남자는 카페 안을 살펴보더니 하지석의 얼굴을 확인하고는 다가왔다. 작은 체구의 남자는 부담스러우리 만큼 허리를 숙여 인사를 하고 명함을 내밀었다.

"김성수 작곡가님?"

남자는 의미심장한 미소를 지으며 고개를 끄덕였다.

"하지석입니다. 반갑습니다."

수인도 명함을 건네며 인사했다. 수인과 비슷한 동년배로 보이는 남자는 공손하게 두 손으로 명함을 건네받았다. 남자가 입고 있던 재킷은 소매가 헤진 게 눈에 보일 정도였다.

"저, 정말 잘생기셨네요. 저 원래 하지석 씨 팬이거든요."

지나치게 겸손한 건지, 원래 자신감이 없는 건지 남자는 수줍은 표정을 지으며 말했다. 수인은 그에게 점점 호기심이 커져갔다.

"감사합니다. 실례가 안 된다면 어떤 분이신지 소개를…."

"어떤 분이라…. 제 자신을 한마디로 규정할 수 있다면 참 쉬운 일이겠죠."

"그럼 전에 어떤 작업을 하셨는지…?"

"아마 들어도 아실 만한 곡은 없을 겁니다."

남자는 자꾸 말 같지도 않은 소리를 하며 정체를 숨기자 수인도 슬슬 짜증이 치밀었다. 혹시 장실장이 장난으로 보낸 사람이라면 도저히 참을 수가 없었다.

"그럼 오늘 이 자리가 의미가 없지 않습니까?"

수인이 쏘아붙이듯이 얘기했지만 남자는 씩 웃으며 혜지에게로 눈길을 돌렸다.

"근데 누구죠? 오늘 동석하는 사람이 있단 얘기는 못 들었는데."

남자는 풀 메이크업을 한 혜지를 보고서야 관심이 생겼는지 물었다.

"저희 소속 아티스트입니다. 아시죠? CN 포유걸스 유혜지 양입니다."

"CN이요?"

남자는 의외로 CN이란 얘기에 치를 떨며 놀랐다.

"후, 장실장이 괜히 전화한 게 아니었군요."

장실장이라는 말에 웃고 있던 혜지의 표정이 조금은 굳어지는 게 보였다.

"JS와 CN이 같이 공동앨범이라도 만드는 건가요? 그럼 사람 잘못 보셨습니다."

"아닙니다. 저는 유혜지 양의 솔로앨범을 만들어줄 분을 찾고 있습니다."

남자는 수인의 눈을 한참을 들여다보더니 다시 특유의 수줍은 미소를 지으며 입을 열었다.

"일단 뭐라도 마실까요? 이 집 커피랑 케이크가 맛있거든요."

남자는 태연하게 메뉴판을 바라보며 수인에게 주문했다.

"저는 아메리카노 한 잔과 여기 티라미슈 케이크가 괜찮으니 두 조각 주문하시고, 혜지 씨, 혹시 젤라또 좋아해요? 여기 젤라또가 이탈리아 빰치게 맛있거든요."

"네? 아뇨, 괜찮습니다. 저 그냥 커피 한 잔 마실게요."

"여자들 젤라또 좋아하잖아요. 둘 다 먹어요. 그럼 바닐라 맛이랑 초콜릿 맛."

남자는 첫인상과 달리 망설임 없이 주문을 마치고 수인을 바라봤다.

"뭐하세요?"

"아, 네. 그럼 그렇게 주문할까요?"

수인은 주문을 하려고 다시 메뉴판을 천천히 바라봤다. 프랑스 마카롱 장인의 커피라고 하는데 아메리카노 한 잔 가격이 19000원이나 했다. 게다가 조각케이크는 한 조각에 15000원. 서울 유명 호텔보다도 곱절은 비싼 값이었다.

수인은 입안에서 맴도는 욕을 참고 억지 미소를 지었다. 남자는 주문했던 차와 디저트가 나오자 눈을 감고 천천히 커피 맛을 음미했다.

수인은 커피가 거기서 거기지 생각하며 별 차이 없는 맛에 실망하고 있었다. 그런 수인의 생각을 읽은 듯 남자가 말했다.

"솔직히 비싸다고 생각했죠?"

수인은 당황해 별 다른 대답을 하지 않았다.

"제가 생각한 하지석 씨와는 많이 다르네요. 이런 장소에서 멋과 맛을 즐길 수 있는 분이라 생각했는데."

멋과 맛은 염병. 평생을 매니저 생활하면서 마신 믹스커피가 수천 배는 더 맛있었다.

"작곡가님과 비즈니스 자리인데 더 비싸면 어떻겠습니까. 그래봤자 커피 한 잔인데요."

수인은 뒤늦게 웃어 보였지만 남자는 알 듯 말 듯한 표정을 지었다.

"저 여기가 참 좋아요. 이 아늑한 분위기, 세련된 손님들. 그리고 이 브라질 레드 이아파르 원두까지…."

이아파르? 내 이가 아프다! 수인은 짜증이 솟구쳤다. 더 이상 이런 허세에 찌든 인간이랑 얘기할 것도 없다 생각했다. 애초부터 장실장이 소개시켜준다는 놈을 믿을 게 아니었다. 수인은 대충 봐서 자리를 정리하려 했다.

"지금 나오는 음악 들리세요? 올리비아 뉴튼 존 의 'physical'이에요. 제가 가장 좋아하는 가수죠. 이런 여가수와 작업하는 게 저의 오랜 꿈이었죠."

남자가 눈을 지그시 감으며 음악을 감상하자, 수인은 꼴값 떨고 있다며 속으로 빈정거렸다. 테이블 밑으로 혜지에게 카드를 건네며 귓속말을 했다.

'계산하고 와.'

수인은 더 이상 볼 것도 없다는 듯 자리를 일어나려고 마음먹었다. 그때 갑자기 남자가 눈을 뜨며 말했다.

"혜지 씨, 혹시 작사나 작곡 해본 적 있나요?"

"네? 네, 그룹 활동할 때 작사는 많이 해봤는데…."

"잠깐 볼 수 있을까요?"

혜지는 핸드폰으로 검색해 포유걸스 수록곡 중 본인이 작사했던 곡을 보여주었다. 남자는 천천히 읽어보더니 뜬금없이 박수를 쳤다.

"뷰리풀, 굉장히 아름다워요. 이런 가사를 쓸 수 있다니. 피아노는 칠 줄 알아요?"

혜지는 말없이 고개를 끄덕였다.

"그럼 앞으로 일주일에 한 번씩 나에게 본인이 하고 싶은 멜로디를 녹음 파일로 보내줄래요? 그에 맞춰 허밍이나 가사 붙여서 노래 불러도 좋고요."

"네? 네…."

"작곡가님, 아직 그건 이 친구한테 무리입니다."

수인은 팔꿈치로 혜지의 옆구리를 툭 치며 속삭였다.

'함부로 대답하지 마.'

수인은 더 이상 이런 사기꾼에게 시간 낭비하기 싫어 자리에서 일어섰다.

"저희 다음 스케줄이 있어서…. 오늘은 일단 이렇게 얼굴 뵌 걸로 하고 다음에 자세히 얘기 좀 나누시죠."

갑자기 남자가 혜지의 손목을 잡았다.

"올리비아 뉴턴 존 좋아해요?"

수인이 더 이상 신경 쓸 거 없다는 눈치를 보냈지만, 혜지는 오히려 순순히 대답했다.

"네, 저희 어머니가 즐겨 들어서 저도 잘 알고 있어요."

"혜지 씨는 어쩌면 내가 찾던 사람일지도 몰라요. 아직 노래는 못 들어봤지만 올리비아처럼 분명히 청순하고 우아한 보컬을 가지고 있을 거예요. 만약 맞다면 그동안 제가 가지고 있던 모든 곡들을 혜지 씨한테 주고 싶어요."

"저희 진짜 스케줄이 늦어서요. 연락드리겠습니다."

혜지의 손을 잡고 자리를 빠져나오려는데, 남자가 안주머니에서 수첩을 꺼내 연락처를 적은 다음 혜지에게 건넸다.

"잠깐! 내 연락처예요. 이메일, 전화번호 다 있으니 아까 말한 대로 언제든지 연락 줘요."

혜지는 얼떨결에 종이를 건네받고 수인을 따라 나왔다. 차에 탑승하자 수인은 남자에 대한 욕을 쏟아냈다.

"내가 미쳤지. 그런 거렁뱅이랑 뭘 해보겠다고. 어쩐지 처음 볼 때부터 느낌이 이상하더라고. 그치, 혜지야?"

뒷자리에 앉은 혜지를 돌아보며 물었지만 혜지는 생각에 잠긴 듯 말이 없었다.

"야, 유혜지!"

수인이 외치듯 부르자 그제야 수인을 쳐다봤다.

"네? 뭐라 하셨죠?"

"그 남자 좀 이상하지 않아? 완전 빈대 붙어 먹는 놈 아냐?"

"정말 뭐하셨던 분인지 모르세요?"

"미안. 내가 좀 더 자세히 알아보고 나왔어야 했는데."

"근데… 어딘가 낯이 익어요. 기억은 안 나는데 어디선가 한 번 본 사람 같아요."

"세상에 진짜 어려운 사람 많다. 괜히 연민 느끼지 마."

"이사님, 저 진짜 그분한테 제 노래 보내도 돼요?"

"안 돼!"

수인은 단호하게 말했지만 한편으로 불안감도 있었다. 연기라면 몰라도 음악에 대해서는 자신이 문외한이라는 사실을 알기 때문이다. 정말 장실장에게 한 부탁대로 숨어 있는 실력자라면, 또한 자신이 알아보지 못한 것이라면 좋은 기회를 놓칠 수도 있었다.

"그럴까요? 저도 아직 잘 모르겠어요."

"근데 넌 어떤 면에서 고민하는 건데?"

"아이돌 할 때부터 느낀 건데, 가수는 자신의 이야기를 하는 사람이라고 생각했어요. 근데 아까 그분은 단순히 잘 만든 곡을 준다기보다는 왠지 저에 대한 이야기를 만들어줄 것 같은 느낌적인 느낌? 호호, 죄송해요. 제가 괜히 쓸데없는 얘기를 했네요."

"아냐, 다 맞는 얘기인데 뭘. 혜지야, 너 끌리는 대로 해봐. 나도 뭔가 이상하게 찝찝하긴 하다."

"네, 이상하게 샘플링이라도 한 번 받아보고 싶어요."

"오케이! 아무튼 일단 눈앞에 있는 데뷔 무대부터 확실히 준비하자!"

수인은 오래된 매니저 생활로 아티스트의 촉이 얼마나 정확한지 알고 있기에 혜지의 말에 자신도 모르게 고개를 끄덕였다.

혜지는 한 달 동안 새로운 출발을 위해 그 누구보다 열심히 막바지 연습에 몰두했다. 수인이 옆에서 봐도 고통스러울 만큼 다이어트까지 병행하며 최선을 다했다. 이미 균형 잡힌 아이돌 몸매에도 불구하고 몸매 관리를 하니 한눈에도 예전 걸그룹 때보다 더 성숙한 이미지가 뿜어져 나왔다.

데뷔 날이 점점 다가올수록 연예기사들이 쏟아져 나왔다. 혜지와 태성의 콜라보 그룹 '글로우'에 대한 비판 기사들은 온통 혜지의 보컬 실력을 문제 삼았다. 그렇게 한 달의 시간이 흐른 후, 드디어 글로우의 앨범 쇼케이스 발표가 있는 날이었다.

수인이 강남에 있는 한 공연장에 도착하자 CN 후배 가수들의 공연이 한창이었다. 후배들의 축하공연이 끝나자 화려한 조명들이 무대를 비추며 무대의상을 입은 혜지와 태성이 등장했다.

많은 팬들과 기자들의 시선이 신경 쓰여 수인은 무대 멀리서 쇼를 바라볼 수밖에 없었다.

그런데 혜지의 모습이 충격적이었다. 은색 원피스 드레스를 입은 혜지는 마치 대놓고 섹시스타가 되기 위한 콘셉트로 무대 위에 섰다. 팬티가 보일 것처럼 짧고, 가슴골이 훤히 보일 정도로 깊이 파인 원피스는 뜨고 싶어 환장한 여자처럼 보이도록 오해하기에 충분했다.

수인의 마음도 모른 채 그를 발견한 혜지가 눈을 마주치며 미소를 지었다. 수인은 괜히 미안한 마음이 들었다. 아직 JS가 음반 제작 경험이 없어 CN에 기대어 가려 했지만 판단 미스였다. 내 밥그릇을 남에게 맡기다니. 실로 멍청한 생각이었다.

태성 위주의 랩과 퍼포먼스가 한차례 끝나고 혜지의 파트가 시작됐다. 걸그룹일 때는 두 줄 이상의 파트도 없던 혜지가 드디어 자신만의 무대에서 노래를 불렀다.

수많은 시간을 연습실에서 보낸 만큼 혜지의 보컬은 안정적이었고 개성 있었지만 절로 한숨이 나왔다. 이 무대는 누가 봐도 태성 위주의 곡이었고 무대였다. 혜지는 단순히 섹시 여가수가 피처링한 수준에 불과했다. 그때 한 남자가 옆으로 다가와 말을 건넸다.

"어때요? 무대 괜찮죠?"

태성이 속한 '슈퍼보이' 매니저 최태진 실장이었다. 하필 최태진 실장이라니. 이제야 어느 정도 이해가 갔다. 상업적으로 많은 보이그룹을 히트시킨 사람이니 CN에서도 가장 적임자라 판단했을 것이다.

"최실장님이 얘네 담당하셨습니까?"

수인은 눈을 찡그리며 말했다.

"네, 왜 맘에 안 드세요? 혜지도 쌈박하고 괜찮은데. 어휴, 애초부터 포유걸스에서도 저렇게 갔으면 아린이 제쳤을 것 같지 않아요? 확실히 벗겨놓으니까 예전과 다르죠?"

수인은 스스로를 자책했다. 혜지가 왜 그토록 다이어트를 혹독하게 했는지 이제야 이해할 수 있었다. 당연히 이런 시스템에 익숙해진 혜지에게는 별 다른 일이 아니었을 것이다. 수인은 다시 조심스럽게 얘기를 꺼냈다.

"글쎄요.. 컨셉이 너무 과한 것 같은데요. 이대로는 좀 힘들 것 같습니다."

"안 되긴요. 보기 좋은데. 아, 유혜지가 숨은 보석이었어요. 저희 내부에서도 다들 아쉬워합니다. 죽 쒀서 개 줬다고. 이제 JS 소속이니까요. 부럽습니다, 하이사님. 제가 포유걸스 매니저였다면 혜지 절대 안 놓쳤을 겁니다."

"아무튼 안 됩니다. 저희는 이런 컨셉으로 혜지 내보낼 수 없습니다."

"크하하하!"

수인을 향해 최실장이 폭소를 터트렸다.

"재밌네요. 이대로 내보낼 수 없다니."

수인은 은근히 자신을 깔보는 듯한 최실장 말에 화가 치밀어 올랐다. 유명 연예인이지만 노래는 모르지 않느냐는 무시가 잔뜩 섞여 있었다.

"아무튼 저희도 좀 생각을 해봐야 할 것 같습니다."

"생각을 하셔도 이제 와서 번복하기 힘든 상황인 거 아시죠?"

이미 모든 앨범 준비를 다 마친 상황에서 네가 뭘 하겠냐는 말이었다.

"JS에서는 손해 보는 장사는 아닐 겁니다. 게다가 재네 둘이 이어주기라도 한다면…."

"그건 또 무슨 말이죠?"

최실장은 흐뭇한 미소로 무대를 바라보면서 말을 이었다.

"태성이와 혜지. 재네 러브라인 만들어주면 딱 그림 나오죠?"

"네?"

굉장히 무례한 말이었다. 남의 연예인을 데리고 아직도 CN 소속인 양 멋대로 계획을 짜고 있었다.

"생각 없습니다. 만약 그렇게 되면 혜지에게 더 악영향일 뿐입니다."

최실장은 이해한다는 뜻으로 고개를 끄덕였다.

"하하, 아무래도 배우 생활을 하셔서 잘 모르시겠지만, 아이돌 산업이라는 게 그렇지 않습니다. 오히려 여자애들은 태성이와 사귄다하면 혜지에게 시기와 질투를 느끼면서도 막상 동경하고 부러워하게 될 겁니다. 그렇게 되면 혜지도 예전과 달리 많은 관심을 받게 되겠죠."

"아무튼 그럴 생각 없습니다. 분명히 말씀 드렸습니다. 그리고 지금 컨셉도 많이 수정해야 될 것 같습니다."

수인이 정중하게 얘기했지만 최실장은 어이없어 했다. 네까짓 게 무슨 자격으로 그런 얘기를 하냐는 표정이었다.

"거참, 남의 돈으로 장사하시는 분이 왜 이러시는지 모르겠네. JS 이번 영화도 잘된 것 같은데 이럴 바에는 아예 혜지 데리고 다른 것 하시죠?"

수인은 얼굴이 화끈 달아오르는 것을 느꼈지만 아무 말도 할 수 없었다. 제작비 한 푼 대지 않은 주제에 염치라도 있어야 했다.

"일단 알겠습니다."

"서운해하지 마시고 저만 믿으세요. 드디어 데뷔 낼 모레입니다."

최실장은 무대 위 혜지를 바라보며 계속 너스레를 떨었다.

수인은 쇼케이스를 마친 뒤 혜지와 같이 회사 사무실로 이동했다. 의상을 갈아입지 못한 혜지의 초미니 원피스가 눈에 아직도 거슬렸다. 수인은 괜히 성일에게 짜증을 냈다.

“야, 김성일. 너 왜 나한테 혜지 의상 말 안 했어? 생각이 있는 거야, 없는 거야?”

“아… CN 쪽에서 이미 픽스 났다고 해서…. 잘 어울리지 않나요?”

“얘가 모델이야? 패션쇼 나가? 그리고 유혜지, 너는 준다고 이런 걸 입어? 무슨 가수가 가져다 주는 옷 입는 사람이야?”

“이게 왜요? 저 포유걸스 때는 이거보다 더 짧은 것도 많이 입었는데? 좀 타이트해서 그렇지 이건 아무 것도 아니에요.”

두 사람은 수인이 별것 아닌 것 갖고 트집을 잡는다 생각했는지 대수롭지 않게 대답했다.

“오늘 무대 어땠어요?”

수인은 혜지 질문에 솔직하게 말해야 할지 망설여졌다. 말이 좋아 그룹이지 여전히 태성의 무대에 들러리로 보이기 십상이었다. 수인이 대답을 망설이자 혜지가 먼저 입을 열었다.

“치, 별로였구나.”

“잘하던데?”

수인이 무심하게 한마디 던지자 혜지가 마치 흐렸다 맑게 갠 하늘처럼 환하게 웃었다.

“정말요? 말도 안 돼.”

“뭘 말도 안 돼. 무대에서 너밖에 안 보이더라.”

“나 완전 태어나서 이렇게 노래 많이 불러본 적 처음이었단 말이에요. 가사 틀릴까 봐 얼마나 조마조마했는데.”

“그래, 너무 잘하려고 하지 말고 지금처럼만 해도 충분해.”

“네! 감사합니다. 저 진짜 열심히 할 거예요.”

"무리는 하지 말고. 그러다 목 상하면 큰일 난다."

"네, 저 신인 아니에요, 이사님. 걱정 마세요."

세 사람이 사무실에 도착하자 삼십대 중반으로 보이는 여자가 인사했다. 서대표가 말한 새로 뽑은 경영지원팀 여직원인 모양이었다. 영화 흥행으로 인한 수입과 정산작업이 생각보다 커지는 바람에 전문적인 회계 직원을 또 뽑아야만 했다.

"안녕하세요, 경원지원팀 과장 김다혜입니다. 잘 부탁드려요."

"잘 부탁드립니다. 하지석입니다."

김다혜는 수인과 악수를 하자 괜스레 볼이 빨개졌다. 서대표에게 듣기로 평소 하지석의 팬이어서 채용공고를 보자마자 안정적인 대기업도 그만두고 경력직으로 지원했다고 한다.

수인은 어찌됐건 인건비를 감안하더라도 앞으로 회사에 허투로 쓰이는 돈이 줄기에 조금은 안심이 됐다.

"후, 매니저는 도대체 언제 뽑는 건지…."

성일은 다혜를 보자마자 내심 못마땅한 듯 한숨을 내쉬었다. 무심코 핸드폰을 만지작거리다 갑자기 소리를 질렀다.

"이사님, 대박! 태성 SNS 봤어요?"

성일이가 건네준 화면에는 태성이 쇼케이스 전 혜지와 같이 찍은 사진이 올라와 있었다. 혜지가 태성에게 팔짱을 끼며 다정한 포즈를 취한 사진이었다. 아까 최실장 말대로 CN 쪽에서는 두 사람의 러브라인으로 마케팅 해나가려는 듯했다. 하지만 이런 경우에 여자 연예인은 득보다 실이 많았다. 수인의 예상대로 사진 밑 댓글에는 이미 혜지를 향한 악의적인 댓글들이 가득했다.

-얘 탈퇴하더니 아직도 CN에서 비벼대네?

-핑크 때도 재 할 줄 아는 거 꼬리치는 거밖에 없었음.

-이제 아예 벗고 다니네, 쯧쯧.

-근데 의외로 노래는 좀 하던데? 근데 이번에 망하면 바로 매장 당할 듯.

이런 개새끼!

수인은 머리끝까지 화가 치밀어 올랐다. 당장이라도 최실장 멱살을 잡고 사진을 내리라고 하고 싶었다. 수인은 서둘러 혜지를 불렀다.

"유혜지, 너 이사진 뭐야?"

"응? 아까 공연 전에 사진 찍은 거잖아요."

"왜 이런 포즈를 취했냐고!"

"무슨 포즈요? 이 포즈 원래 내 트레이드마크인데?"

"야, 아무튼 너 앞으로 활동할 때 그놈하고 말도 섞지 마!"

"어떻게 파트너랑 말도 안 하고 노래 불러요?"

혜지가 혀를 차며 말했다. 수인은 결국 분을 못 참고 당장 최실장에게 전화를 하려 했다. 성일이 말렸다.

"냅두세요. 어쨌든 이슈는 될 거 아니에요. 어차피 내일 음원 발표인데 좀 더 지켜보죠."

수인은 입술을 깨물며 핸드폰을 내려놨다.

'태성X혜지 〈글로우〉데뷔! 잠시 후 생방무대'

상암동 공개홀. 드디어 혜지의 데뷔가 임박했다. 라이브로 진행되는 음악방송 프로그램에 취재진들이 자리를 가득 매웠다. 기자들의 관심은 온통 글로우 데뷔 무대에 초점이 맞춰져 있었다.

"이사님, 혜지 지금 실검 1위 떴어요!"

"뭐?"

성일의 말대로 혜지가 1위, 태성이 2위였다. 하지만 긍정적인 느낌의 검색은 아니었다. 연관 검색어로 유혜지 과거, 유혜지 몸매 같은 검색어들이 가득 찼다.

드디어 앞 팀의 무대가 끝나고 글로우의 무대가 시작됐다. 총 3곡. 확실히 대형기획사의 파워가 있는 만큼 9분간의 방송 시간을 따냈다. 단순히 타이틀곡뿐만 아니라 다양한 무대를 통해 혜지의 매력을 보여줄 수 있어 수인에게는 한결 다행이었다.

연한 붉은색 조명들이 무대를 한껏 휘저은 다음 그룹 글로우가 등장했다. 무대는 확실히 많은 제작비를 쏟은 게 눈에 보일 정도로 화려했다. 수인이 강력하게 주장한 덕분에 의상도 바꿀 수 있었다. 물론 가슴이 좀 덜 파인 정도였지만.

무대 뒤로 보이는 초대형 스크린에 혜지의 매력적인 얼굴이 가득 찼다. 확실히 오랜 시간 아이돌 활동을 한 덕분인지 혜지는 카메라에 능숙하게 대처하며 안정적인 보컬실력을 발휘했다. 가수들은 어떻게 저렇게 바쁘게 움직이면서도 카메라를 확인할 수 있는지 경이로웠다.

"아무래도 바로 1위 할 수 있겠죠? 그래도 CN빨이라는 게 있는데…."

성일의 말에 수인도 동의했다. 1위는 당연한 성적이어야만 했다. 두 사람은 사실 1위를 밥 먹듯이 하던 그룹의 멤버들이기도 했다.

"근데… 혜지 엄청 잘하고 섹시하긴 한데, 뭔가 좀 싸 보이지 않나요?"

성일의 말대로 무대, 노래 모든 게 완벽했지만, 혜지가 손해 보는 느낌이 계속 수인의 머릿속에 맴돌았다. 그때였다. 리허설 때 보지 못한, 의자에 앉아서 보여주는 혜지의 섹시 퍼포먼스가 시작됐다.

혜지는 의자 위에서 계속 다리를 꼬고 일어났다가 앉았다. 결국 스커트 사이로 팬티가 계속 반복적으로 노출되는 사고가 일어나고 말았다. 수인은 그 장면을 보고 자신도 모르게 욕지거리가 나왔다.

"어떤 새끼야, 재 속바지도 안 입히고 올려 보낸 게!"

수인은 경련이 이는 것처럼 볼이 파르르 떨렸다. 결국 가장 우려하던 일이 터지고 만 것이다. 혜지도 그 사실을 알았는지 엔딩포즈에서 잔뜩 풀이 죽은 모습으로 마지막 무대를 마쳤다. 그동안 밤낮없이 해왔던 노력이 한순간에 물거품이 되었다. 그때 한 기자가 수인을 발견하고 쏜살같이 뛰어오자 다른 기자들도 너도나도 할 것 없이 달려들었다.

"혜지 씨 팬티 노출 의도된 장면인가요?"

"하지석 씨, 유혜지 양을 본인이 직접 데리고 왔는데 무슨 특별한 이유라도 있었나요?"

"전부터 이번 무대 섹시 컨셉에 대해 말이 많은데 잠깐 인터뷰 좀 해주시죠."

"생각보다 혜지 씨 라이브가 괜찮던데 무슨 비결이라도 있었나요?"

기자들이 쉴 틈 없이 질문들을 해댔다. 수인은 기자들을 정면으로 바라보며 능숙하게 대처했다.

"방송사고고요, 나중에 기자님들 질문 한 번에 받겠습니다. 죄송합니다."

수인은 서둘러 기자들 사이를 비집고 혜지가 있는 대기실로 향했다.

"안녕하십니까!"

수인이 대기실에 등장하자 태성이 큰 목소리로 90도 인사를 했다.

"어? 그래."

수인은 어색하게 태성과 악수를 했다.

"그럼 저 잠시 나가보겠습니다. 혜지랑 편하게 얘기 나누십쇼."

울고 있는 혜지를 흘깃 돌아보고는 미안한 표정으로 태성이 나갔다.

혜지는 수인을 보자 한껏 더 울음을 크게 터트렸다.

"이사님!"

"혜지야."

"나 어떡해요? 속옷 다 방송에 나갔어요? 진짜 방송사고예요?"

"그러게 왜 속바지도 안 입었어?"

"원래 의자 안무 없었는데 리허설 때 갑자기 바뀌어서 깜빡했어요. 원래 다 서 있는 안무밖에 없어서 안 입었단 말이에요!"

가뜩이나 이번 컨셉 불안했는데 앞으로 일들은 안 봐도 뻔했다. 그때 대기실 문이 쾅, 부서지듯 열리면서 덩치 큰 남자가 들어섰다. 목에 걸린 사원증을 보니 음악프로 이재민 피디였다. 원래 방송가에서도 다혈질로 유명한데 팬티 노출 때문에 생방이고 뭐고 열이 받아 다 집어치우고 뛰어 들어온 것 같다.

"뭐야, 너 미쳤어? 누구 끌려가서 시말서 쓰는 꼴 보고 싶어서 그래?"

남자는 큐시트를 집어 던지며 혜지에게 짜증을 냈다. 혜지는 연신 죄송하다며 머리를 조아렸다.

"피디님, 좋게 생각하세요. 이것도 노이즈 마케팅이라고 오늘 동영상 조회 수 엄청 나오겠네요, 헤헤."

성일이 상황 파악도 못하고 넉살 좋게 농담을 하자 이피디가 못 참고 성일의 뺨을 후려갈겼다.

"뭐야? 너 매니저야? 어디서 굴러먹다 온 새끼길래 그딴 소리를 해! 노이즈 마케팅? 이 새끼가 진짜 말이면 다인 줄 아나!"

성일은 빨갛게 부어오른 뺨을 만지며 이피디를 노려보았다.

연예인 매니저가 아무리 갖은 수모를 당한다고는 하지만 피디에게 빵따귀를 맞았으니 꽤나 열이 받은 듯했다.

"뭘 봐, 이 새끼야. 걔 이제 CN도 아니라며! 어디 회사길래 여자애 속바지도 안 입혀!"

"JS입니다. 제가 우리 애들 책임자고요."

수인이 나서자 이재민 피디가 움칫했다.

"아니, 그러니까 하지석 씨는 왜 안 하던 아이돌을 키워가지고 이런 일을 만듭니까?"

"안 하던 사업이라뇨? 저는 그럼 아이돌 제작하면 안 된다는 말입니까?"

"그게 아니라 요즘 개나 소나 아이돌 만드니까 이런 일이 일어나는 거 아닙니까?

"개나 소나? 지금 뭐라고 하셨죠?"

"거참, 그런 뜻이 아니라…."

이재민 PD 말이 끝나기도 전에 수인이 혜지를 향해 소리쳤다.

"야, 유혜지! 너 빨리 짐 싸!"

"이사님…."

혜지가 다시 울먹거렸다.

"빨리! 오늘부터 너 글로우 활동 접을 거야!"

"네?"

"성일아, 빨리 짐 싸고 혜지 데리고 가."

"이사님, 아무리 그래도…."

"못 하겠어? 그런 내가 할게."

우물쭈물 망설이는 성일 대신 수인은 직접 혜지의 짐들을 챙겼다.

이재민 피디도 놀랐는지 어쩔 줄 몰라 했지만 수인은 아랑곳하지 않고 짐을 챙겨 대기실을 빠져나갔다.

"하이사님, 지금 장난하십니까? 갑자기 활동을 중단하겠다니요?"

"혜지 그런 컨셉으로 계속 방송 활동이 가능하다고 보십니까?"

"아, 정말 답답하네. 제가 더 전문가지, 하이사님이 더 잘 압니까?"

CN 최실장이 소식을 듣고 펄펄 뛰면서 전화를 해왔다. 요즘 톱 가수들은 약 2주 정도의 방송활동을 한다. 음원이란 것도 초반에 공개했을 때 최대한 수입을 벌어들이는 구조라 아무리 대형기획사라 해도 그때 바짝 활동을 해야만 한다. 근데 첫 방을 하자마자 발을 빼겠다고 하니 최실장 입장에서는 미치고 팔짝 뛸 노릇일 게 당연했다.

"이번 앨범 혜지 보컬이 중요하지, 예전처럼 여자 걸그룹 같은 컨셉은 필요 없습니다."

"이봐요, 하이사님. 나도 다 듣는 귀가 있습니다. 장실장 일 때문에 혜지 데리고 뭐 하려는지 모르겠지만 내가 다 만들어놓은 그룹을 그렇게 일방적으로 무산시키고, 이게 말이 됩니까?"

"일단 그쪽 입장도 알겠습니다. 제가 조만간 해결책 가지고 다시 말씀 드리겠습니다."

"조만간이 아니고 내일 당장 전화하세요."

최실장이 단칼에 전화를 끊자, 수인은 복잡한 마음으로 시트에 몸을 기댔다.

새로 산 벤 차량에 있는 모니터에서는 문피디가 새로 기획한 '홍식당'이 방송되고 있었다. 신혼부부가 수인의 사건과 오연희가 하차하게 되면서 엎어지자 새로운 프로그램으로 다시 또 승승장구 하고 있었다. 스타 피디답게 첫 방부터 화제몰이를 하더니 이미 순식간에 인기 프로그램이 됐다. 낯선 외국 땅에서 좌충우돌하며 식당을 꾸리는 연예인들의 모습이 굉장한 재미가 있었다.

게다가 그 프로에 출연하는 영화배우 최유미는 영화에서 보던 이미지와 달리 누구보다 러블리하고 청순한 모습을 보여주며 시청자들의 사랑을 듬뿍 받고 있었다. 수인이 대중들에게 딱 보여주고 싶은 혜지의 이미지였다.

수인은 모니터에 흐르는 BGM을 듣고 머릿속에 한 가지 생각이 스쳐 지나갔다. 장면마다 아름다운 배경음악들이 나오지만 정작 식당에 있는 외국인들에게 들려주는 노래는 없었다.

수인은 갑자기 외국인들에게 한국 노래 한 곡을 선물로 해주면 어떨까, 하는 생각이 들었다. 수인은 생각을 마치자마자 바로 문피디에게 전화를 걸었다.

"어, 지석아. 어쩐 일이야?"

"네, 형님. 별일 없으시죠?"

"별일 없기는. 말도 마. 너랑 연희 씨가 나 물 먹여서 그동안 얼마나 고생했는데."

"제가 면목이 없습니다."

"아냐, 됐어. 다 지난 일인데 뭐. 그나저나 오늘 혜지 앨범 나왔던데. 그때 장실장이 소개시켜준 작곡가랑 일한 거야?"

"아니에요, 형님. 그냥 CN 앨범에 혜지만 참여했어요. 아무래도 저희는 인프라가 없으니까요."

"그래도 그 친구 노래 잘하던데?"

"사실 그래서 전화 드린 건데요…. 홍식당 게스트 필요하지 않으세요?"

"게스트? 글쎄, 너도 알다시피 우리 프로는 외지에서 촬영하는데다 고정 출연자 위주라 계획은 없어. 근데 왜?"

수인은 무심한 문피디의 답변에 점점 더 초조해졌다.

"형님, 지금 시간 어때요? 오랜만에 식사라도 같이 할까요?"

"그래? 나 지금 편집실에 있으니까 시간은 괜찮아. 어디서 볼까?"

"어디긴요. 제가 찾아봬야죠."

수인은 서둘러 전화를 끊고 성일이에게 말했다.

"성일아, 바로 TVC로 가자. 급하다."

성일은 수인의 말과 동시에 엑셀을 깊게 밟았다.

수인은 방송국 앞 한식당으로 혜지와 함께 들어갔다.

"들어가면 인사 잘해. 장실장 일도 그렇고 우리 많이 도와주신 분이야."

"정말요? 문피디님이 장실장님을 아세요?"

수인은 고개를 끄덕였다.

"하지석!"

수인을 발견한 문피디가 안쪽 테이블에서 먼저 불렀다.

"안녕하세요! 유혜지입니다."

"아, 반가워요. 혜지 양. 새로 나온 노래 잘 듣고 있어요."

"네, 감사합니다. 근데 오늘 또 사고를 쳐서… 헤헤."

해맑게 웃는 혜지를 보자 문피디도 특유의 미소로 답했다.

수인은 자리에 앉아 홍식당에 관련된 이야기는 일절 한마디도 꺼내지 않았다. 그냥 자연스럽게 그동안의 근황과 신혼부부가 중단되게 된 과정에 대해 거듭 사과의 뜻을 내비쳤다.

“아, 그럼 연희 씨도 JS로 옮기게 되는 거야?”

“네, 이제 곧 소속사 계약기간 만료되면 정식으로 계약하려고요.”

“축하해. 두 사람이 같이 손잡을지 꿈에도 생각 못 했어.”

“다 감독님 덕분이죠.”

“이제 JS 완전 스타 군단 된 거 아니야? 확실히 톱스타 오연희가 있다고 하니 회사 느낌이 다르네. 게다가 지수 씨도 굉장히 주목받고 있고, 혜지 양도 오늘 이렇게 앨범 내고. 게다가 하지석까지. 야, 앞으로 잘 보여야겠어.”

“형님만 하겠어요. 요즘 홍식당 때문에 다들 난리인데.”

“에휴, 다들 잘 되는데 나만 안 풀리네. 나만.”

문피디가 과장된 한숨 소리를 냈다. 수인은 그 틈을 놓치지 않았다.

“왜요, 무슨 문제 있어요?”

“그게… 윗선에서는 OST 사업 좀 하라고 하는데, 알지? 요새 우리 프로 배경음악들이 인기가 높은 거.”

“네, 선곡들이 너무 좋던데요.”

“그니까 이번 기회로 많은 곡들이 알려줘야 가수들도 좋을 텐데. 위에서는 자체적으로 만들라는 거지. 알다시피 드라마 OST도 히트치면 그 수익이 엄청나잖아.”

“네, 그런데요? 만드시면 되는 거 아닌가요?”

“근데 우리 출연자들 얘기해보니 다들 노래는 못 하겠다고 하더라고. 연기자들인데, 억지로 노래하라고 할 수도 없는 거고.”

수인이 생각한 대로 제작진들도 프로그램 자체적으로 직접 만든 음악이나 노래의 필요성을 느꼈던 것 같다.

"사실 저도 같은 생각했거든요."

"정말이야?"

수인은 호기심에 가득 찬 문피디의 눈을 뚫어지게 쳐다보며 말했다.

"네, 낯선 외국 땅에서 식당을 차린다는 로망에 맞춰서 뭔가 더 감성적인 메인 곡이 필요하다고 생각했어요. 아무래도 가사가 더 직접적으로 와 닿는 노래로요."

"그래? 근데 같은 연기자로서 어떻게 생각해? 우리 출연진들 한 명이 노래 부르는 걸?"

"글쎄요, 아무래도 연기자들에게는 부담이죠. 지금 출연하시는 홍 선생님이나 최유미 씨는 아마 자신 없을 거예요."

"그럼 그냥 작곡가랑 가수 붙여서 곡을 하나 만드는 게 나으려나?"

"아니죠, 형님. 홍식당의 재미는 직접 그 프로그램에서 나오는 곡이 나왔을 때 재미가 있죠."

"정확히 어떤 얘기지?"

수인은 슬쩍 미소를 지은 채 옆에 혜지를 바라봤다. 문피디가 어리둥절한 표정으로 물었다.

"혜지 양을 부르게 하자고? 그건 윗선에서 자를 거야. 더 이름 있는 가수를 쓰라고."

"아니죠, 형."

"그럼?"

"혜지를 홍식당에서 노래를 부르게 만들어요. 자연스럽게."

"현장에서?"

"네, 게스트로 식당 일 도우러 왔다가 외국인 요청에 우연히 노래를 부르게 만드는 설정이 좋을 것 같은데? 자연스럽고."

"글쎄… 좋은 생각이긴 한데, 아이돌 게스트 출연은 좀 위험해. 우리 프로그램 본질과도 거리가 있고."

수인은 문피디의 고민이 단숨에 정리되는 얘기를 들려주었다.

"형님, 혜지 오늘 첫 방 하고 방송 접을 거거든요. 앞으로 그 이유에 대해서 어떤 공식 인터뷰도 진행하지 않을 생각이에요. 혜지는 이번 새 앨범 노출 사고로 상심해서 베트남으로 혼자 여행을 간 거고요. 거기서 우연히 홍식당을 가게 되죠. 형님이 굳이 아는 척 안 해도 혜지가 그 장소에서 식사를 하면 출연진들이 어차피 알아볼 거예요. 그러면 혜지 속마음도 인터뷰 하면서 편하게 노래 부를 수 있는 장면들을 만들어줘요. 그럼 아무도 모르게 자연스러운 장면이 나올 거예요. 물론 오늘 이 얘기는 저희 셋만 아는 겁니다."

문피디는 선불리 대답하지 않았다. 연출자로서 어쩌면 조작에 가까운 장면들이 크게 내키지 않을 수 있다. 수인은 그런 문피디에게 마지막 한마디를 보탰다.

"형님, 다음 프로가 됐든, 뭐가 됐든, 제가 필요하실 때 언제든지 게스트로 한 번 출연할게요."

수인은 혜지 일이 아니더라도 신혼부부가 폐지된 미안함에 항상 문피디에게 마음의 빚을 지고 있었다.

"혜지 양 스케줄은 맞출 수 있는 거지? 곡은? 곡도 직접 준비할 수 있고?"

"네, 혜지 그날까지 다른 스케줄 안 잡을 겁니다. 곡도 직접 준비해서 샘플 보내드릴게요. 확인해주세요."

“작곡가는 따로 있는 거야?”
“네, 생각하고 있는 사람이 있습니다.”
수인의 말에 혜지도 같은 생각을 했는지 슬쩍 미소를 지었다.
“그래 네 말대로 나쁘지 않을 것 같긴 해. 다만 혜지 양 노래가 어떨지 중요하긴 한데 그건 곡 나오면 차차 조율해보자고.”
“네, 감사합니다. 항상 신세만 지고.”
“아냐, 앞으로 JS에 나도 도움 받을 일 많을 것 같아!”
“하하, 어떤 일이든 도와 드리겠습니다.”
“감사합니다. 감독님, 저 진짜 피해 안 끼치도록 연습 많이 할게요.”
문피디는 혜지에게 손을 내밀고 악수를 청했다.

수인은 혜지와 함께 사무실에 도착하자 서로를 바라보며 환호성을 질렀다.
“이사님, 최고! 어떻게 그런 생각하셨어요?”
“아까 차에서 보는데 그냥 딱 네 생각이 나더라고”
수인은 앞으로 혜지가 나아가야 할 방향으로 조금이나마 접근한 것 같아 다행이라 생각했다. 혜지 역시 드디어 데뷔 이후 처음으로 무언가 이뤘다는 성취감에 한껏 들떠 있었다.
“수고했어. 또 잘했고.”
“제가 뭘 했다고요. 이사님이 혼자 북 치고 장구 치고 하셨지. 전 이제부터죠!”
주먹을 불끈 지으며 화이팅을 취하는 혜지의 모습에 수인 또한 절로 웃음이 났다.
“근데 그 작곡가… 저랑 같은 생각하신 거 맞죠?”

궁금한 표정으로 수인을 올려다보는 혜지의 머리를 쓰다듬으며 수인이 자신 있게 말했다.

"맞아, 네 느낌 한 번 믿어보자!"

2주 후, 수인과 혜지는 정말 용감하게도 베트남에 도착하고 말았다. 문피디는 고맙게도 수인의 부탁대로 이 사실을 제작진 누구에게도 말하지 않고 스케줄을 잡아줬다.

김성수 작곡가도 서둘러 혜지가 쓴 가사에 맞춰 멜로디를 보내왔다. 수인은 그 멜로디를 출국 전에 문피디에게 보내 두었고, 의외로 문피디는 마음에 들어 했다.

"이사님, 생각보다 덥죠? 후…."

공항을 나온 혜지가 햇빛을 손으로 가리며 말했다.

"선글라스 껴."

수인은 평소 조각 같던 외모의 지석이에게 선글라스가 잘 어울려 부러워했던 기억이 새삼 떠올랐다.

"깜빡해가지고…."

"제정신이니? 너 여기서 누구한테도 들키면 안 돼."

혜지는 가방에서 모자를 꺼낸 다음 푹 눌러쓰고 다시 수인을 바라봤다.

"이제 됐죠?"

"그래, 가다가 선글라스부터 하나 사자. 포유걸스 동남아에서도 팬 많잖아."

"네, 좋아요. 제가 그래도 유명 아이돌 출신이잖아요, 호호."

혜지가 천진난만하게 웃었다. 이렇게 해맑은 아이가 그동안 상처를 어떻게 숨기고 살았나 싶어 수인은 가끔 마음이 아렸다.

"저희 이제 어디로 가요? 방송에서 봤는데 빨리 가고 싶어요."

"들뜨지 말고. 우리 여기 놀러온 거 아니야."

"나도 알아요. 노래 가사도 벌써 다 외웠거든요. 빨리 가요."

혜지는 수인의 손을 잡고 발걸음을 재촉했다.

수인은 막상 베트남에 도착하니 몸소 느껴지는 걱정이 이만저만이 아니었다. 혜지가 예상대로 자연스럽게 노래를 부를 수 있을지도 미지수였고, 이 사실이 만에 하나라도 밖에 새어 나간다면 혜지는 더 이상 활동이 어려울 수도 있었다. 또한 문피디에게도 엄청난 피해를 주게 된다. 한창 잘나가는 프로그램에 조작 의혹으로 명예를 떨어트리게 된다면 생각만 해도 끔찍한 일이었다.

"저 배 타야 되는 거 맞죠?"

홍식당이 있는 섬으로 들어가는 배를 보자 혜지가 크게 소리쳤다.

배 안에는 동양인보다 서양인들이 압도적으로 많았다. 아무래도 수중 레저를 즐기는 사람들이 대부분인 섬인 것 같았다. 이런저런 생각에 잠긴 수인에게 혜지가 조그맣게 소곤거렸다.

"걱정 많이 되시죠?"

"무슨 걱정?"

"제가 못 할까 봐…."

"문피디랑 나 바보 아니거든."

수인의 무심한 대답에 혜지가 바다를 보며 중얼거렸다.

"이사님, 이 섬 날씨는 항상 이렇게 매일 맑겠죠?"

"그럼, 괜히 관광지겠냐?"

"한국 돌아가면 내 인생도 이제 항상 맑음이었으면 좋겠어요. 이

섬처럼….”

수인은 속말을 털어놓는 혜지의 얼굴을 가만히 바라봤다. 피부가 맑고 촉촉해서 무대화장보다 이렇게 노 메이크업이 훨씬 예쁜 아이였다. 게다가 바닷바람에 휘날리는 길고 검은 생머리가 평소보다 더 예뻐 보이게 만들었다.

“지금 그러려고 여기까지 온 거잖아.”

“이사님은 언제가 가장 좋았어요?”

“무슨 소리야?”

“유명 배우가 되고 나서 언제가 가장 좋았냐고요?”

수인은 딱히 대답할 말이 생각나지 않았다. 아니 어쩌면 아직까지 그런 적이 없었기 때문인지도 몰랐다.

“됐어. 시시콜콜한 얘기하고 싶지 않아. 감상에 빠지지 마. 너 오늘 여기서 삐끗하면 진짜 마지막일 수도 있어. 나 CN한테 소송 당할 수도 있다고.”

수인의 말에 서운했는지 혜지는 금방 말이 없어졌다가 느닷없이 인사를 했다.

“감사합니다.”

“뭐가?”

“저 받아주신 거요.”

“문피디한테 고맙다고 해. 난 한 거 아무것도 없어.”

“아닌 거 다 알아요, 이사님. 저 요즘 뭔가 정말 일을 하고 있단 생각 들어요. 그저 그냥 회사에서 잡은 스케줄 따라다니며 무슨 그룹 누구가 아니라 유혜지로 살고 있어요. JS 식구이자 이 회사를 먹여 살려야 되는 아티스트로서 책임감도 가지게 되고요.”

"이런 걸 보고 뭐라고 하는지 알아? 주제파악 못 한다고 하는 거야. 네가 그런 걱정까지 하면 서대표님이랑 나는 뭐하겠니?"

"그런가요? 죄송합니다. 제가 욕심이 너무 과했네요. 그나저나 저 오늘 팝송 불러도 돼요?"

혜지가 민망했는지 금세 화제를 돌렸다.

"왜? 기껏 작곡가 불러 작곡비 주고 녹음실 사용료 쓰고, 너 그 돈이 얼만 줄 알고 갑자기 팝송을 부른대?"

"아뇨, 일단 저 기타로 그 노래 다 칠 수 있거든요."

수인은 혜지의 말에 내심 놀랐다. 본인 또한 아이돌에 대한 선입견 때문인지 혜지가 그 짧은 기간 동안 직접 곡을 연주할 수 있을 거라고는 생각지 못했다.

"정말이야? 근데 왠 팝송?"

"만약 두 곡 부르게 되면 꼭 부르고 싶은 노래가 있거든요."

"뭔데?"

수인의 눈치를 살피던 혜지는 눈만 끔벅이더니 혼자 배시시 웃었다.

"그건 비밀이에요. 아무도 안 가르쳐줄 거예요."

"그래, 맘대로 해. 두 곡이나 시켜줄려나 모르겠다."

"네. 저도 나름 비장의 무기가 있습니다."

바람에 날린 앞머리를 정리하면서 혜지는 혼자 재미있다는 듯이 미소를 지었다.

무사히 섬에 도착한 수인은 숙소에 짐을 풀고 차분히 문피디의 연락을 기다렸다.

문피디는 저녁 손님들이 다 빠진 시간에 혜지가 등장하길 원했다.

수인은 가만히 혜지가 연습하고 있는 모습을 지켜봤다. 혜지의 음색은 확실히 남달랐다. 가수가 되고도 남을 실력이었다.

아이돌 그룹은 투자한 비용을 최대한 뽑아 먹을 수 있는 타이밍을 놓치면 안 되기에 개개인의 음악적 역량을 키워주는 데 한계가 있는 것 같다. 최실장의 속셈도 그런 게 뻔했다. 수인은 이제 와 생각해보니 그들을 탓할 필요도 없단 생각이 들었다. 다만 그쪽에 너무 무지했던 자신의 능력만 탓할 뿐이었다.

"메이크업은 안 해?"

"네, 그냥 이 얼굴이 가장 저다운 것 같아요."

수인도 고개를 끄덕였다.

"너 그 기타 들고 가면 안 된다. 기타 들고 해변가에 어슬렁거리면 누가 봐도 연출한 것 같지 않겠니?"

"헉, 그럼 저 어떡해요. 저 기타 반주에 맞춰서 계속 연습했는데…."

"걱정 마. 문피디한테 물어봤는데 식당에도 기타 있대."

"휴, 다행이다."

그때 드디어 기다리고 기다렸던 문피디에게서 연락이 왔다.

"네, 형님."

"어, 지석아. 우리 출연진들 이제 마무리하려 하거든. 혜지 이제 천천히 혼자 보낼래? 자연스럽게 식당 손님으로 들어오면 될 것 같다. 메이크업이나 의상 꾸미지 말고. 알았지?"

"네, 걱정 안 하셔도 됩니다."

수인은 전화를 끊고 혜지를 바라봤다.

"혼자 잘할 수 있지? 믿는다."

"네."

혜지는 숙소를 혼자 빠져나와 천천히 홍식당으로 향했다. 이제는 그 누구에게도 도움을 받지 않고 오롯이 자신의 힘으로 해내야만 했다. 식당에 도착하자 혜지는 자연스럽게 주문을 하고 요리를 기다렸다. 출연자들도 알아보지 못한 상황에서 한 작가가 뒤늦게 혜지임을 발견하고 급하게 콜을 했다.

"세진 오빠, 쟤 유혜지에요. 포유걸스 유혜지. 자연스럽게 얘기 나눠봐요."

제작진들은 뜻하지 않은 연예인을 제법 반가워했고, 문피디 또한 모른 척 상황을 지켜봤다.

식당에서 서빙 담당인 남자배우 김세진은 작가의 주문대로 혜지에게 다가갔다. 김세진은 평소 방송에서도 자신이 포유걸스 팬이라며 공공연히 말하고 다녔기에 신나 했다.

"저기, 혜지 씨 맞죠? 포유걸스."

"네?"

혜지는 내색하지 않고 놀라는 표정을 지었다.

"아, 진짜 맞구나. 근데 여기 어떻게 왔어요? 여기 방송에서도 장소 공개 안 해서 아무도 모를 텐데…."

"아, 네…. 근데 저 정말 여기 방송인 줄 모르고 들어왔는데. 이거 방송 나가요?"

혜지가 생각보다 많이 놀라며 방송 출연에 거부감을 느끼자 작가들은 잠시 녹화를 끊은 채 혜지에게 달려왔다.

혜지는 차분하게 이번 글로우 무대 노출 사건으로 당분간 방송 활동을 쉬고 싶은 심정을 얘기했고, 생각을 정리하고자 온 여행에서 우연히 이 식당에 들렀을 뿐이라고 말했다.

작가들은 텅 빈 식당에서 혜지 얘기를 담는 게 제법 방송거리가 될 거라 생각했는지 정식으로 출연 요청을 했다. 혜지도 못 이기는 척 요청을 수락했다.

출연자들은 혜지가 주문한 클럽 샌드위치와 불고기 요리뿐만 아니라 푸짐하게 한 상을 차린 뒤 같이 식사했다. 원로배우 홍여진 선생님, 온 국민의 사랑을 받고 있는 배우 최유미 그리고 자상한 남자 배우 김세진까지, 혜지에게는 꿈만 같은 순간이었다.

"그러니까 겨우 그까짓 속옷 조금 보였다고 활동 접은 거야?"

"네? 접지는 않고 방송 활동만…."

평소 독설을 거리낌 없이 날리는 홍선생님 말에 혜지가 움찔했다.

"선생님, 혜지 양 무섭겠어요."

최유미가 특유의 싹싹한 미소로 넉살을 부려봤지만 혜지의 고민을 들은 홍선생님은 더더욱 혜지를 다그쳤다.

"그래서 사람들이 네 목소리보다 네 팬티를 볼까 봐 그게 무서워서 노래를 안 부른다고?"

"아뇨, 그런 건 아니지만…."

"야, 얘 노래 한 번 시켜봐. 얘, 나 너 노래 못 들어봤어. 한번 들어보자."

처음 본 연예계 선배들이었지만 혜지를 진심으로 걱정해주는 마음에 혜지의 눈가가 이미 촉촉이 젖어 있었다. 그 때 문피디가 식당 한편에 있는 기타를 갖다주었다.

"저 진짜 노래 불러봐도 돼요?"

"그럼, 내가 여기 사장인데 누가 뭐라 하겠니?"

홍선생님의 응원에 혜지는 천천히 기타 줄을 튕겨보았다. 기타는 새로 튜닝 할 필요도 없이 이미 정확한 음이 잘 잡혀 있었다. 혜지는 김성수 작곡가 보내준 '찬란하지 않아도' 전주를 시작했다. 혜지의 기타 음률이 야심한 밤 베트남의 작은 섬을 가득 메웠다. 홍식당에 참여하고 있는 모든 스텝들도 편안해 보이는 얼굴로 다들 혜지를 바라봤다.

'기억해 널. 이 순간을. 영원히 기억할 거야.

사랑해 널. 어제보다 오늘 더. 사랑해 우리 영원토록.'

혜지의 노래가 끝나자 홍식당에 있던 사람들이 다 같이 박수와 환호를 보냈다.

혜지가 직접 작사한 가사들과 잔잔한 멜로디가 어우러지면서 마치 해변가에 있는 작은 식당에서 콘서트가 열린 기분이었다. 홍선생님은 적잖이 감동을 먹은 표정이었다.

"선생님, 어떠셨어요?"

최유미가 묻자 홍선생님이 입이 마르도록 혜지를 칭찬했다.

"난 또 아이돌 출신이라 시끄러운 노래할 줄 알았더니 너 어쩜 그렇게 노래를 잘하니? 우리 식당에서 라이브 가수 해도 되겠다."

혜지가 부끄럽다는 듯이 웃어 보이자 최유미가 조심스레 혜지에게 물어봤다.

"이거 근데 못 들어본 노래인데 무슨 노래예요?"

"아, 이거 제가 작사 작곡한 노래입니다."

모두들 예상치 못했다는 듯 놀라워하자 혜지는 어색하게 웃어 보이며 입을 열었다.

"너무 별로죠? 그냥 저 혼자 끄적거리면서 만든 노래라…."

"아니에요, 무슨. 너무 좋아서 깜짝 놀랐어요. 작사 작곡까지 할 줄은. 혹시 한 곡 더 부탁할 수 있어요?"

"아, 한 곡 더요? 음… 네, 괜찮습니다."

"이번에도 자작곡인가요?"

"아니요, 제가 제일 좋아하는 노래 부르려고요. 영화 비긴어게인 OST. lost stars."

곧바로 누구나 들으면 알 만한 익숙한 전주가 나왔다.

모두가 기대에 찬 눈으로 혜지를 바라봤다. 문피디는 의도적으로 카메라 한 대는 맑은 하늘에 있는 별들을 찍게 했다. 편집 시 혜지의 노래와 함께 보낼 생각이었다.

평소보다 어지러이 펼쳐진 별들은 정말 혜지의 노래를 대변하고 싶었는지 평소보다 더 밝게 빛나고 있었다.

혜지는 실수 없이 중반부까지 마치 자신의 이야기인 것처럼 잘 불렀다. 크게 고음이 없는 관계로 평소 맑은 음색이 잘 드러나는 좋은 선곡이었다.

그런데 노래 후반부에서 갑자기 혜지는 터지는 눈물을 못 참고 기타를 내려놨다.

그동안 가수를 꿈꾸며 방황했던 자신의 청춘과 노래 가사가 절묘하게 맞았는지 노래를 끝까지 잇지 못했다. 현장에 있던 많은 사람들도 혜지의 노래에 많은 공감을 하며 눈물을 글썽였다.

"죄송합니다…."

혜지가 눈물을 닦으며 모두에게 일어나 인사하자 다들 박수로 화답해줬다. 문피디 옆에 있던 메인작가는 문피디의 어깨를 치며 좋아하는 감정을 숨기지 못했다.

"감독님, 어떡해요. 방송 완전 잘 나오겠어요. 이게 웬일이래요?"

"그, 그래? 다행이네."

문피디 또한 흐뭇한 기색을 애써 감추지 않은 채 미소를 지었다. 홍식당의 출연진들은 저마다 혜지에 대한 칭찬을 아끼지 않았다.

"우리 가게에서 맨날 이렇게 공연했으면 좋겠다."

"그죠, 이런 팝송 불러주면 외국인 관광객들도 완전 좋아할 것 같아요."

"이러다 우리 라이브 카페로 업종 바꾸는 거 아니에요?"

혜지는 처음으로 자신의 노래를 좋아해주는 사람들을 보자 약간은 얼떨떨했다.

"정말 제 노래 괜찮으셨어요?"

"그럼, 너 때문에 그동안 힘들었던 피로가 다 날아갔다."

"다행이다. 감사합니다!"

혜지가 해맑게 웃으면서 인사를 하자 문피디는 이제 이쯤이면 됐다 싶었는지 촬영종료를 했다. 원래 예정시간보다 많이 딜레이 된 촬영이었다.

"수고하셨습니다!"

혜지가 출연자, 스텝들과 마지막 인사를 하고 막 촬영장을 빠져나가려던 참이었다.

그런 혜지를 홍식당 메인작가가 불러 세웠다.

"혜지 씨."

"네?"

"오늘 수고하셨어요. 혼자 오셨으니 출연료는 소속사 협의해서 보내드릴게요. 참 이제 JS죠? 착각하고 CN에 연락할 뻔했네요."

"네, 저 JS 소속 맞습니다!"

혜지는 그 어느 때보다도 JS라는 말을 힘주어 말했다.

"참 그리고 이번 여행 마치고 스케줄 잡힌 거 있어요?"

"네? 여행이요?"

"아까 혼자 베트남으로 여행 온 거라면서요?"

"아, 네네, 맞습니다. 저 내일 다시 입국합니다."

"그래요? 빨리 가네요."

"제가 촌년이라 여행도 어려워서요, 호호호."

"뭐 아무튼 여행 중이니까. 그럼… 아무래도 혜지 씨 스케줄은 나중에 회사랑 얘기해보는 게 낫겠죠?"

"제 스케줄이요? 아, 네네. 그렇게 하셔도 좋을 것 같습니다."

"그래요. 혜지 씨 오늘 너무 좋은 노래 들려줘서 감사했어요."

"네, 작가님. 저도 너무 좋은 시간이었습니다."

메인작가는 혜지와 가볍게 포옹으로 작별인사를 하고 돌아갔다.

혜지는 어서 이 사실을 빨리 알려주고 싶은 마음에 콧노래를 흥얼거리며 수인이 있는 숙소로 뛰어갔다.

"안녕하십니까! 신입 매니저 한재호입니다!"

모처럼 사무실에 우렁찬 남자 목소리가 들렸다. 성일이가 드디어 후임 매니저를 받았다.

스물네 살. 군대 제대 후 대학까지 자퇴하고 매니저에 인생을 걸겠다는, 아주 포부가 넘치는 신입이다.

면접 당시 수인은 유일하게 재호에게 끌렸다. 재호는 매니저가 아니라 영업이나 장사를 해도 충분히 성공할 만큼 묘하게 사람을 끌어당기는 매력이 있었다. 자신감 있는 표정, 사람을 응대하는 매너, 적당히 가벼우면서도 무게감 있는 모습 등등 수인은 앞으로 JS에서 중요한 인재가 될 수 있을 거라 생각했다. 게다가 앞으로 지수, 혜지, 오연희 세 명의 연기자를 관리하려면 매니저 보충은 필수적인 일이었다.

"야, 탕비실 가서 정수기 물부터 갈아. 믹스 커피와 녹차는 항상 부족하지 않게 보충하고."

성일은 드디어 들어온 후임을 반가워하며, 첫 날부터 못살게 부려먹고 있었다. 수인은 그 모습을 보며 큭큭 웃고 말았다.

"야, 김성일. 너 매니저 1년차가 벌써 선배 행세야?"

"아니, 1년도 선배죠. 제가 그래도 JS 창립 멤버 아닙니까? 저한테 맡기세요, 후후."

"그나저나 오늘 제작 발표회 상암동이라고?"

"네, 너무 큰 작품이라서 저도 너무 떨려요"

"지수는?"

"지수 씨 지금 미용실에서 메이크업 중입니다."

"근데 넌 지금 왜 여기 있어?"

"아, 그게… 신입 매니저가 온다 해서 잠깐 사무실 들어왔습니다. 잴 데리고 곧 다시 들어갈 겁니다."

"너 미쳤냐! 연기자 혼자 놓고 다니게!"

"아뇨, 이사님. 신입 매니저 교육 차 데리러 다시 들어온 것뿐입니다. 지수 씨 어차피 메이크 업 중이라 두 시간 동안 할 게 없어서요."

"아무튼 입만 살아가지고! 빨리 가봐. 지수가 너 찾을 수도 있잖아."

"네! 야, 한재호. 따라와봐!"

재호가 부리나케 쫓아갔다. 둘이 나가자마자 전화가 울렸다. 홍식당 한선희 메인작가였다.

수인은 문피디가 아니라 메인작가에게 연락이 온 게 의아했지만 차분하게 전화를 받았다.

"네, 하지석입니다."

"안녕하세요, 한선희 작가입니다. 어제 저희 방송 보셨어요?"

"네, 봤습니다. 안 그래도 연락드리려 했는데 감사합니다. 저희 혜지 그렇게 예쁘게 편집해주셔서…."

"무슨 소리예요, 저희가 감사하죠. 다름 아니라 아무래도 반응이 심상치 않아서요. 혜지 얘기가 아무래도 십대, 이십대 사이에서 많은 울림이 있었나 봐요. 혜지 씨 노래 영상 벌써 조회 수 100만 넘었잖아요. 저희 쪽으로 계속 음원 출시 문의, 혜지 씨 고정 게스트 추천 의견들이 너무 많아서요."

"정말입니까?"

"아주 난리도 아니에요. 출연 못 하면 저희가 돌 맞을 분위기던데요? 그래서… 출연 관련 미팅 좀 하고 싶어서요. 시간 언제 되세요?"

수인은 전화를 끊고 환호성을 질렀다.

드디어 작은 빛이 조금씩 보이는 것 같았다. 연기자와 달리 가수는 당장의 수익을 낼 수 있기에 수인에게 혜지의 음반사업은 굉장히 중요했다. 만약 이대로 CN 도움 필요 없이 혜지를 싱어송라이터로 키울 수 있다면, 수인에게는 최상의 시나리오였다.

게다가 곧 합류하게 될 오연희까지 생각하니 수인은 며칠 동안 밥을 안 먹어도 배부를 것 같았다. 마지막으로 지수 드라마까지 잘 진행된다면 당분간 사업은 고민할 필요가 없었다.

수인은 곧 회사가 안정되면 자신도 작품을 하리라 결심했다. 그때 성일에게서 전화가 왔다.

"이사님, 들으셨어요?"

"방금 제작피디한테 전화 왔는데 지수 상대역 에디로 바뀌었대요."

"에디? 그 교포출신 잘생긴 애?"

"네, 아무래도 박성준 씨보다 그쪽이 낫다고 생각했는지 급하게 바뀌었대요."

"근데 왜 지금 그걸 얘기한대?"

"아마 제작진도 끝까지 고민했나 본데 박성준 쪽에서 그걸 알고 자존심 상해 그냥 깠나 봐요."

"알겠어."

"그… 이사님, 그 친구 소문은 들어서 알고 계시죠?"

"그래, 끊어."

수인은 달콤한 상상에 젖었던 것도 잠시 전화를 끊자마자 깊은 한숨이 새어 나왔다. 에디는 미국에서 활동하다 온 배우로 한국에서는 평판이 안 좋기로 소문난 배우였다.

자유분방한 성격 탓인지 평소 지각도 자주 하고 한국식 연예계 선후배 문화에도 익숙하지 못했다. 게다가 상대 연기자에게도 예의 없기로 유명했다. 물론 글로벌 콘텐츠로서 미국에서 제법 인지도가 있는 에디를 캐스팅 한 이유는 알겠지만 사실 지수에게는 득보다 실이 많은 캐스팅이었다.

게다가 지수에게 그 잘생긴 얼굴로 찝쩍거리기라도 한다면, 상상만 해도 끔찍했다. 수인은 최혁 감독에게 캐스팅 바뀐 과정을 묻고 싶어 서둘러 나갈 준비를 했다.

수인은 대기실에서 초조하게 지수와 성일이 도착하기를 기다렸다. 재호는 사무실로 먼저 돌려보냈다. 이런 장소에서 괜히 매니저 두 명을 달고 다녔다가는 신인배우가 건방지다고 오해받기 십상이었다. 곧 지수가 도착했고 수인은 지수를 보자 겨우 미소가 돌았다.

지수는 몸에 딱 붙는 미니원피스에 검은 스타킹을 신어 자신의 탄탄한 몸매가 잘 드러나면서도 섹시했다. 게다가 여형사 역할에 맞게 깔끔하게 올림머리를 한 모습이 누가 봐도 주연배우 같았다.

지수의 의상을 꼼꼼히 체크한 수인은 곧바로 손에 들고 있던 명품 클러치 백을 빼앗았다.

"누가 촌스럽게 제작 발표회에 클러치를 들고 나가니? 어디 시상식 왔어?"

"아, 네."

지수가 평소보다 긴장했는지 많이 경직돼 있었다. 그럴 만도 한게 기라성 같은 대선배들 사이에 서려니 많이 기가 죽을 수밖에 없었다.

"의상은 괜찮을까요?"

지수가 수줍게 물었다. 타이트 한 원피스가 부담스러웠던 것 같다. 수인은 고개를 저었다. 오히려 장식 없는 심플한 원피스가 그동안 액션연기를 위해 운동한 탄력 있는 몸매와 잘 매칭됐다.

"의상은 굉장히 잘 맞아."

그때 성일이가 한껏 우쭐대며 끼어들었다.

"그쵸, 이사님? 원장님이 이상한 그 막 하늘하늘한 원피스 그런 걸 입히려고 했는데, 제가 딱 이게 좋다고 말했죠."

"맞아요, 오빠가 골라줬어요."

수인은 성일에 농담에 약간 긴장이 풀린 지수의 손을 잡고 대기실을 나섰다.

"어디 가는 거예요?"

"감독님, 작가님 인사드리러 가자."

수인은 사람들을 헤치고 감독 방으로 향했다. 다행히 방 안에는 최혁 감독과 정은희 작가가 있었다.

"어머, 지석 씨도 왔네요. 미안해요. 얘기 들었죠?"

"네, 작가님. 너무 갑작스러워서…. 사실 걱정입니다."

"미안해요, 저희도 너무 고민해서, 사실상 드릴 말씀은 없네요. 하지만 작품이 잘 되면 에디 씨가 지수 씨에게도 더 나은 파트너일 거예요."

"네, 그건 그렇지만…."

수인은 작가가 먼저 저렇게 얘기하자 마땅히 할 말이 없었다. 수인이 어떠한 얘기를 할지 망설이고 있을 때 최혁 감독이 먼저 입을 열었다.

"걱정하지 않으셔도 됩니다. 제가 현장에서 잘 컨트롤 하겠습니다. 지금으로선 지수 씨와 에디 씨 두 분의 케미가 잘 맞길 바랄 뿐입니다."

수인은 내색은 안 했지만 내심 안도의 한숨을 쉬었다. 수인이 가장 듣고 싶었던 말이었다. 현장에서 결국 에디를 통제할 수 있는 사람은 감독밖에 없기에 마음이 좀 놓였다.

"다행입니다. 감독님만 믿겠습니다."

"네. 안 그래도 시간 다 됐는데 그럼 같이 올라갈까요?"

최혁 감독이 믿음직스러운 표정을 보이며 수인을 안심시켰다.

그때였다. 제작사 제작피디가 서둘러 최혁 감독에게 다가와 다급하게 소리쳤다.

"감독님, 에디 아직도 도착 못 했다는데요?"

"뭐야? 지금 발표회 5분도 안 남았는데 어디래?"

"모르겠어요. 자꾸 다 왔다고 하는데 30분 전부터 계속 같은 소리에요."

"이런 염병할 새끼!"

점잖아보였던 최혁 감독이 갑자기 욕을 하기 시작했다. 확실히 무슨 문제가 있는 게 분명해 보였다.

최혁 감독은 예민하게 반응하며 제작피디를 다그쳤다.

"그러니까 내가 그 새끼 감시 잘하라고 했죠?"

"네, 오늘 아침부터 계속 확인했는데…."

"됐어, 그냥 에디 빼고 진행해!"

정은희 작가가 침착하게 최감독을 말렸다.

"조금 기다려봐요, 감독님. 괜히 또 건드리지 말고요."

최감독이 고민에 빠진 사이 진짜 주연배우인 이강헌, 유승용 배우들이 복도로 나왔다.

"감독님, 나오셨어요?"

이강헌이 환한 미소를 보이며 최감독에게 인사를 했다. 헐리웃에서도 이미 인지도를 높인 배우답게 등장부터 굉장한 아우라가 있었다. 유승용도 감독, 작가와 인사를 나누고 곧바로 지수와 인사를 나눴다.

"지수 왔니? 오늘 의상 너무 예쁜 거 아니야?"

"아니에요, 선배님. 저 지금 숨도 안 쉬고 있어요."

지수는 타이트한 원피스를 잡으며 평소에 보지 못한 애교를 부렸다. 액션스쿨에서 그동안 연습을 하며 꽤나 가까워진 것 같다. 수인도 초면인 연예계 톱스타 선배들을 보자 긴장감을 갖고 정중하게 인사했다.

"안녕하십니까? 하지석입니다. 잘 부탁드립니다."

"아아, 지석 씨. 이번 영화 잘 봤어요. 맞어, 지수가 지석 씨 회사였죠?"

이강헌이 가볍게 수인과 포옹하며 반가운 척해줬다. 유승용도 수인과 악수를 나눴다.

"처음 뵙겠습니다. 유승용입니다."

남자다운 외모에 턱수염까지 기른 유승용은 악수를 하며 수인의 눈을 한참 동안 바라봤다.

"TV에서 보던 모습이랑 다르네요?"

"네?"

"뭔가 눈빛이 전과 달라서요. 카메라 빨이 잘 받는 스타일인가 봐요? 하하하."

등골에 식은땀이 흘러내릴 만큼 식겁한 농담이었다. 뭔가 사람을 꿰뚫는 듯한 눈빛이 정말 진심으로 말하는 것 같았다.

"이제 곧 올라가죠?"

이강헌의 권유에 최감독이 쭈뼛쭈뼛 말했다.

"그… 에디 씨가 아직 안 와서… 일단 대기 중이에요."

이강헌이 한숨을 푹 쉬었다. 자신들도 미리 와서 대기하고 있는 마당이니, 아무래도 기분이 좋을 리 없었다.

"그럼 우리가 계속 기다려야 하나요?"

"미안해요, 강헌 씨. 거의 다 왔다니까 5분만 기다려보죠."

정은희 작가가 안전부절못하며 이강헌에게 양해를 구했다.

대한민국에서 가장 잘 나가는 작가도 톱스타 앞에서 자존심을 맞춰줘야 했다. 결국 10분 동안 기다리네, 마네 고민하다가 취재진들의 항의로 어쩔 수 없이 나가야만 하는 상황이 됐다.

수인은 지수와 인사를 하고 슬쩍 자리를 빠져줬다.

"나 간다. 자신 있지? 얼지 말고."

"그럼요, 이사님. 저 이런 거 잘하는 거 아시잖아요."

지수의 눈웃음을 보자 수인은 그제야 안심했다는 듯 대기실을 빠져나와 발표회를 지켜봤다.

드디어 주연배우들이 올라오자 취재진들의 플래시가 쉴 새 없이 터졌다. 그리고 그 플래시가 향하는 곳은 의외로 지수 쪽이었다. 아무래도 영화 위험한 관계 이후로 이런 대작에 들어간다는 것이 기사거리가 되는 것이 분명했다.

남자 배우들 사이에 홍일점으로 서 있는 지수의 모습은 수인이 상상했던 그 이상이었다. 쫙 달라붙어 몸매가 그대로 드러나는 미니원피스는 오픈숄더 디자인 때문인지, 나란히 서자 남자 배우 사이에서도 작아 보이지 않았다.

수인은 처음으로 이지수라는 배우의 가능성이 아닌 배우 그 자체로서 확신을 받았다.

"이지수 씨, 이쪽 한 번만 봐주세요."

"지수 씨, 하트 한 번만요."

감독과 작가도 의외로 놀라는 눈치였다. 지수가 이렇게 주목 받을

지 전혀 상상하지 못했다는 표정이었다.

포토타임이 끝나고 본격적인 제작 발표회가 시작됐다. 막상 작품 얘기로 들어가자 다시 주연배우 이강헌에게 포커스가 맞춰졌다.

"이번에 같이 참여하는 후배 배우 이지수 씨와 에디 씨는 평소 어떻게 생각하셨나요?"

사회자가 자리에 없는 에디의 이름을 실수로 언급했지만 이강헌은 당황하지 않고 여유롭게 답변했다.

"우선… 에디 씨는 평소 활력 넘치는 그 에너지가 너무 좋다 생각했는데, 마침 오늘 몸살 걸려서 늦고 있죠? 지수 씨도 마찬가지고. 후배들이랑 작업하면서 저 또한 좋은 기운 받고 있습니다."

한참 동안 인터뷰가 진행되었고, 무대 한편에 주인 없는 의자를 모두가 잊고 있을 때 무대 위로 에디가 등장했다.

"하이, 에브리 원!"

제작 발표회에 어울리지 않은 버건디색 슈트를 입고 온 에디는 특유의 활력 넘치는 표정으로 인사했다. 좀 전에 이강헌의 몸살 핑계가 무색할 만큼 밝은 모습이었다.

에디의 뻔뻔한 모습에 모두 눈살을 찌푸리자 사회자는 급하게 멘트를 쳐서 수습하려 했다.

"하하, 에디 씨 도착하셨네요. 몸이 안 좋은데도 불구하고 이렇게 제작발표회 참여해주셨네요. 역시 프로입니다, 하하하."

"노노, 나 컨디션 좋아. 퍼펙트."

에디가 주먹 불끈 두 손을 들어 올리며 챔피언 포즈를 취하자 기자들 사이에서 폭소가 터졌다. 이강헌은 자기가 거짓말 한 게 민망했는지 톱스타답지 않게 얼굴이 빨개졌다. 한 기자는 그 모습을 보고 에디에게 질문을 던졌다.

"에디 씨, 나중에 좀비로 변하게 되는 역할로 알고 있는데 아무래도 쉽지 않은 결정이었다고 생각합니다. 역할을 받아들이게 된 특별한 이유라도 있나요?"

에디가 멍하니 천장을 바라보더니 고개를 지수 쪽으로 휙 돌렸다. 지수와 눈이 마주친 에디는 씩 웃어 보이더니 다시 마이크를 잡았다.

"이지수 씨와 연기해보고 싶었습니다. 사실 그게 다였습니다."

에디다운 솔직한 답변이었다. 기자들은 화색을 띠며 드디어 노트북 키패드를 빠르게 쳐 내려갔다.

에디의 돌발 답변에 최혁 감독의 한숨 소리가 수인의 귀에까지 들려오는 것 같았다. 수인 또한 이런 식의 기사가 퍼져 나가봤자 좋을 게 없기에 초조한 마음으로 지켜봤다. 기자들은 다시 지수의 답변을 원했다. 지수는 조심스럽게 입을 떼었다.

"상대 배우라고 너무 띄워 주시는 것 같은데요? 저도 평소 에디 씨 팬으로서 서로 좋은 연기 기대하고 있습니다."

생각보다 건조한 지수의 답변에 에디가 기분 나쁜 웃음을 흘렸다. 아무도 보지 못한 듯했지만 수인은 그 짧은 순간에 에디의 표정을 읽었다.

아무래도 무언가 특단의 조치가 없으면 분명히 에디와 사고가 날 것 같았다. 찝찝한 기분이 남은 채 제작 발표회가 끝났고, 수인은 지수와 함께 주차장으로 내려왔다.

성일이 먼저 차량에 탑승하고 시동을 거는데 뒤에서 기분 나쁜 목소리가 들려왔다.

"헤이, 지수 씨."

고개를 돌리자 에디가 서 있었다.

"아, 에디 씨."

아직 에디에게 불편한 감정이 없는 지수는 환한 미소로 에디를 반겨줬다.

"우리 첫 만남인데 사진 한 번 같이 찍을까요?"

상대 배우가 저렇게 부탁하는데 거절할 배우는 없다. 수인은 불안한 마음으로 두 사람을 뒤에서 지켜봤다. 에디는 사진 한 방에 그치지 않고 여러 포즈로 지수와 계속 셀카를 찍어댔다. 지수의 어깨에 손이 올라가고, 손을 잡는 등 불쾌한 장면들이 꽤나 있었지만 지수는 싫은 내색 없이 사진을 찍었다.

반면에 수인은 화가 머리끝까지 치밀었다. 저렇게 잘생긴 남자 배우에게 웃음을 주는 지수가 싫었다. 수인은 지금 자신의 모습을 잊어버린 채 예전 하수인일 때 느꼈던 열등감이 느껴지자 자신도 모르게 감정이 통제되지 않았다.

그 순간 에디가 지수에게 말했다.

"지수, 연락처 줄 수 있어?"

수인은 자신도 모르게 지수에게 핸드폰을 내밀던 에디의 손목을 잡아챘다.

에디와 지수 둘 다 놀란 표정으로 수인을 바라봤다. 에디는 어리둥절한 표정이었다.

"어? 형이 왜 여길?"

"뭐?"

수인이 당황한 얼굴로 에디를 쳐다봤다. 에디는 수인이 반갑지 않은 기색이었다.

"오랜만이야, 형."

에디는 수인을 보고 잠깐 아는 척을 하더니 지수에게 핸드폰을 다시 건넸다.

수인은 에디의 아는 척에도 불구하고 그 손을 다시 한 번 내리쳤고, 핸드폰이 바닥에 떨어지며 액정이 깨지고 말았다.

"뭐야, 진짜?"

"지금 이러고 있을 시간 없지 않나? 빨리 대사라도 외워야 하는 거 아닙니까? 그 정도 한국어 실력 가지고 어림도 없을 텐데!"

수인의 비꼬는 말투에 에디는 갑자기 수인의 멱살을 잡았다.

"형 진짜 미쳤어?"

에디 또한 정말 열이 받았는지 당장이라도 수인을 때려눕힐 기세였다. 수인은 에디가 누구인지 지석과 어떤 관계인지 이제 관심도 없었다. 정말로 에디가 주먹이라도 날리면 같이 맞받아칠 생각으로 에디를 노려봤다. 일촉즉발의 순간, 두 사람 사이로 지수가 뛰어들었다.

"이사님, 왜 그러세요? 이사님답지 않게."

지수가 수인을 잡아끌며 에디와의 거리를 벌렸다. 에디는 자신이 처음으로 당한 망신에 분이 안 풀렸는지 아직도 씩씩거렸다.

"에디, 쏘리. 나중에 다시 사과 할게요."

"사과? 지금 해. 당장!"

에디가 소리치며 다시 수인에게 달려들었다. 생각이 많지 않은 놈이기에 무서울 것이 없어보였다.

"사과? 사과 같은 소리 하고 있네! 너네 나라가서 깝쳐. 이 양키새끼야!"

'양키'라는 말에 에디가 눈이 뒤집혔고, 수인을 향해 발차기를 날렸다. 워낙 갑작스런 순간이라 수인 또한 피할 수 없는 것을 직감했다. 그때 지수가 수인 대신 나서며 자신의 몸으로 막았다.

"아악!"

지수가 에디의 발차기를 맞은 채 배를 부여잡고 바닥에 주저앉았다. 그제야 수인도 제정신이 돌아왔는지 지수에게 다가갔다.

"이지수! 괜찮아?"

수인의 화가 섞인 목소리에도 지수는 아랑곳하지 않고 에디를 쳐다봤다.

"에디, 미안해요. 내가 사과할게요. 그만해요, 이제."

에디는 하얗게 질린 지수의 얼굴을 보더니 수인을 한참 동안 노려봤다. 분명히 하지석에 대해 원한이 있는 눈빛이었다. 에디는 겨우 분을 삭이더니 반대쪽으로 저벅저벅 걸어 나갔다.

"저런 개새끼…."

수인은 치를 떨었지만 끝까지 자신의 발목을 잡는 지수를 차마 모른 척할 수 없었다.

"이사님, 저 연기 못 하게 할 거예요?"

"뭐?"

"여기 주차장이에요. 제발 좀 그만하라고요!"

수인은 그제야 정신이 번쩍 들었다. 수인의 주위에 있는 모든 차량에서 블랙박스 파란 불빛이 깜빡이고 있었다. 수인은 그제야 등 뒤로 흐르는 식은땀을 느낄 수 있었다. 수인은 곧바로 지수의 손을 잡고 일으켜 세웠다.

"타."

수인은 지수를 먼저 차에 태우고 성일에게 병원으로 바로 데려가도록 지시했다.

"이사님은요?"

"택시 타고 갈게."

지수가 작게 중얼거렸다.

"병원 같이 가요… 혼자가기 싫어요."

수인을 빤히 쳐다보던 지수의 눈빛을 외면한 채 수인은 쾅, 차 문을 닫았다.

곧바로 차량이 떠나고 나자 수인의 두 다리가 후들거렸다. 수인은 지금 처음으로 자신의 가슴이 두근거렸다는 사실을 느끼고 말았다.

샤워를 마치고 나온 수인은 거울 앞에서 자신의 모습을 쳐다봤다. 이제는 하지석의 모습이 더 이상 낯설지 않았다. 여전히 매끈한 턱선. 탄탄한 복근. 쭉 뻗은 다리는 언제 봐도 기분을 좋게 만들었다.

수인은 소파에 앉아 성일과 통화를 하며 지수의 상태를 체크했다. 다행히도 간단한 타박상이라 큰일은 아니었다. 게다가 복부 쪽은 노출된 부위가 아니니 당장 활동하는 데도 지장은 없었다.

수인은 곧바로 자신의 이름을 포털에 검색해봤다. 혹시 누가 보기라도 해서 제보라도 하면 큰일이었다. 다행히 아직 에디와 수인의 몸싸움은 전혀 노출되지 않았다. 예상치 못한 기사는 오히려 따로 있었다. 제작발표회에서 공식적으로 참여하지 않았던 수인의 모습을 한 기자가 찍어 간단한 포토뉴스로 내보냈다.

'우리 지수 예쁘죠. 배우에서 제작자로도 변신한 배우 하지석이

신인배우 이지수를 흐뭇한 표정으로 바라보고 있다'

수인은 유치한 기사 내용을 보고 자신도 모르게 피식 웃음이 났다. 지수를 바라보고 있는 표정이 기사내용과 제법 어울렸다. 수인은 아까 지수에게 느꼈던 감정을 생각하니 영 기분이 좋지 않았다.

혹시라도 소속배우와 그런 일이 생길 거라고는 생각지 않았다. 수인은 아까 기분은 착각이라 여기며 다시 한 번 마음을 다잡았다. 수인은 오히려 사진 속 자신의 얼굴 뒤로 낯이 익은 남자가 눈에 띄어 다시 한 번 유심히 살펴봤다. 그는 예전 하지석의 매니저가 분명해 보였다. 아우라엑터스로 옮기기 전에 지석이가 몸담았던 한울엔터테인먼트 김석기 대표였다.

수인은 의아했다. 이 남자가 발표회에서 지석이를 봤다면 왜 아는 척을 안 했는지.

생각해보니 하지석이 전 회사를 어떻게 나왔고 왜 아우라엑터스로 왔는지 전혀 모르고 있었다. 그냥 돈 때문에 이적한 것이라 생각했다.

수인은 곧바로 에디를 검색했다. 수인은 그동안 에디의 한국 소속사가 어디인지도 모르고 있었다. 검색결과를 확인하자 불길한 예감대로 에디의 소속사가 한울엔터테인먼트라고 떴다. 수인은 갑자기 머릿속이 복잡해졌다.

곧 제작을 앞둔 드라마에서 주조연급 남자 배우 캐스팅이 뒤집어지는 경우는 큰 사고가 있지 않는 이상 사실상 전무하다. 게다가 원래 출연 예정이었던 박성준 쪽은 아무런 구설수도 없다. 수인은 다시 생각해보니 아까 만난 감독, 작가도 마치 뭔가 숨기고 있는 사람들 같다는 생각이 들었다. 분명히 뭔가 감추고 있는 게 분명했다. 게

다가 에디가 지석의 전 소속사 배우라면 아무리 봐도 뭔가 정상적이지 않았다.

요란하게 전화기가 울렸다. 수인은 소리가 나는 쪽을 돌아봤다. 분명히 자신의 핸드폰은 손에 있었다.

'지석이의 전화다!'

수인은 서둘러 서랍 속에 있는 전화기를 꺼내 전화를 받았다.

"여보세요?"

"야, 하수인!"

"하지석?"

"이제야 전화가 되네. 너 왜 항상 전화 안 받냐?"

"네 핸드폰은 집에 놓고 다니니까."

"항상 가지고 다녀. 너랑 나 언제 무슨 일이 생길 줄 알고. 너 근데 나한테 저번에 오연희 얘기하려 했지?"

"어, 근데 괜찮아. 잘 해결됐어."

"방금 오연희 칸에서 여우주연상 받았다. 갑자기 네 생각이 나서."

"뭐? 연희 씨가?"

"응, 오연희가 저렇게 연기를 잘할 줄 누가 상상이나 했겠어?"

실로 대단한 일이다. 오연희가 칸에서 여우주연상을 받다니. 수인 또한 상상조차 해보지 못한 얘기였다.

"어떤 작품이야?"

"영화 '설행'이라고 홍성진 감독 영화야. 아무리 홍감독이 영화제에서 이름이 있다고 쳐도 오연희가 연기를 잘했어. 아이를 잃은 미혼모 역할인데 진짜 훌륭했다니까."

수화기 너머 들리는 진심 어린 칭찬에 수인은 자신의 일처럼 기뺐다.

"아, 정말 다행이다."

"야! 근데 네가 뭐 그렇게 좋아하냐?"

"아, 그게…."

"너 혹시 내 몸 빌려서 오연희 꼬셨냐? 함부로 쓰지 마라. 나중에 나 돌아가면 골치 아파진다."

수인은 지석의 농담을 무시하고 좀 전에 있었던 일들을 물어봤다.

"지석아, 근데 너 예전에 한울에서 왜 나온 거야? 생각해보니 한 번도 들어본 적이 없어서…."

"한울?"

"혹시 말해줄 수 있어?"

"혹시 김대표가 너 찾아왔냐?"

하지석의 입에서 김석기 대표 이름이 먼저 튀어나왔다.

"아직…. 혹시 뭔가 문제가 있었던 거야?"

"후, 사실 그 인간한테 내가 몹쓸 짓 좀 했지."

지석이의 긴 한숨소리가 수화기 너머 깊게 전해졌다.

"몹쓸 짓이라니?"

"이 바닥에서 흔한 일이긴 한데, 여태껏 키워준 매니저 배신하고 내가 아우라 장대표한테 갔잖아. 흔히 말하는 배신자인 거지, 뭐."

"문제가 될 것 없었잖아."

"그거야 그렇긴 한데. 어찌됐건 장대표가 스폰 해준다는 말에 그 사람 헌신짝 버리듯 하고 갔으니 나도 뭐 떳떳할 것 없지. 그리고 아마 그 사람 아직도 나한테 악감정 많이 남아 있을 거야."

"그래?"

"그 인간 그 전에도 여자 배우들한테 많이 데였거든. 그래서 이제 남자 배우만 키운다고 했는데 내가 그 짓거리 했으니 얼마나 원수 같겠어. 사실 아우라로 옮기고 나서도 나 많이 괴롭혔어."

"그래, 알겠어."

수인의 예상대로 사진 속 김석기 대표가 하지석을 쳐다보는 눈빛이 심상치 않았던 것도 다 이유가 있었다.

"그나저나 너 나 돌아가게 할 방법 알아봤어?"

"글쎄… 어떻게 해야 될까? 내가 죽어야 하나?"

"하하, 야! 그나저나 너 요새 작품 뭐하냐? 쉬지 말고 일해라. 나 대신 돈 좀 많이 모아봐. 요새 아주 죽겠다. 참 2018년이면 아직 그 작품 시작 안 했겠구나."

"무슨 작품?"

"지하세계!"

"뭐?"

수인은 생각지도 못한 말에 다시 되물었다.

"지하세계?"

"어, 이게 지금 미드처럼 5시즌까지 갔는데 아주 재미가 쏠쏠하네. 이런 거 하나 잡아놓으면 얼마나 철밥통이냐? 배우들도 사실 딴 거 필요 없다. 이런 고정 프로 하나 있는 게 최고야!"

"진짜야? 그럼 거기 여형사 역할은 지금 누가 하고 있어?"

"이지수. 처음에는 조연급이었는데, 지금은 주연이야. 요새 내가 제일 애정하는 배우지. 진짜 예쁘지 않냐? 아, 넌 잘 모르겠구나. 그때까지만 해도 없던 배우였으니까."

"그래? 나도 한 번 보고 싶네…."

지석이 입으로 지수 얘기를 듣자 수인은 어느새 얼굴에 미소가 지어졌다. 언젠가 두 사람이 만날 수도 있다고 생각하니 지석이의 반응이 꽤나 보고 싶어졌다.

"지수 상대 역할 남자 배우는? 왜 그 있잖아? 나중에 좀비가 되는…."

"아, 남자 배우는 매 시즌마다 바뀌었어. 공교롭게도 남자 배우들이 다 음주운전 같은 사건사고에 연루되면서… 그러니까 지금 네가 시즌 1때부터 그 역할을 딱 잡으란 말이야."

"그게 가능해?"

"가능하지. 어차피 역할 자체는 안 없어진단 말이야. 그리고 하지석 이미지와 안 어울릴 것도 없잖아? 안 그래?"

수인 또한 지석의 말에 고개를 끄덕거렸다. 지석이의 말대로 지금의 하지석이 못할 이유는 아무것도 없었다.

"너 혹시 김석기라는 사람에 대해서 뭐 알고 있는 거 있어? 그 사람의 비리라던가. 약점 같은 거 말이야?"

"왜? 그 사람이 너 귀찮게 해?"

"아니, 그건 아닌데… 알아두면 좋을 거 같아."

"그 사람 남자 배우만 키운다고 했잖아. 사실 그 사람이 데리고 있는 대부분의 남자 배우들 아마 호스트일 거야. 그 사람 호스트바에서 얼굴 괜찮은 애 데려다 키우기로 유명하거든."

"그럼 너도?"

"야! 난 아닌 거 알잖아. 나도 내가 그 사람 밑에 있을 때 같이 일하는 애들한테 들은 거야. 걔네들 대부분이 다 호빠 출신 애들이더라고. 아마 제 버릇 개 못 준다고, 아직도 그러고 다닐걸?"

"그럼 혹시… 에디라고 알아?"

"에디? 재환이 얘기하는 건가? 걔가 예전 이름이 에디라고 한 것 같은데. 미국에서 살다온 애 말하는 거지?"

"어, 맞아!"

"그래, 기억나. 미국에서 살다온 애라 연기 못 해도 발연기인 거티 안 난다고 김대표가 무지 좋아했지."

"어때, 그 친구?"

"걔 강남 바닥에서 선수로 완전 유명했지. 난 나보다 얼굴 그렇게 반반한 놈은 처음 봤다니까. 아주 여자 홀리는 재주가 어마어마하다 그러더라고. 근데 김대표가 머리 잘 썼지. 걔 데리고 미국에서 먼저 데뷔시킨 다음에 다시 한국으로 데리고 왔잖아. 신분세탁 싹 깔끔하게 한 다음에."

지석의 입에서 나온 에디의 이야기는 실로 충격적이었다. 수인은 다시 한 번 복잡해진 머리를 매만지며 황급히 물었다.

"일부러 그랬다는 거야?"

"어차피 강남에서 웬만한 사람은 걔 아는데, 미국 교포 출신이라고 싹 포장한 다음에 나온 거지. 원래 미국에서 계속 살다가 온 애처럼."

"사생활은?"

"그 새끼 아주 성격 지랄 맞은 놈이잖아. 지 하고 싶은 대로 다 해야 직성이 풀리는 놈이라 아주 골 아픈 놈이지."

"그 친구한테는 가장 숨기고 싶은 게 자신의 과거인가?"

"근데 왜? 너 걔네들하고 무슨 문제 생긴 거야?"

하지석이 수상한 낌새를 눈치 챘다. 그가 먼저 수인에게 주의를 줬다.

"웬만하면 김대표랑 엮이지 마. 그 인간 보통 아니야. 게다가 하지석이라면 치를 떨 인간이니까 절대 건드리지 마, 알았어!"

수인은 처음으로 어딘가 당황하는 하지석의 목소리를 들었다. 수인이 뭔가를 더 물으려는데, 갑자기 통화 종료음 소리가 들리더니 전화가 끊기고 말았다.

다음날 수인은 바로 최혁 감독의 사무실로 찾아갔다.

꽤 늦은 시간이었지만 제작사 한편에 마련된 사무실은 꽤나 분주했다. 이제 첫 촬영이 얼마 남지 않아 조감독과 연출부들은 각 배우들의 스케줄을 정리하느라 정신이 없었고, 최감독 또한 상당히 피곤해 보이는 얼굴로 수인을 맞았다.

"안 그래도 지수 씨 다쳤다는 얘기 들었는데 괜찮은 거예요? 바로 스케줄 잡을 수 있겠어?"

"네, 괜찮습니다. 지수가 워낙 건강 체질이라서요."

"다행이네. 안 그래도 우리 스케줄이 꽤나 빡빡하니까. 근데 오늘 이렇게 갑작스럽게 무슨 일이죠?"

수인은 사무실 테이블 위로 들고 온 대본을 최감독이 보일 수 있게 살짝 내려놓았다. 그리고 꽤나 진지한 표정으로 최혁 감독을 바라봤다.

"지수 드라마 이쯤에서 빠졌으면 합니다."

갑자스런 말에 최감독이 짧은 한숨을 내뱉었다.

"왜죠? 갑자기 이러시는 이유가…."

최감독이 눈을 가늘게 뜨며 수인을 쳐다봤다. 수인은 그런 최감독의 눈빛을 피하지 않은 채 테이블 위 대본을 건넸다.

"감독님도 보시다시피 대본이 수정되면서 원래 생각했던 지수 역할과 많이 다른 것 같습니다. 생각보다 로맨스가 많고 또 흔히 말하는 민폐 끼치는 여자주인공 캐릭터 아닙니까?"

최감독도 곤란하다는 표정을 지었다.

"그렇게 부정적으로만 생각 말고 정작가도 생각이 있으니 좀 기다려봅시다. 고작 4화까지 나온 대본 가지고…."

"고작 4화라뇨? 감독님, 드라마 한두 번 하십니까? 드라마 초반 4화면 캐릭터 다 잡히고 시청자들 사이에서 평가 다 끝나는데 그게 무슨 소리입니까?"

말을 마치자마자 수인은 최감독의 표정을 뜯어봤다. 드라마를 모르는 신인 감독이 아닌데도 갑자기 지수의 역할의 변화가 왔다면 필시 다른 이유가 있을 것이다.

"제가 작가는 아니니 딱히 드릴 말씀은 없다만, 일단 저를 한번 믿어보시죠."

"감독님, 처음부터 세팅을 이렇게 하면 그 이후로도 힘든 거 잘 알고 있습니다. 선배 형사들한테 부탁이나 하는 겁 많고 무능력하지만 귀여운 막내 여형사. 처음부터 이런 역할인 거 알았다면 출연제의 거절했을 겁니다. 게다가 감독님도 스토리보다는 화면의 아름다움을 더 추구하시는 연출자이시라 제가 어디서 확신을 가져야 될지 모르겠습니다."

"그럼 원하시는 캐릭터는요?"

"남자 배우들에게 끌려 다니는 수동적인 태도 수정해주시고 처음 말씀해주신 것처럼 좀 더 능동적이고 스타일 있는 여형사 캐릭터로 나갔으면 합니다. 지수의 늘씬한 신체도 활용할 수 있는 액션 신도 많았으면 좋겠고요."

수인은 뒤에서 조연출들이 듣는데도 불구하고 감독과 집요하게 설전을 벌였다. 이렇게 찝찝한 기분으로 작품에 참여할 수는 없었다. 큰 기회지만 지수에게 도움이 되지 않는다면 작품 하차도 염두에 뒀다.

최감독이 뒤편에 있는 조연출들과 연출부들의 표정을 살폈다. 무언가 하고 싶은 말이 있지만 애써 참는다는 느낌을 받았다. 수인도 슬쩍 사과의 뜻을 내비치면서 자리가 너무 경색되지 않도록 애썼다.

"죄송합니다, 제가 주제넘게 너무 많은 말을 했습니다."

"아니에요, 괜찮아요. 사실 저도 지석 씨와 같은 생각입니다."

"네? 그 말씀은…."

"맞아요, 저 역시 지수씨 역할은 좀 더 능동적이고 남자형사들과 다르게 섬세하게 사건을 해결하는 역할로 생각하고 있습니다. 그리고 애초부터 의상부터 액션까지 이 작품에서 굉장히 스타일리시한 여형사 역할로 만들려고 했으니까요."

수인은 놀란 표정을 지었다.

"근데 왜?"

"시간 괜찮으면 정작가 작업실로 자리 옮겨서 마저 얘기 나누죠."

수인은 최감독의 제안에 고개를 끄덕였다.

"그나저나 굉장히 의외네요?"

정작가 작업실로 향하는 수인의 차 안에서 최감독이 먼저 입을 열었다.

"무슨 말씀이시죠?"

"지석 씨 말이에요. 작품을 꿰뚫는 눈도 정확하고 지수 씨 캐릭터에 대해서 정확히 파악하고 있어요. 우리가 평소 알고 있는 잘생기고 잘 놀 것 같은 연예인 이미지와는 딴판이에요."

"감사합니다."

"처음부터 그런 느낌 받았어요. 진짜 오랜 시간 매니저 생활한 제작자 같아요. JS가 괜히 짧은 시간에 성공한 게 아니군요."

최감독은 창문을 열고 담배를 하나 물더니 다시 심각하게 얘기를 이어갔다.

"예상하셨겠지만 사실 에디에게 문제가 좀 있습니다. 뭐 그 얘기는 이따 정작가랑 다시 한 번 자세하게 얘기 나누겠지만."

역시 수인의 예상대로였다. 스타 PD와 작가가 이렇게 엉성한 스토리로 드라마를 만들 리 없었다. 최감독이 착잡한 표정으로 마지막 담배 한 모금을 내뱉으며 수인을 바라봤다.

"차라리 지석 씨 같은 배우와 했으면 더 좋았을 텐데."

"말씀이라도 감사합니다."

어색한 대화가 마무리될 즈음 정작가의 오피스텔에 도착했다. 수인은 최감독을 따라 정작가의 작업실로 향했다.

"오셨어요?"

정은희 작가는 생각보다 단정한 모습으로 두 사람을 기다렸다. 아무래도 최감독의 전화를 받고 마음의 준비를 한 듯 보였다. 정작가가 따뜻한 녹차를 내오자 최감독이 무겁게 입을 떼었다.

"아무래도 지석 씨한테 설명을 해야 할 것 같네요. 먼저 박성준에서 에디로 바뀐 이야기부터 해야겠죠?"

정작가가 최감독 말에 천천히 고개를 끄덕였다.

"아시다시피 이강헌, 유승용 배우 출연료가 합쳐서 1억이 넘습니다. 웬만하면 이런 톱스타는 한 명으로 진행하는데, 저희 작품에서는 두 명이나 나오니 생각보다 제작비가 올라갔어요. 당연히 방송국과 자회사인 제작사도 감당하기 버거워졌고요. 마침 그때 돈을 들고 들어온 게 한울엔터 김석기 대표입니다."

김석기. 결국 수인이 생각했던 그 이름이 나오고야 말았다.

"중국 AK엔터테인먼트에서 한울을 인수했더라고요. 단순 지분인수가 아니라 완전 통으로요. 돈이 생긴 김대표는 우리 자금 상황을 알고 공동제작으로 밀고 들어온 거죠. 저희 쪽에서도 돈이 생기면 사전제작이 좀 더 수월할 테니 거부하기는 힘들었고요. 다만 그쪽에서 내민 협상 조건이 에디였던 거죠."

수인은 예상했다는 듯 코끝을 긁으며 다시 물었다. 이미 상황 자체가 수인이 한 박자 늦은 감이 있었다.

"그럼 제작을 스튜디오타이거와 한울엔터 공동제작한다는 거죠?"

"네, 에디가 들어올 수 있는 역할은 원래 박성준 씨가 예정 됐던 역할밖에 없었고, 그 역할을 에디가 가져가게 된 거죠. 다만…."

최감독이 말끝을 흐리자 정작가가 대신 말을 덧붙였다.

"그 쪽에서 지수 씨 역할에 대해서 불만이 나왔어요. 그 역할을 줄이고 에디 분량을 늘려달라고요. 단순한 에디의 여자 친구로 로맨스만 나오면 되지 않냐고. 나도 몇 번이나 그런 식으로 수정할 수 없다고 윗선에 항의를 했어요. 그런데 위에서도 김대표가 들고 들어온 돈이 있으니 마지못해 승낙하는 분위기예요."

수인은 자기도 모르게 깊은 한숨이 새어 나왔다. 정말 지석의 말대로 김석기 대표가 앙심을 품고 하지석 배우인 지수를 건드리는 거라면 꽤나 골치 아픈 일이었다.

"그럼 앞으로 이렇게 가야 된다는 말씀인 건가요?"

"사실 김석기 대표가 왜 지수 씨 역할에 집착하는지는 저희도 몰라요. 사실 에디랑은 상관이 없는데도 말이죠. 그 두 인물은 연인 사이여서 사실 한쪽이 잘 되면 시너지 효과가 붙어서 둘 다 좋은 건데."

정작가의 넋두리가 끝나자 최감독이 꼭 확인해야겠다는 듯이 수인에게 물었다.

"하지석 씨 신인 때부터 함께한 소속사가 한울엔터로 알고 있는데 혹시 두 사람의 문제인 건가요? 저희 쪽에서는 그렇게밖에 추측이 안 되더라고요."

갑작스런 최감독의 질문에 수인은 입술을 꾹 다물었다.

"아니요, 별 문제는 없습니다. 그렇다고 예전처럼 얼굴 마주하는 사이도 아니지만."

"혹시나 문제가 있다면 사실 그쪽을 설득하는 게 더 좋을 것 같습니다. 지금 김대표가 힘을 가진 이유는 돈을 떠나 중국 여러 동영상 웹사이트 업체들에게 배급을 할 수 있는 능력이 있어서 그런 겁니다. 어찌됐건 제작하는 사람들 입장에서 중국 시장이 가장 큰 수입원이니까요."

생각에 잠긴 수인의 눈치를 살핀 정은희 작가가 슬쩍 의자를 당겨 수인의 옆으로 다가왔다.

"지석 씨가 김대표 만나서 화해하면 안 될까? 나도 지수 씨 캐릭터에 욕심 많단 말이야. 원래 우리 의도대로 스타일리시한 여형사 캐릭터로 만들자."

정은희 작가가 서랍에서 명함 하나을 꺼내 내밀었다. 수인이 눈을 동그랗게 뜨고 명함과 정작가를 번갈아 쳐다봤다.

"그게 뭔지 알아요?"

수인이 고개를 가로 저었다.

"나한테 스카웃 제의 온 중국 제작사야. 알지? 중국 제작사들 한국 작가 잡으려고 혈안인 거? 김대표랑 화해할 자신 없으면 차라리 그쪽을 만나보든가."

수인이 눈을 빛내며 다시 물었다.

"크레파스 컴퍼니?"

정작가는 잠시 뜸을 들이다 웃으며 말했다.

"맞아요, 그쪽에서도 하지석이란 배우에 대해서 관심 많던데?"

다음 날, 검은 벤이 방송국 앞에 멈췄다. 수인은 혜지와 함께 다시 TVC 방송국을 찾았다. 혜지의 고정출연 문제로 미팅이 있는 날이었다. 수인은 어제 일은 잠시 잊은 채 혜지에게 집중하려고 노력했다.

"너무 들뜨지 말고. 아직 확정된 거 아니니까 최대한 잘 보여야 해."

"근데 이사님, 그나저나 저 글로우 앨범도 말아먹었는데 괜찮을지 모르겠어요.."

홍식당 출연 이후로 비호감이었던 혜지의 이미지는 조금씩 대중들에게 먹히기 시작했다. 하지만 정작 본인은 글로우 활동 중단으로 자신감이 위축되어 있었다.

"됐어. 그건 네 잘못 아니야. 내 판단 미스였지. 그리고 상관없어. 어차피 난 널 싱어 송 라이터로 생각하고 있었으니까."

"정말요? 내가 싱어 송 라이터를 한다고요?"

"응, 일단 저번 홍식당 출연 때 부른 노래들 음원으로 출시할 거야. 그리고 오늘 얘기 나누는 거 봐서 너 솔로 활동도 진행할 거고…."

"말도 안 돼. 내가 솔로라니!"

두 사람은 얘기를 나누며 '홍식당' 제작진 사무실에 도착했다. 문을 열자 작가들이 수인을 보고 화들짝 놀랐다. 아무래도 며칠 동안 집에도 못 들어갔는지 몰골들이 말이 아니었다.

"아, 안 돼요! 잠시 나가주세요."

"아, 죄송합니다!"

수인이 잠시 뒤로 돌아서자 작가들은 수인의 눈을 피해 얼굴을 가리고, 화장을 고치고, 여자라는 생물학적 정체성을 찾기 위해 한참 동안 난리를 피웠다.

예전 매니저 시절, 작가실을 들어가도 시큰둥했던 작가들 모습은 온데간데없었다. 잠시 뒤 한선희 작가의 목소리가 들렸다.

"안녕, 혜지야!"

한선희 작가가 이제 편하게 말을 놓은 채 혜지를 불렀다.

"안녕하세요, 작가님!"

베트남에서 서로가 서로를 가장 따뜻하게 바라본 사이여서 그런지 대화가 없어도 친밀감이 느껴졌다. 수인도 이제는 두 사람의 모습이 궁금해 슬쩍 입을 뗐다.

"저, 이제 뒤돌아봐도 될까요?"

"네, 물론이죠."

수인이 돌아서자 단 일분 만에 아까 본 여자들이 아닌 근사한 아가씨들이 자리에 앉아 있었다. 한선희 작가가 다른 작가들을 대변하듯 말했다.

"저희는 하지석 님 오시는 줄 몰랐거든요. 매니저랑 같이 올 줄 알았는데."

"작가님들에게 감사하다는 인사드리려고 직접 왔습니다, 하하."

작가들이 수인에게 환호를 해주었다. 예상대로 확실히 수인이 동석하는 게 효과가 있었다. 아무래도 네임 밸류가 있는 사람이 함께 하면 혜지의 위치도 달라질 수 있는 법이다. 혜지와 수인이 자리에 앉자마자 한선희 작가가 부드럽게 말했다.

"그럼 저희 서로 잴 거 없이 바로 본론으로 들어갈까요?"

한선희 작가가 준비돼 있던 계약서를 바로 혜지와 수인에게 건넸다.

'유혜지는 홍식당 시즌1 종영 시까지 출연을 약속한다.'

수인의 손에 들린 계약서는 일반적인 출연계약서였다. 해외촬영 수당이나 촬영시간에 비례하지 않은 전형적인 회당 출연계약서.

이 정도 출연료는 자신들의 프로그램에서 혜지가 분명히 필요하다는 의미이기도 했다. 불리한 조건이 없는 평범한 계약서였지만 수인은 한선희 작가의 틈을 파고들었다.

"혜지가 앞으로 출연하게 되면 역할은 어떻게 되는 거죠?"

"저희 식당 알바로 출연하게 되고 저희 쪽에서는 매회 혜지 양 노래 부를 수 있는 시간을 주려고요."

"레스토랑이나 라이브 카페 가수처럼요?"

"비슷해요. 식당 영업 중에 할 수도 있고 저번처럼 식당 끝나고 출연자들끼리 있는 상황에서 할 수도 있고요."

"그럼 혹시 회마다 쓸 음악은 정하셨나요?"

한선희 작가가 별 생각 없다는 듯 대답했다.

"아니요, 아직 그것까지…. 혜지가 부르고 싶은 노래 부르면 되지 않을까요?"

방송국에서는 모든 음악 저작권 사용이 가능하니 별 문제 없다고 생각한 듯싶다.

"그럼 저희 쪽에서 매회 음악 준비해도 될까요?"

"그건 잘…."

수인은 한선희 작가가 고민할 새도 없이 말을 계속 이어 나갔다.

"문피디님한테는 제가 말씀드리죠. 모든 음악은 협의 하에 저희가 준비하겠다고. 저희도 프로그램을 통해 혜지의 음악적 재능을 많이 알리고 싶습니다."

"감독님하고 직접 말씀 나누신다면, 뭐…."

한선희 작가는 수인이 직접 허락을 받겠다고 하니 일단은 안심한 듯 보였다. 그렇게 계약 미팅을 마무리하려는데 혜지가 조심스럽게 입을 뗐다.

"저 사실… 베트남어랑 중국어 할 줄 아는데…."

"뭐?"

혜지의 말에 한선희 작가보다 수인이 더 놀란 표정으로 물었다.

"전 회사에서 동남아 활동 때문에 많이 배웠어요. 영어랑, 베트남어, 중국어는 제법 할 줄 알아요. 베트남어는 사실 중국어를 기초로 해서 둘이 유사한 점이 좀 있거든요."

"아, 정말 잘됐다. 안 그래도 우리 출연진들 언어 때문에 힘들었는데."

한선희 작가가 얼굴에 화색을 띠며 반겼다.

"헤헤, 저 주문 받고 손님 응대하는 멘트 정도는 아무것도 아니에요."

수인은 아무것도 모르고 웃는 혜지가 참 답답했다. 저 바보, 미리 얘기 했으면 돈 백 만원이라도 더 받을 수 있었는데. 하지만 이제 와서 번복할 수도 없는 일. 수인은 체념한 채 계약사항을 최종 마무리했다.

기분 좋은 계약을 마친 후, 수인은 혜지를 데리고 다시 사무실로 도착했다. 왜 외국어에 능통한 사실을 말 안 했냐고 질책도 할까 했지만, 그만뒀다. 오랜만에 프로그램 고정으로 출연한다는 사실에 들뜬 아이의 기분을 망치고 싶지 않았다.

"이사님, 근데 저 사실 작곡 잘 못하는데… 어떡하죠?"

"괜찮아, 성수동 김성수 작곡가 붙여줄게."

"아, 김작곡가님이요? 다행이다. 저 김작곡가님하고 완전 잘 맞는 것 같아요."

애초부터 생각했던 일이다. 혜지에게 맞는 작곡가를 찾아주고 스스로 배우고 성장할 수 있는 스승을 만들어주는 것. 김성수 작곡가가 엉뚱한 것 같아도 보내준 음악들이 수인도 꽤나 맘에 들었다.

혜지가 저번 방송에서 부른 '찬란하지 않아도'는 이미 음악 차트에서 20위 권 안에 들어갈 정도로 20대 청춘들에게 공감대를 주는 매력이 있었다. 중요한 건 김성수는 예능에서도 수준 높은 곡을 쓸 수 있는 능력이 있다는 것. 그게 수인이 김성수 작곡가를 선택한 이유였다.

"그나저나 저 베트남 가면 누가 같이 가요?"

"저기 있잖아. 한재호."

수인이 턱 끝으로 반대편 자리에 있던 한재호를 가리켰다. 한재호는 흐뭇한 미소를 지으며 소리쳤다.

"감사합니다, 이사님! 제가 혜지님 지구 끝까지 쫓아가서라도 지키겠습니다."

"난 이사님이랑 가고 싶었는데…."

"내가 일을 해야 너 나중에 단독 콘서트라도 할 거 아니야?"

"단독 콘서트요? 헐, 식당에서 알바나 하는데?"

"장난해? 너 지금 그 프로 시청률이 얼만 줄 알아? 너 거기서 노래 부르면 매주 적어도 네 노래를 천만 명 넘게 라이브로 듣게 되는 거라고. 방송의 파급력이 얼마나 센지 몰라서 그래!"

수인은 혜지가 긴장을 풀지 않도록 일부러 쓴소리를 했다. 찬물을 한 모금 마시며 구시렁대는 혜지 얼굴을 보자 수인은 순간 생각 나 책상 위 명함을 집어 들었다.

"혜지야, 잠깐 이것 좀 봐줄래?"

아무래도 중국 활동을 해본 친구라 수인은 혹시나 하는 마음으로 물어봤다.

"음, 크레파스컴퍼니네요? 중국 회사?"

예상외로 혜지의 대답은 여유로웠다.

"알아?"

"당연히 알죠. 저도 중국 활동할 때 들었어요. 이 회사 업계에서는 은근 유명하던데?"

"어떤 게?"

"회장이 돈이 굉장히 많대요. 중국에서도 알아주는 큰손이라는데. 아시죠? 대륙의 부자들은 한국이랑 완전 스케일이 다른 거."

"그래? 좀 더 들은 거는 없고?"

"예전에 코디 언니한테 들었는데, 이 사람이 한국 배우, 가수들한테 엄청 관심이 많대요. 본인이 한류 콘텐츠 완전 팬이라서. 그래서 항상 한국에 투자할 곳을 찾는다 하더라고요."

눈이 번쩍 뜨일 말이었다. 다행히 첫 영화 성공으로 당장은 금전적으로 어려운 일은 없었지만 그래봤자 이제 겨우 회사 구실을 갖췄을 뿐이다. 중소형 연예기획사는 단 한 번만 실패해도 다시 정상 궤도로 올라서는 게 쉽지 않다. 그럴수록 많은 투자자와 자본이 필요한데 당연히 연예계에선 이 차이나 머니 유혹을 뿌리치기가 쉽지 않은 일이다.

수인이 고민에 잠긴 사이 혜지가 생각난 듯 말했다.

"참, 이사님. 지수 언니 병문안 안 가보셨어요? 언니가 이사님 안 와서 내심 섭섭해하는 것 같던데?"

"지수가?"

"네. 그렇더라고요. 한번 가보세요. 그럼 전 이만."

혜지가 사무실을 나가자 사무실 안을 가득 채웠던 밝은 에너지가 갑자기 쑥 빠져나간 것만 같았다. 수인은 지수를 보러 병문안을 가고 싶었지만 다른 오해가 생길까 봐 그동안 참아왔다. 마침 혜지에게 지수 얘기를 듣고 나니 해야 할 일이 떠올라 급하게 사무실을 나섰다.

2인용 병실 문을 열자 자리에는 아무도 없었다.

침대카트 위에 놓인 명찰을 보니 지수 자리는 확실했다. 이내 문이 열리고 익숙한 남자와 함께 지수가 들어왔다.

"어? 이사님."

지수가 깜짝 놀란 표정으로 수인에게 인사를 했다. 수인의 눈길은 에디를 향했다.

"네가 여긴 왜?"

"아, 이사님. 에디가 그날 일 미안하다면서 요새 매일 이렇게 병문안 와주고 있었어요."

"병문안?"

인상을 쓰는 수인의 표정과 달리 두 사람은 서로 마주보며 웃었다. 에디는 지수를 침대까지 부축해준 다음 악수를 권했다.

"저번 일은 내가 사과할게, 형. 너무 흥분했어."

수인은 에디가 내민 손을 무시한 채 지수를 무섭게 노려봤다.

"너 왜 나한테 얘기 안 했어?"

그제야 수인이 화가 난 사실을 알았는지 지수가 미안한 표정을 지었다.

"그냥 화해하기로 했어요. 에디도 그날 지각까지 한 데다 너무 예민해 있었대요. 자기도 실수였다고 매일 사과하러 오는데 어떻게 거절할 수 있겠어요?"

"그걸 말이라고 해? 너 쟤가 어떤 새끼인 줄 알고나 이러는 거야?"

"그게 무슨 소리예요? 전 다만 에디랑 동갑이고, 앞으로 같이 작품 할 사이니까 친구처럼 사이좋게 지내려고 하는 것뿐이에요."

에디가 흥분한 수인을 말리려고 어깨에 손을 댔다.

"나랑 잠깐 얘기 좀 해."

"안 놔?"

수인은 에디의 팔을 쳐냈다. 수인은 평소 자신답지 않게 지금 화를 내고 있다는 것을 알았다. 수인은 모든 게 다 마음에 안 들었다. 에디에게 방긋방긋 웃어대는 지수와 그런 지수를 다정하게 보는 에디의 모습, 모든 게 다 화가 났다.

"너 당장 짐 싸. 퇴원하게."

"이사님, 갑자기 왜 그러세요."

지수가 수인의 팔목을 잡았다. 하지만 이미 화가 난 수인의 눈빛을 보자 포기했는지 다시 말했다.

"알겠어요. 퇴원할게요."

옆에서 지켜보던 에디가 빈정거리듯 말했다.

"여전하구나, 형. 여전히 자기밖에 모르고, 다른 사람 무시하고."

"뭐?"

"똑같아. 변한 게 하나도 없어."

에디는 씁쓸한 표정으로 병실을 나갔다. 수인은 병실에 둘만 남자 조심스레 입을 열었다.

"이지수, 에디가 이 작품 출연 못 하게 될 수도 있어."

지수는 의외로 긴 한숨을 쉬었다.

"이사님, 전 괜찮아요. 괜히 저 때문에 그러시는 거라면 그러지 않으셔도 돼요."

수인은 저도 모르게 불안했던 마음이 입 밖으로 튀어나왔다.

"왜? 너도 재가 그새 맘에 든 거야?"

지수는 실망한 표정으로 수인의 얼굴을 가만히 바라보았다.

"이사님 같은 사람을 뭐라고 하는 줄 알아요?"

"…."

"바로 똥멍청이라고 해요. 똥멍청이."

"똥멍청이?"

"에디가 연기를 못해서? 에디가 나한테 집적댈까 봐? 아님 진짜 에디 하나 때문에 이 작품이 망할까 봐 이러시는 거예요?"

"그래, 다 맞아. 너 같은 애가 왜 저런 놈한테 신경을 써. 넌 신경도 쓰지 마."

"이사님! 이사님도 배우잖아요. 배우는 주변에서 믿어주지 않으면 안 된다는 거 몰라서 그래요? 그런데 다들 안 된다고 하면 에디는 누굴 믿어야 해요? 같은 파트너인 나마저 에디를 외면하면 좋은 연기가 나올 수 있겠냐고요?"

"지수야!"

수인은 고개를 돌린 지수에게 다시 한 번 얘기했다.

"네 맘 다 알아. 다 아는데, 넌 지금 아무것도 몰라. 아무것도 몰라서 이러는 거라고."

"아무튼 에디 자르면 나도 이 작품 안 할 거니까 그렇게 알아요."

"뭐야?"

"솔직히 말해봐요. 뭐 때문에 이러는 건지. 평소 이사님 같지 않단 말이에요."

지수가 매서워진 눈초리로 다시 묻자 수인은 쉽사리 입이 떨어지지 않았다. 수인은 에둘러 다른 말을 생각하다 불쑥 진심이 나오고 말았다.

"사실… 사실 나 이 작품 하고 싶어졌어."

지수가 수인의 두 눈을 똑바로 쳐다보며 물었다.

"이유는요?"

수인은 지수를 바라본 채 핸드폰을 툭 내려놨다.

"봐봐."

지수가 휘둥그레 눈을 뜨며 핸드폰을 눌렀다.

"첫 번째 동영상이야."

지수는 천천히 동영상 재생버튼을 눌렀다. 동영상에 찍힌 영상은 지하주차장에서 에디와 싸우고 있던 블랙박스 영상이었다. 하필 몸싸움이 있던 차량 바로 앞이라 수인의 얼굴이 생생하게 담겨 있었다. 지수는 절망한 듯 다 보지도 못한 채 떨리는 목소리로 물었다.

"누가 찍은 거예요?"

"재수 없게도 그 차가 연예부 기자 차더라."

지수가 고개를 푹 숙인 채 씁쓸맞게 물었다.

"그래서요?"

"그냥 조용히 마무리하고 싶으면 독점으로 열애설 기사 하나만 낼 수 있게 해 달래."

"그게 무슨 소리예요? 열애설이라니?"

수인은 손가락으로 지수를 가리킨 다음에 자신을 가리켰다.

"너랑 나."

"그래서 알겠다고 했어요?"

"아니, 그래서 여기 왔잖아."

"그럼 이거 물어보려고 왔단 말이에요?"

지수가 미간을 찌푸렸다.

"알겠어요. 근데 이사님은 괜찮아요?"

"뭐가?"

"저랑 열애설 나는 거 말이에요?"

"아니, 안 괜찮아. 내 배우한테 피해 가잖아."

"사실 아까 에디가 자기 회사로 오면 어떻겠냐고 물어봤어요."

"그래서?"

"당연히 거절했죠."

지수는 여전히 수인에게 시선을 고정한 채 말을 이어갔다.

"근데 좀 이상하단 생각도 들었어요. 그날 일도 그렇고, 태연하게 매일 와서 사과하고."

"그래서? 진심을 잘 모르겠단 소리야?"

지수는 말없이 고개를 끄덕였다.

"일단 퇴원하자. 어차피 네 스케줄 좀 늦추려고 입원했다고 한 거니까. 이 정도면 됐어."

"알겠어요. 그리고 진짜 기자 만날 거예요?"

"넌 신경 쓰지 마. 퇴원수속은 내가 할게. 정리하고 나와."

수인이 병원 문을 나서려 할 때 지수가 갑자기 말했다.

"이사님! 그 기자 제가 한번 만나보면 안 될까요?"

수인은 잠시 할 말을 잊은 채 지수를 돌아봤다.

"알고 싶어졌어요. 그 영상 어디서 났는지."

"네 맘 뭔지 아니까 내가 해결할게. 넌 작품 준비나 열심히 해."

수인은 먼저 병실을 나섰다.

"정용덕 기자님 되시죠?"

수인은 다음 날, 주간스포츠 정용덕 기자를 만났다. 정기자는 목소리와 달리 굉장히 덩치가 크고 남자답게 생긴 사내였다. 그는 덩치와 어울리지 않게 조그마한 수첩을 꺼내며 수인을 맞았다.

"반갑습니다. 정용덕입니다."

수인은 최대한 세게 나가기로 결심한 터라 약간은 건방지게 말을 꺼냈다.

"네, 용건 먼저 말씀하시죠."

"일전에 보내드린 영상에 대해 해명 부탁드립니다. 만약 제가 생각하는 사실 그대로라면 저는 차라리 열애설 제안을 드리는 겁니다."

"해명이라뇨? 남자들끼리 몸싸움 좀 할 수도 있는 거죠."

"이러시면 곤란합니다. 누가 봐도 두 분이 지수 씨를 두고 다투시는 것 같던데."

"다퉈요?"

"사정이야 있겠지만 아무래도 이 영상만 보면 그렇게 느끼겠죠? 게다가 이런 장면 나가면 상대적으로 이름 있는 하지석씨 이미지가 타격이 더 클 것 같은데요."

"재밌네요."

"항간에 들리는 소문으로는 소속사를 옮기고 싶어 하는 이지수를 하지석이 잡고 있다는 얘기도 있습니다."

정용덕 기자는 예상했다는 듯 수인의 말에 계속 반박을 해가며 되받아쳤다. 수인은 이런 식의 말싸움은 더 이상 효과가 없다는 걸 알았다. 어차피 오늘 만난 목적은 다른 데 있었다.

"제가 깔끔하게 정리해 드리죠. 정은희 작가 '지하세계' 성진혁 형사 역할 제가 하게 됐습니다. 됐습니까? 그래서 에디가 거기 앙심을 품고 저한테 접근한 거고요."

정기자는 싱거운 미소를 지어 보였다.

"그 말을 저보고 믿으라고요? 어떤 근거가 있습니까?"

"근거요? 기자님이 먼저 내보내면 그게 근거 아니겠습니까? 아마 그런 걸 특종이라고 하겠죠?"

정기자가 그제야 입을 다물고 수인의 말을 들었다. 예상치 못한 수인의 제안에 흔들리고 있는 것 같았다.

"만약 사실이 아니면 제가 미쳤다고 그런 기사를 내라고 하겠습니까? 제가 그런 노이즈 마케팅 할 급의 배우는 아니라고 생각하는데요."

정기자가 진지하게 물었다.

"그럼 에디를 밀어내고 하지석 씨가 그 역할을 하는 게 거의 확실시 된다는 말이죠?"

"네, 그렇게 먼저 쓰시죠. 그리고 사실이 확인되면 그때 블랙박스 영상을 삭제한다는 약속을 하셔야 됩니다. 약속을 지키시면 제가 다른 뉴스를 하나 더 드리죠."

정기자는 잠시 생각하더니 이내 수인을 똑바로 바라보며 입을 열었다.

"네, 알겠습니다. 그렇게 하죠."

수인은 인사를 마치고 카페를 나가는 정기자 뒤를 주차장까지 쫓아갔다. 역시 예상대로 그때 몸싸움이 찍혔던 SUV 차량이 아니었다. 수인은 분명 정기자의 단독소행이 아님을 직감했다.

며칠 뒤 기사가 터지자 JS 사무실로 전화가 빗발치듯 몰려왔다. 수인은 성일에게 일체 모르는 일이니 제작사에 문의하라고 지시했다.

"네, 아닙니다. 공식적인 얘기는 제작진에게 물어보세요."

기자들은 제작진도 사실무근이라 한다면서 어디가 맞는 얘기냐고 계속 물어댔다.

"아니요, 저희는 모르는 사실입니다."

성일은 수인의 말대로 애매모호한 답변만 남긴 채 계속 전화를 받았다.

그때 정용덕 기자한테 연락이 왔다.

"하지석 씨, 이거 약속한 얘기랑 다르잖아요? 제작진 쪽에서도 아니라고 한 거 난 당신만 믿고 기사 내보냈는데. 이쯤에서 빨리 공식 발표하시죠."

"기자님, 조금만 더 기다려보시죠. 아마 내일 안으로 해결이 될 겁니다."

못 믿어 하는 정기자를 안심시킨 후, 곧바로 최혁 감독에게 다시 전화를 걸었다.

"감독님, 하지석입니다. 기사 보셨죠? 괜한 기사가 나서 잡음이 좀 나게 됐네요."

"어, 지석 씨. 갑자기 이런 기사가 터져서 우리 제작피디들이 곤란해하는 것 같은데?"

"죄송합니다. 저는 제작사 쪽에서 지수 노이즈마케팅 해주려고 저 이용하는 줄 알고."

"그런 건 아닌 것 같아. 그나저나 미안해할 사람은 내가 아닌 것 같고 에디 쪽인 것 같은데요?"

"그게 무슨 말이죠?"

"그 잠깐 사이에도 온라인에서 하지석이 출연한다는 반응이 더 좋네요. 에디 그 연기 못하는 애보다 영화 '위험한 관계'에서처럼 하지석, 이지수 케미 보고 싶다고 난리야."

"정말요?"

"어, 우리 조연출들이 이러다 진짜 바꿔야 되는 거 아니냐 그러더라고."

"말씀만이라도 감사합니다."
"그리고… 그때 정작가가 말한 중국 제작사 만나봤어?"
"아뇨, 아직."
"한번 만나봐. 최대한 빨리. 무슨 말인지 알 거라 생각해. 이제 우리 첫 촬영 2주 남았어."
"네, 감독님."
수인은 통화를 끊고 크게 한숨을 내쉬었다. 모든 게 예상대로 맞아 돌아갔다. 아직까진 하지석이란 배우가 에디보다 더 어필 할 수 있을 거라 생각했다. 우려했던 건 같은 소속사 배우 두 명이 출연하는 것에 대한 반감인데, 아직 공식화되지 않아 그런 얘기들은 없었다. 어차피 일단은 바람 잡기뿐이었다.
이틀 후, 수인은 그동안 계획했던 작전을 꺼내들었다. 출근하자마자 성일에게 USB를 하나 건넸다.
"이거 각 언론사들마다 돌려줄래?"
"네? 이게 뭐죠."
"하지석과 에디의 충돌. 아, 물론 익명으로 돌려야 돼."
수인은 약간 유리한 편집을 해서 동영상을 뿌리기로 결정했다. 먼저 손을 써야만 상대방의 의도를 확실히 알 수 있었다. 몇 시간 뒤 동영상이 포털사이트 메인에 올라오자 오랜만에 연예계가 뜨거워졌다. 다행히 소리가 녹음이 안 된 영상이라 더욱 쉽게 흥분하고 동작이 컸던 에디가 수인과 지수에게 시비를 걸고 있는 것처럼 느껴졌다.
-저 양아치 새끼. 이제 여자도 때리네.
-헐, 대박. 에디 소속사가 돈 엄청 들고 와서 자리 뺐었다더니. 맞

네. 그러니 저 난리지.

-원래 우리 지석 오빠 출연 맞는 듯.

기자들은 동영상 논란을 기사로 옮겼고, 대중들 반응은 당연히 하지석에게 기울어졌다. 애초부터 잘생긴 외모 말고는 팬덤이 크지 않았던 에디 쪽은 상당히 곤란하게 됐다.

매일 에디의 캐스팅 의혹과 여배우 폭행 시비 기사가 터져 나왔고, 드라마 지하세계는 제작 진행에 상당한 차질을 빚게 됐다.

며칠 후 지수는 더 견디지 못하고 직접 수인을 찾아왔다.

"이사님이 원하는 게 이런 거였어요?"

"뭐가?"

"에디 저렇게 망가뜨려서 이사님 원하던 걸 꼭 가져야겠어요?"

아무 대꾸도 않는 수인에게 지수가 당당하게 말했다.

"맞잖아요. 이사님이야말로 지금 에디 자리 뺏는 거 아니냐고요?"

"모르면 가만히 있어."

"뭘 몰라요. 그리고 누가 제 허락 없이 그 동영상 뿌리라고 했어요?"

"그게 다 너 때문에 그런 거잖아! 지금 너 때문에…."

수인은 화를 누르고 입을 다물었다. 지수가 눈물이 그렁그렁한 눈으로 수인을 바라보고 있었다.

"세상 어느 여자가 자기 맞는 모습이 보고 싶겠어요?"

"미안해, 그건 생각 못 했어…. 지수야, 지금…."

더 이상 할 말 없다는 듯이 지수가 사무실을 나가려 했다. 수인은 따라 나가려는데 책상 위에 있던 핸드폰이 울렸다.

"여보세요?"

"오랜만이다, 하수인."

하수인. 실로 오랜만에 들어보는 이름이었다. 지석이의 원래 이름을 이렇게 쉽게 부를 수 있는 사람이 대체 누구일지 호기심이 일었다.

"누구시죠?"

"벌써 목소리도 잊은 거야? 아님 모르는 척하는 건가? 나야, 석기."

김석기 대표. 드디어 수인이 기다리던 연락이 오고 말았다.

"나랑 할 말 좀 있지 않겠어?"

아직까지 수인은 김석기 대표와 하지석과의 관계를 잘 모른다. 수인은 말실수하지 않도록 조심스레 입을 떼었다.

"이유는요?"

"이유? 요 며칠 하는 행동만 보면 이유는 네가 더 잘 알 것 같은데?"

수인의 한숨 소리에 김석기의 목소리가 한층 더 진지해졌다.

"너 지금 뭔가 착각하는 거 같은데. 난 지금 너 도우려는 거야."

수인이 아무 말도 없자 김석기 대표는 일방적으로 약속을 잡았다.

"오늘 역삼동으로 와. 자세한 얘기는 만나서 하자."

6
또 다른 음모

늦은 밤, 수인은 김석기 대표가 말한 비즈니스 클럽에 도착했다. 전에 장실장을 만났던 곳이다. 연예계에서 파워 있는 관계자들이 즐겨 찾는 곳. 매니저 때 성공해서 이곳에 오는 게 꿈이었던 시절도 있었지만, 막상 VIP 대접을 받으며 와보니 연예계 뒷수습이나 하는 시시한 곳임을 알게 됐다. 익숙한 얼굴의 조상무가 두 번째 방문하는 수인을 반겼다.

"오랜만에 오셨습니다. 김대표님은 아직 도착 안 하셔서 먼저 안내해 드리겠습니다."

두 번째 방문이라 그 전보다 긴장감은 덜했다. 수인은 방문을 닫고 혼자 룸 안에 남겨지자 조심스레 핸드폰 녹음기를 켰다.

곧 복도에서 구두소리가 들리더니 방문이 열렸다. 메탈로 된 은색 안경을 낀 차가운 인상의 사내가 수인을 향해 씩 웃어 보였다. 그 옆에 있던 남자는 비서인지 룸 안까지 김석기 대표를 따라 들어와 재킷까지 받아 옷걸이에 걸어놓았다.

"됐어. 서류 주고 그만 나가봐."

김석기는 상석에 자연스럽게 앉은 다음 물수건으로 손을 닦더니 드디어 말을 꺼냈다.

"오랜만이다, 하지석."

수인은 앞에 놓인 홍차를 컵에 따라 마시고 잠자코 있었다.

"제법이야. 연기라고는 정말 할 줄도 모르는 놈이 이제 배우도 키우고 말이야. 많이 컸어, 하하하."

"옛날 얘기 그만하시죠."

수인도 기세가 밀릴세라 최대한 딱딱하게 말했다.

"그래, 너나 나나 옛날 얘기해봤자 좋을 거 없지. 아무튼 영화 잘 봤다. 연기 많이 늘었더라."

김대표는 테이블 밑에 달린 벨을 눌렀다. 잠시 후 조상무가 다시 룸 안으로 들어왔다.

"애들 좀 들여보내줘."

조상무가 나가자 김석기 대표는 수인을 향해 기분 나쁘게 웃어 보였다.

"왜? 너 이런 거 좋아하잖아. 설마 연기 좀 늘었다고 갑자기 바른 생활 사나이가 된 건 아니겠지?"

"그럼요. 난 고정 있어요."

"역시 이래야 하지석답지. 난 또 네가 다른 사람 된 줄 알았다."

수인은 전에 만난 정아를 불러달라고 했고, 김대표는 자신의 파트너를 불렀다.

몇 번의 술잔이 돌자 김대표가 천천히 본론을 꺼냈다.

"예전 생각 나냐? 너 나한테 연기하겠다고 처음 찾아왔을 때."

수인은 전혀 알 수 없는 일이었다.

"그때 네가 나한테 한 말 중에 가장 좋았던 게 뭔지 알아? 난 좋은 배우 이런 거 관심 없다. 스타가 돼서 돈 방석에 앉고 싶다. 내가 형도 그렇게 만들어줄게. 그랬던 놈이야."

수인은 쓴웃음을 지었다. 지석이었다면 충분히 그랬을 것이다. 유명해지고 싶어 배우 되기로 했던 녀석이니까.

"그랬던 녀석이 이제 돈 좀 벌 수 있게 키워놓으니까, 아우라 장대표한테 날아갔지. 안 그래?

"…."

"넌 그런 새끼야, 알아?"

김대표가 술잔을 탁 내려놓더니 갑자기 눈빛이 변했다. 그는 수인에게 경고하듯 말했다.

"방해하지 마, 지석아. 이건 진심이야."

수인은 무슨 표정을 지어야 할지 고민되었다. 수인은 최대한 원래 하지석 같은 표정으로 대답했다.

"무슨 방해? 난 형한테 악감정 없어. 형이 있는 것뿐이야."

수인의 넉살에도 김대표는 두 눈을 부릅뜨고 수인을 노려보았다.

"이번 에디 구설수, 네가 뿌린 지라시인 거 다 알아. 더 이상 장난치며 가만 안 둔다."

"기자들이 장난치는 거 가지고 내 탓하지 마."

"정기자? 내가 보낸 사람이야. 너도 대충 눈치 챘잖아. 근데 그 얼빵한 놈 꼬셔 감히 나한테 장난을 쳐?"

역시 수인의 예상대로였다. 다만 김대표가 예상하지 못했던 건 지수의 행동이었을 뿐이다. 지수가 거기서 에디에게 맞아버렸으니, 영상은 독이 되어 돌아온 것이다.

"여기서 끝내. 행여나 너 재환이, 아니, 에디 예전 과거 가지고 물고 늘어질 생각하지 마. 그거 가지곤 어차피 넌 나한테 상대 안 돼."

초조해 보이는 김대표의 얼굴을 보자 수인은 여유가 생겼다. 모든 게 지석이가 말해준 그대로였다. 하지만 수인은 그가 주의한 대로 아직까지 경계를 풀지 않았다.

"웃어? 너 지금 뭔가 착각하고 있는 거 같은데 네 과거를 알고 있는 건 나밖에 없어. 만약 그게 퍼지게 되는 날은 나도 네가 어떻게 될지 장담 못 해."

수인은 순간 정신이 멍해져 대답이 나오지 않았다. 지석이 과거라면 어떤 것을 의미하는지 전혀 알 수 없었다. 수인도 지석이가 졸업 후 데뷔 전까지 그 몇 년의 정보는 전혀 없다.

"누가 더 손해인지 네가 더 잘 알 거야. 그러니 여기서 그만해. 그러면 내가 이지수도 계속 데리고 갈 수 있게 해줄게."

"계속 데리고 가다니?"

"너도 알겠지만 이 드라마 한국 최초 글로벌 시즌제 드라마야. 시즌 1, 2, 3, 그 이상 제작할 거고 이지수 역할은 계속 고정으로도 갈 수 있어. 뭔 말인지 알아?"

"본론만 얘기해."

"이 드라마 지금 중국에 이미 회당 3억에 판권 팔 예정이야. 넷플러스는 회당 5억. 한국 판권 최고 금액이지."

"아직 확정된 거 아니잖아."

"넌 내가 확실한 거 아니면 움직이지 않는 사람인 거 몰라서 그래? 내가 중국 애들한테 내 회사까지 팔면서 잡은 기회야. 방송국이랑 그 제작사까지 걔네가 날 데리고 공동제작하는 이유가 뭔데? 내가 모든 유통망 다 끌고 왔단 말이야. 총 수익의 30프로는 우리 회사가 가져가는 거라고."

"형이?"

"이거 일반 한국 드라마랑 차원이 달라. 그니까 가만히 있어."

김석기의 눈빛은 수인의 예상보다 훨씬 진지했다. 수인은 그가 건네준 술 한 잔을 들이켰다.

"지석아, 내가 잘되면 너희 둘 다 데리고 갈게."

"뭐?"

"내가 너네 둘 다 책임진다고. 너도 이제 JS 정리하고 연기에만 집중하는 게 더 편한 거 아냐?"

"그럼 우리 회사를 넘기라는 거야?"

"넘기는 게 아니라 합병이지. 너 형이랑 다시 일 안 할 거야?"

"형, 그 회사가 형 게 될 거라 생각해?"

김대표는 자신만만한 얼굴로 수인에게 물었다.

"그럼 누구 회사야?"

"진짜 걔네들 방식 몰라서 그러는 거야? 지금 형 회사도 통으로 인수해버린 상태에서 사실상 발생하는 수익 대부분을 걔네가 가져갈 거라고. 형은 지금 근데 그냥 순진하게 믿고 있잖아."

"너 내가 그렇게 만만해 보여? 내가 그런 것도 모를 것 같아? 그래서 판권은 우리가 가져가는 거라고. 내가! 나 김석기가!"

"판권이 문제가 아니라, 형이 그 회사를 뺏길 수도 있다고. 형보다 분명 더 많은 지분을 가져가서 형을 대표 자리에서 내리게 할 거라고."

김대표는 갑자기 술잔을 내리쳤다.

"닥쳐! 이 새끼가 요새 사업 좀 해봤다고 어디서 까불어!"

"형 때문에 작품 전체가 망할 수도 있어."

"일단 알았으니까, 너 내 말 똑똑히 들어."

김석기는 취기가 올랐는지 혼자 중얼거리며 서류봉투를 수인에게 건넸다. A4 용지 열 장이 넘는 복잡한 계약서였다. 자세히 살펴보니 드라마 '지하세계'에 관한 중국 AK엔터와 한울 간의 제작 협약서였다.

"내 꿈은 너도 알다시피 영화나 드라마 제작자가 아니야. 난 매니지먼트를 하고 싶어. 한국의 많은 배우들을 내손으로 키우고 싶다고. 그쪽에서도 아마 매니지먼트 쪽은 나한테 전권을 위임할 생각이야."

김석기는 다시 한 번 목소리를 가다듬고 수인을 불렀다.

"지석아, 다시 한 번 나랑 손잡자. 사실 그쪽에서 널 원해. 널 원하는 중국 회사들이 많아. 너처럼 세련되고 로맨스가 되는 남자 배우들이 인기가 많으니까. 계약서 봐. 한국 톱스타 한 명 이상 데리고 와야 한다는 조건으로 우리 회사 인수한 거야."

수인은 그의 눈빛을 똑바로 응시하면 얘기를 들었다. 지석이 말대로 능구렁이 같은 사람이라면, 쉽게 믿을 수 없는 얘기였다. 김석기는 다시 한 번 차분한 어조로 말했다.

"지석아, 나 더 큰 매니지먼트 사업이 하고 싶다. 에디 일은 사과할게. 널 조금이나 약점 잡아서 내 얘기 듣게 하고 싶었던 것뿐이야. 아무튼 잘 생각해봐."

할 말을 다 마친 김석기는 먼저 자리를 떠났다.

수인은 그제야 긴장이 풀렸는지 어깨가 스르륵 내려갔다.

"오빠, 괜찮아?"

아직 남은 정아가 걱정된다는 듯 물었다.

"괜찮아. 그만 나가봐도 돼."

정아는 수인의 말에도 나가지 않고 직접 술을 따라 한 잔을 마셨다. 잠시 한숨을 길게 내쉬더니 정아가 말했다.

"오빠도 에디 어떤 앤지 잘 알아?"

"왜, 평소 좋아하는 연예인이야?"

"아니, 나보다 에디라는 인간에 대해 더 잘 아는 사람이 있을까 해서…."

정아는 의미심장한 미소를 지었다.

"네가 어떻게 알아? 단골손님이야?"

"아니, 내가 예전에 걔 애인이었거든."

정아가 수인을 바라보며 살짝 웃었다.

"자세히 얘기해줄 수 있어?"

정아는 담배 한 대를 물고 깊게 연기를 내뿜었다. 복잡하고 지쳐 보이는 표정이었다. 한참을 망설이다 입을 열었다.

"오빠, 에디 사실 불쌍한 애야. 어린 시절 아빠가 굉장한 호색한이었대. 그래서 처자식도 팽개치고 딴 여자랑 살림 차렸나 봐. 엄마는 그 충격에 에디만 데리고 미국으로 간 거고. 거기서 외국 남자랑 결혼하고 미국에서 에디를 키운 거지."

정아는 쌓인 얘기가 많았는지 담배를 끄고 계속 얘기를 이어갔다.

"에디 고등학교 졸업하고 바로 서울로 왔어. 돈 많이 벌어서 지 아빠한테 보란 듯이 보여주고 싶었대. 그러다 밤일까지 하게 된 거지.

또 그러다 날 만나게 된 거고. 우리 얘기는 중요한 게 아니니 패스. 아무튼 저 사람, 김석기, 저 인간 만나고 에디가 망가졌어. 큰돈 벌게 해준다고 해서 저 인간 쫓아 다닌 모양인데, 오빠도 알지? 저 인간, 호스트 하는 애들 등쳐먹는 거. 미국 가서도 활동비 명목으로 계속 에디에게 돈을 요구했나 봐. 정작 미국에서도 오디션 같은 거 하나 잡아주지 않고, 에디 혼자 보러 다녀서 여기까지 온 것 같아."

"나한테 이런 얘기하는 이유는 뭔데? 예전 애인의 대한 미련인가?"

"아니, 난 잘 모르는데 기사 보니까 오빠가 에디 자리 빼앗을 거라며? 에디 그냥 그 바닥에서 뜨게 해줘. 오빠도 알다시피 걔 어차피 연기자 할 실력도 안 돼. 그리고 김석기 만나서 진짜 이상해졌어. 돈밖에 모르는 인간들."

수인은 고민하다가 말했다.

"어떻게 변한 건데?"

"나도 다른 언니들한테 들은 건데… 김석기 대표 아까 말한 중국 회사 사람들한테 불법적인 일도 서슴지 않나 봐. 한국 작가들 대본 입수해서 그들에게 준대. 거액의 돈 받고. 그렇게 해서 아마 표절하는 거겠지? 중국에서 먼저 만들어 방영하면 끝나는 거잖아. 그래도 되는 거야? 이 정도면 거의 산업 스파이잖아. 에디는 김석기 대표랑 같이 그 사람들 접대하러 다니고."

만약 정아의 말이 사실이라면 그냥 지나칠 수는 없는 일이다. 수인은 이를 악물었다.

"지수 언니, 그럼 아직도 촬영을 못했다고요?"

또 다시 보름이 정신없이 지나갔다. 혜지는 그새 홍식당 첫 촬영을 마치고 사무실로 복귀했다.

그동안 에디의 폭행사건은 이제 수인이 손 쓸 새도 없이 커졌다. 대중들은 여배우를 발로 찬 에디의 하차를 강력하게 요구했고 에디 측에서는 전혀 해명을 하지 않았다. 오히려 피해자인 JS 측보다 지수의 팬들이 에디를 고발하겠다고 나서 사건은 해결될 기미가 안 보였다. 게다가 드라마 '지하세계'조차 촬영이 한 달 뒤로 연기 됐다.

소식을 듣고 놀라는 혜지에게 성일이 말했다.

"응, 완전 망했다니까. 만약 에디 하차시키면 김석기 대표가 중국에서 가져온 돈 다 뺀다고 그랬대. 제작진도 어떻게 해야 할지 망설이는 거지."

혜지도 공연히 한숨을 푹푹 내쉬었다.

"그나저나 혜지, 너 반응 장난 아니더라."

"진짜 신기하죠? 근데 진짜 방송 힘이 무섭긴 해요. 내가 음원차트 벌써 5위라뇨."

혜지가 합류한 뒤 홍식당의 시청률은 무려 2퍼센트나 올랐다. 혜지의 노래가 담긴 음원은 벌써부터 매출이 어마어마할 정도로 늘어났다. 혜지의 음원 수익이 현재 JS에 최대 수입원이었다.

"너 정산되면 이번에 돈 좀 많이 들어올걸? 그럼 오빠 술 한 잔만 사줘."

"알겠어요, 꼭 사드릴게요."

"약속 꼭 지켜야 해. 오빠는 월급쟁이잖아."

"근데 만약 에디 빠지게 되면 이사님이 출연하는 거 맞죠? 기사 보니까 하지석이 유력하다고 나오던데."

성일은 행여나 누가 들을까 조심스럽게 속삭였다.

"그게 중요하게 아니라 돈이 없으면 작품이 엎어지게 생겼다고. 우리 회사는 그만한 돈이 없잖아. 게다가 너 빼고 다 백수야. 지금 둘 다 놀고 있잖아."

"그래서 오빠도 놀고 있는 거고요, 헤헤."

"야, 김성일!"

수인은 쓸데없는 소리를 하는 성일을 다그쳤다.

"너 지금 앉아서 농담 따먹기나 하고 있을 때야? 지수 어디 갔어?"

"오늘 스케줄도 없고, 그냥 혼자 있고 싶다고 해서 그러라고 했습니다."

"다른 얘기는 없었고?"

"네."

"그럼 네가 지금 여기서 놀 때야. 법카로 커피라도 사서 홍식당 작가들한테 인사라도 하고 와. 혜지 방송 예쁘게 나와서 고맙다고."

"그럴까요? 거기 막내 작가 귀엽던데? 혜지야, 같이 갈래?"

"선영이요? 선영이 나랑 동갑이에요. 짱 귀엽죠? 나 완전 친한데."

"너 미쳤어? 니 소속 연예인 데리고 같이 다니게! 혼자 갔다 와."

성일은 뒷머리를 긁적이며 사무실을 나갔다. 한참 동안 조용했던 사무실이 어색했는지 혜지가 조용히 수인을 불렀다.

"저기요, 이사님. 제가 중국 활동할 때 아는 중국 연예인 친구가 있는데요.."

"근데?"

"그때 이사님이 말한 크레파스컴퍼니 있잖아요. 그 친구가 그 회사로 옮겼더라고요. 그래서 좀 들었는데 거기 대표가 확실히 한국 회사들한테 투자할 용의가 있다고 하더라고요. 지금 돈은 있는데 어디에 투자할지 고민이래요."

"그래서?"

"이사님이 한 번 연락해봐요. 이사님은 모르시겠지만 이사님 중국에서 되게 유명해요."

"내가?"

"예전에 나오셨던 메디컬 드라마가 중국에서 꽤 인기 있었거든요. 물론 불법 다운로드로 다 본 거지만요."

"됐어. 관심 없어."

"진짜 이런 얘기 자존심 상해서 안 하려 했는데… 그 친구가 내가 하지석 있는 회사로 옮겼다니까 뭐라 그런 줄 알아요?"

수인은 내심 기대에 차서 혜지를 쳐다봤다.

"소리를 지르더니 말도 안 된다면서, 그쪽 대표가 완전 이사님 팬이래요. 완전 광팬! 이사님이 나서면 모든 일이 일사천리로 해결된다는 얘기죠. 무슨 얘기인지 아시죠?"

혜지가 호들갑을 떠는데, 정은희 작가에게서 연락이 왔다.

"지석 씨, 나예요, 정은희. 오늘 잠깐 볼 수 있어요.? 감독님한테는 비밀로 하고."

"제가 그럼 지금 작업실로 찾아뵐게요."

수인은 전화를 끊고 다시 혜지를 바라봤다. 무슨 재밌는 일이 있을까 호기심에 가득 찬 소녀의 눈으로 혜지도 수인을 보았다.

"너 지금 바쁘니?"

혜지가 고개를 절레절레 흔들었다.

"그럼 나랑 좀 갈 데가 있어. 가자."

수인은 조심스레 벨을 눌렀다.

벨 소리가 한차례 울려 퍼지고 정작가가 시무룩한 표정으로 나와서 문을 열어줬다.

"와줘서 고마워요, 지석 씨."

분위기가 심상치 않았다.

"안녕하세요, 작가님. 유혜지라고 합니다."

혜지가 눈치 없이 특유의 해맑은 톤으로 인사를 했다.

"누구예요? 난 지금 우리 말고 다른 사람이랑 얘기하고 싶지 않은데."

"아, 저희 회사 가수예요. 전에 포유걸스 활동했던 친구입니다."

"그래요? 일단 알겠어요."

정작가가 별 관심 없다는 투로 대답하며, 차 두 잔을 내왔고 세 사람이 마주 앉았다.

"지석 씨도 지금 우리 상황 알죠? 난 망했어요."

"무슨 말씀이에요, 작가님. 망하다니…."

정작가가 원망에 찬 눈으로 수인을 바라봤다.

"왜 그랬어요? 항간에 들리는 소문으로 지석 씨가 에디 폭행 영상 뿌렸다고 하던데?"

"그게… 에디가 자꾸 지수한테 장난을 쳐서요."

"정말 에디 역할 뺏으려고 그런 못된 장난 친 거예요?"

"아뇨, 작가님. 그건 아닙니다."

수인은 목이 탔는지 물을 벌컥벌컥 마셨다. 그 모습을 지켜보던 정작가가 고민 끝에 입을 열었다.

"얼마 전 크레파스컴퍼니에서 연락 왔어요."

"계약 관련입니까?"

"맞아요. 제 차기작 계약하자는 제의였어요."

아직 한창 작업 중인 정작가에게 그쪽에서 이렇게 서두르는 게 수인은 충분히 이해가 갔다. 요즘 A급 작가들과 계약을 하려면 보통 2, 3년 전부터 미리 계약을 체결하고 집필을 기다리는 것은 일도 아니다. 그만큼 스타작가 하나 데려오는 건 하늘의 별따기가 되었다. 더군다나 정은희 작가는 드라마 관계자라면 누구나 꿈꾸는 작가다.

"계약금이 확실히 세더군요."

"혹시 얼마 정도인지 여쭤봐도 될까요?"

수인은 궁금했다. 어느 정도의 액수가 되면 정은희 같은 작가와 작업을 할 수 있는 걸까.

"자세하게는 곤란하고 한국에서 받는 금액의 세 배 정도 되더군요."

"세 배요?"

수인의 놀라는 목소리와 달리 정작가는 침울한 표정으로 고개를 끄덕였다.

"근데 나한테는 지금 이 작품이 더 중요해요. 내가 십 년 전부터 기획했던 작품이에요. 내 인생 최고의 작품으로 남기고 싶은 작품이라고요. 그런데 지금 이게 엎어지게 생겼어요. 이게 말이 돼요?"

정작가가 갑자기 날카로운 모습으로 변했다.

"지석 씨도 알죠? 김석기 대표 지금 에디 빠지면 중국 투자금 다 뺀다고 태업 중인 거."

수인이 침묵하자 정은희 작가가 다급하게 말했다.

"지석 씨, 이 방법은 어때? 내가 지석 씨 회사로 들어가는 거?"

"네?"

이게 무슨 천재지변 같은 소리인가. 천하의 정은희 작가가 지금

제 발로 수인의 품으로 들어올 생각을 하고 있었다.

"정은희와 하지석. 우리 두 사람이면 충분히 투자 받을 수 있지 않을까? 그럼 김석기 대표도 필요 없는 거잖아. 그치? 지석 씨."

수인은 깊은 고민에 빠졌다. 수인은 이상하게도 중국 자본에 극도의 불신감을 가지고 있었다. 게다가 이런 식으로 김석기 대표의 뒤통수를 쳤다가는 자신이 모르는 지석의 과거로 언제 공격이 들어올지도 모르는 일이었다.

수인이 한참 동안 고민에 빠지자 정은희 작가가 또렷하게 말했다.

"지석 씨, 나 이번 작품 실패하면 안 돼. 절대 안 돼!"

수인은 갑자기 머리가 울렁거렸다. 분명 정은희 작가를 놓칠 수는 없는 일이었다. 수인은 눈을 아주 크게 떴다가 감기를 반복했다. 그제야 정은희 작가가 또렷하게 보이기 시작했다. 수인은 정은희 작가를 바라보고 담담하게 말했다.

"알겠습니다. 저랑 함께 하시죠, 작가님."

수인의 말이 끝나는 순간 정적이 돌았다. 그 정적을 깬 건 다름 아닌 혜지였다.

"저… 근데 정은희 작가님이 드라마 '하우스' 쓰신 분 맞죠?"

정작가는 이런 상황에서 어처구니가 없는지 헛웃음을 지으며 고개를 끄덕였다.

"그거 중국에서 안 본 사람 아무도 없을걸요. 완전 히트 쳤는데…."

"대충 얘기는 들어서 알고 있어요. 근데 지금 중요한 건 그게 아니라서요…."

정작가가 혜지에게 노골적으로 불편한 시선을 보내자 수인이 혜지를 도왔다.

"작가님, 이 친구가 중국에서 활동해 대략적인 상황은 저희보다 더 잘 알 겁니다. 일단 들어보시죠."

혜지가 민망한 듯 수줍게 정은희 작가를 바라보며 말했다.

"아니에요, 작가님. 딴 게 아니라 제가 자리를 만들어볼까 해서요."

정작가는 그제야 놀란 표정으로 혜지를 빤히 보았다.

"그게 무슨 소리죠?"

혜지가 이런 얘기를 해도 되는지 수인을 곁눈질로 슬쩍 보며 입을 열었다.

"제가 아는 중국 가수 친구가 이번에 크레파스컴퍼니로 소속사 옮겼거든요. 그 친구한테 얘기해서 그쪽 대표님이랑 저희 쪽이랑 미팅을 만들어볼까 해서요."

"흐음…."

정작가가 고민에 찬 표정으로 수인에게 시선을 넘겼다.

"지석 씨 생각은 어때요?"

"작가님 편하신 대로 하시죠. 회사 대 회사로 정식으로 만남을 원하시면 제가 그쪽에 연락을 해보겠습니다. 아니면 혜지 말대로 그 친구가 저희를 좋게 얘기해준다면 양쪽 다 조금은 편한 만남이 될 것 같습니다."

수인의 진지한 얼굴과 달리 혜지는 수인의 어깨를 툭 치며 눈웃음 지었다.

"걱정 마세요."

혜지는 두 사람이 보는 앞에서 바로 전화를 걸었고 잠시 후 통화가 연결됐다.

"웨이 니하오? 워 찌아오 혜지."

혜지는 유창한 중국어 실력으로 친구와 통화를 이어갔다.

표정을 보니 긍정적인 대화가 이어지고 있는 게 분명했다. 혜지가 하지석 얘기를 꺼내자 수화기를 뚫고 나올 정도로 환호성이 컸다. 수인은 피식 웃음이 났다. 얼굴도 모르는 누군가 자신을 이렇게 좋아해준다는 사실이 신기했다.

통화가 끝나자 통화 내용을 물었다.

"뭐라는 거야?"

"별건 아니고요. 마침 그쪽도 다음 주에 한국 출장 올 일이 있대요. 말해놓을 테니까 걱정 말래요. 아마 하지석이라고 하면 무조건 오케이라고 할 것 같대요."

혜지의 기분 좋은 목소리가 작업실을 가득 메우자 수인은 그제야 긴장이 좀 풀렸다.

"정말이야? 확실한 거지?"

"네, 일단 그쪽에서 연락이 와야겠지만 아마 문제없을 것 같아요."

"알겠어. 약속 잡히면 바로 말해줘. 내가 그쪽으로 회사소개서와 미팅 내용 간략하게 메일 보내놓을 테니까."

정작가 갑자기 놀란 표정으로 물었다.

"어머, 지석 씨. 배우 맞아? 그런 것도 해? 완전 사업가 같아."

"일단 연락되는 대로 JS도 영화 제작 경험도 있고 하니 제작투자를 먼저 의뢰해보겠습니다. 자세한 얘기는 그쪽과 만나서 얘기 나눠보죠."

"알겠어요. 이제부터 지석 씨만 믿어볼게요."

혜지는 수인이 칭찬 받자 괜히 자기가 어깨를 으쓱거리며 뿌듯한 표정을 지었다.

일주일 후, 수인은 정작가, 지수, 혜지와 함께 크레파스컴퍼니 미팅 장소로 향했다.

수인은 운전석 룸미러로 정작가와 지수를 힐끗 쳐다봤다. 두 사람은 생각보다 서로를 가깝게 생각했는지 마주보며 얘기를 나누고 있었다.

"지수 씨, 걱정하지 마. 우리 이 작품 꼭 할 수 있어."

지수는 고개를 끄덕이며 특유의 자신감 있는 미소를 보였다.

"내가 지수 씨 왜 선택했는지 알아. 요즘 말하는 연기력? 그런 거 아니야. 내가 지수 씨 좋아진 건 딱 하나, 특별함이야."

지수가 두 눈을 동그랗게 뜨며 다시 물었다.

"특별함이요?"

"응, 지수 씨는 항상 유난 떠는 법 없이 초연한 애티튜드를 가지고 있어. 그리고 느릿느릿하고 약간은 몽환적인 말투까지, 요즘 여배우들과는 남다른 공기가 있어."

"저는 제 말투가 콤플렉스인데."

"그게 무슨 소리야. 그게 얼마나 매력인데. 이번 작품 윤지혜 형사도 지수 씨가 연기하면 얼마나 특별할까, 난 매일 상상하는데."

수인은 정작가의 말을 들으며 자신의 생각이 역시 틀리지 않았음을 확신했다. 지수는 수인이 JS를 세우고 처음으로 선택한 배우였다.

둘의 작품 얘기는 한 시간 뒤 남양주에 있는 한식당에 도착할 때까지 계속되었다.

식당 안에 들어서자, 뚱뚱하고 머리가 벗겨진 한 중년의 남자가 수인을 알아보고 인사했다.

남자는 혜지에게 대표가 있는 방으로 직접 안내하겠다고 말하고 앞장섰다. 네 사람은 남자를 따라 예약된 방으로 들어갔다. 방 안에는 크레파스컴퍼니 링링 대표가 있었다.

사십대 초반의 여성이 허리를 곧게 세우고 당당한 모습으로 의자에서 일어나 JS 식구들과 일일이 눈을 맞추며 인사를 나눴다. 그녀는 한눈에 봐도 명품으로 보이는 검은 정장을 입고 잘 관리된 몸매를 지니고 있었다.

마지막으로 수인과 악수를 나누자 링링 대표는 소녀처럼 좋아하며 말했다.

"닝 찌엔따오, 닌 워 간따오 헌 롱씽."

수인은 멋쩍은 웃음을 지으며 혜지를 바라봤다.

"이사님 만나 뵙게 되어 영광이래요."

혜지의 말을 듣고 수인도 가볍게 포옹하며 링링 대표에게 대답했다.

"땡큐 베리 머치, 링링."

링링은 비즈니스 우먼답지 않은 함박웃음을 보였다. 혜지에게 들은 대로 아무래도 하지석의 팬이 분명해 보이긴 했다.

인사를 마치고 모두 자리에 앉았다. 혜지도 생각보다 무거운 분위기에서 통역을 하려니 이마에 땀이 송골송골 맺히기 시작했다.

"우선 무슨 얘기부터 할까요?"

혜지가 수인에게 속삭였다.

"보내줬던 우리 회사 소개서 파일 잘 확인했냐고. 그리고 우리 세 사람이 소속 연예인이라 얘기하고."

혜지는 특유의 해맑은 미소를 지으며 수인의 말을 전했다.

하지석과 이지수, 유혜지 실물을 본 대표는 밝은 표정을 지으며 혜지에게 대답했다.

"뭐래?"

"이사님 너무 잘생겼다고. 그리고 지수 언니도 화면과 다르게 너무 섹시하고. 그리고 저는… 사랑스럽대요, 헤헤."

혜지의 말에 모두가 웃었다. 이내 링링 대표는 고개를 갸웃거리더니 정작가를 바라보며 물었다.

"마케팅?"

링링이 정은희 작가를 JS 회사 직원으로 알고 물었다. 혜지가 자연스럽게 중국에서도 큰 인기를 끌었던 드라마 '하우스'의 작가라고 말하자 링링은 소리를 지르며 감격에 겨워했다. 그리고 갑자기 링링은 혜지를 향해 많은 말을 쏟아냈다. 혜지는 곧바로 정작가에게 말을 전했다.

"그토록 만나 뵈려고 수많은 연락을 취했는데, 여기서 만나 뵙게 돼서 너무 영광이라고 합니다. 작가님 덕분에 한국까지 오길 잘한 것 같대요."

정작가는 소녀처럼 수줍은 표정을 지어 보였다.

화기애애한 분위기 속에 식사시간이 흘러가고 있었다. 수인이 조심스럽게 입을 열었다.

"정작가님 차기작이 중국 AK에서 투자금 회수하는 바람에 지금 제작 중단 상태라고 해. 마침 우리 JS에서 제작을 맡으려고 하는데 함께 할 의사가 있는지 물어봐줘."

혜지의 얘기를 들은 여사장은 화색을 띠며 좋아했다.

"정작가님과 이사님이 함께라면 자기들은 무조건 동참하고 싶대요."

정작가가 서둘러 말을 보태었다.

"액수가 제법 된다고 얘기해줄래요? 회당 5억짜리 작품이라 절반 정도의 투자가 필요하다고. 그리고 중국 유통까지 책임져야 하는데 그 정도 능력이 되는지."

혜지가 정작가의 말을 통역하려는 순간, 수인이 혜지의 손을 잡았다.

"잠깐, 작가님. 오늘 이분들에게 그런 능력을 여쭤보는 건 실례인 것 같습니다. 일단 오늘은 의사 정도만 여쭤보죠."

정작가가 고개를 끄덕이자 혜지도 알겠다며 다시 통역을 했다.

링링은 혜지의 말을 듣고 우선 작품 진행사항에 대해 물어봤다. 수인은 현재 톱스타 캐스팅 상황과 한국에서 얼마나 기대작인지 설명했다.

수인의 설명을 들은 링링은 왜 이런 좋은 기회에 ak가 빠지는지 의구심을 가졌다.

에디라는 배우가 사생활 논란에 빠져 소속 연예인 출연이 불가능하게 되자 AK 쪽에서 일종의 보이콧을 행사하는 거라고 설명했다.

링링 옆에 있던 남자는 고개를 저으며 귓속말로 무언가를 설명했다. 링링은 그의 말을 듣고 수인에게 다시 물었다.

"그럼 이 에디라는 배우가 크레파스컴퍼니에서 제작하게 되더라도 출연하게 되냐고 묻는데요?"

수인은 더 이상 예의를 차리거나 핵심을 피해가는 대답을 하고 싶지 않았다. 이쯤에서 승부를 봐야 했다. 이제는 단도직입적으로 물을 수밖에 없었다. 그것은 하지석만이 가질 수 있는 용기였다.

“하지석. 나 하지석이 출연할 거라고 말해줘.”

혜지의 말을 들은 링링이 수인을 쳐다봤다. 그러더니 곧 큰소리로 웃기 시작했다.

“타이 빵 러. 타이 빵 러.”

“타이 빵 러? 그게 무슨 뜻이야?”

수인이 혜지에게 물었다.

“정말 대단하다는 뜻이에요. 한마디로 자기네들도 좋다는 거죠.”

링링은 곧바로 많은 말을 혜지에게 쏟아냈다. 전보다 말이 빨라진 것을 보니 저쪽도 뭔가 카드를 꺼낸 것만 같았다.

“합작법인으로 회사를 만들어서 JS가 제작을 맡고, 크레파스에서 전액을 투자하겠다고 하네요. 100프로 사전제작으로요.”

수인은 소리를 지르고 싶을 정도로 모든 것이 완벽하게 돌아갔다.

앞으로 무엇을 해야 할지 너무 또렷이 보여 두려울 정도였다. 혜지가 그런 수인의 생각을 알았는지 조심스럽게 말을 꺼냈다.

“다만….”

“다만?”

“지수 언니가 맘에 걸린대요….”

“지수가?”

테이블 가장 끝에 앉아 있던 지수의 낯빛이 순식간에 어두워졌다.

리링은 불안한 눈빛으로 지수를 쳐다봤다. 비즈니스 미팅이 처음인 지수는 자신의 이름이 언급되자 불안한 기색을 감추지 못했다.

“이지수라는 배우에 대해 어떤 우려를 가지고 있는지 물어봐줄래?”

혜지도 분위기가 분위기인지라 그 어느 때보다 차분하게 질문했다.

“우선 신인배우라는 점. 중국에서 인지도도 전혀 없고, 우리는 연기 경력이 없는 그녀에 대해 잘 알지 못한다. 아직까지 JS에는 하지석 말고 특별한 배우가 없기에 망설여진다고 하네요."

링링은 다시 사업가의 태도로 설명했다.

정작가는 수인을 대신해 링링 대표에게 이지수라는 배우에 대해 설명했다.

"우선 그 여형사 캐릭터는 처음부터 신인배우를 생각하고 만든 캐릭터라고 전해줘요. 한국에서 여자 형사를 맡을 수 있는 배우는 굉장히 극소수고, 유명 여배우들 중에는 단 한 명도 없었다고. 게다가 이지수는 단순히 국내가 아니라 아시아 전역에서 사랑 받을 수 있는 배우가 되리라 작가가 확신하고 있다는 것. 이게 저의 생각이에요."

혜지가 정작가의 말을 전해도 링링은 여전히 못마땅한 듯 고개를 저으며 고민했다. 그때 지수가 처음으로 말문을 열었다.

"혜지야, 그냥 최선을 다하겠다고 전해줘. 그리고 이 드라마 정말 꼭 하고 싶은 작품이라고."

지수는 흔들림 없는 눈빛으로 리링을 바라봤다.

링링은 한참이나 눈을 감고 있더니 드디어 고개를 끄덕였다.

수인은 진심으로 지수에게 감탄했다. 지수는 가끔 이렇게 단순한 말로도 진심을 전할 줄 아는 특별한 능력이 있었다. 아마 링링도 그런 지수의 눈빛에 조금은 흔들렸던 것 같다. 두 사람은 한참 동안 눈을 맞췄고 링링은 마지막으로 혜지에게 말을 전하고 자리에서 일어났다.

"오늘 좋은 만남이었고, 일단 오늘 나눈 얘기대로 며칠 생각해보고 다시 얘기를 나누자 하네요."

"오케이, 알겠어."

수인도 링링에게 감사의 뜻을 표하며 그녀를 주차장까지 직접 배웅했다. 수인은 이제야 마음속의 짐을 내려놓은 것처럼 조금은 안도가 되었다.

'배우 오연희 JS엔터테인먼트 전속계약 체결. 하지석, 이지수와 한솥밥'

일주일 후, 수인은 CF 촬영 현장을 찾았다. 오늘 JS 배우로 첫 스케줄을 소화하는 오연희 응원 차 방문한 거였다. 성일에게 스텝들 커피와 간식을 넉넉하게 준비하도록 했다.

현장에서 본 그녀의 모습은, 과연 톱배우다웠다. 의류광고 모델로, 자신의 외모가 아니라 제품 자체 디테일을 스스로 잡아가며 광고주가 아주 만족할 포즈를 만들어 가고 있었다. 오연희를 보고 있으면 모두가 그 옷을 입고 싶은 욕망에 사로잡힐 만했다.

오연희는 촬영 중에 수인과 눈이 마주치자 환한 미소를 지었다. 사진작가는 이때다 싶었는지 현란한 동작으로 셔터를 눌러댔다.

휴식시간이 되자 그녀가 수인에게 다가왔다. 언제나 개인 코디 두 명을 대동해야 된다는 요구사항에 맞춰주긴 했지만 약간은 위화감이 느껴졌다.

"제법이네요? 계약 첫날부터 일을 시키다니?"

"JS는 아직 영세하잖아. 이해해줘."

"오늘 나 어때요? 이런 날은 헤어, 메이크업 지우기 너무 아까운 날이에요."

"최고야! 이러다 반할지도 모르겠어."

오연희가 손사래를 치며 크게 웃었다. 수인은 그 모습이 무척 예쁘다고 생각했다. 이런 여자가 이제 자신의 배우라니, 꿈만 꾸는 것 같았다.

"지금 저 실검 1위던데요? 새로울 것도 없지만 너무 오랜만이라 기분은 좋네요."

"다행이네. 오늘 계약 체결 기사 내보냈거든."

시큰둥한 척 말했지만 오연희는 오랜만에 쏟아지는 관심에 내심 기분이 좋은 듯했다.

"그럼 이제 호칭은 뭐라 해야 하죠, 이사님?"

"연희 씨가 이사님이라 부르니, 무슨 드라마 찍는 것 같은데?"

"그러게요. 이제 나이가 차서 남주 좋아하는 여직원 역할 못 해본 지도 오래네요."

두 사람이 기분 좋은 대화를 나누고 있을 때 수인에게 문자 한 통이 왔다. 문자는 그토록 기다렸던 크레파스컴퍼니에서 메일이 도착했다는 혜지의 문자였다. 수인은 서둘러 핸드폰으로 메일함을 열어봤다.

'우리는 지난 번 미팅 때 나눈 내용대로 양쪽 모두 좋은 사업으로 발전시키길 원하나, 몇 가지 리스크가 있다는 점을 발견했습니다. 이 문제점들을 검토하고 해결책을 가지고 다시 한 번 회의를 나눴으면 합니다. 우선 중국에서도 여자배우의 활동이 용이한 편은 아닙니다. 저번에도 말했듯이 이지수, 유혜지라는 아티스트에 대해 저희 쪽에서 아직까지 큰 매력을 느끼지 못할 듯합니다. 하지석 외 중국에서도 바로 활동 가능한 빅네임이 필요할 것 같습니다.'

혜지가 번역해준 내용은 즉 당장 돈이 될 수 있는 배우가 하나쯤은 더 있어야 우리가 JS에 투자할 용의가 있다는 내용이었다.

예상대로 그리 긍정적이지도 부정적이지도 않은 애매한 답변이었다. 이른바 간보기를 좀 하고 싶은 모양인 것 같은데, 지금 수인의 눈앞에는 오연희라는 배우가 있었다. 수인은 속으로 쾌재를 불렀다. 오연희라면 크레파스에서도 전혀 문제없이 넘어갈 만큼 이미 중화권에서도 인지도가 있는 스타였다.

"뭐예요, 그 엉큼한 미소는?"

"아냐, 아무것도…."

수인의 야릇한 미소에 오연희가 따가운 눈총을 보냈다.

모든 것이 제법 순조롭게 돌아가고 있다. 이대로 간다면 지하세계의 제작은 물론 지수를 확실하게 스타로 만들 수 있었다. 게다가 지석의 말대로 지하세계가 히트하고 다른 나라에도 수출이 잘 된다면, JS는 드디어 제작 및 매니지먼트 글로벌 엔터테인먼트 회사로 성장할 수 있게 된다. 게다가 혜지의 음반까지 대박을 치게 된다면! 수인은 상상만으로도 벌써부터 입가에 미소가 그려졌다.

"혹시 신인일 때 제작자나 투자자들이 당신을 꺼려하면 그 사람들 마음 사로잡는 비법 같은 게 있었어?"

수인은 자신도 잘 모르는 여배우의 세계에 대해 조언을 듣고자 지나가듯 물었다.

"물론 있죠. 근데 그건 영업비밀이라. 나중에 친해지면 알려드리죠."

톱스타 여배우답게 한껏 자존심을 내세운 대답이었다.

수인은 곧바로 혜지에게 한 줄의 답장을 보냈다.

'기사 확인하라고 해! 오연희면 충분할 거야.'

굳이 그쪽에게 구구절절 설명할 필요가 없었다. 오연희는 투자자들이 가장 좋아하는 배우니까.

"그나저나 저 오늘 다음 스케줄 있나요?"
"당연하지. 다음 스케줄이 JS 배우로서 진정한 첫 스케줄이지."
"뭔데요?"
"우리 회사 식구들하고 첫 번째 회식! 오늘 저녁에 환영회 할 거야."
"휴, 내가 그런 소리 왜 안 하나 했네요. 저 원래 회식 같은 거 안 가는 거 몰라요? 작품 쫑파티 아니면 안 가요."
"서로 얼굴은 한 번 봐야지."
수인의 말에 대답은 않은 채 고개를 살짝 돌렸다. 어느 정도 동의했다는 뜻이다. 원래 배우들은 모양 빠지는 걸 제일 싫어하는 법이다. 수인은 그새를 놓칠세라 대본을 하나 줬다.
"뭐예요, 이건 또?"
"시놉. 정은희 작가 작품 지하세계."
"나보고 이것도 하라고요? 나 드라마 안 해요."
"아니, 검토 좀 해달라고. 지수 그 드라마 들어가기로 했거든. 선배로서 한 번 보고 오늘 만나면 조언 좀 해줘."
"아, 진짜! 내가 분명히 말했죠? 그런 애송이들 만언니 역할 시키지 말라고!"
"그게 아니라, 선배잖아. 선배로서 한 번 봐 달라는 거지."
"혹시나 해서 다시 한 번 말해요. 행여나 저 드라마 잡을 생각하지 말아요. 밤샘촬영, 쪽대본, 시청률, 이제 아주 지긋지긋하니까요. 영화만 할 거예요. 어차피 그러려고 JS로 온 거니까."
여배우가 카리스마 있어야 한다는 사실은 인정하지만, 앞으로 오연희와의 동행이 생각보다 수월하지는 않을 것 같은 예감이 들었다.
"연희 씨, 다시 들어갈게요."

"네!"

오연희는 언제 그랬냐는 듯 다시 상큼한 미소를 지으며 카메라 앞으로 다가갔다.

수인은 오연희에게 엄지손가락을 내밀며 촬영장을 먼저 빠져나갔다.

강남의 한 고급 일식당에서 수인은 서대표를 제외한 JS 모든 식구들을 불렀다. 오연희에게 회사에 전권을 수인이 가지고 있다는 점을 보여주고 싶었다.

"와, 오연희 씨가 진짜 우리 회사에 오다니, 말도 안 돼."

성일이가 아직도 믿기지 않는다는 표정으로 식당 입구만 바라봤다.

수인은 오연희에게 약속장소와 시간을 적어 문자를 보냈지만 답장은 없었다. 하지만 수인은 오연희가 오리라는 것을 누구보다 잘 알았다. 하지석도 그랬으니까.

"수인아, 스타는 답장 같은 거 하는 거 아니야. 내가 그 자리에 참석해주는 것 자체가 그 사람들한테는 선물이거든."

수인은 예전에 지석이가 한 말이 생각나 갑자기 혼자 웃음이 났다.

수인은 잠시 지수의 얼굴을 살펴봤다. 오늘따라 평소보다 화장도 하고 예쁘게 꾸미고 나온 모습을 보니 살짝 안심이 됐다. 여러모로 제작상황이 어수선하다 보니 예민해 있을 때다.

"이사님, 오연희 선배님이랑 친해요? 그때 예능프로그램 하다 우리 회사로 오게 된 거예요?"

"어? 친하지. 아무튼 너희들이 배울게 많은 선배니까 가깝게 지내."

이렇게 말은 했지만 오연희가 이 두 친구들한테 보일 태도는 수인 또한 전혀 짐작이 가지 않았다. 그때 식당 입구에 있는 자동문이 열리더니 하이힐 소리가 들렸다.

식당에 있는 모든 사람의 시선이 갑자기 하이힐로 향했다. 오연희는 미끈한 다리를 내세운 짧은 치마를 입은 채 한쪽 손에는 고급 명품백을 들고 입장했다. 누가 봐도 한눈에 연예인임을 보여주는 행동이었다. 오연희는 테이블 앞에 다가와 선글라스를 벗고 인사했다.

"안녕하세요, 오연희예요."

모두가 자리에서 일어나 인사를 하자 오연희는 백에서 아까 수인이 건네준 지하세계 대본을 꺼내 지수에게 건네줬다.

"반가워. 네가 이지수구나?"

오연희는 지수의 얼굴을 빤히 쳐다봤다.

"부러운데? 정은희 작가 작품에도 들어가고. 제법이야."

오연희는 자리를 비워 놓은 가장 상석에 앉았다. 지수도 감사하다는 말과 함께 따라 앉았다.

"뭐가 감사해? 이제 고생길이 안 봐도 훤한데."

"무슨 뜻이야?"

수인이 물었다.

"딱 보면 몰라요? 왜 신인한테 이 역할이 갔겠어요? 액션 신, 추운 겨울. 톱배우들은 안 할 게 뻔하잖아."

"그게 무슨 소리야. 정은희 작가는 정말 지수 가능성 보고 캐스팅한 건데."

"아무튼 그 언니 또 말빨로 순진한 애 하나 구워삶았구만. 그러니 이번 드라마도 이렇게 대사가 많지. 이걸 어떻게 다 외워?"

오연희가 대본을 보며 고개를 절레절레 흔들었다.

오연희는 신인 때 정은희 작가 작품에 출연한 안 좋은 기억이 있었다. 그때도 신인 여주인공이라는 파격적인 캐스팅을 감행했지만 오연희는 첫 데뷔 작품부터 연기력 논란을 일으켰다. 정은희 작가에게 좋은 감정일 리가 없었다.

"자꾸 그럴 거야? 선배가 돼서 응원을 해줘야지."

오연희는 대수롭지 않게 말했다.

"선배 노릇 하고 있잖아요. 이만큼 애정 담긴 현실적인 조언이 어딨어요?"

"맞습니다. 제가 더 열심히 하겠습니다."

지수가 내색하지 않고 웃으며 대답했다.

"저기, 저도 재밌어요. 선배님의 이런 생생한 조언들. 그리고 너무 예쁘세요."

오연희는 들떠서 말하는 혜지를 보며 고개를 갸웃거렸다.

"누구?"

수인은 오연희에게 혜지를 소개했다.

"유혜지? 근데 너는 가수 할 거니, 연기자 할 거니?"

혜지가 난감한 질문에 눈만 깜빡거리며 수인을 바라봤다.

"저기 혜지는 조만간…."

오연희가 단칼에 수인의 말을 잘랐다.

"너 노선 똑바로 정해. 알겠어? 나는 아이돌 하다 온 애들, 이도 저도 아닌 애들 딱 질색이야! 알겠어!"

혜지의 큰 눈망울이 초조하게 굴러가다 멈췄다.

"저 근데… 아직 연기한 적도 없는데…."

"뭐 아무튼! 내말 똑똑히 기억해. 한 우물만 파란 말이야."

"네, 알겠습니다."

혜지가 여전히 구김살하나 없는 미소로 답했다. 수인은 그런 지수와 혜지가 자랑스러웠다. 어쩌면 지금 이렇게 선배와 보내는 순간들이 이 두 친구들에게 가장 소중한 시간일지도 모른다.

슬슬 주문한 요리가 나오자 모두가 맛있게 식사를 했다. 유독 오연희만 입에 대는 둥 마는 둥하더니 젓가락을 내려놓았다.

"참 제 로드 할 친구는 누구죠? 이왕이면 저 친구는 아니었으면 하는데."

오연희가 성일을 흘겨보며 수인에게 말했다.

"아, 걱정하지 마. 성일이는 지수 매니저야."

"이왕이면 잘생긴 친구로 붙여줘요. 나도 체면이 있잖아요. 요즘 같이 다니는 매니저들도 배우 이미지에 꽤나 영향을 준다고요."

오연희는 이제 용건을 다 마쳤다는 듯 다시 재킷을 걸쳐 입었다.

"더 할 얘기 있나요? 전 이제 다 한 것 같은데."

"식사는 마저 하고 가지 그래?"

"어차피 오늘 얼굴 비추러 오라면서요. 자, 그럼 내 얼굴 다 봤으니 전 이제 그만."

모두가 아연실색한 얼굴로 오연희를 쳐다봤다. 오연희는 아랑곳하지 않고 식당을 한 번 훑어보더니 홍실장에게 자신의 개인카드를 건넸다.

"홍실장님은 식사하고 오세요. 그리고 하이사님, 오늘 계산은 내가 할게요. 뭐 다음에 좀 더 좋은 데서 먹죠. 이제 JS도 수준을 좀 높여야 되지 않겠어요? 나 오연희가 있는 회사인데."

오연희가 식당을 나가자 성일이 어이가 없다는 듯 말문을 열었다.

"와, 대박! 듣던 대로 왕 싸가지네."

"너 말조심 안 해? 싸가지라니. 이제 연희 씨도 우리와 한식구인데."

수인은 슬쩍 홍실장 눈치를 보며 성일에게 핀잔을 주었다. 홍실장은 냅킨으로 입을 한 번 닦더니 재미있다는 듯 말을 꺼냈다.

"연희 씨가 말은 저렇게 해도 새로운 회사로 옮기고 굉장히 설레어하고 여러분들 굉장히 좋아하고 있습니다."

홍실장은 손에 들린 카드를 보며 씩 웃더니 다시 말을 이었다.

"자, 보세요. 사실 연희 씨 커피 한 잔도 자기 돈으로 안 사먹는 짠순이거든요. 이 정도면 여러분들이 굉장히 좋다는 뜻입니다."

"역시 멋지다!"

지수가 감탄하듯 혼잣말을 흘리자 모두가 박수를 쳤다.

"아까 한 말 취소! 진짜 스타네. 하이사님은 완전 상대도 안 되는 듯?"

성일의 농담에 모두 웃음을 터트렸다.

톱스타 영입으로 사기가 올라간 직원들도 오랜만에 즐거운 시간을 보냈다.

모든 일정이 끝나고, 수인과 홍실장은 단 둘이 거리에 남았다.

"하이사님, 제가 택시 잡아드리겠습니다."

"아닙니다. 홍실장님 먼저 들어가시죠. 앞으로 저희 회사에서 연희 씨 잘 부탁드리겠습니다."

"별 말씀을요. 저나 연희 씨나 JS로 와서 무척이나 기쁩니다."

"저도 마찬가지입니다."

수인이 홍실장에게 악수를 청했다.

홍실장은 머뭇거리다 조심스럽게 말했다.

"이런 얘기 꺼내서 좀 그렇지만 저도 이사님처럼 저만의 회사를 만드는 게 꿈입니다. 저와 같은 꿈을 꿨던 수인이가 갑자기 생각나서요. 아마 같이 있었다면 한 회사에서 서로 신나게 일했을 겁니다."

수인은 홍원택 실장을 가만히 쳐다봤다. 자신을 잊지 않고 이렇게 기억해주는 사람을 보니 자신이 하수인이라는 사실이 다시금 실감났다. 원택의 말대로 수인은 지금 갈망하던 꿈을 이루었다. 가끔 무의식중에 진짜 하지석이라고 느꼈던 순간도 있지만, 지금 이 순간만큼은 수인 그 자체로 돌아간 것만 같았다. JS의 수장 하수인. 감개무량한 순간이었다. 수인이 괜스레 눈물이 나올 뻔한 그때 갑자기 전화가 울렸다.

"어, 성일아. 무슨 일이야?"

성일은 다급한 목소리로 수인에게 외쳤다.

"이사님, 어디세요? 지금 에디가, 에디가 실종됐대요!"

"그게 무슨 소리야?"

"에디가 실종됐는데, 유력한 용의자로 하지석이라는 루머가 막 돌고 있어요."

"내가?"

"평소 에디는 하지석 씨에 대한 열등감으로 가득 찼습니다."

사무실로 서둘러 복귀한 수인은 에디의 실종사건 기사를 훑었다. 에디는 며칠 동안 행방불명 상태고, 한울엔터 김석기 대표는 하지석을 표적 삼아 인터뷰를 진행했다.

"하지석 씨는 원래 저희 회사 한울엔터테인먼트 소속이었고, 두 사람은 데뷔 전부터 굉장한 절친이었습니다. 에디는 데뷔 전부터 하지석 씨를 친형처럼 따랐습니다. 하지만 하지석 씨는 데뷔 후 승승장구하자, 에디와 연락을 끊었습니다. 에디는 그 후, 스스로 노력해 이제는 제법 자리 잡은 배우가 됐고, 이번 지하세계 같은 큰 작품에 캐스팅 되어 누구보다 크게 기뻐했습니다."

"근데 그 자리에 다시 하지석 씨가 언급이 된 거였죠? 이미 캐스팅이 됐는데도 말이죠?"

기자의 질문에 김석기는 고개를 끄덕였다.

"네, 맞습니다. 하지석 씨는 JS 설립 후 소속 배우인 이지수 씨를 작품에 출연시키게 한 후 본인도 무리하게 작품에 출연하려고 했습니다. 그래서 예전에 동생처럼 여긴 에디를 수차례 회유, 설득해 역할을 뺏으려 했습니다."

"하지석 씨는 에디 씨에게 뭐라고 했던 건가요?"

"형에게 양보해달라고요. 게다가 친분이 있는 작가와 감독에게도 무언의 압박을 넣었습니다. 이른바 스타파워를 앞세웠던 것 같습니다."

"그렇다면 대표님께서는 이번 에디 씨 실종사건이 분명히 하지석 씨와 연관이 있다는 말씀이시죠?"

"네, 그렇습니다."

영상 속 김석기는 표정 하나 변하지 않고 태연하게 거짓말을 했다.

"꺼!"

"이사님, 그래도 끝까지 보셔야 되지 않을까요."

"끄라니까! 내말 안 들려!"

성일은 화가 잔뜩 난 수인의 표정을 보고 나서야 노트북을 껐다.

아무래도 모든 상황이 자신에게 불리하게 돌아가자 최후의 수를 쓴 것 같았다. 아마 중국에서 JS와 크레파스컴퍼니가 손잡고 자신의 자리에 들어올 거라는 소식을 들은 게 분명했다. 그렇게 된다면 중국 투자사가 발을 빼겠다고 압박을 줬겠지. 김석기는 지금 마지막으로 하지석의 과거를 틀어쥐고 최후의 발악을 하고 있는 것이었다.

수인은 두려운 마음을 떨쳐낸 뒤 서둘러 통화버튼을 눌렀다.

"하지석입니다."

김석기는 전화를 받자마자 수인에게 물었다.

"용건은?"

"장난 그만 치시죠. 그런다고 달라질 건 하나도 없습니다."

"장난? 남의 연예인 납치해간 놈이 지금 장난이라고 했나?"

"에디 납치는 김대표님이 하셨겠죠."

"크하하하."

수화기 너머에서 기분 나쁜 웃음소리가 들렸다.

"그래서 생각이 좀 바뀌었나?"

"어떻게 하면 김대표님을 이 바닥에서 내쫓을 수 있을까 생각 중입니다."

"네가 나를? 하하하, 야, 하수인! 너 뭔가 착각하고 있는 것 같은데, 나 건드릴 수 없다는 거 너도 잘 알잖아. 안 그래?"

수인의 눈가가 미세하게 떨렸다. 바로 이점이 수인이 가장 우려하는 부분이다. 김석기 대표가 무슨 패를 들고 있는지 모른다는 불안감. 어쩌면 김석기의 말대로 수인이 이길 수 없는 게임일지도 모른다.

"이따 저녁에 우리 자주 보던 곳으로 와."

수인은 고개를 푹 숙인 채 핸드폰을 보며 혼자 중얼거렸다.

"자주 갔던 곳이라…."

서울시 용산구 용문동.

수인은 한 전통시장 앞에 차를 세우고 천천히 시장 안으로 들어갔다. 지석이가 혼자 해장국을 먹고 싶다며 내려 달라 하고, 항상 혼자서만 갔던 그곳.

서울 한복판에 이런 시장이 있는 게 믿겨지지 않을 정도로 굉장히 멋스러웠다.

한 해장국집 앞에서 발길을 멈추었다. TV 프로그램에 소개가 되었는지 저녁 시간에 맞춰 식사를 하러 온 손님들로 길게 줄을 섰다. 수인은 그 맞은편에 있는 초라한 해장국집을 발견했다.

수인은 천천히 허름한 식당으로 발길을 돌려 미닫이문을 열었다. 김석기 대표가 보였다. 수인은 말없이 다가가 마주 앉았다.

"어때? 옛날 생각나지?"

수인은 김석기의 말은 무시한 채 식당 주인을 불렀다.

"사장님, 여기 해장국 하나요."

식당 주인은 할머니였다. 할머니는 오랜만에 온 지석이가 반가웠는지 어깨를 때리며 반가운 척했다.

"이눔아, 사장님이 뭐야, 할매한테. 이제 좀 떴다고 발길도 끊은 거야?"

수인은 살갑게 대하는 태도에 지석이가 이곳에서 제법 많은 시간을 보냈음을 짐작할 수 있었다.

"아니에요, 할매. 그동안 바빠서요."

"석기랑 갈라섰다더니 웬일로 둘이 같이 왔대?"

"그럴 일이 있어서요."

김석기가 수인의 잔에 소주를 따랐다.

"십 년 전이야. 너랑 본 지가."
"벌써 그렇게 됐나요?"
소주 한 잔을 털어넣은 김석기는 깊은 한숨을 내쉬며 말했다.
"일단 에디 폭행사건 무마하자."
"무마라니? 이미 다 정리된 사건을."
"네가 나서서 먼저 사과해. 그날 네가 질투심에 눈이 멀어 다 꾸민 사건이라고. 에디는 그냥 피해자였다고."
"뭐라고?"
"그게 너한테는 아마 최선의 방법이야. 아마 1년 정도 활동 안 하고 자숙하면 충분히 마무리되는 사건이니까."
"그렇게 못하겠다면?"
"알다시피 에디 못 들어가면 중국 AK는 여기에서 손 뗀대. 내 말대로 해. 이번 일만 그렇게 해준다면 나도 더 이상 너의 과거 문제 삼지 않을게."
"그놈의 과거 한번 들어봅시다."
수인은 의심을 사지 않기 위해 자못 궁금한 척 물었다. 하지만 김석기는 도발한다 생각했는지 언성이 높아졌다.
"내 입으로 모든 걸 말하면 넌 바로 이 바닥에서 매장당해. 알잖아!"
"증거 있어?"
"증거? 너 진짜 하지석 맞아? 왜 그래?"
수인은 아무 말도 할 수 없었다. 지석이의 약점을 모르는 한 섣불리 움직일 수 없었다.
김석기가 자리에서 일어났다.
"난 다 먹었다. 쉬운 결정은 아니니 하루 시간 줄게. 잘 생각해봐.

톱스타답게, 응?"

김석기는 수인의 어깨를 툭툭 친 다음에 계산을 하고 먼저 식당을 나갔다. 수인은 김석기가 나가고 나서 한참을 자리에 앉아 있었다. 식당 주인이 수인의 곁에 와서 앉았다.

"니는 뭐 그리 심각한 얼굴을 하고 있나?"

"이모, 아니 할매. 나 어떤 사람이었어요?"

"뭘 어떤 사람이야? 얼굴 말게 가지고 기지배같이 생긴 놈이지."

"할매, 내가 여기 온 지 얼마나 됐죠?"

"우리 아들 장가갈 때쯤 왔으니 한 십 년 됐겠네."

할매 말대로 십 년 전이면 20대 초반이 분명했다. 그때라면 수인과 지석은 같이 학교 다니고 있을 때였다. 그때도 한없이 화려했던 지석이에게 치부가 있다고는 상상조차 할 수가 없었다.

"그때 나 어땠는지 기억나요?"

"기억나지, 이눔아. 집은 빚더미에 올라가지고 맨날 혼자 여기서 소주 처 마시구 했잖아."

"그랬나요?"

"석기한테 잘해. 니가 돈 벌고 싶다고 해서 만난 게 석기였잖아. 기껏 사람 만들어놨더니 니놈이 뒤통수 치고 딴 놈한테 갔다며."

"돈을 벌게 해줬다뇨?"

"이놈이 진짜 무슨 약을 잘 못 먹었나? 그때 석기가 종로에서 알아주는 큰 술집 했는데 니가 거기서 일하게 해달라고 했잖아."

"술집?"

"그래, 니놈이 거기서 돈 좀 버니까 맨날 비싼 술 처 마시고 해장에는 할매 국밥이 최고라고 말했잖아. 기억 안 나?"

"그랬던 것 같네요…."

수인은 지석이네 집이 제법 잘 사는 줄 알았는데, 그런 어려움이 있는 줄 몰랐다. 만약 할매 말대로 지석이가 빚을 갚기 위해 김석기 술집에서 호스티스라도 했다면! 수인은 김석기 대표가 저렇게 당당한 이유를 알 것만 같았다.

"고마워요, 할매. 오랜만에 옛날 얘기 들려줘서."

"고맙긴, 이눔아. 옛날 얘기하고 싶으면 언제든지 와. 할매 곧 장사 접을지도 모르니까."

"접다니? 왜요? 장사가 안 돼?"

"당연하지. 저 봐라. TV에 몇 번 나왔다고 저렇게 난리인데, 여길 누가 오겠냐?"

수인은 건너편 해장국 집을 보며 씁쓸한 기분에 잠겼다. 수인은 어느새 편안해진 할매의 손을 잡았다.

"할매, 내가 조금만 상황 정리되면 이 집 홍보해줄게. 내가 TV 나가서 하지석의 맛집 소개 해주면 사람들 구름같이 몰려드니까."

"이놈이 저번에도 전화로 그 소리 하더만! 말만 하지 말고, 나도 니 놈 얼굴 덕 좀 보자."

"진짜야, 할매! 아무튼 다음에 또 올게."

식당 문을 나서려는 순간 수인의 머릿속에 스치는 것이 하나 있었다.

"잠깐."

수인은 다시 할매에게 가까이 다가가 물었다.

"할매, 아까 뭐라 그랬어?"

"뭐 이놈아."

"아니, 아까 뭐? 전화로 내가 그런 얘기를 했다고?"
"그려, 이놈아. 니놈이 할매 돈 많이 벌게 해준다며?"
"그러니까 그 통화 나랑 했단 말이야? 나 하지석이랑?"
"이놈이 그래도. 니놈 오늘 진짜 뭐 잘못 먹은 모양인겨? 아까부터 자꾸 헛소리야!"
"아, 알겠어. 할매, 내가 가물가물해서 그런데 나랑 통화한 게 언제였어?"
"언제긴 언제야. 일주일도 안 된 일을 벌써 까먹냐?"
수인은 서둘러 할매에게 핸드폰을 달라고 했다. 수인은 할매에게 받은 폰으로 하지석의 번호를 찾아봤다.
분명 같은 번호였다. 수인은 자신의 핸드폰으로 전화를 걸었지만 여전히 없는 번호라는 음성이 흘러나왔다. 수인은 곧바로 할매 폰으로 다시 걸어보았다. 그리고는 곧 통화 연결음이 들리기 시작했다.
"여보세요? 할매?"
익숙한 진짜 지석이의 목소리가 들렸다.
"하지석? 나 수인이야, 하수인."
"수인이? 네가 어떻게 할매 핸드폰으로 전화했어?"
"너 나 말고도 다른 사람이랑 전화가 되는 거야?"
"아니, 며칠 전에 할매한테 연락이 왔어. 할매가 나 왜 안 오냐고 보고 싶다고 해서 전화했대. 왜 할매랑 연결이 되는지는 나도 잘 몰라."
더 이상 지석이와 대화해도 알 것 같지 않았다. 수인은 당장 급한 김석기 대표와의 일을 묻고 싶었다. 그러자 놀랍게도 지석이 먼저 수인의 안부를 물었다.
"너 근데 별일 없냐? 이상하게 요새 꿈에 네가 자주 나오더라?"

"내가 꿈에 나온다고?"
"어, 누군가에게 쫓기고 있더라고."
수인은 굳게 마음먹은 얼굴로 입을 열었다.
"하지석, 나 묻고 싶은 게 있어. 진짜 솔직하게 대답해줘."
"뭔데 갑자기 이렇게 진지해?"
"솔직하게 대답해줘야 돼."
"일단 들어보고."
"너, 예전에 김석기 대표 술집에서 일한 적 있어?"
"아, 석기형 가게? 어, 있어. 너무 옛날 일이긴 하지만."
태연하게 말하는 목소리를 듣자 수인은 미간이 찌푸려졌다. 역시 수인이 예상한 대로였다.
"근데 왜?"
"너 설마… 그 가게에서 호스티스로 일한 거야?"
수인은 혹시나 하는 마음에 다시 한 번 물었다.
"호스티스? 그게 뭔데?"
"접대부 말이야. 남성 접대부로 일한 적 있냐고? 김석기 대표 가게에서."
"아냐, 난 그때 주방에서 보조로 일했어. 뭐, 주방에 있어도 엄청 나게들 같이 일하자고 유혹은 했지만."
"진짜야? 정말이지?"
"그래, 그렇다니까. 그때 너무 어려서 그런 거 할 용기도 없었다, 임마."
수인은 속으로 큰 안도의 한숨을 내쉬었다. 가장 우려했던 일은 벌어지지 않았다.

"그럼 김석기가 널 괴롭히는 이유는 뭐야?"

"그건… 네가 알 필요 없어."

"뭐?"

"내 개인적인 문제야."

"개인적인 문제라니? 지금 네가 나야. 몰라서 묻는 거야?"

지석은 수인의 성화에 깊은 한숨을 내시더니 어렵게 말문을 열었다.

"아무튼 내가 말해줄 수 있는 건 이것뿐이야. 김석기는 유흥업을 통해 큰돈을 벌었고 자신이 아는 연예계 인맥들을 통해 그때부터 연예계 진출을 준비했어. 마침 연영과 출신인 나를 키우려 했고, 본의 아니게 그 당시 김대표 강요로 접대 자리에 불려 다녔지."

"접대 자리라면…."

"연예계 관계자들이지. 김대표는 디딤돌이 될 만한 사람들을 만났고, 그중 하나가 지금도 유명한 신미혜 대표지."

"신미혜 대표라면…."

"맞어. 연예계 여성 파워 1위. 신미혜."

신대표는 전혜민, 송수연, 하정진 등 연예계에서 내로라하는 톱배우들을 키워낸 대한민국 1호 여성 제작자였다. 대한민국 최고의 연예기획사 스타엔 본부장 출신의 그녀는 지금은 따로 독립해 국내 굴지의 매니지먼트 회사 대표가 되었다.

"그 사람이 수차례 접대 끝에 김석기 대표한테 사업 아이템을 준 거지. 꽃미남으로만 꾸려서 한번 사업 시작해보라고. 김대표는 그 말대로 남자 호스티스 애들로 꾸려 사업을 시작하게 된 거야. 난 그쪽 출신은 아니지만 어찌됐건 나를 시작으로 해서 그게 먹혔던 거야."

"그런데 뭐가 문제인 거야?"

"아마 김석기 대표가 날 압박하고 있다면 단 하나일 거야. 접대 자리에서 녹음한 파일. 내가 떠날 경우를 대비해서였지. 그 파일만 들어보면 영락없는 남자 호스티스거든. 그게 퍼지면 하지석이란 배우는 바로 연예계 퇴출일 테니까."

"그래서 넌 항상 그 사람한테 끌려 다녔던 거야?"

"어쩔 수 없었거든."

수인은 모든 상황이 순식간에 정리가 됐다.

"그럼 까라고 하면 되겠네, 까짓것. 이 기회에 하지석이 어떤 사람인지 모두에게 알려보자고."

"뭐? 뭐라고 했어? 너 지금…."

수인은 잠시도 틈을 주지 않고 소리쳤다.

"다 오픈한다고, 씨발!"

수인은 홧김에 전화를 끊고 식당 문을 박차고 나왔다. 컴컴해진 시장 거리를 정처 없이 달렸다. 시장을 막 벗어나는데, 전화가 울렸다. 모르는 번호였다. 고민 끝에 전화를 받았다.

"여보세요?"

"오빠, 기억하실지 모르겠지만 저 정아예요."

"정아? 전화 잘못 거신 것 같은데요."

"저 역삼동 정아예요."

"코머스 클럽 정아?"

"네, 맞아요."

"지금 내가 그쪽 전화 받을 상황이 아니라서…."

전화를 끊으려 하자 정아가 다급한 목소리로 불렀다.

"아뇨, 오빠! 그런 거 아니에요. 오늘 가게 오실 수 있나요?"

"갑자기 왜?"
"영업은 아니니까 오해 마시고요. 드릴 말씀이 있어요."
수인은 통화를 마친 후 핸드폰을 만지작거리다 역삼동으로 향했다.

수인은 대리석 벽면에 비친 자신의 얼굴을 보며 정아를 기다렸다. 수인은 하지석이 된 이후로 아직 자기가 원하던 진정한 연기자로서의 일은 해보지 못했다. 정말 이대로 하지석이란 배우가 소리 소문 없이 사라지게 될까 봐 초조했다.
"오빠."
수인이 최악의 상황을 상상하고 있을 때 정아가 룸 안으로 들어왔다.
버건디 색 원피스를 입은 정아는 평소보다 수척해 보였다. 룸 안에 둘밖에 없자 정아는 평소보다 더 가까이 다가와 앉았다.
"진짜 와줬네요. 고마워요."
정아는 술을 한 잔 따르며 나지막한 음성으로 말을 이었다.
"기사 봤어요. 에디 실종 기사."
"너도 진짜 내가 그랬다고 생각해?"
정아는 천천히 고개를 저었다.
"아뇨, 사실 그 일 때문에 보자 했어요."
"뭐?"
수인은 정아의 얼굴을 똑바로 보았다.
"사실 에디한테 전화가 왔어요."
"어디 있대, 지금?"

"저도 몰라요. 다만 에디도 김석기 대표에게 불만이 커진 것 같아요. 더 이상 그 사람이 하자는 대로 하기 싫대요."

"그게 무슨 말이야? 김대표한테 복수라도 하겠다는 거야?"

정아는 헛웃음을 짓더니 고개를 끄덕였다.

"아마 그런 것 같아요. 저한테 도와달라고 했어요. 어떻게 했으면 좋겠냐고. 어떡하죠, 오빠. 전에도 말했지만 에디 이제 그만 다 내려놓고 평범하게 살았으면 좋겠어요."

정아는 어느새 눈망울이 촉촉하게 젖어져 있었다. 수인은 다시 한 번 정아의 눈을 쳐다봤다. 다른 의도가 있는 것 같지는 않았다.

수인은 정아의 손을 잡았다. 지금 당장 할 수 있는 일은 먼저 묻지 않고 차분히 대답을 기다리는 거였다. 정아가 감정을 추스르자 수인이 조용히 말했다.

"나한테 다 얘기해줘. 지금 에디가 처한 상황을. 내가 분명히 도움이 될 거야."

정아는 고개를 푹 숙인 채 한참을 망설이다 입을 열었다.

"사실… 전화가 아니라 지금 우리 집에 있어요. 그 사람한테 폭행을 당했더라고요. 하지만 이 사실을 말하면 안 돼요. 난 오빠라면 뭔가 해결책을 줄 거라 생각하고 말한 거예요."

"걱정하지 마. 비밀로 할게."

"김대표가 일이 이렇게 된 게 에디 때문이라고 몰아붙인 모양이에요. 너도 하지석이랑 똑같은 놈이라며, 에디한테 분풀이를 했어요. 그리고 언론에서 무슨 일이 벌어져도 부를 때까지 눈앞에 나타나지 말라고 했대요."

"김대표 속셈은, 일부러 실종사건을 만들어 날 어렵게 만드는 건가?"

정아가 고개를 끄덕였다.

"에디는 혼자 있기 두렵다며 다시 절 찾아왔어요."

"그래서 에디가 내린 결론은?"

"이제 그만하고 싶대요. 연예계 생활. 그동안 받은 상처 생각하면 저도 에디 이제 쉬게 해주고 싶어요."

생각에 잠겼던 수인은 결심에 찬 듯 정아에게 말했다

"지금부터 내말 똑똑히 들어. 내일 오후 두 시까지 내가 정해준 장소로 에디를 데리고 나와."

"어떤 계획인지 말해줄 수 있나요?"

"기자회견을 할 거야."

"안 돼요. 에디는 그 방법을 가장 기피할 거예요. 에디는 그냥 이대로 조용히 사라지길 원한다고요. 차라리 진짜 실종이 됐으면 하는 애라고요."

"에디 혼자가 아니야."

정아가 다시 한번 놀란 표정으로 물었다.

"그게 무슨 소리예요?"

"정확히 말하면 하지석, 에디 둘의 기자회견이야. 이래야만 김석기 대표를 꼼짝 못하게 할 수 있어. 내일 모든 사실을 다 발표할 거야. 실종사건의 모든 전말과 김석기와 나의 과거까지. 에디뿐만 아니라 나 역시도 위험할 수 있어."

"알겠어요, 에디한테 그렇게 말해볼게요."

"꼭이야. 내일 에디를 꼭 데리고 나와야 돼. 에디가 나오지 않게 되면 모든 계획이 물거품이 되니까."

수인은 잔에 남긴 양주를 다시 한 번 들이키며 주먹을 불끈 쥐었다.

다음 날, 강남의 한 호텔 연회장은 아수라장이 되었다.

수인의 기자회견 소식을 들은 취재진들이 이미 두 시간 전부터 자리 경쟁을 벌였다. 대규모 기자회견이었다. 핫한 에디 실종사건 당사자인 두 사람이 입장표명을 한다니 당연한 일이었다.

수인은 초조한 마음으로 대기실로 걸음을 옮겼다. 정아에게 연락을 취했지만 아직까지 통화는 되지 않았다. 그때 한 통의 전화가 울렸다. 김석기 대표였다. 수인이 전화를 받자마자 김석기는 소리를 질렀다.

"야, 하지석! 너 미쳤어! 내가 가만 있을 줄 알아?"

"맘대로 하십쇼. 전 더 이상 할 말 없습니다."

"너 당장 그만둬! 그만두지 않으면 내가 바로…."

뚝. 수인은 말없이 전화를 끊었다.

수인이 애타게 기다리는 전화는 아직 오지 않았다. 대기실을 계속 서성이며 정아의 전화가 오기만 기다렸다. 회견 시간이 코앞에 닥치면서 눈앞이 캄캄해질 무렵 드디어 정아로부터 전화가 왔다.

"여보세요?"

"오빠… 미안해요."

"미안? 왜 무슨 일이야?"

"에디가 도저히 믿을 수 없대요. 에디는 오빠도 전혀 신뢰하지 않고 있어요. 하지석도 김대표와 똑같은 사람이라고…."

"에디 바꿔줄 수 있어?"

"아니요, 그건 좀 힘들 것 같아요."

"왜?"

"에디가… 오빠는 하지석이 아니래요."

"그게 무슨 소리야? 내가 하지석이 아니라니?"
"진짜 하지석이라면 자기한테 이럴 수가 없대요."
수인은 정아가 전화를 끊으려 하자 다급하게 소리쳤다.
"알았으니까, 빨리! 일단 바꿔줘."
"미안해요."
짧은 한마디를 남기고 정아는 전화를 끊었다.
수인은 주먹으로 벽을 때렸다. 에디가 없다면 이 기자회견은 아무짝에도 쓸모가 없었다. 오히려 하지석 혼자 변명과 핑계를 대는 꼴사나운 자리밖에 되지 않을 것이다.
"대표님, 어떡할까요? 기자회견 10분 전입니다."
성일이 조심스럽게 물었다. 수인은 가만히 생각했다. 어떻게 하면 에디가 자신을 믿게 할 수 있을까. 수인과는 그 어떤 공감대도, 추억도 없는 에디의 마음을 돌리기는 불가능해 보였다.
기자회견을 미루는 수밖에 없다고 결심하기 직전이었다.
"일단 잠시만 생각해볼게."
수인은 속으로 지석이었다면 어떡했을까, 고민에 고민을 거듭했다. 이 일을 해결할 수 있는 사람은 분명 하지석밖에 없었다. 수인은 떨리는 마음으로 지석에게 전화를 걸어봤다.
없는 번호라는 음성이 아닌 아주 긴 통화 연결음이 들렸다.
"받아! 제발 좀… 하지석!"
수인의 애타는 기도에도 통화는 연결되지 않았다.
성일은 그런 수인을 이상한 듯 쳐다봤고, 수인은 이제 모든 걸 체념한 채 말했다.
"일단 기자회견을 다음으로 미룬다고 해. 기자회견 전에 모든 인터뷰도 일체 거절하고."

"네."

대기실을 나서려는데, 성일의 폰으로 갑자기 전화가 걸려왔다.

"네, 지수 씨. 아, 이사님이요? 네, 지금 같이 있습니다."

성일이 수인에게 핸드폰을 건넸다.

"지수라고?"

"네, 이사님 계속 통화 중이어서 저한테 전화했다고 하네요."

수인은 알겠다며 전화를 건네받았다.

"이사님, 저 지수예요. 방금 저 에디랑 통화했어요."

"뭐?"

"사실 에디가 병문안 오면서 저희 둘 정말 사심 없이 서로 좋은 친구로 계속 지내왔어요. 자세한 이야기는 따로 에디한테 들으시고요. 이사님, 에디 곧 도착할 거예요. 에디 얘기 전부 들어주세요. 꼭이요. 부탁드립니다."

수인은 떨리는 목소리로 물었다.

"진짜야? 에디가 지금 여기로 온다고?"

수인은 지수와의 통화가 끝나자 급하게 성일을 불렀다.

"성일아, 우리 기자회견 한 시간만 늦추자!"

수인은 초조하게 에디를 기다렸다. 기자회견이 한 시간 연기되었지만 워낙 관심이 큰 사건이라 기자들의 반발은 없었다.

수인은 다시 한 번 하지석의 모든 행동을 기억하려고 애썼다. 무엇이든 에디와 지석이의 접점을 찾는 게 급선무였다. 그때 대기실에 노크 소리가 울리더니 에디가 시무룩한 표정으로 들어왔다.

말쑥한 정장 차림의 에디는 특유의 깊은 눈빛으로 수인과 눈을 마주쳤다.

수인이 어떻게 인사를 해야 할지 망설일 때 에디가 성일을 보며 말했다.

"잠시 자리 좀 비워줄 수 있어요?"

대기실에 둘만 남자 에디는 조심스럽게 소파에 앉았다.

"일단 약속해줘. 더 이상 날 붙잡지 않기로."

"그게 무슨 소리지?"

"나 오늘 은퇴해요."

"은퇴라니?"

"형은 항상 내 우상이고 형처럼 멋진 배우가 되고 싶었어. 근데 이제는 형처럼 살고 싶지 않아졌어."

에디의 목소리는 평소답지 않게 담담했다.

"내 자리 뺏고 싶었으면 그렇게 해. 난 이제 더 이상 미련 없어. 김대표 말대로 하지석이란 인간처럼 살고 싶지 않아. 기껏 키워준 대표 배신하고, 동고동락했던 동생 자리까지. 나 오늘 김석기가 나에게 했던 모든 짓거리와 당신에 대해서도 다 얘기할 거야."

에디는 그동안 수인에게 큰 상처를 받은 듯 보였다. 에디가 이대로 기자회견장에 올라갔다가는 김대표보다 하지석이 더 큰 피해를 볼 수 있었다. 수인은 에디의 손등 위로 손을 올린 채 말을 꺼냈다.

"오해야, 재훈아. 형은 그런 의도가 아니었어."

한껏 분위기 잡은 목소리로 이름을 부르자 에디가 어이없다는 듯 피식 웃었다.

"재훈이? 이제 내 이름도 까먹은 거야? 나 재환이야. 됐어, 그만해. 이제."

"미, 미안, 재환아. 오해야. 김대표가 먼저 지수를 공격했어. 지수의 분량을 줄여서 네 위주로 만들려고 했어. 형은 단지 그걸 막으려 했던 것뿐이고."

"지수한테 얘기 들었어. 형은 내 역할을 뺏으려고 한 것뿐이야."

"그게 아니라…."

빌어먹을. 애초부터 내가 너랑 친분이 있던 사이였으면 그랬겠냐. 수인은 침이 바짝바짝 마르기 시작했다. 이럴 때 지석이의 전화가 온다면 얼마나 좋을까.

하지만 지수가 에디의 얘기를 들어주라 했으니 분명 이유가 있을 것이다. 수인은 다시 한 번 에디에게 물었다.

"재환아, 일단 변명은 하지 않을게. 내가 어떻게 하면 좋겠어?"

"다 필요 없어. 난 더 이상 두 사람 일에 관여하고 싶지 않아. 이제 내 맘대로 하겠어."

에디는 차갑게 말을 내뱉고 의자에서 일어났다. 당장이라도 기자회견장을 향할 기세였다.

"잠깐만, 에디!"

에디가 뒤돌아봤다. 아마 마지막으로 발언권을 줄 테니 최후의 발악이라도 해보라는 눈빛이었다. 그때 갑자기 수인의 전화가 울렸다. 수인이 번호를 확인하자 놀랍게도 지석이에게 전화가 오고 있었다. 수인이 받지도 못한 채 망설이고 있자 에디는 한심한 표정으로 수인을 보더니 대기실을 나갔다. 수인은 이제 되돌릴 수 없는 상황을 직감한 채 지석의 전화를 받았다.

"여보세요."

"너 좀 전에 전화했던데. 왜 무슨 일이야?"

"너 에디 아니 재환이 얘기 좀 해봐. 너희 둘이 그렇게 친한 사이였어?"

"재환이? 내가 진짜 친동생처럼 챙겨줬지. 재환이는 한국 와서 혼자 지냈거든."

"잘 들어, 하지석. 너 지금 에디 때문에 연예계에서 나가리 될 판이야. 재환이 역할도 뺏고, 김석기 대표와 같은 아주 파렴치한 같은 놈이 됐다고."

"뭐? 너 도대체 내 몸 가지고 어떤 짓을 하고 다니는 거야?"

"아무튼, 지석아! 내가 에디 바꿔주면 내가 시키는 대로 해."

"뭘 또 시키는 대로 해?"

"그냥 미안하다고 해. 너희 둘만의 뭐, 그런 썸씽 그런 거 있잖아? 미안하다고, 포기하지 말고 같이 배우의 꿈을 이루자고. 형이 도와줄 테니까, 이런 식으로 다독여. 에디 지금 은퇴하려고 해."

"아, 이 새끼 지금 뭐라는 거야 진짜."

"지금 당장! 급해! 시간이 없어. 부탁한다."

수인은 핸드폰을 끊지 않은 채 대기실 밖에 대기한 성일을 불렀다. 수인은 성일에게 핸드폰을 건네며 말했다.

"성일아, 이거 뛰어가서 에디한테 전해줘."

"누군데요? 누구긴 누구야. 하지석이지."

"네? 그럼 이사님이 바로 가서 말하시지. 에디 아직 무대 안 올라갔어요."

"내 전화니까 받으라고 해."

성일은 머리를 긁적이며 핸드폰을 받아 뛰어갔다. 이제 앞으로 어떤 일이 벌어질지는 그 누구도 알 수 없었다.

"저기요, 이사님 전화인데요. 받아보시죠?"

에디는 그를 거들떠도 보지 않았다.

성일은 억지로 에디의 손에 핸드폰을 쥐어주었다.

"사람이 말하면 들은 척이라도 해야 할 거 아니야. 아무튼 난 전해줬으니 받든지 말든지 해요."

에디는 자신의 손에 들린 핸드폰을 천천히 들어 귀에 갖다댔다.

"왜요?"

"재환이냐? 지석이 형이야, 임마."

"뭐야? 이제 와서 갑자기 친한 척하는 이유가."

"이 새끼 이거 말하는 싸가지 보소. 친한 척이라니 형한테."

"됐으니까, 아까 말한 대로 진행하겠습니다. 모든 사실과 함께 저는 은퇴하는 걸로."

"은퇴? 네가 뭘 했다고 은퇴를 해. 임마, 너 나중에 네가 얼마나 잘되는지 알아? 너 미드에 출연하는 게 꿈이라며. 그 기회를 제 발로 걷어찰 거야?"

"당신 누구야? 진짜 하지석 맞아?"

"그럼 내가 하지석이지. 용산구 후암동 682-14번지. 그 옛날 달동네 너희 집 아냐? 너 누구한테도 말 안 하고 형한테만 너희 집 알려줬잖아."

"지석이 형?"

"어머니는 잘 계시니? 재환아, 무슨 일인지는 잘 모르겠는데, 형은 널 시기하거나 미워한 적 단 한 번도 없어."

에디가 정말 오랜만에 안부를 묻는 지석이 목소리에 말을 잇지 못했다.

"뭔가 오해가 있다면 형이 사과할게. 형은 네가 정말 멋진 배우가 되길 바란다. 예전에 네가 형한테 그랬지? 형처럼 배우 되면 형이랑 꼭 미국 여행 가고 싶다고. 그 약속 꼭 지켜줘."

"이제 와서 무슨 수작이야? 갑자기 감성팔이나 하고."

"김대표가 너한테 무슨 짓을 했는지는 모르지만 넌 너야, 최재환. 너라고. 네가 지금까지 해왔던 노력 열정들이 그 사람 때문에 사라지지는 않아. 뭔 말인지 알지?"

"…."

"네가 진심을 다해서 연기한다면 그 누구도 널 외면하지 않는다고. 재환아, 진심은 자신의 실력에 대한 믿음에서 나오는 거야. 형은 네가 얼마나 좋은 배우인지 알아."

에디는 하지석과의 기억이 주마등처럼 스쳐갔는지 다시 한 번 깊은 한숨을 쉬었다. 그러고 나서 결심이 섰는지 다시 말을 꺼냈다.

"이 정도로 하죠. 내가 알아서 할 테니까."

지석과 짧은 대화를 마친 에디는 전화를 끊고 다시 대기실로 돌아왔다.

대기실에서 에디를 기다리던 수인은 어안이 벙벙한 얼굴로 에디를 바라봤다. 에디는 수인에게 전화를 휙 던졌다.

"왜 이런 장난을 치는 거지?"

"어어, 그래. 내가 한 말 잘 들었니?"

"이제 와서 뭐야? 내숭은. 같이 올라갑시다."

"뭐? 같이 올라가자고?"

"좀 전에 한 말 잊었어요? 내가 알아서 할 거니까 따라만 와요."

수인은 지석과 무슨 말을 나눈지 모른 채 에디를 따라 나섰다.

에디와 지석이 무대 위로 오르자 수많은 플래시가 터졌다. 오늘 같이 많은 카메라와 기자를 본 건 연예계에 발을 들인 이후 처음이었다. 에디는 수인보다 훨씬 의연한 태도로 준비해놓은 자리에 앉았다.

수인도 에디 옆에 따라 앉자 기자들이 동시다발적으로 질문을 날리기 시작했다.

"실종사건은 사실입니까?"

"두 분이 오늘 같이 기자회견을 준비한 이유는 무엇입니까?"

"지하세계 형사 역할은 결국 하지석 씨가 뺏은 겁니까?"

폭풍 같이 쏟아지는 기자들의 질문을 뒤로 한 채 에디가 먼저 마이크를 잡았다. 에디는 입술 끝을 살짝 깨문 다음에 천천히 말을 이어갔다.

"우선 오늘 이렇게 자리해주셔서 감사합니다. 저는 오늘 큰 고백을 하려고 이 자리에 나왔습니다."

에디가 굳은 결심을 한 듯 심호흡을 크게 하고 말을 이었다.

"저는 사실 호스트 출신입니다."

처음부터 충격적인 고백이 나오자 카메라 소리가 일제히 요란하게 터졌다. 수인은 귀가 먹먹한 소음을 참고 담담하게 에디를 지켜봤다.

"성인이 된 후 혼자 한국으로 돌아와 생활비를 벌기 위해 꽤나 긴 시간 동안 강남에서 호스트 생활을 했습니다. 그러다 마침 연예기획사를 준비하던 현 한울엔터 김석기 대표와 만났고, 당시 소속배우였던 하지석을 만나게 되었습니다."

또 한 번의 요란한 카메라 플래시 소리. 수인은 자신의 이름이 언급되자 이제는 포기한 듯 눈을 지그시 감았다.

"그 후 아시다시피 몇 번의 할리우드 영화 출연으로 한국에서 관심을 받게 됐습니다. 그 뒤로 한국으로 넘어왔지만 아직 한국말이 서툰 저에게 한국에서 배우 생활은 순탄치 않았습니다. 상황이 여의치 않자 김대표는 저를 데리고 중국 자본에 인수되는 방법을 선택했습니다."

"중국 자본이라면 이번에 지하세계 공동제작하기로 했던 AK엔터를 말씀하시는 건가요?"

한 기자의 질문에 에디는 고개를 끄덕였다.

"맞습니다. 김대표는 중국 자본을 통해 제 역할을 점점 키워갔고, 그 피해자는 주연급인 이강헌, 유승용 배우가 아닌 이지수 배우였습니다. 이지수의 역할을 줄여 저를 주연에 맞먹는 역할로 무리한 수정을 요구했습니다."

"그럼 에디 씨, 이지수 씨 폭행영상은 어떻게 된 겁니까? 영상에서 분명히 지수 씨를 때리는 모습이 보였는데요."

"그건…."

에디는 말을 잇지 못한 채 수인을 바라봤다. 기자들이 더 웅성거리기 시작했다. 한 기자가 수인을 바라보며 소리쳤다.

"그 부분에 대해서는 하지석 씨가 설명해주시죠!"

수인은 떨리는 손으로 에디의 마이크를 빼앗아 들었다.

"우선…."

수인이 입을 떼자 기자회견장이 순식간에 조용해졌다. 수인은 착잡한 얼굴로 입을 뗐다.

"우선 그 당시 에디의 발차기는 지수를 향한 게 아니었습니다. 워낙 친한 사이였던 저희 둘 사이에 다툼이 있었고, 에디가 홧김에 저에게 발차기를 했던 것입니다. 지수는 저희 둘의 싸움을 말리다 그렇게 됐습니다."

수인이 말을 마치자 득달같이 기자들이 질문했다.

"그럼 하지석 씨는 여태 에디 폭행설의 진실을 알고도 묵인했던 겁니까?"

"폭행으로 인해 에디 하차를 남 몰래 바랐던 거 아닙니까?"

"처음부터 계획적인 일이었습니까?"

수인은 고개를 숙인 채 기자들의 공격을 맨몸으로 맞고 있었다. 평소 따뜻했던 무대 위 조명이 마치 뜨거운 태양으로 고통스럽게 느껴졌다.

"결국 이렇게 되는구나…."

수인은 모든 걸 포기하고 사실대로 고백하려 다시 마이크를 잡았다. 그때 수인의 손등 위로 에디의 손이 겹쳐졌다. 에디는 미안함과 아쉬움이 교차하는 눈빛으로 조용히 속삭였다.

"이제 내가 할게, 형."

에디가 다시 마이크를 잡고 기자들을 향해 말했다.

"개인적인 사유라 말하기가 좀 곤란한데… 사실 형이 저한테 돈을 빌려서 안 갚았거든요. 형도 동생한테 맞아서 그런지 제가 괘씸했나 봅니다, 하하하."

에디의 갑작스런 농담에 다들 잠시 어안이 벙벙했다가, 갑자기 웃음이 터져 나왔다.

에디는 다시 능숙하게 화제를 돌렸다.

"마지막으로 제 실종사건은 김대표의 집착이 빚어낸 촌극이었습니다. 저는 부상을 당한 이후 지수 씨에게 사과를 하고 싶어 병문안을 자주 갔고, 많은 얘기를 나눴습니다. 같은 배우로서 지수 씨의 분랑을 뺏고 싶지 않았습니다. 저는 이 사실을 김대표에게 말했고 제 얘기를 들은 김대표는 저에게 불같이 화를 내고 심지어 폭행까지 저질렀습니다."

에디의 계속되는 충격 고백에 기자들이 다시 한 번 웅성거렸다.

"그러고 나서 저에게 당분간 바깥 활동을 하지 말라고 협박하더라고요. 자숙하라고. 그러더니 결과는 아시다시피 저도 모르는 실종 사건이 벌어졌습니다."

"그러면 하지석 씨와는 관련이 없다는 말씀인건가요?"

에디는 기자들에게 미소를 지으며 말했다.

"네, 하지석 씨와는 전혀 무관한 일입니다. 김석기 대표는 항상 일이 틀어질 때마다 이렇게 저를 항상 감금하고 구타를 일삼았습니다."

수인은 이게 무슨 일인지 어안이 벙벙했다. 에디가 자신을 도와준 이유가 뭔지 전혀 알 수가 없었다. 수인의 어리둥절한 표정을 본 기자가 수인에게 질문을 던졌다.

"하지석 씨도 전 소속배우로서 이 사실을 알고 있었습니까?"

수인이 어떤 대답을 해야 할지 몰라 망설였다. 에디가 자신의 무릎으로 수인의 허벅지를 툭 쳤다. 수인은 에디의 표정을 보고 그제야 감을 잡았다.

"네, 김석기 대표는 평소 소속배우가 자신이 원하는 활동을 거부하면 손찌검을 하거나 욕설을 퍼부었습니다. 주로 남자 배우들로 꾸린 한울 엔터테인먼트에서는 군대문화가 심했고, 김대표는 평소 구타와 사생활 간섭을 통해 자신의 통제를 굳건히 해왔습니다. 그로 인해 거부하기 힘든 권력을 가지고 있었습니다."

기자들도 고개를 끄덕이면서 수인의 말에 귀를 기울였다. 자신의 권력을 통해 소속배우들을 폭행했다는 사실은 바로 큰 파문을 낳게 될 게 분명했다.

"에디 씨는 그럼 앞으로 법적 절차를 밟으실 건가요?"

에디는 말없이 고개를 저었다. 그리고 나서 수인을 바라봤다.

"아니요, 저는 한동안 모든 활동을 중지하고 배우로서 재충전할 시간을 갖겠습니다. 또한 지하세계 작품도 제 자의로 오늘부로 하차하도록 하겠습니다."

에디는 수인도 예상 못 한 거취를 스스로 발표했다. 에디가 이번 논란을 스스로 책임지고 물러나겠다고 하자 순식간에 기자회견장은 잠잠해졌다.

결국 기자회견은 에디의 하차와 김석기의 폭행사건으로 큰 논란 없이 잘 마무리 됐다.

수인은 곧장 대기실로 들어와 에디에게 화난 듯이 따졌다.

"너 뭐야? 갑자기 활동중지라니? 제정신이야?"

에디는 말없이 수인의 어깨의 손을 올렸다. 그리고는 살짝 안으며 수인의 품에 기댔다.

"형이 있잖아. 형이 그 역할 나보다 더 잘할 수 있을 거라 생각했어. 난 당분간 연기하고 싶지 않아."

수인은 에디의 목소리에서 그간의 마음고생을 짐작할 수 있었다. 에디가 기자회견 때 말한 모든 내용은 전부 사실이었다. 지석이와 어떤 내용의 통화를 했는지는 모르겠지만 그 통화 후 에디의 마음이 돌아선 것 같았다. 에디는 수인의 품에서 한참 동안 흐느꼈다.

"하지석 씨, 드디어 모든 루머를 벗고 중국 크레파스컴퍼니와 인수합병 발표했습니다. 크레파스는컴퍼니는 앞으로 아시아 엔터테인먼트 시장을 장악할 수 있는 큰 잠재력이 있는 회사로 많이 알려졌는데, 크레파스JS로 새 출발하는 기분이 어떠신지요?"

수인은 에디 사건이 종결되고 처음으로 기자 인터뷰를 가졌다.

그동안 빠르게 사업 확장에 박차를 가했고, 첫 번째 공식 활동이었다. 크레파스컴퍼니 링링 대표는 오연희와 드라마 지하세계 제작에 큰 관심을 보이며 결국 JS를 인수했다. 게다가 링링 대표는 미국 SMC 투자전문회사로부터 50억의 전환사채를 발행하면서 투자 유치까지 성공했다. 드디어 지하세계를 통해 수인은 명실상부한 제작사로의 성장과 세계적인 배우로서의 도약을 앞두고 있었다.

"우선 배우로서 앞으로 연기에만 집중할 수 있을 것 같아 매우 기분이 좋습니다. 한동안 좋은 작품으로 찾아뵙지 못했는데 이번 지하세계를 통해 배우 하지석의 모습을 보여 드릴 수 있을 것 같아 매우 설렙니다."

여기자는 하지석의 중저음 목소리에 반한 듯 발그레해진 얼굴로 다시 질문을 이어갔다.

"지금 사무실도 얼마 전 이전하신 걸로 들었습니다. 강남 최고 핫플레이스로 사무실로 옮기신 기분은 어떠세요?"

"지금 있는 저희 직원들은 회사 초창기 때부터 함께 한 인원들입니다. 투자 자본을 통해 저희 직원들이 조금 더 쾌적한 환경으로 옮기게 되어 매우 기쁩니다. 이 사람들이 즐거워하는 게 저에게 가장 큰 행복이거든요."

"이지수와 하지석의 케미를 다시 한 번 볼 수 있어 좋다는 팬들도 있지만 한편에서는 너무 대놓고 끼워 팔기 하는 거 아니냐, 하는 의혹도 있습니다. 제작부터 소속 배우들까지, 드라마 지하세계는 JS 느낌이 많이 나는데 그 점에 대해 우려는 없으신가요?"

수인은 오히려 자신감 있게 대답했다.

"아니요, 오히려 JS의 색깔을 처음으로 보여드릴 수 있는 작품이라고 생각합니다. 저희는 운이 좋게 같이 캐스팅 되었지만 지하세계 제작과 저희 JS 배우들을 통해 아시아 엔터테인먼트 시장에 한 발 더 나아갈 생각입니다."

"감사합니다. 오늘 인터뷰 잘 정리해서 내보내도록 하겠습니다."

여기자는 환한 미소로 인터뷰를 마치더니 조심스럽게 다가와 귓속말을 건넸다.

"저희 사이에서, 하지석이 활동 재개하면 김석기 대표가 큰 거 하나 터트린다는 지라시가 돌고 있는데, 혹시 알고 계세요?"

"이미 다 정리된 사건인 거 기자님이 더 잘 아시잖아요."

"제가 상관할 일은 아니지만 미리 조심하는 게 좋을 것 같아서요."

여기자가 의미심장한 말을 남긴 채 방을 나가자 곧바로 성일이 헐레벌떡 들어왔다.

"이사님, 크레파스에서 연락 왔는데요, 저희 넷플러스 글로벌 판권계약 체결했답니다!"

"벌써?"

"네, 크레파스 쪽에서도 한국 IP 파워가 역시 대단하다면서 엄청나게 흥분해 있습니다."

"좋아, 잘됐네!"

"오늘 파티 한 번 해야 되지 않을까요? 오랜만에 회포도 풀어야 하는데. 그간 이사다, 회사 합병이다, 다들 정신없었잖아요."

모처럼 활짝 웃는 성일을 보자 수인 또한 그동안의 긴장이 풀리는 기분이었다.

"그래, 애들 다 모이라 그래!"

청담동의 한 유명 라운지 바. 유명인들도 편하게 드나드는 프라이빗한 바로 유명한 곳이었다. 수인은 오랜만에 검은색 슈트를 입고 한껏 멋을 낸 채 바에 입장했다.

전 직원과 소속 연기자들이 수인을 반기며 환영해주었다.

"이사님, 축하드려요!"

혜지가 가장 밝게 인사하면서 수인을 가장 상석에 앉혔다. 수인이 자리에 앉자 꿈꾸던 모든 광경이 다 눈앞에 펼쳐져 있었다. 내 회사에 소속 중인 배우들과 직원들. 게다가 너무나도 아름다운 여배우들. 수인은 새삼 이런 게 성공이라는 생각이 들면서 행복감이 물밀듯이 밀려왔다.

유명 연기자로서의 삶과 꿈꾸던 매니지먼트 사장으로서의 삶, 두 개의 삶 모두를 이룬 기분이었다. 이제는 지석이가 돌아온다 해도 이 자리를 내려놓을 수 있을까 하는 걱정이 앞섰다.

"솔직히 인정해요. 이번 일은 대단하네요. 요즘 중국 자본 못 잡아서 안달인데 그런 투자자와 작품제작까지. 이제야 제가 이 회사로 온 보람이 있네요."

오연희도 평소 도도한 태도를 버린 채 수인에게 위스키 한 잔을 따라주었다.

"고마워요, 연희 씨. 연희 씨가 없었다면 불가능한 일이었어."

평소 세련된 이미지답게 화이트 블라우스, 화이트 스커트를 입고 온 오연희는 머리를 쓸어 넘기며 수인에게 미소를 지었다. 상상도 못 해본 일이었다. 대한민국 최고 여배우가 따라주는 술을 마셔보다니.

모두가 웃고 들뜬 기분으로 한껏 놀고 있을 때, 아까부터 계속 지수가 눈에 밟혔다. 지수는 처음부터 무슨 안 좋은 일이 있는 사람처럼 계속 우울한 분위기를 풍겼다. 사실 이 자리의 주인공은 어찌 보면 수인이 아니라 지수였다.

수인은 잠시 자리를 옮겨 지수에게 나지막이 말했다.

"왜 그래? 무슨 일 있어?"

지수는 수인의 말에 대답도 없이 고개를 저었다.

"이지수, 기쁘지 않아? 이 드라마를 통해 넌 앞으로 세계적인 스타가 될 수도 있는 거라고. 네 이름 석 자를 알릴 수 있는 황금 같은 기회야."

"그런 기회 이제 필요 없어요."

"뭐?"

지수는 수인을 원망스러운 눈으로 쳐다보며 자리에서 일어났다.

"이사님, 저랑 잠깐 나가서 얘기 좀 해요."

수인은 아직 술이 깨지 않은 상태로 지수를 따라 밖으로 나섰다. 쌀쌀한 바람에 정신이 들었다.

"왜? 무슨 일인데"

지수는 드라마 때문에 새로 커트한 짧은 단발을 귀 뒤로 꽂아 넘기고 돌아섰다. 수인과 눈이 마주치자 지수의 새빨간 입술이 달싹거렸다.

"저, 못하겠어요…."

"뭘 못해?"

"이번 작품."

수인의 눈이 매섭게 커졌다. 수인은 술기운 때문인지 당최 지수가 무슨 말을 하는지 이해가 가지 않았다.

"작품을 안 해? 너 제정신이야?"

"네, 하기 싫어요. 에디는 저희 때문에 은퇴까지 했는데… 이사님은 뭐가 그렇게 좋으세요?"

지수의 차가운 눈빛을 보자 수인은 의식이 또렷해졌다. 한 번도 예상치 못한 일이었다. 연기자가 투덜거리는 경우는 있어도 이런 식으로 아예 작품에서 빠지겠다고 하는 경우는 매니저로서도 처음 겪는 일이었다.

"작품을 못 하는 것도 아니고… 안 하겠다?"

수인은 혼잣말을 했다. 매니저 시절 들였던 오랜 버릇이 이 순간 다시금 나왔다. 상황을 파악하고 해결 방안을 찾아야만 했다.

"에디가 이유의 전부야? 마음이 아파? 나 혼자 잘 먹고 잘사는 것 같아 죄책감이 든다는 거야?"

지수가 길게 한숨을 쉬며 말했다.

"맞아요. 그 기자회견, 저는 사실 이사님이 에디를 도와줄 거라 생각하고 힘들게 설득해서 거기로 보낸 거였어요. 근데 이사님은 어떻게 아무 동요 없이 에디가 은퇴하도록 내버려둘 수 있어요?"

수인도 할 말이 없어 입을 다물었다.

"에디 사실 저한테 이사님 얘기 많이 했어요. 진짜 좋아하는 형이라고. 근데 이사님은 에디를 그렇게 내버려두고, 지금 회사 사람들 모아서 술이나 마시고 계시잖아요."

처음 보는 싸늘한 모습에 수인도 꽤나 당황스러웠다. 에디가 그렇게 가까운 동생인 줄 난들 알았나.

수인은 술기운 때문인지 이상하게 질투가 났다. 저번부터 지수가 에디와 같이 있는 모습을 보면 알 수 없는 기분에 사로잡혔다.

"너 에디 좋아해?"

지수는 어이없는 얼굴로 수인을 바라봤다.

"그게 지금 할 소리에요?"

"그렇잖아…. 네가 지금 그런 일에 왜 신경 써. 보다시피 우린, 회사는 잘 나가고 너와 나는 앞으로 작품에만 집중하면 되는데."

"이사님!"

지수의 눈망울에 원망 섞인 눈물이 고여 있었다. 하지만 한 번 고삐 풀린 수인의 입은 멈추지 않았다.

"이지수, 정신 차려. 너 이 바닥 밟지 않으면 밟히는 곳이라는 거 몰라서 그래? 에디랑 했으면 넌 고작 회당 3신 정도 나오는 조연에 불과했을 거라고!"

"그게 중요해요? 남의 가슴에 상처를 내놓고."

"상처?"

"이사님은 남이야 어떻게 되든 말든 회사 통해 돈, 명예, 우월감, 이런 걸 느끼려고 운영하시는 거 아니에요?"

"뭐?"

수인의 말끝이 떨리기 시작했다. 지수의 말 한마디가 많은 생각을 하게 만들었다. 연예계에서 배역 한 번 따내지 못해 포기하는 사람들이 부지기수였다. 수인 역시 마찬가지였다. 수인은 그런 사람들이 얄궂은 관계자들에게 휘둘리지 않게 도와주고 싶었고, 그들을 위해 싸우고 언제든지 도울 준비가 되어 있었다.

하지석이 되고 나서도 수인은 자신의 꿈을 잊지 않았다. 그리고 그런 수인의 결과물이 바로 지수였다. 하지만 수인은 지금 지수에게 상처가 되는 말을 듣고 말았다.

"아니야."

수인이 발끈했다.

"그럼요?"

"몰라서 물어? 이지수, 난 네 편이야. 걱정하지 마. 에디한테 내가 꼭 사과할게. 죄책감 갖지 말라고. 넌 잘못한 거 하나도 없어. 다 내 잘못이야."

수인의 말에 지수가 울먹이며 고개를 저었다. 아마 필사적으로 울음을 찾고 있는 듯 보였다.

"이사님, 약속해요. 난 우리가 다른 사람에게 상처 주는 사람 되기 싫어요."

"그래, 미안하다."

수인은 말없이 지수의 어깨에 손을 올렸다. 지수는 그런 수인의 품안에서 그동안 마음고생을 덜어 내기위해 눈물을 펑펑 흘렸다.

"많이 힘들었구나!"

수인은 조용히 손을 들어 지수의 뺨에 있는 눈물을 닦아주었다.

"걱정하지 마, 이지수. 넌 JS 배우잖아. 내가 넌 지킬 수 있어."

지수가 고개를 올려 수인을 한없이 바라봤다. 수인은 어색한지 지수와 맞추고 있던 시선을 내렸다. 그리고는 멋쩍은 미소를 지었다.

"그러니까 앞으로 작품 생각만 해. 다른 생각하지 말고."

지수는 따뜻한 눈빛으로 수인을 바라보며 고개를 끄덕였다. 그 눈빛에는 분명히 수인에 대한 믿음이 있었다.

"이사님, 이사님한테서 좋은 냄새 나요."

"무, 무슨…."

수인은 그제야 정신을 차리고 지수를 살짝 밀어냈다. 수인은 당황한 표정으로 지수를 봤다. 어느덧 자신의 몸에서 느껴지는 지수의 샴푸 냄새가 괜스레 신경 쓰였다.

"머, 먼저 들어가. 난 담배 한 대 피고 갈 테니까…."

"알겠어요. 금방 들어오세요."

수인은 주변을 둘러봤다. 생각보다 사방이 어두운 거리였다.

"후…."

수인은 지수가 이제 아무 걱정 없이 작품에 집중하기만 바라는 마음이었다.

라운지 바로 내려가는 계단 위로 하이힐 소리가 들렸다. 검은 원피스를 입은 여자가 술이 제법 취했는지 혼자 비틀거리며 계단을 오르고 있었다. 수인은 몇 모금 빨지 못한 담배를 버리고 아무래도 여자를 도와야겠다는 생각을 했다.

"괜찮아요?"

수인이 계단을 내려가 손을 잡자 여자는 커다란 눈을 떴다 감았다 하며 수인을 바라봤다.

"어? 감사합니다."

수인은 여자의 얼굴을 자세히 보았다. 절세미인이었다. 모델이 아닐까 싶을 정도로 가늘고 긴 팔 다리가 그녀의 몸매를 부각시켰다.

"아, 시원해. 이제야 술 좀 깨네."

여자는 찬바람을 맞으며 기지개를 한껏 펴더니 핸드백에서 담배를 꺼내 입에 물었다. 잠시 라이터를 찾는 듯하더니 다시 수인을 바라봤다.

"라이터 빌려드려요?"

여자는 귀여운 미소를 지으며 고개를 빠르게 두 번 끄덕였다. 호감 가는 외모와 달리 특이한 행동이 재밌었다. 라이터를 건네자 여자는 수인의 얼굴을 여러 번 뜯어보았다.

"어? 근데 지석이 오빠 아냐?"

"아, 그, 그런가요?"

지석이가 된 후로 제일 당황스러운 순간은 이런 순간이다. 난 모르는데 누군가는 날 안다는 거. 여자는 진짜 반갑다는 표정으로 악수를 건넸다.

수인은 단순한 팬이길 속으로 바랐지만 아무래도 여자의 행동으로 봐서 그런 것 같지 않았다.

"어, 그래."

"이야, 오빠 정말 오랜만이다. 유명한 배우 되더니 이제 아는 척도 안 하는구나?"

"그게 무슨…. 근데 어떻게 지냈어?"

수인은 제발 하나라도 걸려라, 하는 심정으로 물어보았다.

"그냥 이것저것…."

제길, 가장 난감한 대답을 받았다. 수인은 다시 한 번 머리를 굴렸다.

"그래, 잘 지냈다니 다행이네."

"오빠, 우리 오랜만에 만났는데 술이라도 한잔할래?"

이름도 모르는 여자가 뜻밖의 제안을 했다. 수인은 당황스러웠다. 사실 지석이를 아는 여자만 아니었다면 수인 또한 어디 가서 얘기라도 나누고 싶을 정도로 이상형에 가까운 여자였다.

"아니, 지금 우리 회사 식구들이랑 회식 중이라 다시 들어가 봐야 돼."

"그래? 그럼 어쩔 수 없겠구나. 아쉽다. 우리 진짜 오랜만에 본건데."

"그러게. 다음에 꼭 한 번 보자."

수인은 서둘러 다시 바 안으로 들어가려 하자 여자가 불렀다.

"수인 오빠!"

"어?"

수인은 놀란 표정으로 고개를 돌아보았다. 지석이의 본명을 알 정도면 꽤 친분이 있을 것이다.

"연락처 좀."

여자는 빠르게 핸드폰을 내밀었다. 수인도 여자의 부탁에 어쩔 수없이 핸드폰 번호를 찍어줬다. 여자는 곧바로 수인에게 전화를 걸었다.

"내 번호 가지?"

"어…."

수인은 서둘러 핸드폰을 꺼내 마치 여자의 이름을 아는 듯 마냥 자판을 두드리는 시늉을 취했다.

"내 이름 모르는구나?"

여자는 눈치 빠르게 수인의 행동을 눈치챘다. 수인이 멋쩍게 머리를 긁적이자 여자의 입가에 어처구니없다는 미소가 떠올랐다가 사라졌다.

"괜찮아, 오빠. 어차피 곧 알게 될 거니까."

여자는 웃음을 깨물며 말했다. 그러더니 갑자기 수인의 볼에 뽀뽀를 하더니 손을 흔들며 자리를 떠났다.

7
정체불명의 여자

“안녕하세요, 성진혁 형사 역을 맡은 하지석입니다. 반갑습니다.”

“안녕하세요, 유지혜 형사 역을 맡은 이지수입니다. 이렇게 평소 존경하는 선배님들하고 작업할 수 있게 되어서 너무 영광입니다. 앞으로 잘 부탁드리겠습니다.”

드디어 기다리던 지하세계의 첫 대본 리딩 날이었다.

수인은 지수와 함께 설레는 마음으로 TVC 방송국 대회의실에서 첫 인사를 나누고 있었다.

여러 선배 배우들과 감독, 작가, 조연 배우들까지 인사를 마치자 본격적인 대본리딩이 시작됐다. 대본리딩이라는 게 패션쇼로 치면 1차 피팅 같은 건데, 사실 배우들에게는 굉장히 부담스러운 자리였다. 선배 배우들 빼고는 많은 스태프들이 사실상 배우를 평가하는 자리라 대충 할 수도 없고, 그렇다고 혼신의 연기를 할 수도 없는 노룻이었다. 벌써부터 한 배우가 약간의 실수를 하자 스태프들이 수군거리기 시작했다. 수인도 이런 자리를 보기만 했지 직접 하는 것은 처음이라 긴장한 채 대사를 읽어 내려갔다.

"그러니까 우리보고 출동하라는 소리잖아요? 강력 3팀이 무슨 호구도 아니고…."

수인의 리딩에 주변이 조용해졌다. 다행히도 형사 역할에 어울리는 지석이의 중저음 목소리가 나름 효과를 발휘하는 것 같았다.

"제가 나가겠습니다. 맨날 여자라고 무시하지 않으셨으면 좋겠습니다."

지수가 리딩을 하자 갑자기 스태프들이 웅성대기 시작했다.

"분량 갑자기 너무 많아진 거 아니야?"

"거의 주연급이잖아. JS에서 완전 밀어주나 봐. 신인인데 하지석보다 더 많아."

지수가 맡은 배역은 강력팀 유일한 여형사였다. 물불 가리지 않는 성격의 사고뭉치 막내 형사. 대사보다 액션 위주의 캐릭터를 예상했던 수인도 생각보다 많은 대사에 우려가 앞섰다. 아직까지 연기 경험이 많지 않은 지수가 이렇게 많은 대사를 소화하며 매력적인 캐릭터를 표현하는 것은 쉽지 않은 일이었다.

"그러니까 제가 출동하겠…. 죄송합니다. 다시 하겠습니다."

리딩 중 긴장했는지 자꾸 대사를 씹는 지수를 배우들과 스텝들이 하나둘씩 쳐다봤다. 지수의 표정을 보니 부담감이 커 보였다.

그때 한 연기자가 리딩을 시작하자 수인뿐만 아니라 회의실에 있는 모든 사람들을 주목하게 만들었다. 지수 친구 역할로, 짧은 대사임에도 불구하고 안정적인 톤과 자연스러운 감정선이 모두의 주목을 끌었다.

수인은 고개를 들어 테이블 끝에 있는 여자 연기자를 쳐다봤다. 그 연기자는 수인과 눈이 마주치자 눈을 찡긋하며 윙크를 했다.

바로 며칠 전 술에 취해 뽀뽀를 하고 간 수인의 이상형이었던 여자였다. 수인이 화들짝 놀라 시선을 피하자 테이블 위에 올려놓은 핸드폰 진동이 울렸다. 수인은 곧바로 문자를 확인했다.

'반가워, 오빠. 여기서 또 보네?'

수인은 애써 문자를 못 본 체하며 시선을 대본 위로 고정했다. 수인은 생각했다. 지석이 연기자 후배쯤 되나? 다행히 사생활에 연관된 여자가 아닌 것 같아 한시름 덜었다.

"신17, 유지혜 카페에서 커피를 마시는 도중 전화가 온다."

대본 펄럭이는 소리가 끝나고 조연출이 지문을 읽었다. 중요한 전화를 받는 지수의 신이었다. 지수는 천천히 호흡하며 대사를 읽어갔다.

"여보세요? 제가 유지혜인데요. 네? 거기가 어디라고요? 성남이요?"

"잠깐만…."

아직까지 어색한 말투를 고치지 못한 지수의 리딩을 보고 정은희 작가가 드디어 입을 열었다.

"지수 씨, 지금 지혜는 직감적으로 굉장히 위험한 상황이라고 느끼고 있는 신이에요. 근데 지금 집에서 한가롭게 전화나 받는 것 같은 톤은 아닌 것 같은데."

"죄송합니다. 다시 해보겠습니다."

"네, 좀 더 긴장감 있게 해야 될 것 같네요."

정작가는 프로답게 작은 대사 하나도 그냥 넘어가지 않았다. 지수는 애써 웃으며 대본을 한 톤 높여 다시 읽었다.

"제가 유지혜인데요. 네? 성남이요?"

"다시, 오버하지 말고."

"제가 유지혜입니다. 제가 지금 성남으로 가겠습니다."

"후, 그게 아니라…."

정작가가 사람들 앞에서 한숨을 지었다. 지수의 자신감이 크게 떨어질 것이다. 하지만 연기자라면 꼭 겪어야만 하는 관문이라 수인은 어떻게 대처하는지 지켜봤다.

"자, 다시."

"네. 제가 유지혜입니다. 네? 성남에서요?"

대사가 한 번 씹히니 바로 고쳐지지 않았다. 정작가는 말없이 고개를 절레절레 흔들더니 끝에 있던 여자 연기자를 지목했다.

"유지혜 친구 역할하시는 분. 성하은 씨라고 했죠? 이 대사 한 번 해볼래요?"

"네, 작가님."

성하은은 여유 있는 미소를 지으며 지수의 대사를 다시 한 번 읽었다.

"네. 제가 유지혜인데요. 지금 성남이라고요? 알겠습니다. 그럼 제가 지금 당장 출발하겠습니다!"

"봤지, 지수 씨? 일상을 기반으로 만들어지는 게 드라마이고, 그 안에 캐릭터들은 일상을 연기해야 하는 거야. 너무 연기를 하려고 하지 말고. 편하게 연기해야 돼."

"네…."

회의실에 있던 모든 시선이 지수를 향해 날아들었다. 다른 연기자와 비교조차 당했으니 신인배우로서 큰 상처를 받았을 게 분명했다.

수인이 답답해할 때, 지수가 씩씩하게 일어나 허리 숙여 인사했다.

"네, 죄송합니다. 열심히 하겠습니다."

"열심히만 할 거야?"

정은희 작가 질문에 지수가 다시 한번 크게 대답했다.

"아니요, 잘하도록 하겠습니다."

그러자 이강헌 배우가 하하하, 웃으며 분위기를 풀어주었다. 선배 배우들이 옛 생각이 나는지 신인의 열정 넘치는 모습을 귀엽게 본 듯했다. 정작가도 그제야 쿡, 웃으며 지수에게 웃음을 보였다.

"자, 그럼 오늘은 여기까지 하도록 하죠."

최혁 감독의 말에 모두들 자리에서 일어나 자리를 정리했다.

수인도 많은 스태프들과 인사를 나누고 자리를 뜨려는데, 성하은이 수인의 손목을 잡았다.

"지석 오빠!"

"어? 하은아…."

"오빠, 이제야 내 이름 생각났구나?"

"그래, 미안."

"어디로 가? 점심이라도 같이 먹지 그래?"

"점심?"

수인을 따라 나온 지수가 옆에 서서 성하은을 물끄러미 바라봤다.

"수고하셨습니다."

지수가 먼저 인사를 건네자 성하은은 더 밝은 미소를 보이며 인사했다.

"어머, 지수 씨. 실물이 더 예쁘세요. 오늘 연기 잘 봤어요. 역시 JS의 기대주다워요."

“무슨… 아니에요. 근데 연기 너무 잘하시던데 혹시 어디 소속이세요?”

“네?”

별거 아닌 질문에 능청스러웠던 성하은이 갑자기 당황한 기색을 보였다.

“아, 저스트엔터테인먼트라고….”

“저스트? 거기 어디지? 처음 들어 보는데. 대표가 누구야?”

수인의 질문에 성하은이 다시 능청스레 어깨를 쳤다.

“신생 회사야. 아마 말해도 오빠가 모르는 사람일 거야.”

“그래도 이름 들으면 알 수도 있잖아. 누군데?”

성하은은 수인의 말을 무시한 채 갑자기 지수에게 팔짱을 끼며 회의실을 나섰다.

“지수 씨 뭐 좋아해요? 파스타 먹으러 갈래요? 내가 진짜 맛있는 집 아는데.”

말없이 얼떨결에 따라 나가는 지수를 보자 수인도 할 수 없이 두 사람을 쫓아갔다.

“어때요? 이 집 괜찮죠?”

성하은의 추천으로 온 파스타 집은 서울 도심에서 가장 유명한 이탈리안 레스토랑이었다. 단독주택을 개조해 예쁜 정원까지 있는 레스토랑은 들어가는 입구부터 고급스러웠다.

“근데 여기 너무 비싼 데 아니에요? 굳이 이런 데….”

“뭐 어때? 우리 한류스타이자 잘 나가는 제작자인 하이사님이 있는데.”

수인은 애써 불편한 심기를 감추고 너털웃음을 지어 보였다. 저게 진짜 언제 봤다고 저렇게 친한 척하는지 모르겠지만 지금 당장은 어찌할 수 없는 노릇이다.

이탈리안식 코스요리를 시킨 성하은은 식사를 하는 동안 지수의 접시에 음식을 덜어주며 살갑게 대했다.

"지수 씨, 지석 오빠가 잘해줘요? 오빠가 좀 망나니 같긴 해도 여자한테는 참 잘하는데. 그치?"

수인은 애써 태연한 척했다. 도대체 지석이와 어디까지 아는 사이인지 도통 감이 잡히지 않았다.

"망나니요? 전혀요. 이사님 완전 바른생활 사나이에요."

"그래요? 하긴 나도 그런 얘기는 들었어요. 지석 오빠 회사 차리더니 이제 완전 다른 사람 됐다고."

"쓸데없는 얘기 그만하고, 이제 다 먹었으면 일어나지 그래?"

수인은 행여나 쓸데없는 얘기가 나올까 봐 서둘러 자리를 정리하고 싶었다. 하지만 마지막 디저트로 커피를 가져다주는 웨이트리스를 보자 수인은 체념한 채 다시 엉덩이를 의자에 붙였다. 지수는 커피를 한 모금 마시며 조심스레 성하은에게 말했다.

"저기, 언니라고 불러도 돼요?"

"응?"

성하은이 어깨를 으쓱하며 수인을 바라봤다. 마치 나 대신 대답을 해 달라는 눈치였다.

"지수야, 일단 그건 나중에 천천히…."

"저 언니에게 연기 배워보고 싶어요!"

"연기요?"

지수의 뜬금없는 질문에 성하은이 난색을 표했다. 수인도 마찬가지였다.

"뭔 소리야, 이지수. 지금 남의 회사 연기자에게 그게 말이 된다고 생각해? 지금 연기 선생님 맘에 안 들면 내가 다른 선생님 알아봐 줄게."

"아뇨, 아까 리딩만 봐도 얼마나 연기 잘하시는 분인지 느낄 수 있었어요. 사실 저와 같은 또래 여자 연기자 아는 사람이 아무도 없어요. 선생님들이 아닌 동료 연기자들과 함께 연기를 배워보고 싶어요."

지수의 말에는 그동안 숨겨놨던 진심이 담겨 있었다. 여태껏 같은 업계에서 일하는 동료들과의 교류가 전혀 없었기에 수인 몰래 이런 고민을 가지고 있는 듯했다.

"글쎄요, 그건 아무래도 서로 좀 부담스럽지 않을까요. 어찌됐건 지수 씨는 거의 주연배우이고, 나는 조연 중에서도 아주 작은 역할인데. 힘들 것 같아요."

지수는 못내 아쉽지만 어쩔 수 없다는 듯 고개를 끄덕였다.

"네, 그럼 앞으로 저희 친하게 지내는 건 가능하죠?"

"그래요, 지수 씨. 그건 얼마든지 가능하죠."

수인은 두 사람을 번갈아 쳐다보며 알 수 없는 여자들의 세계에 잠시나마 공감하려 애썼다. 수인 또한 지수에게 좋은 언니와 동료가 생긴다면 반대할 이유 따위는 하나도 없었다.

"그럼 오늘 이 자리는 두 사람이 좋은 동료가 되는 걸로 하고 슬슬 마무리할까?"

두 사람도 수줍은 미소를 지으며 자리에서 일어났다.

수인은 레스토랑을 나와서 성하은을 먼저 돌려 보내고 자신의 차에 지수를 태웠다. 차 안에는 공기를 가르는 자동차 소리와 지수가 대본을 넘기는 종이소리 외에는 그 어떤 소리도 들리지 않았다. 대본만 들여다보던 지수가 갑자기 말했다.

"이사님."

"왜?"

"저희 집 같이 안 가실래요?"

수인은 룸미러로 슬쩍 지수의 표정을 살펴봤다. 편하게 입은 화이트 셔츠 위로 편안한 미소를 짓고 있는 지수 얼굴이 보였다.

"무슨 할 말 있어?"

"저랑 같이 리딩 연습 좀 해주세요."

"대본리딩?"

"네, 아무래도 연습이 필요할 것 같아서요."

수인은 기대했던 대답은 아니었지만 오히려 의욕 넘치는 지수의 모습에 기분 좋은 웃음이 났다.

"왜 웃으세요?"

"아냐. 그냥 기분이 좋아서. 그래, 같이 가자."

빌라 앞에서 지수가 수인을 막았다.

"잠시만요. 이사님. 1분만요. 정리만 하고 열어드릴게요."

지수는 서둘러 집 안으로 들어가더니 정확히 1분 뒤 현관문을 열었다.

"들어오세요."

수인은 떨리는 마음을 감춘 채 지수의 집 안으로 들어갔다. 작은 집이었지만 젊은 여자답게 아기자기한 소품들이 눈에 띄었고, 무엇보다 오랜만에 느끼는 여자 향기가 수인의 코끝을 찔러왔다.
"뭐하세요? 꼭 무슨 가정방문 온 담임선생님 같이."
수인은 지수가 건네준 대본을 받은 채 거실 소파에 앉았다.
"1화부터 바로 할 거에요. 제 상대배우 대사 다 이사님이 쳐주세요."
"바로 한다고?"
"네, 저희 지금 놀러온 거 아니에요. 연습하러 온 거라고요."
아까 대본리딩 때문에 기가 죽었을 법도 한데, 다시금 양손에 주먹을 쥐며 미소를 찾은 지수의 모습이 예뻐 보였다. 지수는 그런 수인의 시선을 아는지 모르는지 바로 리딩을 시작했다.
"언제부터 반장님이 절 여자 취급하셨다고 이러세요!"
지수는 집중해서 대본을 읽었다. 점점 호흡도 가빠지고, 볼도 상기되고, 미세하게 변하는 표정까지 수인은 옆에서 그 모습을 지켜봤다.
이토록 지수와 가까운 거리에서 마주한 것은 어찌 보면 처음 있는 일이었다. 하지만 갑자기 대본 펄럭이는 소리가 멈추더니 지수가 수인을 불렀다.
"이사님? 이사님, 무슨 생각을 그렇게 하세요?"
수인이 정신 차리고 고개를 들자 지수가 놀란 듯 쳐다봤다.
"어? 그게 아니고, 지수야…."
수인은 대본을 덮고 천천히 지수에게 다가갔다.
그리고는 지수 등에 살짝 손을 대었다. 지수는 순간 움찔하는 표정으로 수인을 바라봤다.
"이사님…."
수인은 손을 살짝 내려 지수의 허리를 곧게 펴주었다.
"대본리딩 할 때는 목소리가 제대로 나올 수 있게 똑바른 자세가 가장 중요한 거야."

"아, 네…."

지수의 볼이 살짝 발그레해지자 수인은 곧바로 지수의 턱으로 손을 가져갔다.

"자, 봐. 대본 쪽으로 목이 기울어지니까 자꾸 웅얼웅얼거리는 소리 나잖아. 목도 세우고 발성연습부터 다시 해봐."

"네, 아아."

"입술도 풀고."

"네, 푸푸푸푸푸."

지수의 분홍빛 입술이 균일한 진동으로 떨렸다. 수인은 다시 한 번 지수를 바라보며 엄격하게 얘기했다.

"자. 다시 한 번 해보자!"

지수는 고개까지 좌우로 흔들며 다시 대본을 읽었다.

"반장님이 언제부터 절 여자 취급했다고 이러세요!"

수인도 지수가 등장하는 페이지를 펼치고 지수의 상대역을 술술 읽어 내려갔다.

"야, 유지혜. 너 정말 이런 식으로 할 거야?"

"반장님, 진짜 실망이에요."

한참을 읽다가 잠시 지수의 대사가 들리지 않자, 수인이 살짝 고개를 들었다. 그제야 물끄러미 수인을 바라보는 지수와 눈이 마주쳤다.

"뭐해? 안 읽고?"

"이사님, 근데 연기 되게 잘하시네요."

"응? 뭐야, 갑자기."

"사실 이렇게 잘하시는 줄 정말 몰랐어요."

수인도 잊고 있던 사실이 생각났다. 수인은 예전부터 대본리딩이나 대사 전달력은 누구보다 뛰어났다. 하지만 그런 뛰어난 화술에도 못생긴 외모 때문에 남모를 피해를 입었다.

"쓸데없는 소리 말고 연습 계속해."

"이사님 근데 저 어떡하면 좋을까요?"

"뭘?"

"의상이나 메이크업 같은 거… 뭘 입어야 할까요? 형사라서 꾸미기도 힘든 캐릭터이고."

"지금 너 연기보단 일단 남들한테 어떻게 보일까 고민하는 거야?"

"일단 배우니까…."

"이지수, 너 진심으로 하는 소리야?"

지수는 갑자기 수인이 정색하는 표정을 짓자 당황했다.

"배우가 남들한테 어떻게 보일까가 더 중요하다면 너 배우 하지 마! 왜 아주 성형도 시켜 달라고 하지!"

"이사님, 갑자기 왜 그러세요?"

"의상, 메이크업? 아무리 여배우라지만 네가 지금 그런 거 먼저 생각할 때야? 오히려 형사 영화도 많이 찾아보고, 아니면 경찰서에 직접 가서 형사들 인터뷰라도 해볼 생각은 안 해?"

"그게 아니라…."

"너 똑똑히 들어. 연예인이 아니라 진짜 배우를 하려면 오감을 키워야 돼. 외형적인 거 말고 너의 내면을 업그레이드해야 한다고! 맨날 코디나 연출자가 입혀주는 옷이나 입을 거야!"

"이사님…."

"이지수, 내가 널 왜 선택했는지 몰라서 그래?"

지수는 고개를 절레절레 흔들었다. 수인의 꾸지람에 서러웠는지 눈가에 눈물이 맺히기 시작했다.

"넌 스스로 예쁘고 매력적으로 보이려고 애쓰지 않았어. 웬 줄 알아? 넌 스스로 자존감이 굉장히 높은 사람이었거든. 근데 그런 네가 이런 고민을 하고 있다는 게 너무 화가 난다."

지수는 처음으로 자신에게 화를 내는 수인의 모습에 입술을 꼭 다물었다.

"테크닉이 투박하고 세련되지 못하게 연기해도 돼. 하지만 네가 맡은 배역의 본질로 들어가. 무슨 옷을 입고 무슨 표정을 지을지 생각하지 말고. 내 말 무슨 말인지 알지? 이지수!"

결국 자신의 이름 석 자를 다정하게 부르는 수인의 목소리에 지수는 끝내 참고 있던 울음이 터지고 말았다.

"울지 마, 이지수."

"이사님…."

지수는 화장이 번지는 것도 모르고 자신의 손으로 눈물을 닦아냈다. 수인은 그 모습이 안타까워 테이블 위 티슈를 뽑아 눈물을 닦아줬다.

"고작 이 정도 가지고 울면 어떡해. 앞으로 현장에서 감독한테 까일 일만 남아 있는데."

"힝, 아니에요 저 진짜 잘할 거란 말이에요."

수인은 지수의 헝클어진 머리칼을 넘겨주고 지수를 향해 씨익 웃었다. 지수는 갑자기 수인의 어깨에 손을 올리더니 수인에게 살짝 안기었다. 수인의 코끝에 지수의 샴푸 냄새가 가득 느껴졌다.

지수가 고개를 들어 수인을 쳐다보자 두 사람의 얼굴이 가까워졌다. 수인은 지수의 턱에 살며시 손을 올린 채 자신의 고개를 숙였다. 아직도 눈망울이 젖어 있던 지수의 눈이 살며시 감기기 시작했다. 수인은 그대로 지수의 얼굴을 바라봤다. 1초였을까, 10초였을까. 두 사람의 숨소리가 서로의 귓가에 들리기 시작하자 갑자기 수인의 전화가 울리기 시작했다.

수인은 화들짝 놀라며 전화를 꺼냈다. 성일의 이름을 확인하자 두 사람은 황급히 눈을 번쩍 뜨고 떨어져 앉았다.

"여보세요?"

"이사님! 지금 어디세요?"

"어? 그게… 집. 집이지. 우리 집."

"기사 보셨어요? 사진까지 다 있는데 이제 어떡하실 거예요?"

"왜? 무슨 사진?"

"지수랑 이사님 열애설 터졌다고요!"

지하세계 첫 촬영 날.

하필이면 비가 내리는 날 세트장 앞에는 수많은 취재진이 수인을 취재하기 위해 진을 치고 있었다. 수인과 지수의 열애설이 이미 각종 1면을 도배하고 난 후 첫 공식 스케줄이었다.

열애설은 JS 회식 날 지수가 에디 일로 수인의 품안에서 잠시 눈물 흘리는 모습의 사진과 함께 보도됐다. 누가 봐도 연인 관계로 보이는 사진에 수인은 며칠간 적절한 해명조차 못한 채 무대응으로 버텨왔다. 하지만 오늘은 더 이상 피할 수 없었다.

일단 제작진에게 부탁해 관계자들만 입장할 수 있는 뒷문으로 지수를 먼저 들여보냈다.

수인은 차 안에서 자신이 내리기만 기다리는 기자들을 보며 한숨을 내쉬었다.

성일은 한참 뜸들이다 조그맣게 속삭였다.

"이사님, 근데 그 사진이요, 진짜 사실이에요?"

수인은 성일을 신경질적으로 노려봤다. 성일은 머리를 긁적이며 물었다.

"아니, 제가 봐도 사진이 너무 명확한데. 저한테는 솔직히 말해주시는 게…."

"야, 김성일!"

성일은 움찔하며 운전석 정면으로 고개를 돌렸다. 성일의 반응도 무리는 아니었다. 사진은 누가 봐도 연인 관계로 보였다. 지금도 각종 SNS에는 처음부터 이지수는 하지석의 애인이었네, 남자 잘 물었네, 말들이 많았다.

수인은 핸드폰을 끈 채 결국 차문을 열었다. 차에서 내리자마자 기자들이 전투적으로 달려드었다.

"하지석 씨, 열애설 기사에 대한 입장 부탁드립니다."

"애초부터 JS는 이지수를 스폰 해주기로 했던 회사라는 말이 사실입니까?"

"교제한 지는 얼마나 되신 겁니까? JS 오디션도 처음부터 다 조작이었습니까?"

수인은 모든 질문을 무시한 채 세트장이 있는 스튜디오로 향했다.

기자들과 우산들이 뒤엉켜 시야를 확보하기 어려웠다.

성일이 온몸으로 커버하는 틈에 세트장에 다다르자 수인은 겨우 한숨을 돌렸다. 굳게 닫힌 세트장을 열려는데, 갑자기 꺼림칙한 기분이 들었다. 지나오면서 기자가 아닌 것 같은 한 남자가 멀리 떨어져 지켜보고 있었다.

다시 돌아보니, 남자는 여전히 그 자리에서 우산으로 얼굴을 가린 채 수인을 지켜보고 있었다. 수인이 보는 순간, 우산 밑에 남자의 입술이 돌연 씨익 올라갔다.

"뭐, 뭐지?"

수인의 혼잣말이 멈추기도 전에 성일은 급하게 수인을 불렀다.

"이사님, 뭐하세요? 빨리 들어오세요."

성일이 연 문을 따라 수인이 들어가자 성일이 스튜디오 문을 굳게 닫았다.

"와 진짜 장난 아니네. 에이, 옷 다 버렸네. 이사님, 옷 괜찮으세요?"

수인은 넋이 나간 듯 다시 창가로 가 아까 그를 찾아보았다. 하지만 창가가 있는 쪽은 그 방향이 아니었다.

"성일아, 아까 그 사람 김석기 대표 아니었어?"

"네? 그 사람이 여길 왜 와요?"

"분명 김석기 대표 같았는데…."

"하지석 선배님, 오셨습니까!"

스튜디오에 쩌렁쩌렁 울리는 조연출 목소리를 듣자 수인과 성일은 스텝들이 있는 쪽으로 향했다. 수인의 열애설과 별개로 스튜디오는 촬영 준비로 부산스러웠다.

세트장은 실제 경찰서를 옮겨놓은 착각이 들 만큼 사실적으로 꾸며놓았다. 앞으로 지속적으로 촬영을 하게 될 강력반 세트장을 둘러본 뒤 수인은 곧바로 지수를 찾으러 돌아다녔다.

세트장 구석에서 메이크업과 헤어 담당자들에게 둘러싸여 메이크업을 받던 지수는 수인과 눈이 마주치자 멋쩍은 미소를 지었다. 수인 또한 별다른 내색을 하지 않았다. 열애설 이후 지수도 수인을 조심스러워하는 기색이었다.

"지수 언니, 근데 지석 오빠랑 진짜 사실이에요?"

"아니에요."

"근데 사진 찍힌 거 완전 영화 포스터 같던데. 에이, 요즘 뭐 연예인 열애설이 흉인가?"

"지수 씨 아직까지 신인배우라 좀 그렇구나? 게다가 소속사 이사님이니…."

지수의 머리를 만져주는 헤어디자이너와 실장의 잡담소리가 수인의 귀에도 들렸다.

수인은 지수가 이런 일로 첫 촬영부터 연기를 망칠까 걱정이 되었다. 아무래도 신인배우에게는 이런 사소한 루머 하나하나가 신경 쓰일 수밖에 없다.

수인은 걱정을 억누른 채 최혁 감독을 찾아갔다. 최감독은 첫 촬영답게 평소 피곤에 쩐 모습이 아닌 말끔한 용모로 의자에 앉아 대본을 보고 있었다.

"감독님, 안녕하십니까."

"지석 씨 왔어? 아주 고마워. 방영 전부터 이렇게 이슈몰이를 해주고 말이야."

"하하하, 감독님 뵐 면목이 없습니다."

"그나저나 정말 사실이야? 그건 아니지?"

"물론이죠. 감독님한테까지 속일 이유가 뭐가 있겠습니까."

"이거 아쉬운데. 실제라면 두 사람 연기하는 데 아주 좋았을 텐데 말이야."

최혁 감독은 베테랑 감독답게 자연스럽게 긴장을 풀어주었다.

조감독이 다가와 촬영 준비가 끝났다고 말했다. 최감독은 드디어 모니터 앞에 앉아 첫 장면 촬영을 준비했다.

"3-1. 유지혜 형사. 강력반에서 강간범 취조 신 먼저 가겠습니다."

조연출에 콜에 대기하고 있던 지수가 드디어 카메라 앞으로 나갔다. 하필이면 재수 없게도 지수가 첫 촬영 첫 신이었다.

카메라 앞에 나선 지수는 형사 역할에 맞춰 가죽재킷에 청바지와 스니커즈를 신었다.

평소 보지 못한 스타일에 짧은 단발머리를 한 외모가 생각보다 잘 어울렸다. 수인은 지수의 연기를 기대하며 최혁 감독 옆에 앉아서 모니터를 지켜봤다.

"문세호 선생님, 들어갈게요."

지수의 상대역으로 거구의 남자가 등장했다. 평소 범죄자나 조폭으로 많이 알려진 중년 연기자였다. 주로 조, 단역을 많이 하는 배우였지만 경력이 오래된 분으로 나름 현장에서 대우해주는 배우였다. 그래도 현장에서 꽤나 까칠하다고 소문이 나 있어 수인은 내심 지수의 대응이 걱정됐다.

"잠시만요."

슛 들어가기 전 수정해야 할 메이크업 때문에 지수의 스타일리스트가 갑자기 카메라 안으로 들어와 화장을 만져줬다. 문세호 씨는 배알이 꼴렸는지 지수를 비웃으며 대놓고 말했다.

"요새 신인배우도 슛 들어가는데 메이크업 하나? 재밌네. 재밌어."

지수의 얼굴이 금세 빨개졌다. 지수는 스타일리스트에게 그만해도 된다고 말한 뒤 문세호에게 다가갔다.

"죄송합니다, 선생님. 실례가 됐다면 제가 사과하겠습니다."

문세호는 지수의 말에 슬쩍 웃음을 지어 보였다. 본인이 원하는 대로 지수가 굽혀오자 그제야 시작하자는 제스처를 취했다.

"슛 들어가겠습니다."

조연출 말에 모두가 집중을 하고 드디어 첫 촬영이 시작되었다.

"장철영 씨, 금요일 분명 청소년센터에 방문한 흔적이 있는데요?"

"아뇨, 저는 금요일 날 집에 있었습니다."

"굳이 제가 CCTV 화면까지 보여드려야 하나요?"

"무슨 말씀이신지 잘 모르겠습니다."

"컷!"

최혁 감독이 못마땅한 표정으로 컷을 외쳤다. 수인은 내심 지수의 연기에 문제가 있을까 봐 걱정했지만 다행히 화살은 문세호에게 날아갔다.

"문선생님, 너무 차분하신 것 같은데요. 감정이 하나도 없으세요."

문세호는 자신의 연기를 지적받자 되레 지수를 탓하며 감독에게 소리쳤다.

"상대 쪽에서 감정을 주지 못하는데 무슨 연기를 합니까?"

"네?"

최혁 감독이 어이없다는 표정으로 물었다.

"최감독, 솔직히 이 친구 지금 말 많은 거 알잖아요. 이런 친구를 캐스팅 해놓고 내 연기를 말씀하시면 어떡합니까. 내가 연기만 30년을 해온 사람인데."

"선생님, 무슨 말씀을 그렇게 하십니까? 지금 선생님 톤에 대해 얘기하고 있는데."

"아무튼 나도 이 친구랑 연기하기 힘드니까 그만합시다."

문세호는 담배를 피러 대뜸 촬영장을 나가고 말았다.

지수는 애써 당황한 티는 안 냈지만 얼굴에 수심이 가득했다. 그러더니 곧바로 문세호가 나간 방향을 따라 나갔다. 수인은 말없이 지켜보며 다시 지수가 나타나기를 기다렸다.

얼마 후, 갑자기 웃음을 지으며 문세호가 들어왔다. 그리고 그 뒤에 따라 웃으며 들어오는 지수가 보였다.

"자, 다시 시작해보시죠, 감독님."

문세호는 갑자기 기분 좋은 태도로 촬영에 임했다. 밖에서 무슨 일이 있었는지 이제는 지수와 농담도 해가며 서로의 연기 합에 대해 얘기도 나눴다.

그 이후로는 순조롭게 촬영이 이루어졌고 최혁 감독도 만족스러운 듯 첫 촬영이 쉽게 끝났다. 수인은 촬영이 끝나고 문세호에게 다가가 인사를 건넸다.

"선생님, 처음 뵙겠습니다. 하지석입니다."

문세호는 한껏 반가운 표정을 지으며 수인과 악수를 했다.

"오, 지석 씨. 반가워요. 문세호입니다."

"저희 지수 잘 봐줘서 감사합니다. 첫 촬영부터 저희 작품 느낌이 좋습니다."

"아니요, 제가 오히려 지수 씨한테 큰 감동 받았습니다."

"네? 어떤?"

"내가 기사들만 보고 잘못 생각했더라고요. 솔직히 지석 씨 후광에 기대 활동하는 줄 알았는데, 생각보다 연기에 대한 열정이 있고 겸손한 친구였어요."

"아, 네. 예쁘게 봐주셔서 감사합니다."

문세호는 다시 한 번 수인을 진지하게 바라보더니 말을 이었다.

"예전에도 최감독이 내 연기에 항상 딴죽을 걸었단 말이야. 그래서 내가 미안하게도 지수 씨를 걸고 신경전을 벌인 거였고. 근데 최감독이 또 열 받게 해서 나가 담배 한 대 피려고 했더니, 지수 씨가 금세 쫓아왔더라고. 그러더니 지수 씨가 자기가 미안하다며 내 전 작품 얘기를 하더라고."

"네? 선생님 작품을요?"

"그래, 나야 뭐 오래 연기자 생활을 했지만 이름 없는 조연배우인데. 나 같은 사람이랑 연기하는 게 설레서 촬영 전에 내가 나온 작품들을 다 봤대. 그러면서 사실 이 장면 선생님이랑 이렇게 만들어갔으면 좋겠다고 의견도 먼저 제시했어요."

"정말요?"

"네, 예의도 바르고 무엇보다 상대를 기분 좋게 만들어주는 힘이 있어. 그게 사실 배우한테 굉장히 중요한 매력이거든. 보고 있으면 기분 좋은 배우. 지수 씨가 내 눈엔 딱 그래, 지금."

"감사합니다, 선생님."

수인은 진심으로 허리를 숙여 문세호에게 인사했다. 수인도 미처 알지 못한 지수의 매력을 알려준 감사의 표시였다. 둘의 대화가 끝나기만을 기다렸던 조연출이 수인에게 다가왔다.

"지석 선배님. 다음 신 들어가셔야 될 것 같은데요."

수인은 조연출을 따라 세트장 안으로 올라갔다.

지수는 이미 카메라 위치를 체크하고 슛 들어갈 준비를 마친 상태였다. 조명 아래 선 지수를 직접 대면하니 생각보다 공기가 무거웠다. 열애설 이후 아직까지 별 말이 없던 터라 수인은 어색하게 먼저 말을 건넸다.

"첫 신 잘했어. 최감독도 좋아하는 것 같던데?"

"뭘요. 앞으로는 정말 연기에만 집중하려고요."

"그럼, 그래야지."

열애설을 의식한 걸까. 지수가 무표정한 얼굴로 대답했다. 최혁 감독은 그 모습을 보고 큰 소리로 외쳤다.

"보기 좋은데요. 확실히 두 사람이 서 있으니까 그림이 사네. 자, 그럼 시작해봅시다."

수인이 막내 형사 수지와 실랑이를 벌이는 연기가 끝나자, 최감독이 흡족한 표정으로 컷을 외쳤다.

수인도 오랜만에 소름 돋을 정도로 연기에 집중했는지 정신을 차리고 보니 스탭들이 조그맣게 박수를 쳐주었다.

"오늘 컨디션 좋은가 봐? 덕분에 집중했어."

"저도 확실히 이사님 하고 할 때가 가장 편해요."

두 사람이 아무도 듣지 못하게 중얼거리며 속삭였다.

그때였다. 두 사람 앞에서 갑자기 카메라 플래시가 터졌다. '지하세계' 마케팅 피디가 환하게 웃으며 다가왔다.

"죄송해요. 두 분 모습이 너무 예뻐서 홍보자료로 쓰려고요."

"네 괜찮습니다. 정소연 피디님 맞으시죠?"

"어머. 지석 씨! 어떻게 제 이름도 아세요."

수인은 예전 매니저 시절부터 단련해온 습관 덕분에 현장에 있는 스텝들 이름 외우는 것은 크게 어려운 일이 아니었다.

"워낙 인상이 좋으셔서 금방 기억이 납니다."

"감사합니다. 그나저나 지수 씨가 지석 씨 시계 매주는 포즈 한 번 취해주시면 안 될까요? 아시다시피 그 시계 협찬이라 홍보사진에 좀 넣어주려고요."

"아, 그럴까요? 그러죠 뭐."

수인은 별 생각 없이 시계를 풀어 지수에게 건네자 지수가 불편한 기색을 내비쳤다. 그제야 수인도 열애설을 통한 홍보 효과를 노리는 노림수인 것을 파악했다.

"피디님, 근데 꼭 지수가…."

마케팅 피디는 수인에게 웃음을 띠며 얘기했다.

"아무래도 두 분 요즘 같이 썸 타고 있을 때 찍으면 화제가 되겠죠?"

정소연 피디 말대로 열애설도 잘만 이용하면 작품에 큰 마케팅 효과를 가져갈 수 있었다. 게다가 협찬사도 분명히 만족할 거고. 수인은 지수에게 다시 한 번 시계를 건넸다.

"하자, 그냥. 그거랑 이거랑은 별개야."

지수는 아무 대답이 없었다. 수인도 짜증이 났는지 지수 손에 시계를 억지로 쥐어줬다.

"이지수, 지금 일하는 중이야. 쓸데없는 생각하지 마."

사진이 잘 나왔다며 마케팅 피디는 흡족한 미소를 지었다.

"고마워요, 지석 씨. 클라이언트들이 굉장히 좋아할 것 같아요. 이만한 PPL이 어디겠어요?"

"그럼요. 피디님만 믿겠습니다."

드라마도 점점 제작비를 끌어올 수 있는 영역이 한정되면서 마케팅 피디의 역할이 중요할 수밖에 없었다.

"자 다음 컷 넘어갈게요."

다음 장면은 유지혜 형사와 더 격렬하게 언쟁을 벌여야 했다. 아무래도 이런 불편한 기분으로 지수와 계속 연기하는 게 싫었다. 감독에게 잠시 쉬자고 말하자 최혁 감독도 오케이를 했다.

수인은 아직 기자들이 지키는 건물 정면이 아닌 후문으로 잠시 바람을 쐬러 나왔다. 담배를 한 대 피우고 스튜디오로 들어가려는 순간, 어디선가 낯익은 목소리가 들렸다.

"애초부터 하지석 씨가 이지수라는 생짜 신인배우를 데리고 회사를 차린 것도 말이 안 되는 거죠."

"그럼 처음부터 두 사람이 연인 관계였다?"

수인은 발소리를 죽이며 조심스레 건물 뒤편으로 가보았다. 목소리가 들렸던 장소에는 기자로 보이는 한 남자와 성하은이 벤치에 앉아 인터뷰를 하고 있었다.

"아마 현장에 있는 사람들은 다 알 거예요. 하지석 씨가 지금 이지수한테 푹 빠져 있는 걸요. 어찌 보면 JS는 하지석의 개인적인 사심을 채우기 위한 회사일지도 몰라요."

성하은은 여유로운 얼굴이었다. 수인은 그런 성하은의 뒤로 가서 머리끄덩이를 잡아 올렸다.

"아아아!"

수인은 신음소리를 내는 성하은에게 분노에 찬 목소리로 말했다.

"누구야, 너! 똑바로 말해!"

"오빠, 잠깐 이거 좀 놓고 말해요."

성하은이 고통스러운 표정을 지으면 소리쳤다.

"너야? 네가 여태까지 내 얘기 흘리고 다닌 거야?"

"오빠, 무슨 소리에요."

"수작 부리지 마. 지금 내 얘기하는 거 다 들었어!"

"오해예요! 먼저 촬영 끝내고 얘기 좀 해요."

"오해? 무슨 오해? 처음부터 수상했어. 너 처음부터 나한테 의도적으로 접근한 거지?"

성하은은 우물쭈물하며 시선을 돌렸다. 도무지 지석과 어떤 사이였는지 도통 알 수가 없는 여자였다.

"그게 아니라…. 아무튼 오빠 끝나고 얘기해요. 나도 할 말이 있어요."

"지금 당장 얘기해. 너 당장 내 차로 와."

수인은 성하은의 손목을 잡고 당장 자리를 옮기려 했다. 그때 현장에서 수인을 찾던 조연출이 수인을 발견했다.

"선배님, 무슨 일 있으세요? 바로 촬영 들어가야 될 것 같습니다. 오늘 저녁에 스케줄이 하나 더 생기는 바람에 여유가 없습니다."

수인은 다급한 조연출의 표정을 보자 차마 거절하지 못했다. 잡고 있던 손목을 던지듯 놓고 다시 한 번 경고했다.

"어디 가지 말고 기다려! 수작 부릴 생각 말고."

"나도 촬영 있거든요. 도망 안 가니까 걱정 말아요."

수인은 한 번 더 약속을 받아내고서야 촬영장으로 들어갔다.

최감독이 수인에게 미안한 표정으로 다가왔다.

"지석 씨, 어떡하지? 정은희 작가한테서 연락이 왔는데 다음 신 아무래도 유지혜 형사 뺨을 좀 때려야겠어.”

“지수를요?”

“그러게 왜 자리를 비웠어. 바로 찍었으면 정작가한테 이미 찍었으니 그냥 넘어가자고 했을 텐데. 아무래도 유지혜 형사와 갈등을 초반부터 키우고 싶은가 봐. 그렇게 가자고. 괜찮지?”

“어쩔 수 없죠.”

아무리 톱스타여도 현장에서는 아직까지 감독의 말을 무시할 수 없다. 수인은 다시 카메라 앞에 서서 지수를 바라봤다.

“얘기 들었지?”

지수가 고개를 끄덕거렸다.

“내 손목 움직임에 맞춰 고개를 잘 돌려. 그러면 충격이 거의 없을 거야.”

“네.”

“왜 이렇게 기운이 없어?”

“아니에요, 아무것도.”

숏이 들어가기 전 수인은 지수와 함께 동선을 체크했다.

“자, 지석 씨. 그럼 다시 들어갈게요.”

다시 촬영이 시작되었다. 수인은 자신에게 대드느라 눈꼬리가 치켜 올라간 지수를 바라보며 말했다.

“너 정말 그딴 식으로 할 거야? 이럴 거면 우리 팀에서 당장 나가!”

“선배님야말로 맨날 단속 나가서 당구나 치고 사우나나 가실 바에 먼저 그만두시죠?”

따악, 수인은 대본대로 화를 못 이겨 지수의 뺨을 때렸다. 지수의 연기는 충분히 상대 배우에게 충동을 주는 좋은 연기였다. 게다가

지수는 꽤나 힘이 실린 수인의 손바닥을 요령 하나 피우지 않고 정말로 정통으로 맞았다.

"컷! 지수 씨, 아주 좋은데? 괜찮아요?"

최감독은 아주 흡족한 표정으로 지수를 바라봤다. 신인배우답게 거짓 하나 없는 연기였기에 충분히 좋은 장면이 나왔다. 수인도 놀라서 지수에게 물었다.

"괜찮아? 적당히 고개를 돌리라니까."

에둘러 화를 내며 말했지만 수인 또한 느끼고 있었다. 상대 배우가 좋은 연기를 했기에 이런 행동이 자연스럽게 나왔다는 것을. 배우로서 이번 신은 지수가 완벽히 리드했다. 지수 또한 연기가 맘에 들었는지 모처럼 웃으며 말했다.

"괜찮아요. 근데 이사님 평소 감정을 너무 실으신 것 아니죠?"

수인이 빨갛게 부은 지수의 볼을 한 번 쓰다듬었다. 그러자 지수가 흠칫 놀라며 그의 손을 뿌리쳤다.

"누가 보면 어쩌려고요."

"뭐 어때? 연기자끼리 서로 봐줄 수도 있지."

"지금 저희 그런 상황 아닌 것 아시잖아요."

수인은 바로 스타일리스트에게 얼음 팩을 부탁해 지수의 볼에 갖다 대게 했다.

오늘 비교적 분량이 적었던 수인은 성하은의 촬영이 끝나길 기다렸다.

촬영은 빠르게 진행되었고 생각보다 일찍 퇴근할 수 있다는 기대 덕분에 스태프들의 움직임도 빨라졌다. 수인은 현장에서 동료배우들과 인사도 나누며 시간을 보낸 뒤, 드디어 성하은의 연기를 직접 볼 수 있었다.

"하은 씨, 스탠바이 됐나요."

"네, 조연출님! 문제없습니다."

사랑스러운 콧소리가 담긴 목소리가 울리자 모든 스태프 얼굴에 미소가 감돌았다.

성하은의 역할은 여자 순경으로 지수가 경찰서에서 유일하게 마음을 털어놓은 동갑내기 친구 역할이다. 모니터에 투샷으로 담긴 두 여배우를 보자 최감독도 한껏 들뜬 목소리로 외쳤다.

"레디, 액션!"

"나 진짜 그만둘까 봐…."

"무슨 소리야, 유지혜. 성진혁 그 또라이 새끼. 여자를 때려? 이거 완전 성폭력이야, 성폭력!"

비록 큰 역할은 아니었지만 카메라 안에서 여유 있게 움직이고 대사하는 모습을 보자 성하은이란 배우가 절대 아마추어가 아님을 알 수 있었다. 아니, 이미 충분히 훈련을 받은 배우였다. 수인은 저런 배우가 왜 여태까지 활동이 없었는지 의아할 정도였다.

"컷, 하은 씨. 수고했어요!"

최감독은 옆에 수인에게 미소를 지으며 말했다.

"잘하는데?"

"뭘요?"

"저 친구 말이야, 성하은. 아주 제법이야. 신인 같아 보이지는 않아."

역시 선수들 눈에는 선수가 보이는 법이다. 최감독 역시 성하은의 연기 실력에 감탄하고 있었다.

최감독과 인사를 나누고 차로 돌아오자 성일이 졸고 있다가 깼다.

"수고하셨습니다! 집으로 가실 건가요?"

그때였다. 성하은에게 전화가 걸려왔다. 어두운 목소리가 수화기 너머 들렸다.

"세트장 나와서 사거리에서 바로 우회전하면 커피숍 하나 있어요. 그쪽으로 오시래요."

"오시래요? 누가 또 있는 거야?"

성하은 대답도 않고 전화를 끊었다. 수인은 성일에게 성하은이 말한 커피숍으로 향하게 했다.

"너 저스트엔터테인먼트 들어본 적 있어?"

"아뇨, 한 번도 들어본 적 없는 회사에요."

"성하은 말이야, 아무 경력이 없던데. 이번 작품이 데뷔작이더라고. 뭐 아는 거 없어?"

"글쎄요, 저도 좀 이상하긴 했어요. 어떻게 캐스팅 됐는지…. 오디션을 봤다고 하는데 감독한테 대놓고 물어볼 수도 없잖아요."

큰 길에서 살짝 돌자, 덩그러니 커피숍 하나가 어울리지 않게 자리 잡고 있었다. 수인은 성일을 대기시키고 커피숍으로 들어갔다. 성하은은 눈에 보이지 않았다. 둘러보자 모자를 눌러쓴 남자가 손을 살짝 들었다. 수인은 그쪽으로 다가갔다.

"혹시…."

"얼굴 좋네, 하지석."

불길한 예감이 맞았다. 모자를 벗은 중년의 남성은 김석기 대표였다. 그는 태연하게 악수를 건넸지만 수인은 거절했다. 잠시 후, 성하은이 차를 가지고 두 사람 앞에 나타났다.

수인은 불쾌한 표정으로 성하은을 노려봤다.

"너 뭐야? 이 사람 끄나풀 역할이라도 한 거야?"

"말조심해. 끄나풀이라니?"

성하은은 갑자기 태도를 돌변해 차갑게 말했다. 김석기는 차를 마시며 코웃음을 쳤다. 그리고는 명함 한 장을 수인에게 건넸다.

"나 회사 새로 시작했어."

수인은 건네준 명함을 들어올려 살펴봤다. 저스트엔터테인먼트 대표 김석기라고 적혀 있었다.

"알다시피 니가 날 매장시키는 바람에 이 모양 이 꼴이 됐지 뭐야. 내가 준비한 작품도 JS가 가져가고, 에디가 준비한 역할도 하지석이 가져가고. 내 모든 걸 가져간 기분이 어때?"

"왜 새로 회사를 만들었지?"

"나를 소속 연예인 폭행이나 하는 개양아치 제작자로 만들어버렸으니 어쩔 수 있나. 신분을 숨기고 사는 수밖에."

김석기는 당황한 수인의 표정을 살피다 픽 웃었다.

"왜? 뭐 문제 있나? 난 이제 아무 힘도 없는 신생 기획사 대표일 뿐인데."

"장난치지 마. 당신이 돈도 안 되는데 일 벌릴 사람은 아니잖아."

김석기는 자세를 고쳐 앉고 몸을 앞으로 숙였다.

"왜? 또 관심 있어서?"

수인은 성하은은 가리키며 물었다.

"저 여자는 뭐야?"

"아, 하은이? 우리 저스트엔터 1호 아티스트지."

"저 여자를 우리 작품에 출연시킨 이유부터 말해봐."

"하하하하!"

김석기가 큰 소리로 웃었다.

"봤지, 하은아. 내 말이 맞지? 재는 널 진짜로 모른다니까!"

성하은은 말없이 고개를 끄덕였다. 수인에게 원망이 가득한 눈을 하고.

김석기는 재킷 주머니에서 사진 한 장을 꺼내 내밀었다.

"이게 뭐야?"

수인이 건성으로 물었다.

김석기는 기분 나쁜 웃음을 띠며 으르렁거렸다.

"너 누구야! 하지석 아니지?"

"그, 그게 무슨 소리야?"

김석기는 턱을 들어 사진을 가리켰다.

"이걸 봐!"

수인은 서둘러 사진을 확인했다. 김석기 앞에서 떨리는 손을 감추고 싶었지만 마음대로 되지 않았다.

"이, 이건…."

"왜? 네가 더 잘 아는 일 아닌가? 왜 이렇게 놀라!"

"그, 그게…."

수인은 자신도 모르게 목이 멨다. 사진 속에 지석이와 성하은은 웨딩 촬영으로 보이는 예복과 드레스를 입고 있었다.

"하지석, 너는 예전에 성하은과 결혼까지 약속한 사이야. 근데 네가 성하은을 몰라본다는 게 말이 돼?"

지석은 성하은을 보며 떨리는 목소리로 물었다.

"사실이야?"

성하은은 고개를 돌렸다.

“그걸 왜 하은이에게 묻나?”

분명 수인의 기억 속에 지석 주위로 성하은이란 여자는 없었다. 게다가 결혼까지 약속한 사이였다면 매니저인 수인이 몰랐을 리 없었다.

성하은은 젖은 눈동자로 김석기를 처음 만난 날을 회상하며 말했다.

“나도 처음엔 김대표님 말 믿지 않았어. 오빠가 날 몰라본다니, 말도 안 된다 생각했어. 근데 그날 오빠는 정말 날 알아보지 못했어. 왜 그런 거야? 이유를 듣고 싶어.”

수인이 대답도 하기 전에 김석기가 말을 끊었다.

“쓸데없는 질문하지 마. 너 진짜 누구야? 하지석의 쌍둥이 동생이라도 되는 거야? 아님 진짜 도플갱어라도 되나? 하지석 어디다 뒀어!”

“그만해! 당신이 지금 왜 이러는지 모르겠어. 나는….”

김석기는 수인에게 쐐기를 박았다.

“참 신기해. 외모가 똑같다 해도 원래 사람이 가지고 있는 느낌이나 에너지라는 게 있거든. 내가 하지석을 몇 년을 봐왔는데 모를 것 같아? 앉아 있는 자세며, 너의 눈빛, 하지석 특유의 목 기울임, 내가 알고 있는 하지석은 지금 하나도 없어.”

수인은 점점 떨리는 손을 숨기기 위해 재킷 앞주머니에 손을 넣었다.

“너 누구야! 날 처음에 어떻게 만났지? 아니, 우리가 몇 년도에 만난지는 알고 있나? 하지석도 아닌 새끼가 감히 날 가지고 놀아!”

김석기가 노려보며 소리쳤다. 수인은 재킷 속에 핸드폰을 꼭 움켜

쥐었다. 이 순간에 지석이의 전화라도 온다며 당장이라도 묻고 싶었다. 모든 걸 말해 달라고.

"사, 사고 때문에…."

수인은 마른침을 삼키며 다시 말했다.

"난 교통사고 때문에 단기 기억 상실증이 있어…."

김석기의 눈빛이 잘게 떨렸다.

"뭐?"

"교통사고 이후… 사람에 대해 잘 기억을 못해. 그 사람과 있었던 일도."

김석기는 말을 못 잇고 입술을 실룩이더니 급기야 웃음을 터트렸다.

"그 얘기를 나보고 믿으란 거야?"

"진짜야, 아니면 내가 어떻게 하은이를 기억하지 못할 수 있겠어?"

"당연하지. 넌 하지석이 아니니까!"

성하은은 충격을 받은 듯 눈물을 닦던 손을 멈추었다.

"사실이야, 오빠? 정말 사고 때문이야?"

"그날 이후 내 기억은 파편적이라 전부를 기억하기 힘들어. 의사가 시간을 갖고 기다리면 천천히 돌아올 수도 있대."

"야, 성하은. 너 얘한테 그렇게 당하고도 이런 사기꾼 새끼 말을 또 믿는 거야, 지금?"

김석기는 눈을 부라리며 소리쳤지만 성하은은 흔들리는 듯 보였다.

"이 자식이 기억한다고 해도 뭐가 달라지지? 정신 똑바로 차려. 이 자식이 그동안 너한테 해왔던 짓을!"

그제야 성하은은 눈을 가늘게 뜨고 말했다.

"우리가 병원에 가서 진료 기록 확인했을 때, 그런 기록은 없었어."

김석기가 다시 나섰다.

"하지석, 나는 이제부터 공식제보를 할 거야. 넌 하지석을 사칭한 사기꾼이라고. 어차피 우리에게 충분한 증거자료가 있어. 아, 넌 하지석이 아니니까 모르겠지. 우리가 뭘 준비했는지."

"말도 안 되는 소리하지 마. 내가 하지석이 아니면 누가 하지석이겠어? 지문. 혈액. 뭐? 다 해볼까?"

김석기는 천연덕스럽게 웃으며 성하은에게 물었다.

"어떡할까? 내가 얘기해?"

성하은이 고개를 끄덕였다.

"어차피 그런 건 상관없어. 하은이는 너와 교제 중 수차례 데이트 폭력을 당했어."

수인은 눈에 힘을 잔뜩 주었다.

"표정을 보아하니 역시 모르는 눈치군. 하은이는 촉망받는 연기자 지망생이었어. 최소한 널 만나기 전까지는. 너는 교제 중인 하은이에게 늘 옷차림, 화장, 행동 등을 지적했지. 그런 화장하지 마라. 짧은 치마 입지 마라. 폭언을 일삼고 하은이의 행동을 깎아내리며 모든 행동을 통제했지. 연예인이 되면 스캔들이 터질까 봐 하은이가 연기자의 길도 못 가게 막았고."

"거짓말하지 마. 그럴 리 없어."

수인의 말은 진심이었다. 지석이가 아무리 망나니였어도 여자에게 손찌검을 하거나 폭언을 하는 행동은 본 적이 없었다. 믿을 수 없는 일이었다.

"네가 정말 하지석이 아니라면 믿을 수 없겠지. 어찌됐건 우리는 수많은 증거가 있어. 네가 보낸 문자, 하은이가 당한 폭행 상처,

CCTV 영상… 원한다면 언제든지 보내주지. 네가 하지석이 아니어도 우리는 어차피 이 모든 사실을 공표할 거니까."

수인은 김석기가 아닌 성하은을 쳐다봤다. 지석에 대한 모든 기억을 다 꺼내보아도 절대 기억이 나지 않았다.

"왜? 여자 하나 때문에 이렇게 된 게 억울해?"

수인은 그제야 김석기 쪽으로 고개를 돌렸다. 그의 목적은 다른 곳에 있을 것이다. 수인은 포기했다는 표정으로 그의 의중을 떠보았다.

"다 같이 죽자는 거야?"

"포기해."

"뭘?"

"이지수를 포기해. 그러면 나랑 하은이 모두에게 사과가 되는 거니까."

"무슨 얘기지? 지수를 포기하라는 게."

"이지수를 드라마에서 자진 하차시켜. 넌 그것만 하면 돼."

수인의 표정이 갑자기 싸늘해졌다.

"못 하겠다면?"

"그렇게까지 머리가 안 돌아가나? 하지석 과거 여친의 폭로라! 여자에게 눈이 멀어 1인 기획사 설립. 이지수는 처음부터 하지석에게 접근한 꽃뱀. 이지수 때문에 버리고 간 옛 연인은 현재 같은 드라마에 출연 중…. 게다가 데이트 폭력까지! 이 정도면 역대급 아니야?"

수인은 아무 말도 하지 못했다. 김석기 말대로 성하은이 마음먹고 인터뷰에 나선다면 수인은 꼼짝없이 당할 수밖에 없었다. 수인은 처연히 고개를 들며 말했다.

"만약 지수가 하차하면 그 다음은 어떻게 되지?"

"그 다음은 네가 신경 쓸 필요 없어. 내가 알아서 하은이를 그 자리에 집어넣을 테니까. 넌 그냥 건강상의 이유든, 사고를 만들든 어떻게든 이지수를 설득해서 포기하게 해. 그게 그 친구도 상처 받지 않는 유일한 길이니까."

"어떻게 그 자리에 출연시킬 셈이지? 이미 촬영도 시작한데다가 성하은은 아직 무명의 신인인데."

김석기는 입꼬리를 길게 올리며 말했다.

"그건 네가 알 필요 없어. 어차피 하은이 연기 실력은 그 역할을 하더라도 아무 문제없어."

분명히 수인이 알지 못하는 세력이 아직도 김석기를 돕고 있는 게 분명했다. 애초부터 성하은이 캐스팅 된 이유도 같을 것이다.

"시간을 좀 줘. 나도 생각할 시간이 필요해."

수인은 자리에서 일어나며 말했다.

사무실에 모처럼 지수, 혜지와 함께 소파에 나란히 앉았다. 어느덧 시간이 흘러 드디어 지하세계의 첫 방송 날이었다.

"떨려?"

"아뇨, 완전 기대돼요. 첫 방이라 확실히 광고가 엄청 많이 붙었나 봐요."

혜지는 마치 놀이공원에라도 놀러온 소녀처럼 한껏 들뜬 표정으로 대답했다.

"그러게. 우리 여주인공은 어때?"

수인도 환한 미소를 지으며 지수에게 물었다. 지수는 아직도 긴장한 듯 보였다.

"잘 모르겠어요. 어떡해요, 이사님. 제가 작품 다 망쳤으면 어떡하죠?"

수인은 지수의 긴장을 풀어주기 위해 지갑에서 오만 원짜리 지폐 한 장을 꺼내 들었다.

"우리 시청률 내기할까? 난 7프로 오 만원 걸게."

혜지와 지수가 서로 눈치를 보다 혜지가 먼저 나섰다.

"음, 전 10프로에 만원!"

"지수는?"

지수는 수줍은 듯 만원을 꺼내 조그맣게 속삭였다.

"저는 15프로에 걸게요."

두 사람은 그런 지수를 보자마자 웃음을 터트렸다.

"언니, 뭐야. 완전 자신감 쩌네."

"선배님들이 워낙 빵빵하잖아. 이사님도 계시고…."

수인은 지수를 보자 마음이 무거워졌다. 정말 작품 하차를 얘기해야 할지 아직도 고민 중이었다.

"시작한다!"

드라마는 시작부터 이강헌의 멋진 액션으로 숨이 막힐 듯 빠르게 전개되었다. 곧 화면이 바뀌고 지수가 등장했다. 현장에서 본 것보다 더 보이시하고 세련된 모습의 여형사였다.

지수는 손톱을 씹으며 초조한 모습으로 화면을 바라봤다. 수인이 지수의 뺨을 때리는 신이 지나고 성일에게서 문자가 왔다.

'이사님, 분당 시청률 17프로입니다'

17퍼센트면 이미 첫 방부터 대박이나 다름없는 수치였다. TVC 드라마가 최근 들어 공중파와 맘먹는다고 하지만 케이블 수치로서는 이례적인 첫방 시청률이었다. 혜지는 곧바로 핸드폰을 켜 포털사이트에 접속했다.

"완전 대박. 언니, 언니가 지금 실검 1위야. 심지어 이강헌은 6위인데."

"진짜야?"

지수가 떨리는 목소리로 물었다. 기쁨보다 안도의 표정이었다. 수인도 곧바로 핸드폰으로 검색을 시작했다. 드라마가 아직 끝나지도 않았는데 급하게 올라온 지수의 기사가 가득했다.

-JS의 히로인 이지수. 첫방 부터 시청자 눈길 끌어

-지하세계 최고의 장면. 하지석 이지수 빰 때리는 신. 분당 시청률 17%

-넷플러스 동시 상영. 지하세계 신인배우 이지수 다크호스로 떠올라

관련 기사에 달린 댓글 수도 어마어마했다. 수인은 지수의 활약에 절로 미소가 올라갔다.

"언니 대박! 축하해."

드라마가 끝나자 혜지는 지수와 포옹하며 함께 자축했다. 지수는 이제야 긴장이 풀렸는지 안도의 한숨을 내쉬었다.

"다행이다…. 이사님, 저 다행인 거 맞죠?"

수인은 모처럼 보는 지수의 미소가 이토록 반가울 수가 없었다. 그때 수인의 핸드폰에 진동이 울렸다.

'이사님, 시청률 그대로 17프로로 끝났습니다. TVC 역대 시청률 1위랍니다!'

성일의 문자를 보자마자 수인은 그대로 핸드폰을 꽉 움켜쥐었다.

그토록 바라던 최고의 결과였다. 그 순간 기다렸다는 듯 핸드폰 진동이 다시 울렸다.

'재미 잘 봤겠지? 이제 약속을 지킬 시간이야.'

김석기 대표의 문자였다.

수인은 재빨리 화면을 끄고 주머니에 손을 넣어 떨리는 손을 감췄다.

"혜지야, 너 내일 홍식당 촬영 있지 않아?"

"네, 근데 내일은 촬영 아니고 베트남 출국이요. 어차피 점심 때 출발이라 시간 많은데."

"항상 미리 준비하는 습관 가지라 했지. 촬영 때 서둘러 하지 말고 미리 곡 선택하고 연습 좀 해."

"걱정 마세요. 다 끝내고 왔어요. 게다가 예능인데 무슨 연습? 첫 방 끝났으니까 우리 맛있는 거 먹으러 안 가요? 맛있는 거 사준다 해서 불러놓고…."

"네가 지금 그럴 때야? 요즘 방송에서 너 반응 좋다고 긴장 풀리면 안 돼. 요즘 예능 공항에서부터 촬영 들어가는 거 몰라? 부은 얼굴로 TV에 나가고 싶어?"

"치, 알겠어요. 저 갈래요. 갑자기 잔소리 폭풍."

혜지는 수인에게 섭섭한 표정을 지으면 사무실을 나섰다. 지수와 단 둘이 얘기하기 위해서는 어쩔 수 없는 선택이었다.

"잠깐 앉아봐."

수인이 맞은편 소파를 가리키며 지수를 불렀다.

"어때? 첫 드라마 방송된 기분이?"

"확실히 영화랑 드라마는 많이 다른 거 같아요. 보다 가까이 대중들한테 다가가는 느낌? 게다가 아직까지 TV에 나오는 제 얼굴이 너무 신기해요."

"힘들지는 않니?"

"스케줄이 좀 힘들긴 해도 이런 피곤함은 기분 좋아요."

행복감에 가득 찬 지수의 얼굴을 보니 차마 작품 하차에 대해서 얘기할 용기가 나지 않았다.

"지수야… 처음부터 연기력 논란이 있었잖아."

지수가 희미하게 웃었다. 수인은 그런 지수를 바라보며 말했다.

"이쯤에서 그만하는 게 어떨까…. 우리 말이야."

"뭘요?"

"이 작품."

지수는 고개를 갸웃하며 수인을 뚫어지게 쳐다봤다.

"무슨 말씀하시는지 잘 모르겠어요."

"알다시피 여러 논란이 있었잖아. 너의 연기력부터 우리 열애설까지…. 계속 진행하다가 너도 자신감이 떨어지고 작품 망하게 되면 다시 재기가 힘들 수도 있으니까."

"그래서 저보고 그만하라는 거예요?"

"서로에게 피해가 되지 않을까 싶어…. 제작진들도 그렇고 너도 그렇고. 회사 입장에서도 남들에게 폐를 끼칠 것 같으면 차라리 포기하는 게 낫지 않을까?"

지수의 어깨가 흠칫 떨렸다. 서러움을 억지로 참아내는 떨림이었다. 수인도 그런 지수를 보고 있자니 눈시울이 뜨겁게 떨렸다.

"제가 그렇게 못마땅하세요?"

"지수야… 그냥 한 번 묻는 거야."

"전 어떻게 이사님이 저한테 그런 말을 하실 수 있는지 모르겠네요. 이 작품 얼마나 힘겹게 준비했는지 누구보다 잘 아시잖아요. 근데 그런 저에게 포기하라니요?"

"혹시 네가 힘들까 봐 물어본 거야. 오해는 하지 마."

"아니요, 이사님. 저 더 잘할 수 있어요."

지수는 어느새 또렷한 눈으로 수인을 바라봤다. 수인에 대한 원망보다 신인배우로서 당연한 통과의례로 생각하고 마음을 다잡은 것 같았다.

수인은 그런 지수의 눈을 보자 이건 아닌 것 같다는 생각이 들었다.

"알겠어."

수인이 며칠째 대답이 없자 김석기는 성하은을 매일같이 촬영장에 내보냈다.

촬영이 있든 없든 성하은을 계속 수인 눈에 띄게 해 압박할 모양이었다. 그리고 그의 예상대로 수인은 촬영장에서 성하은을 볼 때마다 연기에 집중하기 어려웠다.

"하은 씨, 오늘도 나오셨네요?"

"네, 아직 신인이라 현장에 있어야 이것저것 공부가 많이 되더라고요."

"대단하세요! 하은 씨 같은 배우가 나중에 잘돼야 하는데. 요즘엔 개나 소나 다 주인공부터 하잖아요."

"정말요? 감사합니다."

특유의 사교성으로 성하은은 모든 스텝들과 잘 어울리면서 지냈다. 수인은 현장에서 이런 식의 대화가 들릴 때마다 계속 스트레스를 받고 있었다.

“지석 오빠, 요즘 피부가 왜 이래요? 원래 피부 좋기로 유명한 배우가.”

스타일리스트 말에 수인은 억지 미소를 지었다. 성하은 때문에 하루하루 피가 말라가는 기분을 누구에게도 말할 수 없었다.

“잠깐 얘기 좀 해!”

수인은 메이크업을 마친 뒤 바로 성하은을 데리고 사람이 없는 촬영장 구석으로 향했다.

여기서 끝내야 했다. 더 이상 끌어봤자 좋을 것이 없었다. 수인은 처음으로 하은에게 머리를 숙였다.

“미안해, 하은아. 내가 잘못했어.”

“뭘?”

“그냥 모든 게 다 미안하다. 잘못했어.”

“그러니까 뭘 잘못했냐고? 오빠 내가 이러는 이유를 정말 몰라서 그러는 거야?”

성하은의 차가운 말투에 수인은 다시 위축됐다. 하지만 여기서 이렇게 물러 날 수는 없었다.

“알아. 다 아는데, 김석기 대표 좀 막아줘. 네가 원하는 게 뭐야? 정말 돈이야? 아니면 진짜 연기자가 되고 싶으면 내가 도와줄게. 우리 회사랑 계약하자. 내가 위약금까….”

따악.

TV에서만 보던 뺨 맞는 소리가 수인의 귓가에 울렸다. 수인은 얼얼해진 뺨을 붙잡고 성하은을 바라봤다. 오히려 뺨을 맞은 사람처럼 그녀의 눈시울이 붉게 달아올랐다.

"나쁜 새끼."

"뭐?"

"네가 나한테 어떻게 이럴 수 있어? 진짜 내가 너한테 복수하고 싶어서 이런다고 생각해?"

정말 미치고 팔짝 뛸 노릇이었다. 무슨 일이 있었는지 알려달라고 무릎이라도 꿇고 싶은 심정이었다. 성하은은 그런 수인의 손을 뿌리쳤다.

"됐어. 처음엔 김석기 대표 편도, 오빠 편도 아니었는데. 이제 누구와 함께 가야 할지 확실히 알 것 같네."

성하은은 차가운 말 한마디를 남긴 채 돌아섰다. 저만치 멀어지는 성하은을 바라보면서 수인은 무심결에 혼잣말을 했다.

"하지석, 이 새끼야. 제발 좀 나타나라!"

"사진 찍지 마세요. 죄송합니다, 사진 찍지 마세요."

며칠째 성일은 현장 주변을 돌아다니며 사진촬영 금지를 외치고 다녔다. 계속된 지수와의 열애설에 묵묵부답으로 대응하자 한 연예 매체는 수인과 지수가 근접해 있거나 대화하는 걸 악의적으로 찍어 지수의 꽃뱀설을 유도하는 기사를 내보내고 있었다.

김석기 대표의 짓이 틀림없었다. 그가 매수한 현장 스텝이 계속해서 사진을 찍어 그에게 보내는 것 같았다. 그래서 자신과 지수를 찍지 못하도록 원천 봉쇄를 하는 중이었다.

"이지수 씨, 패션잡지 엘르비 송지나 편집장입니다."

"아, 네…."

"잠깐 인터뷰 가능하세요?"

"어떤 일로요? 예정에 없던 걸로 알고 있는데."

"이번 작품에서 지수 씨 보이시한 패션과 단발 헤어가 여자들한테 관심 받고 있잖아요. 스타일에 관해 짧게 인터뷰하고 싶은데. 저 지수 씨 보러 지금 남양주까지 왔거든요. 꼭 좀 부탁해요."

유명 패션잡지 에디터로 제법 얼굴이 알려진 그녀는 특유의 눈웃음을 지으며 부탁했다.

"그럼 패션에 관련해서만 짧게 하시는 거죠?"

"물론이죠."

지수는 송진아를 따라 근처 벤치로 이동했다.

"지수 씨, 일단 지금 입고 있는 의상, 메이크업 너무 좋으니 그대로 사진 촬영 먼저 해도 될까요?"

"네, 괜찮아요."

사진 촬영을 마치자 송진아는 곧바로 질문을 했다.

"지수 씨, 이번 작품에서 그동안 보여주지 못했던 가죽재킷, 슬렉스 같은 편안한 복장으로 스타일링 하셨는데 호응이 좋아요. 특별한 본인만의 스타일링 팁이 있나요?"

"아무래도 활동성이 강한 직업이다 보니 평소보다 옷을 좀 크게 입는 것 같아요. 그 모습이 자연스럽게 보이지 않았나 싶네요."

"아무래도 요즘 오버핏이 인기니까요? 그죠?"

"네, 그런가 봐요."

송진아는 인터뷰가 무난하게 잘 끝나자 지수에게 마지막 사진 촬영을 요구했다.

"지수 씨, 그럼 마지막으로 웃는 모습 한 장만 더 찍을게요."

"네. 잠시만요. 날씨가 이제 제법 덥네요."

지수는 아까와 다른 이미지를 위해 가죽재킷을 벗고 하얀 반팔 티셔츠만 입은 채 마지막 사진촬영을 끝냈다.

"네, 지수 씨. 오늘 인터뷰 감사합니다. 잘 편집해서 내보내도록 할게요."

서둘러 현장으로 복귀하니 성일이 지수를 바로 찾았다.

"지수 씨, 어디 갔다 왔어요? 한참 찾았네."

"잠깐 바람 쐬고 왔어요."

"진짜? 어디 좋은 데 갔다 왔나 보네. 모처럼 얼굴이 피었네요."

"참, 오빠한테는 그냥 얘기해도 되겠죠? 저 엘르비 잡지 인터뷰 하고 왔어요. 저 예전부터 그 잡지에 실리는 거 꿈이었거든요."

"엘르비 인터뷰요? 근데 혹시 제가 모르는 스케줄인 거예요?"

성일이 무미건조하게 물었다.

"아, 원래 잡혀 있는 스케줄은 아닌데, 그냥 즉석에서 인터뷰 하자 해서…. 짧게. 아주 짧게! 했어요."

"작품 관련 인터뷰였나요?"

"아뇨, 그냥 패션 관련."

"패션이라…."

말끝을 흐린 성일은 눈이 가늘어졌다. 그리고는 곧바로 지수의 티셔츠를 살짝 집었다.

"혹시 이 옷 입고 인터뷰 했나요?"

"네, 마지막 사진은… 아참!"

그제야 당황한 지수 얼굴을 보자 성일은 미간을 좁히며 고개를 저었다.

"진짜 제정신이에요? 그거 페미니스트 지지 문구 있는 옷이잖아요!"

"그래서 지금 뭐하자는 거야!"

수인은 처음으로 사무실에서 큰소리를 냈다. 그 호통은 지수를 관리하지 못한 성일에게 향했다. 지수의 경솔한 인터뷰 하나로 JS는 지금 쑥대밭이 될 위기에 처해 있었다.

"코드 다 뽑고 전화 받지 마."

성일이 전화코드를 다 뽑아내자 사무실에는 무거운 침묵만이 돌았다.

"죄송합니다…."

지수는 복받쳐 오르는 감정을 눌러 삼키며 대답했다.

지수가 입은 티셔츠는 'GIRLS CAN DO ANYTHING' 문구가 적힌 옷으로 극 중 유지혜 형사가 남성 중심의 강력반에서 자신을 무시하는 선배 형사들에게 보여주기 위해 입는 옷이었다.

JS에서는 작품의상이었다고 급하게 해명했지만 극성팬들의 비난은 계속되었다. 일부 남성 팬들은 '이지수가 페미니스트가 됐다'며 지수의 사진을 훼손해 SNS에 올리는 등 도를 넘은 협박과 비난을 쏟아냈다.

-미친. 저 옷 입고 옷 갈아입는 걸 깜빡했다는 게 말이 됨?

-지하세계 이제 절대 안 본다. 이지수 재수 없어.

-이지수 남자 팬 떨어지겠네.

오연희가 핸드폰으로 지수에게 쏟아지는 악플을 보며 시큰둥하게 말했다.

"이게 지금 그렇게 화낼 만일이에요?"

수인은 지수의 행동을 본보기로 삼기 위해 혜지와 오연희, 모두 사무실로 불렀다.

"그럼 이게 웃을 만한 일이야? 액션 장르 드라마에서 남성 팬들 떨어져 나가며 어쩔 건데? 지금 남자들이 이지수 하차하라고 더 난리야."

"그럼 그냥 보지 말라 그래요. 지금 세상이 어느 땐데, 그까짓 티셔츠 하나 입었다고 난리야. 게다가 작품의상이라고 말했다며! 아무튼 대한민국 여자 연예인만 물고 늘어지는 건 알아줘야 된다니까."

오연희 말이 맞았다. 수인은 매니저 생활을 하면서 대중들이 여자 연예인에게 더 엄격하다는 사실을 누구보다 잘 알았다. 익숙한 관념의 틀 안에서 여자 연예인은 섹시하거나 청순해야 한다. 이 틀 안에서 벗어나면 공격의 대상이 되는 경우가 많았다.

지수는 작품에 유일한 홍일점으로서 남자 팬들에게 많은 환상을 심어준 상태였다. 근데 그런 지수가 이런 문구가 적힌 티셔츠를 입었으니 남자 팬들을 자극했을 게 분명했다.

"당분간 SNS 비공개로 하고 그 어떤 입장 표명하지 마. 이지수, 네가 비난 받을 이유는 없다는 거 나도 알아. 하지만 괜히 일을 키우지는 마."

지수는 눈물을 글썽이며 고개를 끄덕였다. 이런 상황이 못마땅한 오연희는 짜증을 냈다.

"울지 마. 너 요즘 연기도 잘하고 예쁜데 뭐가 그렇게 서럽니? 다들 네가 잘 나가니까 배 아파서 그러는 거라고. 원래 이 나라 사람들이 남이 잘 되는 꼴을 못 본다니까!"

저게 위로인지 꼬장인지는 잘 모르겠으나 어색해진 분위기를 조금이나마 돌리는 데는 효과가 있었다. 고개를 끄덕이는 지수의 표정이 조금은 풀렸다. 조금씩 안정되어 가나 싶을 때, 성일이 급하게 말을 꺼냈다.

"이사님, 내일 한 남초 커뮤니티 사이트에서 촬영장으로 시위하러 온답니다."

"이지수는 하차하라! 하차하라! 하차하라!"

다음날 바닷가 신 촬영이 있는 속초에 정말 열댓 명의 남자들이 지수의 작품 하차를 외치며 시위하고 있었다.

"쯧쯧, 저 미친놈들. 진짜 저거 하려고 여기 동해 바다까지 온 거야? 저렇게 할 일들이 없나?"

촬영에 방해가 되지만 그들을 강제로 내쫓을 수는 없었다. 최혁 감독은 짜증스런 목소리로 수인에게 말했다.

"그나저나 어떡할 거야? 괜찮겠어?"

"시간 지나면 잠잠해지겠죠."

한참을 생각에 잠긴 최혁 감독은 마침내 선글라스를 벗더니 수인을 바라봤다.

"이렇게 가다가는 정말 어떻게 될지 모르겠어."

"감독님…."

"알다시피 요즘 방송가 분위기 알잖아. 시청자들 항의 계속 올라오면 우리도 손 쓸 방법이 없다는 거."

"네, 금방 지나갈 겁니다."

"지석 씨가 뭐라도 손 써야 되는 거 아니야? 이렇게 보고만 있을 거야?"

최감독은 촬영 준비 중인 지수를 안타까운 눈빛으로 쳐다봤다.

"에휴, 진짜 자진하차하는 거 아니겠지? 더 논란이 커지기 전에 보통 그렇게 하면 피해는 최소화하겠지만."

"감독님이 좀 도와주실 수 있을까요?"

"내가? 요즘 드라마 연출이 무슨 힘이 있어? 작품 의상이라고 이미 해명도 했는데 굳이…."

감독은 수인이 부탁하자 가당치도 않다는 듯 말끝을 흐리며 눈을 피했다. 얼른 등을 돌려 다시 카메라 쪽으로 걸어갔다.

"자자, 준비 다 됐으면 시작합시다."

수인은 최혁 감독의 뒷모습을 보며 쓴웃음을 지었다. 지수가 하차할 수도 있다는 생각을 하니 머릿속은 더없이 혼란스러워졌다. 그때였다. 김석기 대표한테서 전화가 왔다.

"여보세요?"

"나 지금 속초 가는 길이야."

"당신이 여길 무슨 일로 와!"

"됐고. 이따 저녁에 잠깐 얘기 좀하지. 영진해변 빨간 등대 앞이야. 아홉 시까지 그쪽으로 와."

수인은 전화를 끊고 다시 한 번 깊은 한숨을 내쉬었다.

"잠깐만 여기서 기다려."

수인은 벤에서 내려 빨간 등대 쪽으로 향했다. 항구 구석에서 검은 세단이 라이트로 수인을 비추었다. 수인이 다가가 차문을 열고 앉자 김석기가 입을 열었다.

"잘됐어. 이러면 너도 한결 부담이 덜하겠지?"

"무슨 말이야?"

"이지수 말이야. 포기해. 너도 이러면 손 안 대고 코푸는 격 아닌가? 빨리 하차시켜."

"싫다면?"

"이거 왜 이래? 그게 여태 네가 살아온 방식 아닌가? 달면 삼키고 쓰면 뱉고. 나도 그렇고. 하은이, 예전 아우라 장대표, 게다가 죽은 네 매니저까지!"

"뭐!"

"그게 너야, 하지석. 이 양아치 새끼. 이쯤에서 빨리 끝내. 이쯤이면 이지수도 잠시 쉬고 복귀할 수 있어. 너 역시 살 수 있고."

"나랑 거래할 생각이라면 오산이야. 내가 다 알아서 해."

"알아서 한다고? 뭘?"

"꺼져. 앞으로 내 근처에 얼씬도 하지 마!"

수인을 차문을 열고 나가려는 순간.

"내일 하은이 인터뷰 잡혔어!"

김석기가 수인을 노려보며 싸늘하게 말했다. 수인은 다시 문을 닫고 의자에 몸을 묻었다.

"내일 여기 속초에서 모든 걸 다 불어버리겠어. 그동안 하지석이 성하은에게 지속적으로 저지른 데이트 폭력. 그리고 한 여자의 삶까지 망쳐버린 너의 모든 만행을. 이지수와 너 둘 다 연기자 생활은 끝나게 될 거야."

"…."

JS엔터테인먼트. 아직 원래 주인인 지석이에게 보여주지도 못한 회사다. 언젠가 지석이가 돌아온다면 꼭 멋진 회사로 돌려주고 싶었다. 수인은 자신의 연기자 생활이 끝나더라도 JS와 이지수는 지키고 싶었다.

"크크크, 하지석. 속초는 너에게 뜻 깊은 곳 아니야? 예전에도 여기서 촬영하고 돌아오는 길에 사고 났잖아. 그때 불쌍한 네 매니저도 죽었고! 잘됐네. 여기서 또 한 번 좋은 추억도 만들고 말이야."

"이 새끼!"

"내 말대로 해. 아주 쉬운 방법을 가르쳐줬잖아. 내일 오전까지야. 내일 오전 중으로 이지수가 자진하차 안 한다면 오후에 하은이 인터뷰 진행하겠어."

수인은 결국 조용히 차에서 내렸다. 더 이상 손쓸 도리가 없었다.

"지수 씨도 고생 참 많네요. 이 늦은 시간까지."

차 안의 적막한 공기를 깨고 성일이 입을 열었다.

열두 시간째 이어지는 촬영에도 지수는 피곤한 기색 없이 촬영에 임했다.

"그러고 보면 연예인도 참 힘든 직업이에요. 지금 밖에서 다들 지수 씨 가지고 난리인데 저렇게 사람들 앞에서 웃어야 되다니."

성일의 푸념을 들으며 수인은 창문 밖 지수의 모습을 하염없이 바라봤다. 지수만 설득시킨다면 모든 해결이 가능했다. 김석기 말대로 하지석도 살고, 이지수도 잠깐의 공백기만 가진다면 충분히 복귀가 가능했다.

수인은 절레절레 고개를 저었다. 자신의 배우였다. 처음으로 자신을 믿어주고 JS라는 회사와 첫 시작을 함께 한 하수인의 첫 배우였다. 그런 배우를 궁지에 몰아넣고 자신은 살려는 파렴치한 생각을 하고 있었다. 수치스러웠다.

"엇, 끝났나 보다. 추울 텐데 차로 데리고 올게요."

성일이 차에서 내렸다. 수인은 지수가 오면 어떤 대화를 나눠야 할까 고민하는데 어디론가 가고 있는 성하은의 모습을 발견했다.

성하은을 따라간 수인의 시선이 드디어 한곳에 멈추었다.

김석기 차가 구석에 주차되어 있었다. 성하은은 자연스레 차에 탔고, 이내 시동이 걸리더니 어디론가 출발했다.

수인은 뭐에 홀린 듯 서둘러 운전석으로 자리를 옮기고 덜덜 떨리는 손으로 핸들을 잡았다. 벌겋게 충혈된 수인의 눈동자는 앞에 가는 김석기 대표의 차를 쫓았다.

내가 해결해야 한다. 내가 이지수를 지켜야 한다! 수인의 머릿속에는 그 생각 하나뿐이었다. 김석기를 죽여서라도 지수를 지켜야 한다고 생각했다.

"엇! 이사님. 잠시만요!"

갑자기 급출발하려는 차 앞을 성일이 가로막았다. 수인이 차를 잠시 멈추자 성일은 재빨리 뒷좌석에 탑승했다.

"이사님, 갑자기 어디 가세요? 이제 지수 씨 막 타려고 했는데…."

부우웅.

수인은 성일의 말이 끝나기도 전에 가속 페달을 밟으며 김석기를 뒤쫓았다. 저 둘만 없어진다며 지수도, JS도, 하지석도 지킬 수 있었다. 한참을 쫓아가던 차량은 굽어진 산골짜기 국도로 진입했다. 가로등 하나 없는 어두운 도로였다. 앞서가던 김석기 차량 뒷좌석에 단발머리를 한 여자 한 명이 헤드라이트 불빛에 언뜻언뜻 보였다. 분명히 성하은이 앞좌석에 탄 것을 두 눈으로 확인했었다. 그렇다면 또 한명의 사람이 저 차에 타고 있는 것이 분명했다.

"이사님, 여기 커브길이라 속도 좀 줄이셔야 돼요. 도대체 저 차는 왜 쫓아가는 거예요?"

성일의 말을 들은 다음에야 수인은 계기판을 쳐다봤다. 이미 100 킬로미터가 넘는 속도였다. 그때 수인의 머리에 짧은 찰나 희미한 기억이 지나갔다. 분명히 예전 지석이와 사고가 났던 그 도로였다. 고라니였는지, 사람이었는지, 무언가 희미한 물체에 놀라 전복이 됐던 그 도로.

그때였다.

앞서가던 김석기 차량이 뭐에 놀랐는지 핸들을 급하게 꺾으며 급정거를 했다.

"안 돼!"

끼이이익, 콰앙!

뒤늦게 발견한 수인은 급브레이크를 밟았지만 그대로 김석기 차량과 충돌했다.

8
또 다른 시작

"정신이 드세요?"

"음…."

짧은 신음소리가 귓가에 들리는 걸 보니 아직도 목숨은 붙어 있는 것 같았다. 어디인지는 모르겠지만 창문 밖 우거진 나무 사이로 쏟아지는 햇살이 제법 따가웠다.

"오빠, 저예요. 지수."

지수? 수인은 그제야 정신이 천천히 들었다. 눈부신 햇살 사이로 찡그리며 눈을 뜨자 정말로 짧은 단발머리에 깔끔한 정장을 입은 지수가 서 있었다.

"촬영은?"

"오빠가 지금 촬영 걱정할 때예요? 걱정 말아요."

"왜? 정말 너 하차한 거야?"

"하차는 무슨. 그런 걱정하지 말고 오빠 몸이나 잘 추슬러요."

다행이었다. 근데 왜 자꾸 지수가 오빠라고 하는 걸까. 설마 내가 다친 사이에 회사라도 옮긴 걸까. 김석기가 수작 부린 걸 알았다면 지수 입장에서 충분히 그럴 수도 있었다.

"정말 걱정 많이 했어요. 오빠 중상이었거든요. 요추, 대퇴부 쪽 다 심한 골절상이래요."

수인은 그래도 목숨이 붙어 있는 것만으로도 다행으로 생각했다. 사고 당시 엄청난 속도로 충돌했던 일이 똑똑히 기억났다. 수인은 지끈대는 이마를 누르며 말했다.

"참! 성일이는? 성일이 어떻게 됐어?"

지수가 갑자기 어리둥절한 표정으로 물었다.

"네?"

"성일이 말이야. 많이 다쳤어?"

"오빠…."

지수가 안타까운 눈으로 바라보더니 수인의 이마를 만졌다. 그리고는 눈 위로 손을 흔들어 보였다. 지수는 슬픈 눈으로 수인의 눈을 쳐다봤다.

"오빠, 정신 돌아온 것 맞죠?"

"멀쩡해."

"저랑 장난치는 것도 아니고요?"

"너야말로 지금 뭐하는 거야! 그리고 너 자꾸 오빠, 오빠 하는데 왜 그래? 너야말로 지금 나랑 장난해?"

수인이 짜증을 내자 지수가 갑자기 피식 웃었다.

"오빠, 그동안 나랑 말 트고 지내고 싶었어요? 전 괜찮아요. 반말해도. 더 친해진 것 같고 좋아요."

수인은 몸을 일으키려 했다. 하지만 예상치도 못한 통증에 허리가 욱신거렸다.

"아아!"

"괜찮아요? 성일 오빠!"

"으…."

"성일 오빠, 의사 선생님 부를게요."

수인은 일어나 나가려는 지수의 손목을 잡았다. 지수가 깜짝 놀라 돌아봤다.

"너 지금 뭐라 그랬어?"

"오빠 진짜 괜찮은 거 맞아요? 진짜 머리라도 다친 거 아니에요? 어떡해."

"거, 거울 좀…."

수인은 지수가 건네준 거울로 천천히 얼굴을 살펴봤다. 짙은 눈썹. 우락부락한 눈매. 얼굴에 덥수룩하게 난 수염까지, 정말로 성일이의 얼굴이 맞았다.

수인은 곧바로 두 손으로 자신의 몸을 더듬더듬 만져보았다. 두툼한 뱃살. 확실히 짧아진 다리. 정말이다. 정말 성일이의 모습으로 변해 있었다.

병실 안을 살펴보았다. 병실에는 지수 말고 아무도 없었다. 수인은 떨리는 목소리로 물었다.

"지석이는? 하지석은?"

"아, 이사님이요? 이사님도 괜찮으세요."

"어디 있어?"

"오빤 지금 중환자실이고, 이사님은 일반 병실에…."

수인이 몸을 일으키려 하자 통증이 온몸에서 느껴졌다. 수인은 지수에게 부탁했다.

"지석이도 의식은 있는 거야? 혹시 이쪽으로 올 수 있어?"

"네, 이사님은 오빠처럼 중상은 아니에요. 움직일 수도 있고요. 불러 드릴까요?"

"그래…."

"근데 오빠, 아까부터 저한테 반말하는 건 정말 괜찮은데 이사님 보고도 지석이라고 하고…. 정말 괜찮은 거 맞죠? 아님 의사 선생님 먼저 불러 드릴까요?"

"아냐, 정말로 괜찮아. 지석이 혼자만 들어올 수 있게 해줘."

병실 안에 남겨진 잠깐의 시간이 수인에게는 너무나 길게 느껴졌다. 매니저였던 성일의 몸으로 다시 들어오고 말았다. 그럼 지석이는 어떻게 된 걸까.

수인이 혼란스러운 생각에 가득 차 있을 때 병실 문이 열렸다. 병실 안으로 들어온 남자는 분명 하지석이었다. 그리고 뒤따라온 익숙한 실루엣의 여성이 보였다. 성하은이었다.

두 사람은 천천히 다가와 수인 곁에 앉았다. 아직까지 멍하니 하지석의 얼굴을 쳐다보고 있는 수인에게 성하은이 먼저 물었다.

"몸은 좀 어떠세요? 괜히 저희 때문에…."

성하은은 수인의 손을 잡으며 울먹였다. 저희 때문에? 도대체 이 여자가 왜 지석이와 함께 있는지 아직도 이해되지 않았다.

수인은 그저 하지석의 얼굴만 똑바로 바라봤다. 이제는 자신이 하지석이 아니라는 사실이 신기하고 놀라울 뿐이었다. 수인의 눈빛을 읽었는지 하지석이 성하은에게 말했다.

"잠시 자리 좀 비워줄래? 둘이 할 얘기가 있어."

"알겠어요. 정말 괜찮으신 거 맞겠죠?"

하지석이 고개를 끄덕이자 성하은이 병실을 나갔다.

둘만 남게 되자 하지석은 화창한 날씨가 무심하게 느껴졌는지 창문에 있는 블라인드를 살짝 내렸다. 그제야 하지석의 얼굴이 더 선명하게 보였다. 분명히 하지석이 맞았다.

"제 매니저 김성일 씨 맞으시죠?"

하지석이 조심스럽게 먼저 물었다. 수인은 어떻게 대답해야 망설이다 결심한 듯 입을 열었다.

"진짜 지석이 맞니?"

"무슨 말씀이신지… 제 매니저라고 들었는데."

"그래, 네 매니저 하수인이다! 진짜 하지석 맞냐고?"

지석이의 눈 밑이 파르르 떨렸다. 가늘게 떨리는 입술을 깨문 채 그는 수인의 손을 잡았다.

"수인이 맞구나. 나 원래 내 모습으로 돌아왔어."

"하지석…."

수인은 북받치는 감정에 끝까지 말을 잇지 못했다. 지석은 그런 수인을 보고 환한 미소를 지었다.

"난 왠지 너일 거라 생각했어."

"왜?"

"넌 돌아갈 곳이 없잖아."

그런가. 나는 더 이상 갈 곳이 없는 건가. 지석이의 말에 수인은 갑자기 씁쓸한 생각이 들었다.

"일단 네가 의식이 없는 동안 몇 가지 문제를 해결했어."
"뭘?"
"놀라지 마. 김석기 대표는 그날 죽었어."
"뭐?"
"기억날지 모르겠지만 핸들을 꺾어 옆으로 틀어진 차 운전석 쪽을 그대로 네가 들이박았어."
수인은 끔찍했던 사고 기억을 되새기듯 힘주어 눈을 감았다 떴다. 그날 충돌 직전 자신의 눈앞에 보였던 김석기의 얼굴이 똑똑히 기억났다.
"죄책감 갖지 마. 네 잘못이 아니야. 너에겐 그 어떤 과실도 없었어."
"그날 김석기가 갑자기 그렇게 차를 멈춘 이유는?"
"하은이 말로는 갑자기 앞에 정체불명의 무언가 나타났대. 고라니일 수도 있고…."
첫 사고 때와 똑같은 현상이었다. 그때도 분명 나타났던 희미한 형체. 웜홀 현상인 건가. 같은 장소에서 또 똑같은 일이 벌어졌다.
"내가 얼마 만에 눈을 뜬 거지?"
"2주."
"내 촬영은?"
"하하, 자연스럽네. 이제 촬영 걱정부터 하다니. 배우 다 됐어."
"그런가?"
수인은 허탈한 웃음을 지었다. 이제는 더 이상 수인의 촬영이 아니었다. 앞으로 더 이상 연기 할 일도, 카메라 앞에 설 일도 없을 게 분명했다.
"나도 치료 받느라 2회 분량 정도는 내가 등장하지 않는 쪽으로 수정했나 봐. 난 이제 다 나왔으니 곧 촬영 들어가. 그리고…."

하지석은 한참 동안 말을 잇지 못하다 조심스럽게 말했다.

"성하은 말이야…."

"설마 너…."

수인은 마른 침을 삼키며 물었다.

"하은이한테 얘기 다 들었다. 나 때문에 네가 고생이 많았겠더라. 어디까지 아는지 모르겠지만 나 하은이하고 내연의 관계였어. 그땐 나도 모르게 자꾸 그 친구한테 집착을 했고, 그 친구가 연예계에 발을 들이는 게 너무 싫었거든. 그래서 그 당시엔 그렇게 된 거야."

"이 새끼야! 내가 그것 때문에 얼마나 고생했는지 알아! 내가 여자나 때리는 파렴치한 놈이라니. 나 하수인은 항상 젠틀남이었다고."

긴장감이 풀리자 수인은 자신도 모르게 웃음이 났다. 이제 모든 것이 끝났다. 저 자리에 집착할 이유도, 저 멋진 외모도, 원래 주인에게 돌아간 것이다.

수인은 왠지 모를 안도감에 자신 앞에 앉은 지석이 너무도 반가웠다. 지석은 나지막한 목소리로 진심을 다해 수인에게 사과했다.

"하은이한테 모든 용서를 구했고… 진심으로 사과했어. 너한테도 미안하고…. 나 진짜 반성 많이 했다. 그리고…."

"그리고 또 뭐!"

"그 친구 이제는 도와주고 싶어. 진짜 연기자가 될 수 있게. 네 도움이 필요해."

그때였다. 수인은 불현듯 한 가지 생각이 머릿속을 스쳐 지나갔다. 그날 사고 직전 뒷좌석에 앉아 있던 단발머리 여성의 정체. 수인은 서둘러 지석을 바라봤다.

"지석아. 혹시 그날 사고 현장에 우리 말고 다른 사람은 없었어?"

"응? 우리 말고? 누구?"

"그러니까 김석기와 성하은 말고 그 차량에 누구 또 없었냐고?"

"응. 우리 네 명 외에 다른 피해자는 없었어."

"확실해?"

"뭔 소리야. 그렇게 큰 사고였는데. 누가 또 있어."

"그래?"

수인은 지석의 말에 한편으론 안도했다. 아무래도 너무 어두운 도로여서 성하은의 뒷모습과 착각한 듯싶었다.

"그나저나 도와달라는 부탁 대답 안 할 거야?"

어느새 진지한 표정으로 변한 하지석이 딱딱하게 되물었다. 수인은 이제 더 이상 누군가에게 도움을 줄 수 있는 그런 존재가 아니라는 생각이 들었다.

"내가 이제 무슨 도움을 줄 수 있겠어."

"일단 너는 빨리 완쾌하는데 집중해. 이제부터 모든 일은 내가 잘 마무리할게. 일단 지수와 나는 드라마에 집중할 테니까. 그리고 네가 복귀하게 되면…."

"왜? 복귀하면 매니저 필요하냐?"

수인이 쓴웃음을 지으며 물었다. 어쩌면 다시 지석이의 매니저를 하는 일도 그리 나쁘지는 않았다. 이제는 너와 나 정말 내 배우와 내 매니저라고 생각하니까. 지석은 수인의 질문에 미소를 지으며 곧장 대답했다.

"하수인, 네가 JS의 대표가 되어줄래?"

"뭐?"

석 달 후.

"어, 연희 씨는 12월 28일 SBC 목동사옥이라고? 알겠어."

"혜지는 의상 무조건 밝은 느낌으로 맞춰줘. 시상식이라고 괜히 어른스러운 옷 입히지 말고."

"하은이는 참석에 의의를 두자고. 걱정하지 마. 자기가 알아서 잘 할 거니까."

지수와 TVC 방송국으로 가는 중 JS 각 담당 매니저들로부터 쉴 새 없이 전화보고가 이어졌다. 연말이라 시상식 및 행사참석 섭외가 대부분이었다. 드라마 '지하세계'는 시청률 25퍼센트를 돌파하며 케이블 드라마 역대 시청률 기록을 갈아치웠다. 게다가 엄청난 조회수를 기록한 클립영상과 도서, 웹툰 등 수많은 콘텐츠를 파생시키며 올해 최고의 화제 드라마로 우뚝 섰다.

"오빠."

"왜 불러? 바빠."

지수가 부르는데도 수인은 짜증 섞인 대답을 했다. 스케줄 다이어리에 일일이 체크하지 않으면 이제는 관리하기가 어려웠다. 수인은 JS 소속 연예인들의 모든 연말 스케줄을 정리하고 있었다.

"오빠. 오빠. 오빠."

"왜? 너 내가 그리고 오빠라고 부리지 말랬지? 그것도 세 번씩이나."

"아참, 제가 실수했네요. 김대표님, 호호."

"자꾸 까불 거야?"

"좋으니까 그러죠. 그나저나 오빠 제 드레스 뭐가 좋을까요?"

"무조건 화이트!"

"화이트? 겨울인데 좀 그렇지 않아?"

"무슨 소리야. 시상식은 무조건 여신 컨셉이야. 잔말 말고 내 말 들어."

"그런가? 알겠어요. 오빠 말 들어서 나쁠 거야 없겠지."

이미 시상식 메이크업을 마친 지수 얼굴을 보니 진짜 여신 같았다. 지수는 신인임에도 이례적으로 신인상이 아닌 여우주연상 후보에 올랐다. 내색은 안 해도 얼마나 설렜는지 긴장을 풀고자 계속 수인에게 장난을 쳤다.

"그나저나 오빠 요즘 인터뷰 엄청 하고 다니던데? 최연소 엔터테인먼트 대표 김성일. 그가 말하는 JS의 성공전략."

지수가 핸드폰 화면을 보이며 수인을 놀렸다.

"회사 홍보 차원이지. 내가 나 좋자고 이러겠냐. 우리 연기자들 위해서 다 하는 거지 뭐."

"뭐래, 완전 풀 메이크업 하고 사진 찍어놓고서."

"야!"

"왜요!"

"너 오늘 수상소감 준비했어?"

"아뇨, 내가 될 리가 있어요? 차라리 신인상이나 주지. 신인상은 평생 한 번밖에 못 받는 건데."

"다 이유가 있겠지. 나는 그렇게 생각한다. 신인상 빼고 널 여우주연상에 올린 건 다 이유가 있지 않겠냐."

"오빠 그럼…."

지수가 눈을 초롱초롱하게 빛내며 물었다.

"지하세계의 이지수!"

"말도 안 돼."

지수는 정말 감격에 찬 표정으로 입을 틀어막고 침을 꼴깍 삼켰다.

수인도 이런 지수의 모습을 보는 게 즐거웠다. 그래서 대표가 된 후로도 지수 일만큼은 본인이 직접 보고 있었다.

"그리고 무대 위에 올라가면 쓸데없이 장황하게 얘기하지 말고. 수상소감은 짧고 간결하게 해. 팬 여러분 감사합니다. 그리고 사랑하는 김성일 대표님. 정말 감사합니다. 느낌 있게!"

"치, 무슨 느낌? 완전 자기 위주구만."

"왜, 긴장되냐?"

지수가 고개를 크게 저었다.

"근데 하지석 선배님은요? 선배님도 대상 후보에 올라갔잖아요."

"지석 선배는 바로 영화 들어갔잖아. 오늘 영화 촬영 잡혀서 불참."

"진짜요?"

"그럼 만약에 타게 되면 누가 나가요?"

"어?"

생각지 못한 문제였다. 혹시나 쟁쟁한 후보들 사이에서 지석이가 대상을 타리라고는 상상조차 못했다. 지석이는 자신의 몸으로 복귀 후 엄청난 연기력을 선보였다. 그동안의 한풀이를 하듯 카리스마 넘치는 형사 역할부터, 어려운 좀비 연기까지.

시청자들은 그동안 기대했던 하지석의 잘생긴 외모가 아닌 그의 진심이 담긴 연기를 보고 큰 감동을 받았다. 생각해보니 좀비 연기까지 한 지석이의 수상도 큰 무리는 아니었다.

"대표님이 나가야 되는 거 아니에요?"

"내가? 말도 안 되는 소리 하지 마."

"맞잖아요, 보통 제작자나 대표가 받던데…."

"너 있잖아. 그래, 지수가 받으면 되겠네. 같은 작품 배우니까."

"그럴까요? 청심환 두 개 먹어야겠네. 후…."

시상식이 한창 진행되고 있었다.

수인은 무대 뒤편에서 배우들 자리만 쳐다봤다. 연예인 보는 데 이제 신물이 날정도로 익숙해졌지만 처음 참여해보는 시상식은 분위기가 많이 달랐다.

무대 위에는 여배우들의 로망이자 전년도 여우주연상 수상자인 김혜주 배우가 서 있었다. 그녀도 잔뜩 긴장한 표정으로 손에 들린 큐시트를 읽었다.

"올 한해 TVC 드라마를 빛냈던 여우주연상 후보들의 영상이었습니다. 올해는 누가 과연 최고의 여배우 자리에 오르게 될까요? 그럼 발표하겠습니다."

익숙한 BGM이 흘러나오고 잠깐 긴장되는 시간이 흘렀다. 수인은 얼른 고개를 돌려 지수를 쳐다보았다. 생각보다 편안한 얼굴이었다. 정말로 자신의 이름이 호명되길 바라는 걸까. 지수는 자신의 입술을 살짝 깨물고 있었다.

"아, 정말 놀라운 결과네요. 그녀의 첫 드라마이자 첫 주연이었죠. 축하드립니다. 지하세계 이지수 양."

김혜주의 목소리가 홀 안에 울리자 우레와 같은 박수소리가 터져 나왔다.

자신의 이름이 호명되는 순간 지수는 겨우겨우 버티던 눈물이 터지고야 말았다. 심지어 무대 위에 올라가서는 걷잡을 수 없이 울음이 터지는 바람에 눈물을 계속 닦아내기 바빴다.

생방송 중 무대 위로 스탭이 직접 올라와 눈물을 닦아주는 촌극이 벌어졌지만 나름의 상황이 재밌었는지 관객들도 여유 있게 웃어 넘겼다.

"네, 죄송합니다…. 저기…."

지수는 고개를 숙인 채 겨우겨우 감정을 추스르고 말을 이었다.

"네, 우선 지하세계 모든 스탭들과 최혁 감독님, 감사합니다. 부족한 연기였지만 멋진 캐릭터를 만들어주신 정은희 작가님, 감사합니다. 그리고…."

지수가 눈물을 한 번 훔치더니 홀 안을 멀리 바라보며 두리번거렸다.

"그리고.. 저희 JS 식구들… 하지석 선배님, 아무것도 아닌 제게 처음으로 기회를 주셔서 감사합니다. 앞으로 열심히 할게요, 힝."

평소 지수답지 않게 애교를 부리는 모습이 방송에 나가자 조연출이 되레 화색을 띠며 손으로 큰 원을 돌렸다. 반응이 좋으니 계속 더 해도 된다는 뜻이었다. 하지만 지수 눈에 지금 그런 게 눈에 들어 올리 없었다. 지수는 계속 감격에 차서 말을 이었다.

"마지막으로 성일 오빠!"

수인은 고개를 절레절레 흔들었다. 저 바보. 공식석상에서 결국 또 오빠라고 말했다.

"힝, 오빠라고 하면 또 혼나겠다. 김성일 대표님, 처음 이 회사에 들어와 저와 함께 모든 일을 함께 했는데 저에게도 오빠가 제 첫 매니저였고, 오빠도 제가 첫 배우였어요. 너무 로맨틱 하지 않아요? 우리 앞으로 오래오래 해먹어요. 감사합니다."

지수는 평소 잘 하지 않는 농담을 하며 좌중에게 큰 웃음을 줬다.

지수가 마지막으로 허리를 깊게 숙여 모두에게 인사하자. 관객들은 지수가 무대에서 사라질 때까지 큰 박수소리로 화답했다. 아마 신인배우의 그런 순수한 열정이 사랑스럽게 보인 것 같다. 수인은 무대 뒤에서 아직도 얼떨떨한 표정으로 들어오는 지수의 손을 잡았다.

"엄마야!"

지수가 깜짝 놀라며 돌아보았다. 지수는 수인의 얼굴을 보더니 와락 끌어안았다.

"완전 떨려 죽을 뻔했어요. 오빠, 저 잘한 거 맞죠?"

"잘했어. 아주 잘했어! 축하해! 이지수."

수인의 목소리가 너무 컸는지 지수가 그의 입을 틀어막았다.

"조용히 말해요. 무대까지 다 들리겠어요. 오빠, 근데 그거 알아요? 예전하고 많이 틀린 거?"

"뭐가?"

"사고 이후로 더 가까워진 느낌이 들어요. 꼭 예전 하이사님 같아. 매일 나 신경 써주고, 항상 야단치고, 오빠가 없으면 불안하고."

"진짜야?"

"이제 대표라서 그런가. 아님 너무 고속 승진을 해서 뻥튀기가 된 걸 수도 있어요."

'난 계속 같은 사람이야, 이지수.'

입 밖에까지 나올 뻔했던 말을 가까스로 참아냈다. 어쩌면 지금 이 상황이 지수에게 더 좋을지도 모른다. 영원히 내 편이 돼줄 수 있다는 매니저가 있다는 거.

그것은 배우에게 축복과도 같은 일이었다. 수인은 영원히 지수 곁에서 함께할 수 있는 매니저가 되고 싶었다.

"잠시만요."

지수가 검지를 입술에 갖다 대며 조용히 하라는 신호를 보냈다. 무대에서는 서서히 대상 수상을 준비하는 멘트가 흘러나오고 있었다.

"이제 하나 봐요. 빨리 자리로 가요."

지수가 수인의 손을 잡고 다시 객석으로 향했다. 그때였다. 수인에게 한 통의 전화가 걸려왔다. 목소리의 주인공은 하지석이었다.

"여보세요?"

"어때? 뿌듯하겠어, 하사장."

"하사장이 뭐야? 촌스럽게!"

"뭐 어때? 이제 나 아니면 누가 하사장이라 불러주나? 김성일 대표님."

"그건 그러네. 근데 왜? 촬영 중에 무슨 일 있어?"

"아니. 방금 TV 봤어. 지수 말이야… 축하해. 네 작품이잖아. 네가 키운 배우잖아, 하수인."

"지석아…."

지석은 핸드폰 너머 감격에 차 있는 수인을 향해 말했다.

"그동안 고생했어. 너무 감동받지 말고. 나도 대상 후보야. 아마 나도 상 주겠지? 하하."

"야, 말이 된다고 생각해? 연기도 못하는 게."

"야, 난 맨날 분장 세 시간씩 하고 좀비도 했다고. TVC 놈들 설마 나 안 주겠냐?"

"기대하지 마. 넌 아니야."

"알았어. 기대 안 해. 하지만 만약 받게 되면 수인이 네가 꼭 대리 수상 해줘."

"진심이야?"

"하수인. 그 상은 원래 네 거야. 그 역할을 네가 따낸 것부터. 처음부터 네가 잡아놓은 캐릭터 설정. 난 한 거 아무것도 없어. 그저 네가 차려준 밥상에 수저만 올린 것뿐이라고."

"내가 한 게 뭐가 있다고…."

"아무튼 꼭 네가 받아줘. 내 부탁이야."

수인은 전화를 끊고 긴 한숨을 쉬었다. 정말로 지석이가 호명되지 않기를 바랐다. 어차피 지하세계에서 톱스타 이강헌도 멋진 연기를 펼친 것은 마찬가지. 수인은 쓸데없는 기대는 버리고 배우들 자리 뒤 객석에 맘 편히 앉았다. 앞에서 동료배우들과 이제야 생글생글 웃는 지수의 모습을 보니 그것만 해도 배가 불렀다.

"자, 마지막 올해의 대상이죠. 그럼 후보 영상부터 보겠습니다."

3분 가량 각 배우들마다 하이라이트 영상이 흘러갔다.

이강헌, 하지석, 김정민, 고현주 남자배우 셋, 여자배우 하나. 연속극, 미니시리즈, 장르 드라마. 고루고루 각 작품에 주인공들이 올라왔다. 다들 지석이보다 기라성 같은 선배들이었다. 수인은 영상을 보고 나니 이제야 마음이 좀 놓였다. 수상자로 올라온 TVC 사장이 손에 들린 조그만 카드를 꺼내들었다.

"오래 기다리셨습니다. 올 한해 이분 연기에 놀라지 않은 사람은 아마 한 분도 없으실 거라 생각합니다. 그럼 발표하겠습니다."

TVC 사장 머리 위 대형 모니터에 현란한 CG가 이어졌다. BGM이 멈추자 네 명의 후보 얼굴이 빠르게 교차하더니 한 배우의 얼굴로 서서히 초점이 맞춰졌다.

"바로…."

그 순간 지수가 뒤로 고개를 휙 돌리면서 수인을 쳐다보았다.
"지하세계의 하지석 씨. 축하드립니다!"
엄청난 폭죽 소리와 함께 하지석의 이름이 호명되었다.
지수가 아직도 입을 벌린 채 눈을 껌뻑이며 수인을 쳐다봤다.
'진짜 제가 나가요?' 하고 묻는 것만 같았다. 수인도 갑자기 두 다리가 후들거렸다. 심지어 시상식까지 참석 안 한 배우에게 상을 줄 거라곤 상상도 못했다. 수인은 옷을 추스르며 자리에서 일어나려는 지수를 보고 급하게 소리쳤다.
"이지수, 내가 나갈게."
지수는 자리에서 일어나는 수인을 보고 그제야 안심한 듯 고개를 끄덕였다. 수인은 태어나서 처음으로 금박지를 맞아가며 천천히 무대 위로 올라갔다.
"네, 아쉽지만 오늘 하지석 씨가 영화 촬영 때문에 시상식에 불참했습니다. 대신 JS엔터 김성일 대표가 대리 수상하러 나왔습니다."
무대에 오르자 이제야 MC 김혜주의 멘트가 귓가에 들려왔다. 너무 강한 조명 때문에 객석이 뿌옇게 보였다. 수인은 크게 한번 심호흡을 했다. 손에 들린 차가운 트로피를 보자 뭔가 가슴에서부터 먹먹한 게 자꾸 올라왔다.
이런 기분이었구나. 한 번도 이런 자리에서 눈물을 흘릴 거라 생각도 못했는데. 자꾸 기분이 이상했다. 젠장, 이제 배우도 아닌데. 참아야만 했다. 수인은 마른세수를 하고 다시 객석을 바라보며 천천히 말을 이었다.
"하지석 씨가 촬영 때문에 불가피하게 참석 못했… 크흑…."
수인은 쪽팔리게 결국 울음이 터지고야 말았다.

"JS분들은 전부 눈물이 많으신가 봅니다."

김혜주의 재치 있는 멘트로 현장에 있는 모든 사람들이 웃었다. 한층 좋아진 분위기 덕분에 수인은 용기를 내 말을 이었다.

"항상 저도 하지석이 되면 얼마나 좋을까, 그런 생각을 했습니다. 내가 하지석이라면… 저렇게 잘생긴 얼굴과 저렇게 늘씬한 몸매를 가졌더라면…. 근데 저는 누군가 하지석이 되라고 하면 거절할 겁니다. 배우라는 직업이 얼마나 고통스럽고 치열한 일인지 누구보다 잘 알게 되었고, 무엇보다 저는 자기 자신을 믿고 제 능력을 믿습니다. 우리 모두 스스로 생각하는 것보다 많은 것을 가지고 있습니다. 하지석 씨는 좋은 배우입니다. 앞으로도 제가 곁에서 도울 수 있도록 하겠습니다. 많은 응원 부탁드립니다. 감사합니다."

소감이 끝나자 왠지 모를 침묵이 흘렀다. 수인은 주제넘게 떠든 자신을 책망했다. 대리수상 주제에 한참을 떠들었으니 이제 반감만 사겠구나, 하는 생각이 들 찰나 갑자기 객석에서 우레와 같은 박수가 쏟아졌다.

수인의 수상소감이 꽤나 감동적이었는지 여기저기서 훌쩍이는 사람들도 보였다. 연출자도 이대로 끝내기는 아쉬웠는지 김혜주에게 인터뷰를 더 진행하라고 손짓을 보냈다.

"네, 축하드립니다. 올해 드라마 지하세계로 JS 배우들이 남녀 모두 수상을 했습니다. 근데 듣기로는 업계에서 매니저로 시작해 3년 만에 대표가 된 데는 하지석 씨의 굉장한 신임이 뒷받침되고 있다고 들었습니다. 그렇게 배우들을 사로잡을 수 있는 본인만의 매니저 철학은 어떤 걸까요?"

수인은 김혜주가 건네준 마이크를 받았다. 철학이라…. 애초부터 그렇게 거창한 의미 따위는 생각해보고 일을 시작하지는 않았다. 하지만 지금은 얘기할 수 있을 것 같다.

"예전에는 성공하고 싶어서 일을 했습니다. 남들 보란 듯이요. 하지만 저는 이제 재미를 찾는 것이 가장 중요한다고 생각합니다. 배우가 됐든, 매니저가 됐든, 그 어떤 일이라도. 저는 요즘 하루하루가 너무 재미있습니다. 여러분들 모두 재밌는 인생 사셨으면 좋겠습니다. 인생은 어차피 펀 라이프입니다."

"너 요즘 나보다 더 연예인 같다는 생각 안 하니?"

거울을 바라보며 꽃단장하고 있는 수인에게 지석이 말했다. 인생사 새옹지마라고 했던가. 수인의 수상소감이 방송에 나간 뒤 연일 화제에 올랐다. 사람들은 울먹이면서 진실된 감정으로 말하는 수인에게 동질감을 느꼈다. 펀 라이프(fun life)는 사회를 관통하는 하나의 키워드로 자리 잡았다.

기업들마다 수인을 모시기 위해 강연 섭외가 빗발쳤고, 방송 및 출판업계에서는 수인의 성공전략을 주제로 섭외전화가 이어졌다. 수인은 멋쩍은 미소를 지었다.

"낸들 이렇게 될 줄 알았겠냐? 정말 자고 일어나니 스타가 됐더라는 말이 뭔 말인 줄 알겠다."

"이거 봐. SNS에서도 온통 펀 라이프, 펀 라이프. 아주 영웅 납셨네. 영웅 납셨어."

지석이가 볼멘소리를 내자 수인은 그저 웃어 보였다.

"너 내가 JS 대표 하라 그랬지, 누가 유명강사 되라고 했냐?"

"JS 홍보도 되고, 얼마나 좋냐? 그나저나 아직도 이 얼굴은 좀 적응이 안 된다? 너 때는 그래도 거울 보는 재미가 좀 있었는데 말이야."

"그래도 지금이 더 좋지 않냐? 나보다 더 유명한 것 같은데? 지금 네가!"

수인은 황당하다는 듯 고개를 절레절레 흔들었다.

"그러지 마. 죽겠다야. 이 생활도 쉬운 게 아니야. 너 나 강연회 가면 사인을 얼마나 많이 하는 줄 알아?"

"그럼 뭐 먹고 놀라고 대표 자리 앉혀놓은 줄 알아!"

두 사람은 한바탕 크게 웃어보였다. 수인이 지석에게 먼저 물었다.

"오늘 스케줄 어떻게 돼?"

"지금 할 거 없어서 사무실에서 놀고 있는 거 안 보이니?"

"이따 저녁에 회식 올 거지?"

지석이가 고개를 갸우뚱하며 비꼬듯이 되물었다.

"나보다 우리 김대표가 더 바쁠 텐데, 저녁에 시간이 되시나 봐요?"

"오후에 데일리 경제 인터뷰 있고 저녁에는 프리."

"캬, 연예인도 자주 못하는 인터뷰를 뭐 매일 하네, 매일."

지석이의 농담에 수인은 괜스레 든든함을 느꼈다. 이제는 항상 둘이 있다는 느낌. 예전과는 확실히 다른 느낌이다.

"어, 대표님 오셨습니까?"

수인이 들어오는 모습을 본 홍원택은 먼저 일어나 인사를 했다. 개편 및 인력 충원한 매니저먼트 팀은 앞으로 오연희 매니저였던 홍원택 실장이 본부장을 맡기로 했다.

방 안에는 이미 JS 모든 직원과 소속 아티스트가 다 와 있었다. 이제는 열 명이 훌쩍 넘어가는 회사의 규모를 보니 수인은 왠지 모를 뿌듯함을 느끼며 자리에 앉았다.

"일찍 왔네요? 연희 씨."

"성일 씨가, 아니, 미안해요. 아직 입에 잘 안 붙어서. 대표님이 늦게 오신 거죠. 뭐."

수인은 아직도 가장 어려운 오연희의 안색을 먼저 살폈다.

유명한 한우 집 고기답게 젓가락질이 멈추지 않는 걸 보니 오늘따라 기분이 좋은 듯 보였다. 수인은 다른 사람들도 하나하나 살펴봤다. 지석이도, 지수도, 혜지도, 성하은도 새로 온 매니저들까지 모두 다 얼굴이 밝았다.

"모두 작년 한해 수고 많으셨습니다. 새해에는 보다 더 적극적으로 작품에 임하고 우리 아티스트들 쉬지 못하게 열심히 발로 뛰겠습니다. 앞으로도 잘 부탁드리겠습니다."

"근데 우리 김대표님은 마치 오래전부터 대표 했던 사람 같지 않아? 어쩜 이렇게 자연스럽지?"

지석이의 농담에 모두가 웃었다.

"이거 좀 드셔 보세요. 소고기는 너무 익으면 맛없어요."

지수가 수인의 접시 위로 꽃등심 한 점을 건넸다.

수인은 식구들 먹는 모습만 바라봐도 흐뭇했다. 밥을 안 먹어도 배부르다는 느낌이 아마 이런 감정일 것이다. 술잔을 만지며 생각했다. 혜지는 정규 1집 앨범을 내서 나름의 성과를 거뒀다. 아이돌 딱지를 벗어나 이제 어엿한 싱어송라이터로 입지를 다졌고 다음 앨범에서 확실한 승부수를 띄울 생각이었다.

홍식당에서 보여준 발랄한 이미지 덕분에 아직도 예능 쪽에서는 섭외가 계속 들어왔다. 오연희는 예전에 좋은 궁합을 보였던 배윤미 작가와 다시 만나 올해 새로운 드라마로 복귀 예정이다. 그리고 그 작품에 성하은도 조연으로 출연하게 돼 모든 일이 정말 기대가 됐다.

"올해부터는 정은희 작가님도 우리 회사로 오셔서 차기작 '지하세계 시즌2' 하시게 될 겁니다. 지수와 하지석 선배도 당연히 함께 하고요."

"또 좋은 소식은요?"

지석의 질문에 수인은 잠시 생각에 잠겼다. 그때 '찰칵'하고 카메라 소리가 들렸다. 소리가 나는 쪽을 바라보니 혜지가 고기가 익는 모습을 찍고 있었다.

모두의 시선이 자신에게 멈춰 있는 걸 보자 혜지가 민망한 듯 배시시 웃었다.

"펀 라이프!"

"응?"

"제 SNS에 사진 찍어서 올려야 해요. 요즘 해시태그에 다들 #fun life 달아서 올리는 게 유행이라고요."

"그래. 펀 라이프 갑시다! 이번 달 보너스 100프로씩 쏘겠습니다."

수인이 후식으로 나온 냉면을 먹으며 소리치자 모두가 환호했다. 그때 누군가 방문을 두드렸다.

"들어가도 될까요?"

모두가 의아한 표정을 지으면 문을 바라보고 있을 때, 수인 혼자 여유 있는 미소를 지으며 대답했다.

"네, 들어오세요."

수인의 대답이 끝나자 세련된 외모의 짧은 단발머리를 한 여성과 사진기자로 보이는 남자 한 명이 같이 들어왔다.

"안녕하세요. 엘르비 편집장 송진아입니다."

모두가 어리둥절한 표정으로 수인을 바라보자 수인은 머쓱한 표정을 지으며 말했다.

"어. 다들 알지? 대한민국 최고 잡지 엘르비. 우리 송편집장."

"근데 여길 왜…."

지수가 좀 전과 다른 낯빛으로 수인에게 물었다. 아무래도 그날 이후 자신에게 사과 한마디 없던 여자가 못마땅한 듯 보였다.

"음…지수 페미니스트 사진 때문에 조금 논란도 있었지만 송편집장님께서 미안하다 뜻으로 먼저 연락 주셨어. 올 한해 있었던 우리 회사 얘기를 이번 2월호 잡지 제일 메인으로 실어주시겠다고. 우리야 고맙지 뭐."

"지수씨, 정말 미안해요. 저희도 그렇게 논란이 될 줄 몰랐어요. 그 대신 김성일 대표님에게 말씀 드렸는데 이번 2월호 표지모델은 지수씨와 함께 할 거예요. 그 누구보다 예쁘게 나올 수 있게 도와드릴게요."

송진아는 부드럽지만 당당한 목소리로 지수에게 사과했다. 지수 또한 그런 행동에서 진심이 느껴졌는지 살짝 미소를 지었다.

"그냥 편하게 저희 신경 쓰시지 마시고 회식 즐기시면 돼요. 자연스러운 모습 사진만 찍어갈게요. 몇몇 분 인터뷰는 추후에 따로 진행할 거고요."

그제야 모두 안심하고 술자리가 이어지자 수인은 잠시 바람도 쐴 겸 송진아와 함께 자리를 빠져나왔다. 식당 문을 나서자 차가운 바람에 실린 송진아의 향수 냄새가 수인의 코끝을 스쳤다. 그녀는 약간 신이 난 얼굴로 수인을 바라봤다.

"정말 고마워요, 김대표님. 사실 회식 자리 찾아간다는 게 조금 무리한 부탁이라고 생각했거든요."

"아닙니다. 우리 지수에게 먼저 사과해주셔서 감사합니다. 그거면 됐습니다."

"지수 씨 아끼는 거 여전하시네요."

"네?"

"호호, 아니에요. 시상식 때 지수 씨 수상소감도 그렇고 두 분 사이가 워낙 돈독하잖아요."

"하하. 그런가요."

"참, 이번 호 JS 특집코너로 내는데 또 뭐 알려주실 이슈 없어요? 새해에 뭐 특별한 프로젝트 같은 거."

"그…."

망설이는 수인의 눈빛을 보자 송진아는 한층 더 적극적으로 캐물었다.

"하지석 씨 CF? 아니면 지수씨 새로운 작품? 뭔데요?"

수인은 취기 때문인지 호기심 가득한 송진아의 눈빛을 보니 평소와 다르게 지석이의 좋은 소식을 누군가에게 알리고 싶었다.

"아직까지 확정은 아니니 기사까지 낼 필요는 없고요. 아시다시피 지하세계가 넷플러스에서 동시방송 하면서 해외에서도 큰 인기를 끌었어요. 그중 영화 '킹스가이' 보셨죠? 사실 그쪽 제작자가 샤프하면서 지적인 하지석씨 이미지가 맘에 들었는지 속편 시나리오를 보내왔어요."

"정말요?"

"네, 조만간에 미팅 자리를 가질 것 같아요. 저로서는 올해 그 영화에 하지석 씨를 출연 시키는 게 가장 큰 목표입니다."

수인의 얘기를 들은 송진아는 갑자기 낯빛이 어두워졌다. 조금 전까지 화색을 띠며 수인에게 질문하던 얼굴은 없었다. 그때 촬영이 끝났는지 사진작가가 식당 문을 열고 나왔고 그 뒤를 지수와 성하은이 따라 나왔다.

"촬영은 잘 끝났어요?"

송진아의 질문에 남자는 말없이 고개를 끄덕였다. 잠깐의 어색한 시간이 흐르자 지수가 먼저 말을 꺼냈다.

"저희가 편집장님하고 작가님 배웅해드리려고 따라 나왔어요."

지수가 환한 미소를 지으며 얘기하자 송진아는 곧바로 지수에게 다가가 지수의 손을 잡았다.

"지수 씨, 조만간 촬영날짜 잡힐 거예요. 꼭 제가 표지 모델 사진 예쁘게 나올 수 있도록 할게요."

"네, 감사합니다. 사실 저도 영광이에요. 저 어릴 때부터 엘르비 표지모델 해보는 게 원래 꿈이었거든요."

"호호, 다행이네요."

지수와 인사를 나눈 송진아가 멍하게 서있는 성하은 쪽으로 고개를 돌렸다. 성하은은 그녀와 눈이 마주치자 갑자기 그 커다란 눈이 흔들렸다.

"하은 씨는 회사를 JS쪽으로 옮겼나 보네요?"

"네… 그렇게 됐어요."

"축하해요. 좋은 회사에서 좋은 배우로 성장할 수 있을거에요. 응원하도록 하죠."

송진아는 알 수 없는 표정을 지으며 성하은에게 악수를 건넸다. 그녀의 손을 잡은 성하은의 어깨가 가늘게 떨리기 시작했다.

"언니, 괜찮아요? 많이 취한 거 아니에요?"

옆에 있던 지수가 묻자 성하은은 황급하게 고개를 가로저으며 말했다.

"아, 아냐. 괜찮아."

"자, 대표님. 그럼 저희는 이만 가보도록 하겠습니다. 낼 모레 김 대표님, 하지석 씨, 지수 씨는 저희가 따로 인터뷰를 진행하는 걸로 하겠습니다."

"네, 그렇게 알고 있겠습니다. 감사합니다."

수인과 인사를 나눈 송진아가 자리를 떠나자 지수는 힘없이 혼자 중얼거렸다.

"이상하단 말이야… 전에 봤던 때랑 꼭 다른 사람 같아."

-하지석. 영화 킹스가이3 출연 확정. 콜린퍼스와의 액션 호흡은?

-한국 최초 블록버스터 주연배우 하지석. 드이어 할리우드 입성.

-하지석. 한국 배우 역대 최대 출연료로 영화 킹스가이 계약완료.

한 달 뒤, 수인은 드디어 원하는 결과를 얻어냈다. 대한민국에 모든 언론들은 하지석의 이름을 담아내기 바빴고 JS 주가는 하늘 높을 줄 모르고 계속 치솟았다.

"기분이 어때?"

수인은 사무실에서 자신의 기사를 확인하고 있는 지석을 바라보며 물었다. 지석은 특유의 입꼬리를 올린 미소를 지으며 말했다.

"다 네 덕분이지 뭐. 내가 뭐 한 게 있냐?"

"무슨 소리야. 결국 감독의 마음을 돌린 거 너면서."

영화 킹스가이 제작자는 아시아 시장을 염두에 두고 지석이를 적극 추천했지만 감독은 이상하리만큼 지석이를 마음에 들지 않아 했다. 약간의 인종차별이 섞인 발언도 서슴지 않았던 사람이었지만 지석은 전과 달리 자존심을 낮추고 감독의 마음을 돌리기 위해 최선을 다했다. 어눌했던 영어발음부터 고쳤고, 서양 배우들과 달리 아시아 정서를 더 잘 이해할 수 있게 감독이 생각지도 못한 대본 분석도 꼼꼼히 해서 여러 차례 오디션을 준비했다. 그런 지석의 열정에 감동했는지 감독도 결국 마음을 돌렸고, 지석이는 당당하게 주연배우를 따낼 수 있었다.

"그런가? 이 많은 식구들 먹여 살려야 되니 내가 고생 좀 했지."

"누가 들으면 네가 대표인 줄 알겠어?"

"아무튼 이제 아만다 사이프리드도 보고 제니퍼 로렌스도 보고 앞으로 바쁘겠네…."

지석은 자신의 말이 끝나자 민망했는지 하하하, 웃음을 터트렸다. 수인도 그런 지석을 따라 웃었다. 둘은 처음으로 느끼는 안도감에 잠시나마 행복했다. 드디어 어엿한 회사가 되었다는 느낌. 어찌보면 그간의 시간들이 짧게 느껴질 정도로 JS는 빠르게 성장해왔다. 지석은 그런 수인의 생각을 알았는지 천천히 입술을 떼었다.

"얼마나 갈까? 우리…."

"무슨 소리야?"

"인기라는 거 말이야. 평생 누릴 것 같아도 지나고 나면 잠깐이거든. 내가 헐리웃 가서 망하면 당장 또 어떻게 될지 모르잖아. 오히려 그동안 쌓아온 모든 커리어가 무너질 수도 있고, 또 내가 잘못되면 회사도 타격이 있을 테고..”

지석은 근심이 가득한 얼굴로 말했다. 스타배우라면 누구나 한 번쯤 아니, 평생을 짊어지고 가야 되는 걱정이었다.

“또 쓸데없는 걱정한다. 그래서 내가 네 곁에 있잖아. 나 네 매니저야 하지석. 내가 그렇게 되도록 절대 두지 않아. 걱정하지 마.”

지석은 수인의 말에 쓴 웃음을 지으며 말했다.

“너 솔직히 말해봐. 또 내가 되고 싶다는 생각해?”

수인은 수줍은 미소를 지으며 고개를 저었다.

“수인아, 사실 말이야… 난 이미 꿈을 이뤘어.”

지석이 허공에 눈길을 둔 채 담담히 말했다.

“원래 헐리웃 진출이 꿈이었던 거야?”

“아니.”

“그럼?”

“네가 나를 통해 회사를 차릴 수 있게 하는 것.”

“그게 뭔 소리야?

“말 그대로 내가 정말 멋진 배우가 돼서 네가 성공할 수 있길 바랐거든. 근데 네가 나 없는 동안 회사도 차리고 사업도 하고 다 했지 뭐야.”

“쓸데없는 소리하지 마.”

“평생을 넌 내 그늘로 살아왔잖아, 수인아.”

“뭐?”

“나 사실 다 알고 있어. 나라는 존재 때문에 네가 얼마나 힘들었는지. 만약 우리의 이름이 같지 않았다면 네가 어땠을까, 하는 생각도 해봤어.”

담담하게 자신의 생각을 털어놓은 지석의 얘기는 수인이 전혀 예상치 못한 얘기였다. 지석이는 그동안 자기 때문에 가졌던 수인의 아픔을 전부 알고 있었다. 잘생긴 하지석이라는 사람 때문에 가졌던 수인의 묘한 열등감과 콤플렉스를.

"그래서 더 열심히 했던 걸지도 몰라. 너 때문에 좀 더 연기도 잘하고, 좀 더 비싼 배우가 되고 싶었으니까. 어찌 보면 그게 나한테 가장 큰 동기부여였고.. 그간 표현을 안 했을 뿐이야."

"낯간지러운 소리 그만하고 그만 나가. 나 바쁘니까."

수인은 지석이의 진심어린 고백에 눈물이 날 뻔한 걸 억지로 참고 있었다. 그때 마침 홍원택 본부장이 수인의 방으로 찾아왔다.

"대표님. 엘르비 2월호 막 나왔습니다. 근데…."

"근데 뭐?"

홍원택은 더 이상 말을 잇지 못한 채 수인의 책상 위로 잡지를 내려놨다. 잡지 표지에는 지수가 싱그러운 미소를 지은 채 웃고 있는 모습이 보였다.

"지수 진짜 잘 나왔네. 그 송진아 편집장이란 사람 약속은 지켰네."

수인은 기쁜 마음으로 잡지를 들어 올리고 표지에 적힌 헤드라인 문구들을 살펴보았다. 그리고는 떨리는 손으로 천천히 잡지를 살펴보더니 곧 내려놓고 말았다. 조금 전까지만 해도 감격에 차 있던 수인의 눈은 분노로 이글거렸다. 수인은 치솟는 화를 꾹 누르며 말했다.

"말한 게 이거야?"

"네…."

"당장 성하은 불러와. 빨리!"

수인이 소리치자 홍원택은 서둘러 대표실을 나갔다. 지석은 그제야 수인에게 다가와 잡지를 가져갔다.

"뭔데 그래? 하은이 노출사진이라도 나온 거야?"

지석은 잡지를 살펴보더니 결국 고개를 떨어트렸다. 수인은 그런 지석의 모습을 담담하게 바라봤다. 김석기가 살아생전 하지석의 발목을 잡았던 데이트 폭력 과거 사실이 결국 밝혀지고 말았다.

엘르비가 취재한 내용은 수인의 예상과 달리 JS 성공가도 이면에 숨겨진 하지석의 과거에 대한 얘기였다. 전에 찍어간 회식사진은 마주 보고 있는 성하은과 하지석의 모습을 교묘하게 찍어서 묘한 분위기를 풍기게 만들었다. 또한 기사 내용도 마치 두 사람한테 직접 들은 것 마냥 둘의 과거가 생생하게 잘 정리돼 있었다. JS에 들어간 성하은은 여전히 그런 하지석을 이용하고 있는 꽃뱀이었고 하지석은 아직도 그녀를 잊지 못하는 집착남으로 표현했다. 하지석은 떨리는 목소리로 수인에게 말했다.

"분명 김석기 대표 짓이야. 이 사실을 아는 사람은 그 사람밖에 없어."

"억지 부리지 마. 그 사람은 죽었어."

수인은 지석을 안정시킨 다음 아무 말 없이 성하은을 기다렸다. 그녀가 오기 전까지 그 어떤 상상도 하고 싶지 않았다. 수인은 제발 자신의 불길한 예감만이 틀리기를 간절히 마음속으로 기도했다.

탁탁탁.

수인은 초조한 마음을 감추지 못 한 채 계속 손끝으로 책상을 두드리고 있었다. 그리고 마침내 한 시간 뒤 성하은이 수인의 방으로 도착했다. 성하은은 급하게 호출한 탓인지 화장도 하지 못한 모습이었다.

"잡지 기사는 봤어?"

"아직요. 홍본부장님에게 대략적인 상황만 들었어요."

"어떻게 된 거야? 혹시 누구한테 이런 얘기를 한 적 있어?"

"아니요. 그럴 리가요…."

"잘 생각해봐. 혹시나 술김에 친한 사람에게라도 했는지 똑똑히 생각해보란 말이야!"

수인은 자신도 모르게 소리를 지르고 말았다. 성하은은 그런 수인의 모습에 겁이 났는지 입술을 다문 채 아무 말도 하지 않고 있었다. 그 모습을 본 지석이 조심스럽게 말했다.

"하은인 아니야. 우리 둘 중에 누가 그런 얘기 할 일 없으니까 날 믿어도 돼."

수인은 지석의 말에 고개를 끄덕이며 애써 차분한 목소리로 말했다.

"그날 무슨 일이 있었는지 말해줄 수 있어?"

수인은 여태껏 성하은에게 사고가 있던 그날의 얘기를 묻지 않고 지내왔었다. 지석이를 생각해서 애써 모른 척해왔지만 오늘은 그 얘기를 꼭 들을 수밖에 없었다. 성하은은 마른침을 삼키더니 천천히 대답했다.

"사실 그날 엘르비 송진아 팀장이 타고 있었어요."

그거였나. 결국 그 여자가 모든 사실을 알고 김석기 대표 복수라도 하는 거였나. 수인은 갑자기 하늘이 무너지는 기분이었다.

"두 사람은 무슨 사이였지? 어떻게 그 여자가 모든 사실을 알고 있지?"

"두 사람은 아무 사이도 아니에요. 그날 밤 우리는 숙소로 향하고 있었어요. 그 여자는 김대표에게 청탁을 받고 기사를 써주기로 한 거였고요."

"그럼 그때까지만 해도 아무것도 몰랐다?"

성하은은 어느새 흐르고 있는 눈물을 손으로 훔치며 고개를 끄덕였다.

"네, 그날 숙소에 가서 제가 하지석에 관한 모든 얘기를 다 하기로 했었어요. 분명 차 안에서도 그 여자는 아직 아무것도 모르고 있었고요."

"근데 어떻게 송진아만 그 차에서 살아나올 수 있었던 거지?"

"그건 저도 잘 모르겠어요. 전 바로 의식을 잃었고 의식을 차려보니 병원이었어요."

"김석기는 죽고 그 여자만 살아남았다? 그리고 그 자리에 남아 있지도 않은 채…."

갑자기 수인의 두 다리가 떨려왔다. 그리고는 곧바로 지석을 쳐다봤다. 지석 또한 수인과 같은 생각이었는지 두 사람은 동시에 서로를 향해 고개를 돌렸다. 수인이 떨리는 목소리로 먼저 말했다.

"나, 나 잠깐 엘르비 가서 송진아 씨 좀 만나고 올게."

"같이 갈까?"

"아냐, 나 혼자 갈게. 내 눈으로 먼저 확인해보고 싶어."

수인은 서둘러 겉옷을 걸친 채 혼자 사무실 밖을 나섰다.

수인은 엘르비 본사에 도착하자 엘리베이터도 쳐다보지 않은 채 바로 3층에 있는 송진아 편집장 방으로 뛰어 올라갔다. 사무공간을 지나치자 드디어 송진아 편집장 방이 보였다. 수인은 숨도 가다듬지 않은 채 바로 방문을 열고 들어갔다.

전면이 통유리로 된 창문을 바라보고 있는 한 여성의 뒷모습이 보였다. 사고 당일 수인이 바라봤던 그때 그 뒷모습이 분명했다. 짧은 단발머리에 하얀색 셔츠. 맞다. 분명히 그 여자다. 수인은 그제야 정신이 바짝 들기 시작했다.

송진아가 고개를 돌려 심각한 표정을 한 수인의 모습을 보더니 피식 웃음을 터트렸다. 수인은 대답 없이 웃기만하는 송진아를 보면 인상을 썼다.

"당신, 도대체 정체가 뭐야?"

송진아는 흡족한 표정을 지으며 천천히, 아주 천천히 수인에게 다가왔다. 그리고는 손가락 끝으로 수인의 얼굴을 조심히 만졌다.

"내가 이렇게 되고 나니까 드디어 당신이 누군지 알겠더라고. 내가 궁금하지 않아? 하수인!"

송진아는 기분 나쁜 웃음을 지으며 수인의 이름을 부르고 있었다.